公元787年，唐封疆大吏马总集诸子精华，编著成《意林》一书6卷，流传至今

意林：始于公元787年，距今1200余年

意林®

一则故事　改变一生

意林感动卷

遇见幸福号

《意林》编辑部　编

吉林摄影出版社
·长春·

意林年度特刊

图书在版编目（CIP）数据

意林感动卷. 遇见幸福号 / 《意林》编辑部编. -- 长春 : 吉林摄影出版社, 2019.1
ISBN 978-7-5498-3915-5

Ⅰ. ①意… Ⅱ. ①意… Ⅲ. ①故事－作品集－世界－现代 Ⅳ. ①I14

中国版本图书馆CIP数据核字(2018)第286395号

意林感动卷 遇见幸福号 YILIN GANDONG JUAN YUJIAN XINGFU HAO

出 版 人 孙洪军
主　　编 杜普洲
责任编辑 施　岚
丛书统筹 王立莉
执行编辑 邱雨萱
封面图片 TPG 影像
设计总监 资　源
封面设计 李　倩
美术编辑 岳红波
发行总监 王俊杰
开　　本 889mm×1194mm 1/16
字　　数 500千字
印　　张 14
版　　次 2019年1月第1版
印　　次 2019年1月第1次印刷

出　　版 吉林摄影出版社
发　　行 吉林摄影出版社
地　　址 长春市泰来街1825号
邮编：130062
电　　话 总编办：0431-86012616
发行科：0431-86012602
网　　址 www.jlsycbs.net
经　　销 全国各地新华书店
印　　刷 北京中科印刷有限公司

书　　号 ISBN 978-7-5498-3915-5　　定　　价：35.90元

启　事

本书编选时参阅了部分报刊和著作，我们未能与部分作品的文字作者、漫画作者以及插画作者取得联系，在此深表歉意。请各位作者见到本书后及时与我们联系，以便按国家相关规定支付稿酬及赠送样书。

地址：北京市朝阳区南磨房路37号华腾北搪商务大厦1501室《意林》编辑部（100022）

电话：010-51908602

目录

CONTENTS

爱的故事

锦年情事

生命颂

我爱我家

成长视窗

幸福讲义

恋爱秘笺

非常校园

有人问我粥可温

□郝金红

清朝末期，沈宗畸以诗名驰骋北京，号称京师“四大才子”之一。袁世凯当政，沈宗畸不愿附和，以至于晚年生活困顿。

1910年腊月，天寒地冻，沈宗畸寄居在租来的房子里，望着冰冷的锅灶，悲上心头。这时，外面传来敲门声，沈宗畸开门一看，站在门外的是陈昭常，他的肩上还扛着一个鼓鼓囊囊的布袋。陈昭常曾拜沈宗畸学习诗词，二人的关系亦师亦友。

进入屋里，陈昭常放下布袋，四处看了一下，问道：“沈师，吃过了吗？”沈宗畸长叹一声，竟无语凝噎。陈昭常拍了拍沈宗畸的肩膀，轻声说道：“沈师不必难过，今日我带来一袋大米，你也可在寒冬里做一碗热饭。以后我会经常来看你的。”说完，转身离去。望着陈昭常离去的背影，沈宗畸两行热泪潸然而下。

三年之后，陈昭常被人陷害，卷进一场官司。这时，沈宗畸拖着病体，利用自己的人脉，为陈昭常洗冤。沈宗畸的一位朋友提醒他：“陈昭常的案子是袁世凯亲自过问的，你与袁的关系本就不好，这个时候站出来说话，我担心非但救不了陈昭常，还会连累你自己。”沈宗畸毅然决然地说：“在我最困顿的时候，有人问我粥可温，这个人就是昭常。一饭之恩，当舍身相报，即使救不出他，我只要尽力，也就心安了。”后来，在沈宗畸等人的相助下，陈昭常得以安然脱险。

在人生最困顿的时候，倘若有人问你粥可温，这个人，就是你最值得深交的朋友。

（若子摘自新浪网　图/陈明贵）

我的爸爸

□周云蓬

我的爸爸不是那谁谁，不然，我会大吼一声，报出他的名字，保准把厄运吓得一溜烟地跑到别人那里去。

在铁西区小五路的某间平房里，我爸爸趴在炕头哭，我妈妈趴在炕梢哭。我爬到爸爸那儿，他说："去你妈妈那儿。"我爬到妈妈那儿，她说："到你爸爸那儿去。"这个场景定格在我人生的开始，大概那天医生确诊我患上了青光眼，有可能导致终身失明。后来，妈妈带我千山万水地治眼睛，爸爸在家里上班加班，维持生计。我们经常会在异乡的医院里，或者某乡村旅馆里，接到来自沈阳的爸爸的汇款，还有他搜罗来的宝贵的全国粮票。我药没少吃，路没少走，最后回到家，视力终于还是彻底消失了。

记得爸爸第一次跟我郑重地谈话，仿佛是对着我的未来谈话："儿子，爸爸妈妈尽力了，治病的钱摞起来比你还高。长大了，别怨父母。"我有点儿手足无措，想客气两句，又有点儿心酸。

我爸爸叫周丛吉，老家在辽宁营口大石桥。20世纪60年代，大饥荒时，他跑到沈阳，当工人。他是个挺聪明、挺有情趣的人，或许晚生几十年，也能搞点儿艺术什么的。

20世纪70年代末，电视机像个飞碟似的，降临在我们贫瘠的生活中。先是一家邻居买了一台黑白电视，我们整个向阳大院的孩子们都炸开了锅，每日流着口水，盯着人家的窗户。这时我爸爸闪亮登场了。他骑上自行车，到沈阳的大西门电子零件市场买线路板、图纸，埋头钻研，终于有一天，"咣"的一声，我家的"原子弹"爆炸成功了。我家有电视机了，九寸的，是我爸爸装的，太骄傲了。

在工厂里，他也是把好手，车钳洗刨各种工种全能拿得起。后来，他被评定为八级工，大概相当于高级技术工人的职称。可是，我越来越不喜欢这样的爸爸，以及工厂的噪声、冶炼厂的黑烟。那时，我开始读泰戈尔了，什么"夏天的飞鸟，飞到我的窗前唱歌"。我们家门口，有一个下水道，再向前是个臭垃圾箱，紧接着还是个下水道。爸爸每晚都要会见他的同事，讲车床、钢管，抽烟，喝酒，妈妈在外屋地（东北方言，对门厅兼厨房的称呼）炒花生米，我们要等着他们吃完才能上桌。而且，像很多爸爸一样，让全家人害怕他，是他人生价值的体现。

所以，每个人的叛逆，都是从反抗爸爸们开始的。

我很记恨他打过我。有一次，我从外面回来，一下子把盖帘上刚包好的饺子踢翻了，我爸爸上来就给了我一巴掌，我很委屈，因为眼睛看不清楚，就为了一点儿饺子而被打。爸爸也很反对我读书，有一回，妈妈带我去书店，买了将近二十元的世界名著，回家后，爸爸很不高兴，说花了这么多钱。有时候，我会偷偷地设想，如果只有妈妈，生活里没有爸爸，那该多么愉快。

不满的情绪和身量一样在长大。战争终究无可回避地爆发了。

在我十六岁的时候，我已经可以上桌喝酒了。一次，亲戚来家，带了一瓶西凤酒，我喝得多了，躺在火炕上，内火、外火交相辉映，和爸爸一言不合，吵了起来，他也有点儿醉了，拿起拖鞋，照我脑门上一顿痛打，用鞋底子打儿子，那是很有仪式感的老理儿呀。

我是新仇旧恨涌上心头，加上酒劲儿，冲到外屋地，抄起菜刀，就往回冲，好几个人拦着，把我拖出门。据当事人跟我讲，我一路喊着"要杀了你"，嗷嗷的，街坊邻居都听见了，真是大逆不道。后来，我爸爸问我妈："儿子怎么这样恨我，到底为了啥？"跟爸爸的战争让我成熟了，明白人长大了就应该离开家，到世界里去讨生活，能走多远就走多远。我去了天津、长春，一年回家一两次，爸爸劝我努力当个按摩大夫，很保靠，风吹不着雨淋不着。我不以为然，尤其是他设计的，我偏不干这行。

1994年，我大学毕业，爸爸去沈阳火车站接我。从浪漫的校园里，从光辉的名著里，从对姑娘们的暗恋里，我又回到了破败的铁西区，回到几口人拥挤在一起的小平房。爸爸抱怨我当初不听他的话，学文学，结果工作也找不到。于是，他带着我去给校长送礼。这时，我看到他卑微的一面，见了宛若知识分子的校长，点头哈腰，大气也不敢喘，把装了一千元的信封和酒强塞入人家手里，拉起我，诚惶诚恐地走了。回到家还念叨着，人家是辽大毕业的。后来，中间人告诉我们，没戏。我爸爸一听不好使，就去校长家，把钱要了回来。

对家乡的失望，让我们越走越远，然而，父母老了，他们只能在身后，踉跄着唠叨些盼望和祝福。BB机出来了，手机出来了，电脑出来了，他们无视这一切，还专注地天天看着电视，用座机给远方的儿子打长途电话，害怕电话费昂贵，又匆匆地挂断。有一年，我在异乡接到了爸爸的一封来信，他很当真地告诉我，他知道我在写文章，想提供给我一个故事。说我们老家的山上本来有一大片果园，最近果树都被人砍了。故事完了，他问我，这件事能写成一篇好文章吗？

还有一次，爸爸来电话，说身体不好，让我赶快回家一趟。等我回家一看，他啥事也没有。他神秘地告诉我，他给我找了个媳妇，马上要见面。原来，我家出租了一间房给一个在澡堂里工作的姑娘，不久前，她妹妹从老家来了，也想进澡堂上班。我爸就动了心，偏要撮合一下我和她妹妹，那姑娘碍于住在我家，不好推辞，就说先见见面。这下，我爸当真了，千里迢迢，把我召回。

我说，我没兴趣。他就瞪眼了：“那你还想找个大学生呀？”怕他生气，我只能答应见见。小姑娘刚从澡堂下班就过来了，房间里，就我们俩，她问我在北京干啥，我说，卖唱。她说：“那有空去北京找你，那边的澡堂子怎么样？”我不知道她具体想知道的是啥，就囫囵着说，大概水很热。

我也是看过加缪的人了，也是听过涅槃的人了，咋还落到这么尴尬的境地？

这事情以后，我是发着狠逃离家乡的，如果没国境线拦着，我能一口气跑到南极。

2000年以后，爸爸有一次搬钢板把腰扭了，于是，提前退休了。他脾气不好，不愿意去公园跟老头老太太聊天、下棋，天天闷在家里，躺床上抽烟、看电视，结果得了脑血栓。一次，他在外面摔倒了，周围人不敢去扶，有人拿来床被子盖在他身上，直到有邻居告诉妈妈，才被抬回来。从此，他走路要扶着墙，小步小步地挪。每次，我和妹妹回家，要走的时候，他都得呜呜地哭一场。这让我想起二十多年前的他，铁西区浑身充满生产力的强悍的棒工人，拍着桌子，酒杯哐啷哐啷地响。他放出豪言：“你们长大了，都得给我滚蛋，我谁也不想，谁也不靠。”

现如今，妈妈说，我们就拿他当个小孩。他耳朵有点儿聋，说话不清楚，颤颤巍巍地站在家门口，盼望着我和妹妹这两个在外奔波的大人早点儿回家。

（田龙华摘自《绿皮火车》中国华侨出版社 图/关节熊）

捉海鸥

□王鼎钧

有那么一个人，经常到海边散步，海鸥跟他熟悉了，停在他的肩上、头上，如果他在沙滩上躺着，海鸥会停在他的身上。一天，他一面往海边走，一面想：为什么不捉几只海鸥带回去呢？他存着这种念头，到了海边，海鸥在他头顶上高高地盘旋，再也不肯下来。

那人想捉海鸥，海鸥会知道。男孩子一旦动了念头想捉住某个女孩子，她也会知道，她的内心忽然起了某种感应，知道有件事情要发生，她也会像海鸥一样，高高地盘旋。但是她也可能故意落下来，停在你的肩上，等你的手伸过来，再赶快飞开；落在你的身旁一米左右的地方，双方展开一种追逐，变化着各种招式。这就是恋爱。

恋爱是一种兴奋热烈而又庄严的捉迷藏，最后也许捉到，也许没有捉到。捉到了还记得那些辛苦，捉不到也忘不了那些趣味，这是一件麻烦透顶的事。

所以恋爱的第一诫命是不怕麻烦。恋爱是终身大事，凡是大事都麻烦，怕麻烦的人一事无成，包括培养爱情。试看那些为了培养运动员精神的人，要辛辛苦苦去打好几年球，岂不更麻烦？何况他们最后抱回来的是个叮叮当当的空杯子，不是丈夫或者太太。

（张建中摘自《广州日报》2018年1月30日）

那些被医药费逼着成长起来的年轻人

□世相君

一

先说这么一件事：90后同事小四说，她有个曾经闹得很不愉快的同学，几年没联系了，今天突然打来电话："我爸突然查出了恶性瘤……不是要借钱，就是想问问你在北京有没有认识的医生，可不可以拜托你帮我去医院问一下？"

小四很意外，但又很能体会到她的绝望——父亲突然倒下，不管有没有用，都想把所有能看病的渠道找一遍。

对很多在外打拼的成年人来说，小时候父亲是家里的顶梁柱，长大后，父亲就是他们的后备军。

印象里，父亲是无坚不摧的家的支撑，直到某天，他突然撑不住了。

这带来的改变几乎是天翻地覆的：之前老爸什么都给你安排好，现在你要一边安慰妈妈一边签手术同意书；之前想去大城市实现梦想，现在要每天在家照顾病人；之前在医院去哪儿缴费都不知道，现在记住了各种科室，进门就跟医生点头哈腰……

你被逼着担起了责任。你本来正要往前冲锋，但现在必须刹车了，就是这样的"一夜成人"。

二

电影《我不是药神》里，程勇的父亲得了血管瘤。他在走廊上问医生治疗需要多少钱，医生说："先准备10万动手术吧。"于是他不得不冒着风险开始卖走私药。

我们采访了十多个二三十岁的年轻人，他们第一次看到父亲生病的账单时，又蒙又震惊——

上哪儿去找这么多钱？

借钱、贷款？拿什么还？要还多久？卖房？卖房后住哪里，未来一家人怎么办？

读者朵朵发给我她爸爸在ICU（重症监护室）一天的账单。突发脑血栓，抢救了一个多月，一天一万，一共33万。朵朵那时22岁，刚结束实习，工资每月四五千。她说："大学里天天熬夜、打游戏、各种逃课，被惯大的，对钱根本没有概念。"

她跟妈妈哭了一晚，最后以不到20万的价格卖了家里的车和北京车牌，刷了四张信用卡，加上小额贷款，凑齐了剩下的钱。

但凑钱只是开始，她必须想办法赚钱。借钱后的一年，朵朵做了很多兼职。微商、卖水果，冬天卖雪地靴、冰糖橙，夏天卖洗发水、美瞳，每月还8000元借款。这是她第一次体会到什么叫真的"花钱如流水"。

也是第一次以最极端的方式感受到赡养父母的压力。

三

去年年底有一篇大范围刷屏的文章，作者叫"认真的赵先森"，真名叫赵勇。三年前，他父亲因为一场车祸变成植物人。

他写道："我的世界被颠覆，我的人生轨迹就此改变。"

那时候他研究生刚毕业，签了天津一家大型设计院。跟女朋友聊到未来的生活计划时，他说："明年安顿下来，买个小户型，慢慢还贷，结婚、生子，争取考下注册建筑师，孩子放假了送爷爷家，我俩每年出去旅行一次。"

父亲住院后，他的母亲也因为受了打击而生病。作为家里唯一的

 我们偶然地年轻过，磕磕绊绊撞上快乐，他说。我们身体的那种甜美自然而然，一如太阳每天早晨从地中海升起一样新鲜。——杰克·吉尔伯特

孩子，他一边照顾两位老人，一边追着肇事司机赔钱。

面对父母重病带来的压力，绝大多数奋斗中的年轻人都分身乏术，做过最多的选择，就是放弃。

赵勇放弃了爱情，跟女朋友和平分手；也放弃了工作，建筑师的理想从此移出人生清单。

他到处卖画、借钱，住过肯德基、地下室、好心人的办公室。一个多月没洗澡。三年，他放弃的是自己的青春。

我们采访的很多年轻人，都有不同程度的放弃。卖掉婚房、不再考研、拒掉心仪的互联网公司进了老家的国企单位……

我听过的最多的理由就是，一辈子这么长，钱没了可以再赚，工作没了可以再找，但爸爸一辈子只有一个。

说这话的时候，他们往往带着万分的坚定，又带着万分的无奈和不甘心。

“成长就是种剧痛。”去年年底，赵勇的父亲去世，他也开始回归正常的生活，但曾经不得不放弃的东西，很难再找回来。

四

当钱和命放到一起，很多年轻人的第一反应往往是：我还没准备好。采访的十几个人里，每个人都“心冷”过。

一个女孩说，父亲跟搭伴生活的老太太一起过了7年，生病后，老太太却不闻不问。

她说，在一起生活这么久的人，从没想过会是这样的场面。

遇到更多的不是激烈的冲突，而是各种推托和无视。

亲戚朋友说有问题会尽力帮忙。后来打电话，都是支支吾吾要工作、要带孩子，忙不过来。

借钱就更别谈了，次数多了电话都不再接。

“但你没办法责怪或怨恨他们。毕竟帮了是情分，不帮也是人的本分。”

他们也更坚信，最紧要的关头，一切都要靠自己。善良不是每个人必须履行的责任。

五

最大的打击不是钱，也不是人情的冷漠，而是无止境地磨人。

他们必须迅速掌握很多“之前从来不会关心”的事情：买进口药一定要查药源稳不稳定；一定要加几个消息畅通的病友群；常备尿垫，经常翻身按摩，防止褥疮……事无巨细地操心。

朵朵的父亲因为脑血栓常年卧床，智力退化，吃饭要哄，睡觉要哄，他不睡谁都不能睡。

她承认自己有时会受不了：

“有时他在卧室喊我，我也懒得去看一下，就像……狼来了那个故事的感觉你明白吗？我一过去，他就消停了。”

但她忘不了一些细节。

爸爸糊涂后会经常问她：“爱不爱爸爸？”

以前他从没说过这样的话。

朵朵每次都回答“爱”。她爸就会开心地笑：“好闺女。”

“他以前从没放弃过我，我也不想放弃他。”

六

说起来挺沉重的。第一批90后不得不开始面对赡养父母的压力了。自己不敢生病，更不敢让爸妈生病。

没人愿意遇到这样糟糕的事，但就像《我不是药神》里那个老太太说的：“谁家没个病人呢？你就能保证不生病吗？”

25岁之前，是努力追着未来，让自己成长。25岁以后，更像是被时间、被父母的衰老追着、逼着成长。

必要的时候，咬牙把所有的难处忍过去、扛过去。

没别的办法，你只能为一切可能遇到的状况做好准备。

因为坏消息的来临从来不会给你准备的时间，每个人都是手忙脚乱地长大。

（一米阳光摘自微信公众号“新世相”图/关节熊）

妈妈劝我别生孩子

□刘冷静

在东野圭吾《时生》一书的封底上，印着拓实夫妻留给儿子时生的最后一句话：“作为我们的孩子，你幸福吗？”

这句话直击我心，让我买下了鲜少涉及的小说，我把它放在爸妈家的书房里，并在那句话后面写下我想告诉他们的话：我很幸福。

我从来都是活在象牙塔中的乖乖女，上什么课、考什么学校从来都是大人替我拿主意，毕业后没多久便步入婚姻。这样的生活，我没有觉得好或者不好，直到婚后那段急于备孕的日子……

那段时间虽不至于暗无天日，但确实压力很大，又不敢告诉任何人，我很懊恼。那个春天的周六，我回娘家过周末，妈妈在厨房切菜，我帮忙剥葱，屋里静悄悄的，只听得到水管的滴水声。妈妈突然说：“宝儿，我不希望你生孩子。”

我愕然地抬起头来看她，她很平静，像在讲一件稀松平常的事。

“只有当妈的人才知道，当了妈最爱的人就不会是自己了。”妈妈接着说，“当妈的心里只有孩子，可我生了你，我就只希望你最爱的是你自己，而不是因为做了妈就不再把自己放在第一位了，我真的不想你生孩子，我怕你忽略自己。”

那一刻，我什么都没说，眼泪却悄悄跑出来。我知道我是她的第一，永远都是。

（梁衍军摘自《读者·原创版》2018年第6期）

刚才给你送外卖的，是我爸爸

□星 尘

杭州一家外卖店主，最近在微博公开了一件小事。

下午5点多，顾客通过某平台点了外卖，派送的是一个上了年纪的大叔，由于地址没写清楚，送餐超时。

事后，店主向顾客解释了情况，还给顾客退款，但顾客依然投诉，送餐大叔被罚了500元。

晚上8点多，忙完一天工作的大叔，不好意思地来到店里，问店主：能不能把那碗顾客退款的粉加热一下，他想带回去给女儿吃。

从5点到8点，三个小时过去了，那碗米粉早就没法吃了。店主听了很心酸，立马表示要给大叔重新做一碗。大叔连说不用了不用了，然后走了。

自从外卖行业兴起，关于外卖送餐员的新闻层出不穷。

随便搜索一下都是——

《外卖送餐员迟到8分钟被打骨折，客户逼其自扇耳光》

《外卖小哥用生命送餐，高温暴雨单子最多》

《车祸不断，是谁让外卖小哥一路狂奔》

《送外卖电动车被拖走，外卖小哥拎饭当众下跪》

……

最热的天气，我们都不愿意出门的时候，他们在路上；最冷的天气，我们都缩在空调屋里的时候，他们在路上。

刮大风的时候，他们推着电瓶车；下大雨的时候，他们蹚着过膝的积水。

顾客催促的时候，他们加速飞奔；顾客气恼的时候，他们赔着笑脸。

点了外卖就是顾客，而顾客就是上帝。

当有人花着十几元钱当上帝的时候，他们却不知道，那个被训斥被投诉的外卖员，可能是个连一碗米粉都舍不得吃的大叔。

如果他知道，是否也会有一丝愧疚？

我的一个同事很有意思，每次点了外卖，眼看快到时间，就要跑到楼下去等。

我们都打趣叫她“吃货”，说她一会儿都等不及。 后来才知道，她等的不是饭，而是人。

原来，某天她点了外卖午餐，忽然有事要出门，走到楼下，送外卖的小哥正好到了，跟她打了声招呼，帮她把饭送上楼。

小哥的送餐车旁边，还站着一个小孩。她停下脚步，问小孩：“你怎么在这里站着呀？”

小孩说：“刚才给你送外卖的，是我爸爸。”又说，“爸爸让我在这里帮他看着，他箱子里还有饭，怕丢。” 原来，外卖小哥每次过来要送两栋楼，送餐车停在楼下，总怕车子和饭有什么意外，就带了孩子来看着。

我同事联系到外卖员，跟他说，这样带着孩子到处跑太危险了，以后到送餐时间，她会提前下来帮他看会儿车子，不要带着孩子出来了。

从那之后，她每天都会早早下去，帮外卖小哥看着电动餐车；她做事也比以前沉稳宽厚，不再那么浮躁易怒。

而相互体谅，也成了理所当然的事情。

前两天我在产业园里走着，遇见一个外卖员，也是大叔，头发都花白了，站在路口东张西望，很无助的样子。

我上前一问，原来有个单子，顾客地址没有填写清楚，只写了在园区的某某公司。园区那么大，少说也得有一百多家公司，偏偏客户预留的电话打不通。眼看送餐时间就要到了，大叔快要急哭了。

幸好，我用手机搜索这家公司的名字，找到了他们前台的电话。

电话打到前台，问清了地址，大叔连连致谢，一路小跑地赶过去了。

好多人说，送外卖不过是一种职业，都是自愿的，每个人都可以选择做或者不做。他们既然选择了送外卖，得到了对应的报酬，就应该吃下相应的苦头。

还有人说，现在送外卖收入很高，做得好能月入上万。他们听到别人同情外卖员就发笑：“人家月入上万，需要你来同情？”好像只要月入上万，被风吹、被雨淋、被刁难、被扇耳光都是应该的了。

于是，有的人点外卖，晚几分钟就给差评，绝对不留情面。有的人点完就把手机丢一边，多少电话打进来也不理。还有人一听说外卖员找不到路，也不问什么情况，直接就吼：“找不到就别送了，退单！”

总之，黑夜给了他们黑色的眼睛，他们却用来翻白眼。

从前的我也是个戾气很重的人，讨厌被打扰，不喜欢吃亏，总希望事情按照预想的样子来，稍有不如意就要大发雷霆。

有一回去济南，在路上打不到车，我气得直跳脚。

选一条路一以贯之，不能因为自己的利益和方便，或者便宜，今天从这个兜里，而明天那个兜里又掏出了那个世界观。——高晓松

藏在心底的西蓝花

□耿艳菊

这是他第六次看到她了。街角的小饭馆里，她总是一个人坐在窗前，眼底有淡淡的忧伤。她的桌上总是放着唯一的一盘菜——素炒西蓝花。一个人，一盘菜，却摆着两双筷子，她在等人？

直到她离开，也没见有人来。

第七次，桌上多了一本书。他悄悄看过去，是木心的《哥伦比亚的倒影》。她也喜欢木心啊，他对她的好感莫名又近了一些。

这次，除了一成不变的西蓝花外，她还要了一碗馄饨。刚吃了几口，她接了个电话，急匆匆走了。木心的书却落在了桌上，他心里暗喜，拿走了那本书。

之后他每到中午饭点时，会提前半小时来到小饭馆，而她再也没来。他快要放弃的时候，她却风尘仆仆地站在了小饭馆的门口。这是他第八次见到她。

他坐在她常坐的窗前位置，看到她的那一刻，他猛地站了起来。意识到自己的莽撞，忙扬起桌上木心的书。她笑了，笑得很温暖，很好看。他的心轻轻地荡漾了。

他们像是久别重逢的故人。那天，他们一起坐在窗前的位置吃了饭。她像往日一样，要了一份素炒西蓝花。那顿饭，他和她似乎都很有胃口，吃得开心，聊得也开心。

他又看到了她第九次，第十次，第十一次，第十二次……

两年后，她成了他的妻。他家的餐桌上常有的一道菜就是小饭馆里的那盘素炒西蓝花。

她性情温柔，轻声细语，体贴，是一个好妻子。他们很恩爱，日子过得幸福。然而，谁都想不到，他心里竟一直藏着一个心结。

光阴一年一年往前走，这心结也越结越深。他也常常劝自己，都这么多年了，喜欢一个人，没必要在乎她的过去。可是，有时候，他总会不由自主地想起当年小饭馆里的那盘西蓝花，想他的妻子在等的人是谁。

他发现自己的脾气越来越不好了，怕伤害到她，他把自己关到书房里，在日记里写下了藏在心底多年的心事。

她收拾房间时，无意中竟看到了那本日记，也终于知道了他的心事。她的泪一滴一滴落在纸上，湿了那心事。

晚上，他回来，她早已做好了饭，桌上有她特意为他做的素炒西蓝花。他皱起眉头，她已明白他眉间的愁绪，平静地讲起一段往事。

那时候，她刚毕业来到这个城市，到处奔波着找工作。有一回，在公交车上，有一个打扮时尚的女人冤枉她偷拿了自己的手机。很多人向她投来鄙夷的目光，她委屈得直掉眼泪，那其实不过是个误会。车上只有一个人肯相信她，并帮她证明了清白。她记下了那张令她温暖一生的坚定面容。他在下一站下了车，她看到他的手里提着一兜青色的西蓝花。

那天她因为有点儿过敏，戴着口罩，他根本看不到她的模样。她却记住了他。她不久找到了工作，在这座城市有了立足之地后，经常做的一件事就是寻找他。

这个城市这么大，找一个人其实很难。可她真幸运，竟找到了。原来她和他工作的地方离得那么近，只隔了一条街。她站在办公楼上看到他爱去街角的小饭馆吃中饭。她想了好久，决定也去小饭馆。

他恍然大悟，原来他的妻子要等的人就是他啊，他才是妻子藏在心底的西蓝花！

（张晓玛摘自《吴江日报》 图/果酱的酱）

济南是我曾经待过七年的地方，我在那里上学、恋爱、结婚、生子、离婚。尤其打离婚官司那一年，每次开庭都要大老远跑去，每次去的时候心情都很恶劣。

所以打不到车的那会儿，我几乎要爆发，无比痛恨这个地方。

最后还是有一辆出租车停了下来，我黑着脸上车，“砰”的一声把车门关上。

司机看了我一眼，吓得没敢说话。

空气安静了好几分钟，我才发觉，我的脾气差，完全是因为自己的生活不如意，和眼前的司机半点儿关系都没有。

于是我赶紧平复心情，跟司机道歉。

从那之后我养成了一个好习惯，每次遇到不如意的事情，我会变换一下对方的身份来考虑问题。比如外卖小哥送餐迟到，我想：我会不会因为自己迟到而对自己大发雷霆？

当然不会。比如快递员有事耽搁一天，我想：我会不会因为自己的兄弟耽搁一天而不依不饶？

当然不会。以此类推，我很容易就原谅了他们。

既然我们能原谅自己，为什么就不能原谅他人呢？那并不是什么不可原谅的事情啊！

（张晓玛摘自微信公众号“摆渡人” 图/点点）

父亲其实很爱哭

□薛晓玲

第一次见到父亲哭是二十多年前了。

那时候，父母住在乡下，我们兄妹都没在身边，说实话，虽然我住的地方离他们不远，但在我心里却从没有过担心他们的念头，毕竟，那时候的他们还属壮年；毕竟，他们两人之间还可以相互照顾。

我也就十多天回去一次吧，给他们买点儿可口的食品，陪他们说说话，帮着干点儿家务活，仅此而已。

那天我回去，却是铁将军把门，问了邻居才知道，父亲住院了。

我当时就蒙了，身体那么结实的父亲，怎么就住院了呢？

急忙赶到医院，见到了躺在病床上的父亲，憔悴得让人心疼。看到我进去，他眼圈就红了，虽极力忍着，但浑浊的泪还是顺着脸颊淌下来，我安慰着他，替他擦泪，也忍不住想流泪。

那是我第一次感觉到父亲的脆弱。

第二次看到父亲哭，是我老公的外婆去世，老公外婆家和我父亲是一个村子，那时候，我儿子还小，我不想带他去那种场合，就把他放在父亲家了，哪知道从没离开我的儿子那么磨人，一直哼哼唧唧地不安生，父亲没办法就带着他去找我。

当听到父亲来了的消息时，我赶紧去迎接，在院门口却看到父亲在抹泪。我吓一跳，不知道出了什么事情。问他，他却摇头说没事，只是孩子闹，给我送孩子来了。

可是，你怎么哭了呢？

我这么一问，他眼眶一红又开始流泪了，嘴里却一直说没事。

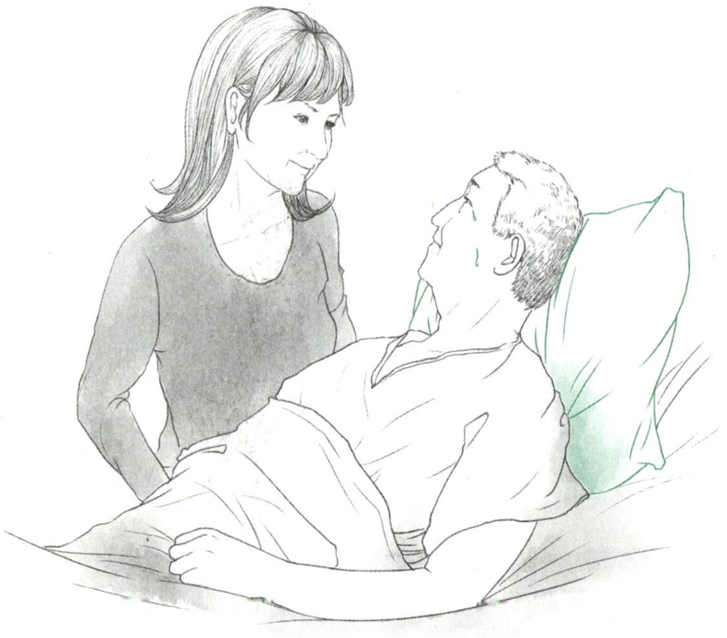

我再三问，他才说是因为看到我老公外婆家门上挂的白纸，看到我们穿的白色孝衣，他说他的心里突然很酸，想哭。

我的心突然也酸了，很想紧紧地拥抱他，我的老父亲一向坚强若铁，心却柔软至此，怎不让我心疼？

后来与母亲聊天，说到这些，母亲说："他其实很爱哭。只是没当你们的面哭。你们兄妹多，个个都要吃，个个都要喝，养活大你们真难啊，他半夜哭过多少次，数都数不清了！"我怔住，心里五味杂陈，泪水泛滥。

最近一次见到父亲哭是他要动大手术——心脏搭桥。我当时有事没法去，但我的五个兄妹都在，父亲已经很虚弱了，做，风险太大；不做，后果也是不堪设想……

最后这手术还是做了，老天保佑，恢复得还很好，一家人欢欣鼓舞。感谢上天怜悯。十几天后父亲出院回家，我去伺候。父亲给我讲在医院的点点滴滴，不知道他是怎么知道那些细节的，给我讲的时候他的泪又开始流下来。这次我清楚那是委屈的泪，因为他觉得他的儿女们连救不救他都要斟酌，这实在让他难过。

我安慰他，给他陈述利害，我请他理解我的兄妹们的担心，我说："你是他们的父亲，是他们生命里最重要的人，但凡有一丝希望都不会放弃救你，只是当时你身体状况太差，有顾虑也可以理解，请你多多谅解吧！"

父亲乖乖地点头，说我知道我知道，道理我都懂，我就是……说到这儿，他难为情地笑了，泪在沟壑不平的脸上一弹一弹，很可爱的样子。

爱哭的父亲真真正正地老了，都说老小孩老小孩，父亲早已不再坚强，倒是任性幼稚了许多，但却不使人厌，反而让我们更愿意亲近了。

（冬雪摘自《杂文选刊》2018年第6期　图/博凡）

多读书，就不至于社交网络上看到什么新名词就对号入座了。——蒋方舟

LAO / GONG / ZHU

老公主

□张寒寺

公主刚过27岁便已经显出老态，她望着镜中自己眼角的鱼尾纹，摸着身上渐渐松弛的皮肤，悲伤？恐惧？怨恨？绝望？她也说不好是哪一种情绪主宰了她的心智。她年轻时沉迷于挥霍和炫耀自己的美貌，并无一次真心的爱恋，对于所谓的裙下之臣，心情好的时候便装傻以退，心情不好的时候就蛮横以进，至于是否伤害到谁谁谁，她倒真没在乎过。只是到了现在，公主方才心慌起来，谁承想到这盛大的舞会竟然早早地散场，那些邀请她步入舞池的追求者转瞬间嘴里高喊的都是“老公主”“老公主”，不留一点儿情面。

老公主在城堡里惶惶不可终日，躲避旁人，躲避阳光，或许她以为这样便可以阻止时间的刻刀在她身体上留下疤痕。

又是五年，老公主已经白了头发，她对着镜子叫喊，同时也惊醒自己。她连夜召来父亲的首相，让他为自己出出主意，看看这位平日跟财税枪炮打交道的老头子，能不能凭借在衰老领域的经验指一条明路。

首相欠了欠身，缓缓说道：“我听说在某个遥远的国家，有一位公主，历经数百年而未老去一分，最终还嫁给了一位英俊的王子。”

老公主听闻有这样的传说，心中暗喜，难掩激动，忙问那位同行是怎么办到的。

首相回答说，她的办法倒也简单，就是没日没夜地睡觉，一睡就是几百年，听说她还有个雅号叫作“睡美人”，那位王子用一个吻把她唤醒，两人便即相爱，难舍彼此。

老公主听到故事浪漫如斯，不禁春心萌动，阻止衰老还能寻得真爱，这种好事哪还敢奢求更多？她当即决定照办，分毫也不容偏差。

好在王国里不缺奇才，第二天就有人献上珍贵的沉睡药丸，只需要一颗就能让人睡上三年，公主拿出全部的首饰，换了整整一罐。她回到房间，关好门，安排好后事，包括那位王子应该长什么样子，多高多帅，是讲荷兰语还是意大利语，全都一一叮嘱下人。最后，她服下十颗药丸，沉沉睡去，等着即将入梦来的王子。

也不知过了多少日子，公主很难用梦境来计算时间。

从山脉另一边赶来的王子摘下头盔——那上面沾满了恶龙的鲜血，放下宝剑——已经因为砍杀食人魔而卷了刃，他下马站在一旁，静静地等待门房通报自己的名号。

很快，下人们核对了单子上的条件，欢天喜地地迎他进了城堡。

王子走进公主的房间，走到床前——

皱纹已经爬上了她的脸颊，丛生的白发散落两边，嘴唇也不如年轻时光滑丰满。

王子知道，自己现在只要吻下去便可以让她醒过来。但是，那样真的好吗？这位以高傲见称的公主，怎么肯接受我如此年轻她却垂垂老矣的现实？

王子叫来下人，让他们为自己安排房间，说要在此住下。

下人不解，说：“公主吩咐，只要您一来，就立刻吻醒她。”

王子说：“不，待三十年后，我跟她一样老时，再与她相见吧，不能跟相爱的人一起老去，那实在是一种折磨。”

（林冬冬摘自《猫饭奇妙物语》测绘出版社 图/蝈蕖猫）

从此，你的幸福都与我有关

□国永梅

………01………

川航3U8633事件大家都已知晓：在驾驶舱风挡玻璃突然碎裂的情况下，机长在失温失压的情况下，在乘客慌乱害怕的情况下，他手动把飞机成功备降在成都双流机场。灾难面前，我们认识了一位真正的英雄机长。

那么，在灾难面前，飞机上那些普通的恋人和夫妻，他们做了什么？

23岁的自由职业者小周，飞拉萨，是和女朋友一起去纳木错看星空。“砰”一声，在指示灯、照明灯，所有电子设备全都失灵的情况下，他的第一反应，就是赶紧抱住女朋友，将她紧紧抱在怀里，跟她说：“不要怕，有我在！”

吓得发抖的女朋友也紧紧抱住他，轻声说：“不怕！”他们就拉着手紧紧依偎在一起。这个时候，他顾不上看窗外的情况，想的是，如果飞机垂直落下，那肯定就是机毁人亡、粉身碎骨，那得多疼！或许，他更多想到的疼，是女朋友会有多疼！

下飞机后，牵着女友的手，望着女友的脸，感觉彼此真实的拥有，是多么宝贵，他给了女友一个大大的拥抱，女友也回赠他一个大大的拥抱。

他们还是想去看星空，于是改签了飞机，依旧去了拉萨。在拉萨，他们依偎在一起，看到了银河系，很美。

比拉萨的星空更美的是，女朋友在他身边，他还能看到她，坐在吊椅上转圈圈，对着他眯着眼睛笑。

34岁的艾女士和丈夫是农民工，他们是去拉萨找活干。这是艾女士第一次坐飞机，平时坐电梯都怕的她，特紧张。丈夫坐在她的后座，一直安慰她。事故发生时，她人都蒙了，脑子一片空白。看到别人都把氧气罩戴上了，心里很慌。第一次坐飞机，压根就不知道怎么鼓捣这东西，她使劲扯了几次都没扯下来。她的丈夫先是费力伸手想帮她扯，可是够不到，没有任何犹豫，丈夫就把自己的安全带解开，过来给她戴氧气罩。结果，刚给她戴好，他就被弹飞到过道里，撞伤了腰。

降落后，艾女士整个人瘫软了，呕吐，坐都坐不住，在医院待了好久都张不开嘴吃不下饭。她的丈夫逗她：“你就像咬我时那样嘛，张大嘴！”结果，她一下子张嘴笑了。

过后，有人问她的丈夫当时第一反应是解开自己的安全带，心里怎么想的？他憨厚地笑：“哪来时间想，这完全是自然反应嘛，她是我老婆啊！她是我最亲的人！”

事件发生后，他却告诫大家，如果遇到类似的危险，千万不要轻易解开安全带，的确很危险。可是，在很危险的时候，他却为了自己的妻子，解开了。

艾女士和丈夫是再婚，结婚才半年。“生死关头，他最先想到我的安全，忘了他自己的，现在我们更恩爱了。”

川航3U8633上的乘客是幸运的，他们能够逃脱死亡之神的掌心，安然活下来。或许，飞机上的那些情侣和夫妻，他们更多了一份幸运，因为，他们比常人更懂得，拥有彼此才是活着最幸福的事。

………02………

听朋友讲过她父亲的故事。

去年春天，她的母亲查出肺癌，虽南来北去，想各种法子治疗，终没有阻挡住母亲远行的脚步，到了冬天，母亲就撒手而去。

母亲活着的时候，父亲最喜欢吃母亲做的水煎包。几乎每个星期，母亲都会做上一锅，焦黄焦黄的皮，一咬就冒油的馅儿，每次，父亲总是吃得特别过瘾，特别满足。后来，母亲生病了，但还是坚持每周做一次水煎包，给父亲解馋。父亲也变得越来越能吃，好像怕被别人抢了去似的。

母亲去世那天，父亲拉着母亲的手，泪水涟涟：“你咋就走了呢？以后谁给我做水煎包呢？”

秋香

□乔叶

汉语里有些词，越看越美，美不胜收。比如，秋香。

四季里能配香的，还有春。春香也不错，可是跟秋香一比，就有一些逊色了。春天的香是刚刚苏醒的香，是襁褓的香和童年的香，什么都不曾经历，还太娇嫩。

秋香，则不同了。秋香，在哪里呢？

路边的水果摊子上，葡萄、苹果、石榴……是的，明知道有些水果是夏天就有了的，可是显然，它们跟秋天更相知，更默契。要不，形容秋天的时候，人们怎么会喜欢用硕果累累这个词呢？还有各种菜蔬。西红柿格外红，南瓜格外大，丝瓜格外长，花生刚下来，壳上还带着一点点浮土。磕开一个，花生衣还是粉粉的。芹菜、菠菜、空心菜，层层叠叠的绿，都挤在这秋天里。它们似乎都知道，应该趁着这个时节拼命地长，不然到了冬天，就只能闷在大棚里了。人们吃这些大棚菜的时候，只觉得吃的不是那个味儿，哪里会想得到，它们在大棚里长的时候，也不是那个味儿呢？

有香意的还有人们的闲话：

“哎呀，买这么多菜，你家冰箱修好啦？”

“修好啦。花了两百多。”

“还不如买个新的得了，把日子过得恁仔细。”

“好饭可不得是小口吃，好日子可不得是仔细过？”……

这些琐碎的家常，和秋天也最配。

悬铃木的叶子还没有变黄，泡桐的叶子刚刚开始落，金桂银桂已经繁星似的闪烁了一树，慢性子的槐花还在不慌不忙地开。今天的阳光是这样好，也许明天就不那么好了，那不管，明天来了再说明天。现在正是秋天最饱满的时刻。

秋香，到底是怎样的香呢？

也许是经过烈日和暴雨才提炼出来的香吧。

也许是从容等待着寒霜和大雪将至的香吧。

（张建中摘自《新民晚报》2018年10月12日　图/麦小片）

母亲走后，父亲日渐消瘦。朋友和妹妹很着急，就学着母亲，很用心地给父亲做了一顿水煎包。端上桌子后，父亲夹起一个，咬了一口，便放下筷子，不再说话，进了卧室，再也没有出来。姐妹俩也不敢问，只能自忖，是不是她们做的水煎包没有妈妈做的好吃？

过了几天，朋友听说一家大饭店的水煎包特别好吃，特地去买了来，给父亲送回家，巴巴希冀着父亲能够喜欢吃，父亲尝了尝，眼里有了泪花：“难为你们了，闺女。不是包子不好吃，而是给我做水煎包的人没了！我稀罕的是那个人……”

有你的世界，水煎包，才是美味。没你的世界，再美味的水煎包，也寡淡。

………03………

爱情是什么？

有人说，是镜中花水中月，是玄而又玄的东西。

有人说，爱情只在年轻时才拥有，进入婚姻，爱情早被柴米油盐淹没了，吞噬了。

也有人说，中年男女的日子，只余下一个叫婚姻的空壳，爱情，早如过眼云烟，不留痕迹地溜走了。但可能的是，众里寻爱情千百度，蓦然回首，发现爱我们的人，就在我们身边，就掩藏在琐碎的日子里。

或许，他亦人到中年，已是一枚有些油腻的大叔；或许，他并不优秀，甚至很是平凡，在人潮里很快就会被淹没；或许，他也不怎么爱做家务，喜欢四仰八叉躺沙发上看电视；或许，他不怎么记得住结婚纪念日、生日这些象征着浪漫唯美的日子；或许，他……

可是就是这样一个人，他心里，住着一个你。或许，他不会轻易对你说出爱的情话，但是，关键时刻，他会用行动，做出最有力、最厚重的爱的表白。

一个女人，年轻的时候，总觉得被宠爱，才得到了真正的爱情，才是人生最大的幸福。可是，越往前走，越发觉得，平平淡淡互相依偎白头到老，天天听着有人在你耳边唠叨，就是人生最美的爱情。

牵了你的手，今生就要一起走。

牵了你的手，从此，你的幸福都和我有关。

（田宇轩摘自微信公众号“国永梅”　图/关节熊）

虎皮蛋与平行的世界

□小熊洛拉

一个奇怪的大叔。粗眉毛，耷眼角，紧绷着双唇，端坐的姿势一丝不苟。已经连续三天了，每到下午这个时间，他就会像闹钟一样准时出现在店里，等着三四个高中生模样的男孩进来。

京屿注意到他格外关注其中一个男生，甚至仿佛有些紧张。但看样子，那个男生根本就不认识他。而他就好像在看自己的小孩。这个念头在心头盘桓的瞬间，京屿的脑海里忽然跃出爸爸去世前落在自己身上的目光，同店里那个奇怪大叔的目光竟慢慢重合。“他要死了？”愣怔片刻，京屿忽然脱口而出。

“谁？谁要死了？”

京屿没应声，她甩甩头，像是要把这个无稽的念头从脑海里甩出去，走到冰箱前整理起当天要用的食材：“鸡蛋买了好多？”

“做虎皮蛋吃吧！”

等着鸡蛋煮熟时，门上的铃铛“叮当”作响。京屿抬眼看到那个奇怪的大叔，他走到小吧台前，看京屿把那些鸡蛋从沸腾的水里捞出来。

“要做虎皮蛋？”

“嗯。大叔会做吗？”

“会。”那一瞬他眉毛上扬，似乎很雀跃的样子。但只是一瞬，他的眼角便垂了下去，声音也跟着顿了一下：“我儿子啊，他最爱吃我做的虎皮蛋了。”

木门上的铃铛又响了起来，那几个高中男生笑闹着走进店里。那个被大叔的目光追随的男生似乎得了什么大奖，被其他几个人簇拥着。他们一路走到小吧台前，还把奖杯展示给京屿和大叔看。

“喏，是很厉害的数学竞赛。”其中一人大张旗鼓地说道，得奖的男生却有些不好意思地红了脸。

大叔的嘴唇仿佛很干涩，喉咙也哽着，有些傻傻地看着几个年轻的孩子笑。“很棒呀，很棒。”

“您认识我吗？”几个男生收起奖杯准备找座位坐下时，那个男生忽然站在大叔面前问道。“不，不认识。”大叔垂着眼帘，没有同他对视，而是几乎有些慌乱地从高脚椅上下来，绕过吧台走进厨房。

大叔一直站在小门的一侧，沉默地看着沸腾的虎皮蛋。京屿感觉到他眼底升腾起氤氲之色，忍不住深吸一口气。

“我儿子啊……要是他还活着的话，也有十九岁了……”运动神经发达，十岁就开始打篮球的大叔的儿子，高中时作为校队的主力还参加过全国的联赛，“那场比赛，他们很轻松就得了冠军。”

“很厉害。”

“是啊！”大叔叹了一口气，“大家都以为他日后会成为职业篮球运动员……”

可是意外发生了。他同篮球队的人一起去攀岩探险时意外坠落，送到医院不久就因抢救无效过世了。过世前，他说服大叔捐赠了自己的器官：“那样的话，你就想我还是以某种方式存在于这个世界上的。”

再后来，大叔几经周折找到了接收儿子心脏移植的那个孩子。据说是个很聪慧的小孩，和自己的儿子不一样，他看上去文静至极，眉目间隐约透着英气。那一抹英气让大叔觉得，真有自己儿子的神韵。

“是个好孩子，值得了。”大叔最后跟京屿讲。虎皮蛋煮好了，京屿招呼他们自己来取。那个男生经过大叔面前，忽地顿住脚步，然后深深地鞠了一躬，郑重其事地对大叔说道：“谢谢您，我会善待它的。”他的一只手正放在胸口心脏的位置。

那一瞬间，大叔脸上始终坚毅的微笑决堤成汹涌的泪水。

（司志政摘自《爱格》2018年5月B 图/点点）

诗剧

海把贝壳失落在沙滩，
我把爱情失落在人间；
凡属我的，我必追寻，
而且我知道，此刻，正是此刻，
它藏在某一个幽闭的心坎！
——公刘《海把贝壳失落在沙滩》

有钱人了不起

□胡鄂曼

认识老何时，他正在骨科住院。一年前的车祸，他断了两根骨头，上了钢板。这次来取钢板，发现血压很高，骨科医生不放心，请我看看，说病人是做生意的，忙得很，要求马上把血压降下来，做手术出院。我笑："我可以啊，打一针血压就下来了，麻醉师同意吗？平均血压不达标，他敢做麻醉？"骨科医生一脸苦相。

老何是个五六十岁的男子，头发花白，胡子拉碴。穿得像个刚从田间地头干活回来的农民。

骨科医生一介绍我，老何一把握住我的手不放，像抓住了救命稻草，操着一口湖南口音："胡医生，你帮帮我，我真有要紧的事，耽误不得，你宽限我三个月，这边有着落了，我一定住在你的科里，好好看病，你不说出院，我就不走。"

也是他命大，总算平平安安把手术做了。

过段时间，我上门诊，老何来了，还是破衣烂衫，笑眯眯地说："我跟骨科医生打听了你门诊的时间，专门找你来了。"我原本不记得他是谁了，听到那口湖南腔，想起来了，问他："怎么，钱赚到了？有时间可以住院了？"

他直摆手："唉，那要说忙，总没有时间的。我血压高，头昏得不得了，熬不过去了，还是命要紧。"

值夜班，老何溜达进办公室，闲话当年如何从下岗工人开始，卖服装、开饭店。小医生好奇："何老板，你有500万吗？"我推他，哪有打听人家钱财的？老何倒不忌讳："不怕告诉你，我资产就5000万。"伸出五根手指，戳得直直的："我儿子自称'富二代'，这个小兔崽子。"

我但笑不语。这世道，哭穷的有，吹牛的更多。小医生回头偷偷问我："他真有钱吗？穿那样。"我打断他："管人家有没有钱，你种你的一亩三分地。"

血压控制平稳，老何出院了。这天来看我的门诊，刚好没事，跟我吹吹牛，来了病人，他便坐到旁边。

来的是对夫妻，带着小孩。丈夫才30岁，突发胸痛，在当地做心电图有问题，让到大医院看看。我一看，是急性心肌梗死，再问时间，还来得及做急性手术。我一边通知导管室准备，一边跟他们谈病情。妻子一听就哭了，求我救命。

丈夫却只摆手："医生，跟你说实话，打工的，没有钱，你只开点儿药吃就行了。"

我不忍："你现在没有钱不要紧，救命要紧，做完手术再交钱也是可以的。实在没钱，找亲戚朋友借点儿。"

他摇头："唉，都是农民，哪有人借哟？算了，听天由命吧。"

我不知道说什么好。老何凑过来："你还是男人呢，这么没志气，钱算什么？命多金贵，你走了，老婆好改嫁，孩子你也不管？"

丈夫苦笑，不说什么，只低头。旁边的妻子已经哇一声哭出来。

只听老何说："没钱我借你，你病好了给我打工，还我钱。"连我都傻了，平白无故借人钱，还是陌生人？

倒是老何指挥我："你安排他手术，钱我来交，我跟他打欠条……"病人被送进了导管室，我跟老何站在门外，我问他："你怎么就相信他们会还你钱呢？"

老何的湖南口音更重了："不还就不还，哪里花不出几万块？只当给小辈积德了，总是救了条命。"

（田龙华摘自《病人看病医生看人》当代中国出版社 图/张艺馨）

咖啡姻缘

□尤今

姻亲在马来西亚风光绮丽的山城怡保经营一家咖啡店。

客似云来，只因为店里的咖啡气韵生动。

泡咖啡的那个人，大家都叫他“宏叔”。高高瘦瘦的身子，套一件圆领短袖汗衫，配一条款式老旧的黑裤子。汗衫洗得雪白，裤子却如现磨墨汁般黑得发亮。三百六十五天，天天如此。看似朴实无华，但却不动声色地展现着一丝不苟的讲究；而这，和他一贯做事的方式是一致的。

每天，天泛鱼肚白时，宏叔便到咖啡店来，把水烧开，将所有的杯子一个一个仔细地烫过。

客人陆陆续续地上门后，宏叔便开始一日之生计了。放在密封大桶内的咖啡粉，是他的宝贝，谁也动不得。他小心翼翼地取出当天该用的分量，置入小罐；然后，再酌量地将咖啡粉舀入白色的布袋里，那布袋，形状宛如圣诞老人的长袜子，不过，咖啡渍已将它晕染成了淡淡的褐色。宏叔把布袋放入金色的长嘴铜壶里，再将烟气袅袅而尚未达至沸腾的热水分成好几次慢慢慢慢地注入布袋内。他说，第一次注入水，是让咖啡粉温柔地接受水的问候；倘若一开始便注入太多水，咖啡粉以为洪水来袭，受到惊吓，香气便萎缩了。第二次注入水，是让咖啡从酣眠的状态中苏醒过来，精神奕奕地接受水的淋浴。第三次注入水，是让手脚已经伸展开来的咖啡缓缓释放香气。第四次第五次注入水，是让咖啡在茁壮的过程中把圆满的自我呈现出来。嘿嘿嘿，闲时喜欢阅读武侠小说的宏叔，说起话来也是有滋有味的。他还做了一个妙不可言的比喻，他说呀，咖啡粉犹如初生婴孩，柔嫩而又敏感；给咖啡粉注水，就好像给婴儿喂奶，必须蓄足精神，而且，手势一定要温柔。山城水质清冽甘甜，和咖啡粉是天作之合呢！有人问宏叔关于泡咖啡的理想水温、咖啡粉和水的“黄金比例”，宏叔始终守口如瓶。商场如战场嘛，雇主一向待他不薄，忠心耿耿的他当然“感恩图报”啦，谁也休想从他齿缝里撬出一个字。

泡好的咖啡，就稳稳妥妥地盛放在厚厚的小瓷杯里，捧在手上，笃笃实实的，有一种让人很心安的感觉。

宏叔泡的咖啡，个性彰显，在那醇厚的香气里，凹凹凸凸地展现着层次不同的芳馥；当咖啡兴高采烈地流经味蕾时，原本神秘兮兮地锁着的香气，便 点 滴地流淌出来，曼妙无比地在味蕾上掀起一层又一层的浪花。山城怡保美食遍地，饕餮特多，这些刁嘴刁舌的人在品尝宏叔的咖啡时，都不约而同地感受到咖啡里跳跃着的生命力，有人甚至打趣说，宏叔的咖啡就像是“液状的罂粟”，一喝就上瘾，欲罢不能；再喝呢，魂魄就晃悠悠地被它牵走了，所以，每天到这咖啡店来的人，都是来寻找自己失踪的魂魄的。

尽管宏叔泡咖啡的手法不俗，然而，我们也都知道，如果没有优质的咖啡豆，再好的功夫也难以施展出来。

宏叔选购咖啡豆，绝不假手于人；而将咖啡豆化为咖啡粉的整个过程对他来说，大大小小的细节都马虎不得。宏叔坚信，咖啡豆在舂成粉后，原本禁锢于咖啡豆里那浓浓的香气有一部分会无可奈何地消散掉，因此，他每次只做足够几天用的分量。

晚上，在阒无一人的厨房里，他心无旁骛地生起炉火，让沉甸甸的平底黑锅舒舒服服地坐在炉子上，再把质地绝佳的咖啡豆倒入锅子内。蓦然投奔自由的咖啡豆，兴奋难抑地在锅里又说又唱，花团锦簇的声音好似长了翅膀一样四处飞动。这时，宏叔瘦削的手臂就好像上了发条般，不绝地在锅里翻炒着，一刻也不松懈。老实说，单单站在一旁看，我已经觉得疲惫不堪了，更遑论动手去炒！

宏叔的手臂，宛若风车般，非常有规律而又非常有节奏地让咖啡豆在铁锅内快乐地跳舞。咖啡豆的香气在色泽变深时渐次释放，氤氤氲氲地浮在厨房里，像个绮丽的梦。宏叔不敢掉以轻心，双手持续翻转如飞轮。当咖啡豆变成深沉的褐色时，宏叔加入适量的牛油，颗颗浑圆的咖啡豆像上了釉彩，晶晶发亮。这“画龙点睛”的牛油，使咖啡变得香滑顺喉。有人学宏叔，也在焙炒咖啡豆时加入牛油，遗憾的是，泡出来的咖啡上面却嚣张地浮着一层跋扈的油。反观宏叔的咖啡，暗香内蕴，油不外露，喝后回甘绵长，让人不由得衷心叹服。万物有情，我想，咖啡豆应该是感受到宏叔对它们全心全意的爱，因此，想方设法报答他，含蓄地让牛油的香气钻进它们的灵魂里，泡成的咖啡，当然也就没有腻腻的油光啦！

炒好的咖啡豆在摊凉之后，宏叔不肯以便利快捷的机器研磨成粉，他逆道而行，选择用木臼和木杵去舂。宏叔认为，每颗咖啡豆都有独特的个性，如果一视同仁地用机器去碾，碾出来的香气，是呆板的、死气沉沉的。如果用杵去舂呢，一颗颗咖啡豆独特的香气会活泼地飞窜出来，互相撞击，形成百溪归海的斑斓面貌。

宏叔舂咖啡豆，神情虔诚得像在进行某种仪式。他坐在一张矮凳上，腰身挺得直直的，臂力强劲的手，一上一下地舂着、舂着。墙壁上那清晰的影子，丝毫不敢怠慢，也一上一下地舂着、舂着……舂出了一种缠绵缱绻的香气，也舂出了一种敬业乐业的古老情操……

宏叔一直保持独身，然而，有人却明确地指出，他已娶妻多年，他爱妻的名字就是"咖啡"。

这话，可一点儿也不夸张。

宏叔和咖啡，姻缘天定，厮守终身。

七十三岁那年，宏叔心脏病发作，猝然而逝。

他去世后，姻亲雇用了另一个泡咖啡的人吴伯，虽然他在这一行也干了许多年，可是，无论如何也泡不出宏叔的那种味道。大家都说，宏叔走了，咖啡的灵魂也随他飘逝了。

更奇的是，次年，姻亲接到了政府的一纸公文，传达拆迁的通知，因为那个地段要充作城市开发区了。

宏叔死了，咖啡的香味也死了，现在，就连这家咖啡店也死了。

从此，宏叔和他的咖啡姻缘，遂成了山城一则不老的美丽传说。

（兰之幽摘自新浪博客　图/点点）

这就是母亲

□蒋勋

一月七日，从高雄坐高铁到台北，因为是直达台中才停靠的快车，上了车就按斜椅背，准备休息看书。

车快要启动时，忽然听到喧哗吵闹的声音，从七号车厢的后端入口传来。许多乘客都被不寻常的骚动声音惊扰，回头张望。

我坐在最后一排，声音就近在身边，但是看不到人。是粗哑近于嘶吼的声音，仿佛有人扒在车门边，一声一声叫着："你带我去哪里呀——"

然后，七号车厢的服务小姐神色仓皇地出现了，引导着两位纠缠拉扯的乘客入座。

车子缓缓开动了，这两位乘客终于坐定，就在我座位斜前方。

其中一位五十岁上下的妇人，很胖的身躯，有点儿变形的脸，不断继续嘶吼咆哮着："你要带我去哪里呀——我不要去——"她像耍赖的孩子，双脚用力跺着车厢地板，吼叫"我不要去——"

许多乘客都露出惊惶的眼神，前座的乘客悄悄移动到其他较远处的空位上。

我在斜后方，看着这妇人，她忽然回过头，跟旁边一直安抚着她的另一个妇人说："我要吃——"

另一个妇人七十岁到八十岁，很苍老，一脸皱纹，黧黑瘦削，但是身体看来硬朗坚强。她从一个提袋里拿出一包鳕鱼香丝，递给有智力障碍的妇人："吃啊，乖哦——"

智障妇人迫不及待，一把扯开包装的玻璃纸袋。一条一条像纸屑一样的鱼丝飞散开来，散落四处。老妇人赶快趴下去，一一拾捡，放进妇人的手中。

有一些飞散在我身上，我捡起来，交给老妇人，她回头说："谢谢。"我笑一笑，问她："女儿吗？"

她点点头。

她的女儿把鳕鱼香丝塞进口里，大口咀嚼，鱼屑一片一片从口角掉落，母亲为她擦拭着。

女儿好像安静下来，但不时会突然惊惶地问："你要带我去哪里？"母亲很耐心地说："出去走走啊，闷在家里怎好？我们在大陆旅行不是也坐火车吗？"

一个近八十岁的母亲，照顾一个有智力障碍、近五十岁的女儿，那是多么漫长的一段岁月啊！

我在斜后方，做着我应做的功课。知道自己没有能力做得比这一位母亲好，也知道自己有很多生命的功课要做，比艺术更重要的功课，比美更重要的功课。

（田龙华摘自微信公众号"故事会"　图/吴敏）

爱

LOVE

□泰格特

在一家医院的病房里，住过两位病人，他们的病情都很严重。这间病房十分窄小，仅能容下两张病床。病房设有一扇门和一扇窗户，门通向走廊，透过窗户可以看到外面的世界。

其中一位病人经允许，可以分别在每天上午和下午起身坐上一个小时。这位病人的病床靠近窗口。而另一位病人则不得不日夜躺在床上。

当然，两位病人都需要静养治疗。使他们感到痛苦的是，两人的病情不允许他们做任何事情借以消遣，既不能读书阅报，也不能听收音机、看电视……只有静静地躺着。而且只有他们两个人。两人经常谈天，一谈就是几个小时。他们谈起各自的家庭妻小、工作，各自在战争中做过什么，曾在哪些地方度假等。

每天上午和下午，时间一到，靠近窗的病人就被扶起身来，开始一小时的仰坐。每当这时，他就开始为同伴描述他所见到的窗外的一切。渐渐地，每天的这两个小时，几乎就成了他和同伴生活中的全部内容了。

很显然，这个窗户俯瞰着一座公园，公园里面有一泓湖水，湖面上照例漫游着一群群野鸭、天鹅。公园里的孩子们有的在扔面包喂这些水禽，有的在摆弄游艇模型。一对对年轻的情侣手挽着手在树荫下散步。

在公园那端的一角，有一个网球场，有时那儿进行的比赛确实精彩，不时也有几场板球赛，虽然球艺够不上正式决赛的水平，但有得看总比没有强。那边还有一块用于玩滚木球的草坪。公园的尽头是一排商店，在这些商店的后边闹市区隐约可见。

躺着的病人津津有味地听着这一切。这个时刻的每一分钟对他来说都是一种享受。描述仍在继续：一个孩童怎样差一点儿跌入湖中，身着夏装的姑娘是多么美丽动人。

接着又是一场扣人心弦的网球赛。他听着这栩栩如生的描述，仿佛亲眼看到了窗外所发生的一切。

一天下午，当他听到靠窗的病人说到一名板球队员正慢悠悠地把球击得四处皆是时，不靠窗的病人突然产生了一个想法：为什么偏是他有幸能观赏到窗外的一切？为什么自己不应得到这种机会？

他为自己会有这种想法而感到惭愧，竭力不再这么想。可是，他愈加克制，这种想法却变得愈加强烈，直至几天以后，这个想法已经进一步变为紧挨着窗口的为什么不该是我呢？

他白昼无时不为这一想法困扰，晚上，又彻夜难眠。结果，病情一天天加重了，医生们对其病因不得而知。

一天晚上，他照例睁着双眼盯着天花板。这时，他的同伴突然醒来，开始大声咳嗽，呼吸急促，时断时续，液体已经充塞了他的肺腔，他两手摸索着，在找电铃的按钮，只要电铃一响，值班的护士就立即赶来。

但是，另一位病人却纹丝不动地看着，心想，他凭什么要占据窗口那张床位呢？

痛苦的咳嗽声打破了黑夜的沉静。一声又一声……卡住了……停止了……直至最后呼吸声也停止了。另一位病人仍然继续盯着天花板。

第二天早晨，医护人员送来了漱洗水，发现那位病人早已咽气了，他们静悄悄地将尸体抬了出去，丝毫没有大惊小怪。

稍过几天，似乎这时开口已经正当得体。剩下的这位病人就立刻提出是否能让他挪到窗口的那张床上去。医护人员把他抬了过去，将他舒舒服服地安顿在那张病床上。接着他们离开了病房，剩下他一个人静静地躺在那儿。

医生刚一离开，这位病人就十分痛苦地挣扎着，用一只胳膊支起了身子，口中气喘吁吁。他探头朝窗口望去。他看到的只是光秃秃的一堵墙。

这个病人问护士，是什么促使他过世的室友描绘这窗外如此美好的一切。

护士回答说，那个人是个盲人，甚至不能看见这堵墙。她说：“也许他只是想鼓励你。”

（一米阳光摘自微信公众号“易象读书”
图/张翀）

青豆虾仁与遥远的回音

□小熊洛拉

“睡着了？”柚木碰碰京屿的肩膀，用目光示意她看伏在靠窗位置的女生，她像是做了什么忧伤的梦，眉心蹙着。

“嗯，她进来的时候就好像很累。”

“她穿的是鸠园工作服。”

“鸠园？”

那是几年前建的福利机构，在临海的半山上，听说专门收留身患重病却无家可归的人。

傍晚时，女生醒过来，京屿剥着青豆望向她：“你醒啦！”

“嗯。”“我睡了好久吧……我帮你剥青豆。”“要吃点儿什么？”

“青豆。”女生低垂着眉眼，“青豆虾仁。”

“好！”京屿端起剥好的那些青豆进了厨房，从冰箱的保鲜层取出虾来去皮抽线，放上一点儿盐渍，青豆在水里煮了两分钟捞出来，小窗口外吧台上坐着的女生还在专心致志剥着青豆，一滴晶莹的东西坠落在青豆上，两滴，三滴……那双手颤抖着掩住自己的脸，压抑的哭声渐渐释放出来，变成宣泄般的痛哭。

油锅渐渐升起白烟，京屿把葱花丢进去，虾仁翻滚着变了颜色，然后是煮好的青豆，生抽、蚝油、盐，她的手稳稳地握着自己的铲子，在香味彻底弥漫开来时关火起锅。

托盘里是柚木盛好的饭和汤，京屿拿起空着的釉色深碗，把炒好的青豆虾仁盛进去。

“喏。”托盘被推到已经止住哭声的女生面前，“吃饱一点儿，伤心也花力气的。”

女生揩掉脸上的泪水，深深吸了一口气，默默夹了一块虾仁放进嘴里，“我妈妈，她今天去世了……不是养我的妈妈……”

是二十年前生下她，却甚至都不认识她的那个妈妈。

生下她的时候，妈妈只有二十岁，有个很扯的男朋友，对于婴儿的到来，两个人都完全没有准备。她被送给了在大学里任教的一对夫妇，他们一直没有孩子，自然很珍惜她。如果不是学校里顽皮的孩子打闹时说她是被捡来的，她甚至从没疑虑过自己同养父母没有半点儿相像的地方。

那之后，她常常想，生下自己的那个妈妈是什么样子的，十岁时，养父带她去见了那个妈妈，隔着一条街，他远远地指给她看，那是一间很小的店面，一个瘦高的女人弯腰擦拭着那几张桌子。

后来，她又偷偷去见了她一次，无所适从地坐在门口的桌子前，直到她走过来问她要吃点儿什么，她才有些张皇失措地从桌边站起来，“我……我没带钱……”

“没关系。”她让她在那里坐着，然后给她炒了一份青豆虾仁，她埋头吃着，想着那个人的声音真好听，那个……妈妈。

后来，她再去，那间店就关了，挂着招租的牌子。而她再找到那个妈妈时，妈妈已经四十二岁了，孱弱地住在鸠园，她花了一番力气进到鸠园工作，可以每天都见到她，却从来没有勇气对她多说一句话。住在鸠园里的人大部分都孤零零的，根本没有家人，护工组织大家活动时，常引导他们多回忆发生过的美好的事。

有一天轮到妈妈，她想了想说，自己人生中最美好的事儿，就是她十岁的女儿吃到了她做的青豆虾仁。她的女儿一出生就被她周转着送给了自己认为靠得住的人，她从没奢望过能再见到她，却被她找上门来。

“后来呢？你不是可以天天给她做青豆虾仁啦？”

“那我当然逃跑啦，不然她养父母怎么办？”

那时候，她坐在后面的护工座位上，听着她们相互戏谑着，使劲儿绷住自己的眼泪，原来，她一直都知道那个讲话都上下牙齿打战的小女孩是她。

她去世的这天上午，一直紧紧握着她的手。

（阿拉蕾摘自《爱格》 图/豆薇）

无声之境

□七堇年

真不知道母亲做了多大一桌菜。苏铁一边看电屏一边等着，母亲一直在厨房忙碌，喊了三遍“开饭啦”，还在不断上菜。

苏铁关掉电屏，乖乖坐到了餐桌边。桌面上已经有六个菜了，母亲还在厨房忙碌着；苏铁开始动筷子，又觉得似乎不该一个人先动筷子，于是叫母亲：“别忙了，快来吃吧。”

等母亲终于端上第七道菜，解下围裙，到餐桌边坐下的时候，苏铁几乎已经吃饱了。母亲完全没怎么吃，从头到尾一直看着苏铁，沉迷于参观他进食。母亲一边盯着他，一边不停地说：“来，尝尝这个，尝尝那个。吃这么少，又瘦了。” 大概是太久没人说话了，母亲一顿饭几乎没有吃两口，一直在说话。

洗碗的时候，苏铁想帮忙，母亲说：“我来我来，你不会弄。”苏铁只好坐回沙发，戴上头盔看VR（虚拟现实）电影打发时间。母亲把厨房收拾完毕，便来到客厅，一边倒茶，一边说：“这么大了，也不会做点儿事儿，帮帮手。”

苏铁只好取下头盔，起身去拿吸尘器。母亲喝止了他，说已经扫过了，别折腾。茶泡好了，来喝一口。

苏铁不想喝；母亲就悬着手腕，也不放下水杯，端着，端到他面前，不说话。

僵持了三秒，苏铁只好喝。喝完，苏铁放下水杯，母亲立刻抓了杯垫：“哎呀，别放这儿啊，留水印子呀……一碰就洒了。”

就知道会这样。一回家，他连把水杯放哪儿的自由都没有，没有任何事是对的——没有任何事有可能做对。

太久没见了，母亲忍不住一直盯着儿子看，一寸一寸地观察他，目光像剥一颗滚烫的、壳与肉粘连得太紧的鸡蛋那样，小心翼翼地，一点点地剥着他，仿佛想要剥开他的心扉，但一无所获。

洗碗的时候，她毫无章法地试图与苏铁交谈，却被他的沉默反射了回去，变成独白：“你看你穿的，头发，乱蓬蓬的，啧，真是的，你小时候那样，多乖。你看你现在。你看你，回来也不吭声，就知道吃，吃了就坐着；欸，话说你真的别去什么法律系旁听了，没出路，我都替你查过了，没有哪家律所会要刚毕业的学生，你就听我的啊，搞艺术才是正经事……”

母亲没完没了地继续着，苏铁感觉五脏六腑都要井喷，想掀翻茶几，掀翻整个家，掀翻所有过去，把它们从窗子统统扔出去。

“假期你做点正事儿吧，把钢琴捡起来？欸，你听见没？还有你这头发，收拾收拾……”母亲说到这儿，仿佛最后一锤，“砰”的一声，苏铁情绪爆发了，“你就安静一会儿，行不行？”

母亲被震得一时说不出话来，连苏铁自己也被吓着了。他还从来，从来没有这么对母亲用过这么大的嗓门。

但母亲很快就回过神了。快得苏铁来不及闪躲，霰弹枪似的，就被母亲回以更高的嗓门、更猛的火气，一阵扫射。

苏铁赶紧钻进自己的房间，摔上门。他感觉房门被字字句句打成了蜂窝眼。

房间里没有厕所，他不敢出去，只能憋着。无聊中，他徒劳地刷着几个朋友的星历。

宁蒙正在厨房和父母一起洗碗，聊天，其乐融融。还从未见过这么新奇的厨房，灶台里燃烧的是……难道是……木头？苏铁点击焦点放大，仔细端详。

真的是柴。天啊……这也太奢侈了！这样的厨房他只在电影里看过。“瓦尔登纪念公园美吗？”他没话找话。

“当然了，你要不要来看看？下周是我的生日呢。”

“无人机直播可以吗，我在这边连线？”

“对不起，我的身体恐怕受不起辐射，你要来的话只能亲自来。”

一想到自己要置身于他们一家人中间，苏铁就退却了。“那你们还是一家人好好聚吧，下次再来。”

“好吧……”

“嘿，提前说，生日快乐。”

（文承摘自《无梦之境》人民文学出版社 图/小兔子妈妈）

我的病人

□蒋镌镌

在床边喂奶奶喝汤。就这样又过了几天，奶奶的伤口终于好多了，爷爷提出可不可以出院。我想了想同意了，我答应他三天后会去他家帮奶奶换药。

三天后的下午，我带着换药包去车站乘车，在车站看到卖水果的摊贩，我摸出钱包给奶奶买了一个西瓜和一串香蕉。按照奶奶给的地址，我上了车。公交车就这么在坑坑洼洼的乡间公路上颠簸了45分钟，终于“咣当”停在一片田野中的一条小路的尽头。

我就这么踩着高跟鞋，穿着裙子，拎着西瓜和香蕉立在了一片田里。过了好久，看见爷爷从某个田埂颤颤巍巍地来了。我跟着爷爷深一脚浅一脚地走在田埂上。刚下过雨的田埂，鞋上的泥一直甩到背后。

每个做医生的，总会有那么几个特殊的病人，会长在记忆里，不期然地从脑海里跳出来，给我们温暖和继续前行的勇气。

七八年前，我有一个宫颈癌的病人，是个60多岁的奶奶，从农村来，家庭条件一般，人很朴实。病房里长期陪伴她的是同样寡言少语的爷爷，偶尔儿子也会来。一家人都一样的瘦削、沉默，医生说什么，他们做什么。奶奶的担心在心里，从不曾跟医生唠叨过一句。

术前检查、术前准备、签字谈话、手术，如期进行。手术虽然艰难，倒也还算顺利。不承想，术后几小时，发现切口皮下渗血，傍晚时分，我们只能再次去止血。儿子也来了，明显很为难的样子，除了费用，更多的是心疼妈妈。血止住了，但是因为奶奶长期营养不良，切口又大，组织又水肿，切口就是愈合不了。我们每天给奶奶换药，奶奶都咬着牙，嘴里“吸溜吸溜”的。爷爷有时候会手足无措地拿着块毛巾，慌乱地在床边走来走去。我们动足了脑筋，仍然进展慢得像蜗牛爬。那种心碎的感觉，现在想起来一点儿都不减少。

十多天过去了，奶奶的伤口有些好转，但没有完全愈合。渐渐地，账上开始欠费。奶奶营养跟不上，我们还得给她用上一些营养药帮她恢复。账上欠费越来越多，有时连药都拿不回。护士跟爷爷催过费，爷爷一边摸着衣襟一边嗫嚅着说：“好，我想办法。”可是谁都知道，爷爷哪来的办法？有一天，我听见旁边病房的家属在跟爷爷说：“明明就是他们医生手术没做好，你找他们去。”

我心里一惊，也许又要上演一幕医患风波了。

果然，第二天换药的时候，我跟爷爷说：“你要想办法去买点儿好吃的，给奶奶增加营养。”爷爷很小声地说：“你们医生没弄好，光吃有什么用？”完全是隔壁病房家属教给他说的话，一字都不差。

我只能跟他说：“爷爷，切口不愈合，我们要一起努力，一起想办法。总会好的，时间长一点儿而已，你要有耐心。”

爷爷还是听了。此后的几天，看到爷爷有时去食堂，买来鲫鱼汤，买来炖蛋，买来鸽子汤，坐在床边喂奶奶喝汤。

我帮奶奶换好药，叮嘱奶奶，多吃点儿好的。奶奶说：“医生，也不怕你笑话，家里本来就不宽裕，交住院费都花光了，也没什么钱了。”

我的眼泪快要出来了，想想包里也就大概带了200块钱，塞给奶奶。爷爷奶奶死活不要。奶奶说：“蒋医生啊，我自己身体太亏，我不怪你们。你们对我已经很好了！等我好了我报答你们。”我的眼泪终于忍不住流了下来，趁奶奶抹眼泪的工夫将钱悄悄塞在枕头下面，然后逃也似的离开了。

宫颈癌的病人术后随访是长期的，但此后奶奶总是不能按时回来。我打过几次电话，奶奶总说出门不方便，等儿子回来接她再来。有时一年能来个一次，有一次来，我说去做个B超吧，奶奶说：“我只有60块钱，要不你就帮我查查吧。”检查结果还算好，我最后一次见她是三年前，她还是那样清瘦清瘦的，但据说又开始干点儿农活了，爷爷也还算健朗。

（平平摘自《三联生活周刊》2018年第12期 图/点点）

一路顺风，亲爱的陌生人

□柏邦妮

~~~~1~~~~

我这个人有个怪癖：特别爱跟陌生人聊天。

所以，我不是很爱坐地铁，不方便聊天，坐出租车就好多了。共享经济流行后，我就更开心了：坐“顺风车”遇到“人间精品”的概率更大了。

前几天，我遇见一个帅哥，顺我回去的路上，就听见他身上发出“呱呱呱”的聒噪声。等红灯的时候，帅哥从怀里不胜爱怜地掏出一个小圆筒，也就拇指大，从里面倒出一只蝈蝈来。这已经是大冬天了，帅哥一边扯了一小片白菜喂着蝈蝈，一边听郭德纲相声，我们俩一起听了小半出，我感觉自己真的是在北京。

帅哥跟我说，他没啥爱好，喜欢听相声，养点儿花鸟草虫，还是一个吃货，老北京的吃食都爱。女朋友也是一个吃货。他俩一起上的高中，每天带盒饭，女同学只带粉条白菜，他带的则是煎带鱼、炖牛肉，就这样搞定了女朋友。

~~~~2 ~~~~

北京是个巨大的容器，个体太渺小，哪怕铆足了劲儿，想砸个声响，往往是无声无息，让人感觉生活不易，比如雨雪天，你可能连一辆回家的车都找不到。

我记得去年冬天的一个雪夜，天上下着纷纷扬扬的大雪，地上喇叭声哔哔响成一片。叫车等车，折腾了快一个钟头，又冻又饿，还有一堆处理不完的事，我心情烦躁，但顺我的这个车主却乐呵呵的，谈吐特别温煦。他四十来岁，说车上有水有充电线，还有小零食，不怕堵啊，咱们堵车不堵心！他一路跟我聊天，妙语如珠，一点儿不夸张地说，我简直如沐春风。

据说北京城最堵的时候，你跑下车买上几个羊肉串，烤好了，车还是稳稳地蹲着。那天，我干脆跑下去买了几个包子。这位大叔呢，不急不忙地开门，下车去给车顶掸掸雪。等我回来，长龙压根儿没动，大叔笑了笑，那股悠闲劲儿，让人放松。我也打开电脑，先把几项紧急的工作处理了。那段回家的路，正常40分钟，那天走了快3小时。幸亏有那位大叔，感觉也并没有真的耽误什么。原来堵车真的可以不堵心。

最伤心的一段路，是失恋的时候。像每个失恋的人一样，那段时间，我什么都不想干，就想赖在床上。可是，总有不得不面对的工作，不得不做的事情。那天清早，我强撑着上了车，可情绪和眼泪都止不住。

顺我的车主是位大爷，他给我递了一张纸巾，问了我几句话。我没说几句，就说不下去了。大爷打开车窗，透进来一点儿凉风，然后语重心长地宽慰我。

他说：“姑娘，别哭了，不值得。人生一点一滴都很珍贵，不能浪费。”

大爷还说：“我有俩闺女，都是纯正北京大妞儿。北京大妞儿，那是有目不斜视、大言不惭、牙缝里挤出爷的劲儿。你来北京，就得随俗。南方姑娘的优柔就得收起来，要拿出北京大妞儿的野精神。”

这位大爷的模样我已经记不清，但他说的话，我都记得。很奇怪，被他强行打了一通鸡血后，我心里一阵莫名的安慰。我一边抽泣，一边掏出小本子，把这些金句给记下来。也许有时候，陌生人是最好的心理医生。不是因为他有多专业，而是最需要的那一刻，他恰好出现。

~~~~3~~~~

我记忆里最漫长的一段路，是今年过年回家。养的老猫病了，不能留在北京。飞机托运不放心，火车又不让带。朋友出主意，看有没有自己开车回家的，你蹭一辆。还真给我顺到了，一对90后小夫妻。我和猫坐在车后座，这一坐就是1400多公里，开了整整15小时。

猫很懂事，一点儿不挣扎，没有闹腾。车刚开过山东，就闻见刺鼻的臭味：猫解决了自己的生理需要。我很不好意思，这得到下一个休息区才能处理。小夫妻倒很平静，一点儿没抱怨。到了休息区，我连忙把猫放出来，整理猫厕所，

 当美的思想是一种感觉的思想，是一种情感而非思想，是一种感觉上的倾向，那么这种美就是一种力量。——费尔南多·佩索阿
~~~~

小姑娘帮着用纸擦干净猫全身，让我很感动。

开长途高速，最怕的就是无聊、困。小姑娘在副驾睡得直点头，我看小伙子也开始打呵欠了，连忙抖擞精神，陪他聊天。生平第一次觉得自己能唠嗑是一个优点。我俩从诗词歌赋聊到人生哲学，包括他俩的爱情故事，从相识到暗恋再到告别，最终他们从异地到相聚北京，开始自己的小日子。

小伙子说，本来是抱着侥幸心理，想顺个帮忙开车的伴儿。对他来说，分摊高速费都是次要的，因为长途实在太累了，好在我会聊天，会解闷，大家越聊越精神。

我也说了实话，其实从来没坐过陌生人的车那么久，一开始还是有些担心的，上车第一时间就把行程分享给了朋友和家人。行程的前半小时，我一直抓着扶手，手心都是汗。还好，这是一个特别愉快的选择。

到老家已经是深夜11点，小伙子把车停到我家楼下，帮我把两大箱行李抬上楼。我真的特别感动，这其实不是一种服务，而是一份心意。告别的时候，小姑娘拉着我说："年后回北京，咱们还约着一起走，好不好？"虽然我也知道，这也许只是句客气话，只是这一刻的冲动。

这长长的一段路，肉麻地说也算经历了一场小小的生死，这随机地被迫地参与到对方的生活，就像一小段人生。

~~~~4~~~~

你跟原本不可能认识的人，搭在一起，顺了一程。下车，人散了，大概是再也不会见了，但是，好像又有什么留了下来。

什么留了下来呢？缘分。人生一世，一起活一辈子，是缘分；一起走一阵子，是缘分；同过一条船、一程车，共过一场雨、一场雪，都是缘分。

缘分是什么？我想，是一种不由分说的东西，让聚散在一起的人，深深浅浅、悲悲喜喜地有了牵绊、有了牵扯，或续或断，这并不重要。重要的是，在这有限的十几分钟或者十几小时里，这有缘的一路上，留下了点儿什么。

那是一张张神态生动、表情鲜活的笑脸；是一个个各自努力，也许平淡，但不乏闪光的人生；是一段段轻松、温暖、不设防的陪伴；是这个常常让人迷茫，感觉冷漠，并不容易生活的巨大城市里，最微小的理解和体谅；是无论世界给了我们什么，热闹喧嚣或寂寞冷清，物价翻腾或风雪相逼，我们一直没有放弃过的生活。我们没有离开过，艰难地，豁达地，乐观地，一路前行。

短暂的陪伴，原来不认识的人因此有了关联。那来自陌生人的善意，那朴素的一点点温暖，化作人世间最珍贵的礼物。

谢谢你，一路顺风，亲爱的陌生人。

（秋水长天摘自《时代青年》 图/木木）

郑重地享用一杯冰饮

□夏 兰

昨天把孩子送到绘画教室之后，去了一家快餐店，我对服务员说要一杯冰拿铁。她问我还有没有什么特殊要求。我有点儿纳闷：冰拿铁还能做出什么花样来？她只好解释说："你是完全不要冰还是冰块少一点儿？"

在美国就没有这个麻烦，服务员可以尽情地给客人点的饮料里加冰块。一篇文章比较美国人和欧洲人的差异，其中一条就说，如果一个美国人到了欧洲点冰饮的话，他会发现服务员只往杯子里放了一两块冰，完全不像美国商家给的那么多。这部分是因为美国很早就普及了冰箱，做冰块很容易。这方面欧洲落后了，曾经还要花高价从美国进口冰块，结果欧洲人一直没有习惯往饮料里大量加冰块。

英国一位作家说，最早做冰饮的是中国人。大约公元前1100年的《诗经》中就有一首诗写到冬天取冰，存起来的做法。英国人不是不喜欢冰饮，他们喜欢冰啤酒，但其温度只是凉而不是真的冰，因为英国的夏天不像美国或埃及那样酷热，所以冰并不是必不可少的。

冰相对来说是奢侈的。在培根的时代，人们点上火就能产生热，但只有在冬天才能享受到冷。1626年，培根心血来潮，在路边做了一个实验，往一只死去的母鸡身体里塞入雪，看是否能够有助于保存鸡肉。如此博学的一个人认为这一问题值得研究，就表明当时这种保存技术十分罕见。他说实验很成功，但他自己却因此病死了。"从技术上说，人类制造热要比消除热容易得多。"

其实我们在夏天不需要用那么多冰。有人发现，"15摄氏度的天气我们感觉是温暖的，但如果你跳进水温15摄氏度的大海或者游泳池里，就会感到冰冷"。这并不等于说我们对温度的感觉是主观的：同样温度的水让我们觉得比同样温度的空气更凉，是因为水更容易传导热。这大概意味着，要获得同样的凉感，我们不需要那么低的水温。

（孙点摘自《三联生活周刊》）
~~~~

读懂“土豪”老爸的爱

□耶雅忆

我是老爸老妈年逾四十岁才生的，老来得女的父亲将我宠上了天。我从小能上昂贵的兴趣班，周末有车接送，是同学眼中的“富二代”。

女儿还这么小，我怎么能老呢

我知道，阔绰的家境都源自老爸的努力。出生在温州农村的他，16岁外出打拼，头脑活，能吃苦，会做生意。在没有“土豪”称呼的时候，人们叫他“乡镇企业家”。

老爸做生意也有失败的时候。记得有一次，他变卖所有家产还债之后，我们全家四口到杭州的城乡接合部租了一间小公寓。老爸一个人打三份工，按时支付我和哥哥私立中学的昂贵学费。

在家人眼中，老爸是一个永远不会被压垮的汉子。他顶天立地、一掷千金的模样让我很有安全感，更有被富养的骄傲感——在家境最拮据的那一年，我过生日时，被老爸带到高档的百货大楼，随意挑喜欢的裙子。

所以，当老爸在几年之后奇迹般东山再起，开厂买房时，我却觉得是顺理成章的事情。可在我读高一那年，老家的工厂不景气，老爸的多项投资失败，他不得不卖掉房子和商铺，用民间借贷、透支信用卡等方式“拆东墙补西墙”。

此时，大学毕业的哥哥已经能够帮老爸打理生意。每次哥哥因为经营理念与他发生争执时，老妈都劝老爸：“儿子长大了，你也该退休了。”他却蹙着眉，冷冷地说：“女儿还这么小，我怎么能老呢？”

别担心，我有勇气活下去

2014年，老爸60岁，我16岁。

花甲之年的老爸没有颐养天年，而是更迫切地想证明自己。那一年，他接连进行了几项“赌徒”般的投资，甚至包括贷款炒期货股票，赔得血本无归。

在得知老爸再度负债之后，哥哥气势汹汹地冲来，高声责备老爸想钱想疯了。两个男人剑拔弩张地吵，老妈被气得心脏病发作。我从学校赶到医院时，老爸坐在楼道的椅子上。他埋着头，揪自己的头发，深深地叹息。

得知老妈无大碍之后，我默默地陪在老爸的身边。老爸把脸埋在手里，开启了男人式的哭法——压抑，充满克制地强压音量……

良久，老爸声音低沉地说：“我在报纸上看到一则消息，说重庆有家私营企业的老板因为公司倒闭、负债累累想跳楼。家人们站在楼下，哀求他不要跳。他纵身跃下之前，大声喊了两句话，第一句是‘我对不起你们’，第二句是‘这里太冷了，你们快回去吃饭吧’。”

看到我眼中的惶恐，老爸抱住我，冲我笑笑说：“别担心，我只是怜悯那个小老板，他那么爱家人，在乎他们冷不冷、饿不饿，却没勇气为他们活下去。”

我拉着他的手，感觉自己忽然长大了。

不能养家的男人，活着有什么意思

不久，我家出现“政变”。哥哥跟已经怀孕的未婚妻一起表态：愿意先租房结婚，用女方的嫁妆钱帮老爸还债。但是，要老爸将老家的工厂和所有的债券股票转到哥哥名下，他再不过问家里的财务。哥哥承诺帮他缴纳养老金，每月给他们老两口生活费，年底再给他一大笔“年终奖”……

这场“政变”进行得异常艰涩，老爸一根接一根地抽着烟，无言的失落感写满额头。谁都知道，财权的转移意味着老爸被迫进入“退休模式”。这位骄傲一辈子的大男人，该如何俯身迁就，放下尊严，才能过正常人羡慕的含饴弄孙的日子呢？

老爸经过深思熟虑，决定交出财权，兼职做“滴滴司机”，还做“酒后代驾”。多年未坐过公交车的他，去挤深夜巴士。一夜的代驾结束，他回家倒头就睡……接连好几个月，老爸都不休息，用“拼命工作”的模式稀释着自己的失落感。

好几次，我劝他说：“爸，反正哥哥每年会给咱们很多钱，你在家陪妈看看电视行吗？”

老爸一直沉默着，被我唠叨烦了，他就发怒：“连你也当我是废物吗？不能养家的男人，活着有什么意思你知道吗？我要自己还债！用自己的劳动……你哥哥也需要我帮衬，谁知道哪天他会不会犯比我更严重的错误？”

买，喜欢就买

哥哥理财有方，看到儿子更能干，老爸打心眼里为他高兴，表面上却丝毫不显。父子俩的关系冷淡僵硬，时不时发生口角。

我17岁生日前夕，哥哥和嫂子把一笔钱打到老爸的卡里。老爸高兴地开车载我和妈妈去百货商场，让我们随心所欲地刷卡。他充满霸气地说：“买，喜欢就买！”

那场景，让我回到小时候。哪怕家里债台高筑，晚饭是薄粥小菜，我也能因一条裙子觉得自己是最尊贵的公主。老爸用他不分昼夜的勤劳，保证我们在家道中落时也不曾感到薄凉……

看着满头银发的老爸，我明白为什么他不愿退休，而是整天忙碌。他用一掷千金，博得所爱的人一笑。这种不张扬、不需言辞的方式，是天下所有好男人表达爱的方式吧！

哥哥悄悄告诉我，说老爸在积攒给我读大学的钱，甚至连读硕士、博士、未来的嫁妆都想到了。哥哥还给我发了一条微信，微信内容是一首诗：“他们仍旧是老爸，再残破的手掌也要抚摸儿女，再脆弱的胸膛也要庇护家人……”

那一刻，我发现哥哥很爱老爸。即使他们经常吵架，从不表达爱，却仍心心相通。

你的“土豪”老爸又来了

我读大学之后，小侄子出生了。老爸不再外出开车和打工，而是帮着老妈做家事。

“隔代亲”的力量，让老爸这颗不服老的心安静下来。他白天泡茶、晒太阳。晚上，他经常一边用手机浏览“浙商”微信圈，一边给孙子唱儿歌。手机屏幕里，是老爸熟悉的情境——西装、宴会、招标、谈判……老爸过去的合作伙伴们，有人大富大贵，更多的人在摆小摊、开滴滴、做微店，想着为儿女积点儿福利。

老爸用苍老的声音，一遍遍地唱那首我小时候他教我的儿歌：“小老鼠，上灯台，上得去下不来……”听着听着，我的眼眶红了。在日复一日的给予与慷慨中，老爸成了那只“下不来”的老鼠，有些苍凉，有些不甘老，有些猝不及防的狼狈……

每个周末，老爸都开车去接我回家。不少同学会跟我开玩笑说：“你的‘土豪’老爸又来了！”

我一度很“敏感”于老爸苍老的面孔与略微佝偻的身材，还有充满乡镇企业家品位的衣着，巴不得他不要出现在校门口。

渐渐读懂老爸的爱之后，我不再以他为耻。老师在经济课上说，有很多像我老爸这样的创业者，他们打拼一辈子，辉煌一阵又落于尘埃，他们没文化、很草根、艰苦奋斗，一心想成为“土豪”。

我却认为老爸的“豪情”，不在于他能赚钱，而在于他能始终给家人一份绵密的幸福。这种感觉温暖人心，不会随着经济大环境而忽冷忽热。

（强子摘自《家庭百事通》2018年第3期 图/木木）

一种本性特别喜欢的东西，可以当药

□蔡 澜

李渔说：“一种本性特别喜欢的东西，可以当药。”

人的一生之中，总有一两样偏爱偏嗜的，像文王偏爱用菖蒲腌成的酸菜，曾皙偏爱羊枣，刘伶好酒，卢仝好茶，权长孺好爪，都是一种嗜好。癖嗜的东西，跟他性命相同，如果重病时能得到，都可以称为良药。

医生不明白这个道理，一定要按《本草纲目》检查药性，跟病情稍有抵触，就把它看成毒药对待，事实上这是特殊的病，不可能很快治好。当今，加上报纸上的医疗版，一说什么什么对身体不好，你就什么都甭想吃了。连豆腐也说有尿酸，青菜有农药，鱿鱼全身是胆固醇，咸鱼会生癌，鱼卵更不可碰。内脏吗？恐怖恐怖！吃鸡不可食鸡皮，剩下只有发泡胶般的鸡胸肉了。

当年瘟疫盛行，李渔得病尤重，适逢五月天，杨梅当造，这东西李渔最爱吃，妻子骗他说买不到，岂知他们家就住在街市旁边，听到叫卖，不管三七二十一，买来大嚼，一吃就是一斗，结果病全好了。

这种说法，与倪匡兄的理论完全一致，他老兄说：“人一快乐，身体就会产生一种激素，把病医好。”

我也同意，只要不是每天吃，一天三餐吃的话，一点儿问题也没有。别以为满足一时之欲是件坏事，其实是种生理和心理的良药，绝对可以延长寿命。就算不灵，死也死得快乐呀！

个性郁闷、言语枯燥的男人，是没有药医的，因为世上没有一种东西是他们喜欢的，他们本身就是一种传染病，会把你的精力直到吸干为止，凡遇此种人，避之避之。

菜市场中，所谓的不健康食物，多是我们的酷爱。不喜欢肥猪肉，是因为你身体不需要肥猪肉，我年轻时又高又瘦，见到了就怕，当今爱吃，已把它当药。狐狸精会炆好三盅东坡肉，凡一切病，都替我治好，她才是名医。

（秋水长天摘自《没有什么了不起》北京时代华文书局）

我还需要你，再坚持一下，可以吗

□顾白白

认识这么久，大家应该都知道我有一只狗主子，它的中文名叫何重重，英文名叫Coco（蔻蔻）。

之前带Coco做例行体检时，X光照出它的左心房偏大，但因它其他方面都很健康正常，医生告诉我应该没有大问题。它已经八岁了，或多或少是会有些毛病的。

我却总觉得有个疙瘩横在心里，所以我联系了一家能做心脏彩超的医院，这个周末带着Coco去做详细的检查。

Coco胆子小，又很怕去医院，可做心脏彩超时要一直躺着近一个小时，我和护士按住它费了不少力，它也害怕得直发抖，我看着特别心疼。所以一做完检查还没等结果出来，我就带着它去了医院旁边的公园，告诉医生晚点儿再过来听结果。可到了公园刚坐下，我就接到了电话，要再照一次确认。

其实当时我心里隐隐就有些不安。二次检查完没多久，医生就拿出一张纸，连比带画地跟我解释了Coco的问题——先天性PDA（先天性心脏病）。

原来平时它偶尔咳嗽，不想动弹，并不是因为它懒了或是年纪大了，而是因为它心有余而力不足。

我们人类的孩子中也会有这种病，人类的术语叫先天性心脏病。

医生说，一般得这种病的狗活不过三岁，他也是第一次在临床上看见Coco这么大年纪的狗狗有这种病。

我也不知道这是它的幸运还是不幸。你看呀，这明明是一种在纯种犬里才有低概率出现的病，却偏偏发生在没有血统，只是普通串串的Coco身上。

医生安慰我说：“不要太担心，它这么大年纪都没有发病，可能以后也会很好的。”

在带着Coco回家的路上，我苦笑着问朋友：“你说这是不是我的报应啊？我之前写了太多这类悲剧。”

朋友也不知道该说些什么，只能安慰我：“Coco能遇见你是它的幸运。”

大概所有身边的朋友、狗友，在知道我给Coco创造的生活条件和宠溺程度后，都会感叹说Coco好幸运。

遇见Coco时我处于人生低谷，我从小就不愿将自己的烦恼说与旁人听，那时候怕自己成为旁人的困扰，那些伤害都是自己默默扛着。不管多难过都假装什么事情都没有，不敢把内心的艰难告知家人让他们担心，眼泪只能流在上下班的路上、单位的卫生间里和夜晚的被窝深处，心理上真的疲惫到了极点。

痛苦到极致的时候，我也曾有过不好的想法。也不知道狗狗是不是有特殊的感应，那个时候，刚来到我家的Coco突然走到我旁边，努力立起来，把前爪搭在我的腿上，然后把它的小脑袋埋在我怀里，发出撒娇的嘤咛声。

我不知该怎么形容那一刻对我心灵的撞击，如果真要用什么来形容，大概就是迷失在黑暗的北极荒原里的人，遇见的唯一温暖。

我靠着Coco毛茸茸的笑脸，慢慢熬过了那段漫长的黑夜。因为它的存在，我才慢慢好起来。其实我的内心一点儿都不强大，只是因为有Coco我才想要变得强大。

我时常觉得，它就是上帝给我的平淡生活带来的最大幸运，每次只要看见它，心就会柔软下来，再怎么糟糕的情绪都会烟消云散。

Coco已经八岁半了，对于狗狗界先天性PDA的病史来说，它就是个奇迹。

陪我度过漫长岁月的你，请一定要加油，陪我度过更漫长的岁月。

（晓晓摘自《花火》 图/鹿川）

当你看准了一条路，走得很辛苦想放弃的时候，不妨这样想一想：有了正确的选择和乐观的坚持，很多遥远的梦也能成为现实。——张杨《我的哈佛日记》

你这么酷，我也不能输啊

□猫鱼拌饭

我文了一个“我爸”在手臂上，我爸如果看到应该会暗爽很久，因为他很酷。

我爸追我妈的时候，展现了80年代最高超的追爱技术。那年我爸22岁，我妈25岁，他俩一起去北京出差，我爸为了追我妈故意造了一封假的分手信（当时有个姑娘追他，我妈误以为是女朋友），他跟我妈说他单身求安慰，然后时不时送牛肉干巧克力献殷勤。

追到手后不久刚好过年，大年初二那天，我爸坐了7个小时火车跑去我妈老家敲门，“出来旅行刚好路过你家”。

我妈吓得脸都白了，好在外公外婆开明，只是引进门来教育了一番。

他俩刚结婚那会儿老吵架，有一次我妈生气了，跑出了家门，我爸平时啥事都宠我妈，这次没追出去，事后我妈问他：“为什么你不追我，你不怕我有危险吗？”我爸说：“家是你的，为什么要跑出去？以后怎么吵都不能离开家。”我妈那么心高气傲的一个人，就这么被驯服了。

后来有了我，我爸是含在嘴里怕化了，捧在手里怕掉了，完全沦为了女儿奴。

从幼儿园到美国研究生学院，我爸几乎认识我所有的朋友，他经常和我的朋友打成一片，我爸微博一小部分粉丝是连我都不太记得的同学，甚至他还知道我很多好朋友的八卦。

我爸一直是个很开明的家长。他从来都支持我做的任何决定，他相信我不会胡来。

我25岁决定出国念研究生，我爸是唯一支持我的人，在那半年的学习准备中，我爸给了我宽松的环境和不问不质疑的态度。有时候我爸怕我压力大，为了让我放松，也会开玩笑打趣我：“哎！你说你，高三如果能这么认真，何苦现在还受罪呢？”

等我快毕业的时候，我爸说一定要来参加我的毕业典礼，为此他又开始复习他那蹩脚的口语，准备签证。2017年1月，签证材料已经全部准备好了，我问他什么时候面签，他说2月吧，去香港看病的时候顺便签。

2017年3月5日，我爸走了，他没来参加我的毕业典礼，我带着邀请函回家帮他料理后事。

我爸最酷的是：2001年查出膀胱癌，一直到2009年年初，12次大大小小的手术，70多次化疗，他全都笑着挺过来了。我从没见过他从手术室里出来的样子，每一次他都找借口巧妙地骗过了我，他说超人没有倒下的时候，他希望在我心里他都是很酷的。

2009年痊愈后，我爸终于过上了正常人的生活，他开始和我一起旅游、摄影，我们还约好要去北海道。

2015年秋天，我爸癌症复发，当时我在国外念书，我爸选择告诉我真相，让我相信他，他会为了我再加倍努力抗争。2016年暑假我回家，我爸忍着痛给我包了我爱吃的粽子。那段时间，我陪他去化疗打针，他总是一副笑脸，也总说不疼。

我不是生性乐观的人，是我爸让我变成了心大且乐观的人。

我出生的时候我爸才24岁，我总爱叫我爸“亲爱的小叮当”，因为他无所不能，只要是我想要的他都能给我。我爸走后我在左手手腕文了一个小叮当，后来猛然想到，小叮当知道大雄长大了可以独当一面后，就安心地离开了。我爸，他大概也如此。

我爸去世以后，我一直没办法回国，我害怕待在这个时刻提醒我他不在的地方。现在，我把我爸的戒指戴在脖子上，背着他最爱的相机到处摄影。我总是觉得他还在家，只是因为距离，我们只能在梦里相见。

（王文华摘自微信公众号“Storybook”
图/蝈菓猫）

修一和英子

□食帖

最近，有部纪录片把很多人都看哭了。其实，这部片子只是记录了一对老夫妻的真实生活，非常平淡、缓慢、安静，甚至没有多少配乐。但是，它能让每一个观看它的人开始思考：怎么才能生活得像个“人”一样？

在日本爱知县春日井市高藏寺新村的一隅，有一间漂亮的木屋。这是建筑师津端修一为妻子津端英子亲手建造的她梦想中的木屋。

他90岁，她87岁，两人已在小木屋里生活了40多年。

修一和英子在屋前庭院里开辟了个菜园子，大约两百坪（约合660平方米），分成21块，每块种着不同的水果和蔬菜，全年都有收获，几乎自给自足，周围还种着果树。

修一常说：“城市需要森林。”他觉得一个人想要好好生活，不能远离树木。所以，他在木屋西面空地上种了180棵树。野茉莉、鹅耳枥、枹栎、麻栎、榉树……这片小树林，是修一和英子两人一起喝茶时最喜欢的风景。

窗外是修一栽种的杂树林，杂树林和菜田间还有一块块的小黄牌子，上面写着：

竹笋，你好啊！

报春草，到春天啦！

牌子是丈夫修一刷的，可爱的话是妻子英子写的。

一起生活数十年，抬头不见低头见，修一和英子却极少吵架，尽管他们俩太不一样。

他有一个航海梦，一颗去远方的心，却为她建了一间木屋，一起慢慢变老，相伴一生。

她有一个田园梦，只求岁月安稳，却悄悄把首饰典当，攒钱给他买心心念念的帆船。

他爱吃传统日式早餐，她爱吃西式早餐。

于是她每天都做两套早餐，他吃海苔米饭配渍菜，她吃面包抹黄油和自制果酱。

她说：“我做饭的最大心愿，就是听到他说，好吃。”

她毛手毛脚，有时候会忘了关燃气或水龙头，走在自家菜田里也会绊到脚、撞到头。

他小心谨慎，都看在眼里，却不忍责怪，而是想到一种绝妙的提醒方式：写小木牌。

两人有没有共同点？当然也有。他们的目标，都是过“越来越美丽的人生”。抱怨和批评在这个家中是禁忌，他们只想着当下的事和快乐的事。

他们也都坚信，“好生活无法用钱买来，而是用时间积存下来的”。比如种地，他们尽可能用天然的方式耕种，不施农药化肥，而是用园子里的落叶和蔬菜残渣自制堆肥，循环利用垃圾废料，花时间去培育更肥沃、健康的土壤，再慢慢等待土壤去孕育更丰美的果实。

修一和英子学会的，是在慢慢劳作、随心感受的生活里，找回自己的赤子之心。

然而年岁日增，有生的每一天都在倒数。修一和英子也无法回避这个问题：谁会先离开？英子说：“要说我有什么烦恼，那就只有一件事：要是我先走了，问题会很大。”

修一似乎也同意：“我的朋友说，他们那边的人都会先决定好，死掉以后要去哪一颗星球。南十字星很热门，一定挤得水泄不通，所以我打算去的是南十字星旁边的小星星。英子好像也会随后跟来，真好。假如英子先不在了，我会像断线的风筝一样，不知道会飞到哪里去。”

在纪录片拍摄过程中，修一真的先走了。那天上午，他照常在园子里做完农活，回屋午睡，这一睡，再也没有醒来。英子换上了黑色连衣裙，跪坐在修一身旁，脸上仍有笑容，只是笑中带泪。

没有撕心裂肺的痛哭，她只是哽咽而坚定地对修一说：“放心，剩下的日子，我会一个人好好地活下去。你在那边会孤独吧？别担心，我很快就来陪你，等着我。”

有一种爱情，叫修一和英子。

（张晓玛摘自微信公众号“食帖”
图/张翀）

腊肉

LA ROU

□王小妮

在巫山。

早上，只有五点多，但是窗外的拖拉机经过，没法再睡了，我被迫起来，站在每夜只收五块钱的小客栈里。乡村也没有宁静，整个山沟随着拖拉机翻滚。这时候，看见一名学生立在小街上；热气腾腾的小食店正揭开锅，白雾把他裹住了。这是星期天，我们要上山，学生放假回家，想搭我们的顺风车。

他叫张铸，读初一，从学校回家要走六个小时山路。张铸站着，腰带上垂下一截塑料绳，挂着两把钥匙和半卷压扁了的透明胶纸，一把削铅笔刀。

我问他带刀和胶纸干什么。

他说："粘破了的本子。"

我问："经常有破本子？"

他点头。

后来，我们都上了车，发动机吃力地上山。张铸说他家里只有妹妹和奶奶，父母带着弟弟去郑州打工，春节才回来。到了张铸家，大家都下车，一个很老的老太婆非常大声地对张铸说了一阵巫山话。张铸说他平时回来都住阁楼，然后，他不见了。我自己上阁楼，木板"吱嘎"响，好像随时会塌。上面低矮，只有一张木板床，被子像一条带骨连肉日积月累晒成了干儿的厚牛皮，这就是张铸的床。阁楼房梁上挂着腊肉，整个阁楼四壁熏得漆黑，跟进了煤窑差不多。张铸每两个星期跑六个小时山路，回来陪房梁上的腊肉们睡一夜，再跑六个小时回学校。

这时候，我闻到了香味。我对美食全无兴趣，但是那是太不一样的香味。从阁楼的木板缝里，能看见下面院子里，出现了一个抱着大碗的小男孩。是张铸的父母和弟弟意外回来了。从郑州回来的小男孩正端着碗吃腊肉，他才三岁，完全和人世无关，是只知道肉香的小动物。

我将永远记得这场面，下了阁楼，张铸拥着弟弟，目不旁视，摸那柔软发黄的头发，摸那吃得油亮的脸。十一岁的哥哥对三岁的弟弟会有那么深的情感，那弟弟只顾吃，小胳膊绕住大碗，肉是韧的，不容易咬。腊肉巨大的香气到处弥漫。

我问张铸："你不吃吗？"

张铸说："都给他吃。"十一岁的孩子，神情里出现了成人才有的柔和亲切。

专心吃肉的弟弟小名叫海风，大名赵博士。

我以为听错了，在地上写了"博士"两个字。

张铸说："对头。"

这时候，碗里的一大块腊肉给赵博士吃完，他把空碗塞给张铸，张铸拉住赵博士黝黑的小手不放松。

金属是有质量的。同样，腊肉也有质量。农民孩子张铸和赵博士的情感质量沉实厚重，超过了腊肉。那个中午，居然忘了我是拿着照相机的，忘了照相。

6月的夜晚，在海拔超过两千米的巫山乡间小店里吃腊肉土豆火锅，隔一会儿，店主过来，把满满一脸盆土豆腊肉续进滚沸的锅里。红油漂荡，气温十摄氏度左右，寒冷在背上，身前烤得灼热。

（司志政摘自《看看这世界》人民文学出版社　图/曹黑黑）

我曾两次站上三十八层天台

□唐家三少

我是1981年生人，我经常为了谦逊而自称小唐，可是，小唐真的不小了，今年的我，已经是三十七周岁。

从2004年写书到现在，整整十四年了，十四年来，我每天更新，从未断更。我曾经想到过，在未来这些不断更的岁月之中，我有可能会遇到各种艰难，我也认为自己足够坚强，能够面对一切，就是能忍所不能，我就是不断更。在文学圈内混，我小唐就是凭借着靠谱二字！

可是，我却没想到，我这辈子竟然还能遇到这么难的事情。

我没记错的话，《龙王》是从2016年的年初开始的。那个时候，其实是我刚刚复活过来的时候。因为，在2015年，我身边发生了两件对我来说影响巨大的事情。

10月，我奶奶肺栓塞转脑梗，从原本一个精明的老太太一夜之间突然失去了意识、失去了语言能力，半身不遂躺在病床上。

11月底，我深爱的妻子木子查出乳腺癌，而且是最严重的三阴型乳腺癌。对我来说，这是天塌地陷一般。我拼尽全力，才让自己能够勇敢地去面对。

那段时间我的生活很黑暗，连续两周，每天瘦一斤，从八十五公斤掉到了七十八公斤。只有当我的双手放在键盘上，沉浸在故事的世界中，我才能暂时脱离痛苦。也直到那时，我才知道，我是这么热爱写作。

手术很成功，之后妻子化疗四次，一切似乎都已经过去了，而我也觉得，我似乎可以否极泰来了。作家的故事，一定会受到生活上的影响，我也是。2016年年初，已经想好了手上正在写的故事的结尾——悲剧。但是，我相信风雨之后一定会见彩虹，所以，在我的悲剧结束时，我都会留有希望，也终将把这份希望带回来。只是，那个时候，我真的万万没有想到，我的磨难竟然还只是刚刚开始，一切都还没有结束。

2016年，我渐渐缓了过来，辉煌再次向我招手。我内心的锋锐重新磨砺而出，信心十足、努力向前。直到12月，直到那一天——木子手术后的第二次复查：淋巴多发性转移、胸骨转移、肝转移。我问医生，肝转移能治吗？医生说，三阴乳腺癌，没有靶向药，只能化疗，肝转移，平均，一年半……

我体会到了什么叫作躺在床上，泪水横流。她十六岁做我的女友，那时，我十八岁。一路走来，二十年了。我知道，我不可能再像爱她那样爱上任何一个女人，因为不可能再有人能够像她那样，陪我走过少年、青年、中年，这人生中最重要的二十年。

她有点儿笨，也有点儿傻，没什么本事，甚至生活能力都不强，离了我，我都觉得她没法在社会上生存。可我就是爱她，就像唐舞麟为了古月娜可以付出生命一样，我也可以！如果能用我的命换她的，我愿意啊！

可是，我们终究生活在现实世界中，而不是玄幻小说里。我终究没有治疗术，也没有复活的本事。

那时，我能做的，就只有咬紧牙关，寻找救她的方法。

为此，我甚至无所不用其极。从那时候开始，我开始每天给西藏的寺庙捐钱，努力去做“日行一善”这四个字；从那时候开始，我开始初一、十五吃素，开始每个月农历十五放生两万条生命；为贫困山区，我捐了十辆救护车、两所学校。只要在朋友圈看到谁需要帮助，我都立刻捐款捐物。

那时候的我，心已经乱了，我在第一时间联系了美国和日本的中介，试图寻找全世界最好的医院去为她治疗。日本医生对我说，她这种情况，在日本平均能活三年。三年比一年半，多一年半！这样简单的数学在那个时候对我来说都是一份惊喜！

于是，在2017年1月，我带着她远渡重洋，去了日本，在东京的一家医院开始治疗。化疗，紫杉醇，六个月，耐药。肝上病灶从一个变成五个。我站在日本租住公寓的三十八层天台，第一次想要一跃而下。

那一刻，我想到的只是解脱，是糖糖打来的视频，让我咬紧牙关走了回来。

8月份，换药艾日布林，这种药很贵，国内还没有。两个月复查，大部分病灶再次消失，大喜。带老婆和糖糖、麟麟去了马尔代夫，那时候，我也不知道未来会如何，只想带她好好玩玩。

10月，艾日布林第二次复查，耐药，肝上弥漫性病灶大面积覆盖，转氨酶高十倍。肿胀的肝脏顶住胃部，让她有了不适。

我第二次站在了三十八层的天台，那时候我感到的是，绝望!

回国，我开始联系美国，带着全家都办了美国的签证。美国不像日本，它有着最先进的科技，但也有着最远的距离。当时我完全不知道，如果我们去了美国，是否还能活着回来。

可是，时间不等人。

而就在这个时候，11月，在病榻上缠绵两年，只能用鼻管维生的奶奶，走了。身为长孙，我怎能不送奶奶离去？送葬的那天，我向奶奶祈祷。

奶奶您受苦了，而身为孙子的我，因为带妻子在国外看病，看望您的次数少了，我对不起您。

当天，接到暂时的好消息，新换的化疗药卡培他滨有效，妻子情况暂时稳定住了，肝脏转氨酶指标下降了一些，给我们争取到了时间。而也就在那个时候，让我遇到了人生中的贵人，Y博士。

他研究的一种癌症疫苗，是当今世界上最先进的治疗肿瘤方向——免疫类治疗。当时的我，已经是病急乱投医，只要是有可能有效的，我都想要带老婆试试。于是，我们找到了他。他询问了情况之后，告诉我，他的研究是实验性的，按照目前国际最先进的理念，免疫疗法还是有机会的。

在Y博士作为主治医生化疗的同时，尝试了免疫类治疗。两个月复查，病灶减少百分之九十。

又两个月，病灶再次减少百分之五，整体也只剩下从日本回来时候的百分之五。再两个月，也就是今年的5月，第三次复查。肝脏上病灶全部消失……

那一刻，我忍不住扑上去，紧紧地抱住了我的岳母，两个人抱头痛哭。从复发到肝脏上病灶全部消失，经历了正好一年半，也就是当初主治医生说的平均存活时间。

虽然后来查出胸椎可能还有病灶，可至少肝脏上病灶消失了，就意味着她能活得更久。

而这一年半，我往返了日本十次，两次站上天台，陪她先后去了日本、法国、瑞士、马尔代夫、泰国普吉岛，中国香港、澳门。

今年，木子又复发了，而且比上次复发更严重，肝脏上有大部分病灶。

我刚刚从美国找了一种临床试验药给她用，每天看着化验单上的指标飙升，每天深受刺激。

后来……我的木子终究还是走了。“天上星，亮晶晶，永灿烂，常安宁。”而我自始至终唯一所愿只是：求她再多陪我几年。

（公子扶苏摘自微博 图/鹿川）

表白时，说我爱你最没用

□黄执中

有很多女生在被问到“你的男朋友有什么优点”的时候，她们往往都会回答说“哦，他很爱我”“他对我真的特别好”“他什么都愿意为我做”。但事实上，这是一个误解，因为“男朋友对你特别好”这件事，主要不是你男朋友的优点，而是你的优点。

就像是，如果我的女朋友是林志玲，那么我保证，我也一定会对她特别好！我绝对什么都愿意为她做！但这一切，能算成我的优点吗？这能证明，我是一个多么好的对象吗？不，这一切，只证明了林志玲的优点，只证明了，林志玲，果然是一个好对象。

我跟各位男生分享一下，当你跟女孩子告白的时候，要怎么说，才能强调出自己真正的优点：首先，很多男孩子在告白时，犯了跟我之前所说的一样的错误。比如他们会强调，阿梅，请你答应跟我在一起，因为，我非常非常爱你，我什么都会为你做，我会对你很好很好的！然而，这种话问题出在哪里？你什么都愿意为她做。这件事不是你的优点，而是阿梅的优点！所以你真正应该对阿梅说的，不是“我很爱你”，而是“我很懂你”。

这两句话意思完全不一样。我很爱你这件事，不是优点，不足以吸引阿梅。可是，我很懂你呢？这可就是一个专属于我的优点了。就像我很喜欢林志玲，这件事不足以成为她喜欢我的理由。可是，如果我很懂林志玲呢？我很懂她的心情、她的喜好，我很懂她的理想、她的才华。人生难得是知音啊！毕竟，喜欢林志玲，这件事谁都会，但能懂得林志玲，理解林志玲，这就不是每个人都能具备的了。所以，不管是对林志玲也好，还是对阿梅也好，这才是一个属于我的优点。

（林冬冬摘自《商界时尚》2018年第3期 图/木木）

摆渡人
真正的高手都是悄无声息的

□莜麦面

............01............

我的研究生导师有一个儿子，当时在读高三。那个男孩出类拔萃，在非常有名的中学读书，该中学有一个以前总理名字命名的实验班，他便是那个班的班长。

他学习成绩特别好，课外活动也很出色，每逢有领导到学校考察，他总被老师派去作为学生代表发言。因为太出色，每个人都觉得他非北大和清华莫属。

高中校长找到他，说学校每年都有几个保送北大、清华的名额，经考察，他符合条件，决定将其中一个名额给他。

他问校长："如果这个名额我放弃，可以给别的同学吗？"

校长对他的反应很惊讶，说："当然可以，名额是不会作废的。"

他说："那好吧！我身为班长，希望我们班能够多一些人考上北大和清华，我可以通过自己的努力考上北大。名额要是能给别的同学就更好了。"18岁的他从来没有想过自己会失败。我的导师因工作忙，几乎从未在细节上给过他指引。

他高考发挥失常，未能考上北大，最后被北京某大学录取。这所大学虽然也是国内顶尖名校，但与北大比还是有些距离。

在我们毕业答辩结束的当天晚上，导师请我们吃饭，他一起去了。我问他："后悔当初的决定吗？"他说："从来不后悔，如果重来一次，我还会那样做。"现在的他已经开始读专业经典巨著，打算读完本科考研或者出国。他已经请学姐学长推荐了一些书目，希望早日做科研，争取在本科时可以写出不错的论文。

那年，他只有18岁。后来，我们再也没有见过面。我想，有这样思维和格局的人，不管人生的牌局怎样，他都会打出别样的精彩。

............02............

我有个发小，是个古灵精怪的女孩子。在小学，她总是把家里的书和玩具带到教室，与小伙伴们分享。中学，她总是早同学们一步把最常见的辅导资料做好汇总，然后给大家讲解各自的优点和缺点。她的周末都花费在对各种知识的梳理和总结上。

她的家人与数学老师有不错的关系。有一次，吃完午饭，我看她不高兴，问她怎么了。

她说："爸爸骂我。因为数学老师说，我经常跟班里的同学分享学习心得，这很浪费时间。可是，我真的做错了吗？我喜欢这样做啊！让我一个人闭门读书，那样的日子实在无趣。"

我安慰她许久。她很快振作，依旧改不了本性。后来，她读了大学。在大学里，她依然保持这种性格，热心助人。

在许多同学都只顾自己努力往前拼，准备考研、工作、恋爱时，她拿出许多时间为班级做许多事，不仅门门功课优秀，还经常帮助老师工作。

毕业时，她手拿7份offer（录用信），学校还推荐了她一个S交所的工作。这些战绩令她一度成为学校的风云人物。她说，她不忍看见别人掉队，一个人走，走得快；一群人走，走得远。

真正的高手思维与常人不同，他们能够跳出一己私利的小圈子，帮别人摆渡，最终惠及所有人。那个18岁的师弟、我的发小都是摆渡人，他们悄无声息地帮助别人从此岸抵达彼岸，不求回报，可谓真正的高手。

（李金锋摘自《品读》2018年第10期 图/木木）

诗剧

时间之箭轻轻搭在太阳弓上。
当龙舌兰从岩石中长出，
在它上方你的心将在风中摇晃
并与时间的目标同步。
多年之后龙舌兰将开花，
岩石会保护它免遭狂潮的席卷。
——巴赫曼《多年之后》

老父叹

□［日］水上泷太郎

四十五岁才为人父的我，在溺爱儿女方面从来就不甘落于人后。

首先浮在孩子头脑中的问题便是：“跟和我一样大小的孩子的父亲相比，为什么我父亲年纪这么大呢？”儿子骑在我的腿上，摸摸或拍拍长着大胡子的脸，突然说：“爸爸就要变成老爷爷了。”

儿子不住地追问，只好实话实说了：“哎，是的。”

听了这句回答，儿子这回认认真真地盯着我的脸看，又来了一句：“爸爸的脸为什么这么邋遢呢？”

年龄一大，皱纹深了，赘肉出来了，皮肤松松垮垮，而且满是斑斑点点，也难怪孩子觉得邋遢。

但是听到过于贴切的话，心里总是愉快不起来。我一肚子的火，微微露了点儿苦笑。

溺爱子女的父母都是想牺牲自己的一切来讨好子女的，可是孩子却不十分领情。

“我第一喜欢内藤，然后是妈妈，然后是爸爸。”

孩子按照自己的真实感觉排座次。内藤是一位做西式家居用品的匠人，手艺很好，我们家的书桌、椅子、玩具箱都是他做的，逗孩子玩他也在行。

妻子对此可认了真，哄着儿子说：“我们家最爱优儿的是爸爸，所以你最喜欢的是爸爸吧？”可是儿子却不吃这一套，说：“我最喜欢的是内藤。”

“那么就把爸爸算作第二吧。”做出了这让步的表示以后，他就跑到比母亲更好对付的我的背后，说，“爸爸，我把你算作第二，总行了吧。这可是没办法的事呀。我喜欢内藤。”

可是等到孩子从今年春天上了幼儿园，有了小朋友以后，内藤那保持很久的王座终于发生了动摇。

“爸爸，你知道谁是我的好朋友吗？”

“当然知道，是内藤吧？”

“不对！”

孩子心中满是因预见到父亲会猜错而产生的得意和因自己持有一个秘密而产生的喜悦。可怜那愚蠢的父亲，却自以为升格成了第一名，便凑上前去说：“那么是爸爸吧？”

“不对！”

“还是让我告诉你吧！”看见父亲已经失去了想象力，孩子越发得意，便要由自己来揭开谜底了，“我第一喜欢××，第二喜欢××的哥哥，第三……你猜是谁？”

“是爸爸。”

“不对！是内藤！”

我只能算是第四或是第五，今后也没有升格的希望，倒是有降格的可能。××是幼儿园的小朋友。在开始交上朋友的喜悦面前，连内藤也降成了第三。

有一次，他紧紧靠在我的身边，说：“爸爸，你到了五十岁也别死呀！”

“你放心，我不死。”

时年四十九岁的我又是只好苦笑，但儿子的确是十分认真的。看到家中到处都挂着祖父的相片，儿子问我：“爷爷在哪儿？”

我告诉他：爷爷去世了。儿子起初以为是像捉迷藏那样在什么地方藏起来了。

可是当他终于隐隐约约地知道“去世”就是死了，人上了年纪就死去的道理时，又听说我来年就要五十岁了，于是担心到了这个最大的数目是不是就会死了。

“一定不会死吗？”“你放心吧！”

他太认真，叫我也没法回答了。我一心想活到七八十岁，为的是看到儿子毕业，为儿子娶媳妇，而儿子则是从懂事起，就为正在渐渐成为老爷爷的父亲的寿命感到不安，央求父亲永远也不要死。

想到自己父亲的短寿，溺爱子女的我也不禁泪水盈眶，用手搂住儿子的后背说：“我不死！我不死！”

我差一点儿哭了出来，真想劝儿子不要这样担心。

（木林森摘自《世界经典散文·日本卷》春风文艺出版社 图/木木）

母驼阿赛与两个少年的故事

□王东梅

两个月前，三年一度的那达慕盛会开始了，放驼人好像惧怕欢乐，单单让吉尔牵着大狗巴日卡，跟着阿杜沁全家前去参加。吉尔像脱缰的野马，在人群中钻来钻去，玩得实在痛快。夜幕降临了，这是一个狂欢之夜。篝火、歌声、舞蹈，把吉尔深深吸引了。但最使他着迷的，是一个身材娇小的女人的华美舞姿。吉尔一直看到深夜，才昏昏睡去。

天快亮时，吉尔被一阵啜泣声惊醒了。他睁眼一看，原来是那个跳舞的娇小女人把自己紧紧抱在怀里，一边还哽咽着热切地呼唤道："吉尔，小吉尔，我的孩子……"吉尔呆住了。他一生下来，就在奶奶的帐篷里长大，六岁多了才回到阿爸身边，从来就没有见过阿妈。难道这女人就是自己的……

是的，这女人就是吉尔的阿妈。三年前，她和吉尔的阿爸发生口角，一赌气分了手。两颗骄傲的心都不愿先向对方屈服。于是三年来各奔东西，再也没有见过面。整个那达慕盛会期间，这个女人简直成了吉尔的影子，时时跟着他，尽力宠爱他。临分手时，又送给他崭新的蒙古袍子、小马靴、小书包，当然还有久久的凝视和亲吻。吉尔兴冲冲地回到家里，可放驼人知道这一切后大发雷霆，他把那个女人送的东西又撕又踏又掷，还把吉尔打了一顿。从此，他开始无节制地喝酒，驼群也失去了管理。

恰好这时，母驼阿赛第一次做母亲了，由于缺少放驼人的帮助和抢救，驼羔几天后夭折了。阿赛却还沉浸在母爱之中。白天，它围着驼羔舔润着；夜晚，又在驼羔前面挡着风沙。被麻醉得失去理智的放驼人冷酷地赶走了阿赛，把死驼羔埋在了远远的沙壑中。阿赛见不到自己的孩子，便不顾一切地在荒漠中狂奔，在沙峰上仰天哀嚎——它，发疯了！

第二天，阿赛更疯狂了，它冲进驼群啃咬别的驼羔，又虎视眈眈地盯着蒙古包。正在这时，阿杜沁的女儿塔娜唱着歌来帮助挤驼奶了。奇怪！阿赛听着塔娜稚气的歌声，竟被引入了温柔的过去，慢慢安静了。塔娜用灵巧的小手，为它挤着洁白的驼乳。阿赛觉得似乎是驼羔在吮吸自己的乳汁，幸福地呻吟起来。从此，阿赛便把它的母爱，逐步转到了塔娜身上。它一时一刻也离不开塔娜了，一会儿不见，便到处寻找，有一次甚至把头拱进了塔娜住的蒙古包里。

暑假过去了，塔娜又要上学了。每天早晨，阿赛都要随着塔娜骑的骏马送出好远好远，下午又到老地方静静地等待着塔娜归来，并且非要让塔娜跨在它的驼峰间晃荡着回家。

放驼人却不喜欢阿赛。在一次酒醉中，他经不住一个长着黄胡子的采购员的连激带骗，竟低价把阿赛卖了。当吉尔得知这一消息时，黄胡子早已牵着阿赛和其他老驼上路了。

"不行！一定要救出阿赛！"吉尔、塔娜趁着夜深，家里人都睡熟了，悄悄溜出蒙古包，骑上骏马，带上大狗巴日卡，顺着那条若隐若现的路，追踪而去。骏马疾奔如飞，终于赶上了黄胡子买走的驼群，听到了阿赛悲切的呻吟。原来，阿赛一路上激烈反抗，遭到了黄胡子的毒打。现在，它遍体鳞伤，被单独拴在一块巨石下。塔娜第一个扑了过去，用小小的手抚摸着阿赛大大的还在流血的头颅，伤心地流泪了。吉尔一刀割断了绳索。巴日卡兴奋地围着阿赛转圈，最后竟汪汪地欢叫起来。

糟糕！黄胡子听见狗叫，走出帐篷来查看了。吉尔、塔娜毕竟还是孩子，竟被吓得哭出声来。哭声没有感动黄胡子，却唤醒了阿赛强烈的母爱，它怒吼一声，猛地冲了上去。

"快跑！"吉尔、塔娜爬到驼峰间，懂事的阿赛一撑后腿奋力而起，强忍浑身伤痛迈着长腿跑起来，巴日卡也紧紧跟了上去。可他们骑来的那匹骏马却不知在什么时候已经溜了。

跑啊，跑啊，迎着朝阳，他们来到了一片完全陌生的草滩上。危险过去了，吉尔、塔娜一下子觉得特别疲倦，他们伏在驼峰间沉沉地睡着了，嘴角还流出甜甜的口水。

孩子们被越来越灼人的阳光烤醒了。该到哪儿去呢？他们决定暂不回家，先把阿赛送到水草丰美、人心善良、安全幸福的地方。他们向着那莽莽苍苍的草海深处走去。走啊，走啊，他们竟糊里糊涂地走入了死亡的绝地——无水草原。这里找不到一滴清泉和一丝食物。吉尔、塔娜又饥又渴，拖着疲惫的步子，阿赛也累得沉重地栽倒了。

“阿爸、阿妈——”吉尔、塔娜惊恐地叫了起来。阿赛似乎懂得孩子们的饥渴与恐慌。它的乳房努力分泌出了洁白的乳汁。孩子们吸够了饱含着母爱的奶水，又昏昏地睡了。

在一个地面略有潮湿的沙丘旁，吉尔、塔娜也带着一脸天真的微笑，迷迷瞪瞪地扑倒了。阿赛眼看也要栽倒了。突然，它长嘶一声，随后疯了般地用蹄子刨掘着沙丘上的草团儿，用头颅拱动着周围灼人的热沙，蹄腿磨掉了一层又一层肉，头颅磨出了一片又一片血……

坑越刨越大，阿赛跳下去用身躯拱动着，又用长长的蹄腿挖掘着，用弯弯的脖子向外扬着薄沙。最后它挣扎着跃出沙坑喘息着卧倒在孩子们身旁，等待着坑里奇迹的出现。

放驼人、牧马人发现孩子们失踪后，急忙四处寻找。他们首先找到的是倒卧在热沙中的大狗巴日卡。巴日卡努力用脑袋向孩子们走去的方向指指，便满足地吐出了最后一口气。放驼人终于看见了孩子们。他也惊住了，眼前竟是这样一幅景象：疲惫不堪、裸露着根根白骨的阿赛一次又一次地伸长脖子从沙坑里吸满清水，然后温情脉脉地喷洒在孩子们身上。

放驼人内疚得失声痛哭，他策马疾奔过去。可是阿赛除了两个可爱的孩子外，什么也看不见、听不见。它仍然一心一意地做着自己的事：吸水、喷水，吸水、喷水……

放驼人急切地扑了过去，悔恨而又痛苦地捶打自己。这时，阿赛连颤抖的力气也没有了，它挣扎着睁大眼睛，望着两个即将苏醒的孩子，用尽最后一点儿力气亲昵地叫了一声：“哞……”

母驼阿赛，永远地跪卧在那漫漫的黄沙上了，也许它将化成沙海风暴中的一块礁石。但是，放驼人却载回了它驼峰上深沉的爱……另一批牧人前来接应了，走在最前面的就是那个娇小的女人。她流着忏悔的泪水，内疚而悲切地呼唤着：“孩子！我的孩子……”

（心香一瓣摘 图/孙小片）

伤离别

□葛毓臣

蒲公在聊斋中讲了一个《鸿》的故事，虽然是一篇很短小的寓言，却让人十分感动。

故事说，天津有个专门打鸟的人，一次打到一只母鸿雁。他带着雁回家去，谁知一只雄雁也跟着他飞到他家，且围绕着他家的房子飞来飞去，并发出悲哀的鸣叫，直到天黑下来时它才飞去。

第二天，打鸟人很早就离家，忽见那只雁又飞回来，且鸣叫着跟在他后边，接着就降落到他跟前。打鸟人见雄雁自投罗网，便想把它一块儿捉住。不料，那只雄雁却伸长脖子，几次前俯后仰，竟从嘴里吐出来半锭黄金。

打鸟人这才明白这只大雁的良苦用心，对大雁说：“原来你是要用这块金子来赎回你的妻子呀！”于是，立马放了那只母雁。

两只大雁在地上走来走去，好像惊魂未定、悲喜交集，过了一会儿，才一起飞走了。打鸟人回去称了称金锭，竟有二两六钱，这在当时也算得上一笔不小的钱财了。

蒲公为此颇为感慨地说：“噫！禽鸟有什么理智，竟能这样钟情！人生悲莫悲于生离别，难道动物也是这样吗？”

这不禁使人想起宋代词人柳永在《雨霖铃》中的名句：“多情自古伤离别，更那堪、冷落清秋节！”作者有意识地把自己的感情作为具有典型意义的感情抒发出来，说明在冷落的清秋时节的离别之情，凡是多情的人都会具有的，从而把个别的特殊现象拉高到一般的合情合理的现象。

而通过蒲公讲的这个《鸿》的故事，说明这种生离死别的痛苦之情，不仅人类会有，在动物界也实实在在地存在，而且这种离别之情有时甚至比人类还深厚。

你看，母雁被捉后，那只雄雁寸步不离地跟踪飞绕，哀鸣呼叫，直到黑夜来临才飞去。即使飞去，它也未停止营救的行动，不知它从何处历经危险波折，弄来一块金锭，和打鸟人做起了以金赎救的交易，终于如愿以偿，挽回了母雁的生命，可谓费尽心思、竭尽全力，怎能不令人感动？

话说回来，既然诸如大雁之类的动物，对自己的同类至亲，尚有如此深挚的情感，作为人类，是否应当像大雁一样，更加珍惜呵护亲情、友情和举案齐眉、相濡以沫的爱情呢？

（刘振摘自《济南日报》2018年1月30日）

那个当年殒命在塞纳河畔的无/名/少/女/

□丁香医生

在130年前，也就是19世纪80年代末的巴黎，一个薄雾的早晨，有人在卢浮宫旁的塞纳河畔打捞起一具溺水而亡的少女尸体，按照当时的惯例，尸体被送往巴黎的停尸房，等待着人认领。

停尸房里当值的医生不经意间看到这具被送来的无名女尸，立刻被女尸的容貌吸引。

可能因为是投水自尽，少女全身完好，没有丝毫外伤，更难得的是她面容淡定温柔，甚至有些可爱，她的眼睛闭上，但看起来好像随时都可以睁开。

这种异样的美感折服了值班医生，在那个摄像技术还没有大众化普及的年代，欧洲国家流行着用石膏印模在刚死之人脸上制作“死亡面具”的风潮。

这位医生立刻找来工匠用石膏涂抹在少女的脸上，将她临死时似笑非笑的模样保存了下来。

很快，这个少女面容的石膏像就在法国的地下文艺沙龙流传起来，因为最终都没有人知道这个少女叫什么名字，身世如何，于是人们便叫她“塞纳河畔的无名少女”。

未知的身份，莫名的死因，难以言状的美感，这些因素不断勾起人们的遐想，无名少女的死亡面具也在巴黎艺术圈一传十十传百，逐渐出名。尤其是少女嘴角那微微一笑，无数艺术家为之倾倒，让她几乎成为和蒙娜丽莎比肩的女神。

无数人在猜想着这个少女的身世和她所经历的一切。作家们以此为灵感写下了他们脑海里这位少女所经历的不幸。甚至咱们中国的当代大诗人冯至，20世纪30年代在德国留学时就被书店里无名少女的雕像倾倒，也写下了散文《塞纳河畔的无名少女》。他的笔下，“无名少女”成为被雕刻家抛弃的修道院女孩，因为无法让雕刻家雕出天使的脸庞而投河自尽。

到了60年代，“塞纳河畔无名少女”的美丽被赋予了另一种含义。

1958年美国医生彼得·沙法发明了现代意义上的口对口人工呼吸急救术，证明了往患者嘴里吹气可以起到急救的效果。

为了推广这一跨时代的急救法，一个瑞典玩具商人阿斯蒙德·莱达尔接到一单生意，为新生的口对口人工呼吸急救术制作合适的教学用具。他决定做一个能引起人们学习兴趣的人体模型教具。

这时他想到了自己小时候在爷爷家墙上看到的“塞纳河畔的无名少女”的面具雕塑，那种有着自然外表，并且有亲和力的女性模样正是这种模型教具的不二人选。

于是阿斯蒙德便以“无名少女”的模样为蓝本，制作了人类历史上第一个口对口人工呼吸训练人偶，并把它取名为“复苏安妮”。

到了60年代，以口对口人工呼吸、胸外按压等多项急救手段集合的心肺复苏术开始在全世界推广，“复苏安妮”也随着心肺复苏术的推广在全世界流传开来，成为最著名的急救训练人偶。

而当年“塞纳河畔的无名少女”化身为“复苏安妮”，她美丽的脸庞从艺术家的小圈子里彻底走了出来，成为影响全世界的面容。

相信当年殒命在塞纳河畔的少女永远不会知道，自己离开人世的最后一个美丽的瞬间，居然让千千万万的人在溺水后，有了可以和死神争夺生命的机会。

这样的“美丽”大概最让人震撼吧。

（林冬冬摘自知乎　图/豆薇）

从前从前，也有个人等你下课，爱你很久

□胡 识

我们都有过那种把喜欢一个人，看成和吃饭、念书、走路一样重要的日子，固执地把喜欢看得好郑重。比暗恋要多一些，比恋情要少一些，像是一种简单的信仰，傻傻地坚守。那种喜欢，或许一生也就只能有那么一次了。

多年后，我们终会在生命的某个转角发现，那些被辜负的被隐匿的被埋葬的喜欢，并不是毫无意义的。

至少我现在在南方过着更有诗意的生活，有时候一个人偷偷跑到北方旅行，看到类似的风景，听到熟悉的旋律，我就会想起那样一个故事，那么一位姑娘：

从前从前，也有个人等你下课，爱你很久。

（司志政摘自微信公众号“阿识学长”
图/ 木木）

我们一起变老吧

□七天路过

我是在一条有着80多万评论的微博下面遇见陈然的。在看这条微博前，我给自己定下一个目标，翻到第17页，找到第7个评论的人，然后，给他点个赞，我就去睡觉。我用了1个小时才翻到第17页，看到第7条评论写着：“今晚要在1点前睡觉。”

赵小可有一种独特的治疗失眠的方式，那就是去别人的评论里旅行，选择一个地点着陆，然后翻遍这个人的微博，如果他的微博日常比自己幸福，那就去找下一个旅行地；如果他的微博看起来不比自己幸福，就去睡觉。我就是赵小可。

陈然在微博上不叫“陈然”，叫“卖姑娘的小王子”。我好奇地往下翻了几页，结果又看到了相同的ID（账号），这次写的是：“4点了。”这个人不露声色的评论夹杂在数十万的絮絮叨叨中，成功地勾起了我的好奇心。当然，吸引我的也并非完全是评论，还有他头像上那张乍一看有点儿像吴彦祖的侧脸。

观光他的微博时，我在他晒出的机票上发现了他的真名——陈然。陈然的微博格外体面，有一些分享的并不口水的音乐，有平时看书的照片，我看到了熟悉的加缪，还有阿兰·德波顿，竟有种惺惺相惜的感觉。我忍不住私信给他一首歌——孙燕姿的《同类》。他很快回复：“遥远的相似性。”“哈哈，霍金。”我回复。

有人在采访霍金时，问道：“人世间最让你感动的是什么？”霍金说：“是遥远的相似性。”这句话在我的备忘录里存了好久。

我忍不住想，他的微博背后，会是什么味道的灵魂呢？是爱马仕大地香水的味道。我钟爱它的后调，成熟稳重，充满安全感，这也是我第一次见到陈然时的味道。

微博私信有十几页的时候，我和陈然见面了。理由局促又蹩脚，他得知我生病在家，不由分说地要带我去吃东西：“你相信我，不开心的时候，食物真的可以治愈你。”

我偷笑：“那你一定经历过很多不开心的时刻吧。”他说：“可能就像小王子一天内挪动小板凳看了四十三次日落。”

第十次一起吃饭的时候，陈然问我：“如果你知道我得了抑郁症，还会做我女朋友吗？”我惊讶，脑海里只记得“抑郁症”的关键词，我回答道：“会吧。”“这么说你现在是我女朋友了。”陈然说。

就这样，我有了一个轻微抑郁的男朋友。我们一起吃饭、看电影，从小区散步到最近的公园，聊天到雾重月斜。他风趣幽默，能把哲学讲得像故事一样迷离又好玩，会在午睡的时候在你耳边轻轻哼歌。但也有不开心的时候，他会突然把自己反锁在房间里，夜不能寐地享受苦楚与纠结。

听说蔬菜可以缓解抑郁，从莜麦菜到茼蒿，我把所有的绿色蔬菜买了个遍。陈然问我：“是不是很辛苦？”我说：“虽然有一点儿，但是我们一起努力吧。”

我习惯了晚上给陈然读书，终于读到了《致D情史》：“很快你就82岁了。身高缩短了六厘米，体重只有四十五公斤。但是你一如既往地美丽，优雅，令我心动。我们已经在一起度过了五十八个年头，而我对你的爱越发浓烈。我的胸口又有了这恼人的空茫，只有你的身体依偎在我怀里的时候，它才能被填满。”

他看着我说：“小可，我们一起变老吧。”

（予夕摘自《ONE·一个》
图/张艺馨）

我是真的喜欢你，不是好像

LIKE YOU

□叶 持

莫星在出租房里看着铺满半张床的衣服很是郁闷，明天就要和陈执见面，她实在不知道穿哪一套更合适。现在是深夜12点，莫星“嗷呜”一声倒在乱七八糟的床上。窗外月光明亮，一如她此刻的心情。

念高中时，莫星的理科很厉害，但语文成绩总在及格线附近徘徊。这让她的班主任很头痛，几次喊她到办公室谈话，不外乎在语文课上不要总做数学卷子，课下也多背几篇优秀范文之类的话。莫星不听，“字一多我就头昏脑涨”，这是她对班主任讲的原话，那个留着小八字胡的老头听到这话，被气得胡子直翘。

就这样，莫星的座位被调到了陈执旁边，那个作文经常拿高分、语文老师经常夸的陈执。一星期下来，陈执极少找她讲话，莫星觉得有点儿冷清，就主动搭话：“你啥星座啊？”陈执愣了一下，一副“看不出来你也迷星座”的表情。

除了陈执偶尔向莫星请教数学题的一些靠近，两人的座位间好像有条无形的“三八线”，更别提课下能有多亲密的交往了，所以，当室友告诉莫星，班里在传她和陈执的“绯闻”时，她心里一惊。

“说有次午休陈执没睡觉，一直偏头朝你看。”莫星翻了个白眼，明明是她自己要陈执在打午休铃的前二十分钟叫醒她，让她赶紧背书，下午第一节政治课是要抽背的。莫星解释了，没人信。

其实莫星没有解释的是，陈执已经有喜欢的人了。陈执的草稿本掉在她的课桌下，散开的那一页写了好几个一样的名字，一看就是女生的名字。莫星瞅着他脸有点儿红，心下了然。

莫星没有将那些流言蜚语放在心上，陈执好像也没太在意，只是有次晚自习他传来一张字条：“你不要听他们乱说。”莫星把写着“没有”的字条递过去，眼底一片清澈坦荡。

高考结束，莫星考得很好，上了北方那所心心念念的大学。新室友很喜欢吃甜点，莫星想起陈执也很喜欢，总是会在周日返校时给她带一份，说买一送一。路过学校社团招新，她怎么就在文学社那里填了申请表呢？她去文学社打扫卫生吗？

莫星连翘了三天课，坐火车去了另一座城市，把那个城市里的大学逛了一遍。很巧，在莫星返校的途中，陈执发过来一条消息：“我怎么感觉在我们学校看到你了？还是我看花眼了？”莫星没敢立马回，过了一小会儿，陈执又发过来一条：“可能是很想你。”火车上，莫星捂着眼睛，就那么毫无征兆地哭了起来。

这是陈执第二次对莫星讲这样的话，第一次是在那个头顶的吊扇打着转儿、一缕缕凉风从门缝窗边儿溜进来的炎夏晚自习，陈执把莫星写着“没有”的字条又推回去，这次加了一句话：“你不要听他们乱说，我的意思是，我是真的喜欢你，不是好像。”

第二天莫星穿了一套自己平时没怎么穿过的裙子，去高铁站接陈执。回出租屋的路上，陈执一直在讲话，实习很有趣啊，莫星考研很辛苦，一个人住还要早出晚归地泡图书馆，又发工资啦，可以带莫星去吃上次吃的那种日本料理了……说了一大堆话。

突然，莫星停下来斜眼问：“你高三时写在草稿本上的那个女生是谁？”这次，轮到陈执傻眼：“所以莫星，你，真的不知道陆雪琪是谁？”莫星定住，摇头。“《诛仙》里面的女主角的名字啊，和你一样清冷呢。”陈执捏住她的脸。

（尹吉摘自《ONE·一个》 图/果酱的酱）

诗剧

每个人都孤独地站在
地球的中心
一线阳光
透过他的全身
瞬息间
夜晚降临

——萨瓦多尔·夸西莫多
《瞬息间夜晚降临》

有象群经过心上

□章青定

丁昭在大二时收到人生的第一束花，一把蓬勃的小鸢尾。送花的男生身穿橘红的T恤，他把花递给她，然后盯住她书包上的小挂件说："嘿，是只方吻犀。"那天下午，那束小鸢尾被抛在一边，丁昭和男生坐在学校那片有些脏的湖边，聊苏门犀牛又短又硬的角，史前灭绝的异剑齿虎，还有因不擅长奔跑而总被虎豹捕食的蓝牛羚。真正的送花人隔天来向丁昭表白，丁昭对他说，她和沈南山很谈得来。沈南山就是昨日那个橘衫男生，课余在校门口花店当兼职的送花小弟。

真正的送花人很愤怒，他去花店找沈南山的麻烦。沈南山看着眼前人高马大的家伙，坦白地说："好像是有点儿违背职业道德，但我也挺喜欢丁昭。"丁昭和沈南山就这样在一起了。他们的第一次正式约会是在动物园，羊驼喷着口水，鸵鸟掉着毛，在臭烘烘的盘羊笼子前他们接吻了，带着羊粪味的，响亮的吻。

没课的时候，丁昭跟着沈南山去送花，玫瑰百合波斯菊，红白黄地一簇簇蓬在车前，丁昭坐在车后座，滑过学校的坡道、池边。沈南山将花递给收花的人们，丁昭就在一旁说："祝你幸福。"

要说幸福下面还有什么，那是当时的丁昭看不出的。她是个因为什么都不缺所以无所求的人，不知道困苦为难是什么样子，也看不出来沈南山勤劳地打工、小心隐藏起来的拮据。

大三时，丁昭开始去校外上GRE（美国研究生入学考试）课，这是她人生早就由父母规划好的一部分。她对沈南山说："我们一起出国吧。"沈南山答应了，但他心里知道不可能。他和丁昭不同，他除了分得清爪哇犀牛和苏门答腊犀牛外，也分得清理想和现实的差别。但他没有说破，因为丁昭的一切都来得容易，所以放弃对她来说也很轻易，他不想影响丁昭的决定。

他跟丁昭一起参加GRE考试，成绩很糟，丁昭着急，沈南山却只是笑眯眯地说："不要紧，再考一次就行了。"

他就这样拖延着，考了一次又一次。后来丁昭的通知书来了，去加州。沈南山的录取信也来了，是家乡一家还过得去的单位，在那个像是滞后了十多年的地方。

迟钝如丁昭在此时也看出端倪，知道两人一同出国的希望渺茫，但他们谁也没说惜别的话，仍如常地去校门口吃钵钵鸡，去书城翻看动物百科，在夜晚的街灯下踩影子，因毕业生大批离校，校道上空空荡荡，他们的笑声来回翻滚撞击着，有点儿凄凉。

分别后的丁昭和沈南山开始依靠摄像头恋爱，他们对着摄像头吃饭做功课整理房间。

丁昭最初的两次测验都很糟，房东太太又难打交道，而沈南山的单位里人际关系复杂。

他们想要说的话太多，但因为忙碌和时差，能好好说两句的时间着实有限，只能在线上留言。安慰和建议因而总是慢了一拍，错过了时机，错过了情绪，显得多余而尴尬。虽然他们并没有分手，但这段感情已经显出强弩之末的模样。

终于丁昭说："沈南山，要不我们还是分手吧。"

他们很平和地分了手，但仍会在网上和气地聊天，聊动物。他们都有一点儿不舍，所以他们是想过要好好做朋友的，保留着那一点儿不舍，给它预备一个重新发芽的机会，但疲惫和脆弱裹挟推动着他们，生活还是向前翻去。比如，因为孤独，丁昭交了一个新男友；而忙于奔波又受人欺负的沈南山，在丁昭恋爱后也终于同意和一个热情向他讨教如何做好豆花鱼的姑娘出去吃一顿晚餐。

丁昭的新男友是个高大又爽朗的男生，他对动物一窍不通，以为浣熊就是幼年熊猫，变色龙能在危险来临时瞬间变化全身的颜色，但这并不影响他们相处。他不爱学习，但每晚都按时开车去图书馆接熬夜查资料的丁昭；他曾经喜欢泡夜店，但丁昭不愿出门的话，他也会老实窝在家里看碟打瞌睡。丁昭开始谨慎地和他谈论毕业后的去留问题，男友说："都行，听你的意见。"

可是谁也没有想到，这个男生还是劈腿了，丁昭觉得格外讽刺。

在扑面而来的或真心或假意的

安慰和试探里，她收到了沈南山的邮件，他说：“我这里的动物园借来了两只食蚁兽，你要来看看吗？”

丁昭回了一趟国，去了沈南山所在的城市。沈南山开着一辆租来的破面包车接她，他没问什么，只问丁昭要不要尝尝他做的豆花鱼。

沈南山住在单位的宿舍里，一栋三层灰砖小楼的一楼，没有厨房，电磁炉搁在走廊的一张桌子上，是沈南山给她下过那碗面条的地方。丁昭坐在门口的竹椅上，看他切豆腐片鱼，锅里的水翻滚着，发出细小的咕噜声。

第二天，丁昭和沈南山去了动物园，沈南山的女朋友冯舒和他们同去。动物园又小又旧，人迹寥寥，借来的食蚁兽已经结束展出归还了回去，冯舒和沈南山相对着叹气说“真遗憾”。

丁昭没有在那座城市多待，她在走前封了一只红包给沈南山，因为在从动物园回来的路上，冯舒说她和沈南山婚期将近，希望丁昭到时出席。丁昭笑笑，说可能再没有假期，祝他们幸福。

丁昭变成了一个又酷又冷淡的人。她买了一辆二手的小白车，独自开在教室、图书馆和住所之间。念完书，她留下来找了份工作，像曾经打算的那样粉刷房子，拼装家具，留了一整面墙的柜子放她的模型。她几乎是恶狠狠地想变成另外一个丁昭，不一定要沿着父母替她定好的路线茫然地出国，不因跟房东吵架痛哭就决定分手，不再因为孤独而开始恋爱，不再让一段感情死于自己的脆弱。

丁昭在一个九月接到越洋电话，是当年送给她鸢尾的那个男生，他在那头有些不好意思地说，他要结婚了，丁昭从没回国参加过婚礼，但这次她决定去参加鸢尾男的婚礼，当作是谢谢他当年送给她的那束花，使她得以和沈南山相识。

丁昭提前两天回去，先去了她和沈南山接吻的动物园。盘羊笼子还在，但羊已经没有了，和新入园的火烈鸟、大袋鼠们相比，它们大概已不再能吸引游客。

她在笼子前碰到了沈南山。他的婚姻失败了，那份工作也并没有带给他与他努力相应的回报，此时的沈南山是个有点儿沧桑，有点儿潦倒的男人。他们在心里都想起一句诗，“落花时节又逢君”。

大历五年（公元770年），杜甫和李龟年在安史之乱后相逢。而丁昭和沈南山，虽没有碰见战乱，但他们的心也像历经了离丧的诗人和乐师一样。

他们坐在空笼子前，沈南山笑着说空气中好像还有羊粪的味道。他心里觉得还有那天人潮的喧哗，炒栗子的香味，丁昭身上的橘子香。他们在旧年的气味里说起往事，说起方吻犀和钵钵鸡，也说起那只错过的食蚁兽，沈南山说：“后来我知道，原来加州动物园本来就有食蚁兽。”

他们有点儿皱的心里，像有非洲象成群地暴走经过，踏平那些皱褶，震开石头和瓦砾，露出他们掩埋起来的那一点儿不舍。

（李宇堂摘自微信公众号“爱格” 图/李坤）

看开“传宗接代”

□蔡　澜

对生儿育女的观念，我早已看得很开。

这是旅行带来的礼物，当你在欧洲遇到许多夫妇时，你就会知道没有子女，人，照样可以活得很开心。而且他们的父母，也绝对不会怪他们不传宗接代。

一起旅行的团友，多数是夫妇，有的和我一样，不相信一定要生孩子；有的儿女已成家立业，没人在他们身边，也和我一样。

“哎呀，你不知道家庭的乐趣，那多可惜！”有些人摇头。

“哎呀，你自由自在，真是羡慕死我们了……”有些人点头。

他们怎么想，对我一点儿影响也没有。如果做人要为别人而活的话，也是相当悲哀的一件事。

虽然这么说，父母之言，还是要听的。最难过的那一关，还是担心家长对我的期望，这是非常迂腐的。不过，蔡家已为长辈传了六个孙儿孙女（哥哥、姐姐和弟弟各两名），只有我没有后代，我父母亲是默许的。

看见友人为他们的子女烦恼，我捏了一把冷汗，当他们跑来和我商量时，我不知道怎么安慰他们。我有最好的借口：“我自己没有，不了解，不懂如何处理。”

儿女背叛父母的例子也太多了，父母憎恶子女的案子也见得不少。让上帝去原谅吧，我们自己饶恕不了的话。

“现在养一个小孩，根据统计，要两百多万港币。”一位带着一家人的团友说。

另一位没有子女的笑嘻嘻：“蔡先生的旅行团团费两万多，我没有小孩，可以参加一百次。”

（余娟摘自《我决定活得有趣》北京时代华文书局 图/小栗子）

花以落香为信

□白音格力

那一年去杏花疃，坐在溪边喝酒。山泉咕咕，也如酒。

有杏花一瓣瓣地飘到溪流上，然后瞬间就随清泉流走。身边朋友见我发呆，催我喝酒，我却突然来了一句："这些花瓣，落下来，是要寄去远方的。"

朋友有些傻了眼。接着我做了一件让他更傻眼的事，我将身边的空酒瓶灌满泉水，与他对饮。

也许在我眼里，世界并不是世界的样子，世界是我美好出来的样子。山以清泉为酒，花以落香为信。

今年春天做得最多的一件事，就是拾花。杏花刚开了两三天，突遇一场小雨，只片刻工夫，就落了一地。也落得人心一地凉，所以冒着雨，在树下拾了又拾。

回家后放于各种小碗、小碟、小盏里，摆在书桌上，摆在茶席上。闲时就看几眼，清水里的花瓣，就那么鲜亮了好几天。

我在这些带回家的落花香里，感觉我是最富有、最丰盈的人。

甚至，我还会觉得，这个世界上再没有一个人如我这般幸福知足。若你不信，我找这一瓣瓣落香上的字给你看，每一行，每一句，都是写给我的深情的心语。

因此，有时，我会恍然觉得，这落花，真的是光阴寄给我的信。

在我印象中，诗词中所见描写拾花之景的，是极少的。翻阅查找了许多资料，也没有什么收获。古代爱花成痴的人太多，即使山野农家，也常在院旁篱边种几株花。是随处见花，所以不拾？摘花折花，以花酿酒，借花入茶，如此雅事古时常见，为什么拾花鲜有人为呢？

所以，有时我因此而幻想，说不定我拾的那瓣花里，就有前世的香，我捧于手心，我置于案上，总有一天，我能从这落香里，看到前世给我寄信之人的心语。

不过还是从资料中寻得几首拾花诗，颇有滋味。一是南宋郑会《衢州道中》所写："生危蔷薇插鬓斜，闲随女伴摘新茶。回头见客低头笑，却拾残花帖面花。"

诗里透着一派清雅之趣，闲摘新茶，且随女伴，自然少不了乐趣，如此拾得几片残花，虽然只是摘茶途中一乐事，但那画面，还是那样醉人。

其二是，明代刘炳一首《田家乐寄张师孟》中所写："小姑携筐懒梳洗，拾得绵花如雪肥。"

偶得此两句，真是让人心神俱畅。这样的女子才是真的爱花人啊！诗中写的是田家之秋，也许是一个早上，刚落了雨，女子早起，哪顾得上梳洗，便携筐拾花。这拾得的花，"如雪肥"，好一个让人欢喜的词啊！

拾花就当如此，而非凄凄然最好。枝头蘸了清露水，在花色里，在一片余香里，写了诗，寄给每一个拾花人。

看作家朋友陆苏拍的早春玉兰照片时，我是那么羡慕。我所在的城市还没有一点儿绿，她的江南已被她家小院里一棵玉兰占满了天空。陆苏说，那是她爸妈约三十年前种下的。

玉兰每年早春开，开过落香落进泥土，也落至陆苏的笔下，所以她的诗，总是如信一般，一句就是一个好花季节，你心安安地读着，再也走不出来。

而这一株玉兰，又何尝不是年纪渐大的父母，以侍爱花草之手，以落香为纸，将花之情，每年写一封信，寄到她长长的光阴里？她的光阴，从此一直开着花，即使落，也是一首落着香味的诗。

世界本来就有她美好的样子，花以落香为信，我以美好为地址。

（林冬冬摘自《喜欢你，是一首诗的样子》吉林摄影出版社 图/果酱的酱）

我是如此绝望地爱着你

JUEWANG DE

□杨 健

39岁的莫奈端详着32岁的卡米耶，他如此绝望地爱着她，而病榻上的她已面无人色，原本属于她的鲜艳被一种不可知的力量覆盖。

生命正从她的身体中抽离，越发加快的速度，让即将到来的生者与死者之间的壁垒变得不可逾越。

于是他同时间赛跑，为他爱的人作一幅画——一幅落实在画布上的死亡面具。

《临终的卡米耶》上几乎没有光，灰蓝的色调暗示着这是一幅室内作品，确切地说，是在一个死屋里。偶尔闪现的黄色斑点，代表着作画者对无常徒劳的抵抗。尾随着画中女主人公眼睛的闭合，是漫长的黑夜。

1879年9月5日，黑夜吞噬了一段历时14年的爱情。

……

榨得出汁的爱情，往往源于不入流的生活。

莫奈先生，作为勒阿弗尔一家杂货店老板的儿子，他的梦想与父亲的期待稍有出入。

莫奈对琳琅满目的货架没有兴趣，他的志向在画架，画架上铺着画布，画布上有明媚的色彩。

19世纪60年代，一个事实上的外省青年在巴黎打拼，首先要面临的是野心与能力的讨价还价。

最大的问题是莫奈先生雇不起模特。

更大的问题是，1865年，穷汉想画一幅必须有模特的画：《草地上的午餐》。

只能等着天上掉一个模特下来的莫奈，在塞纳河畔邂逅了卡米耶，一位住在圣路易岛上的邻家少女，青涩、温婉、娴静，还有贫困。

卡米耶是洗衣工的女儿。

青年问少女："姑娘，我能为你画一幅画吗？"

少女顺从，点头。

几个月的劳作下来，少女定睛一看，画上所有女性人物的形象，都是自己摆过的各种pose（造型）。

贫寒的艺术家追爱，这恐怕是终极杀技。而后，男女青年相爱，同居。

那一年，莫奈25岁，卡米耶18岁。

次年莫奈用四天时间画了《绿衣女子》，模特是卡米耶。

这幅画在沙龙展出时一炮而红，赢得了不逊于马奈的名声。

后一年，莫奈和卡米耶迎来了他们的第一个孩子杰·莫奈，未婚先有子。

遗憾的是杂货店老板瞧不起洗衣工的女儿，于是，两个人到处谋生。

翻阅莫奈传记，他早年的生活充斥了如下一些关键词：饥饿、典当、面包，向朋友借钱，朋友也没钱，泪流满面心如刀割……所谓贫贱夫妻百事哀，比这更酸楚的是，莫奈和卡米耶在1870年之前甚至没有夫妻的名分。

悲苦之事，不说也罢。说点儿动听的，如前所述，《草地上的午餐》里每一位女性形象都是卡米耶。举一反三，此后莫奈每一幅画里的女性形象也都是卡米耶。

一生只画一个女人——关于画家的爱情戏里，没有比这更好的文案：《绿衣女子》《花园里的女子》《撑阳伞的女子》《特鲁维尔沙滩上的女子》《着日本装的女子》《捧紫罗兰的女子》《红围巾》……

这些画作里有一个女人生命绽放期的一颦一笑，当然，也是一个女人生命之焰骤然熄灭前的闪耀。故事该收尾了，1875年，28岁的卡米耶罹患盆腔癌，身体每况愈下。不可思议的是，三年后，病人为画家生下了第二个孩子。医学知识告诉人们，这个孩子其实是对母亲的最后一击。孩子诞生的第二年，母亲成了病榻上的卡米耶，以及临终的卡米耶。

卡米耶几乎是用自己的生命滋养了莫奈的创作。当她的生命被抽离时，莫奈的绝望可想而知。

卡米耶死后，莫奈又活了47年。这47年，他拥有了财富、名声和新的家庭。作为交换，他失去了那个一生只为她画的女人。有时上帝让一个人长寿，其实是为了惩罚：让他的怀念、他的孤独和痛苦没有尽头。

（大浪淘沙摘自"财新网" 图/李倩莹）

在你的成都，我改变了口味

□张小冉

****1****

见陈广智之前我很紧张，在寝室里拿着夹板一遍又一遍地烫着刘海儿，还用拙劣的技术化了妆。我和陈广智刚在QQ上结束了50个小时没日没夜的聊天。3天前，我们还是陌生校友，没看过彼此的照片，但当看到他的第一眼时，内心就有个声音告诉我：就是他了。几分钟后，我和他当场决定：在一起。

后来，陈广智从他的视角，还原了第一次见到我时的场景——“那晚约你去烧烤摊吃夜宵，你串接一串地吃，头都没抬一下，还一个劲儿地说‘好吃，好吃’，我心想，你是不是没吃晚饭，有那么饿吗？”

接着，他顺口反问我，为何会轻易接受一个认识不过3天的人，我抽丝剥茧，发现我对他动心，竟是见面前一天的深夜，我们聊天时他突然说了一句：“你稍等下，我有点儿饿了，出去买个烧烤。”

当时我的寝室早已锁门熄灯，一个“烧烤”，把我馋得百爪挠心，忽然有个念头在我脑袋里疯狂冒泡：他要是我男朋友就好了，至少能半夜帮我打包一份烧烤。

陈广智听完我的回答后哭笑不得：“那你怎么不去找后门卖烧烤的那个小哥？包你吃个够。”我想了下，认真回答他：“小哥太爱吃了，边烤边吃，我怕抢不过他。”陈广智敲了一下我的脑袋，表示从来没见过这么好吃的人。

陈广智来自江苏，那里的菜多以清淡为主，对于我这张“好吃嘴”，他并不能和我产生共鸣。

大学报到前一天，陈广智和父亲辗转来到学校时，两人已饥肠辘辘。学校后门有条小吃街，落日余晖中，路边摊纷纷开张。父子俩一致认为路边摊是“脏乱差”的代名词，于是穿过小吃一条街，拐进一家稍显高档的川菜馆。

听说川菜以“辣”出名，两人商量着，怕初到成都肠胃不适应，便顺着菜单想找些清淡的。两人同时锁定了“水煮肉片”这个菜名——“水煮的，一定清淡又养生”。

当老板端上来那盆盖着厚厚一层花椒和辣椒、在滚烫的油中发出“吱啦吱啦”声音的肉片时，从江苏来的父子俩不由得一愣，果不其然，尝了一口便被呛出眼泪。吃完那顿饭，他就当场决定：毕业后一定不能留在成都，“这个城市实在是太不对胃口了”。

****2****

我和陈广智确立恋爱关系后的第一顿饭，就上演了一场关于吃的“博弈”。

第二次见面，陈广智提出去学校附近的一家西餐厅，那是学生界的“高规格”餐厅，我听后却像个泄了气的皮球。点了一份最便宜的牛排，放在口中如同嚼蜡。

那天傍晚，陈广智让我决定晚上吃什么。我选了一家窝在墙角的路边摊吃冒菜。落座时，我明显看到陈广智环顾一下四周，露出了犹豫的神情。可是，此时冒菜的香辣味已然传到了我的鼻腔里，馋得我顾不了那么多了，便假装没看到。

陈广智问我为什么喜欢吃冒菜，“其实我爱吃火锅，可是一个人去吃火锅太尴尬了，最多吃一两个菜就饱了，冒菜多好，十多种菜全有，随时都可以感受私人火锅般的顶级待遇。”

“你要是爱吃火锅，我以后就经常陪你去吃。当然啦，我吃白味汤底，你可别嫌弃我哈。”陈广智挠着头，露出害羞的表情。对我来说，这是陈广智对我说的第一句情话。

我夹起一片藕送进嘴里，在牙齿的咬合下，渗出一丝丝甜味，配着香辣传到胃里，胸膛热乎乎的。原来和喜欢的人一起吃饭，竟然可以这么开心。

陈广智在和我一起吃了约400顿饭之后，已经可以驾驭任意一种四川特色的辣。曾经把他伤害得很深的“水煮肉片”，后来对于他来说只能算作辣味链上的底端。

成都真正的美食，大多数是路边摊，隐藏在小巷中。张奶奶的摊儿就是我们的老窝之一。这里最开始卖的是狼牙土豆，业务壮大之后，又加了凉面、冰粉、烧烤、冒菜等。

前几年，张奶奶在摆摊的时候出过一场车祸，以至于现在的记忆力很差，我们多次光顾张奶奶的路边摊，她每次还是会忘记我的口味。

陈广智则习惯性地提醒道：“张奶奶，帮我女朋友多放点儿小米辣，不要客气，直接给她拌成‘超级变态辣’，土豆刚过心就捞，一定要脆。不要味精，谢谢。”

每次陈广智挺不好意思地说完这一长串的口味备注，张奶奶就笑盈盈地表示，下次一定记得。尽管如此，几年的时间里，这情景总是循环上演。

****3****

2011年，陈广智大四的那个寒假，我跟他回了次徐州。陈广智的家乡饮食口味清淡，几乎没有辛辣。陈广智怕我吃不惯，就提出带我去扫荡我最爱的路边摊。老板们听说我是个“川妹子”，主动提出要在菜里加辣椒。我尝了一口，并没有吃出期待的辣味。

陈广智的父亲希望儿子能回家发展，子承父业，在这个理由背后，还藏着那句中年男人难以开口的“儿子，爸想你了”。陈广智不愿把背井离乡的包袱丢给我，经过几个月的挣扎，在毕业之际，决定独自回家。

自陈广智回家的那一刻，我仿佛失去了味觉，吃什么都觉得毫无滋味。在他回家后的第21天，我的两个闺蜜搞了场“寻味之旅”，想拖我离开这场失恋的暴风雨。

两个姑娘拉着我来到张奶奶的路边摊，张奶奶察觉到我的反常：“丫头，你那个绝世好男朋友咋没来？”“我们分手啦，张奶奶，他回他自己的城市啦。”我故作轻松地回答。“咋个分开了？他对你那么好。”张奶奶握住我的手说道，“我老了，手脚也不麻利，我都让女儿帮我提前炸好三大锅的土豆，再拌好三种口味。这样来一人，舀一碗，够卖大半天。每次你男朋友来，都喊我单独给你炸一小碗，说那样才是脆土豆，才能拌出你喜欢的口味。”

“有时候我们根本莫得空单独弄，他还亲自切葱，个人捣蒜，等我们忙过这阵，再喊我单独给你拌。”我低着头，用竹签插了好几坨狼牙土豆，一口气吞下。土豆炸软了，在嘴里混成一大团糊糊，卡在喉咙里，眼泪噎了出来。

****4****

陈广智回家后，不仅戒了夜宵，连一日三餐也是能省则省。一个月的时间，陈广智瘦了15斤。一次，陈广智半夜起床，切了一块固体火锅底料，丢在锅里，和方便面一起煮。拌着浓厚的辣味，他连吃了几口。不知道是吃得太急，还是饿太久了，胃里一阵翻滚，冲进厕所吐了起来。

陈广智按下马桶上的按钮，“哗——”，他忽然觉得一身轻松，他突然想明白了，做了一个决定。2011年8月底，陈广智又回到了我的城市，他对我说的第一句话是：“我回家后竟然吃不惯家乡菜了，我每天都在想成都的美食。”没等我开口，又说了句“更想你”。

我“扑哧”一下笑出声，笑着笑着，又噘着嘴开始流眼泪。我没有回答他，只想让他好好抱抱我，从那时起，我恢复了味觉。

陈广智兑现了他的承诺，在成都找了一份工作，工作之余我们继续尝试各路美食，成都遍地都有我们的脚印。后来，我们还把路边摊文化延伸到了其他地方，我们一同去了泰国，窝在大排档前，老板比画着为我们推荐了一个泰式汤锅。当高耸的铜锅端上桌，正好挡住了我面前的陈广智，我和陈广智同时搬着小凳子挪向同一个方位，肩并着肩，挤在一起开吃。

对面街上人来人往，被太阳烤得发烫的地面，腾起热浪，扑进眼睛里，暖暖的。

（予夕摘自微信公众号“人间thelivings”
图/木木）

诗剧

春天黎明很美。
逐渐发白的山头，
天色微明。
紫红的彩云变得纤细，
长拖拖地横卧苍空
冬景尽在清晨。
大雪纷飞的日子不必说。
人们捧着火盆，
穿过走廊，
那情景与季节倒也和谐。
一到白昼，阳气逐渐上升，
地炉与盆里的炭火大多化为灰烬。
——《枕草子》

明天是世界上最美丽的词

□何立伟

这是我在饭桌上听来的故事——

一个叫子叶的姑娘，爱上了一个喜欢写诗的有独特气质的瘦男孩。瘦男孩说话激动时有点儿结巴，但这样反而显得更加可爱。他仄仄的脸上有一种动人的天真。她一直看他的微博，每天都看，但她从不留言。

他和子叶姑娘在同一幢写字楼里上班，他是另外一家公司的。

她在下班的电梯里听到他的同事叫他的名字，所以找到了他的微博，看到了他写的诗。

他们也偶尔在楼下的快餐店里相遇。

她看到他总是点糖醋排骨和番茄炒蛋。当她偷偷观察他而心生喜欢的时候，就想，我要学会做这两道菜。

他在他的照片中比在生活中更可爱。他经常做鬼脸和剪刀手，仄仄的脸，特别生动。这是在电梯里看不到的。

她知道自己已经暗恋上了这个喜欢吃糖醋排骨和番茄炒蛋的家伙。

她有点儿抑制不住，渴望向他表白。

但这一天还没到来的时候，他走了。他离开这座城市，去了上海。

她是在他的微博上看到的。那天的微博上，贴了一张机票。

她哭了。她没有哭出声，只是让泪水不停地流。枕头是冰凉的。

她知道他应聘上了一家美国公司。她在照片中看到了他的办公室，很干净，同他的白衬衣领子一样。他的同事也跟他一样，都一脸朝气。

他的诗她照样不怎么懂，但仍觉得有意思。

他仍是喜欢扮鬼脸和做剪刀手。

还有一张他单独和一个笑起来露出牙套的女孩站在外白渡桥旁的照片，他仄仄脸上的表情略有些拘谨。

出现这张照片的当天，他写了一首特别难懂的诗，但她就是看明白了，这是一首爱情诗！

子叶姑娘失眠了。

并且，他在第二天的日志里写了一句：昨日的邂逅，是今天的心跳。

哦，明白，他是在外白渡桥邂逅了牙套女孩，也就是邂逅了爱情。

她决定再也不看他的微博了。

她以后也绝不会学做糖醋排骨和番茄炒蛋。

窗台上的绿萝呀，你为何那样没心没肺地葳蕤呢？

但她戒不掉那毒药。只隔了三天，她又在平板电脑上打开了他的微博。

这天他发了一张照片，是一双漂亮的红白相间的毛线手套。

下面是一行字：我要亲自给她戴上。明天。明天是世界上最美丽的词。

明天，也就是第二天。晚上，打开电脑，她又迫不及待地看他微博。紧张，揪心，好奇，酸楚……有一股乱成一团的情绪。她不知道她的手微微有点儿抖。

他的明天是，牙套女孩飞走了，飞回她的成都了。那是她工作和生活的城市。她到上海，只是一个人来休年假。

那手套送不出去了。红白相间的毛线手套。

他自拍了一张捂着脸的照片。

写道：张悦悦，你离我有1964公里远！

电脑的光反映到子叶姑娘的脸上，她惨白地笑了。

她轻轻地呢喃了一句："把那手套留给我。"

她知道从明天起，她要看两个人的微博了——郑陶（同事们是这样叫他的）的和张悦悦（他是这么在微博里叫那牙套姑娘的）的。

这位瘦男孩写道，上班的时候，同事提醒我，说他跟我谈事情的时候我有些走神。这样不行，我要振作起来。

但第二天他接着写，窗外的福州路，街景没有变，可是我的心情变了。起风了。我有些乱。

她心里隐隐有些疼。

那么张悦悦呢？

她找到了张悦悦的微博，她看到这位牙套妹同样陷在了无尽的烦恼中。

牙套妹的话虽然说得有几分含蓄，但她凭着女性的直觉晓得，她的烦恼也是来自爱情。她有些紧张。她觉得牙套妹和瘦男孩之间只有一张窗户纸。她害怕他们之中的任何一个人勇敢地伸出手指。

她甚至不敢看下去，更不敢想下去。

但她仍然接着看，好奇害死猫。

有几天，瘦男孩没有写日志。她真的好担心。

牙套妹倒是每天都更新微博。她追着观察她的烦恼，忽然一下子，她明白过来。牙套妹另有所爱！

因为牙套妹在文字里提到的那个"他"，是一个眼镜男孩。

牙套妹写道，他换了一副眼镜，镜片厚了，应该是400度换成了600度吧。不过还是照样帅气。

她猜想，眼镜男孩应当就是牙套妹的同事。办公室恋情，她脑子里浮出来这个词组。

牙套妹在上海新天地给眼镜男孩买了个精致的琉璃做的羊。她猜想这应当是那男孩的属相。

 生活，就是一种永恒沉重的努力，努力使自己在自我之中，努力不至迷失方向，努力在原位中坚定存在。——米兰·昆德拉《被背叛的遗嘱》

一只鸭

□蔡要要

阿紫的妈妈来看她，给她带了一只自己院子里养的土鸭。鸭子很肥，足足得有五斤多。妈妈叮嘱她，赶紧吃了，自己炖个鸭汤什么的，很鲜的，吃了补补身子。

阿紫看着躺在那里的那只鸭，那么大一只，可以三分之一拿来炖汤，三分之一拿来红烧，再剩下的，就做个鸭肉面好了，能吃上好几天。阿紫并不太会烧饭，可是这次，她想好好地对待这只鸭，把它做得好吃。阿紫拿出手机，发了一条信息给朝伟，她说："我要炖鸭汤，自己吃不完，你也来一起吃晚饭吧。"

朝伟是阿紫的朋友，阿紫喜欢他很久了。可是不知道为什么，阿紫一直不敢说出口。她只敢默默地注视着朝伟的侧面，甚至不敢直视他的眼睛。朝伟的眼睛很深邃，阿紫害怕看一眼，自己就会掉进去。

阿紫举起刀来斩那只鸭子，她有点儿不敢下手，瑟缩了很久，还是狠下心用力地砍下去，结果力气不够，一刀下去还砍不断，好不容易剁了几块下来，她已经额角渗出密密麻麻的汗珠。阿紫又泡了些上好的红菇，找来一只大瓷碗，把鸭肉和红菇一起蒸好。那是她老家的做法，鸭汤不能炖，要蒸，这样的汤才更鲜美。不知道味道会不会好，阿紫有点儿忐忑。

朝伟来了，两个人静默地坐下来喝着刚蒸好的鸭汤。

"很鲜美。"朝伟笑着说。阿紫不敢去看他，也不敢答话，只好一边埋头喝汤一边说："明天再来，明天我红烧鸭肉。"朝伟笑了，他点头说好。

第二天阿紫去买了青笋回来，先把鸭肉过了白水，又架起油锅，用八角、桂皮、大葱爆香了油，鸭肉炒得金黄，加上料酒和老抽一起炖上。鸭肉炖得烂烂的，也很入味。阿紫专门问了妈妈怎么做，还算是做得不错。朝伟添了两次米饭，一大碗鸭肉都吃完了。阿紫洗碗的时候忍不住微笑起来，能和朝伟一起吃饭，她已经很开心。

朝伟在饭厅问："明天还能来蹭饭吗？"阿紫忙不迭地答应："要来，明天还吃鸭。鸭肉面。"

第三天阿紫又买了酸菜，和鸭肉一起用高压锅煲了汤底，煮了一把鲜切面，出锅的时候淋上一点儿香油，热腾腾的，很是不错的样子。朝伟却迟到了，直到面坨在了汤里，他才匆匆赶来。

"工作耽误了，不好意思。"朝伟解释道。阿紫有些懊恼，这样的面怎么能拿给朝伟吃呢？她嗫嚅着说："要不倒了吧，面都坨掉了。"

朝伟倒是不介意，把一大碗有点儿凉掉的鸭肉面吃得精光。"很好吃，你手艺很好的，阿紫。"朝伟笑眯眯地说。

阿紫的脸红了起来，朝伟倒是很大方，他说："阿紫，我喜欢吃你做的鸭，以后天天来吃好不好？"

阿紫抬起头，正好对上朝伟的眼睛，他的眼睛亮亮的，阿紫没有掉进去，只感到有一种很温暖的感情，在靠近。阿紫拼命地点头，又摇摇头，她害羞地说："我厨艺不好，是鸭好，对，是鸭好。"

朝伟哈哈大笑起来，他握住阿紫的手，温柔地说："多谢这只鸭。"

（林冬冬摘自《吃饱了才有力气谈恋爱》北京联合出版公司　图/鹿川）

牙套妹把琉璃的羊送给了眼镜男孩。这样好的机会，但她仍然没有开口表白。事后，牙套妹写道：我怎么这样呆呢？我恨死我自己了！

她对着电脑屏幕说，这不是你呆，是你没有胆量！

一天晚上，牙套妹给自己鼓劲，写道：明天吧，明天，我一定要把那三个字说出来。

可是，她没有明天了。

因为第二天的微博，牙套妹只写了一行话：他走了。连告别都没有。居然事先都不知道。他到美国去读MBA（工商管理硕士）了。他还会回来吗？

因为感同身受，她忽然就有一点儿同病相怜。怔了小半天，才呢喃道："命呢，这是。"

她还想说几句什么，但一时说不出了。

瘦男孩又出现在他的微博里了。死鬼！

瘦男孩写的是：终于休年假了。明天，我要去成都。一定要去。带上那双手套。

（李金锋摘自《南方周末》2018年2月15日　图/果酱的酱）

每一口食物里，都藏着我想你

□小灯泡儿

~~~1~~~

女友是个路痴。每次见面，她都分不清东南西北。“我在吴山烤鸭正对面。”“对，你在馄饨店门口等。”吃货眼里，那些与食物有关的名字，成为唯一的地理坐标。

再后来，她出国求学，漂在悉尼，一年回家两次。

每次登机，行李箱都会塞得满满当当。山核桃、腰果、枸杞、桂圆、橘红糕，以及自家炒制的桂花茶。从来都不怕烦，不怕沉，不怕占地方。

偶尔聊天，嫌距离太远，我俩干脆视频“约饭”。她在那头买馅擀皮做馄饨，我在这头呼哧呼哧扒面条。相隔千里之遥，好像回到从前，她坐左我坐右，筷子起落在锅里。

这滋味虽好，却不及痴念时所想的香。

~~~2~~~

年少时，大概是不懂珍惜的。若非青春短暂，谁又知来日方长？

以前每次回老家，外婆都闲不住。大早上就开始忙活，清洗，削皮，剥青豆，去虾肠，切菌丝，忙完还有下一样。快到中午，她在厨房话家常起油锅，我在窗边看报纸乘风凉。“外婆，你快好了没？菜还要烧多久？”

听着里面锅碗瓢盆的脆响，嘴馋了起来，肚子也咕咕叫。等菜上桌，摆成一圈儿。白切鸡、虾爆鳝、红烧牛腩焖土豆，还有我最喜欢的黄鱼滚豆腐，汤鲜，肉弹牙。

那会儿嘴甜，总跟外婆说：“你做的饭那么好吃，我要吃到老。”她听完笑：“傻囡，等你老了，我就变成妖怪啦。”当时不知，人的精力就像大饼。越铺开，越分散。

上学了，分给考试，分给排名，分给优胜劣汰；上班了，分给工作，分给晋升，分给应酬交际。

这两年，外婆家去也寥寥，回也匆忙。也慢慢发现，她做的菜和以前不一样了。有时忘盐，有时多糖，有时陈醋当酱油。

她老了，我也长大了。

~~~3~~~

梁实秋在《雅舍谈吃》里说过：“偶因怀乡，谈美味以寄兴；聊为快意，过屠门而大嚼。”

我的乡愁呢，是个虚无缥缈的东西，只有胃之乡愁是真切的。味觉和嗅觉，成为最温暖可靠的记忆。这种眷恋，是大学时期我对家乡桂花糖甜藕粥的眷恋，亦是现在我对大学食堂热干面糊汤粉的眷恋。

堕落街的臭豆腐和糯米饭，六块钱的肉夹馍和酸辣粉，小巷口的蛋糕卷加芒果干。关东煮配卤香串，炒酸奶鸡蛋仔，肠粉寿司麻辣烫，还有光头大叔的烧烤摊。

之所以难追难回味，皆因食物，联系着某段闪闪发光的记忆。

想起某夜赶论文，凌晨三点饿到不行。抽屉翻遍，摸出一堆家里带来的鱼丸和虾米饺。来碗方便面，舀勺老干妈，索性煮小火锅吃。

后来怎么睡的，怕是忘了。只记得吃着写着，就开始傻笑发呆。醒来时，被子上一股涮肉丸的咸香味。

再如炸鸡翅让我想起寝室卧谈会的通宵；柑橘汁让我想起失恋失意时的狼狈。

那些近乎褪色的瞬间被冷不丁勾起，影影绰绰的日子又染上余味。就这样，我虽身在别处，却把异乡当故乡。

~~~4~~~

曾听闻一个公式：人活70年，大概在世20000天，每天三顿饭，一生就只有60000顿可吃。“除去忘吃的早饭，减肥漏掉的晚饭，不知味的前十年后十年，能吃的也就不足40000顿。”算着算着，有些哑然。复杂的人生就像迷宫，停不下来走不出。

我记得晚自习他偷偷塞来的热牛奶，记得闺蜜口袋里留给我的那颗糖，记得妈妈一锅乱炖的杂粮粥，记得室友手忙脚乱的醒酒汤。却抵不住，陪伴身边一日三餐的人，在按秒计时。

想想以后，因为嘴里的滋味，忆起心里的往昔。另一端牵系的，也许是失散的知己，也许是早逝的故人，也许再无机会共食一道菜，共进一杯酒。不停地追忆，不停地烘焙，循着时间的漫流，是飘忽的乡愁。

我只道，再忙碌的人，不过一个胃，不过三餐和四季。早餐，午餐，晚餐。吃完眼前一顿，以往都成回忆。能把握的，只有下一顿，下下顿。

如果你想家了，别忘了，去赴故乡约，去见故乡人，去吃故乡饭。

（鲁刚摘自微信公众号“大樱桃与小灯泡”

图/熊LALA）

既然无法避免，那就只有忍受，这就是做人的本分。命中注定的事情你无法忍耐，又承受不了，这不但软弱，而且愚蠢。——夏洛蒂·勃朗特

我的『歪果仁』花瓶男朋友

□乌 冬

先生出门时，总有人偷偷看他几眼。因为他这个人，不管是从正面看、从侧面看、从背面看，还是从头顶俯视，都和普通人有点儿不一样。他要是走进一家店里，要开口点些什么，店员会不知所措地看向他身边的我，用眼神询问：“喂，这个家伙是你负责的吧？那就担起你的责任来，告诉我他到底要什么。”

于是我问他：“喂，你要什么？”他指了指第三列第四行的那几个小字自信地说：“那就要这个乌笼好热吧。”我和一排店员齐齐低头凑过去看——啊，“乌龙奶盖”。

虽然马上就要满三十岁了，长得也人高马大，还留了一脸络腮胡子，先生却常常被当作儿童看待。普通人默认他大字不识，餐厅服务生连筷子都不是很想给他。还有一次我陪他去开通手机银行业务，大堂经理特意过来关切：“他要手机银行做什么？他会不会乱点链接，会不会被骗？”

这一切，仅仅因为他是个外国人而已。

作为一个在中国生活、学习、工作的外国人，难免有许多感到沮丧的时刻。比如明明很努力地学中文，路人还是会在听到他说“你好”时就毅然竖起大拇指，仿佛学会打招呼就是一件很了不起的事。

先生还在那儿抱怨，越讲越委屈：“为什么就不能把我当成一个普通人、一个成年人？”这话我倒是能接的，因为第一个把先生当儿童的就是我自己。姐妹聚会，别人说自己的小婴儿，我便谈自己的先生，对话非常和谐。

实在没办法把他当成年人啊，一个普通的成年人，哪里还保留着那么多的“第一次”？

几年前先生第一次来中国，便开始了他的第一次之旅。第一次吃牛蛙，第一次喝珍珠奶茶并被珍珠吓到，第一次在超市见到活鱼活虾，第一次跳广场舞并跟不上节奏，第一次见到老年人踢毽子，第一次吃咸的早餐，第一次吃甜的爆米花……

当然最精彩的还是第一次喝中药，谁也没告诉他那是苦的，我全家都在一旁围观并笑出声。后来的一天，我看了几条整蛊小孩的视频，忍不住切了一片柠檬想喂给他吃，对方扭头就跑：“哎哎，柠檬我还是认识的！”

有时候我会想，当这枚外国人露出原始的婴儿般的表情，我们便能在各种早已熟悉的事物中发现新的乐趣。与其说看到他就像看到儿童一样，不如说看到他就像看到童年一样。一切都新鲜未知，都还没有被谁决定。

当然，有人会问我，和外国人恋爱结婚，难道就没有什么文化差异带来的困扰吗？

我仔细想了想，真的没有。因为文化差异跟男女差异比起来，实在微不足道。在和先生相处的过程中，几乎所有的困扰都来自他是一个男的，而我是一个女的。他不懂我为什么生气，我不懂他怎么就不懂我为什么生气。

大部分时间，我都会忘记他是一个外国人。我们是在法国读书时相识的，最初我对他的观感也和对欧洲的观感相似，就像最初一瞥，感觉每片落叶都欧洲得不得了。过了一年半载，见到房子就是房子，见到人便是人，见到他也就只知道是他来了。当外观和风格被移到视觉的盲区，我们反而更容易感受到对方作为一个单纯的“人”的存在。

然而，2013年秋天，我和先生在法国相遇。我是中国人，他是意大利人，我们用法语谈恋爱。我们都喜欢待在家里，去图书馆约会也是很好的选择。我们都容易羞愧，因此尽量保护彼此的玻璃心不让它破碎。

（司志政摘自豆瓣网 图/吴敏）

后来的我们，都有新的故事

□柒 叔

1

老周和八宝最后一次见面，是在江西路的一家小店，点了两大盘小龙虾，老周剥，八宝吃，吃到凌晨2点，喝了6瓶啤酒。

喝到最后，八宝问："如果30岁，你未娶我未嫁，那我们……"

老周笑着说："我娶你。"

第二天，八宝坐车去了北京，一下车，就给老周打电话说："北京好冷。"

老周说："背包的外兜里有一大袋暖宝宝。"

八宝在拥挤的地铁上给老周发信息说："北京的天，雾蒙蒙的。"

老周说："背包里有一包口罩。"

八宝到了闺密租的房子，看见楼下有一家小龙虾店，她拍了一张照片发给老周说："可惜你不在，没人给我剥小龙虾了。"

老周说："背包里有一包手套。"

八宝说："我明天就要上班了。"

老周说："嗯，记得把地址告诉我，缺什么我给你寄。"

2

老周和八宝是很好的哥们儿，8年的交情。

临行前的那一顿小龙虾，是老周借钱请八宝吃的。他知道，八宝走后，他可能要吃很久很久的清汤挂面，可是，他要面子，嘴上不会说挽留，他以为小龙虾那么好吃，八宝怎么舍得走。可是，八宝还是走了。

老周说："我们熬过比这还惨的日子。那时候，合租，吃不起肉，好不容易发工资了，去菜市场买鸡肉，回来自己做，八宝做的土豆炖鸡超级好吃，那天整个楼检修故障，断了一个小时的电，我们只好摸黑吃饭。来电了，发现碗里都是肉，土豆却被吃完了。神奇吧，你知道怎么做到的吗？筷子用力一夹，能夹碎的就是土豆，我们都想把肉留给对方。"

我问老周："你会等她到30岁吗？"

老周喝了一口酒，笑了笑说："8年了，如果能在一起的话，早就在一起了吧。喜欢一个人，等3年和等30年，其实是没有分别的。你尝过爱而不得，后来，你不甘心，退而求其次，哪那么容易？由俭入奢易，由奢入俭难。"

3

八宝去了北京。很久以后，我问她："你开心的时候，怎么办？"

她笑着说："西红柿炒蛋里放糖，柚子茶里放蜂蜜啊！"

我问她："那你难过的时候，怎么办？"

八宝笑了笑说："我最喜欢做的两道菜是葱花鸡蛋饼和洋葱酥卤肉饭。"

嗯，我知道，切葱花的时候，切洋葱的时候，眼泪自己就流出来了。很多

这是我最理想的状态，一个人，一台车，一片海，阳光野蛮生长，偶尔有海鸟飞过，和我比谁更自由。——张一山《山外有山》

事儿，哭过就好了，委屈啊，难过啊，都会被眼泪带走的。

八宝笑着说："如果我混不下去了，就回去找你们。"

我跟老周总是在视频通话里，笑着说："你撑住，混好了，我们都去找你。"

有一次，我跟老周在喝酒，跟八宝视频聊天，老周去厕所的时候，八宝突然问我："老周谈恋爱了吗？"

我说："他们部门新来一个女同事，好像挺喜欢他的。"

八宝说："哦。"

老周从厕所回来，八宝说："你啊，也老大不小了，该结婚了。"

老周笑着说："我不急，你不也没有结婚嘛。"

八宝说："告诉你们一个好消息，我恋爱了。"

我说："真的假的？"

老周说："哦。手机快没电了，咱们回头聊。"

老周关了视频通话，手机的电量是93%。我拿起桌子上的烟，递给老周一根。老周点上，笑着说："你说八宝结婚，我应该给她准备一个多大的红包？"

4

老周30岁生日，八宝说："公司活儿紧，回不去了，礼物邮寄给你，30岁，生日快乐！"

老周指着桌子上的大盘小龙虾说："八宝最爱吃这个。"

后来，我们不说话，我喝着酒，老周剥着盘子里的小龙虾，一个接一个，但是他不吃，剥着剥着，他突然傻笑了一下。

我问："怎么了？"

老周说："窗外下雪了。"

我说："然后呢？"

老周笑着说："所以八宝回不来了。"

我说："对啊，她记得你的生日。"

老周问："结婚是什么感觉？"

我想了想，指着桌子上的小龙虾说："给你内心柔软，却偏偏扛着两只大钳子，以为自己无所不能。"

服务员又端上来一大盘小龙虾，我和老周愣了愣，老周问："上错了吧？我们没点。"

八宝突然冒出来，笑着说："我点的，老周你太抠了，过生日，还不让我吃个过瘾！"

说完，她就坐在老周旁边，把老周剥好的那盘小龙虾，一个个往嘴里塞，她吃得那么过瘾。

我问："八宝，你怎么突然回来了？"

八宝喝了一口酒，说："赴约！三年前的约！"

老周问："你还记得呢？"

八宝说："记得啊！"

老周说："对不起，我没有等你。"

八宝笑着问："你偷偷结婚了？"

老周点点头。

八宝突然停住了笑，然后又笑了，尽管那个暂停很短，但是隐约有些难过。她笑着问："什么时候的事儿，干吗不告诉我？我还给你准备了红包呢。"

老周问："红包多少？"

八宝说："我去北京的那天，你借了300块钱，请我吃的那顿小龙虾，我一辈子都记得那个味道，我知道你对我的好，想还的话，只能以身相许。你说吧，想要多少红包？"

然后，八宝盯着我问："他真的偷偷结婚了？"

我看看老周，老周看着八宝说："嗯，在心里，早就跟你偷偷结婚了。现在才告诉你，希望还不晚。"

30岁啊，干吗一定要等到30岁？你们真的不怕，把喜欢的人推到人群里，然后被别人领走吗？喜不喜欢，我们都清楚，干吗非揣在心里装糊涂呢？错过一个人，太简单了。

我给你讲个童话故事啊！

有一只小西红柿，她碰到了一个鸡蛋，她说："我好喜欢你。"

鸡蛋说："不好意思，我有青椒了。"

小西红柿又往前跑，她碰到了一大块牛腩，她说："我好喜欢你。"

牛腩说："我跟土豆已经开始约会了。"

小西红柿又往前跑，她碰到清汤面，她说："我好喜欢你。"

清汤面说："不好意思，我在等红烧牛肉盖头。"

小西红柿走累了，她很难过，为什么全世界，没有人喜欢我呢？

沙拉走过来拍着她的肩膀，笑着说："圣女果，我们走。"

喜欢的时候，就义无反顾地喜欢，反正，后来的我们都有新的故事。

（田龙华摘自《时代青年（悦读）》2018年第3期 图/熊LALA）

诗剧

续了又断的
是我的琴弦，
我放下又拾起
是你的眉盼。
我一人游荡在郊原，
把恋情比作了夕阳奄奄。

它是那红色的夕阳，
运命啊淡似青山，
青山被夕阳烘化了
在茫茫的暮色里边。

——冯至《在郊原》

那些势均力敌的Top2，为何最后都成了CP

□张　弘

CP最早来源于日本，一说是Coupling的缩写，一说是Character Pairing的缩写，主要指角色配对。在中国各大高校，因为自身存在竞争关系或被外界赋予的某种微妙情结，诞生了很多Top2概念的CP，其中大部分在同城，比如北京的北大和清华、上海的复旦和交大、武汉的华科和武大等。而在大学之外，因Top2身份而形成的CP，更是不胜枚举。

爱和杀是CP关系里最重要的部分。

大部分时候，CP之所以成CP，是因为双方本身存在着激烈的竞争。在极其残酷的体育竞技中，这种CP俯拾即是。

2017年6月，29岁的凯文·杜兰特终于戴上了第一枚NBA（美国职业篮球联赛）总冠军戒指，并当选总决赛MVP（最有价值球员奖），入选NBA时戴上的“千年老二”帽子是时候还给媒体了。这一次，他在媒体上出现时，总和勒布朗·詹姆斯并论。

有人预测，未来几年的NBA决赛，仍然是两人各自所在的金州勇士队和克利夫兰骑士队的舞台。也就是说，如果没有发生变数的话，杜兰特和詹姆斯之间的对决故事只是刚刚开始。

2016年里约奥运会上演的“林李大战”，相信很多人不曾忘记。他们都曾称对方为伟大的对手，但在输球时多少也会发出“既生瑜何生亮”的感慨。李宗伟更是如此，他在与林丹的交手中，处于劣势。

但李宗伟最终战胜了林丹，那是他第一次在奥运会的赛场赢下林丹。最后一局的最后一个赛点，李宗伟跳起身，扣球，林丹脚滑，球落地。李宗伟赢了，丢拍，双膝跪地。

之后，李宗伟和林丹拥抱，交换球衣，一蓝一红，两人赤裸上身再次拥抱。这一刻，人们忘记了竞技体育的残酷，回味的是一场巅峰对决。

不同的时代有不同的Top2。对于20世纪90年代的年轻人来说，在乒乓球领域，刘国梁和孔令辉被称为乒坛双子星。到了21世纪，张继科和马龙组成的新世纪双子星取而代之。在这个互联网时代，他们一直被当作“科睡龙”CP消费着。

还有一种CP完全是被网友们强行配对的。韩寒和郭敬明，两位80后青春文学旗手，经常被捆绑到一起消费。两位的可比性太多，很难不被拿来比较。年龄相仿，成名的方式相仿，同一平台崭露头角，都年少出书成名，都办杂志，现在都拍电影。

在网上搜索两人的名字，首先弹出来的就是“韩寒郭敬明恩怨情仇十年全记录”一类的帖子。实际上，两人很久没有交集了，互相也刻意避免和对方相提并论。

有时候，还存在这样一种情况，某个人在某个领域太强了，长期找不到敌手，“四海无人对夕阳”，于是被人们跨维度刻意安排更强大的对手或主动到更高的层次去寻求对手。

2017年5月，柯洁与AlphaGo（阿尔法围棋）之间的人机大战即是如此。他们给人类奉献的不只是三盘棋，更是一次人与人工智能的对话。

第一局输了1/4个子，第二局认输，第三局还是输，20岁的柯洁在赛后哭了。破天荒地，媒体把镜头对准了失败者，因为“人会哭，而机器不会笑”。

人们喜欢为最好的、最牛的、最强大的事物组建CP，很多时候，可能只是为了能看到“哭”——不管什么事物，如果只会做霸主，很容易就“不会笑”。

（秋天摘自《博客天下》2017年第13期　图/点点）

我是一个好演员的时候，我觉得得到了肯定，但现在又多了一个标准，希望别人说我是好导演。不要得意忘形，否则像暴发户。——徐峥

杜牧：不是风流贵公子，我是千古伤心客

□小灯泡儿

杜牧生于贞元十九年（公元803年），是典型的官N代加富N代。

往近说，家住城中心，帝都户口、房产数套；往远说，祖父是三朝宰相，老爹是御用高官。因为在族中排行十三，他也称“杜十三”。

原生家庭给了杜牧最初的滋养。在老一辈的熏陶下，他16岁自注《孙子兵法》十三篇，20岁熟读史书千百卷。

聊起自己的家世：“旧第开朱门，长安城中央。第中无一物，万卷书满堂。”

唐大和二年（公元828年），洛阳城外。来自各地的考生们，静候着金榜张贴。杜牧深吸一口气，探上前去——那篇《阿房宫赋》，竟征服了太学博士，一举中第！

23岁的他，正式成为国家公务员，赢得头号敲门砖。然而，仕途刚有起色，情场便失了意。

在南昌时，杜牧在沈府做幕僚。府内有位歌伎，名叫张好好。两人瞅着瞅着，竟看对了眼。

只可惜，八字还差一撇。沈传师的弟弟来挖墙脚，想纳张好好为妾。彼时杜牧官位低微，收入不稳。只好眼睁睁地看着恋人嫁到了财主家。

数年后，两人在洛阳重逢。她已衰，他未老。

旧日的梦中情人，原来早就被丈夫嫌弃，沦为了卖酒女郎。杜牧心里恨啊，但又没辙。只好题诗赠之，写下五言长篇《张好好诗》。

命运有双翻云覆雨手。它的吊诡在于，给人一点儿甜头，又旋即剥夺。从此，只道当时已惘然。杜十三伤心，白了少年头。

但杜牧是个情圣，倒是不争的事实。

开元二年（公元714年），他在湖州出差。有人邀他听歌赏舞，蹭饭蹭酒。杜牧看中了一个萌妹子。

“咱先把亲事定下来。我必来娶她。”妹子的父母听罢，这不是天上掉下来的姻缘嘛，允了允了。

故两家约定：先给聘礼，待他日高居刺史，十年后明媒正娶。

怎料阴差阳错的，再来湖州时，已是十四年后。杜牧刚到住处，便打听妹子下落。很快被告知：该女子已嫁人三年，生二子。

又是一年无眠夜。杜牧靠在窗边，熬红了眼，写下《叹花》一诗。

纵使有花兼有月，可堪无酒又无人。

他生性多情，对每位女子都热忱。无奈运气不佳，终不能结为眷侣；他总以为，爱情可以填满人生的遗憾——然而，制造更多遗憾的，偏偏是爱情。

在后人看来，与杜甫齐名，是极高的荣耀。

然而，“小杜”的称呼，未必符合杜牧本意，心里也未必舒坦。

在宣州时，他的差事很清闲，可杜牧听闻幽州作乱，北方烽烟又起，他气不打一处来，吭哧吭哧写下了数篇政论文。

此时的王朝，早已是件千疮百孔的破衣裳。朝廷内乱，宦官专权，党争浊浪……哪怕真有将相之才，也抵不住大唐之舟外渗内漏。

因为无力扭转，杜牧只能潦倒江湖，以酒为伴。

他心存着一丝侥幸。或许在某个角落，有人与他共情。然而，整整十年了，辗转江西、宣州、淮南。只想做个纯粹诗人，却饱尝挤对和嫌弃。

“非我薄幸于青楼，乃国家薄幸于我。”

在大唐的暮色里，他耗光了所有政治热情。一路凶险，一路冷遇，一路失落，终于无路可走。

临死前，杜牧心知大限将至，自撰墓志铭。

那段日子，他闭门不出，搜罗生前文章，对火焚之，仅留下十之二三。

《遣怀》有云：“落魄江湖载酒行，楚腰纤细掌中轻。十年一觉扬州梦，赢得青楼薄幸名。”

杜牧这一生，正如长苔的小院、日暮的啼鸟，孤独，寥落，怅惘。

世人不知其苦。

只知他走时，秋风生渭水，落叶满长安。

（沈鱼摘自微信公众号“大樱桃与小灯泡”

图/果酱的酱）

江南烟雨美，小笼包更美

□十七

你一天吃小笼包的最高纪录是多少?

我是八个，而且是纯肉馅的。我想如果我不怕它超高的热量，吃上十二个也有可能。

时间倒回到大学毕业，即将离开学校的最后一天。因为舍不得无锡的小笼包，我甘愿坐半小时地铁跑到市中心，最后一次打卡最正宗的滋味。

老实说，我对小笼包一直有一种深切的迷恋。孩提时代，我就执着于站在包子铺门口，盯着码得整齐的蒸笼里飘出的袅袅白烟。一句“出锅了”往往会令我心花怒放。蒸笼一开，伴随着弥漫水汽的是诱人的包子香。那时一块钱可以买三个小笼包，一手交钱，老板就会用塑料袋麻利地捡出烫手的包子。发面的包子松松软软，吃起来鲜嫩异常。如果蘸上醋，面皮还会吸饱醋汁。而小笼包的馅料也是多样的：芹菜猪肉、韭菜鸡蛋……虽然肉馅往往不多，但也算清新爽口。所以第一次看见无锡小笼包时，我是拒绝的，心想，死面的包子怎么吃得下去呢?

直到某个夏天午后，我在烈日的灼烤下，步履匆匆地穿过一条小巷。偶然往巷里的餐馆一瞥，正对上案板旁热气腾腾的蒸笼。同样的情景唤起了我对小笼包的昔日记忆。

我点了四个小笼包，安静地坐到桌边。老板用竹质的包子夹把小笼包盛在白瓷盘里。只是加与不加酵母的区别，却造就两种口感与长相各异的小笼包。白净的面皮布满褶皱，入口却十分弹牙。透过晶莹剔透的外壳，能模糊地看见包裹在内的馅料和汤汁。轻轻咬一口，饱满的汤汁立刻流了一盘子，但残留在口中的味道，却着实鲜美。别看它体量不大，却有一整颗大大的纯肉馅，品尝起来，又一次佐证了苏南嗜甜的名声。从此我就成了无锡小笼包的疯狂爱好者，开始搜寻有关它的点滴。

最好吃的无锡小笼包，也是那些拥有几十年甚至上百年历史的老字号。小笼包不仅掩藏在每条市井气息浓郁的街道上，更成为无锡人日常生活的独特肌理。随便走进一家小笼包店，都能看见些上了年纪的“老无锡”。叫上一客小笼包，再配一碗银丝面或馄饨汤，或拉家常，或静坐读报，偷得浮生半日闲凉。

如果你迈进一家老字号，会看见收银台后挂在墙上的木质餐牌，可选择的不多，只有小笼包、不同浇头的银丝面与不同馅料的馄饨。如果是红火的店，到了中午，小半餐牌都会翻过去表示售罄。一客小笼包是四个，大部分的店都只出鲜肉小笼包，而忆秦园则以蟹粉小笼包闻名，如果你对鼎泰丰的蟹粉小笼包赞不绝口，那我会骄傲地告诉你，忆秦园绝对有过之而无不及。

在品尝过无数小笼包后，我也摸索出一套吃法。小笼包刚出锅就吃会烫口，放凉再食则会失掉本来的风味，极好是在温度稍散一点儿后食用。用筷子夹起包子褶，将皮咬开一个小口，吮吸尽其中温热鲜腴的汤汁，然后再品尝甜而不腻、柔软筋道的肉馅。而佐以镇江香醋或陈醋，再配点儿不算辣却极香的辣椒末，则别有一番滋味。醋的酸甜既能解油腻，又为小笼包增添回甘，辣椒的余味又极绵长。这样酸、甜、辣的碰撞，又会在口腔里爆发出难以忘怀的滋味。

大学的最后一学期，我决心要做一个无锡小笼包的测评榜单，没课时就会徜徉在城市的大街小巷。走过一条条残存的运河水道，幻想曾经的烟雨江南。你会不会因为一道菜而理解一座城市，在食用中追溯它逝去的历史?人们可以轻易在建筑中抹掉历史的痕迹，却无法改变历史残留于味道中的记忆。

也许我此生都不再有机会回到这座城市。但通过小笼包，它给我烙下了不可磨灭的印记。

（沈鱼摘自搜狐　图/吴敏）

中国人擅长把一切节日变成吃节

□张佳玮

中国人最坚韧，擅长化悲为乐。比如说，明朝时，杭州人把清明节过成了郊游节，装饰一新，出门踏青，扫完墓就地野餐乐饮。重阳节亦是如此。按《易经》说法，九为阳数，九月九日，重九之数，是阳气极盛时。三月三踏春，九月九踏秋。秋收时祭天祭祖，佩茱萸饮菊花酒求寿。曹丕认为“九为阳数，而日月并应，俗嘉其名，以为宜于长久，故以享宴高会”，过重阳节是凑个时令，要长寿的意思。当然，中国人的传说里，从来不缺邪性的典故，梁代吴均写《续齐谐记》做了个解释：汝南人桓景跟着方士费长房（就是“费长房壶中日月”，会缩地术那位）游学，费长房跟他说：九月九日，你家有灾；回家去，让家人做绛囊，盛茱萸，系胳膊上，登高饮菊花酒，就能避祸。桓景照办了，登高喝酒回了家，发现家里鸡犬牛羊死了一地——算是替家里人遭了祸。

按这种说法，重阳节其实是登高避祸节。山东昌邑以前也有规矩，重阳吃辣萝卜汤，“喝了萝卜汤，全家不遭殃”；滕州不许出嫁不到三年的女儿归家过节，“回家过重阳，死她婆婆娘”。当然这也只是地方习俗，大多数人过重阳节很悠闲，就是爬山喝酒。细想来，插茱萸，饮菊花酒，都有道理。哪怕不为了避祸，茱萸可以防虫驱寒，菊花可以解热祛煞。金风肃杀时节，配这二物没错，但也有不那么仪式化的，比如孟浩然，“待到重阳日，还来就菊花”，一点儿都没有避祸的慌张，纯粹是郊游取乐，贪图朋友的鸡黍、青山、场圃、田家。这就是中国人过节的精神啦。

中国人最重饮食，而且不节不食，节令献祭、聚会饮宴，最后都是为了个吃。以前北京的山东馆子，极聪明，每逢重阳节，不只喝菊花酒，还出个“菊花锅子”。因为重阳节是入秋，须进补，可是宅门里太太小姐，多有类似于林黛玉体质的，纤弱不胜，不能跟北方大汉似的狂吞涮羊肉。用菊花瓣儿撒火锅里，另加刻意削薄的鱼片、羊肉片、藕片等物，一涮就熟，温润中不失清和，专门迁就太太小姐们。袁枚《随园食单》里则说过一个栗子糕，是重阳小食，把栗子磨成粉，加糯米和糖，蒸成糕，撒上瓜子、松仁，当零食吃，甜软香糯，怎么吃都不会伤脾胃。

正经重阳节传统食物，就是重阳糕。隋唐之际，重阳节还带祭祀秋天的任务，黍秫收获，于是用黏米来做糕，大家边吃边感谢上苍；富贵人家用枣子和栗子混合做，图个香甜。北宋末年，重阳糕已经成了规模：蒸得了糕，还要加石榴果粒、栗子黄、银杏、松子肉，上面插剪彩色小旗，图个漂亮；偶尔还会加猪羊肉和鸭肉。明朝时还有种玩法，是拿重阳糕搁儿女额头，祝愿：“愿儿百事皆高（糕）。”取谐音，图个吉利。历来重阳糕配方不同，但都高热量、高糖分，无非为了大秋天，补一补气罢了。

菊花酒的规矩不难解释：中国人历来喜欢吃花喝花，不独菊花一味。屈原“夕餐秋菊之落英”，是直接吃花。曹丕趁重阳节，给钟繇送菊花，认为那天一切植物都萎靡，只有菊花“纷然独荣”，若非“含乾坤之纯和，体芬芳之淑气”，怎会如此？菊花用来泡茶就很香了，泡酒更妙，而且不只重阳节能喝。王维想象山东兄弟“遍插茱萸少一人”，很伤感，其实兄弟们登了高，香甜的菊花酒喝着，黏而又甜的重阳糕吃着，还自觉能延年益寿，再伤感也有限，苦的倒是他自己，只好“每逢佳节倍思亲”了。

中国人善于将一切节日过成吃节，重阳节也不例外。说来似乎不甚严肃，其实古代岁时叵测，生活并不那么容易。每个节日，亲人又未必在一起。不认真吃点儿东西，真过不去——世事已经那么艰难，再不让吃口好的，怎么对抗无常世事呢？

（继续前进摘自《世界上美味的事太多》

重庆出版社　图/孙小片）

甄氏，翻船的《洛神赋》女主

□闫　红

世人推崇李白，李白却崇拜南北朝的谢灵运，而谢灵运的偶像呢，是曹植。谢灵运说天下才华共一石，曹植八斗他一斗，剩下一斗，天下共分之。那么谢灵运如此推崇的曹植，到底写过什么？

民间津津乐道的是曹植的《七步诗》和《洛神赋》，前者关乎死亡，后者指向爱情，皆是永恒的主题。《洛神赋》显见得比《七步诗》更有文学色彩，可以说，形容美女，看这篇文章就够了。

“翩若惊鸿，婉若游龙”被曹雪芹写进《红楼梦》，“凌波微步”在金庸老爷子笔下成了绝妙的武功。都说洛神的原型是曹植的嫂子——曹丕之妻甄氏，更有人言之凿凿地说，《洛神赋》原名《感甄赋》。

较真的人指出，甄氏生于183年，而曹植生于192年，她足足大曹植9岁。可是，大9岁就不会发生爱情吗？《红楼梦》里贾宝玉的第一个性幻想对象正是大他许多岁的秦可卿；郭沫若也曾爆料说自己十来岁时，爱上了自家嫂子；就连曹丕，都小甄氏5岁，包括后来被他扶正的宠妾郭氏，也大他3岁。青春期的曹植，惊异于成年女子的美，辗转反侧，又不可得，也不是特别奇怪。

不管是不是吧，反正甄氏一定很美，据说连曹操都曾为她动心。能让雄才大略的曹氏父子都倾心的女子，听上去真是人生赢家啊！然而，我们细观甄氏的一生，会发现并非如此。她战战兢兢、如履薄冰，却还是挡不住行差踏错，最后一步走错，全盘皆输。

开始倒是起了一手好牌，她出身无极甄家，是中山国的名门望族。虽然3岁死了父亲，却有两个很拿得出手的哥哥，再加上她本人天生丽质，长大后顺理成章地嫁入了有“四世三公”名头的汝南袁家，成了袁绍次子袁熙的妻子。

然而，乱世之中，人人身如飘蓬。一时豪杰如袁绍，官渡之战后元气大伤，没两年就送了命。又过了两年，曹氏大军打进袁氏府邸所在的邺城。曹丕直接进了袁府，见到两个处于恐惧中的女人：年轻的那个把脸伏在年长者膝上，后者则让人把自己的手绑起，这是在当时情势下，她们发布的一份安全声明。

绑起双手的年长女子是刘氏，袁绍的妻子。她的做法收到了效果，曹丕有点儿不好意思了，说：“刘夫人何必这样呢？让你的儿媳妇也把头抬起来吧。”松了绑的刘氏亲自把甄氏整张脸捧起来，使得甄氏不得不往后仰去。这行为有点儿像献宝，而甄氏的脸也的确像珠宝般发出光华，照亮了曹丕的眼睛。精明的刘氏看出这一点，她冷静地告知甄氏，我们可以不用死了。

这一年甄氏22岁，曹丕17岁。曹操毫不介意地为曹丕迎娶了甄氏，她美得很有说服力是一个原因，另一方面，只怕和她的出身亦有关系。那个5岁就知道怎样称象的曹冲早逝后，曹操也是选了甄家女子作为他阴婚的伴侣。甄家的品牌，也是有吸引力的。而甄氏要做的，就是将这品牌的含金量加以巩固。她充分展现自己的贤良淑德，曹丕越是宠爱她，她就越是低姿态。对于曹丕诸妾，得宠的，她上前劝勉，不得宠的，她就跑去安慰，还一再劝曹丕广求淑媛，以丰继嗣。

对婆婆卞夫人，甄氏特别孝顺。有一年，曹操外出征伐，卞夫人随行，甄氏听说婆婆生了病，忧心无比。人家对她说，卞夫人的病已经好了，她还是不信，说，夫人在家时，每次生病过程都很长，你们一定是骗我的。后来卞夫人归来，她又喜又悲，卞夫人也被她感动得落下泪来，直夸她是个孝顺媳妇。

看这一派婆慈媳孝的景象，真让人替甄氏高兴啊，然而有个细节，却让我不免起疑。那次曹操又出征，将一家老小都带在身边，只有甄氏生病留在邺城。等到举家归来，卞夫人的随从看出甄氏的气色很好，忍不住问道：“您跟两个儿子分别这么久，不惦记吗？为什么倒比从前更美了？”甄氏赔着笑脸说：“孩子们跟着夫人，我当然不担心。”

说得这么有道理，估计任谁都无言以对。但是这话却不符合人之常情。就算不担心孩子，难道不想念吗？起码用不着这么光彩照人的吧。真相只怕是，这些日子里邺城只有她一个人当家做主，她放松了，心理压力没了，内分泌都协调了。

不管真假，甄氏跟婆婆过招从未输过。曹丕身边许多星辰来来往往，也不曾动摇过甄氏的地位，直到郭女王横空出世。女王是曹丕宠妾郭氏的字，据说她爹从小觉得这丫头不同凡响，真是女中之王，就给她起了个“女王”的字。

郭女王虽然有个看好自己的爹，奈何这爹命不长，和她娘一起死于战乱之中。她“丧乱流离，没于铜鞮侯家”，后来不知怎么着漂流到曹丕这里。野路子出身的郭女王，不做道德文章，她的核心竞争力，是懂得世故人心，她知道曹丕想要什么，也知道怎样帮助曹丕取得。如此一来，甄氏就被比了下去，真正的危险，终于出现了。甄氏感受到了恐惧，她撕破过去的温良恭俭让，一再发出激愤之声，这令曹丕厌倦。

很多文学作品把曹丕刻画成一个很干燥的人，事实上，读他的诗文逸事，会发现他其实很多情。但是，多情与刻薄并不完全矛盾，又有一个野心勃勃的郭女王在旁边候着，最终曹丕赐了甄氏死罪，下葬时披发覆面，以糠塞口。第二年，郭女王当上了皇后，虽然有大臣反对，但曹丕根本不理会。

甄氏的时代彻底结束，这看似是两个女人之间的输赢，实际上，却是缺乏战斗力的贵族，在生机勃勃的草根面前败下阵来。在乱世里，和曹丕同样有着僭越之志的郭女王，才是他最好的拍档。而曹植输给曹丕，又何尝不是因为他文人气太重、现实感太差？

与其将《洛神赋》看作是一种爱情表达，不如视作失意者的自我安慰。在曹植的记忆里，甄氏永远那么优雅美丽，他们相遇，然后擦肩而过，就像他和那个已经逝去的时代。

（心香一瓣摘自《环球人物》2018年第20期　图/吴敏）

CAO MU QING SHI

草木情事

□葛亚夫

到园里挖菜。蒜苗、菠菜和芫荽，纠缠在一起，难分彼此；萝卜和白菜，倚在垄沟上，相敬如宾；豌豆和小麦，隔垄相望，咫尺千里。没想到，一方小园子也是一处小天地！

挖菠菜，蒜苗和芫荽也茎拉叶拽，不肯撒手。一用力，三败俱伤，像极了影视里的催泪桥段，只是它们不言。谁说草木无情？对于情事，《水浒传》的英豪们就是“酒驾”，叫嚣的“人非草木，孰能无情”也是醉话，当不了真。这方面，白居易更靠谱些，值得信任。

白居易写过情事大篇，像《李夫人》。“人非木石皆有情，不如不遇倾城色。”这是香消玉焚后的怨言，反着理解才是真意。否则，汉武帝也不会大费周折，又是“怀梦草”，又是“招魂石”。然而，就像金屋藏娇终敌不过木石之盟，木石之盟也终敌不过金玉良缘。

所以，白居易在《长恨歌》里慨叹：在天愿作比翼鸟，在地愿为连理枝。天长地久有时尽，此恨绵绵无绝期。人间的情事，要用草木做念想和寄托，是否说明，草木比人还要真挚和执着呢？这点，白乐天都参不透，只闪烁其词地说：人皆有所好，物各求其偶。

那么，园子的这些菜蔬，如何各求其偶呢？它们的情事，又是怎样呢？

清人张翰，是个草木情调的人。对草木的情事，他认为“物各有偶，拟必于伦”。忘年恋尚可，但不能穿越！就是忘年恋，也不能忘本。他还自作主张，点起鸳鸯谱：梅娶梨花，海棠嫁给杏，佛手娶香橼，荔枝嫁樱桃，雁来红嫁秋海棠……

梅清高，梨花华贵，相辅相成；海棠妖冶，杏清秀，相生相克；佛手才俊，香橼锦绣，相得益彰；荔枝慧中，樱桃春风，相与有成；雁来红玲珑心，秋海棠少年狂，相恃为命。翻译到人间，是：林徽因嫁与梁思成，徐志摩迎娶陆小曼，刘彻立后卫子夫，诸葛亮拜妻黄月英，苏东坡纳妾王朝云。无论开始、过程和结局，都是有心跳的，心跳的都是迤逦情事。

以此看，蒜苗和菠菜、芫荽是一场三角恋，萝卜和白菜是一场烟火恋，豌豆和小麦是一场倾世恋。“世间事，除了生死，哪一件事不是闲事？”情事却让草木出生入死，闲不住。

菠菜熟食，芫荽生食。蒜苗熟可婚菠菜，生可配芫荽，也酿就了虐心的三足之势。但这只是年少懵懂、情窦初开。无论爱得怎样死去活来，菠菜和芫荽都会陆续离去，蒜苗终要独自成长。这多像徐志摩和张幼仪、林徽因。爱情里没有过错，有也只有错过。

萝卜白菜的情事，烟火处触目可及。煎、炒、烹、炖等，萝卜白菜均适宜，皆可携手赴汤蹈火。得到的更要珍惜！不然，看看豌豆和小麦的倾世之恋，简直生不如死。

“食色，性也。”人食草木，人的情事，何尝不是涌动在血脉里的草木情事呢？

（刘振摘自《甘肃日报》2018年10月16日　图/熊LALA）

BU HE QUN

不合群的我在毕业晚会上哭了

□河　樱

“你再考虑一下散伙饭的事？全班最后一次聚齐，不参加太遗憾了。”班长不屈不挠又发了一条微信。

我半年前买好票的演唱会，和大学班级毕业聚餐撞到同一晚。我向班长请假，班长叹息：“要是以往我真不勉强你了，这次不一样。”

我是班级里整整4年都没合群的一个人。

大学前两年，我对同班同学热衷的花花绿绿的世界不感兴趣，甚至心存偏见。我不理解为啥大家总爱凑起来做一件看似意义不大的事，比如动辄聚餐包饺子炒年糕、搞集体旅行与院际联谊会……

因为对“意义”始终如一的追问，一点点拉远了我和同学的距离。他们每次热情的邀约，我往往以踌躇、推托、敷衍的态度应对。比如本来答应几个女同学，一道去迎新晚会表演“尬舞”。临开始前两天，心存别扭，找了个借口不去了。当天，每个寝室的姑娘都为演出梳妆打扮，而我则在她们出门前半小时，悄悄溜了出去。

我独自骑车到学校附近的湖边，躺在一张长椅上翻书。我无法做到真正洒脱，忍不住过几分钟就看一眼手表，盘算着：“唉，3点她们快上场了吧？3点40分，表演结束了吧？咦，都4点了还没发朋友圈，效果到底怎样呢？”

进入大三暑假后，一个人合不合群，完全不重要了——班级已然进入聚少离多模式，大家要各奔前程。我们宿舍姑娘都找了实习，每晚挤公交回校的两小时车程上，我不免有点儿惆怅：好像还没享受过躺在学生堆的无忧无虑，不曾和一群人干些不计后果的傻事，就要一个人承担未来了。

今年拿下校招offer（录用信）后，趁着半个月空闲，我背书包坐火车出去晃荡。一个人到深圳看海，早晨坐在小梅沙拍了两小时人像，发了一条带定位的朋友圈。过了10分钟，班级里一个基本没说过几句话的深圳男同学评论：“天哪，你为什么不联系我？”

我正犹豫如何回复，男生打来微信语音电话，问我坐标。半小时后他开车出现了，还带着宠物金毛。

同学带我一起牵着狗逛了景致幽静的公园，然后品尝最地道的早茶，我第一次感受到流沙包和肠粉的滋味美好得不像话，也第一次感受到，这位同学原来如此幽默阳光，见识广博。

同学仿佛在心里犹豫了好几个世纪，终于抛出了最想说的话：“其实我们觉得你是想法很犀利很有趣的人，但不知道怎么和你深入交流，你给外人的印象总是冷冷的，让人不敢接近。”

我不知道怎么回答，事实上，那一刻好多复杂的情绪在心底汹涌翻滚，我无法清楚地感知那是什么。

上周，心烦意乱地坐在学院毕业晚会上，大家表演完三四个歌舞节目后，舞台大屏幕上浮现一行字：“你知道TA眼中的你是什么样子吗？”之后开始滚动播放一张张照片，台下尖叫声一片。原来这个环节，是同学偷偷向晚会爆料其他人照片。

出乎意料的是，好些同学的镜头里都出现了我：军训时躲树底下偷吃冰棍、在河边拉扯风筝线、生无可恋排练大合唱、做志愿者趴窗台上打瞌睡……

被那些不曾察觉的旧时光连续轰炸，我震惊着，大笑着，假装生气着……整场晚会气氛越来越欢乐，而猛然间，我的眼泪就冲了出来。

为什么呢？大概是为了一个年少轻狂的不合群者，鲁莽拒绝和错过的最好的我们。真的好抱歉啊！我本以为你们一点儿不重要，我本以为我一点儿不重要。

如果不复再得的4年可以重播一遍，是不是我能更合群一些，更靠近你们，多拥有闪闪发光的一天，或者哪怕一丝纯粹至极的空气呢？大学到此为止了，好遗憾我却缺席有你们陪伴的成长。

趁别人不注意，我擦掉眼泪，掏出手机回复班长：演唱会票转掉好了，散伙饭我报名参加。

（露醉清秋摘自《中国青年报》　图/杨佳琪）

 重要的事往往最难以启齿，因为言语会缩小其重要性；要让素昧平生的人在意你生命中的美好事物，原本就不容易。——《肖申克的救赎》

喜欢上你的十三周

□默豆豆

学校表彰大会，我作为班级学生代表上台领奖。写字留念的时候，我是最后一个，留给我的只有一小块地方，我硬是把自己的豪言壮语全部挤下了，周围有人在窃窃私语说看起来很寒酸。我觉得有点儿尴尬，而你却看着我的字说："写得很漂亮啊！"我惊讶地看向你时，你也正在看着我，你胸前挂着工作牌：文学部，楚菁。

楚菁，这个名字真好听。

我打听到了你的班级，知道了你作为文学部副部长，每周日都会在会议室开会，制作校刊。

终于等到周日，我破天荒地起了个大早，蹲在学校办公楼门口等你。我排练了几十遍，看见你时要怎么装作恰好碰见你，漫不经心地和你打招呼。可当我看见你和一个男生有说有笑地一起走出来时，我像是没看见你一样，迅速地从你身边走了过去。

这是我喜欢你的第一周。

当你看见我和你们部长一起走进会议室，并且她宣布我成为文学部的插画师时，一定觉得非常奇怪吧，明明都是从网上下载素材，哪里需要什么插画师？

我承认，我是奔着你来的。你一定不知道其实我和部长是小学同学，为了走这个后门我磨了她很久，还特地去了很远的那家网红店买了鲜果捞给她。

这都不重要，重要的是你能记住我的名字。这是我喜欢你的第三周。

我偷偷看你忙来忙去，偷偷画你低头写稿时的样子。被别人发现后，我心虚地遮掩，最后无奈地把大家都画了进去。

很意外，所有人都说我画得很好，经过讨论还决定在校刊上设立一个专栏，叫《文学部的故事》。

选稿子的时候有人问："为什么每张画都有副部啊？"

我尽量让自己看起来不那么慌张："因为我就坐在她旁边啊！"

真是瞎扯，我很想告诉你，无论我坐在哪里都能看见你，都只能看见你。可是我不能说。这是我喜欢你的第五周。

我像一个偷窥狂一样，观察着你是不是喜欢粉色多一点儿，是不是不喜欢喝汽水，有没有喜欢的明星。

我一直都在努力地画画，因为想得到你的夸奖。有一幅画被我藏了起来，那幅画中的你笑得像

第一次见你时和煦的阳光。我在一旁托着腮静静地看你，周围没有其他人，时间好像停在了桌上那盆兰草里。这是我喜欢你的第六周。

我的画在校刊上被更多的人看到，美术部的女生都跑来问我要不要加入她们。你听说了，笑着打趣我："那可不行，这可是我的本土画师，以后我出了书，插画可都靠你喽！"填报高考志愿时，我毅然选择了美术加试，如果可以，我愿意一直做你的插画师。这是我喜欢你的第八周。

我酝酿了很久，拿着两张已经被我揉皱了的电影票去找你，你大方地答应了，倒弄得我有点儿措手不及。坐在位子上时，我开始后悔为什么要买最大杯爆米花，横在咱俩之间我都看不见你的表情了，但还好，你说你很喜欢这部电影。

除了画画之外，我把精力都放在了学习上，你那么优秀，我要尽力追赶你的步伐。这是我喜欢你的第十一周。

你过生日，大家聚餐，切完蛋糕，大家都闹着把奶油抹得到处都是，你说："嘿，一定要把这一幕画下来，这可能是最后一次大家这么开心地聚在一起了。"

我说："你看那么多星星，要是心里总记挂一颗，该怎么办？"

"那你就一直跟着它啊，二十几岁的时候，喜欢就结婚。"

我大笑起来，你说我莫名其妙。这是我喜欢你的第十三周。

我想一直一直追着你，追到你二十几岁的时候，告诉你"你就是我的星星"，你会不会说："好啊，喜欢就结婚！"

我的楚小姐，真的好感谢你的出现，以后不嫌弃的话，我就一直做你的插画师吧！

（清荷夕梦摘自《中学生博览》
图/蛔菓猫）

我喜欢你，与你无关

□有故事的蒋同学

在佳伟昨天收到大熊的微信之后，她就失恋了，那种突然不知所措的感觉，佳伟这辈子都忘不掉。

其实这个世界上的玩笑话大都伴随着真心的意味，因为不敢大张旗鼓地直抒胸臆，所以才装作毫不在乎，以玩笑作为幌子来表达自己的心意。

佳伟就是这样的人，她对大熊说的每一句话看似都是开玩笑，但其实都别有深意，可是大熊不知道，她也不敢让大熊知道，因为怕他知道了，连朋友都做不成。

佳伟喜欢大熊五年了，大熊虽然长相普通，但是每次看到大熊的笑，她就能瞬间被治愈。

大熊和佳伟是在读大学的时候认识的，他们三观契合，彼此有说不完的话题。其实一开始佳伟并不喜欢大熊，但是随着感情的深入，她对大熊也渐渐从朋友的感情升级为男女之间的那种喜欢，佳伟擅长掩饰和伪装，所以大熊并没有看出她心里的秘密。

大熊对佳伟很好，他会在佳伟心情烦闷的时候陪她聊天撸串，会陪她穿过两条街买她喜欢吃的小龙虾，还会在每年过年的时候给她包一个大红包。和大熊在一起的每一天，佳伟都暗自窃喜，有着说不出的甜蜜。

佳伟心有所属，所以她从来没想过和除了大熊之外的男孩在一起。大熊也兜兜转转，一直都没有遇到心仪的女生。

大熊总会打趣佳伟说，实在找不到，就咱俩凑合过得了。佳伟知道大熊是玩笑话，可她心里却如沐春风。

这五年，佳伟一直站在离大熊刚刚好的位置上，不敢向前跨越一步，更舍不得退后一分，她觉得，这些年那些暗恋的情愫反复拉扯着她，快把她逼疯了。

可即便如此，佳伟还是甘愿维持现状。可大熊却总在张罗着给佳伟介绍对象，还让佳伟有好的姑娘也介绍给他认识。

佳伟跟大熊说："等你有女朋友了请我吃饭。"一边说着一边把阿肆的那首《有女朋友别忘了请我吃饭》分享给大熊。大熊并没有听出歌词的深意，只是不停地说："你这个吃货，放心吧，少不了你那一顿。"不知怎么，那一刻佳伟心里酸酸的。

后来大熊换工作了，大熊和佳伟之间也不像之前联系那么频繁了。起初佳伟以为大熊只是工作忙，后来才从大熊的微博里发现了端倪。一向不把儿女情长放在心上的大熊突然开始频频发情话。女生的第六感告诉她，大熊有喜欢的人了，但她一直没有敢问大熊。

终于有一天，大熊来找她了，大熊发微信给佳伟：喂，我恋爱了，哈哈，啥时候请你吃饭啊？佳伟拿起手机看到"我恋爱了"这四个字的瞬间，眼泪止不住地往下流。

佳伟那天沉默了好久，她不知道该用什么样的口气去回复大熊的微信才不会被看穿。

这五年中，佳伟制造过无数次和大熊的偶遇，积攒过无数次表白的勇气，最后却通通按捺住心情，将一切归零。因为大熊不爱她，所以即使她站在大熊左侧，也像隔着一条银河。

那天晚上，佳伟开始单曲循环那首《有女朋友别忘了请我吃饭》，听到那一句"有女朋友别忘了请我吃饭，大不了喝口啤酒冲掉心酸"的时候，佳伟再一次哭得像个孩子。

再后来佳伟发了一条仅自己可见的朋友圈：

我喜欢你，与你无关。

（沈鱼摘自有故事的蒋同学　图/木木）

多年后，我仍愿用朋友、爱和满天星光，换取一座没人在家的房子，没有人回来，而我可以在此开怀畅饮。——卡佛

两头公牛和一只青蛙

□[法]拉封丹　译/张　语

为了争夺一头母牛和地盘，两头公牛发生了争斗。一只青蛙见此光景唉声叹气。它的同胞不解地问：“这和你有什么关系？用得着如此愁眉不展？”

这只青蛙答道：“唉！你怎么连这点儿道理都不懂？争斗的结果不外乎败者被撵走。流亡的公牛将被迫离开牧草茂盛的田野，而在荒野上却一口草也吃不到。它肯定会来到我们这长满芦苇的沼泽地，把我们踏在脚掌下，踩在水里边。为母牛而发生的争斗，最终导致我们大伙都变成肉泥。”

这种担心不是没有道理的。果然，没过多久，被打败的公牛来到沼泽地栖身，蛙群受到了严重的伤害。

这实在是可悲，强者的利益之争，直接导致了弱者的灾难。

（张秋伟摘自《拉封丹·莱辛寓言》上海人民美术出版社　图/孙小片）

为了当花痴，它上了战场

□韩松落

一头牛的命运是什么？不是当肉牛或奶牛，就是当斗牛。

肉牛会被杀，斗牛也要被杀。

但有一头牛，不想当肉牛，也不想当斗牛，它喜欢花，喜欢静静地闻花。

这就是二十世纪福克斯和蓝天工作室出品的动画电影《公牛历险记》最核心的故事。

在西班牙，有一头小公牛，名叫费迪南，它不像别的公牛，喜欢打架、尥蹶子，并且一心想要成为斗牛，它就喜欢坐在山上最高处的一棵大树下，静静地闻花香。它的母亲觉得它有点儿另类，但看到它挺自在的，也就由它去了。有一天，牧场里来了五个挑选斗牛的人，费迪南却照旧回到它的大树下，去闻花香。可它不小心坐到了一只大黄蜂身上，被黄蜂刺到了，它狂奔和嚎叫，被选斗牛的人认定它是最凶猛的牛，于是它被带到了斗牛场上。就在周围的人都期待它有所表现的时候，它看到女观众们戴的鲜花，于是静静地坐了下来，闻花香。最后，它被送回牧场，继续坐在大树下闻花香，过得很幸福。

蓝天工作室在这个基础上，发展出了一个略微曲折的故事，成为《公牛历险记》，在这个故事里，费迪南本就生在一个培育斗牛的牛场里，父亲被送去当斗牛，它于是动身去找父亲，在行程中，它遇到了一个美丽的农场，那里有草地，有树林，有大片的鲜花，它就在那里长大，并且爱上了在树下闻鲜花。后来，它经历各种曲折，遇到各种动物，被送回出生的牛场，在逃跑的时候，走进一墙之隔的牛场主人家，却发现，成为斗牛的荣光，其实是个骗局，所有的牛最后都会被杀死，不管身为肉牛还是斗牛。它必须回到那个开满鲜花的农场去。

费迪南代表了一种人生哲学，一种追求个人主义的、自得其乐、自求圆满的人生哲学。在一个故事里，仅有这样的哲学是不够的，所以，编剧们用另一头公牛瓦伦特，来代表另一种生活哲学，和费迪南相映成趣。

瓦伦特激进、好斗、上进，相信成为斗牛是一种莫大的荣誉，并且可以就此获得自由和圆满，它认为“心软的家伙注定会失败”，“不做斗牛，就做肉牛”。别的斗牛，也和它一样，一心渴望成为斗牛，甚至在斗牛身上找到了一套审美，认为斗牛这件事，对牛来说是有美感的，意味着“脚步、节奏和优雅”。

费迪南不相信这一套，成为斗牛的荣誉，人类设下的骗局，都和它没关系，它天生对这些东西免疫，它要的就是静静地闻花香。喜欢花，就总能遇到花，它随时随地都能找到花朵，然后开始走神。不管是在牧场，还是在斗牛场。就算是在斗牛场里，几把长刀指着它的情况下，它都能对斗牛士身上的康乃馨产生兴趣。

有一幕非常动人，它被关在牛场里，站在窗下，它想起了牧场里的草地和鲜花。

人都要有这样一个可以神游的地方。所以，罗伯特·波格·哈里森在《花园：谈人之为人》中反复讨论，“花园”对人类意味着什么，在我们已经有一个更真实、更广大的自然界的情况下，我们为什么还要建设花园，并且精心维护、津津乐道？因为，建设花园，不是简单的微缩自然、仿拟自然，而是因为：“仅当周遭事物有了意义，人才成其为人。”

人不是为成为战士、斗士活着，人如果没有爱上一朵花、一座花园，没能够维护好自己的花和花园，才是最大的浪费。

但我最难忘的，还是这个故事的核心部分，一头爱闻花香的牛。一头看起来野蛮凶狠，却会时不时停下，细嗅蔷薇的牛。

这样的牛生真牛。

（司志政摘自作者公众号　图/果酱的酱）

打不死的阿根

AGEN

□蔡　澜

看动作片，反映主角身手灵活的一个重要部分，是被打的武师。

好一些从三楼摔下，撞烂了桌子和椅背，再大力跌到地上的人，就是那群打不死的武师。这个镜头从头到尾不剪接，绝无虚假，而武师是为别人做替身，自己上阵，岂有找人替自己的道理？

如果你在录影带中留意观察，便会注意到其中有个身材矮小，壮健如石，瞪大眼睛，嘴唇很厚的武师，这个人叫阿根。

成龙电影多数在异乡拍摄，主角打的对手，当然是外国人，外国武师经验不足，阿根要做替身的替身，白的、黑的，阿根都扮过，反正摔得最厉害的，一定是他。

在一部叫《龙兄虎弟》的片中，成龙要和多位领袖派来的六个黑人女子高手对打，我们千挑万选地由美国找到了六个学过空手道的，但一来之后，才发现不是每一个都会打，而且一两个还极不听话。

反正那些黑人女子个个样子丑陋，成龙干脆把不听话的换了下来，由中国武师扮演。

阿根就涂黑了全身，戴着鬈曲的假发，厚着嘴唇，瞪大眼睛上阵，被成龙拳打脚踢，打个落花流水。因为阿根扮得很像，后来拍特写时，成龙也不避开，让阿根亲自担任，保管观众看完，说什么也认不出是他。

问阿根是怎么进入这一行当武师的。阿根说：“我哥哥在积奇那里当武师，我便跟来玩。起初是替工作人员驾车，吃饭时闲了下来，我便学人从高的地方跳下。积奇看到我的反应还算快，便叫我试试看，这一试，试到现在，十多年喽。”

“有没有受过伤？”

阿根卷起裤脚，露出小腿的一道八寸的疤痕：“这是拍快艇追逐时的伤口。那场戏是我抓着快艇的边，后面另一只快艇追上，哪知道浪一大，把我整个人卷到后面快艇的螺旋桨上，断了脚算是幸运的，要是打中头，现在就不会和你聊天了。”

“那次伤了多久？”

阿根笑嘻嘻地说：“筋、骨都断掉，一躺，休息了整整三年。”

“你要养家吗？”

“我们一共有十二个兄弟姐妹。是我妈妈一个人生的。我们那层楼，由我供，所以现在还没娶老婆。”

副导演来叫阿根上场，这一场戏是在一辆窄小的九人座位巴士中的打斗，成龙一对五，打个天昏地暗。

车子驶过一个凹处，大力一跳，车中所有的人都被弹上车顶，只有阿根是秃头，没头发保护，头顶开了花，血流如注。

请来的澳洲护士赶紧为阿根包扎伤口，普通人已昏倒，但阿根笑嘻嘻地说：“没事，没事。”

第二天，阿根照样开工。说来也奇怪，那么长的一道伤口，已经开始愈合。

“真的不要紧？”我问。

阿根说：“这不算是伤，真正的伤是那次断腿。”

“有没有什么后遗症？”

“身体好了，和从前的一样，但是心理受了影响。没有伤过，以为自己什么都行，任何危险动作都不怕做。但是经过一次大伤，胆子就小了一点儿，这是一定的事。所以我很佩服成龙大哥，受过那么多次伤还能继续下去。”

“你很崇拜他？”

阿根点头：“我们在拍《A计划续集》时，借了香港大学，有些大学生走过，用看不起的眼神看我，当时我的确有点儿自卑，但是大哥拍拍我的肩膀，说我比他们强得多，我很感动，一直记得。”

“一般人的印象中，你们做武师的都喜欢打架！”我说。

阿根笑了：“工作时已经天天打，回到现实生活还打？脑筋一定有问题。”

（思雨摘自《吾爱梦工场》山东画报出版社　图/点点）

一只鸟的迁徙

□莫小米

那时，江南还是春寒料峭，它在黑夜里飞累了，发现一片闪着光的水域，便悄悄地歇息下来。

很快就天亮了，环顾四周，它感到惊讶，这不似自己以往落脚生息的森林湖泊。它看到了一片高楼林立，人来人往，身边是悠荡的彩色小船……原来落脚在了繁华都市。要是它会说人话，一定会脱口喊出：我的妈呀！

它是一只年轻的鸟吧，不知道这是一个危机四伏的所在，只觉得湖水清冷宁静，湖中食物丰富，小住几日倒也不错。

它是活泼的，或点水展翅，或潜水捕食，或整理羽毛，左顾右盼，不时将脖子弯曲成美丽的S形，仪态优雅。

它叫黑喉潜鸟，繁殖于北极圈附近，在中国数量极为稀少。它会在水面追捕鱼群，更爱潜水觅食。善游泳和飞行，春秋季节常成对迁徙。而它为什么形单影只？是不是有什么悲伤的故事？不得而知。

没过几日，人们惊讶地发现，它竟然开始换羽了！它难道不知道，褪去飞羽意味着自己短期内无法飞行，遭遇强敌将没有任何对抗和躲避的能耐？多么冒险的举动啊！

它于数天内尽数褪下了所有的初级飞羽，又渐渐褪去次级飞羽，那样子活像超市冰柜里的鸡翅尖，扑棱起来十分可笑。

一个月后，它的飞羽才开始生长，并一天一天羽翼丰满，这个过程相当缓慢。与此同时，它颈部原本雍容的白色羽毛换成了华丽的锦缎黑色，成了名副其实的黑喉潜鸟。

栖息换羽都只是过程，作为一只鸟，它的终极目标是，飞行。

它开始了专业运动员般的训练。某一天，它开始了踩水奔跑，测试着飞羽的提升力，可惜未能腾空而起。

隔日的早间，它再次尝试，踩水、助跑……起飞。

每天的早晚，它不懈地练习，绕湖一周、绕湖两周、绕湖五周，越飞越高。

训练一周后的清晨，天刚蒙蒙亮，它开始绕湖飞行，绕的圈子越来越大，飞行的高度也越来越高，终于认准方向，在很多现场观察者的镜头里，向北飞去，直到不见踪影。

一只鸟，在上海世纪公园的镜天湖平安生活了68天。

这件堪称惊险的事是一只鸟所经历的，这件堪称伟大的事情是许多熟识与不熟识的人共同完成的。

（火箭熊摘自《今晚报》2018年7月16日　图/曹黑黑）

蜗牛很『牛』

□蒋骁飞

在很多人眼里，蜗牛是羸弱的小动物，它们行动迟缓、不堪一击，遇到天敌，几乎只能坐以待毙。

然而另一个不争的事实是，蜗牛是世界上分布最广、数量最多的动物之一，它们遍布世界各地，森林、草地、池塘、沼泽、高山、平地、丘陵等地随处可见其踪影，甚至在一些高寒地区也能发现它们笨拙但坚定的身影。在适应环境方面，蜗牛是一个不折不扣的强者。

蜗牛足部有一个特殊的结构，被称为活板，就相当于蜗牛壳的大门。蜗牛一旦预感到危险，就会把自己的身体缩回蜗牛壳中，用活板封住蜗牛壳的口，形成一个密闭的空间。直到它感觉到警报解除，才会再次出来活动。那么蜗牛在壳中一次能待多久呢？几个小时，几天，几个月，甚至几年都有可能。躲在壳里的蜗牛可以将自己的代谢速率降到极低

 他会再无忧虑也再无恐惧，四季转换，岁月静好。许多年后他们要是有机会还能相逢一笑，这可能是他们最好的结果。——江南《龙族 Ⅳ·奥丁之渊》

纵然爱已消亡

□［日］村上春树　译/施小炜

有个词儿叫“亲切心”，这是个颇具情趣的好词儿，只不过很难翻译成外语。曾经有一次，我打算向外国人解释“他为人亲切”和“他很有亲切心”之间的差异，结果还是没解释明白。虽然深入浅出地说明了，却总觉得有点儿不对劲，没触及神韵。

我从“亲切心”这个词儿想到一位叫阿兰德·威廉姆斯的美国人。他是银行的审计员，去世那年46岁，我并没有亲眼见过他。

1982年1月的华盛顿，一架佛罗里达航空公司的客机在寒潮来袭的恶劣天气中坠落到波托马克河里，大半乘客由于撞击丧生，却有6个人被抛进河水，威廉姆斯先生是其中之一。直升机赶来救援，将救生索抛下来，就落在极度衰弱的他身边，可他让身旁的斯图亚特先生上。直升机很快又飞回来，再度将救生索抛到他身边，然而他又让给了另一位女士。时值严寒刺骨的黄昏，河面开始结冰。等到直升机再次飞来时，那里已经没有威廉姆斯先生的身影了，因为他没能扛住过低的水温。浮在河面上的6个人中，唯独他一人成了不归客。

威廉姆斯先生的壮举受到了赞誉，事故现场附近的大桥被命名为“阿兰德·威廉姆斯桥”，他的英雄行为令全世界的人感动。我也为之感动。不过我忽然想，这与其说是英雄行为，不如说是亲切心的问题。威廉姆斯先生不管处于多么衰弱、多么严重的危急状态，只要身旁有一位女士，他都会自然而然地礼让：“您先请，我下一个再走。”对这种事，他应该已习以为常。当然，果真如此的话，他行为的高尚程度也不会被削弱。

我当然做不出像他那样的英雄之举，但写文章时，为了亲切地对待读者，也绞尽脑汁、竭尽全力。不管是随笔还是小说，文章至关重要的要素就是亲切心了。也就是尽量把文章写得好读一些，易懂一些。

然而动手试试就明白，这并不是一件简单的事。要写出易懂的文章，首先必须弄清自己的思路，挑选合适的词语既花时间，又费精力，还需要几分才华，有时看看差不多了便想撂手：“就这样吧！”

每当这种时候，我便想起威廉姆斯先生。狂风暴雪之中，他浸在波托马克河那浮动着冰块的河水里，却对周围的女士说：“您先请。”与这样一种亲切心相比，便觉得抱臂坐在写字台前搜索枯肠，算不得什么大不了的事，虽然这话说来太理所当然。

库尔特·冯内古特的小说里有这样一句话：“纵然爱已消亡，亲切依旧长存。”这也非常美妙啊！

（林冬冬摘自《爱吃沙拉的狮子》南海出版公司　图/鹿川）

的程度，仅仅能维持最基本的生命活动。

在日本，有一种叫蚤蜗牛的蜗牛，它们可以“迁徙”——从一座岛屿迁移到数百公里甚至上千公里的另一座岛屿上。大家都知道，蜗牛行动极其迟缓，每天的生活区域通常只有几平方米，蚤蜗牛难道能借助什么神秘力量“飞”到几百公里以外的地方？

科学家最终揭开了谜底。有一种叫暗绿绣眼的鸟特别喜欢吃微小的蚤蜗牛，但有一小部分蜗牛被鸟吞食之后，能忍受住鸟儿的消化液，最后随粪便被鸟儿排出体外而逃生。

日本研究人员裕也一郎说：“我们发现大约有15%的小蜗牛经过鸟儿的消化后，仍然能活着。它们借助鸟儿的足、肠胃，抑或是龙卷风，被散布到更加广阔的区域。”动物的消化液腐蚀性极强，能将钢铁溶化，一些看似弱不禁风的蜗牛却能在其中安然无恙，并借助鸟的翅膀成功地扩展自己的“势力范围”，不能不说这是一种别出心裁的生存策略。

在我们的意识中，速度、力量、强健是强者的象征，但自然界的逻辑似乎并不如此，不然，缓慢、羸弱、渺小的蜗牛为何也能在“优胜劣汰”的丛林法则下生生不息？

（潘光贤摘自《今晚报》2018年7月6日　图/曹黑黑）

鸟儿中的理想主义

□筱　敏

我对在笼中也继续扑翼的鸟一直怀有敬意。

几乎每一只不幸被捕获的鸟，刚囚入笼中都是拼命扑翼的，它们不能接受突然转换了现实的场景，它们对天空的记忆太深，它们的扑翼是惊恐的，焦灼不安的，企图逃离厄运的，拒绝承认现实的。

然而一些时日之后，它们大都安静下来，对伸进笼里来的小碗小碟中的水米，渐渐能取一种怡然的姿态享用。它们接受了残酷的现实，并学会把它看成生存的常态，它们的适应能力是很强的。适应能力强，对人、对鸟、对任何生物都是一个褒奖的词语。它们无师自通，就懂得了站在主人为它们架在笼中的假树杈上，站在笼子的中心位置，而不是在笼壁上徒劳地乱撞。就像主人期待的那样，它们优雅地偏头梳理羽毛，如果有同伴，就优雅地交颈而眠。更重要的是，当太阳升起的时候，或者主人逗弄的时候，它们就适时适度地婉转歌唱，让人感觉生活是如此自由、祥和、闲适。而天空和扑翼这种与生俱来的事情，也就是多余的了。

但有一些鸟的适应能力很差，这大抵是鸟类中的古典主义者或理想主义者。它们对生命的看法很狭隘，根本不会随现实场景的转换而改变。在最初的惊恐和狂躁之后，它们明白了厄运，于是用最荏弱的姿态抗拒厄运。它们是安静的，眼睛里是极度的冷漠，对小碟小碗里伸过来的水米漠然置之，那种神态，甚至让恩赐者感到尴尬，感到有失自尊。鸟儿的眼睛里一旦现出这样的冷漠，就不可能再期待它们的态度出现转机，无论从小笼子换到大笼子，还是把粗瓷碗换成金边瓷碗，甚至于再赏给它们一个快乐的伙伴，都没有用了。这一切与它们对生命的认定全不沾边儿。事实上，这时候它们连有关天空的梦也不做了，古典主义者总是悲观、绝望的，它们只求速死。命运很快就遂了它们的心愿。

而我一直怀有敬意的，是鸟儿中的另一种理想主义，这种鸟儿太少，但我侥幸见过一只，因为总是无端想起，次数多了，竟觉得这鸟儿的数目似乎在我的感觉中也多了。

我见到这只鸟儿的时候，它在笼中已关了很久，我无从得见它当初的惊恐和焦灼，不知它是不是显出过极度的冷漠，或者徒劳地撞击笼壁，日夜不停地用喙啄笼壁的铁枝。我见到它的时候，它正在笼子里练飞。它站在笼子底部，扑翼，以几乎垂直的路线，升到笼子顶部，撞到那里，跌下来，然后仰首，再扑翼……

这样的飞，我从来没见过。它在笼中划满风暴的线条，虽然这些线条太短，不能延伸，但饱胀着风暴的激情。它还绕着笼壁飞，姿态笨拙地屈曲着，很不洒脱，很不悦目，但毕竟它是在飞。它知道怎样利用笼内有限的气流训练自己的翅膀，让它们尽可能地张开，尽可能地保持飞翔的能力。

在这样一只鸟面前，我感觉惭愧。我们很难看见鸟是怎样学飞的，那些幼鸟，那些被风暴击伤的鸟，那些在岩隙里熬过隆冬的鸟，还有那些被囚的鸟。

这是一件隐秘的事。我们只看见它们在天空中划过，自由地扑翼，桀骜地滑翔，我们只羡慕上帝为它们造就了辽阔的天空。但在看到那只在笼中以残酷的方式练飞的鸟之后，我明白，天空的辽阔与否，是由你自己造就的，这种事情上帝根本无能为力。

上帝只是说，天空和飞翔是鸟类的生命形式，而灾难和厄运也是世界存在的一种形式。至于在灾难和厄运中你是否放弃，那完全是你自己的事情。

（林冬冬摘自《阳光碎片》东方出版中心　图/木木）

鱼煎得完好，赤黄酥脆，泛着薄薄的油光，在晚风中、蝉鸣里，这一尾仿若披着龙袍的鱼酣眠着，等着犒赏我们这群善良、纯洁，却清寒的孩子。——简媜《鱼》

遗体捐献者

□爱玛胡

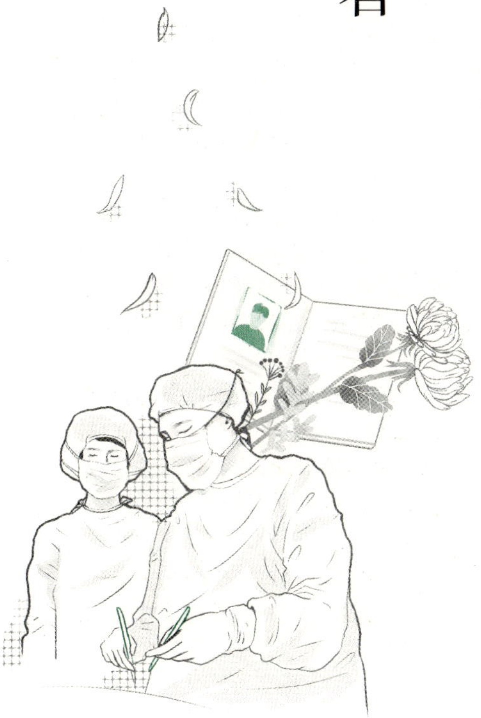

跟“120”的谭医生推开车门下车，他对我说的第一句话就是：“这是位遗体捐赠者。”

是车祸。小伙子骑电动车上夜班，夜深人静，郊区马路空无一人，估计他速度不慢，也没细看交通情况，过十字路口时，被横冲出来的大货车迎面撞上，当时就飞了出去，电动车压得没了形状。货车司机吓傻了，还好，没有逃，只是打了“110”和“120”。

“120”站点就在我们医院，到的时候，只见大货车拖了很长一条刹车印迹，驾驶室里，司机一个人呆坐着。谭医生冲过去问受伤者的情况，司机拼命摇头，一直重复说：“我是绿灯啊，我看得很清楚是绿灯啊！”

“110”也到了，点起大灯找受伤者，小伙子躺在绿化带的灌木丛中，不见明显外伤，也不见血，只是呼吸已经感觉不到。

小伙子身上证件齐全，身份证、工作证，还有——遗体捐赠卡。一边通知家属，一边通知红十字会——遗体捐赠是由他们负责的。“120”捏着通气皮囊，一路送了过来。

已经回天乏术，无呼吸，无任何神经反射，瞳孔已经放大，大家都明白，是脑死亡了。上了呼吸机与各种措施，暂时维持住血压和心跳，反复做各种神经系统检查，一直没有反应。

红十字会赶来时，家属也来了，是一对50多岁的夫妇。红十字会工作人员再次询问家属：“你们愿意遗体捐赠吗？”——这是必要程序，即使是本人签过字，如果家属拒绝，也只能放弃。

老太太愣愣的，像没听明白，老先生木木的，最后点点头。红十字会人员怕他没理解意思事后反悔，放大音量又问一遍，老先生含泪说：“都已经这样了，捐就捐吧……”

于是，医院这边拔管撤呼吸机，签死亡通知书，红十字会人员则带领老夫妻向遗体告别，同时联系有需要遗体捐赠的医院。

老夫妻前脚刚离开急诊室，不同医院的救护车便一辆辆疾驰而来，医生们络绎不绝地进入急诊室——现在，这里是捐赠的手术室了。少顷，各人取走自己需要的器官后，一一离开。

应该带他们去办公室办手续了，老太太却站在急诊室门外不走。她问：“这么多医生都来了，是在抢救我伢吧？医生，还有希望没？”

主任和红十字会人员都愣了，过一会儿，红十字会人员反复地说：“你儿子是英雄，他救了很多人……”

老先生也站住了：“医生，捐赠之后，要把遗体还我们吧？让我们再看一眼。”

在场的医生面面相觑，没法说：“没有了…… ”

是的，没有了。

很多人对遗体捐赠的认识就停留在眼角膜上。事实上，老年人或者病人去世后，除了眼角膜，别无可用，但意外身亡的青壮年，只要身体健康，可以说，除了肌肉和脂肪之外，一切都可以移植，连皮肤都可以用在烧伤康复科。那确实是，中国人最忌讳的死无全尸。

这话不能出口。一片静默间，他们好像自己也明白了，老太太“哇”的一声哭起来：“儿呀，你是英雄，你死了还救了很多人。你下辈子投个好胎吧，莫投在穷人家里，再也不要骑电动车上夜班了。”

（夕梦若林摘自《病人看病医生看人》当代中国出版社　图/果酱的酱）

诗剧

还是沉默为好
如果语言忘却了
一颗小石子的沉默
如果惯用的舌头
将那沉默的友情和敌意混淆
还是沉默为好
——谷川俊太郎《如果语言》

背包

□王　曦

那年秋天休完假回阿里的路上，在叶城零公里处，我遇到了一个老头儿，60多岁，黑瘦，矮小，戴一顶土黄色的渔夫帽，穿一身旧的蓝色运动服，裤子膝盖处破了两个小洞。他背着个一米多高的蓝色背包。背包鼓鼓囊囊，压在他身上像一座小山。司机老王说他要去西藏，这趟跟我们一起上阿里。

叶城的零公里是新藏公路起点，上下高原的人都在这里集结。上山下山的人大致有三种：上山打工找活干拿命挣血汗钱养家糊口的，上山旅游徒步穿越拿命看风景或找自己的，剩下的就是我们这些当兵的。这个老头儿，大概是第二种。他这年纪上山旅游，真真是拿命看风景了。

从零公里出发后没多久，磕磕绊绊石子路、搓板路一直延续到千里之外的西藏。

老头儿坐在后排靠窗的位子，头一直扭着看向车外，看得那么津津有味，一双小眼瞪得那么大，眼里闪着光，像是发现了什么宝藏。弄得我也忍不住顺着他的目光看出去，窗外有什么好看的呢？除了山还是山，山上只有石头和稀拉的草，荒凉、荒芜、单调，他到底在看什么呢？

汽车小心翼翼地爬上麻扎达坂。麻扎是新藏线上最长的一个达坂，凶险异常。一路上山连着山，怪石嶙峋，面目狰狞。转过一个突兀的立崖，一座雪山出现在眼前，距我们的车不过百十米远。老头儿发出一声克制的惊叹，嘴张得老大，拳头攥紧，僵硬的手臂半举起，随即又慢慢放下。

至于那么大惊小怪吗？我不无鄙夷地寻思，不就是一个盖着雪的山头吗？再往前走，比这高的，比这大的，无数的雪山在等着你。

汽车沿着腰带一样的公路飘摇着攀上了麻扎达坂。老王停了车，让大家下车活动一下。老头儿“噌”一下跳下了车，手脚很是麻利。一看就是没上过高原的人，在高原上，什么都得慢慢来，像他这样急匆匆的，搞不好会晕倒。我也跟着下了车，冷冽的空气扑面而来，如同浇了一身冰水，整个人都通透了。老头儿站在山顶，环视四周，身体颤抖着。我看看他，确认不是高原反应，而是太激动了。他对什么都好奇。

“那个，你知道麻扎是什么意思吗？”老人问我。

我犹豫了一下，说：“坟墓，在维吾尔语里是坟墓的意思。”

我真想说自己不知道。

“哦，谢谢。”他若有所思。

休整过后重新上路，从零星的交流中，我知道了他走过了整个新疆，从阿勒泰到喀什，然后到叶城，现在经新藏线上阿里，之后要穿过高原到拉萨，最后走滇藏线下云南。

一路上，他都像个孩子，不管是哪里，只要车一停，他便立即下车，摸摸石头，对着不知名字的杂草看个仔细。在三十里营房，他跟我们一样住的是20块钱一晚的车马店，裹上脏兮兮冰冷的被褥，没有电，没有开水，没有炉子。路过康西瓦烈士陵园时，我们一起去给烈士们敬上一支烟；红柳滩到多玛，几百公里的搓板路，连我这个自诩的老高原都被颠得头痛难忍，他愣是没什么事；在界山达坂，他吃了几口海拔6000米的雪；在班公湖，他洗了个脸，装了一矿泉水瓶的湖水……一路上他从不拍照，只用眼睛看。

第三天早晨，我们到达阿里地区的狮泉河镇。晨光明净，冷风洗尽一身尘埃。我们收拾好行囊，道别，各奔前程。老人背上背包，像个移动的小山，消失在街的另一头。

一位快70岁的老人，独自背上行囊，这是需要勇气的。总听到有人说起想要去西藏，并赋予西藏特殊的意义，寻找自我、净化灵魂、远离喧嚣等脱俗之类的。唉，真担心他们会失望呢。目的是什么？意义真的有那么重要吗？何必执着于此？不如带着一颗好奇的心，看看风景就好。

（鲁刚摘自《三联生活周刊》　图/张妕）

她可以褪色，可以枯萎，怎样都可以，但只要我看她一眼，万般柔情便涌上心头。——弗拉基米尔·纳博科夫《洛丽塔》

兔子的精神

□刘庆邦

有一天下午，在老家一块麦子地头的小路上，我竟然看到了一只兔子。兔子是银黄色的，和麦子的背景几乎融为一体。好久没看到家乡的野兔了，野兔的出现不免让我有些惊喜，我差点儿叫了一声兔子！我没有叫，我怕吓着兔子。我停下脚步，没有再往前走。我想对兔子传达一个信号：我对它是友好的。还好，兔子没有立即隐入麦丛中去，它竖起双耳，也停下了。我断定这是一只新生的兔子，对人类还不是很害怕。于是，我悄悄拿起照相机，想把这个朋友照下来。兔子大概发觉了我的举动，不能理解照相机是什么玩意儿，还没等我把镜头对准它，它就快速向前跑去。它顺着小路又跑了一阵儿，才身子一拐，遁入浩瀚如大海一样的麦地。

这个时候的兔子也是安全的。麦子从青纱帐变成了黄纱帐，它们在金色的帐子里自由穿梭，或唱歌跳舞，或结社集会，或卿卿我我，反正想干什么都可以。

麦子收割时，等于把野兔们赖以藏身的黄纱帐收走，野兔们就得面临危险。我少年时代在老家的生产队参与割麦，割着割着，每每看见一只兔子蓦地跃起，向另一块尚未收割的麦地跑去。社员们对兔子都很感兴趣，大家停下割麦，站起来以手罩眼，一齐对兔子呐喊。有的人还试图朝兔子追过去。但兔子四条腿，人只有两条腿，人的奔跑速度比兔子差远了，人的呐喊和追赶只不过是虚张声势而已。这时，同样长有四条腿的狗跳了出来，奋勇地向兔子追去。平日里，习惯看人们脸色的狗们因不敢对主人有过多超越，跑起来总是颠儿颠儿的，速度不是很快。如今面对兔子，狗们像是总算找到了用武之地，也得到了在人们面前露脸儿的机会，俯下身子，跑得风驰电掣一般。结果怎么样呢？狗们往往空嘴而归。狗跑得很快，但兔子跑得更快。兔子跑起来像一朵金色的雾，在田野里飘飘忽忽，让狗望尘莫及。

对野兔们来说，最严峻的时刻是秋收之后和飘雪的冬季。此时场光地净，无遮无拦，野兔们不仅食物匮乏，连找一个藏身之所都很难。而贪婪的人们收获了庄稼还不够，还要像收获庄稼一样收获肉质的兔子。人出动了，狗出动了，在我们那里被称为兔鹘的一种猎隼也出动了。如果人和狗是围捕野兔的地面部队，兔鹘就是人们所豢养的空中打击力量。与人、狗和鹘比起来，野兔们属于真正的弱势群体。只有野草是它们的朋友，别的动物几乎都是它们的敌人。但兔子也要生存，也有使族类得到繁衍的权利。它们的生存法则决定了它们并不是一味地向强势群体屈服，除了逃跑，它们有时还表现出一种抗争精神。有一次我亲眼看见，当兔鹘向一只野兔俯冲下来时，野兔竟猛地跳起来，用头向兔鹘顶去。兔鹘猝不及防，闪落在地，扑了个空。兔鹘再起飞，飞到一定高度，再次向野兔发起冲击。而野兔毫不畏惧，在奔跑中瞅准时机，再次跳起来，直着身子向兔鹘的腹部撞去。这一幕让我震撼，甚至有些紧张，我万万没有想到，小小的野兔竟敢与那么强大的敌人抗争。从那一刻起，我站到了野兔一边，希望野兔把不可一世的、武装到翅膀的敌人顶翻，成为最终的胜利者。然而遗憾，由于兔鹘一而再、再而三地干扰了野兔的奔跑速度，从后面追过来的狗还是把野兔咬住了。

我还听说过一个故事。在某个萧飒的冬季，当一只老鹰将利爪刺进一只野兔母亲的臀部时，野兔母亲没有回头，没有犹豫，拖着老鹰继续奋力向前奔跑，一直把老鹰拖进一片长满硬刺的荆棘丛中。老鹰被弄得少皮没毛，野兔母亲悲壮地与老鹰同归于尽。出于对野兔母亲的敬佩，我曾把这个故事写成了一篇短篇小说，小说的题目叫《打围》。

（司志政摘自《怎不让人心疼》人民文学出版社 图/张翀）

记比邻双鹊

□杨　绛

我住的楼是六号楼，卧室窗前有一棵病柏，因旁边一棵大柳树霸占了天上的阳光、地上的土壤。二〇〇三年，一双喜鹊就衔枝在病柏枝头筑巢。

一年后，它们下蛋了，每天还不停地修补这巢，衔的都是软草羽毛之类。我贡献了扫把上的几枝软草，都给衔去铺垫了。

四月三日，鹊巢完工了。以后就看见身躯较小的母鹊经常卧在巢内。据阿姨说，鸡孵蛋要三个月，喜鹊比鸡小，也许不用三个月之久。父鹊每日进巢让母鹊出来舒散一下，平时在巢外守望，想必也为母鹊觅食。这时已是四月十九日了。

五月十二日，我看见五六只喜鹊（包括我窗外巢里的父鹊）围着柏树打转，又一同停在鹊巢旁边喳喳叫。

十三日，阿姨在我卧室窗前，连声叫我"快来看！"我赶忙去看，只见鹊巢里好像在闹鬼似的。对我的窗口的一面，鹊巢编制稀疏。隙缝里，能看到里面有几点闪亮的光，和几个红点儿。仔细看，原来巢里小喜鹊已破壳而出，伸着小脑袋在摇晃呢。闪亮的眼睛。嘴巴张得很大，嘴里是黄色，红点儿该是舌头。看不清共有三只或四只，都是嗷嗷待哺的黄口。

昨天那群喜鹊绕树飞转，又落在巢边喳喳叫，又绕树一圈，又一齐落在树上喳喳叫，该是为了这对喜鹊喜生贵子，特来庆贺的。

阿姨说，小鹊儿至少得七到十天，身上羽毛丰满之后才开始学飞。

阿姨忽然想起，不久前榆树上刚喷了杀虫药。想来全市都喷药了。父母鹊往哪儿觅食呢？十四日我还听见父母鹊说话呢，母鹊叫了好多声才双双飞走。小鹊儿已经三朝了，没吃到东西，又冻又饿，还能活命吗？

晚饭前就下雨了，下了一晚。鹊巢上面虽然有顶，却是漏雨的。

我不能为鹊巢撑把伞，因为够不着。出了壳的小鸟不能再缩回壳里，我愁也没有用。一夜雨，是不小的中雨。早上起来，鹊巢里寂无声音，几条小生命，都完了。这天饭后，才看见父母鹊回来。父鹊只向巢里看了一眼，就飞走了。

五月十六日八点半，我听见两只喜鹊在说话，急看窗口，只见母鹊站在柏树枝上，跳上一枝，又一跳逼近巢口，低头细看巢里，于是像啼哭似的悲啼，喳喳七声，共四次。随后飞走了。

又过了两天，五月十八日上午，六天前曾来庆贺小鹊生日的四五只大喜鹊，又飞集柏树枝上，喳喳叫了一阵。午后四时，母鹊在巢边前前后后叫，父鹊大约在近旁陪着，叫得我也伤心不已。下一天，五月十九日，是我女儿生忌。下一天，也是下午三时多，老时候。母鹊又来向巢叫，又跳上一枝，低头向巢叫，又抬头叫，然后和陪同前来的父鹊一同飞走。

小鹊是五月十二日生，十三、十四日死的。父母鹊又同来看望它们的旧巢。从此以后，它们再也不站上这棵柏树，只在邻近守望了。一次来了一只老鸦，踞坐巢上。父母鹊呼朋唤友，小院里乱了一阵，老鸦赶走才安定下来。我怀疑，小雏的遗体，经雨淋日晒，是不是发臭了，老鸦闻到气息，心怀不善？

转眼又是一年了。父母鹊登上旧巢，用嘴扭开纠结松枝的旧巢。去年费了好多工夫牢牢拴在树巅的旧巢，拆下不易，每拆一枝，都要衔住一头，双脚使劲蹬。渐渐最难拆的部分已经松动。这个坚固的大巢，拆得很慢，我却不耐烦多管它们的闲事了。直到五月五日，旧巢拆尽。一夕风雨，旧巢洗得无影无踪。五月六日，窗前鹊巢已了无痕迹。过去的悲欢、希望、忧伤，恍如一梦，都成过去了。

（月月鸟摘自《走到人生边上》商务印书馆　图/麦小片）

赞美这残缺的世界，和一只画眉掉下的灰色羽毛，和那游离、消失又重返的柔光。——亚当·扎加耶夫斯基《尝试赞美这残缺的世界》

一只母性的蜘蛛

□刘东伟

这些年来，我一直怀念着那只母性的灰蜘蛛。

那天，学校里放了秋假，我兴奋地跟着父母去村外忙秋。田野里，高出人一头的玉米棵，一钻进去，如同进入了迷宫，到处是沙沙的声音和满眼苍黄中斑驳的绿影。坷垃硌着脚板，叶子划着脖颈，黏湿的汗水贴着胸背。

我钻出玉米地，父母正在挥汗忙碌着，大片的玉米棵在他们身后放倒，齐刷刷的，籽粒饱满的玉米聚成一座座小丘，金黄的玉米粒撑破了外衣，仿佛父亲咧嘴大笑时露出的牙齿。母亲对我说："你回家看看那只老母鸡怎样了，找几只蜘蛛给它吃。"

我到家时，那只老母鸡正在草窝里伏着，若换了平时，这阵儿它怕是去村头觅食了吧，但现在，被疾病折磨的它，已像垂暮的老人。昨天回家时，我看它还能摇晃着走几步，今天病情显然越发厉害了。

我到处寻找着，草房里蜘蛛并不难寻找，不到一刻钟，我便发现了十几只，却没有一只是背部生着花纹的。我知道普通的蜘蛛对老母鸡的病没啥用，如果有用，母亲早把它治好了。母亲喜欢养鸡，从我上初中起，她便接连养了十几只，别的鸡都因祖父有病在身，一只只宰杀了， 独留下了这只。母亲说它下蛋最勤，留下它能积攒些鸡蛋。

过了一会儿，我终于发现了一只灰蜘蛛。我是寻觅了门洞和厨房之后才在斑驳的北墙上看到它的。我看到它时，它正伏在网上，它的周围还有几只幼小的蜘蛛。屋顶的风卷起房檐的黄草，灰蜘蛛的影子拉长在斑驳的墙上，古怪地变换着表情，连半面墙壁都透出一种诡异。院外，从庄稼地回家的脚步正纷至沓来，院子里到处弥漫着玉米清新的芳香。

我仰头看着那只灰蜘蛛，它只给了我一个背部，如同我所认识的故乡一般模糊。我伸出手去，我的手几乎要贴在它的背部，突然看到它的身子上下晃动。灰蜘蛛发出的仿佛是一个信号，蛛网晃动后，几只幼小的蜘蛛便四下逃散。我担心灰蜘蛛也会逃去，所以左手举着准备好的小瓶，右手随时就要把它擒获。奇怪的是，它非但没有逃走，反而回转身来，瞪视着我，上身也翘了起来，一副备战状态。我的好奇心被它挑起，便不紧不慢地从旁边折了根小棍，捉弄着它。灰蜘蛛左挡右撞着小棍，极其顽强。如此闹了几分钟，蜘蛛突然转过身，迅速地向着屋顶爬去。我望着它小小的身影，竟忘记了自己要干什么。灰蜘蛛在纤细的丝网上快捷地爬动，它灵巧的身子轻轻颤动着，让我不由想起走钢丝的杂技女孩。

就这样，我看着灰蜘蛛一直逃上屋顶，并迅速地爬远。我本可以捉住它，用那根小棍轻易地划断蛛丝，截住它的退路，但是我没有这么做。因为当时我突然想起灰蜘蛛的勇气，对于比它高大千百倍的人来说，它只是只微不足道的蜘蛛啊，而它又为什么忽然逃去了呢？

很快，我就有了答案，是那些小蜘蛛。它们还没有安全逃离时，眼前的危险再大，灰蜘蛛也不会畏惧，也不能畏惧。当小蜘蛛们安全而去，灰蜘蛛才生出逃生之念。

中午吃饭时，母亲问我，捉到蜘蛛了吗？我低着头说，没有。

那天晚上，老母鸡便死了。

多少年来，正是这只灰蜘蛛让我无数次想到故乡，想到田野里草长莺飞，屋檐下细雨连绵；想到青青的麦苗和金黄的玉米；想到老家那面斑驳的北墙。

曾有朋友问我，在你的记忆中，故乡最让你难忘的是什么？

我说，蜘蛛，一只母性的灰蜘蛛。

（张晓玛摘自新浪博客 图/曹黑黑）

最近，一款名为《旅行青蛙》的手机游戏风靡全球，游戏里可爱的青蛙充满人情味，你只要给它收拾好行囊，它就会自动出门远行，还会将旅行中的所见所闻拍成照片寄给你，只是贪玩的它什么时候回家，谁也不知道。然而，游戏中的青蛙再贪玩，它还是会回家的，但现实生活中，世界上最后一只巴拿马树蛙永远也回不了家了。

那只青蛙再也回不了家

□朱永波

2005年，一种来自非洲的真菌——蛙壶菌开始在中美洲肆虐，当地的蛙类遭遇了灭顶之灾。科研人员在抢救巴拿马雨林的蛙类时发现了巴拿马树蛙。这种生活在森林冠层上的树蛙拥有棕色的眼睛和完全蹼化的脚掌，一旦遭遇危险，它们会利用其宽大的四肢和蹼化的脚掌从一棵树滑翔到另外一棵树，或者从十多米高的树上飞跃到地面逃难。

不幸的是，专家发现巴拿马树蛙时，它们已经元气大伤。为了挽救巴拿马树蛙，专家们带回了其中的几只，分别送到了在饲养濒危两栖动物方面有着先进经验的机构。这些机构给巴拿马树蛙创造了和其故乡生存环境极其接近的环境，并尝试人工繁殖巴拿马树蛙，但均以失败告终。

人工繁殖失败后，人们只能祈祷野外的巴拿马树蛙能自己挺过这一关，把种群延续下去。然而，自从被世人发现后，这个种群的数量就在急剧减少，仅2006年，整个巴拿马树蛙种群数量就骤减了75%～85%。2007年以后，该地区就再也没有发现过它们小小的身影。

2009年，亚特兰大植物园里饲养的一只雌蛙永远地离开了，它是世人所知的最后一只雌性巴拿马树蛙。三年之后，另外一只雄蛙离世。就这样，世界上仅存的三只巴拿马树蛙只剩下一只孤独地生活在亚特兰大植物园，园方给它取了一个名字叫“硬汉”。

“硬汉”无疑是世界上最孤独的青蛙了，它的族群仅剩下它独存于世。不知道是内心的落寞还是愤恨，这只孤独的青蛙从来没有鸣叫过。

按照蛙类的平均寿命看，在人工饲养下活了10年的“硬汉”已经算是高龄了。或许是为了留下自己种群的声音，表示这个种群曾经来过这个世界，2014年年底，垂垂老矣的“硬汉”突然开始歌唱了。然而，这一曲蛙鸣也成了世界上最孤独的蛙鸣，因为能听懂它语言的同伴早已纷纷离世。两年后的秋天，这只孤独的蛙离世了，再也回不了它的家乡。

巴拿马树蛙的灭绝成了人们心中永远的痛，从发现到灭绝，这种蛙仅仅在人们眼中存在了十几年。在这有限的时间里，人们只知道这是一种美丽的动物，它们由爸爸抚养长大，爸爸在树洞的水洼里给孩子们安家，并用自己的皮肤喂养它们。而且，孩子们拥有一位会飞的爸爸。除此之外，人们别无所知。

人们说，巴拿马树蛙灭绝的凶手是来自非洲的蛙壶菌。然而，蛙壶菌怎么会从非洲来到遥远的中美洲呢？现有的科学证据已经证明，全球贸易和运输等人类活动加速了真菌扩散的速度。

这样看来，这群可爱的巴拿马树蛙其实是死于人类之手，是人类的活动和对环境肆无忌惮的破坏，让已经在这个地球上存活了上亿年的巴拿马树蛙消失了。如果有一天，生态系统到了崩溃的边缘，这个星球只剩下人类，人类能否独善其身？如果不能，唯一存活的那个人，是否也会像那只孤独的巴拿马树蛙一样，不想再说一句话？

（张晓玛摘自《知识窗》2018年第4期 图/麦小片）

诗剧

那个自娱自乐的小孩
用一根麦秆吹出那些肥皂泡
其中显然包含了一整套哲学。

清澈，无用，像自然一样飞逝，
属于养眼之物，
它们用一个既小又圆的精确气体
保持了自己的本质，
没有人，甚至包括那个吹气泡的孩子，
妄称它们比自身显示的更多。

在透明的空气中，有些气泡难以看到。
它们就像一股微风吹过，不曾吹动花朵
而只有我们知道它在吹
因为有些事物照亮了我们的内心
可以更透明地接受一切。

——费尔南多·佩索阿
《那个自娱自乐的小孩》

 我冷眼向过去稍稍回顾，只见它曲折灌溉的悲喜，都消失在一片亘古的荒漠。这才知道我的全部努力，不过完成了普通的生活。——穆旦《冥想》

人被风吹老，花被风吹跑

□王太生

风能吹老一切，人到中年以后，我过去的那些朋友，渐渐被风吹老。

于二是我30年前相识的朋友，那时他35岁，我23岁，他整整大我一轮。于二当年是肉联厂会计，他把进出冷库的猪下水，记在一本油汪汪的小本子上，业余时间用来写诗。于二38岁结婚，娶了一个乡下女子为妻，住在一间老式厢房里，现在他的女儿已经研究生毕业。

朋友中，于二还是个美食家，说白了，就是有点儿嘴馋。从前，他一个人骑自行车，迎着风，转遍小城的旮旮旯旯。有一次，于二对我说，城北"小腊春"的猪头肉不错，想吃要下午3点去排队，去晚了，猪头肉就卖光了。于二还喜欢吃那家卤菜店的鹅头、鹅肝和鹅肠子。

想吃地道的早茶，于二有时天未亮起床，被晨风吹拂着，去城中的"富春"点一碗头汤面。于二不在意面，而在乎汤，那一碗用鳝鱼骨熬制的鱼汤，又浓又鲜，于二喝了鱼汤，中气十足，神清气爽。

于二这几年老了，被风吹老，明显地眼袋下垂。他有时还骑车子到报社找我，兴奋地告诉我又发了几首小诗，还说要请我喝酒。我知道，前些年他把烟酒戒了，却添洁癖，基本上不与外人吃饭。

一个人中年以后，朋友越来越少。记得我是30岁之前认识老鲁的。

多年前，老鲁只身云游，在南方一家报社做副刊编辑。他那时不怕风吹，离开小城的老鲁曾回来过一次，站在街对面的一棵老槐树下喊我，开玩笑，邀我同行。我问老鲁是否打算在那个城市一直待下去，老鲁摇摇头说，当然要走，25岁之前离开小城，30岁离开省城，以后到更远的地方。

好久未见到老鲁了。前几天，听说他回来了，见到老鲁时，他已被风吹老，下巴有了稀疏的花白胡须，老鲁说："我妈老了，回来就暂时不想走了。"

我和老鲁见面，老鲁就谈他最近研究小城一位明朝时的宰相。有一次老鲁去省城图书馆，收集这位明代老乡的资料，找到那些难得的宝贝，老鲁兴奋得像个孩子。他用新买的卡片机拍照，图书馆的人过来了，说典籍不可拍照。老鲁说，资料不是让人查的吗？图书馆的人让老鲁把拍的图片删了，老鲁拨弄了半天，结果图像被保护，图书馆的人以为老鲁是故意的。老鲁火了：又不是我不删，是相机不让删！

风不紧不慢地吹着，吹着一个人慢慢变老。

"可爱小老头"，是我对陆公的印象。我认识陆公时，还是愣头青，他已年近花甲，被风吹老。

陆早年毕业于农学院食品专业，人长得像邻县高邮的汪曾祺，比汪还慈眉善目，属温暾厚道之人，不嗜烟酒，喜好弄墨，每有豆腐块发于报端，遇友小示，乐不可支。

他写过一篇"烹甲鱼"，让人不禁莞尔。陆说，老鳖一只，自菜市上购得，洗净，置一烧得灼热的铁锅内，锅有锅盖，钻一小孔，拇指大。鳖爬于锅中，溽热难耐，忽见一小圆孔，透一线光亮。鳖从盖孔伸出，张大口，伺机逃生。这时候，陆公将事先准备好的姜丝、葱末、花椒、八角……一一喂入，再用文火慢炖。

我知道，他那时并未一试，是属于典型的纸上谈兵。所谓美食，其实是他躺在床上构思的作品。我有多年未见到陆公了，从年龄推算他可能已不在人世，一只老红的柿子已然跌落，我依然记得他从前一副笑眯眯的样子。

我的朋友，渐渐地被风吹老，我也会被风吹老。风流动着，吹着衣裳，吹着草地，吹着人们的喜悦与兴奋、失望与不满、虚荣与自尊、爱恨与情仇，吹得树叶哗哗作响，消失于看不见的地方。

我在春天曾经观察一棵树，它的那些花儿是被风吹跑的。树下走过一个男人，头发飘飞，人被风吹老。

（王传生摘自《北京日报》2018年5月10日 图/杨佳琦）

一只叫『赵云』的猫及其他

□潘云贵

我去猴硐猫村，刚下火车，就有几只猫在我跟前转悠，慵懒地伸着身子，走起路来特别缓慢优雅。

小时候，家里也养过猫。那时最早起来的人总是母亲。她趁煮稀饭的间隙，给猫咪喂食。父亲是个三国迷，给猫咪取的名字叫“赵云”，希望这小家伙能好好长，英勇又忠诚。

赵云是黄白相间的小猫，被爱猫的母亲喂得圆乎乎的，走起路来，像毛线团滚来滚去，深得家里人喜欢。

它总喜欢往人身上和家具上蹭，有时抓坏了一些东西，母亲也舍不得打它，只朝它嚷嚷，它好像听懂了，瞬间又变得好乖，下一秒又悄悄溜向阳台。

“是不是病了？”母亲问。

“该放它出去了，毕竟这么大了。”父亲说。

所以赵云的活动范围开始扩大到院子里，玩得越来越野了，有时母亲唤它吃饭也不回。父亲见它不听话，说：“再这样下去这家伙迟早要被别人家的母猫勾了魂去！”他便想阉了赵云。

那天我和母亲都不在，等回来时只见赵云躺在地上呜呜地哭着，脸上挂着两条泪痕，像要死了一样。

晚上吃饭，母亲责备父亲，嘴边嘟哝一句：“这‘赵云’是你取的名字，现在却成了太监，你也真能狠下心……”

等父母之间战乱平息，我推开房门想去瞧瞧受伤的赵云，却看到母亲蹲在赵云旁边，哭哭啼啼的，像个小姑娘。

母亲跟我说：“你爸就是这样的人，做事情从来都不跟人商量，把‘赵云’变成这样，刚才我一说他，他就跟我急，他进屋前丢下一句话，说要给‘赵云’改名。”

“那叫什么？”我问。

“司马迁……”我妈又哭哭啼啼的。从赵云到司马迁，只能说父亲太喜欢历史了。

被唤作“司马迁”后，起初一两周，我们叫它，它都跟没有听见一样，半夜碰到耗子竟也不再像从前那样手到擒来，只在一旁干叫着不动手。它的生活过得越来越没有激情。父亲说它越来越没用。

那年冬天，南方极冷，一些地方都下雪了。带司马迁去村里张兽医那里打针的是我和父亲。母亲连看它打针都不敢，只在家里揪着一颗心等待。

张兽医拿着一根大针筒，往司马迁身上扎了下去，动作异常熟稔，脸上毫无表情。一针下去，司马迁像它“受宫刑”那天一样大声叫起来，这样的叫声在它的生命里不会出现第三次。

回来第二天，司马迁死了。全家人都哭坏了。父亲还专门跑到张兽医那里理论，说猫如果不打针还不会这么快死掉，针筒里的药一定有问题。张兽医气呼呼地说：“有没有问题你打一针试试就知道了。”说完“啪”的一声关上了门。父亲受辱似的涨红了脸，捡起一地石子摔向他们家门窗，还打破了一扇窗玻璃。

从此之后，母亲再也没养过猫。有时在公园里散步，碰到猫咪，我都会停下来观察它们。

它们特别喜欢跟小孩子玩。猫咪都很听话，眯着眼睛笑起来。这种快乐是建立在双方彼此的天真和信任上。

从猴硐车站离开的时候，我又回过头好好看了一下遍地打滚或慵懒走路的猫咪，突然羡慕起它们的生活。简单，惬意，闲适。它们在山间奔跑，在林间休憩，饿了，就去捕捉鼠类或者等众人前来投食，一代一代繁衍下去，最后在生命的末尾，永眠于山野之中。很奇怪，谁也无法找到它们的形骸。

它们悄悄地来，又悄悄地走，如此与这世界告别。

（沈鱼摘自《如果你正年轻，且孤独》
图/小兔子妈妈）

不在任何东西面前失去自我，哪怕是教条，哪怕是别人的目光，哪怕是爱情。——《成为简·奥斯汀》

永不沉没的爱

□刘 轩

..........1..........

在戏院里看《铁达尼号》的时候，旁边的朋友突然转过来问我："这故事是不是真的？"

"铁达尼号，这么有名的历史故事，难道不是真的？"

"不不不，我是说电影里描写的。"

据说詹姆斯·卡梅隆——这部电影的导演，就为了故事的"真实性"而不惜一切。

他曾经特地向俄罗斯的海洋科学中心雇了两艘深海潜水艇，冒着极大的危险潜到一万两千多米的深海，去看"铁达尼号"的残骸。他叫潜水艇开到残破的甲板上，在那里停了许久，就为了让他能够更真切地体会这故事的感情意义。

..........2..........

我对"铁达尼号"的兴趣，有一个更切身的原因。其中的乘客之一，曾是哈佛人最重要的校友。

他叫哈利·埃尔金斯·怀特纳。他的画像挂在我们图书馆的大厅中。每次去借书还书，都会看到。二十几岁时，他便在"铁达尼号"上丧生。他母亲为了纪念他，捐了一大笔家产给哈佛，在校园中间建立了一座庞大的图书馆。如今这图书馆就叫怀特纳图书馆。它是哈佛最重要的一部分。

就图书馆而言，这栋建筑有"铁达尼号"一样的气魄。藏书同样惊人——四百多万本，列在一条条铁书架上，成为一个上下各伸展五层楼的迷宫。

图书馆最神秘的一点，是从大门进来，走上一段白色大理石的台阶，在一扇厚重的铁门后面是怀特纳的纪念书房。

据说这房间是完全根据他的私人书房而建的。走进这烛光暗淡的屋子，常可以看到一些稀有古书，陈列在装有警铃的玻璃箱内。

..........3..........

据说，当年怀特纳夫人在捐这座图书馆的时候，向哈佛提出了三个要求：

一、这座图书馆的外形，不得改动一块砖头。这点哈佛勉强办到了。当图书馆后来不得不扩建的时候，为了不动"砖头"，校方特别从二楼窗户打了一条天桥出去，连接到别的图书馆。

二、她儿子的书房内，必须有鲜花。这点哈佛也办到了。如今每个礼拜都有一把鲜花插在怀特纳书桌上的陶瓷花瓶里。

三、这一点就有争议了。有人传说怀特纳夫人曾要求每个哈佛新生必须学会游泳，但后来学校为残障学生着想而废除了这个条例。也曾听人说，怀特纳夫人坚持要每个学生天天能吃到冰激凌。不知是真是假，但我上哈佛的几年内，的确发现每餐都有冰激凌，而且不止一种口味。

..........4..........

当电影展示出船上头等舱的豪华宴会时，看着那些身着燕尾服的贵胄走来走去，我不禁心想：年轻的怀特纳是否就在其中？

在1912年那个晴朗的夜晚，有一千五百多人丧生在冰冷的海水里，有一千五百多个我们不知道的故事，除了追悼他们的人所留下来的纪念。

怀特纳的母亲真是伟大。当别人立墓碑时，她建了图书馆；当别人哀悼自己的伤痛时，她造福了成千上万的人。因为怀特纳夫人的心意，年轻的怀特纳不但没有被遗忘在深海里，反而成为哈佛人最重要的校友。

（林冬冬摘自《做书虫也做玩家》大众文艺出版社 图/夏米）

阿莱夫与牧羊犬巴图

□何君华

1

在哈丹巴特尔草原，巴图可能是最瘦弱的一只牧羊犬了。这一点确定无疑，因为哈丹巴特尔草原上的每一个牧人都这么说。

讽刺的是，巴图却有一个“结实”的名字（蒙古语巴图意为“结实”）。虽然它一点儿也不结实。哈丹巴特尔草原上的每一只牧羊犬都肆无忌惮地取笑它，甚至羊群里一些傲慢的黑羊也敢没大没小地捉弄它。

那一日，当阿莱夫和阿爸乌恩其到达哈斯乌拉家时，所有的犬崽都已经被附近的牧民们挑走了，只有巴图还瑟缩在墙角无人认养。

阿爸乌恩其看了一眼墙角仅剩的那只牧羊犬幼崽，失望地摇了摇头，转身便要走。这时阿莱夫却拽住了阿爸的衣袖。“阿爸，我们把它带走吧！”阿莱夫央求着说。

乌恩其只好蹲下来，对这只谁也瞧不上的犬崽再仔细察看一番，试图在它身上找到哪怕是一个优点来，好说服自己将它领回家。

乌恩其看了许久，终于还是摇了摇头。的确，它实在太瘦弱了，乌恩其觉得哪怕是哈丹巴特尔草原最微不足道的一阵北风也会将它刮得无影无踪，还怎么指望它来保卫羊群呢？

乌恩其再一次转身要走，阿莱夫却不由分说将牧羊犬幼崽抱进了怀里。乌恩其没有办法，只有同意。

2

回到家里，阿莱夫第一件事就是给犬崽张罗窝棚。这是一件从来没有过的事，因为在哈丹巴特尔草原，牧羊犬大多是散养的，从来没有固定的窝棚。事实上，它们也并不需要窝棚——牧羊犬们随时处于战斗状态，一旦有陌生人试图侵入主人的毡房或营地，它们就会立时大声嚎叫着向入侵者冲过去——用“枕戈待旦”这个词来形容它们再合适不过了。

乌恩其家前任的牧羊犬达日阿赤就是散养的，但现在，阿莱夫决定给新来的犬崽安置一个窝棚。他不知从哪里找来几块破旧的蓝布，一种有绒毛的棉布，把它们认认真真地搭在墙根下面，犬崽便在那里安家了。

阿莱夫又给犬崽起了名字，叫“巴图”。从此之后，阿莱夫便与巴图形影不离了。哈丹巴特尔草原上的牧人们经常看到这样的场景，巴图踱着小步像尾巴一样没日没夜地黏在阿莱夫身后。这成为阿莱夫最快乐的时光。

哈丹巴特尔草原上最瘦弱的孩子和最瘦弱的蒙古牧羊犬毫无疑问成为最亲密的朋友。后来，阿莱夫家羊群里最瘦弱的白羊莎琳娜也加入进来，那是一年以后的事了。

3

白羊莎琳娜总是受到那些飞扬跋扈的黑羊的集体欺负，因此总是有意无意地落在羊群的后面，可怜地独自吃着黑羊们啃剩下的草根。每当这个时候，巴图总会站出来为它“主持正义”，大声嚎叫着驱散那些欺负莎琳娜的黑羊。

危险是突然之间到来的。那一天，阿爸乌恩其将羊群交给阿莱夫和巴图打理，然后便骑上马，头也不回地找斯日吉楞下蒙古象棋去了——一望无际的哈丹巴特尔草原对于一个牧羊人来说实在是太空旷、太寂寞了，他需要找个人去排解排解这巨大的孤独感。

乌恩其刚走不久，危险的气味就飘过来了。那是一种既陌生又熟悉的气味。

是的，这是狼的气味。

此刻，白羊莎琳娜早已被黑羊们远远地甩开，成了一只落单的可怜虫。更要命的是，它的看护者仅仅是一个小不点儿的牧羊少年和一只不堪一击的年轻牧羊犬。

大灰狼看似不费吹灰之力就可以得逞，它也的确毫不犹豫地直奔白羊莎琳娜。

就在这时，一道黑影横在了大灰狼面前。

这黑影就是牧羊犬巴图。它像一堵沉稳的墙一样坚定地站在大灰狼身前。

要知道，这可是仅一岁多的巴图第一次遭遇狼，但它没有任何惧色。

巴图一动不动地站在那里，像一块坚硬的巨石一样不可逾越。牧羊犬巴图突如其来的举动似乎惊到了灰狼，它大概完全没有料到这只孱弱的家伙竟敢前来应战！灰狼的脚步突然停了下来。

巴图目光如炬，像世界上最勇敢的战士一样跟灰狼对峙起来。

天色突然变得灰暗，一阵北风毫无征兆地平地而起，气氛骤然变得紧张，一场大战看来不可避免。

终于，灰狼摆动后腿，急剧加速，向巴图猛地刺了过去。霎时间，巴图也毫不示弱地猛冲出去，和灰狼撕咬在一起。

趁着这个当口，阿莱夫奋力挥舞起皮鞭，驱赶着白羊莎琳娜紧步

稀树草原的角马迁徙，阿拉斯加的鲑鱼洄游，喜马拉雅山脉的蓑羽鹤迁徙，是动物界的三篇悲壮史诗。角马的路在蹄下，鲑鱼的路在身子的扭动里，蓑羽鹤的路在翅膀的颤动中。

每一条路，都不平坦。

在水库里，在江河里，我们看见鱼在悠游，总觉得鱼活得自由自在，像隐居之人。第一次知道鱼活得艰难，是在信江茶亭水坝。

水坝高20余米，用于蓄水、灌溉、发电。水坝边有水电站附属用房，开着一家小餐馆，以吃信江野生鱼为招牌，生意火爆。十余年前的四月，我去吃过一次。正是傍晚，夕阳欲坠，河风习习，我见几个村民扛着竹叉往对岸的泄洪口走去，竹叉上用麻绳挂着铁钩，说是到坝底下钩鱼，一个晚上可以钩上百斤呢。原来，鱼开始洄游了，往泄洪口跳，跳得筋疲力尽了，便会浮在水面上。

为什么不给鱼留一条水道，让鱼游上来产卵呢？开餐馆的人说，那是鱼道，建一条鱼道要好几百万元，谁舍得投入那么多钱？我说，怪不得信江里的鳜鱼和河鳗，几乎绝迹了，无法洄游就无法产卵。信江特有的鱼种，如蒴耙鱼、白鳞上军鱼、信江鳗、汪公头，都难得一见了，这是否与无鱼道有关呢？不得而知。

鱼的路

□傅 菲

供鱼类洄游通过水闸或坝的人工水槽，叫鱼道。鱼类的上溯习性，如雨燕逆风而飞。真正见识鱼道，是在峡江水利枢纽工程。该工程地处赣江中游峡江老县城巴邱镇。今年初夏，我被它的鱼道惊呆了。鱼道位于从上游而下的右岸，由进口、槽身、出口和诱鱼补水系统组成。鱼道按结构形式，分池式鱼道和槽式鱼道两类。峡江鱼道设计人员结合工程地形条件及下游水位变化范围大等特点，采取了“横隔板式”的竖缝式鱼道过鱼设施设计，既保证了春夏过鱼季节鱼类溯游繁衍的需要，又兼顾了其他季节的过鱼需要。槽身横断面为矩形，用隔板将水槽上、下游的水位差分成若干个小的梯级，板上设有过鱼孔。鱼道全长1600米，宽3米，总落差12米。

站在坝底往上看，鱼道像鱼类的长城。每年四月，鄱阳湖的洄游鱼千里迢迢溯水而上，游过鱼道到赣江上游孵卵。

水的路，就是鱼的路。水依河床流淌，河床会曲折蜿蜒，也会起伏跌宕。河床有多跌宕，鱼的路就有多艰险。站在鱼道边的观察台上，我又想起茶亭水坝的泄洪口。当时，我随钩鱼的村民去看鱼跳闸口。信江奔泻而下，哗哗水声震耳欲聋，喷出的水花有几十米远，水珠跳溅。坝底的岩石如刀削般嶙峋。十几斤重的草鱼迎着水花往上跳，被水冲刷下来，继续跳。有的鱼，落在岩石上，鱼身断裂。跳得筋疲力尽的鱼，浮在水上，被村民用钩子钩走。鱼的路被切断，它的生命也行将终止。任何生命的旅程，都是单向的，其残酷在于不可轮转。鱼在回家的路上，却有着赴死的决心。

天空中若没有了鸟的路，还叫天空吗？江河中若没有了鱼的路，还叫江河吗？

给鱼留下一条顺畅的路吧。江河不仅仅哺育麦子稻谷，野草杂木，还要养育和繁衍水中生灵。给鱼留有路，便是懂得生命的价值，懂得江河的伦理，是在给生命布道。

（梅之傲摘自《光明日报》 图/曹黑黑）

撵上羊群。

巴图的嘶吼声越来越远……

4

白银纳嘎查所有的牧人都说，巴图怕是回不来了。

阿莱夫拒绝相信人们武断的猜测，但泪水还是不停地从他晶莹的眼睛里流淌出来。

他责怪阿爸乌恩其为何偏要图一时之快舍他们而去，也责怪自己为何没有坚持跟巴图站在一起。

事实上，将白羊莎琳娜带回羊群安顿好之后，阿莱夫便马不停蹄地赶回了遭遇灰狼的地方，但那里早已没了巴图的踪迹。

阿莱夫急了，一边四处寻找一边大声呼喊巴图的名字，但没有一丝回应……阿莱夫坚信牧羊犬巴图一定会平安归来。

天一放亮，阿莱夫便迫不及待地再次踏上了寻找巴图的征途，阿爸乌恩其也只好赶忙骑上马跟了上去。

阿莱夫的努力没有白费。整整一天后，阿爸乌恩其终于在珠日河草场发现了巴图的踪迹！

巴图浑身是伤，看起来已经没有一丝力气，但它的嘴里居然紧紧地叼着那只灰狼的尸体。

5

从那天起，阿莱夫认定巴图是整个草原上最勇敢的牧羊犬。

没有人可以改变他的观点，因为巴图脸颊上、脖颈上以及身体上每一处或深或浅的伤痕，都是熠熠闪光的证据。

说到巴图，它的一条腿有点儿瘸。

但那并不打紧，它还是每天踱着小步跟在阿莱夫屁股后头，像难以离身的尾巴一样寸步不离。

（秋水长天摘自《中国校园文学》2018年第5期 图/小兔子妈妈）

我愿一生孤独，只为爱你如初

□王狮狮

在德国，有一只狗，名叫卡皮坦。自从主人米格尔去世，卡皮坦就一直守在墓碑前，无论刮风还是下雨，无论被骂还是被赶，都一动不动，坚定如初。

这一守护，就是整整十一年。

很多人都不明白，到底是什么让它如此坚定和忠诚呢？

这大概要从16年前开始说起。

2002年，米格尔为了给小儿子准备生日礼物，特地去了一趟宠物店。在那里，他一眼就相中了卡皮坦。

那时候的卡皮坦，拥有乌黑的毛发，大大的眼睛，跑起来一扭一扭的，简直可爱极了。

你相信命中注定吗？就是那种，只是隔空看了一眼，就认定对方的笃定，就像米格尔和卡皮坦这样。

米格尔当即决定，要给狗狗一个家，还要给它最好的爱。

米格尔对卡皮坦有多好呢？他所有的空闲时间，几乎都花在了卡皮坦身上。

白天带狗狗出去散步，在洒满阳光的乡间小路上狂奔。

晚上下雨的时候，他直接从睡梦中惊醒，帮卡皮坦擦干雨水，然后安置妥当，还会说："抱歉，伙计，让你淋雨啦。"

都说陪伴是最长情的告白，米格尔和卡皮坦这一人一狗，在朝夕相处中感情越来越深。

想吃的时候有的吃，想玩的时候一起玩，这大概就是最简单的幸福吧。

若是能这样一直陪伴下去，也算是完美了吧。可能上天还想给这段感情一个考验，就在他们相识的第五个年头，残忍地带走了米格尔。

米格尔去世了，这个消息对全家人来说都是巨大的噩耗，尤其是卡皮坦。

它敏锐地察觉到，那个总是陪自己玩的主人，好像永远躺在那里了，不管自己怎么喊，他都不会再起来了。

它悲伤地呜咽着，低声地呜叫着，一遍又一遍。家里人摸摸它的头，告诉它，"伙计，米格尔永远不会回来了"。

卡皮坦像是听懂了，又像是根本不想听懂，它只是呆呆地趴在那里，一动也不动，眼神里充满忧郁，再也没有了之前活蹦乱跳的样子。

直到举行完葬礼，家人突然发现了一件事：卡皮坦不见了！

大家找遍了附近的角落，包括它和米格尔常去的商店、小路和公园，仍然一无所获。

人们都认为，卡皮坦已经接受了米格尔离开的事实，转而去寻找下一位主人了。

毕竟斯人已逝，生活还要继续，大家开始学着放下，学着重新出发。可当他们走近米格尔墓碑的时候，突然看到一个熟悉的身影，他们简直不敢相信自己的眼睛：

那是卡皮坦！

原来，卡皮坦发现自己等不到米格尔回来，便走过大半个城市，去寻找亲爱的主人。

原来在所有人都能渐渐放下伤痛的时候，只有卡皮坦固执地守护在米格尔身边，一如往常。

那一瞬间，家人们都被卡皮坦感动了。他们根本无法想象，卡皮坦是怎样一步一个脚印，摸索着去一个从未到过的陌生地带。这一路上，它到底花了多少时间，又受了多少欺负呢？

而且，墓区那么多，墓碑那么多，卡皮坦到底是怎样找到米格尔的呢？

原来，卡皮坦用鼻子一个一个墓碑地嗅过去，一刻不停地闻了好几个小时，围着硕大的墓区走了一圈又一圈。

直到它走近其中一个，闻到了记忆中最熟悉的气息，是米格尔！卡皮坦叫了两声，把墓碑上的落叶叼走，然后静静地趴下来，心满意足地闭上了眼睛。

墓区的工作人员说，卡皮坦偶尔会出去找食物，但天黑一定会回来，什么都不做，只是静静地趴着，赶都赶不走。

家人心疼卡皮坦，想要带它回家。没想到，卡皮坦只是呜呜地哀嚎着，不停地在米格尔的墓碑前徘徊，怎么都不肯走。

家人终于明白，它只是想跟之前米格尔日夜守护它一样，日夜守护离开的米格尔啊！

当你遇见一个人，他给了你最温暖的陪伴和爱，让你此生都无法忘怀，那么接下来不管再遇见什么人，也只能是将就。

"情愿一生孤独，只为爱你如初"，卡皮坦就是这样。

它送走了离开的家人，然后重新回到米格尔的墓碑前，寸步不离地守护着。

没人知道卡皮坦为什么能坚持守候，也许是那些年相聚的时光足

 天下不少远望着星空，虽然走的是泥泞道路的人，我们不能因为他满身尘土，就否认他是爱慕闪闪星光的人。——《春醪集》

杨玉环

□马未都

杨玉环的名字是我给起的，准确地说，是我借用的。它来观复博物馆时本有名字，是原主人起的，大概叫什么花花一类。花花小时候命运多舛，流浪的日子过过，收养的日子也过过。一位好心的老奶奶最后收留了它，是看见它被狗追得可怜。可后来老奶奶年岁已高，又有病缠身，照顾不了它了，于是我们欣然接纳，让它加入了观复猫的大家庭，并正式有了自己的大名——杨玉环。

这名字显然与唐明皇有关。据传戏剧是唐明皇的发明，他在梨园排练，杨贵妃前来观看，唐明皇很高兴，亲自上阵扮丑角，正巧一泡鸟屎拉在脸上，随手一摸成了三花脸，引得众人哄堂大笑。至此，三花脸成为丑角代名词，也成为梨园行角色之首，丑角不开脸化妆，其他角色都得候着。

借用杨玉环扬名立万是因为它是一只三花猫，三花猫多是浑身黑黄白三色杂混，可杨玉环却全身雪白，丝一样的长毛十分高贵，只有一条黄尾巴和三花齐全的脸。它来时胆子小，常常独自观察大家，也观察新主人们。它有一双幽幽的眼睛，看着很忧郁，有点儿贵妃醉酒的意思，又有点儿马嵬坡诀别的哀怨，反正杨玉环总是小心翼翼的，主人们有的叫它环环，有的叫它娘娘，而它永远保持贵妃的仪态，雍容大度，宠辱不惊。

我在家养病几日，先得到一个噩耗，说杨玉环患了急性胰腺炎，病情很重，住院了。后来又听说观复猫大家庭中的青壮年都去医院为它献血，献出爱心，我就知道事态严重了。今天一个下午，我有点儿心神不宁，看下班后悄无声息，就小心地问了一声，猫主任告诉我：环环走了，下午抢救无效。我知猫主任及她的同事们比我还难受，他们对观复猫的每一只都呵护备至，从没有任何怨言。环环走得忒急，转身去了喵星，让人惆怅。白居易有诗：回头一笑百媚生，六宫粉黛无颜色。说的就是杨玉环啊！借用《长恨歌》的诗尾，只改一字，表达我们对环环的思念之情：天长地久有时尽，此爱绵绵无绝期。

（卧龙摘自作者的新浪博客　图/吴敏）

够幸福，以至于让它后来漫无边际地等待，都没有太过难熬。

第一年，它暴风暴雨不曾退缩，电闪雷鸣不曾害怕，不分白天黑夜，永远守护在墓碑前。

第三年，它年纪有些大了，腿脚也不再利索，有时候觅食很久都找不到食物。可一到了晚上，它还是会准时出现在墓碑前。

第七年，它被查出患了肾衰竭，身体状况也一天不如一天，可它还是会拖着一瘸一拐的身子，像最忠诚的士兵一样，坚守岗位。

第十一年，它已经老得走不动，看也看不清了，它知道，这段陪伴到了该结束的时候。

2018年2月22日，在一个晴朗的早上，卡皮坦在主人的墓碑旁安静地离开了这个世界。

离开的那一瞬间，卡皮坦应该也松了一口气吧：

“十一年了，我的主人，我们终于又见面了。而这一次，我们再也不用分离。”

4年相伴，11年守候，卡皮坦用自己全部的时间，全心全意爱了米格尔一生。

“你只是来过一下子，却让我爱了一辈子”，如果卡皮坦能开口说话，也许它会这样告诉米格尔吧。

对它来说，爱是忠诚，是陪伴，是遇见你走到底，是爱一个人过这一生。

那么，对我们来说，爱又是什么呢？

当失去最爱的人，我们又会想念、等待对方多久呢？是一个月，一整年，还是一辈子？

我们听遍了喜新厌旧的故事，习惯了三心二意的感情，以至于常常忘记，还有像卡皮坦和米格尔这样，最平凡又最感人的故事。

这世上最幸福的，其实不是长生不老，权倾朝野，而是有人等，有人爱，有人陪伴终身，爱你如初。

（火火摘自微信公众号“一读”　图/果酱的酱）

菊花吾犬

□格子

在我家后院里度过十几年慵懒的生活后，菊花死在了第一次反抗中。趁着无人在家，它挣脱绳索。那一天无人敢靠近，最后屠狗者凶相毕露，结束了它。

说起来，菊花算是生不逢时，它所有的缺点，都来自跟上一只狗的对比。上一只狗几乎满足了全家对狗的所有期待，那老狗智商极高，可以灵活剥开扔过来的糖、花生甚至瓜子；在与所有动物的搏斗中，从未有过败仗；它认识所有亲戚朋友，除了这个群体，任何人进入院子，都是段惊心动魄的旅程；它十分长寿，几乎接近狗的极限，在一个寒冷的冬天离开时，已然活了近20年。

我把自己的饭与它分享，为它用最好的麦秸铺窝，每天想起来就给它顺毛。在它最后几年，感情愈加浓烈。农村狗命不值钱，但它是个例外。

与人类似，狗肯定也有那么条平均线。老狗远在线上，菊花远居于下。菊花其犬也，瘦弱、胆小，听见人的脚步便开始狂哮，等人走近却伏地，缩其脖，卖其萌；它不认识我家任何亲戚朋友，甚至我娘亲过几天不回家，也已对面不相识，当然更不认识我。

属于菊花的好日子，在我等定居外地后很快到来。

父母年事渐高，农活也越发减少，在家里喝茶、喂鸡、看花，成为他们的生活。菊花怡然自乐，小日子相当不错。除了总会对我狂吠几声，已然萌犬一只。

非常偶尔地，我听说菊花变英武了。鸡开始不敢在它脸上走动，那突如其来的咆哮也不时吓退两只安详吃草的羊。

去年初夏一个清晨，我爹起床后发现院里异常清静，就连公鸡都没打鸣。院里，鸡已消失大半，地上躺着一只被咬死的黄鼠狼，离菊花仅半米之遥。

只能据此倒推，那天夜里，一只黄鼠狼钻到院里偷鸡，激怒了本在酣睡的菊花，于是一夜鸡飞狗跳。在其漫长的狗生中，第一次，菊花捉住一只活物，并咬死了这只黄鼠狼。可惜菊花被紧紧拴住，这成为那个惊心动魄的夜晚最大的败笔。黄鼠狼群倾巢出动，到我家院子里袭击了鸡群，活动范围仅两米左右的菊花爱莫能助，狂吠之下也未叫醒家人。

看到战场，我爹心疼至极，却又对菊花平添爱怜。养了半年的鸡折损大半，但收获了一只真正开始看家护院的狗。十年了，我们想从它身上看到的勇敢与犀利，竟然意外迸发，咬死的还是以迅捷和狡猾著称的黄鼠狼。

菊花才不在乎这个，因近亲交配而导致的智力不足，留给此犬一张永远憨笑的脸。我们甚至连照片都没给它拍过，人总会忽略真正的陪伴。我等定居外地，看娃、装修房子这些事情还免不了让父母帮忙，老家空无一人成为常态。请邻居、亲戚给菊花送饭，估计它也郁郁寡欢。有次娘亲时隔俩月回家，看到瘦了一圈的我爹和菊花，安抚好我爹后，给它做了一顿好吃的。拼命摇着尾巴的菊花，在激昂的情绪中饱食过度，撑得一下午都在吐舌头。

最终，在家里没人住的日子里，它挣脱了。它可能不愿再忍。陪伴或者自由，只愿择其一。

我宁愿相信，菊花所经历的，是卡尔维诺在《树上的男爵》里写的那个结尾。在这个它变勇敢的年份，菊花纵身一跃，挣脱了束缚十年的枷锁，抓住掠过眼前的热气球上垂下的绳索，飞向天边。它的过去将被铭记，它的未来无人可知，它是菊花氏一世祖。

（杉杉摘自微信公众号“格子的千字文”
图/蝈蕈猫）

我家猫是被狗奶大的

□鸡九九

以前家里养过一只狗，两岁的时候生病死了。我们不想再经历一次那种痛彻心扉，于是决定以后不养狗了。

2011年的除夕夜赶去四姨家吃饭，瞥见路边端坐着一个算卦师傅模样的大爷，脚边有一筐白色小奶狗。理智告诉我跟我妈应该速速撤离，但是发现脚被封印了。

算卦大爷说，他家狗狗生了一窝，不卖，只送给有缘人。

等到了四姨家，身边已经屁颠屁颠地跟着一个小娜娜。

娜娜很温柔，除了对小生物比较残暴一些，玩死了不少蟑螂蚂蚁小飞虫，咬死误飞进家里的麻雀。

没错，即使这样我还是会对别人说，娜娜是个温柔的宝宝。如果我生气训斥它，它从来不逃跑，会夹着耳朵眼泪汪汪地钻进我怀里，让我不忍心打它。睡觉的时候一定要挨着我的脸，轻轻地打鼾。成天黏着我，连我上厕所都要跟着。

这些美好的时光在2015年6月戛然而止。

我一直想养一只像娜娜般温驯黏人的小猫咪，累的时候会蹭蹭你，求抱抱，饿的时候撒撒娇，感觉好治愈。我带着美好的幻想等待猫咪到家，但是看到猫咪的第一刻，作为一个颜控我沉默了。干扁瘦小黑乎乎的一坨，特别瘦小，只有巴掌大，一边张牙舞爪地挠人，一边戒备地呵气。

我妈很得意地说，从一窝小白猫中挑了唯一的黑猫，因为它最凶，感觉能反抗娜娜，“黑猫警长嘛”。我尬笑了一声，安慰自己，它只是到了一个新环境不适应，熟悉了就好了，过不了几天肯定是个软糯的小猫咪。

我寸步不离地守着小猫，因为那时候娜娜五岁了，是个七公斤的小胖妞，一脚就能把猫咪踩碎，一口下去非死即伤。

娜娜尝试着靠近小猫，嗅了嗅它的气味，发现跟以往见到的老鼠不太一样。它一改从前癫狂之态，显得谨慎又害羞，想靠近又不敢。反倒小猫很主动地钻进它的身下，好像在寻找什么东西。

娜娜先是一脸费解，随即母性的光辉就被激发出来了，乖乖躺倒。

接下来的画风让我当场石化。猫咪开始喝娜娜的奶！并且有韵律地踩奶。娜娜明明还是个大姑娘，从女孩到母亲的角色转变却只经历了短短几秒，我在想如果那只麻雀也会吸奶是不是就能免遭厄运。

这样也好，起码小猫没有生命危险了。

猫的舌头有倒刺，没几天，娜娜的小樱桃都是瘀血，好几处都破了。我心疼地不许它哺乳，因为根本没有奶水，但是娜娜不肯，经常主动躺倒。可能是为了幻觉产奶，它开始暴饮暴食，从七公斤迅速胖到了九公斤。一天到晚都护着它的“儿子”，也不怎么理我了。当小猫熟悉了环境后，开始以狂暴的戾气一举成为我家的君王，除了对奶妈娜娜比较温柔以外，完全不把其他人放在眼里。对我们颐指气使，饿的时候凶神恶煞地跟我要猫粮和羊奶。

早上闹钟一响就在我脸上飞来飞去，但是我脸比较大，它很难一下子飞渡，免不了在上面留下伤痕。打也打不得，因为娜娜一定会护着它。小猫乱撒尿、偷喝我杯子里的水、把放在桌上的狗饼干袋推到地上让娜娜撕开偷吃……这些时候挨打的都是娜娜，很好地诠释了什么叫“骄纵有人疼，懂事遭雷劈”。

没有正式给猫咪起过名字，反正也不是我的，经常叫它妹妹（其实是男孩），把我惹怒了就叫臭狗屎、臭屎蛋、猪头……妹妹过了半岁，才把幻觉吸奶的习惯戒了，但两只还是特别腻歪，每天打闹玩耍，旁若无人，尤其是冬天，它们会窝在一起理毛，我越发显得多余，像个失宠的妃嫔抱着热水袋暗自神伤。

剧情发展到这里我是万万没想到的，想要一只可爱黏人的小猫，结果养了一只性情乖张的恶魔，还把我的小宝贝抢走了。

（王文华摘自微信公众号“视野”
图/蝈莱猫）

胖三儿和老锅

□李青莱

黄大咪驾到时，我家早已从北五环搬到离市中心更遥远的昌平区，小区里的树木长成，夜里遛弯儿、跑步都是极好的。

可我跑了半个月就不能跑了，因为自行车棚那边有两只猫，杨树院墙下有三只猫，停车场的某辆车上卧着四只猫，在每个节点都和它们打个招呼的话，跑不了两分钟就得停下来。一个月之后，更跑不起来了，因为兜里要装一大把猫粮，还有一瓶水。养狗和养猫完全不同，养狗的人觉得自己的狗是全世界；养猫的人觉得全世界的猫都是自己的。家里有猫，我就不能看别的猫受苦。这时候，我认识了给小区里流浪猫送饭的丁大姐和黑猫妹，她俩悄悄告诉我猫大概住在什么地方。车棚里那俩猫，一只是长毛狸花，一只是长毛黑白猫。丁大姐见多识广，说："这个和这个，都是绝育的公猫，估计是谁家扔出来的，眼看要入冬了，要遭的罪还多着呢……"我顺便给它俩取了名字，花大衣的个子特壮实，就叫"胖三儿"吧；黑白大衣的那位面目憨厚，白脸膛顶着锅盖一样的黑毛，干脆叫它"老锅"。

有时候，妙鲜包倒在碗里，胖三儿闻闻竟然不吃，躲到一边看老锅吃。老锅把脸戳在碗里呼哧呼哧地吃，胖三儿却默默地蹲在一边，它和老锅向来有饭同吃不分彼此，我有点儿紧张，莫不是病了？大胆摸摸它的毛和鼻尖，不热也不干。看它没事儿我就走了，忽然，胖三儿从后面追上来了，在我脚下绕来绕去，我快走，它就开始追；我去看垃圾桶，它跟着；我走到楼道门口，它跟着。

我一路央告它："你是个帅猫，但你不能跟我回家……"它还是跟着，我一狠心跑进单元门，胖三儿一屁股坐在门口扯着嗓子嚎开了，我不忍心听，快速跑上楼。

两个月以来，夜里只要是我在小区里给猫送饭，胖三儿都跟着我。我俩总是从停车场走到车棚，然后沿着甬路转两圈，我快它就快，我慢它就慢。一般来说它会跟我走到单元门口，我关门时它必定嚎几声。

25日早上八点半，我已经出小区上大路拐上立交桥，丁大姐打来电话说邻居在停车场发现有只猫死了，她没在家让我去瞧瞧是哪一只，又说毛色儿有点儿像……

"像谁啊？""像胖三儿！"我在电话里就哭出来了，掉头回小区，进了停车场，找到院墙边杨树底下，胖三儿在那儿静静地躺着，一身毛都裹着土，眼睛没合上。猫肚子上有个大洞，一看就是刀捅的，皮肉翻着露着骨头！这是谁干的？为什么？我蹲下就哭，根本控制不住。光哭不行，找物业去，黑猫妹也被我吆喝起来，去物业跟我会合。物业对这种事毫无办法，保安队长被叫来问情况，当然，什么情况也没有。每每看着它，我的眼睛就会酸热。在小区里给猫拍了那么多照片，猫们都有多个表情——好奇、忧郁、高傲、微笑……唯独胖三儿，近百张照片里我从没看到过"沉重"之外的表情。胖三儿，就是不开心，没有家，它每天都不开心。

埋掉胖三儿的那天，胖三儿一直在我眼前晃，一想就忍不住掉眼泪。胖三儿你是个傻子！你被人扔了还那么信任人，你看看小区里别的猫，谁像你这么能近身？人家都活着，你陪着人散步、打水、巡逻，倒先死了。

两个月后，我拿到一点儿奖金，用这笔钱做了五十个马克杯，请漫画师、爱猫族"破皮蛋儿"画了胖三儿和老锅的漫画，印在杯子上，一部分在网上卖，筹集老锅的生活费，一部分送给"幸运土猫"，从"幸运土猫"领养猫咪回家的，赠送"胖三儿回家"杯。

胖三儿死了，它的朋友老锅怎么办？帮老锅找个家成了几位"食堂管理员"的最大心愿。我们那个小区一向太平，这个冬天却连续发生杀猫事件，物业、居委会、派出所都不管。以前天天碰面的猫咪少了六七只。

我临时把老锅带回了家，又送它去宠物医院免疫、驱虫，老锅上年纪了，特别懂事。老锅对所有给予和善意都心怀感激，它淡绿色的眼珠清亮得像水晶，眼神柔柔的，跟能说话似的。

经过一周隔离，老锅开始四处走动，眯着眼睛寻摸，极为好奇。老滑头黄大咪趴在沙发底下，不动声色；小黑围着老锅转，不时吆喝黄大咪来联合攻击老锅，大咪却揣着手不理——也许是想起了自己的身世吧，不禁对同样命运坎坷的老锅网开一面。

茫茫北京何处是它家？谁又会领养一只流浪多年的老猫呢？不到

二十天，通过网络，老锅被北京亦庄的一个家庭领养了。那家里的爸爸妈妈和一个上小学的小女孩皮皮不介意老锅的岁数，都欢迎老锅去。小女孩给老锅取了新名字，叫米恺睿，因她家姓郭，还是满族，老锅的新名字就成了米恺睿·郭布罗，简称老郭。新家有纸箱子做成的一座大别墅，用马克笔画满了花；皮皮妈知道老郭喜欢在水龙头下喝流动水，总耐心等着它喝饱；皮皮姥爷负责煮小鱼给它吃；小女孩心思细腻，负责聊天和抚摸。春节时全家去外地游玩，小姑娘还想带老郭一起去。

老锅当然去不了，过了大约四个月，老锅病了，嘴巴和耳朵都在发炎，肝肾衰竭，也许是在外流浪时落下的毛病并发了。大夫说，看老郭的状况，有十岁以上了，不必过多医疗干预。大夫说得对，安安静静、干干净净地走完最后一段时间，对多年流浪的老锅来说，已经是最幸福的终点站。去医院看老锅，它还认得我，一见我就喵喵叫。我跟前台借了小剪子帮老郭把耳朵下打绺的毛修剪了一下，老锅轻轻摇着尾巴，高兴着呢。看见我给老锅修毛，一名护士凑过来问："来接老锅出院的？"我说只是朋友来看看。护士笑了："唉，这个老锅可好了，早上来了消完毒，先放它出来玩，它还跟我们聊呢——老锅早上好，'喵——'老锅出来玩？'喵——'玩一会儿，一敲罐头盒，它自己就回笼子去了……哦，给你纸巾……"最后一次看老郭，它更虚弱了，不怎么吃喝，四脚蜷成一团睡觉。轻轻把笼子打开，它抬头看见我，硬撑着坐起来，把自己的爪子抬起来使劲和我的手指碰碰……我写了短信给朋友橘猪："想不到老锅要和我握手……橘猪你相信吗？"橘猪说："我相信，它们那个星球的，什么都懂。"

（夏之炎摘自《当喵星人有了门牌号》中信出版集团 图/果酱的酱）

发绿光的眼睛

□谭幼今

每回在电视上看到有关"竞食"的新闻，总难以遏制地觉得难过。

闪着油光的汉堡包在眼前堆积如山，吃着的那个人，眼露凶光，张开血盆大口，食不知味地把原本美味无比的汉堡包拼了老命地往口里塞，实际上，在整个大塞大吞的过程当中，他根本不是一个有生命的个体，仅仅是一个装收废物的超级垃圾桶罢了！食物，没有经过细咬慢嚼的品尝过程，便惨惨地被抛进了暗无天日的"垃圾桶"里！

最近，又在一个以"厌食症"为题的电视节目里，看到另一类"糟蹋粮食"的人。

爱美已成病态的少女，在吃下了美味佳肴之后，跑进厕所，以手指挖喉，大呕大吐。可怜的粮食，在转化成身体的养分之前，就已莫名其妙地被驱逐出体外了。

近读由世界宣明会所出版的杂志，它披露了目前全球在发展中地区的人，有八亿四千万人因为缺乏足够的食物，长期营养不良，两亿儿童由于膳食营养不足，以致发育迟缓，甚至在健康上受到一定程度的戕害。

在非洲旅行时，最震撼我的，是那种无所不在的贫穷。生活的素质荡然无存，人们唯一却往往又达不到的"要求"是：饱肚。

曾在肯尼亚看到许多因为长期饥饿而变得瘦骨嶙峋的小孩，对他们来说，也许过了今天，不知道明天会不会来。饥饿的人，最可怕的是眼神，那是一种幽幽地发着绿光、"穷凶极恶"的眼神。

刚才，在电视节目里，又看到了穷极无聊的"竞食"节目。这回，竞食的是面条。长长的桌子上，放着一碗又一碗闪着黄金般亮泽的面条，参加者双目幽幽地发着绿光、"穷凶极恶"地夹着碗里的面条，吸吸吸、吮吮吮，此刻，他们不是一个有生命的个体，仅仅是一根吸力强大的吸管……

同样是地球村的子民，饥饿的人有要求吃饱的权利；然而，饱食的人又哪来的权利如此肆意糟蹋粮食呢？

（司志政摘自新浪博客 图/孙小片）

□遛　遛

为什么我不再吃泥鳅

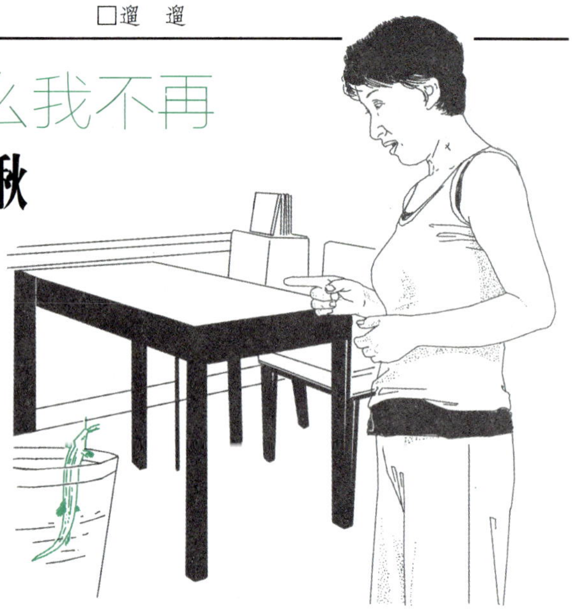

一种动物的身份介于食物和宠物之间时，是非常让人在良心上感到为难的。比如，有一天我在啃兔头，正把那颗浸透了红油的美味脑袋沿着上下颌间的缝隙掰成两半，七岁属兔的娃问我："你在吃什么？"我说兔头。他说不可能，兔子怎么可能没有两只大耳朵。我一时不知如何回答，这时他爸说"拔了"。我的两耳根传来一阵想象里的疼痛感，那两只在过去无数次吃兔头时从未被提及的大耳朵，在我眼前召唤出了一只皮毛完整的小白兔的可爱形象。

小时候院子里有小朋友养过几只小白兔，那是她的小宠物，我们还一起给它们喂过切成长条的胡萝卜，它们毛茸茸的样子是多么惹人喜爱。

我进而想到好兔子彼得和他的家人们，那是我爱给娃讲的故事：穿着童装的兔子们身上有着遇到困难绝不放弃的坚韧和勇敢机智的美德。可现在，我正坐在娃对面吃兔头，双手和嘴上都沾满了红油。

不过，"兔"这个词所具有的双重含义——作为美食食材的兔子和作为宠物的可爱兔兔，只是在那个时刻纠缠了一下，触发了我内心瞬间的良心拷问，也就消失不见了。那良心拷问似乎不要求得出什么结论，不求解决之道，更不迫使人做出什么行动上的选择。

好在活蹦乱跳的兔子都基本是以概念的形式存在于我们的生活中的——无论是记忆里小伙伴的宠物兔，还是童书里的彼得兔，甚至连兔年出生的娃属兔这件事，都不真正与现实世界发生关联，只存在于意识和想象的领域中——我们毕竟还没有真的把一只鲜活的小兔作为宠物养在家里，日日夜夜与它为伴。加之如此直接的食欲和人对其他万物的绝对强势，非常容易让我从道德上宽慰自己，诸如"可怜""同情"这样的词在大脑的夜空中如闪电般划过，随即不留痕迹。

但"泥鳅"这个词，竟然逐渐在我家改变了它自己的含义。这非常奇特，因为"泥鳅"在它自己的历史上，从未取得过"兔兔"那样的宠物地位。它从来都只是一种食材，更具体地说，是四川人吃火锅时最常采用的、口感极其鲜嫩的鱼类食材，与"黄鳝"时常并列。

我妈来北京后，每周六都雷打不动地做一顿火锅。每周三逛菜市场回来，她都把买来的泥鳅养在一只桶里，到了周六剐了做火锅。后来，剐泥鳅的事换成了我配偶。一个周六，我们正要把一盘新鲜剐好的泥鳅倒进滚烫的红锅里，配偶突然讲起了剐泥鳅的经历。他说，剐泥鳅时"把剪刀一伸进盆子里，泥鳅就吓得像耗子一样吱吱叫，到处乱游"。

过去我从来不知道泥鳅竟然还会"吱吱叫"，我以为它们永远悄无声息，那一定是极度的恐惧激发了它们的呐喊和尖叫。这相当不合时宜：我们第一次在饭桌上把所吃的肉作为一种尚还活着的动物来谈论，且讨论的是濒死前的本能恐惧，这让我们对这种生命的灵性产生了一种同情心。

泥鳅是一种生命力特别顽强的动物，即使被剪掉了头，神经系统在身体里也不会完全死掉，哪怕已盛放在盘子里较长时间，放入沸腾的锅中时，它们仍会扑腾一会儿。在四川吃泥鳅火锅，会在锅上放一口带类似烟囱口的锅盖，从"烟囱口"倒下泥鳅，以免沸腾的油汤四溅。

这会儿，因为它们濒死挣扎的状态第一次在饭桌上以一种令人惊奇的方式被描述出来，当我看着锅里溅起一些泥鳅最后垂死挣扎的浪花时，突然对吃掉它们感到有些残酷。妈妈安慰我别想多了，以前我最喜欢吃泥鳅烫火锅了。我还是吃下了一些，但在入嘴的感觉与心理感受之间，多了一层隔膜，不再是完全畅快的了。

到了年前，妈妈又买了一批泥鳅，养在桶里。因为我们度假出行和我紧接着长时间出差，它们一时没有来得及被吃掉。将近三个星期后，我们发现它们仍然在桶里生活得好好的，一条也没有死掉，这让我们非常叹服泥鳅的生命力。要知道，我们过去在鱼缸里仅仅养两三条金鱼，它们都会因为争夺水里的空间而相继死去；而这近三十条泥鳅被密密麻麻养在一只并不宽敞的深桶里，却个个活得很好。妈妈并不知道用什么喂它们好，也没有给

黑色的北极熊

□毕淑敏

当我问北极熊的皮肤是什么颜色时，估计大多数人都会说："白的呀。这还用问吗？"错啦！北极熊的皮毛看起来是白色，皮肤却是黑色的。不信你注意观察它的鼻头、爪垫、嘴唇以及眼睛四周无毛之处，就会看到黑漆漆的皮肤本貌。

至于北极熊为什么会长成这模样，也是拜酷寒所赐，黑皮肤有助于吸收阳光热能。

再问一个问题：北极熊的毛是什么颜色？有人会说："白色啊，谁不知北极熊又叫白熊。"

呀，不对。北极熊的毛是透明的，形状也很特别，每一根毛发都是中空的，如透明吸管。这样的构造，可以让阳光直接透射到毛下的黑皮上，使热量畅通无阻地被汲取入身。对毛色透明这一说法，很多人都半信半疑。

好在有人颇有刨根问底的科学精神，为了找到准确答案，干脆跑到动物园，搞到一根北极熊毛发，把它送到实验室，请科研人员在显微镜下观察。为了让实验更具可比性，此人又把自己头上的黑发薅下一根，一并送到显微镜下。

结果怎样？显微镜如同照妖镜，人发为黑，北极熊毛则呈完全透明的管状。科研人员说："人发有实心髓质，呈黑色。北极熊毛无髓，为空腔小管，因此全透明。""可无数人亲眼所见北极熊都是白色啊！"

科研人员答："光线射在北极熊身上，当所有波长的光都被散射时，就呈现白色。好比水本身是透明的，但河流溅起的水花会呈现白色。组成云的微水滴也是透明的，但天空的云彩会呈现白色……都是光线变化引致。"

此刻，请你闭上眼睛，设想一下北极熊的真实模样——一身黑炭似的皮肤，披着无数根透明的长毛，在蔚蓝的冰水里舒展身姿，高傲而孤独。

如果北极冰层彻底融化，北极熊丧失了休养生息的家园，最后被活活饿死，变成一张褴褛黑皮，人类啊，包括你我，难辞其咎。

（裴金超摘自《破冰北极点》湖南文艺出版社　图/小栗子）

它们准备专门的"泥鳅食"或鱼食，只是偶然想起来，就撒一点儿面粉在桶里。它们饿慌了，一拥而上，把面粉也吃得干干净净。在这样的艰苦条件下，它们却安静活泼地活着，把生存的条件降得很低很低。

有一天配偶说，他仔细观察，泥鳅"其实长得还挺可爱的，嘴那儿还有一撇小胡子"。过去我们从来没有观察过泥鳅的样貌，它只是等待着入口的一绺带小刺、颜色灰黑的肉而已；如今，我们竟然第一次描摹起它们的样子来。又有一天，我发现一条泥鳅漂浮在桶中，通知配偶"一条泥鳅死了"。他说，"我注意到那条泥鳅了，它在睡觉，它们睡觉时有时还仰着睡。一会儿有泥鳅碰到它，它就沉下去游玩了"。当他说出这句话时，我们都感受到了"拟人"本身的语言力量，"可爱"这种特征，不仅是样貌上的了，而且有了行为上的意义。我们对这些泥鳅产生了一些好感，是的，前所未有的、通过我们的语言所创造出的"好感"。

我出差回来几天后，妈妈照旧在周六做了火锅，配偶照旧负责剐泥鳅。不过在剐泥鳅前，他带着娃从桶里选了四条尚幼小的泥鳅，把它们放在鱼缸里。我看着娃端着鱼缸出来，非常小心翼翼地把那些泥鳅放在餐桌后面的吧台上，从此让它们成为鱼缸里的宠物。剩下的泥鳅那天还是当着鱼缸里泥鳅的面被烫火锅吃掉了。那真是一种非常诡异的过渡状态：我们那天胃口都很不好，彼此把煮好的泥鳅推来推去，都不愿意多吃，包括我吃了几十年泥鳅的妈妈；中午那顿破天荒地没有吃完，晚上只好又吃了一顿。我们时不时看着吧台上透明玻璃缸里游动的小动物，都说以后再也不吃泥鳅了。

如今，这四条泥鳅岁月静好地生活在鱼缸中，已经随着鱼缸这个器皿和吧台这件家具，融入了客厅的风景。它们不知道，命名它们的"泥鳅"这个词，在我家已逐渐改变了意义，成为名义上和事实上的"宠物"。

（丁强摘自《三联生活周刊》　图/点点）

树木也生死相依

□杨振林

伴随着人类发展，树木为了适应我们的环境，不断进化、改变着自己。它们是生活中最常见的生命，是人类最长久的伙伴，但我们对树木并不了解。

德国著名作家、森林管理员彼得·沃莱本通过近30年的观察，写了《树木的隐秘生活》一书。作者把树木描绘成和我们人类一样，是有触觉、有感情的生物，用拟人化的口吻描绘了树木许多不为人知的“小秘密”。

树木是有感情的。在我们看来，树木只是生活在我们周围的“有机”机器人，但从来没有想过，它们有自己的友情与爱情，甚至还建立了家庭。在森林里，两棵相邻树木的树枝，会朝着相反的方向发育，这是因为，它们不想让自己的枝叶挡住阳光，避免同伴因光照不足而营养不良。在一个树木的家庭中，树宝宝每个季度可生长约46厘米，但如果树宝宝过度发育，就会过早衰亡。因此，树妈妈就会用自己繁盛的树枝遮挡阳光，避免树宝宝吸收太多阳光而过度生长；同时，树妈妈还会把自己的养分输送给树宝宝，帮它维持生命。

树木之间也会生死相依。两棵树离得很近，就像情侣，如果你砍掉其中一株，另一株也活不了多久，他们彼此护佑着对方。比如，当有害虫啃食其中一棵树的树干时，它的破损处就会分泌一些让虫子感到反胃的物质，并将这些物质缓慢地渗透到树根处，通过树木独特的交流方式，给同伴发出警报，周围的树木得到“消息”后也会开始分泌这种特殊物质，以免遭虫子侵袭。

树木之间用根联系。“根，紧握在地下；叶，相触在云里”，树木独特的交流方式，和诗中的描述很相近。树根像树木之间交换信息、传递能量的管道。科学家将树木这样的交流命名为“树联网”。沃莱本在书中说，他看到过一个已经砍伐了近500年的树桩，但它的上面还有一些新芽，一定是周围树木伙伴的功劳。

树木也有“个性”。沃莱本回家的路上，有三株相同大小的橡树，在春季绿叶成荫，到了冬天都光秃秃的。可是在秋天，其中两株的落叶时间总是比另外一株晚两周左右，然而这三棵树的生活环境几乎是一样的。沃莱本由此认为，唯一的解释就是它们的“个性”不同，所以做出了不一样的决定。

城市里的行道树，就像森林里走失的流浪儿童。行道树扎根的城市土壤，比森林里的土壤更坚硬。到了夜晚，街道和建筑物散发出的热量使它们无法像在森林里那样凉快，备受煎熬。

夜晚的灯光让树木睡不好。每当夜晚临近，城市路灯开启时，树木都会在“心底”发出一阵悲叹。它们到了晚上也想睡觉，有研究表明，靠近街灯的树木死得更快，就像夜里的灯会影响你的睡眠一样，夜晚的灯光对树木也不好。

树木是我们最忠诚的朋友。它们一生都在为我们做贡献，不但可以吸收城市中多余的二氧化碳、释放清洁的氧气，还能为我们奉上可榨油的果实，甚至献出身体为我们做各种精美的木雕艺术品和家具……

树木为人类做了这么多的贡献，可我们却一直熟视无睹，甚至伤害它们。当我们举起斧头砍伐树木时，当我们向路边排放汽车尾气时，当城市的夜晚依然灯火通明时，请别忘了树木，没有它们的帮助，我们的生活会变得很糟。树木同伴之间生死相依，而我们和树木同样生死相依。

（人浪淘沙摘自《生命时报》2018年5月22日 图/木木）

 沉默可能产生误解，我需要说话；说话将我推向歧途，我必须沉默。——赫塔·米勒《国王鞠躬，国王杀人》

这世上的门

□潘玉婷

本来是想养一只猫的，像大文豪怀里抱着的那种，有明亮的毛色、忧伤的眼神，与人若即若离，不纠缠，不牵绊——实现生活在城市里忙碌的我们理想中的相处模式。

阴差阳错，我养了一条狗，非常黏人的那种。虽然它不是我心头的猫，但老实说，这家伙长得很萌，有柔软密实的棕色皮毛和一双滚圆含泪的眼睛，它会突然欢喜地跑过来蹭蹭你，躺倒在你的脚边，或者干脆趴在你的身上。它初次这样做时，我真有些受宠若惊。

可惜，享受完它的萌，我还需要一日喂它两到三次。不是随便丢一根大棒骨的那种投喂，你要保证狗狗的食物营养均衡、无盐少糖，你每天吃的那种垃圾快餐它可不能吃。我本身对吃没有太大的热情，晚饭随便应付一下就行，可狗狗眼巴巴地望着我，似乎在说“我在长身体啊，浑蛋”。忙活一番后，我看着狗狗狼吞虎咽的样子，再看看桌上狗都不吃的外卖，突然觉得对不起自己。

我还得管教它。它一派天真来到这世上，离开了妈妈，你必须得对它负责。它小时候憋不住尿，每日随地大小便，你拖，它尿，你再拖，它再尿。终于，你瘦了，等它长大一些，你想让它在家尿，它还不乐意，大小便里包含着狗狗的各类社交信息，它上蹿下跳、张牙舞爪，让你带它出门会朋友。有时候工作一天太累，想偷个懒，它泪眼汪汪地看着你，尿意骚扰得它面部变形——“求你了，带我出门遛遛吧”。

这时，你会看见一个如行尸走肉般的主人拉着一条欢脱的狗在草地上游荡。

某一天，我外出遇到其他狗主人，他们见我第一面就下了结论：“年轻人养狗就是图个新鲜，到时候还得甩给家里人。”如鲠在喉，我说不出一句话，因为我真的有点儿后悔。

我原本过得很潇洒的周末不见了，因为狗狗要出门遛遛；晚上惬意的“追剧”时光不见了，因为狗狗要你陪它玩耍；随意在地上堆放物品的习惯要改掉，因为狗会误食；我不得不跟大爷大妈打成一片，因为我的狗狗要和他的狗狗交朋友……

一只狗绑架了我的生活，本要极力回避的人与人之间深深的羁绊、灼灼的期待，以及更多的责任，都从我养这条狗开始，加倍袭来。

似乎一不小心，我推开了一扇陌生的大门，内里是我不熟悉和不曾期待过的世界，这让人不安。

大约四个月之后，我发现了一些微妙的变化——我意外地习惯了“狗狗规律作息”，遛狗不再觉得痛苦，一路上还能赏花、锻炼；和几位狗主人成了朋友，周末相约爬山，除了聊狗还谈人生；给狗狗做食物做久了，也开始为自己下厨。

这些变化自然而然，我甚至没有觉察。直到有天晚上加班，我突然觉得有些难过，因为想到狗狗在家等着我。我可以天马行空地创意、构想，和同事交流，或者跟家人通电话，但它只会在一片黑暗里专注地期盼我的归来。

它果然在等我。那晚我开门进去的瞬间，它把眼睛眯成了一条缝，耳朵收到两侧，比往日更热情地摇着尾巴扑向我，舔舔我的脸，围着我转圈儿，久久不肯离开。那个时候，我跟这个小小的生命，都觉得很幸福。

不养狗的人或许无法借由我的描述感同身受，因为很多感受和体会是藏在一扇扇门里的。一旦进到门内，你便会走入一个世界，更多的官能被打开，更多的限制被突破，更多意想不到的事会发生……

人由同样的物质构成，有着大同小异的五官，但内里千差万别——养了狗的我和过去的我不再是一个人，因为更温热，更能承担；去旅行的你和不愿意改变的你不再是一个人，因为看过了远方，心上的色彩会更缤纷；终于捧起一本书的你和每晚刷手机的你也不再是一个人，因为只有能安下心来的人才能读懂故事里的千回百转……

原来，尝试一件事，并稍微忍耐、坚持一下，就能推开这世上的一扇门。

（春眠不觉晓摘自《读者·原创版》 图/张翀）

黄刚烈绝食记

□李青菜

我怎么会喜欢猫呢？这辈子都不可能。

我从小喜欢狗，为啥我家有了一只三脚猫？唯一的原因就是帮朋友。朋友桔猪桔大善人，经常帮助受伤的流浪猫狗。2009年春天，桔大善人救助了一只被遗弃的黄白猫，四五岁大，猫的左前腿断了，据说是被人打伤的，大夫诊断它将终身残疾，继续流浪的话必死。桔大善人在寒风中抹泪，拯救贫困大龄女青年人人有责，我胸脯一拍成了接盘侠。

这个忙帮得真乱，一瘸一拐的黄白猫，后来叫黄大咪，一到我家，不喜欢猫的我就来了个剧情大反转。半个月后，买来麦粒种下当猫草，进口玩具也置办下；一个月后，每月备俩罐头，鸡肉大虾煮了给它补身子；两个月后养了热带鱼给它取乐儿，跪在地上给它剪指甲，一天铲两遍屎，并对屎进行医学观察，甚至，跑到外面照顾它的同类……

第一次养猫，各种崩溃。黄大咪不但模样挺丑，左前腿不能打弯，瘦骨嶙峋，右眼泪腺堵塞，吃完饭就哗哗地流泪，苦情戏倍儿足，而且，黄大咪对我有超强烈的情感需求，它直接要求跟我睡！这要求无论如何无法满足。

黄大咪来了后，家里到处都是猫毛，到处都是猫砂……

可恨的是，连着吃了几个罐头后，黄大咪还学会了挑食，拒吃猫粮！有时饿得忍不住了吃两口，然后就用小爪子往外扒拉，扒拉得到处都是。糟蹋食物、摔盆打碗，更有甚者，因为给它洗澡时下手重了，它就在脚垫上尿尿报复我。

黄大咪来我家不到三个月就发胖了，为了让它健康有型，不打算给它吃罐头了。当然也是为省钱，它三个罐头就值一斤肋排。那天，我给它炖了一锅鲅鱼牛肉，用小砂锅炖了两个多小时，没油盐没料酒没葱姜，结果，家里那叫一个奇腥绕梁。

更大的悲剧是，黄大咪对鲅鱼牛肉双拼完全不感兴趣，站在盘子前，闻了闻，就一步一步地往后退。我当时就怒了，决定让它饿着！这道人猫共愤的黑暗料理，味道尚可，朋友田小贝来我家蹭饭，认真鉴定过。大咪已经饿了十五个小时，胡子耷拉着，肚皮瘪着，嗷嗷地在屋里转，很明显它饿得很。一般来说，黄大咪只要肚子里有食儿，都是睡着的。我们吃麻辣香锅的时候，大咪跳起来想把脑袋伸进田小贝的饭碗里，把田小贝惊得筷子都脱手了："这猫啥情况？"

黄大咪回到客厅里溜达，一边溜达一边"骂骂咧咧"的，我们俩假装听不懂。田小贝道："这猫绝食也太刚烈了。"

田小贝对黄大咪的死活特别关心，夜里还在QQ上问："黄刚烈吃了没？"我看看猫碗："没！"然后气不打一处来，薅过它来把肉丝往嘴里塞，它死死地闭着眼睛和嘴，好容易塞进去的肉丝被它吐在地上，然后跑到窝里洗嘴、洗脸、洗爪、洗大腿根、洗屁股……洗了一个时辰，才疲倦地迈着猫步，喝了点儿水，挺尸去了。

第二天早上起来一看，饭碗空了一点儿，肉块干了，看得出少了一点尖儿。我很满意，给它的水碗添了点儿水："大咪同学我和你杠上了，吃完再续——牛鲅双拼加量不加价。"

和桔猪打电话时，我逗她说："喂，有个事儿，你来我家一趟。"语气故意装得很严肃，桔猪在电话里一下子就蒙了："要……要退养吗？哎哟！我可怎么办呀——"我使劲忍着笑，桔猪在那边一下子就哭了，呜呜呜……

所以，黄大咪——黄刚烈就没退成，从此赖在了我家。

（司志政摘自新浪博客 图/熊LALA）

诗剧

我很小的时候湖水是蓝，
我很小的时候礁岩是暖的。
我很小的时候
母亲的手臂发出早晨的清香，
我很小的时候
手脚并用
从一个梦爬向另一个梦。
——卡亚拉《我很小的时候》

地下猎手

□格日勒其木格·黑鹤

这匹幼驹生下来的时候我就预见到，它恐怕活不下来。

在蒙古草原上，刚刚诞生的蒙古马驹往往很快就能站立起来，不会超过二十分钟。但是，这匹马驹落地之后足足挣扎了一个多小时才颤颤巍巍地站起来。

但它也仅仅是站了起来，站立对于它显得如此艰难，它稍一移动就会因为重力不稳而要跌倒。

我发现，它的协调和平衡能力都有问题，而且过于虚弱。正常的马驹，这个时候，应该已经饮下初乳，在骒马的身边撒欢了。

天色将暗。

我知道自己帮不上什么忙，这一切我是在自己的营地里隔着莫日格勒河通过望远镜看到的。这是一个大约拥有四十匹马的马群，昨天刚刚来到对面的夏营地，那里是公共草场，不少牧民的马群都会从那里经过。我仔细看了这个马群的马印，应该不是附近牧民的马群，它们左尻部的马印都是两只叠放在一起的弓的图案，那应该是新巴尔虎左旗那边的马群。

因为担心这匹小马，第二天早晨刚一起床我就拿着望远镜到了河边。其实不用望远镜，在对岸平坦如砥的夏营地草场上，已经看不见那群马的身影了。显然，它们在昨天晚上离开了。河边的柳树丛里，只有三四峰脱了毛的骆驼像非洲稀树平原上的蚁丘一样在缓缓移动。

我刚刚松了一口气，心又收紧了，在昨天马群休憩的地方，我看到因为清晨的露水而显得有些发白的平坦草原上有一个颜色略有不同的突起。

应该是昨天那匹虚弱的小马，此时平躺在草地上。

骒马护驹，如果幼驹安好，骒马不会弃之不管，随马群而去。所以，这匹幼驹想来已是凶多吉少。

吃过早饭之后，我骑着马涉过莫日格勒河，今年连日大旱，河水只及马的膝盖。正如我预料的，那匹小马已经死去。

在无边的草原之上，生命是一个循环，很快，这匹小马就会进入一个新的生命循环体系。

但是，天气有些炎热，也许我需要挖一个坑把它掩埋掉。

我回到营地的时候，发现已经有附近的乌鸦和喜鹊在那里聚集，它们兴奋地尖叫、厮打。它们总是第一个发现草原上死去的动物，它们是清洁工、清扫者。

那一天我很忙，到了第二天早晨，我习惯性地拿着望远镜再往那个方向看时，发现那匹小马已经不见了。

这出乎我的意料，无论如何那些乌鸦和喜鹊不会有如此强大的消化能力，而且，据我所知，附近也没有大型食肉野兽。

但是，那匹小马就那样消失得无影无踪。太奇怪了。

于是，我开始更多地关注那个地方，整整一天，只要有时间就拿着望远镜扫视平坦的夏营地草场。直到黄昏的时候，我再一次拿着望远镜扫视河对岸的夏营地时，突然一个小小的身影闪现在视野之中。是獾。对，一定是它让小马消失的。

这是一种小动物，但力量从来不能让人小觑。这次，它们只用一夜的时间，就让这匹刚刚死去的小马凭空消失了。

这头小兽整整一夜的劳作确实起到了作用。獾是一种极善于打洞挖土的动物，它在发现这匹小马时并没有急于进食，而是兢兢业业地在小马的身下和周围打洞挖土，随着下面的土被掏空，小马也就慢慢陷入土中，之后慢慢地被掩埋在下面。到这时，它只需要挖一条独属于自己的洞穴，这匹小马就归它独享了。无论如何这真的是一个浩大的工程。

我一直在关注它，它一般会在清晨或者黄昏出现，从洞中出来，不知道是不是我的错觉，我感觉它明显地变胖了。它显然对自己的生活特别满意，似乎只是出来透透气，了解一下周围的情况，然后就又消失在洞中。

它的存在，可以清除因为没有大型食肉动物而腐烂的动物尸体，减少病菌的滋生，以防感染其他的牲畜。

（洛奇狮摘自《儿童文学·经典版》
2018年第4期 图/点点）

没有一只野猫不是孤独的

□马思源

我对身边的家禽家畜从不注意，习惯了它们的自由存在，任它们在身边蹿来蹿去，撒泼打滚，不撞到眼睛上我是看不到的。天天存在的事物，我们未必上眼上心。

那天，它确实慌里慌张地撞到了我小腿上，迎面骨被狠狠击打了一下，冷汗从后脊梁冒起。我下意识地抬起脚踢它，它被扬起到半空，继而摔落到地上，翻了一个滚，喵呜一声飞也似的逃走，我才发现那是一只刚到我家不久的野猫。

它是一只雌猫，看起来三四个月龄大小。白色的腹，黄白相间的脊背，猫瘦毛也长，喵呜叫一声，背弓起来，整个身子看起来像条放大的细瘦毛虫。

那时正是冬天，它萧索着身子，身上粘了不少苍耳，像一个携了剑戟的落魄侠女，在院子大门外探头探脑，想进来寻找吃的。

婆慈悲良善，同情弱小，野猫因为体格上的柔弱获得我家的入场券。婆沿袭对猫的传统称呼，唤它“花花”。她从火锅里舀出鲫鱼，专挑了条大个的完整的，自然出自对来客的尊重。

仪式感是婆对外物的仁慈。她拿来一只碗，洗刷干净，把鱼放在碗里，舀点儿汤汁，随后把碗小心地放在客厅门外的走廊上，唤声“花花”，轻轻掩门，怕惊了它。婆端碗出来时，它像是受到小惊吓，离弦的箭一样蹿向院子的大门，站在大门外沿小心翼翼地往里看。也许是感受到了婆的善意，或者鲫鱼的鲜香诱惑了它，它慢慢靠近，轻轻地嗅，确定可以吃了之后，伸出舌头去舔汤。一下，两下，小巧甜美的嘴巴终于忍不住，一口衔下鱼头，爪子抱着呜呜地饕餮。

它安静下来，不再避让、逃窜。它食烟火的样子很是可爱。此时，我才能看到一只在旷野里疯跑、在自然天地里独行的猫，面对食物时展现出来的贪婪和爱恋。但它表现出的更多的是对这个世界的敌意。我蹲下身，用温柔的语调低低唤它，花花、花花、咪咪。它还是警惕，抬眼睛偷看我，匆忙逃离我的势力范围。它更多时候表现出高冷姿态，我悄悄瞄它，它发现了就会飞快蹿走；有时它跟我对视，眼睛瞪得溜圆，黄黄的眼珠里面似乎有一团火——它在发怒，想用怒让我害怕，用怒来降服我。大概看我面无表情，它又掉头迅速跑掉，跑到院门外去。

一到晚上，花花不见了踪影，婆发愁它的歇息处，自言自语道：“这能跑哪里去，会不会被祸害了呀？”每天晚上婆担心地念叨一遍，第二天早饭时准能看到花花。没有人知道它到底在哪里夜宿。都说猫狗识恩情，这野猫可不是，真是一个没良心的！婆担心多了，也会埋怨，但花花到底不愿和我们过多接触。

它是孤独的，孤独到不相信人类递来的美好。它似乎是天地间的一只精灵，身体自由，不受时间地点限制；灵魂自由，可以不被情感牵绊，思念或爱恨，均与它无关。寄身于天地，是一种大孤独，也是一种无上的自由。

人类又何尝不是流浪的野猫，流浪到世上过一日一日？有些牵着的手，走着走着就散了；有些依靠着的灵魂，风一吹就飘飘而去。人类又哪里可以嘲笑动物？

花花怎么叫，怎么哭，怎么悲伤，怎么孤独，怎么跟自己和解，人怎么能知道？就如我怎么伤感孤寂，你又怎能晓得？我常常想，我们深深爱着的，就是那一个不知晓的自己吧。

此生跟你不遇又如何？这世间总有两株不相逢的植物，风来枝叶摇摆致意甚或相互纠缠，也未必相识相知。所有的遇见，都是上天赐予的恩情。我知有你存在，即好。

（自在飞花摘自《时代青年》 图/博凡）

有多少故事在街道上行走，走走停停，又停停走走。有的刚开个头，有的将要收尾，还有的正在中途。——王安忆

千里——采荔枝的鹤

□陆春祥

大司徒马恭敏，在山东当领导，他的庭院中，有一对鹤，筑巢在树梢上。

没多久，鹤夫妻生下两只小鹤。它们生活工作，配合得很好，今天男的出去找食，女的在家看孩子；明天女的出去找食，男的在家看孩子，其乐融融。正是盛夏，马先生常常交代守门警卫，注意保护鹤这一家子的安全。

有一天，马先生发现，男鹤一大早出去，一直到晚上也没回巢。

又过去了十天，还是没有消息。马先生感叹，男鹤一定是遇害了。

又过了不少天，马先生听到，鹤巢里的小鹤，叫声很响，以为又发生什么事，仔细一看，那男鹤，从南方飞翔而来，接近巢时，长叫一声，有一树枝掉到地上，树枝上，红果累累。

警卫不认识，拿着给马先生看，马先生当然认识，这不是荔枝吗？只有福建和广东才有，而这两个地方，距离山东，来回有五千多里路呢！

马先生急忙让警卫员架上梯子，将荔枝送到鹤的巢中。男女鹤见状，环鸣不停，好像是感谢的样子。

这是一幅美丽的人鹤相处图，一份温馨、一份牵挂。鹤栖人家，人护鹤子，互相关心，互相依赖。

重点是鹤，通过人的视角，鹤的爱心毕现。

男鹤不怕远路，一路跋涉，为了妻儿，千里采荔枝，爱心赶超人类！

爱心之大小深浅，其实不分人畜。

有时，畜生专一的爱，还要胜过人类。

《太平广记·禽鸟第八十六·乌程采捕者》一例，这是鹤爱子的另一侧面：隋炀帝大业三年，建了个大型的国家仪仗队。队中的旗帜，都用羽毛装饰而成，而造旗的羽毛，大多出自江南，因此，江南一带的鸟羽差不多都被搜罗光了。

湖州乌程县有个捉鸟人，身上披着羽毛做伪装，进山捕鸟。

这一天，他看见一棵几十米高的大树，树上有鹤巢，里面大鹤正养育幼鹤。鹤的羽毛可是好货，捉鹤拔毛！可树太高，树的下部又没有枝丫，爬不上去，怎么办呢？干脆将树砍了！捕鸟人开始狠狠地砍树，树上的大鹤急了，树一倒，我的孩子还能活吗？这人不就是要我们的大羽吗？大鹤一咬牙，就用嘴拔自己

的大羽毛，一根一根扔下来，许多毛的根部都沾着血丝。捉鸟人一看，全都是合乎标准的大羽毛，就不再砍树了。

怜子之心，人鸟皆有。可是，偏偏，人却不去怜鸟。

（阿拉蕾摘自《笔记的笔记》
广西师范大学出版社　图/罗再武）

诗剧

杏花让我飞出露台
在三月里飞翔
我思念远方说出的话语：
“请触碰我，让我饮马山泉。”
我哭泣却没有清晰的缘由
我爱你
爱真实的你，不为倚靠
也不想徒劳
白日从我的肩膀升上你的空中
夜晚当我拥抱你时，降临你的身上
我非此非彼
不，我不是太阳不是月亮
我不过是个女子，不多也不少。

——达尔维什《不多也不少》

母亲之躯

MU QIN

□王　族

雪灾结束后，荒漠上的积雪在融化，春天终于来临。

沙漠不比雪山寒冷，在春天里，温度上升一摄氏度，积雪就会融开一尺，荒野上慢慢便露出绿的生机。春天也是接羔的季节，牧人们每天又惊又怕。因为母驼到了临产期，肚子会阵痛，它们便不会在一个地方老实待着，而要在旷野上奔跑，想让胎儿遭受颠簸而快些出生。所以，母驼往往都是在牧人找不到的地方独自产下幼驼。这是它们的习性，主人除了寻找它们外别无选择。这时候麻烦就来了。托拜阔拉沙漠草场上有很多长眉驼的天敌，其中最可怕的是狼。狼是食肉欲望最强烈的动物，到了母驼产春羔的季节，那些饿了一个冬天的狼终日在草场上游荡，嗅到气息后便远远地窥视，等待着出击的时机。

叶赛尔曾好几次经历这样的事。2003年春末，长眉驼群里有一峰毛色灰白、瘦骨嶙峋的母驼要分娩。阿吉坎老人认为它产下的会是两峰毛色如雪的白色幼驼，但大家不相信他的话，因为它的皮色像一团乱七八糟的、沾着灰尘的抹布。哈萨克族有一句谚语“猎人的儿子会造子弹”，说的是种族遗传的事。那峰老母驼的毛色如此不好，怎能生出两峰毛色如雪的幼驼呢？

分娩的两天前，那峰母驼出走，在离家十几公里的一块大草滩抽卧倒。整整两天两夜，它在那里抽搐着嘶吼，身下的那块草皮都磨秃了。但任凭它如何嘶吼，草场上都寂静无声，只有巨大的黑暗从四下里潜来将它遮蔽。最后，它仰起挂满污浊汗水的头，用尽全身的力气大吼一声，两块湿乎乎的血块重重落在了地上。两个新生命诞生了。

这时候，两天来始终跟踪它的一只饿狼逼近了。当浑身虚弱的母驼歪着身子，从地上刨出一蓬粗大的骆驼刺埋头大嚼时，狼集中了它所有凶残的野性，敏捷地扑过来一口咬住了它的臀部，这时，它已没有力气扬起后蹄。狼开始撕咬它的躯体，它流着泪把两峰刚刚降生的幼驼护在了身子底下。

待阿吉坎和儿子赶到时，那峰刚刚做了母亲的长眉驼，身子已被狼啃吃了一小半，已死去多时了。

阿吉坎把母驼的身子翻转过来，奇迹发生了，两峰幼驼迎着晨曦颤颤巍巍地站起来，毛色洁白如雪。再看那峰母驼，它死去的时候脸上很平静，没有丝毫挣扎的痕迹。

我感慨万分，母驼就是以这样的方式，在我心中树立了一位母亲的形象。我跟着叶赛尔来到屋子后面的驼群里，寻找那两峰毛色纯白的长眉驼。在这样庞大的白色长眉驼群中，我认不出哪两峰是它们的母亲用生命保护下来的长眉驼。叶赛尔走到一峰面向夕阳站立，看上去有些傲慢的长眉驼跟前，喉咙间发出一声低低的呼唤声，用手抚摸着它的腿，似乎要让它听从他的话。这峰长眉驼太高大了，已经习惯了享受这个地方被抚摸的慰悦感。所以，当叶赛尔抚摸着它的腿时，它微微闭上了眼睛。

叶赛尔说：“它就是那两峰幼驼中的一只。它也快要做母亲了，你看它的肚子，鼓鼓的。”这时，太阳就要西沉了，空气中透着些许凉气，有一道夕光射到它的腰身上，一层纯白的、微微透明的光晕映照着它俊美的体形。它猛一甩头，就在这道夕光中弯下修长的脖颈，用一双在浓密的睫毛下颇为含情的、琥珀似的大眼睛望着我，然后缓缓扭转脖颈，把柔软的嘴唇触到了叶赛尔的肩头，使自己变成了一座雕像。

我心中泛起一阵颤抖，眼前的这一幕让我相信，在这家人和长眉驼之间，并不仅仅是如此亲密的关系，在这颇为动人的一幕背后，还有着更为感人的、人与长眉驼互相依存的生命故事。正因为有了这样的依存，人与长眉驼才能够很好地在这里生存下去。

后来，再次见到阿吉坎时，我问：“你怎么知道那峰长眉驼产下的就一定会是毛色纯白的幼驼呢？”他微微一笑说：“这很简单，我的记忆不会骗我，那峰母驼刚生下来的时候，毛色也是这种高贵的白色。”

我又问：“它叫什么名字呢？”

他说：“叫长生。”

“长生。”我默默念着这两个字，突然间明白了一个道理，色彩跟音符一样，早在诞生之前就已融入了精血中。生命的秘密就是在降生、成长、坚持、伤残和死亡过程中迸发出的火花，让生命的每一刻都显现出迷人的、精灵般的魅影。我对此深信不疑。

除了骆驼的生，我还看到了骆驼的死。在离叶赛尔家不远的地方，我见到了一群野骆驼。之所以在这里把笔落到野骆驼而非家骆驼身上，是因为野骆驼更为真实，它们仍保持着自己作为一个物种的原始本性。那天，远远地见有什么在移动，同时伴有灰尘扬起，等它们走近了才发现是几峰骆驼。它们奔跑到一片小海子跟前，将高大的身躯弯下喝水。喝水对骆驼来说，也许是几天，或十几天才会有的享受，遇上水了便大喝一通，遇不上就只好忍着。一个牧民说，这群野骆驼已经把这片小海子牢记在心间，每隔几天，总是要来喝水。

牧民住在小海子对面的小山上，每当这群野骆驼下来时，便来看它们，逗它们，它们觉得这个人很有意思，鼻孔里发出亲切的呼呼声。牧民便很高兴，在这荒天野地和一群野骆驼成了朋友。

后来，野骆驼下来喝水时，总是要走到他的羊圈旁，如果他在，与他对视一会儿便离去；如果他不在，它们便望一会儿他的羊圈，好像羊圈就是他一样。一群野骆驼就这样与一个人建立了亲密的关系。

又一次野骆驼来喝水的日子到了，却不见它们出现。牧民诧异，它们上哪里去了呢？他走到一个山包上，见野骆驼在一片宽阔的地带转来转去，像是在寻找什么。

他一数野骆驼群，发现它们中少了一峰，他从野骆驼急促的样子断定，它们在寻找走失的一位伙伴。过了一会儿，有一峰野骆驼急促地叫了一声，驼群便一起向它围拢过去。少顷，它们像是做出了一个决定，一起向山后急急走去。

牧民好奇，骑上马赶上它们，想看个仔细。很快，他便发现野骆驼跟着地上的一串蹄印在向前走着，走了一会儿，地上的蹄印变得歪歪斜斜，似乎行走者难以支撑自己的身躯。有一峰野骆驼叫了一声，驼群便慌乱起来，牧民猜测，正在被驼群寻找的那峰野骆驼可能受伤了，翻过一座山，果然见一峰骆驼卧在一片草丛中。驼群奔跑过去，围着它呼呼叫，它却纹丝不动。它已经死了。

“它倒下的地方是它出生的地方。它知道自己快要死了时，就坚持走到那里。骆驼在哪里出生，死的时候就必须要回到哪里。”牧民的这几句话把故事推向高潮。

后来的闲聊轻松自然。牧民说，野骆驼们知道那峰骆驼要死了，就去找它。其实在路上它们知道它已经死了。我问他何以见得，他说有一峰野骆驼流泪了，死去的一峰母驼，是流泪的骆驼的母亲。

（夕梦若林摘自《文学教育》2018年第3期 图/豆薇）

八十八

□蒋方舟

八十八是个吉利的数字，也是我在一次数学考试中出现失误的分数。拿到卷子时，我两耳轰鸣，有一种要睡觉的感觉。我拿着试卷反复地看，就像看宣布我被砍头的圣旨一样，接着，我便想到了妈妈打我的镜头，甚至想到了她会把我卖到谁家去。

回到家里，我犹豫了好久，终于开口，装作轻描淡写地说：“妈妈，告诉你一件事。”妈妈笑眯眯地说：“什么事？”我表面高兴但心里难过地说：“我数学考了八十八分。”只见妈妈的笑容僵住，像哭又像笑，样子可笑极了。我想她大概是又生气，又想表现出自己是个好妈妈吧。

妈妈说：“把卷子拿来。”我看得出她是压着气，不一会儿，彗星就要撞地球了。出乎意料地，她竟然没有打我。小兔子都到手了，狼还不下口。她稀里哗啦签了名字，仍然接着看电视，并说：“我不告诉你爸，他知道的话要揍你的。”我以为这件事就算结束了，但是接连几天，他们夫妻俩对我都是冷嘲热讽的。

比如一天中午，我本来兴高采烈的，可妈妈说：“方舟，今天我发了八十八块钱，和你考的一样。”说完，又装作天真无邪的样子捂住嘴，好像说漏了嘴一样。我警惕地看了爸爸一眼，爸爸正在做饭，不知他听见没有。

爸爸果然听见了，吃饭时，说的话就像没熟的杨梅，又甜、又酸、又带刺。他笑眯眯地说：“方舟，你数数外面的香肠有几根。”我知道他葫芦里卖的什么药，没理他。他就自言自语地说：“八十八根。”我才不按他的“剧本”往下演呢，我装傻，“哦”了一声。

吃着吃着，妈妈忽然神经兮兮地说：“我给你出一道应用题。”我想她数学学得不好，肯定会出一道简单的题，就摆出不屑一顾的样子。谁知道她说：“碗里有八十八颗米，吃掉了八点八颗，吃掉的米是碗里的几分之几？”有这么荒唐的应用题吗？我怒发冲冠，放下勺子就冲到床上，一头栽到被子上。

唉！英雄做事英雄当，要他们大人瞎操心什么？也许我该把这张卷子藏起来，作为永久的隐私。

（一二三摘自《打开天窗》长江文艺出版社）

猩猩的"奶爸"

□杨瑞麟

我养了多年猩猩，同事们开玩笑，称我为猩猩的"奶爸"。

因父母常年出差，我的童年是和爷爷奶奶一起度过的。陪伴我的，还有爷爷家养的动物们：狗、猫、鸽子、鸡、鸭、鱼、乌龟……周末爷爷爱去郊外钓鱼，有时会带上我。他钓鱼时，我就在旁边逗昆虫、抓青蛙、钓龙虾，和农民养的牲口一起游戏。

初中时，我离开了爷爷家，和父母一起生活。作为初中生的我，很快找到了生活的乐趣，那就是逛武侯祠附近的花鸟鱼虫市场。

读高中时，我在南门大桥捡到一只被车撞瘫的流浪狗，并把它送到了"流浪狗之家"。这事过后，我开始在"流浪狗之家"当义工，一直持续到高考前。

有时，我觉得生命是很脆弱的。我曾经帮医生给一只濒死的猫咪做安乐死，我扶住猫的身体，医生一针下去，猫扭动了几下就断了气。其实，我根本不用去扶，因为它早就没力气动了。

而有时，我又觉得生命是很顽强的。"流浪狗之家"曾收治了一只被人虐待致残的狗，它全身伤痕累累，伤口长满了蛆。医生建议对它实施安乐死，以减轻它的痛苦。我没同意，我花了一个月的时间精心照顾它，这只狗狗最终恢复了健康。

我想，不管动物的生命是脆弱也好，顽强也好，都应该被尊重。

后来，我考上大学，学习畜牧兽医专业。和暗淡的中学生活相比，我在大学里过得如鱼得水。学校有一个用于试验的动物养殖场，里面有1500只鸡、600只兔子、23头猪、35只羊、2头奶牛。养殖场由包括我在内的两名学生和一名工人负责管理。

早上同学们出操，我赶着羊去吃草；同学们下课吃晚饭时，我还在外面放牛。在养殖场，我无师自通地当起了水工、钳工、油漆工……

还没等大学毕业，我就被一家饲料厂看中了。我说，我的理想是去成都动物园。但禁不住饲料厂老板的好说歹说，我最终去饲料厂干起了销售工作。饲料厂的工作只干了4个月，我还是辞职了，来到心心念念的成都动物园当上了饲养员。

在动物园我的第一份工作是养大熊猫，接着养企鹅、养鸟……后来，我看上了猩猩馆。死皮赖脸地缠了领导很久之后，我如愿以偿地成了一名猩猩饲养员。

每种动物都有自己的魅力，但我最喜欢的还是猩猩。猩猩是动物里最聪明的，它们会和你互动，你能通过它们的表情，猜到它们在想什么。

我在猩猩馆一干就是好几年。有一段时间，我想过要换工作——走出动物园，看看外面的世界。但最终，我还是舍不得亲手带大的动物们。

在动物园，除了饲养动物，让它们玩得更开心一些，也是我每日的主要工作。

每天，我都会把水果、窝头掰成小块，再取来一段竹扦，递到红毛猩猩特里的手里。锻炼动物使用工具取食，是"丰容"的一部分。所谓"丰容"，就是人工创造条件让动物展示更多的自然行为。这样能增加动物的取食难度，锻炼其四肢的协调性，以保持动物的活力和野性。通俗一点儿说，就是让动物玩得更开心一些。把水果藏起来，让动物自己去找，叫作"食物丰容"，也就是模拟野生环境，把食物藏在动物不能轻易找到的地方，锻炼它们的取食能力。这既是游戏，也是锻炼。如果不这样做，动物就会养成被动等待投食的坏习惯，失去本该有的灵性和野性。

食物放妥后，我开始清理被游客扔进场馆的垃圾。最让我头痛

我已经明白了，扮演父亲的角色并不能使一个人真正成年。是否得安葬自己的父亲之后，一个人在心理上才能真正有成年人的感觉？
——托尼·帕森斯《男人与男孩》

会利用工具的猪齿鱼

□玩月轩

在澳洲的大堡礁，有一种高智商的鱼，因为它的牙齿外露，人们称它猪齿鱼，它是迄今为止发现的唯一会利用工具的鱼类。

在蓝色的海洋里，猪齿鱼随性而游，上下4枚犬齿非常醒目，而这牙齿也正是它的工具之一。它们是一种集美貌与智慧于一身的鱼类。

猪齿鱼是肉食性鱼种，以小型底栖无脊椎动物为食物，平时经常栖息于礁沙混合区域，夜晚像人类一样休息。

猪齿鱼让我们人类叹为观止的是，它居然聪明到会利用工具。在清澈的水底世界，一条色彩斑斓的猪齿鱼正在悠闲地游动着，准确地说，它是在寻找自己的美味佳肴呢。在水底的一堆碎珊瑚和沙子中，它发现了自己要寻找的目标，一只埋在沙子中的蛤蜊。只见猪齿鱼微微侧了下身子，对准蛤蜊猛然舞动着自己的鳃盖和鱼鳍，一股水流使冲开了碎石沙，一只蛤蜊完完全全地暴露在它眼前，旋即，它用自己更加厉害的牙齿，将这只蛤蜊叼到自己的巢穴中。这些动作，在这顿美餐中，只是完成了一半工序。

下一道工序，也是非常艰难的一道工序，就是对蛤蜊进行深加工，简单说就是开壳取肉。蛤蜊的外壳坚硬无比，如何将这些硬壳敲碎呢？我们人类有手，可以用手拿锤子去砸，可是猪齿鱼是怎么做到的呢？它用牙齿叼着蛤蜊，游到一处珊瑚中最硬的地方，用力将蛤蜊扔过去。一次没有成功，再来一次；两次没有成功，来第三次。这样叼起来，扔过去，反反复复，经过数次的撞击，蛤蜊壳终于让猪齿鱼摔开打破，那鲜美的蛤蜊肉，立刻映入眼帘，猪齿鱼全然忘记了刚才的辛苦和劳累，叼起这块鲜肉津津有味地吃起来。

在这顿美味大餐的"炮制"过程中，猪齿鱼的犬齿和鱼鳃、鱼鳍起到了决定性作用，它们"手"口并用，最终将这个看起来完全不可能的美味制作过程变为可能，而且完成得相当出色，呈现给我们一个聪明绝顶的鱼类大厨形象。

原来，在这神秘而深邃的海洋世界，有这般充满智慧的鱼类生存，因此，有人说猪齿鱼是鱼类中的爱因斯坦。善于用智慧去生存而不蛮干，猪齿鱼是这方面的行家。

（林冬冬摘自《思维与智慧》 图/曹黑黑）

的，就是各种没喝完的碳酸饮料瓶子。这些碳酸饮料对动物的健康影响非常大。天气比较热时，一个场馆一天能捡一大袋饮料瓶。被游客扔进来的饮料瓶，就算每瓶只剩一半的饮料，那也有300毫升。一天假如有20个瓶子，就等于有10瓶饮料。10瓶可乐，一个成年人喝完都受不了，何况是六七岁的猩猩！所以，夏天是我最讨厌的季节。

大宝是我饲养过的一只红毛猩猩，2008年，因为吃了游客扔进来的食物生了病，医治无效死亡。这是我心中永远的痛。

游客给动物投喂东西时，它们会不加分辨，抓住就吃。如果大家都不给猩猩投喂食物，它们会找其他事情做，比如玩耍、探秘、寻找"丰容物"等。但现在，小猩猩已经明白游客会给自己吃的，我很怕小猩猩将来会"痴呆"，只会傻坐着等待游客投食。

因此，我还有一项工作就是守在场馆外，劝阻游客往里面投食。很多游客没有尊重动物的观念，动物对他们来说，只是找乐子的对象。一些游客尤其喜欢挑逗动物，喜欢看它们生气、抓狂的样子。每次遇到这种情况，我的心里就很难受。就像自己的孩子被别人欺负了，做爸妈的能不心疼吗？

工作之余，我最喜欢在园内走动，看看我的动物伙伴。

在动物园里，每年都有老动物去世，也有新生命诞生，这是自然规律，也是我生活的一部分。

我的梦想是攒一笔钱，到非洲去旅游一次，看看那里生活着的五花八门的动物，见见那些自己没见过的东西，感受生命的奇妙。不过，这需要我不吃不喝攒一年的钱，现在看来还不现实。我理想中的工作，是当一名野生动物摄影记者，去更远的地方，看更多的动物。但这只是一个梦想。这么多的动物宝宝在长大，我要一直照顾它们。现在，我是它们的爸爸；将来，我还想当爷爷。

这就是我和动物之间的故事。

（张晓玛摘自《读者·校园版》2018年第8期 图/兜子）

一只孤独的老猫

□超级大蘑菇

她趴在台阶的最上面一层，浑圆的身子如一只脏兮兮的雪球，灰不溜秋的。

她年纪已经大了，体态的苍老显而易见，每当黄昏时刻拖动着那肥胖的身躯去楼道散步的时候，她都觉得自己的体力已远远不如从前，活蹦乱跳已不能了。

一个月前这幢楼来了一位新住户——一只通体雪白，有着一对鸳鸯眼的年轻猫，叫悠悠。一来到这儿，悠悠便迅速获得了所有人的喜爱。悠悠的眼睛比她更会卖弄风情，悠悠的毛比她更纤柔软糯，悠悠的身形比她更具有娇小圆润的美感，无形之中她受到了冷落。路过的居民现在都不大逗弄她了，转而去抚摸爱撒娇的悠悠。由于缺乏忍受刺激的精力，她决定眼不见为净，将自己的窝往旁边腾挪了十厘米。

当然日子一长，她也会想得很通透，人们的宠爱多么廉价，然而即使能获得万千宠爱，也不过是一介微尘浮游于天地之间，不管是人是猫，最终都会被命运的绳索引向一个遥远、黑暗、阴冷的地方。这时候，她就会对周遭的一切置若罔闻。

在年轻的时候，她还不至于这么悲观，也许一只猫只有感到一点儿苍凉才能体会出生活的味道。恍惚间，她回忆起，七年前，她还是一副毛发光洁、体态窈窕的娇媚模样，那时，她爱上了一只素不相识的公猫。

她也不明白自己到底为什么会对他产生一种奇妙的情愫。那个午后，她的饭盆里满满的，爱猫人士甲乙丙丁倒了太多的猫粮给她，她吃得饱饱的，然后开始在阳光下躺躺歪歪。下一刻他忽然就从围墙那儿灵活地一跃而入，那么猝不及防地直奔到自己跟前。她呆了一呆，把紧绷绷的视线倾泻在他头上，过了半晌，还是出于同情和友善请他共享饭盆里的小鱼干了。

于是他蹲坐在她的对面，小心地啃着，动作很绅士，几乎不留下一点儿碎屑，吃完后又伸出他的小爪子，在嘴上轻轻按了两下，抬起头来见她在望他，就不好意思又欢喜地笑了一笑。她突然发现他的嘴巴是那么小巧精致，呈一个完美的倒三角型，多么可爱，她心里顿时爬着一股痒痒的欣然。那一刻她记了好多年。

爱的冲动在时间上存在着这么间不容发的一点，可她没有切实地把握住，她终究是让他离开了，如野云孤飞，不留形迹。那时的她呆愣愣站在围墙边，就好似站在恶魔的通道前，而未意识到其瞬间的魔影将使她的一生黯然失色。有个时期，她企图依靠暴饮暴食来填补想念那只猫带来的空虚感，可始终收效甚微，往口中狂塞食物麻痹不了自己的心。然而说来也不可思议，那么透明无色的记忆竟会给她的人生涂上那样绯红的色彩，日居月诸，这色彩因为毫无指望而一天天变得焦黑。

不胜难过。

她已无声无息地独自度过了好多年，每每念及当初，都会做一番感叹，要是能够立刻化为化石就好了，就再也不用去承受生命中的那些遗憾所带来的苦痛。

现在，她静静地蜷缩在冰冷的地面上，无人打扰。她的一生并不那么充满田园牧歌情调，如今也是身心俱弱地等待着薄暮降临。一只猫的寿命很短，她早就预见到了生命的尽头。脖子上就好像戴着一根无形的项圈，年轻的时候还不觉得，等年老体衰了，每天早上睁开眼，就会感觉项圈收紧了一些，一毫米、三毫米、五毫米，慢慢地，越收越紧。然后某一天，她就会消失于无形。

不知道人们会不会埋葬她，不知道谁会埋葬她，或许是那个长着浓密白胡子的老头，或许是那个黑眼圈快要掉到嘴角的主妇，反正，能够归于尘土，长眠于地下，总归也是体面的。

她被世界爱过，到头来发现能给的世界都给了，作为一只猫，她安然而寂寞地度过了一生。

（洛奇狮摘自豆瓣网　图/兜子）

一个人，在他的有生之年，最大的不幸恐怕还不在于曾经遭受了多少困苦挫折，而在于他虽然终日忙碌，却不知道自己最适合做什么，最喜欢做什么，最需要做什么，只在迎来送往中匆匆度过一生。——熊培云

白夜

□贾平凹

我常常遇到这么个怪现象：做过的梦，过了不久，便实现了。今天冒了大雪，从城里去秦岭办事，半夜在山根下了火车，走了十几里路，黎明的时候，赶到这村口。雪是不下了，却觉得这儿好眼熟！想来想去，蓦地记起这似乎是我一个月前梦里去过的地方。

那梦里就是这个样子的：没有月亮，没有星星，落了叶的树，黑了枝的线条，睡了的房子，黑墙的三角和斜面，除此之外都是雪白的。这使我十分害怕，我不敢在这野外多待一会儿，急匆匆要走进村去，寻一户人家。

村子里静悄悄的，没有一个人影，也没有一只狗咬。走进一家，院子里静静的，一直走近门口，门被雪封了半边，只看见那黑色的门环，一动未动，像画上的一般。轻轻一推，门关着，我只好又退出来。反身看去，那脚印却消失了。

再往巷子深处走，两边墙上的雪堆偶尔掉下来，直埋了我的大腿。绕进一家篱笆，脚下依然无声无息，那门又是被雪封了，严严实实的，推也无法推了。

我退到了巷道里，听见了自己打的嗝儿；倏忽间，头发根根竖起来了：这个山村要被大雪埋掉了！天黎明了，山民们还这么沉睡不醒，是他们的懒惰，还是雪的温暖使他们失去了在黎明醒来的本能，而遭了如此不幸吗？

我无目的地向巷道的一头跑去，感到了孤独，感到了寂寞，感到了恐惧，想这一场大雪，是天上云朵的脱落吗？这么个地方，为什么就要有这么个村庄，这么个村庄为什么偏要住了人呢？

可怜的人啊，在大自然面前，多么无能为力！我深深地后悔这次夜行，我狠命地跑，步子却迈不开去，似乎谁在拉扯着我的衣襟，我预感到我已是电影里死前那种慢镜头，很快就要倒下去，埋在雪底，然后是一个平静的雪景……

突然，铃响了。很响的铃声。整个村庄似乎都颤抖了一下，我兀自站住了，不清楚怎么会有了铃声。我觅着铃的声音，跑了过去。

巷口的那边，一个高地，飘着一丝铃的余韵。

跑近去，是一座院落，院前一株老树。门开着，树上垂一根绳索，绳索顶端是一口铃，绳还在摇着，人却是没影的。

我疑惑着，四面看时，就见树远去五米的地上，一个黑色的窟窿边，正弯腰站着一个人，一个很老的人。

"大伯！"我叫着，声音有些发抖，"铃是你敲的？"

"学校的铃，我敲了十几年了。"

"快，大伯！"我说，"你知道吗？村里家家的门被雪封了，人要捂死在里边了。"

老人却哈哈地笑起来："你是外地人吧，雪怎么会捂死人呢？每年冬天都有这天气，大雪下来，常要埋了门窗，人们觉得暖和，就会误了起床。亏得我住得高，在风头上，雪是落不住的。这就是我们这里的白夜啊！"

"白夜？"

"是的，白天的黑夜，黑夜的白天。"我回望着这白夜下的山村，心有余悸地说："这雪太可怕了，把什么都埋住了。"

"那不见得，你瞧这井，不管多大的雪，它能盖住吗？"

老人直起腰来，却提了一桶水，原来那黑色的窟窿竟是一口水井，井并不深，用手就可以拔绳打水了。我走近去，在白夜里，井上腾着丝丝热气，在那井壁口上，竟长着一个小小的竹笋。

我说："这种白夜，会有多少天呢？"

老人说："断断续续一个月吧。"

"一个月？那人冻不坏吗？"

"不，冻死的只是细菌，只是脆弱的生命。这白夜要是哪年少了，春上人才要害病呢。你知道吗？这个村里人都长寿到八十多岁哩。"

"可这地方，毕竟太寂寞了。"

"耐过寂寞的，才是伟大哩，同志！"

老人对他教学的语言，似乎很得意，吊着眼诡笑了一下，提了水桶，就蹒跚地向校门走去了。

（张晓玛摘自《风流一代》2018年第3期 图/张翀）

《一个真实的故事》，这首歌是写给她的

□笑傲江湖

他本是一个普普通通的渔民，仅仅因为换了这样一份工作，悲剧就不断降临他的家庭：

31年前，他的女儿被河水淹没，年仅23岁；

4年前，他的儿子一头栽进沼泽，年仅47岁。

徐家三代的故事，要先从黑龙江扎龙自然保护区讲起。

扎龙被誉为“鹤的故乡”，鹤的种类之多，数量之大，为全世界所瞩目。

目前世界上有15种鹤类，中国有9种，而扎龙就有6种，数量之大可称为全世界之最。

其中被列为世界珍稀濒危物种的丹顶鹤，全世界不足两千只，而扎龙就有400多只。

但鲜为人知的是，1975年扎龙保护区建立之初，这里的鹤也处境濒危，丹顶鹤总数才140只左右，不仅数量少，还很难保护。

它们一身傲骨，极其敏感，人们根本无法接近，保护工作一时不知如何着手。

就在这个关键时刻，一个男人出现了，他正是徐铁林。

他只是一个普通的渔民，善良的他一遇到受伤的鹤，就会带回家照顾，久而久之，他的名声就传开了。

于是保护区聘他为驯鹤饲养员。

他全身心投入养鹤事业中，和伙伴们艰难跋涉在沼泽里，在2100平方公里内，他几乎摸清了每一处鹤巢。他独创了“人工孵化+野外散养”的“半野化”保护方式，这种方法成活率极高，野性保持得最好。

在他的言传身教下，年幼的女儿也爱上了鹤。他的女儿名叫徐秀娟，大家都叫她娟子。17岁时，娟子进入保护区，当了一名临时工。她对丹顶鹤是真的爱，她说：“我爱鹤，爱大自然，只要走进荒野，一切不愉快的事都会忘记。”

在保护区短短几年里，从孵化到育雏，再到饲养放牧，她样样干得出色，很快就掌握了保护各种鹤的全套技术。而她单独饲养的幼鹤，成活率居然高达100%，在全世界都是闻所未闻的。更为神奇的是，那么高傲的鹤，却甘愿被她驯化，听她的指挥跳舞、飞翔……她成了中国第一位驯鹤姑娘。

为了学习更多关于鹤的知识，这个认真好学的姑娘，考入了东北林业大学野生动物系。她只用了一年半的时间，就完成了两年的课程。

1986年，她刚完成学业，盐城就邀请她共同创建滩涂珍禽自然保护区。她告别亲人，不远万里前往盐城。

她还带了3枚丹顶鹤蛋，这是她给盐城保护区的礼物。

丹顶鹤人工孵化属于世界前沿课题，因为鹤对温度非常敏感，即使在妈妈的翅膀下，温度稍变，也

你还很年轻，将来你会遇到很多人，经历很多事，得到很多，也会失去很多，但无论如何，有两样东西，你绝不能丢弃。一个叫良心，一个叫理想。——《明朝那些事儿》

会死亡。

而她一个人带着3枚丹顶鹤蛋，用自己的体温保护着它们，奔波了三天三夜到达盐城。没想到，在她温暖的照顾下，3只小丹顶鹤竟然破壳而出，越冬地人工孵化鹤就这样成功了！她又一次创造了一个全世界首次！

她为它们取名龙龙、丹丹和莎莎。更令人惊奇的是，小鹤们格外强壮，比正常周期，提前20多天展翅飞天。

即使是在美国进口的最先进的孵化器里，幼鹤存活也是很难的。前来考察的中外专家都说，这是“爱生奇迹”。

半野化保护方式，注定养鹤人要一直在路上，在沼泽中跋涉，这已经极耗体力，而湿地还有许多危险，一不小心，有的鹤就会触网而死，有的鹤还会误食寄生虫中毒……这让养鹤人一刻也不敢放松。

1987年，对娟子来说，是多灾多难的一年。

白枕鹤盼盼、丹顶鹤丹丹，先后触网死去，丹顶鹤龙龙又误食了寄生虫，当时她还生着病，可她不顾自己的身体，日夜看护龙龙，为它打针喂药，仿佛照顾自己的孩子一般竭尽心力。

可龙龙最终还是吐血而亡，她心碎了。

一个星期后，她在龙龙照片背后写道：已故的龙龙，再也得不到我的爱了，它的死亡，使我的人生有了转折。

她还写道：我愿意把一辈子的青春贡献给鹤场，我可以不要舒服，不要金钱，甚至命也不要了。

没想到，竟一语成谶！

1987年，有两只淘气的幼鹤，飞走后一直未归。她焦急地寻找，直到晚上才终于找到一只。

第二天一大早，她说听到了“宝贝”的鸣叫，然后连饭都没吃就急忙出了门，中午回来喝了半碗稀饭，又跑了出去。

到了晚上，另一只幼鹤终于回来了，欢天喜地的人们急忙去找娟子。呼唤娟子，不应！

寻找娟子，不见！

她小小的身影，早已淹没在了茫茫的河水中，年仅23岁。

为了尽快找到幼鹤，她甚至连鞋子、衣服都没脱就下了河。她的水性一直都很好，可她太疲惫了，竟没能游过去。

她不是军人，却成了烈士，是中国第一个环保烈士。

1987年9月23日，保护区举行了娟子的追悼会，近千人自发从四面八方赶来为她送行。

清明的时候，一群丹顶鹤行将横空北上时，却在她的墓前久久盘旋……

但丹顶鹤的故事，还远远没有结束。

徐铁林的儿子徐建峰，在1996年，毅然放弃铁饭碗，回到扎龙，一干就是18年。只要丹顶鹤有危险，他总是冲在最前面。

2014年春天，他发现湿地核心区内有个鹤巢，小鹤马上就要破壳，但那个春天异常干燥，附近时有“荒火”。“可别把鹤巢给烧了。”他扔下这样一句话，就只身出发了。

没想到，路上摩托车失控，他一头扎进了沼泽，年仅47岁。

生前，他常常出神地看着自己的工作证。直到整理他的遗物时，才发现，原来在他工作证背后，藏着一张姐姐娟子的照片。

这个沉默寡言的东北汉子，原来一直默默地继承着姐姐的事业，用生命与姐姐唱和。

因为鹤，他失去了一双好儿女，两次白发人送黑发人。

儿女留下的遗物他看都不敢看，儿女的相片他也不敢摆。

那首写给娟子的歌：《一个真实的故事》，他更是听都不敢听！

然而徐家与丹顶鹤的故事到这里，依然没有结束。

他的孙女徐卓，在父亲牺牲的那一年，毅然转学到了姑姑娟子曾就读的东北林业大学，学起了动物保护。

毕业后，她毅然回到扎龙，接过了父辈的接力棒。

失去一对好儿女，如今孙女又走上了这条路，那么痛的他难道不阻止吗？

而他不但没有阻止，还全力支持孙女，他把自己多年的养鹤经验，毫无保留地传授出来，而他做了这么多事情，从没向国家要过一分钱的报酬。

他说：“我愿意为我国鹤类事业再出一点儿力。”

娟子说：“我愿意为自己热爱的事业，付出一切，哪怕是生命。”

徐建峰说：“自己决定的事情一定会做好。”

徐卓说：“我会将故事续写，这样我们仍然相守。”

（阿拉蕾摘自微信公众号“经济之声笑傲江湖”
图/孙小片）

诗剧

吃草的羊很少抬头，
像回忆的人，要耐心地
把回忆里的东西
吃干净。
登高者，
你很难知道他望见了什么。
他离去，
丢下一片空旷在山顶。
我去过那山顶，在那里，
我看到草原和群峰朝天边退去。
——黄河从中流过，
而更远的水不可涉，
更高的山不可登。
更悠长的调子，牧人很少哼唱，
一唱，就有牦牛抬起头来，
——一张陌生的脸孔。

——胡弦《玛曲》

你背起自己小小的行囊，你走向别人无法企及的远方，你在风口遥望彼岸的紫丁香，你在田野捡拾古老的忧伤，我知道那是你心的方向。
——安德鲁·怀斯

谁说我只能活半年

□静说日本

山下弘子被诊断出肝癌晚期的时候，只有19岁，还来不及过20岁的成人节。

起初只是觉得右胸疼，去医院检查，医生啥都没说，要她立即住院手术。肝癌，2公斤。医生告诉她的母亲：女儿只有6个月的生命。

2公斤的肿瘤摘取后不久，又发现癌细胞转移到了肺部。肺部再动手术，随后又发现转移，转移地方多达20多处。短短几个月，弘子动了11次手术，胸腔打开，缝上。再打开，再缝上。她想到了如何尽快死去。但是，半年过去，弘子没死成，她痛苦地活了下来。

一家四姐妹，她是老大。小时候随在中国工作的父亲，在北京读到小学三年级才回国。圆圆的脸，说不出特别的美丽，但十分可爱。

接下来的化疗，让弘子的头发一撮一撮地往下掉。弘子不想变成光头，爱美的女孩都会这么想。她实在有点儿扛不住，想起了高中的班主任。她回到母校抱住班主任哭，班主任摸摸她的头，说：“我陪你好好地活下去！”第二天，班主任去医院看她，弘子发现，班主任把长头发剪了，剪成了比她还短的男孩头。这使弘子有了活下去的勇气。

医生说：每个人的身上都有各种坏细胞，当免疫力很强时，好细胞遏制着坏细胞。而当免疫力下降时，坏细胞就要跑出来兴风作浪。只有提高免疫力，才能战胜坏细胞。而提高免疫力的最好办法，不是吃药，而是快乐！

弘子离开医院，回到了大学。她在自己的脸谱网上写：“人生只有一次，不管是短还是长，都是一次。所以，哪怕是一天，哪怕是一瞬，都要毫不后悔地活好。”

课余时间，弘子去学打高尔夫球。暑假跑去澳大利亚学跳伞。她不需要人陪，一个人来到巴黎、来到伦敦，把自己想走的地方，都走一遍。

虽然服用了许多抗癌药，躲过了半年的死期。一年后，检查结果显示，癌细胞还是扩散了。

当医生再度发出“余命半年”的通告后，弘子开始写书。她要把自己与死神搏斗的故事写出来，鼓励那些想自杀的日本人。

弘子拖着伤痕累累的病躯，开始走上讲台，给同龄人和癌症患者们，讲述“人生不后悔”的故事。

也许上帝垂爱努力生活的人。在家人绝望的时候，日本一家医药公司发明了一种抗癌新药，并开始寻找试验者。

治疗弘子癌症的医生在分析了这一新药的成分后，觉得可以让弘子一试。于是，弘子开始服用这一种新药，奇迹出现了：癌细胞开始得到控制，并出现了萎缩的趋势。

弘子毕业后，像普通的大学生一样步入了社会。她开始在母亲经营的不动产中介公司工作，兼做中文翻译。弘子成了小白领，下班后也和普通的白领一样去居酒屋喝酒，去卡拉OK唱歌。休息日也去银座逛街看电影，或者与姐妹们一起去泡温泉，活泼、热情，毫无病意。

医生说，参加新药临床试验的人，全世界有200位，弘子是其中的一个。这一新药的新免疫疗法并非对人人有效，但弘子感觉很对头。病人找药，药也在找人，这是天意。

日本TBS电视台播出了弘子的纪录片，让我湿了眼睛。

弘子的一句话很励志：“现在这一刻，让我们欢笑地活着，不要后悔每一天。精神比药重要！”

弘子对于生命与生活的热爱，感动了一位年轻的政治家。1980年出生的大学先辈、日本兵库县议会议员前田朋己爱上了弘子，决心陪伴她一起战胜病魔。

2017年8月20日，弘子与前田走进了婚姻的殿堂，在人们的祝福声中，结为夫妻。

山下弘子的目标，是要进入联合国从事儿童教育工作，生下几个孩子，做一个好妈妈，活到80岁。

3月25日，前田发了一条推特。推特说：“今天早上6时多，妻子山下弘子走了。她是我最爱的妻子，最崇高的友人，最伟大的恩师。由衷地祈祷她在前去的地方，总是充满笑容，并放射出灿烂的光芒！”

弘子，25岁。医生说她只能活6个月，但是，她活了6年。

（步步清风摘自微信公众号“静说日本”　图/李坤）

别拿自己的人生和他人做比较，你根本不清楚他们的人生是怎么一回事。每个人最终只能过自己的生活，不管你觉得别人的人生比你好还是比你坏。——李银河

一张笑脸迎家人

□吕亦涵

我在商场的洗手间里，隔壁传来女子压抑的哭声。

人人都有崩溃的时候，一个人躲在商场洗手间里，左右都是不相识的陌生人——没关系，正因为不相识，她哭她的，与别人无关。过了一会儿，里头的哭声停止了，那陌生女子到洗手台前洗了一把脸，补了补口红。走出洗手间时，我听到她竟扬起音调，喊了句："老爸！"那样愉悦，仿若没事人一般。方才她漫长的哭泣，似乎只是我一个人的幻觉。

稍后我将此事发到微博里，大意是：在洗手间里遇到一名偷偷躲起来哭，哭完后又用最好的状态去面对家人的女子，我觉得，她一定是个好孩子。

晚上回家时，我看到这条微博下有了各种各样的回复。有人与我观点一致，大赞此女有孝心。更多的朋友在微博下讲述了自己的故事——"我在学校里被别人欺负的事，爸爸妈妈从来不知道。"

"去年五月的时候，爸爸生了很严重的病，我一个人在医院里陪他。每一次医生找我谈话后，我都躲在洗手间里掉完所有的眼泪，然后带着最美的笑容去见他。"

"父亲教会我的道理中，印象最深的就是：无论你有多难过，回家面对家人的时候一定要笑。"

有时想想，这人间温情，至少有一大半是出自人性里与生俱来的孝心。当然，与孝心相对应的是父母的天性。无论在这个社会扮演着多么渺小的角色，在孩子小小的世界里，总是爸妈的肩膀为他们撑起一方天地。

很久以前，我看到这样的画面：冷冬里骑着三轮车卖烤红薯还是烤玉米的农民工，在他的三轮车里留出了一个小小的位置，那里坐着他的老婆以及还在襁褓中的娃娃。娃娃被包得厚厚的，在温暖的烤炉旁。那时我对身边的人说："冬天这样冷，这孩子却是在温暖中长大的。"

冬天这样冷，可总有人为你留出温暖的一方天地。后来，被包在襁褓中的娃娃长大了，十有八九成了在洗手间里痛哭后又扬起笑脸面对父母的成年人。

（sky摘自《爱格》2018年5月A版　图/果酱的酱）

天涯海角，招之即来

□张佳玮

我外婆说，我舅舅小时候性子很倔。跟我外公吵完架，就气哼哼地出门，在门口还会吼一声："我这就去美国！再也不回来了！"

外婆说，每到这时，她就叹一口气，走进厨房。打两个鸡蛋，坠在碗里的面粉上，加水，拌，加点儿盐，加点儿糖。直到面、鸡蛋、盐、糖匀兑好了感情，像鸡蛋那样能流、能坠、能在碗里滑了，就撒一把葱。倒油在锅里，转一圈，起火。看着葱都沉没到面里头了，把面粉碗绕着圈倒进锅里，铺满锅底。一会儿，等一面煎微黄、有面香了，她就把面翻个儿。两面都煎黄略黑、泛甜焦香时，她把饼起锅，再倒一点儿白糖。糖落在热饼上，会变成甜味的云。这时候，我舅舅准靠着门边儿站着，右手食指挠嘴角。我外婆说："吃吧。"我舅舅就溜进来，捧着一碗面饼，拿双筷子，吃去了。

我爸说，我以前在房间里看书时，就像进了螺蛳壳，总是听不见叫喊我吃饭的声音。每当这时，他就叹一口气，走进厨房。往锅里倒油，叉着腰等油热起来，打下一个鸡蛋，叉着腰等，看着蛋白边儿被油煎得黑黄卷了，翻个面儿，往锅里加点儿酱油、一小点儿糖和水，听着荷包蛋在酱油里的咕嘟咕嘟声。等酱油和糖的香味把我抓到厨房门口时，他关火，把荷包蛋连酱汁一起装碗，扣在我的热白米饭上。指指："吃。"

我妈说，我爸以前痴迷于打麻将。中午出门，说好下午回来做饭，可是到天黑了都不见人。我妈说，每到这时，她就叹一口气，走进厨房。把刚抓的花生，倒油进凉锅，放花生，起火。拿铲子翻着炒，花生们怕烫了，开始叫疼，我妈很有同情心，就把火关了，就着油继续炒它们。等花生发出一片唏嘘声，我妈就把它们请出来，顺手把黄酒瓶从广口瓶里拿出来，开盖儿，黄酒和花生的香魂半空搅着。这时候，我爸准就开始敲门了。

我爸说，我妈怀着我时，脾气大，常嫌他懒散，一生气就摔门而出，去厂里值夜班。每当这时，他就叹一口气，去菜场买三个鲢鱼头，把每个鱼头剖两半，洗干净，尽去其腥。炒锅里下油，加一点儿黄酒，煎。肉发黄我爸就关火，换个大瓷锅，把炒锅里的油、酒、鱼头一起倒进去，加水，起慢火，开始等。我爸像个巫师一样，看着星辰，算着时间，掀锅盖看见汤变得白浓，一勺下去都挂浆连丝了，就口念咒语，念句嘛咪嘛咪哄，撒葱叶，我妈就准时出现在门口了。

我以前，不开心时就去买香肠、鸡蛋、青豆、青椒、毛豆和胡萝卜。在锅里下一遍油，把青椒下去，炒出一点儿味道，捞走；把五个鸡蛋打进青椒油里，看着它们起泡；再下一遍油，把冷饭下去，拿铲子切了米饭，让鸡蛋卷裹着；再下一遍油，把切好的香肠和胡萝卜，外加青豆和青椒倒下去。我妈这时就在远方开个窗提示我：别下那么多油！鸡蛋要分块儿！我不理她，继续炒。等蛋炒得浓黄香，眼看要焦黑时，停火起锅。把炒饭盛一大盆，花一小时吃完，一边抹嘴边的油，一边烧水煮茶。喝一口热普洱，打一个饱满的油香十足的嗝后，不好的心情就飘走了。

我妈说，每当她想我回无锡了，就去菜场买一只体格壮硕油头肥厚的鸡，洗干净了，放水里煮。放下锅盖慢火焖，把鸡只吃不运动的油都熬出来，浓黄的油浮成一片一片。又拿一个锅，加点儿水，把一块块的五花肉搁进去，煮得五花肉见灰白了，去了水，下酱油、糖和黄酒，放下锅盖慢火焖，让肉慢慢焖红。她自己一旁继续扫地、逗狗、收拾沙发垫去。

她说，这时候，我在上海，或者其他天涯海角的街上，不管走着还是坐着抑或站着，准会忽然一皱眉，一耸鼻子，抬头仰望许久，然后对身旁的某人说："我觉得，我妈好像在炖鸡汤和红烧肉。"

（天堂飘雪摘自《大家美文》新华出版社 图/点点）

诗剧

春天把花开过了
就告别了
留下一个湿漉漉的雨季
在漫长的时光里慢慢浸透
那颗笨拙却柔韧的心
年华是封有效信
把沿途的春秋冬夏
都写进春天的回忆
最后再用一缕春风
带走四月的忧伤和叹息
——付炜《春天的告别》

那一个接一个的人走进我们的生命，并肩而行，渐行渐远，然后，便是决绝和遗忘。当我们懂得这些的时候，我们开始长大，学会在啤酒和沉默之中藏起自己的心事，只在记忆中辗转反侧，直到有一天我们发现这一切都是命运，无可更改。——江南《此间的少年》

一生缘分，我不难过

□一把青

奶奶离开前，我最后一次去探望。因为癌症脑转移，她久久昏迷，躺在用了六十年的雕花床上，长睡而无痛苦，一如她的心愿：在家最好，不要去医院。爸爸在一旁凝视着她的脸，久久才说一句：这一把头发，也要带到天国去了。

就在两个月前，奶奶还每天在外奔忙，我们都说她是关不住的鸟。去超市、逛菜场，她骑着三轮车，把一天安排得满满当当，动辄扛几十斤大米，狼吞虎咽地吃饭。儿女们劝了又劝：“您慢一点儿，这么大年纪多危险。”她不听，拍拍胸脯比个大拇指：“我是饭桶呢，有的是力气。”她心态年轻，吃的用的都与时俱进，70多岁还去美容院做脸。80岁大寿，她也学别的老太太添置了个金手镯，却收在抽屉里一天也没戴过，“等我老了再戴”，她总这么说。她的母亲活到了99岁，而她的计划是活100岁，好身体让她引以为傲。

其实这几年，她的身体没那么好了。爷爷3年前去世，她同年查出肠癌，手术后被儿女蒙在鼓里。她出院没两天就去买了几十斤牛肉，告诉邻居消失的这几天是去女儿家玩了，热热闹闹地拎回家，张罗着烧好了给孩子们送去。那年我在香港读书，父母在奶奶手术后才告诉我这事，我立马毕业典礼也不参加了，订了机票回去看她，在机场一边哭成泪人，一边豪购燕窝补品，进了她家门，她一如既往地弄好了菜在等着，大闸蟹、土豆牛肉丝、芹菜炒干子，还有我最爱的白切鸡，仿佛什么都没发生过。“怎么跟电视剧里的癌症患者不一样？”我暗想，只能叮嘱她，“这些燕窝不便宜，你要都吃了，别给小区里的保洁员邻居门卫送去。”

慷慨又热心，是她的一贯作风。她心灵手巧，一台蝴蝶牌缝纫机做遍了全家人的衣服；她吹口琴、听音乐，家里总是悠悠扬扬地放着邓丽君的歌；南瓜饼、麻辣汤、茴香豆、干切牛肉……她吃一次就会做。今年过年回家，我跟她说，香港煎饼卖得贵，35块钱一个呢。第二天还没睡醒，她一路高呼“煎饼来了”杀进房间。原来她天刚亮就出门，买了8个热气腾腾的煎饼切成16瓣，浩浩荡荡摆成一排，放在我面前。有时候回想，她自己吃得简单，泡饭咸鸭蛋就是一餐，也许并非对烹饪多有情趣，不过是为我们忙。

她是不愿意把关心和爱护挂在嘴边的人。爷爷去世后，她葬礼扫墓都没去，说墓碑上刻着自己的名字看着害怕，爷爷的衣衫鞋袜，却一件不让扔。有一次我们吃饭，她突然拍拍我指着床头柜说，你看，老兔子在那儿做窝呢——台灯边，她不知从哪儿弄了个兔子玩偶，头顶插着灿烂的向日葵。爷爷是1927年生人，属兔，他们都是回族人，去世后家中不设遗像，我知道她是在纪念他。

奶奶有想过死亡将至吗，还是揣着明白装糊涂？我后来反复思考这个问题，多年前有一天，我们聊起退休的话题，“你退休要再过38年，38年之后……还害怕啊？”她指着街边的自行车念叨，“人不比东西，一辆自行车放在那儿能一直放着，人说没就没的。”

人说没就没的，而奶奶爱恨浓烈的一生，定格在了85岁这一年，百岁大计，她食言了。

最后几天，她24小时里只有几分钟清醒，我夜深人静时偷偷起床，在她床前发表几小时的演讲，从我小时候她带我做蛋糕、批发冷饮开始，成长记忆细说从头，讲着讲着不禁垂泪，委屈地抓着她的手说：“特别难过……”“不要难过。”她却对我说，我甚至怀疑是出现了幻听，“你是不是让我不要难过？”她点点头，眼神却已望向一片遥远的苍茫中，接着我拿小汤匙喂她水，“谢谢哦！”她又说，我破涕为笑，撒娇地怪她：“都什么时候了，你还谢谢我。”

“谢谢哦”，是她在人间给我留下的最后一句话。这是多么美丽的事啊，一生缘分，我不难过。

（鲁刚摘自《三联生活周刊》 图/麦小片）

判断一个人是不是英雄，不应该看他愿不愿意拿自己的生命来搏，而是应该看别人都在惊慌无措甚至做出错误决定时，他是不是能保持镇定。
——麦克·莫波格

妈，多幸运，我此生有你

□李月亮

1

夏琦，二十三岁，一年前的某天，在南京财经大学读大三的她忽然晕倒在宿舍，被送到医院后，确诊为尿毒症。她第一次觉得自己离死亡这么近。

肾移植是唯一的希望。可是这个农村孩子面临两个巨大难题，第一没肾源，第二没钱。

她妈妈汪春红两年前刚做过一次大手术，但依然瞒着女儿去医院做了配型，结果，配型成功。妈妈当即决定把自己的肾移植给女儿。女儿心疼，怕她吃不消。妈妈的回答感动万千网友："我能给你第一次生命，就能给你第二次，我确定。"前几天母女俩刚做了手术，妈妈的一个肾移到了女儿身上，一切顺利。

2

一个女人在超市偷东西被抓住了。她偷的是些薏米、红豆、鸡腿和儿童图书。民警觉得奇怪："一般小偷都偷名烟名酒，你偷些杂粮干啥？"女人小声说，她有一个七岁的女儿，有肾脏病，脸都肿了，要吃杂粮才能消肿。"那书呢？""明天是儿童节了，想送孩子做礼物。""鸡腿呢？""孩子一直想吃鸡腿，一只鸡腿要七块钱，太贵了，好多次我都没买……"说到最后，女人哭了。

半信半疑的民警跟着女人去了她的住处，见到了那个脸肿成了球的小女孩。他心酸不已，几欲落泪。因为涉案金额只有94.59元，没达到立案标准，也考虑到这位母亲的难处，民警依法对她进行了训诫和教育后放行。这位好心的民警后来还给母女二人募捐，让孩子终于看上了病。

这件事曾引起很大争议。有人说无论如何不该偷，有人说一个走投无路的妈妈还能怎么办？法律和母爱，这是个永远没有正确答案的选择题。

3

我有个大学同学，爸爸很早过世，她跟妈妈长大。大学四年，她妈一直骗她说自己工资虽然不高，但是有理财收入，供她不费劲。毕业好几年她才知道，根本没有别的钱，她妈就是给人包饺子，一个月两千四百多块钱，自己花四百，省出两千来供她。有一次她妈去体检，查出肺不好，疑似肺癌。医生建议做进一步检查，她妈不去，说啥癌我也不治，我得把闺女供出来再说。后来她姨无意间知道了，硬拉着她妈去查。结果发现是良性的，没事儿。

拿到结果她妈高兴啊，跟她姨说的第一句话是："看来我一时半会儿还死不了，还能帮我闺女把她孩子看大。"

4

有个网友讲了这样一件事：因为癌症，妈妈在医院住了整整一年，我签过三次病危通知书，每次都侥幸地想着不会的，只是医生让我做心理准备而已。

妈妈走之前的日子已经意识不清，也认不出人了，有天她突然醒过来，直直地盯着我，我当时惊喜地以为她好转了，把耳朵凑过去，妈妈费劲地含糊着说："对不起，囡囡，妈妈没办法陪你出嫁了。"那是妈妈最后一次叫我的名字。瞬间泪目。其实说什么对不起啊，就算这辈子相聚太短，但能做你女儿，已是三生有幸了。非要说对不起的话，也该是女儿说啊，因为此生都没机会报答了。张爱玲说："妈妈们都有个通病，只要你说了哪样菜好吃，她就频繁地煮那道菜，直到你厌烦地埋怨了为止。"

其实她这辈子，就是在拼命把你觉得好的，给你，都给你，爱得不知所措了而已。而正是这不知所措又无休无止的爱，这有点儿混乱又有点儿盲目的爱，让这个冰冷坚硬的世界变得柔软，安全，阳光灿烂。

（常鑫摘自《杂文选刊》2018年第7期　图/小兔子妈妈）

我希望心里的夏季和身外的夏季一样完美，让我忘记终年终日的等待。可是心灵没有夏季。我望着夏季走过，自己却留在了冬季。必须走出这个焦躁难耐的季节，在欲望的阳光下老去。——《平静的生活》

表弟

BIAO DI

□徐 蓉

表弟后来才告诉大家，他很早就知道自己病得很重。

表弟住进苏北医院后，母亲来来往往为他奔波治疗，母亲说：“你们表弟看来真有点儿傻呢，住在肿瘤科，好像也还不知道自己患的是癌症呢，这样倒也好，省得他的心理负担重。”

表弟是肾癌转骨癌，发现时已经是晚期。表弟因为腿部关节痛来拍CT，拍出的片子中肿瘤点已经四处扩散，全身的骨头已经开始变黑，像乌骨鸡一样，肿瘤的原发点在肾。他的腿关节疼了有一段时间了，也到县医院看过，没拍片子，吃了些活血化瘀的药，不仅没有疗效，还使病情更加恶化了。

医生说，就目前情况看，已经没有什么好的治疗方案，预计生存期也比较短，只能先做几期放疗控制一下病情。国外有一种靶向药，如果经济状况好可以试一试，这药前几个月要花钱买，几个月后会免费提供。只是比较贵，半年的费用要20万元左右，完全自费。

表弟没有用这种药。根据医生的建议，表弟先做了6期放疗。放疗期间，我去医院看他，他气色还不错，乐呵呵的样子。我们安慰他说情况不严重，他也让我们不要为他担心。做了6期放疗后，表弟出院了。问医生今后怎么办，医生说没有什么好的治疗办法。母亲又将表弟安排进了中医院保守治疗，由瘦瘦小小的舅母陪护。为了保证营养，母亲开始每天跑30公里为他们送汤送饭。

舅舅是外公唯一的儿子，表弟又是舅舅唯一的儿子。表弟读书不灵光，但很服从安排，只是学什么都不能很专业，过了一段时间还是回家了，最后进了小镇的自来水厂。表弟冬天修水管，要骑着摩托车在野地里受野风吹，面黑人瘦，很是受了些苦。

表弟结婚了。母亲很上心，从看新娘子到新房装修，她都全力操持，还亲自做小工。表弟也有儿子了，儿子很聪明，小学、初中的学习成绩在年级当中一直靠前。直到那个时候，表弟生活的各个步骤看来都还算平平顺顺，直到这次生病。

表弟的病程不太长，前后看也就是大半年的时间。一开始还好，骨头还没有太痛，也能正常吃些东西。只是看着瘦了些，每次看他时，他都还是笑嘻嘻的，只说自己没事，抱歉耽误我们的时间了，还专门跑来看他。有时候他想儿子了，儿子也很乖巧，会去医院陪着爸爸，他俩一起头靠头倚在床头玩手机，表弟看着儿子，很是满足的样子。

后来，病情却是越来越重。病人开始要输血，大概一周输一次的样子，也开始疼痛，病是看不好了，只是人还是住在中医院。表弟却自己提出来要到小镇医院治疗，到了镇医院表弟又提出要回家。妈妈说他是怕大家担心，所以一步一步达成自己想回家的想法。也直到这时，表弟方才告诉家人其实从一开始他就知道自己病得很重。

躺在家里的表弟已经瘦得脱了人形，他一一想着要交代的事。舅母也很瘦，而且非常疲倦。她对表弟说：“妈妈去休息一下可好？过会儿就来。”表弟却只是搂着她的脖子不肯放手，那时候他已经接近无意识了，却还是希望自己的母亲能再多陪陪他。

像表弟这样的普通人，一辈子不过是希望平平常常地过完一生，只可惜这样最微小的想法也未能达成。为了家人不要太过担心，一直掩饰着自己所有的害怕、恐惧和悲伤。医院转了又转，在哪里都安之若素。他也从来没有抱怨过自己的患病、疼痛，即使心情灰暗而绝望。每一次，他都说他还好，让我们放心。

他就一直这么温顺地忍受到底。

（潘光贤摘自《三联生活周刊》

图/小兔子妈妈）

父子

FU ZI

□爱玛胡

睿是我的同事，好夸夸其谈，他说的话总得打个折扣听，又是个毛躁的小伙子，干事情大大咧咧，什么事情想到就做，不计后果，大家常常要给他揩屁股。主任总要我们盯着点儿他开的医嘱。你批评他治疗有问题，他向来不觉得不好意思，反而一定打破砂锅问到底，要弄明白他到底错在哪里，自称不耻下问。

有时挺讨厌他的，但他是个好人，热心肠，凡是觉得对病人好的治疗都竭力动员病人配合，病人难免质疑他的用意，他也不介意，说日久见人心。两下一抵消，睿还是一个挺讨大家喜欢的大夫。

他家就在郊区城乡接合部，父母开了个农家乐，生意挺红火。那一年他小孩过10岁生日，当地人的规矩要摆酒，刚好又是中秋节，他就请同事们去他家农庄玩。

吃饭的时候，他父亲陪我们，主任请他喝酒，他父亲摆手拒绝，说有病不能喝酒。都是医生嘛，就随口问：得了什么病？老人家突然激动起来，一指睿说：“主任，别说我是他爸，没错，他的命是我给的，但我的命也是他给的呀！”

原来12年前，老人肚子胀，检查发现是乙肝导致的肝癌，已经不能切除，医生不建议放化疗，效果不好，肝移植供体也等不到。去了本地几家大医院，包括肿瘤医院，都没有好办法。

睿不能接受这个现实，拼命上网查外国文献，看到有药物治疗结合介入治疗的报道，便去医院跟医生谈。那时肿瘤的介入治疗还不是成熟技术，医生实话实说：也没有多少把握，反而可能导致病情恶化。

睿不死心，回家跟父亲谈，说：“你花了那么多钱供我读书，就是等现在这一刻，我宁可你治死在我手上，也不愿意你被病活活拖死。”

话说得挺残忍，不过反过来说，有其子必有其父。老人跟睿一样是性情中人，当即拍板：这条命交到儿子手上了，随睿怎么治疗。

睿反复跟医生沟通，制订了治疗方案，签了生死状，就这样开始了漫长的治疗过程。一年、两年、三年，睿父亲的肿瘤逐渐缩小，最后居然消失了，老人多活了这么些年，肿瘤科医生说：这是个奇迹，但只是个例——也就是说，不可复制。

睿讲得眉飞色舞、得意扬扬。大家静静地听，他父亲则一脸欣赏地看着自己的儿子。睿的话，我们都心中有数，他肯定有夸张的成分，可这一次没有人反驳他、怀疑他。听完，主任拍拍睿的肩膀，对他父亲说：“老哥，你生了个好儿子啊！”举起酒杯，对睿说：“来，我们敬你一杯酒，你是个男子汉。”

我有时想起这件事，会想：在我们的治疗中，有时是否也需要这样的勇气和胆识才能战胜病魔呢？再一想：也许，这样的主，只能是父母子女做，亲如夫妻恐怕都不行，更不用说是萍水相逢的医生了。

（田龙华摘自《病人看病医生看人》当代中国出版社 图/木木）

诗剧

隔膜的薄冰融化了，
湖水是那样透彻，
被雪和谜掩埋的生命，
都在春光中复活。

一切都明明白白，
但我们仍匆匆错过，
因为你相信命运，
因为我怀疑生活……

——顾城《错过》

我轻轻地叹息了好些次。山头夕阳极感动我，水底各色圆石也极感动我，我心中似乎毫无什么渣滓，透明烛照，对河水，对夕阳，对拉船人同船，皆那么爱着，十分温暖地爱着！——沈从文《湘行散记》

请为我坚强地活下去

□痕痕

第一次接到那样的电话，是在四年前。“你奶奶身体不好，被送去医院了。”

那天我到医院时已经是晚上七点多，远远便看见奶奶躺在门诊大厅里。我走近，靠在奶奶的床头，轻声问她：“嘿，你怎么了？”奶奶没有说话。

我摸着奶奶的额头，凑近至她的耳边说：“没事的，你只是低血糖，知道什么是低血糖吗？就是糖吃得少了。”奶奶点点头。

我又贴着她的耳朵说：“你多有福气呀，什么病都没有，子女们又那么关心你。”说完，我靠在床边，冲奶奶眨眼睛，奶奶笑了。

其实，我并没有很喜欢奶奶，相比较而言，我更喜欢爷爷。

爷爷爱我，直到他去世。

爷爷住院的那天晚上，奶奶一直在哭，我听着奶奶的哭泣声，说：“你别哭了，你这么伤心，爷爷会担心的。”奶奶没理我。接下来我换了一种方式。我说：“奶奶，你想看看我未来的男朋友吗？”奶奶依旧无声无息。我继续问：“你想参加我的婚礼吗？有一天我肯定也会结婚的。”奶奶呜呜咽咽地回答：“嗯。”“那么你现在就要坚强一些，就为我坚强地活下去。”奶奶说：“嗯。”

爷爷是在第二天清晨去世的，那天上午，奶奶好像把一生的眼泪都倾倒出来了。爷爷去世后，奶奶就不会做饭了，她像藤条一样松懈下来。于是姑姑搬到奶奶家，和她一起生活。

逢年过节，亲戚们请吃饭，奶奶也是要去的。我进门后，就看到奶奶一个人坐在靠窗的沙发上。看到我，她的眼神才突然活起来，冲我招手对我笑。我坐在奶奶身边，能感受得到奶奶的悠然自得。后来，每一周或是半个月，我会去看一次奶奶。每次探望时，我都欣喜地对奶奶说：“你气色很好啊！”我抓过她的手，对她说：“你好像胖了！你身体真好！”奶奶被我的情绪感染，立马眉开眼笑。我在奶奶家待不了多长时间。起初，奶奶总是想挽留我，她留我吃饭，留我看电视，我显得很不自然。渐渐地，她也不再留我了，我要走，她就点点头。奶奶的身体逐渐衰弱，我陆续接到姑姑打来的电话：“你奶奶最近状态不好。”“她精神很差，水也不喝。”后来这样的电话就没有了。有一次我问姑姑：“奶奶最近好吗？”她说：“不好。”那天夜里，我骑车去看奶奶。我凑到奶奶跟前，对她说：“奶奶啊，坚强一点儿，无论如何要按时吃饭啊！”她只是闭着眼睛。

我曾在很多个夜里失眠，然后想起奶奶，想起她摇摇欲坠的身体。木讷的我，终于在某天夜里，理解了奶奶的处境。

奶奶现在啊，看不见，听不清，也说不出话来。

奶奶现在啊，无法走路，睡觉没有力气翻身，她长期躺着，皮肤开始溃烂。

奶奶现在啊，每天只吃煮得绵软的面条。奶奶现在啊，掉进了无穷无尽的黑暗里。

在奶奶还走得动路的时候，她一定要带我去买一件首饰，说是要送给我留作纪念。

在奶奶还看得见的时候，她指着电视“啊啊”地发音，姑姑向我“翻译”道：“奶奶看中了电视广告里的首饰，说一定要买给你。”这是奶奶在能表达清楚意图的时候告诉姑姑的，让姑姑一定要转告我。我说：“那些都是骗人的呀，我不要。”后来，奶奶就走不动了，也不会说话了。

就在那天失眠的夜里，恍如一刹那有星光在心底闪了一下，我想起曾经和奶奶的约定。我说：“你想看看我未来的男朋友吗？看看我未来的老公是什么样子？”奶奶停止了哭泣。

“你想参加我的婚礼吗？有一天我肯定也会结婚的。”

“嗯。”

“那么你现在就要坚强一些，就为我坚强地活下去。”

在仿佛无穷无尽的、从某一刻开始就陷入悲伤的夜里，奶奶说：“嗯。”

（三三摘自微信公众号“最小说” 图/豆薇）

后来，我终于意识到，当你知道某个秘密的时候，最痛苦的就是你不能告诉任何人。不能告诉任何人，那知道这个秘密有什么意思呢？
——安德里亚·布斯菲尔德

我长大啦，可以回家了

□苏见祈

~~~~1~~~~

我是在爷爷奶奶家里长大的。

爸妈似乎并不喜欢孩子，生下我之后就把我丢给了爷爷奶奶。两位老人得了孙子倒是欢喜无限，每天围着小小的我团团转。

初一开学之前，我被父亲带回了家。离开的那天，奶奶把我叫到一边，附耳低声说："如果家里的饭吃不惯，可以来奶奶这里，奶奶做给你吃。"

我说："不管那边的饭好不好吃，我一定常常回来。"

家里的饭的确是很难吃的，但这并不是生活开始变得糟糕的主要原因。主要原因是我恋爱了，还被老师抓了个正着。

父亲应老师的召唤出现在学校里，进门的第一个动作是一脚踢在我后腰上。我向前栽了下去，脑门撞在桌沿上，满眼都是星星。

周末照例是到奶奶家过的，依旧是一桌子丰盛的饭菜，我不说话，只是大口大口地胡吃海喝。

奶奶冷不丁问："你和那个女同学怎么样了？"

我吓得一口汤呛在喉咙里："还能怎么样？老师天天盯着，话都说不上一句，算了吧。"

奶奶摇摇头："当年我要和你爷爷结婚，组织不批。我们只好每个星期写信联系，等到后来形势好起来了，才复员结的婚。要是我和你爷爷也学你一样，碰见个事就轻飘飘说一句算了，现在哪来的你？"

真是一语惊醒梦中人，我拉住奶奶说："那我让同学把信寄到这里来，你要帮我保密啊！"

~~~~2~~~~

鸿雁传书的地下恋情维持了三年，我和她终于考进了同一所高中。

重逢本该是喜悦而甜蜜的，可是她眉眼间的陌生让我有些措手不及。

她总是时不时拿出手机飞快地打着字，说话对象显然不是站在身边的我。我愁眉苦脸的，奶奶问我怎么了。我说："现在不少同学有手机啦，写信要三天才能送到，手机短信只要一秒钟。"

奶奶说："知道了，不就是个手机吗？你慢慢吃，吃完带路。"

奶奶拽着我走进诺基亚专卖店的大门，干脆利落地掏出六张一百块钱。我几次张口，却终究没有拒绝。

然而手机并没能改善我的处境，姑娘牵了另一个人的手。一切都失去了意义，上课时我百无聊赖地寻找能让我不再感到乏味的东西，目光落在了抽屉里的手机上。

我莫名其妙地迷上了那里面唯一的游戏贪吃蛇，不断刷新着游戏最高分。

在手机还不普及的年代，随着围观贪吃蛇的同学越来越多，我的手机俨然成了班级里最抢手的东西。奶奶的六百元让我从一个默默无闻的角色一跃成为人缘最好的人之一，我和大家打成一片，周末的时间，几乎被作业和各种娱乐活动占得满满的，很久都没去奶奶家吃饭了。

~~~~3~~~~

后来爷爷打了两次电话来，我

人生之旅历途甚长，所争决不在一年半月，万不可因此着急失望，招精神上之萎蘼。汝生平处境太顺，小挫折正磨炼德行之好机会，况在国内多预备一年，即以学业论，亦本未尝有损失耶。——梁启超
~~~~

终于又回到奶奶家吃饭了。那个周日奶奶特别高兴，饭也前所未有地丰盛。我没怎么说话，用闷头吃喝来掩饰心里的愧疚。

奶奶在边上问："手机还好用吗？"我点点头。

奶奶又问："和女同学怎么样了？"我一愣："分手很久啦。"

奶奶"哦"了一声，良久才说："感情归感情，学习成绩还是要跟上啊！听说你上课总是玩手机，成绩一直在下降……"我听到学习这两个字就烦，没想到，到了奶奶家耳根也不得清净。

我"啪"地放下筷子："你还让不让我吃饭了？"

两人再也无话，十多年来第一次，我们之间竖起了一道无形的墙。我原以为奶奶对我好是没有条件的，就像我爱她也没有条件一样。没想到，连手机都是"好好学习"的交易品，那她和其他大人也并没有什么不同。

我草草吃了几口，便起身离开了。离开时，我悄悄把手机落在了茶几上。

周一回家，踏进家门，迎面就是眼冒金星的一巴掌。"撺掇奶奶给你买手机，好和女同学联系是吧？天天正事不干，谈恋爱，打游戏，当初就不该生你！"

他是怎么知道的？这件事我只和奶奶一个人说过。而且昨天刚和奶奶闹了别扭，今天父亲就知道了，时间点也太巧了些。

一股寒意涌上心头，我最信任的人出卖了我。

~~~~4~~~~

我很久都没有再去奶奶家。

三年一晃而过，高考结束后，我终于可以离开这里了。

收拾行李前夜，我从书桌和墙壁的夹缝中取出了高一的日记。翻过一页，我忽然愣了一下，日记里夹着几星烟灰，家里只有父亲抽烟。原来，高一那年女友和手机的事，我不只和奶奶说过，我还和这本日记说过。

我连滚带爬地冲出家门，这些年我竖起浑身的刺保护自己，最终被我伤到的人却不是我的敌人。

我弯着腰喘着粗气，使劲敲奶奶家的铁门。门打开，我和奶奶都愣住了。

人怎么能一下子老这么多？印象里她永远染着乌黑的头发，仔仔细细地梳着头。可是现在的奶奶驼着背，一头散乱无章的灰白头发，浑浊无神的双眼呆呆地看着我。

然后，那浑浊的眼里一点点亮起了神采，"孙子又长高啦！"

怎么不是骂我的话呢？"对不起，"我小声说，"对不起……"

"怎么哭了？"奶奶似乎没听到我的话，她伸出手想替我擦眼泪，手臂却一直举不过肩。

"又在家里受委屈啦？别哭，奶奶做好吃的给你。"她牵着我的手进了屋，指尖和掌心都是粗糙的老茧，温暖却依然如昔。

奶奶像从前一样走向冰箱，只是颤颤巍巍的，冰箱里空空如也。

"哎呀，你好久没来了，冰箱里都没有准备东西……"奶奶失落地转身，苍老的脸上写着手足无措的慌乱。我连忙指着厨房里一锅现成的汤："我吃这个就好了！""对，猪蹄！你小时候也喜欢吃！"

"好吃吗？"她一脸期待地看着我，就像从前的无数次一样，随后又絮絮叨叨地说，"对不起呀，奶奶老了，这两年没力气做以前那些大菜给你吃了……"

"好吃！"我抬起头对着她笑。奶奶如释重负，回头走进房间，拿出那部手机递给我："当时手机落在这里，还以为你过一两天就会来拿的，结果……哎呀你怎么又哭了？"

她像我小时候一样，轻轻拍着我的背，只是手上的力道变得轻飘飘的。

~~~~5~~~~

我从碗里抬起头，使劲抹了抹湿漉漉的脸。

手机早就升级成彩色屏幕的智能机，小时候粉刷的新墙已经满是裂纹，曾经温暖宽厚的怀抱也变得干瘪枯瘦。太多美好随着时光一起流走了，幸好老天对我不薄，还让我赶上了这一碗汤。

我吃完后，披上外套准备出门。

"怎么刚来又要走啊……"奶奶仰起头看我。爷爷奶奶驼了背，当年屋子里小小的我，如今已经是这个家最高的人了。

"我出门买点儿东西把冰箱填满，马上就回来。"我走到门口又想起了什么，"对了，奶奶帮我准备个房间吧。"

"啊？"奶奶似乎有些耳背。

"我说，我长大啦，可以回家了！"我握着她的手，在她的耳边大声说。

（三三摘自微信公众号"脑洞故事板"

图/果酱的酱）

诗剧

夕阳倾洒着最后的霞光，
晚风轻摇着苍白的睡莲；
巨大的睡莲，在芦苇中间
在宁静的水面凄凄闪亮。
我带着创伤，沿着水塘，
独自在柳林中漫游，
迷茫的夜雾显出一个
巨大的白色幽灵，它
失望、哭泣，声如野鸭。
野鸭拍着翅膀
在我带着创伤
独自漫游的柳林中
浮想联翩；厚厚的浓黑
在这白浪里，淹没了夕阳
最后的霞光，淹没了芦苇间，
宁静的水面上巨大的睡莲。

——魏尔伦《多情的散步》

悲剧就像一场飓风一样，经过你的人生时摧毁一切，制造混乱。等到一切平息下来，你就要做出选择。要么活在这片废墟里，装作自己的家还在；要么就从废墟中站起来，慢慢开始重建人生。——《美眉校探》

在父母面前装装傻，就是一种孝顺

□炉 叔

世上最让人追悔莫及的事情就是，你自以为是地把一张臭脸甩给爸妈看。

大北经常在办公室里发牢骚，说她老妈自从学会用微信后，就变得特别烦人。一天到晚，不是在家人群里传谣言，就是在朋友圈里发养生文。

好不容易周末的时候落个清静，又给你私信发过来一堆“注册有红包”“点击赚大钱”之类的垃圾信息。

她和老妈说了好几次，不要相信这些东西。结果她上一秒刚说完，她老妈下一秒就跑到群里发了一条：“抽烟之后千万别吃这种水果，小心中毒！赶紧转给你的家人朋友看！”

因为这些事，大北没少和她老妈吵架。很多同事都劝她看开点儿，别把事情想得太严重，老爸老妈们虽然转发那些信息，但实际上对他们自己和子女的生活并没有造成什么实质影响，不要总和他们过不去。

每次听别人这么说，大北都会回一句，自己也知道，但就是控制不住想要唠叨两句，发发脾气。

类似的情况有很多。

我曾经在网上看到过一个帖子：为什么每次爸妈犯很幼稚的错误时，自己总是控制不住脾气想要指责他们?

回复里让我印象最深的一句话是：我们跟父母生气，气的不是他们做错了什么，而是气他们不该成为犯错的人。

以前他们告诉你不要和陌生人说话，结果他们现在对街边推销保险的人比对你还亲；以前他们告诉你没事不要乱花钱，结果现在超市一打折，他们第一个冲锋陷阵，也不管以后用不用得着，大包小包地往家拎；以前他们和你说了那么多，结果最后食言的却总是他们。

你之所以不快，就是因为你从他们身上发现了太多不完美。而且，你还不太愿意承认他们的不完美。结果就导致了很多本来可以避免的缺憾和矛盾。

两三年前，我妈突然迷上了旗袍，每个星期都要逛一次街，每次回家都要拎一两件回来，而且每件旗袍的颜色都逃不开红、绿、紫这三个主打色，非常“辣眼睛”。

那段时间，每次她换上一件新款式，都要站到我面前，问我好不好看。而我的回复每次都很敷衍：“不好看，都什么年纪了，还穿这么闪。”

过了两个多月，有一天早上我发现我妈在收拾她的旗袍，准备送给别人，心里觉得不对劲，便问她怎么了。她叹了口气，很沮丧地告诉我，老了，穿不了了。

那一刻我才明白，她之前为什么总要问我好不好看。我们之间隔着28年的时光，儿子的肯定，就意味着她还年轻。但我明白得太晚，无意间已经伤害了她太多次。

王朔曾经写给女儿一段话：“我不记得爱过自己的父母。小的时候是怕他们，大一点儿开始烦他们，再后来是针尖对麦芒，见面就吵；再后来是瞧不上他们，躲着他们，一方面觉得对他们有责任，应该对他们好一点儿，但就是做不出来，装都装不出来；再后来，一想起他们就心里难过。”

世上最让人追悔莫及的事情是：你自以为是地把一张臭脸甩给爸妈看，告诉他们，你们错了，你们真笨，你们真傻。

所以，别急着对自己的父母说教，有时候，在父母面前装装傻，就是一种孝顺。

（丁丁摘自微信公众号“围炉夜读” 图/木木）

诗剧

春山烟欲收，
天淡星稀小。
残月脸边明，
别泪临清晓。
语已多，情未了，
回首犹重道：
记得绿罗裙，
处处怜芳草。

——牛希济
《生查子·春山烟欲收》

你身体里的每一个原子都来自一颗爆炸了的恒星，形成你左手的原子可能和形成你右手的来自不同的恒星，这是我所知的关于物理最有诗意的事情：你们都是星尘。——劳伦斯·M. 克劳斯《无中生有的宇宙》

手的故事

□林文月

SHOUDE GUSHI

很多年以前，我遇到了一双赤手空拳的手。那双手大概与我有前世的盟约，于是，再也没有任何一双手能够吸引我。

那手在我的左手无名指套上了一枚细细的白金指环，而后又揭开了我羞涩的面纱；我们组成了一个单纯平凡且幸福的小家庭。

那时候，我还在读研究生的最后阶段，我的手既要在深夜的灯下执笔赶写论文，又须在租来的小厨房内以不熟练的手法炒出不可口的菜肴。

后来，这个小家庭添了一双健康的男婴的手。

那双手对这个世界十分好奇，但并不像一般男娃娃那样淘气，算得上相当听话稳重的手。

牵那小手过马路，我总是小心翼翼，把它紧握在自己的掌心里，遇着车来车往的危险境况须提醒注意时，我往往用手掌的连续三次松紧作为暗号来提醒，于是那小身影便会谨慎地贴靠我；母子就这样快步穿过马路，安全地走到对面。

那双手慢慢变大了。有一天我们手拉手穿越马路，侧面有汽车疾驶而过，对方的手竟然迅速以连续三次松紧的暗号提醒我；我猛然发现，原来是我的手被握在了那个掌心中。

那个小男孩长大了，甚至也考取了我所执教的大学，读工程。

第一次领他去参观校园内外，在上台阶时，我很自然地去抓他的手，怎料那大手竟甩脱了我。

他俯首告诉我：“妈妈，以后请你记住，来到这里，你是教授，我是大学生。”教授当然不便拉大学生的手，当时我心里有一些寂寞，大概也有一些欢喜吧。

四年来，那双手似乎愈趋成熟，不仅翻阅一些厚重的科学理论书籍，还时而细心绘制着复杂的机械图表，时而抒情地拨弄着古典吉他的丝弦；终于在今夏，捧着一张毕业文凭，告别了大学生活。

在可以预见的未来，相信是无限美好的前途在等着他们去追求把握吧。

我们的家，另外有一双女婴的娇嫩的手，比她哥哥的手迟两年半来到。

那双手天生就是比较活泼热情而讨人喜爱的。在她很小的时候，冬天里，我常抱她坐在书桌

前，让她陪我批改学生的作文。看我在每个句子下用红笔画个圈圈，她便抬头恳求：“妈妈，让我替你画圈圈。”我握着那小手画了几行圈圈，她高兴得呼叫起来。

几天以后，我发现好几篇作文都被那只捣蛋的小手画满了红圈圈，甚至我教学用的课本和资料上面，也到处都是大大小小的红圈圈。她瞪着乌溜溜的圆眼说：“妈妈好辛苦，我帮你画圈圈！”我原想打她的小手，却忍不住地亲吻起来。

这双小手兴趣广泛，按过琴键、笛孔与琴弦，拿过针线、彩笔与相机，逐渐变得纤细而柔美，却还不曾费心整理过自己的房间，总是一任缤纷的衣裳溢出衣柜之外，便兴高采烈地赴约去了。将那些穿上又换下的花衣折好挂回拥挤的衣柜里，则是我这双手的工作之一。

其实，那双年轻秀美的手，也经常捧着法国文学的课本，俨然已在开拓属于自己的未来生活了；有时也难免教人无意间撞见正极慎重地折着一些神秘的信封。莫非我的小女儿不知不觉中已经长大了吗？

而多少年来，那双原本赤手空拳的手，做过各种工作，如今却已变得肥硕而多斑，左手无名指上的白金戒指甚至被崩断了；但那双手仍然是这个家庭里最重要的支柱，它们使其余的三双手可以安心地去做想做的事情：譬如说，我这只右手能够始终不懈怠地握着笔杆，也一直是在那双肥硕而温暖的手掌保护之下。

（清荷夕梦摘自豆瓣网 图/麦小片）

“爸，这些书堆得都要倒了，你没发现吗？”儿子大摇大摆地晃了进来，往我的床上一躺，随手拿起一本达尔文的《物种起源》，“这就是进化论？一百多年前的了，都写了些什么啊，你看完了吗？”

“我一直都很奇怪，爸，你为什么总是很喜欢看跟我们这个时代没什么关系的书呢？我觉得就是因为这个，你才会去写那些别人都看不懂的东西。我觉得你写这些已经证明自己了，为什么不去写大家都看得懂的呢？你都不知道我们这代人喜欢看什么书。”

父/子/书

□赵 松

从十三岁到十六岁，儿子经常会这样跟我说话。每次走进我的房间，他都带着审视的目光，仿佛头回进来似的，打量着周围的书架，还有床上的那些书。他拿起这本，翻了两下，又换成另一本，再放下。他的问题永远不是关于这些书内容本身的，而是关于它们为什么会被我喜欢，因为他实在看不出它们有什么吸引人的地方。我已记不得他第一次质疑我的书是哪一天发生的事了，只记得当时他来到我的那个工厂园区的工作室里，坐在沙发上，左右扫了几眼那些书架，“好像又多了不少书？”我点了点头，半开玩笑地说：“它们将来都是你的。”他摇了摇头，“给我？可我对它们一点儿兴趣都没有啊！”“或者，你把它们捐赠给哪个乡村图书馆也可以。”他出神想了想，没再说什么。

这个场景对于我来说，是个巨大的时空落差。这意味着，我必须要接受这样的事实：他已不再是那个每天晚上急吼吼地要听我讲吉卜林的《丛林故事》，甚至逼着我编各种版本的狼爸爸续集，或是安静地听我讲卡尔维诺的《意大利童话》的男孩了。他也不再是那个整天喜欢抱着那些关于恐龙世界的书看个没完、把我跟他的角色分设在侏罗纪和白垩纪的男孩了。我还没来得及把《一千零一夜》和《安徒生童话》读给他，他就长大了，这种变化要远比他从一米五五长到一米七二来得触目惊心。

他再也不会像以前那样随意地挨靠着你了，而是在你每次出现在他面前时都会带着某种警觉面对着你，当你试图摸下他的脑袋或搭一下他的肩时他总是会下意识地避开，他会不失时机地表明态度：他跟你一样，喜欢独自待在自己的房间里，而不喜欢别人没事就随意进来。听到此言，我多少还是有些不习惯的，甚至有些尴尬。

为了理解他的这种变化，我不得不去想想自己在他这个年纪时是什么样的状态。那时候的我不明白为什么我爸会把那套从朋友那里借来的线装绣像版《红楼梦》用布包裹着藏在衣柜里，好像唯恐被我们看到似的；家里没多少书，除了袖珍本《毛泽东选集》《赤脚医生手册》《新婚知识》、蔡松藩的《东周列国演义》、林汉达的《春秋战国故事》、胡绳的《从鸦片战争到五四运动》，就是《鲁迅杂文选》、司各特的《爱丁堡监狱》和《艾凡赫》，还有半部《斯巴达克思》。而我感兴趣的只有战争方面的知识，比如甲午海战中的细节、解放战争中每次战役的情况。

但印象最深的，却是《斯巴达克思》里的角斗士。当我把这些记忆讲给他听的时候，他一边玩着魔兽游戏，一边摇着头说：“老爸，你想过没有，要是那时候也有电脑和游戏，你还会看它们吗？今天的孩子跟你们那时候已经完全不一样了啊！你们喜欢的，不代表我们也要喜欢。”

不管我给他推荐什么书，他基本上都是拒绝的。他想要什么书，会把书名用QQ发给我，让我去买来。十三岁时，他迷恋猎鹰的书，把能找到的都看了，而且不止一遍，那时他只关注特种兵这个主题。接下来《盗墓笔记》又成了他的枕边书，差不多有一年多时间都在反复看。那猎鹰呢？我问他。“猎鹰？”他想了想，“他写故事的能力还是挺强的，但语言太松散了，经不起反复读……有段时间我写作文都是模仿猎鹰，可老师觉得一点儿都不好。其实《盗墓笔记》也有类似的问题，只是题材更有意思一些。”问及对他影响最大的一本书，他不假思索地说，《超越无限：迈克尔·乔丹人生哲理启示录》。他特别喜欢乔丹的那段话：

“如果我跌倒，那就跌倒吧。爬起来继续前进，拥有一个愿景然后去尝试……如果我成功了，那很棒。如果我失败了，我也不愧对自己。”

“爸，你能不能不那么写我呢？”读初二时，有一天，他看到了同学转给他的那篇我写的《我们父子》。“我随口说说的话，你也写进去了，这真的让我很尴尬，同学们都开我的玩笑，问这问那的。你应该问问我再写，我觉得我跟你写的我不一样。这是不真实的。另外我跟你写的《抚顺故事集》里的那些人也不一样，你不能用写他们的方式来写我，我也不是很赞同你那样去写他们，他们也有很多方面是你不知道的，不是吗？”

好吧，我无奈地耸了耸肩。他还没说完，“不过好像你们作家都不喜欢被别人批评。还有就是，我觉得你并没有全力以赴去写你想写的东西，我看你经常都很悠闲，像没什么事儿似的，今天去跟这个朋友吃个饭，明天又去参加那个聚会，在家里时也是没完没了地看书，你为什么不关上门写呢？我要是你就哪都不去。”

有段时间，他的同学都在看雷米的《心理罪》。他也让我给他买来，厚厚的五大本。他看了几天就放弃了。他觉得情节让他有点儿吃不消，完全不能适应，太邪了些，看了不舒服，他把它们丢到了角落里，“等以后再看吧，至少现在我是不想看了。”在我拿起其中的一本翻看时，他沉默片刻，忽然想起来似的问道：“爸，以前，你刚开始看书的时候，对你影响最大的书是哪本呢？”

我想了想，应该是《尼克·亚当斯故事集》吧，海明威的。“原因呢？”原因嘛，就是它让我明白，一个人在年轻的时候独自游荡有多么重要。

“哦。”他点了点头，出了会儿神，没再言语。

（司志政摘自《最好的旅行》北京师范大学出版社 图/小兔子妈妈）

孝而不顺

□尤今

那英在一项访谈里，聊及好友王菲时，说：“她是一个孝而不顺的孩子。”

“孝而不顺”，真是可圈可点的形容词啊！

根据中国的传统，所谓的“孝道”，便是孩子对父母“千依百顺地俯首称是”。为人儿女者，为求尽孝，纵然觉得父母的要求不合理、做法不近情理，或是有违自己的意愿，都不敢拂逆；有时，当父母的要求远远超过自己的能力，或者做法大大地逾越了自己忍耐的极限，悲剧便难以避免地发生了。

在我过去的执教生涯里，便发生过两起人为的悲剧。

女生阿娟，母亲早逝，由父亲一手抚养成人。她对读书没有兴趣，独独钟情于女红。两根织衣棒落入她手里，立刻便有了出神入化的生命力。父亲一心要她上大学，然而，他却忽略了她的资质与兴趣；而她呢，深爱父亲，明明知道自己不行，却为了尽孝而硬撑。当我发现她精神濒于崩溃的边缘时，曾多次约见她父亲，请求他考虑她的精神状况而让她停学，他执意不肯，口口声声说他已准备好了学费让她上大学。在他的观念里，万般皆下品，唯有读书高。终于，在大考前夕，她承受不了巨大的压力，从20层的高楼跃下，以她宝贵的性命来让固执的父亲聆听她心里的声音——她“孝而不顺”，不是不愿顺从父亲，而是无能“依顺”啊！

男生阿明，沉默寡言，是老师眼中循规蹈矩的好学生。他母亲爱子心切，时常有事没事地到学校来向老师和同学查询他的行为，使他成了班上同学口中的笑柄。他非常不快乐，但是，传统的孝道好似一道沉重的枷锁——孝顺孝顺，要尽孝也就得依顺，他不敢反对母亲这种让他难堪的做法，但是，内心累积的不快乐，使他成了一座蓄势待发的火山。

那一天，他母亲接到一通女同学拨来的电话，便恫言要到学校去查问他的交友情况，他悲愤难抑地喊道：“你去你去，你一去，我就死给你看！”母亲生气地说：“你敢威胁我？哼，我现在就去！”就在母亲弯腰穿鞋子时，他猛地攀越了高楼的栏杆，瘦瘦的身子，就好像一片薄薄的落叶，从18层楼高的地方轻轻地飘落。这名17岁的少年，以他的生命向母亲发出无言的呐喊：他孝而不顺，只因为长期不合情理的依顺让他活得太累、太累了啊！

孝和顺，是两码事。每个人，都有权利依据自己的个性与能力，活出不同的精彩。父母在要求儿女尽孝的同时，也应该在合理的范围内，顺遂他们的心意，尊重他们的意愿，聆听他们的心声。

（梁衍军摘自作者博客 图/小栗子）

七十二本存折

□麦　家

朋友姓骆，叫其父为骆父吧。骆父瘦，腿长，更显瘦，杆子似的。我见过骆父三次，骆父不爱说话，爱运动，日日带着干粮上路，奔波于满山遍野，把力气和脂肪全通过汗水，洒在路上。

骆父年轻时在石灰厂做工，双肺吃足尘灰，年纪轻轻，落下慢性支气管炎，未及中年，已同老人一样虚弱；生产队劳动，评工分，别人家十分，他要打八折，因为身子虚弱。

大家都以为他寿数长不了，是阎罗王随时要叫走的样子。他却一路蹒跚，踉踉跄跄，挺到八十四岁，全村人当稀奇讲，织出各种故事。故事配角是朋友，讲他手眼通天，花钱收买了阎王爷。

朋友实是普通人，理工男，嘴笨性平，通人的功夫都不及格，谈何通天？只是做事钻，下海早，挣到钱。朋友就是在合适的时间做了合适的事，成了大款。却从不款待自己，生活节俭，是标准的“五好”男人。唯一款待的是病父，把他当虾一样呵着养。

骆父的寿命一半是儿子花钱保出来的，一半是他自己用脚走出来的。医生建议：肺不好，用脚“呼吸”。他持之以恒，不论严寒酷暑，只要出得了门，绝不在家里，从不懈怠，也得到好报。生命在于运动，骆父是顶好的例子。

但病肺终归不饶他，不时向他报警，2016年他终因肺衰竭，撒手人寰。医生说老人家的肺像老透的丝瓜瓤，只剩网状的筋络，这样一对肺能活到这年纪，是奇迹。奇迹是儿子的孝心和父亲的双脚联袂打造的。

骆父还创下另一奇迹。

整理遗物中，朋友发现父亲房间里，那张他小时候做过作业的小书桌，有一只抽屉牢牢锁着：一把明锁，一把暗锁，双保险。

父亲是突然跌倒，然后在多家医院辗转、深度昏迷半年之久后走的，没有临终交代，没有遗嘱，儿子不知道“重兵把守”的抽屉里藏着什么宝贝。当然要打开，兴许里面就有遗嘱。四方找，找不到钥匙，只好找刀钳帮忙。撬开看，小小的抽屉里塞满了五花八门的存折，有的黄，有的红，有的蓝；有的新，有的旧，有的破；有的只是一页纸，是最老式的存单。数一数，总共七十二本（张），少则几千元，多则几万元，大多是一万整数，累计八十三万多元。

朋友讲，存折摞起来要排成两列，否则要坍倒。他瘫坐在父亲床上，足足一个下午，都在流泪、心痛，好像每一本存折都是一本令人心碎的书。存折有的已经存放二十多年，变色，发霉，房间也已经空落半年之久，在夏天的高温里，散发着一种酸腐味。但朋友讲，这是他闻过的最好闻的一种味道，一年多来，他坚持每周末回去，都要去父亲房间坐一坐，重温这个味道，好像是上瘾了。

我曾陪朋友去他父亲日日行走的路线走过一趟，走得饥肠辘辘，看见一家野菜馆，便去就餐。当地有一种土制红薯烧酒十分出名，自然要尝一尝。菜端上桌，我们举杯。朋友举起又放下，流出泪，捂着脸出门，不回来。我付了钱，追上去，什么都不讲，忍着饥，默默陪他走。我知道，他一定是想起父亲每天带着干粮走在这条路上，就觉得没脸吃。

一荤一素一碗饭，按三十元一餐计，一年是一万多，二十多年是将近三十万。八十多万就是这么节约出来的。我纳闷，难道他不知道你有钱？朋友讲，总是知道的，只是苦出身，舍不得。我母亲也是这样的，据说我给她的钱大多存在银行，密码是我儿子的生日。我让她花掉，她总是讲，我少花一块，你可以少挣一块。我不知道这是什么逻辑，只知道，天下父母都这样，宁愿自己苦着、累着、熬着、啼着血，也要对子女道一声岁月静好。

（裴金超摘自《南方周末》2018年2月1日　图/张翀）

我们夜宿廊下，仰首静观檐底黑影，看凉月出没云底，星斗时隐时现，人工自然，悠然融合入梦，滋味深长。——林徽因《晋汾古建筑预查纪略》

我爸妈没什么文化，撒起谎来就像本科毕业

□如　鹿

----1----

“谁要吃鸡腿，鸡头上的肉才好吃。”

这是我舍友小雅的故事。

她童年时，妈妈没有工作，爸爸在水泥厂打工。因为没钱，饭桌上很少开荤，逢年过节才会吃上些肉。

每当有鸡这道菜，小雅爸爸总是飞快地把鸡头夹进自己的碗里，就像小卖部里抢颜色特异弹珠的小孩子一样。

小雅问，为什么爸爸总是抢鸡头吃呢？他爸爸说，鸡头上的肉最好吃，但小孩子吃鸡头会中毒，小孩子只能吃鸡腿。

后来，小雅上大学第一次和我们聚餐，点了辣子鸡。她忽然想起，自己长大了，可以吃鸡头了。可整盘鸡吃完了，也没见到鸡头。

她愤愤地跟我们吐槽饭店偷工减料。我们哈哈大笑。

满屋子的笑声里，只有小雅偷偷抹了几把泪。原来爸爸一直在骗她，这样她才会心安理得地啃两只鸡腿。

----2----

“你快去教室！妈妈上班了，没时间理你！”

我第一次被送到幼儿园，死死地拽着我妈的衣服，任凭我妈推老师拽，哭天抢地就是不撒手。

纠缠了一会儿，直到我妈一跺脚，下了狠心，使了力气，才把我的手拽开。一巴掌把我推进校门，然后眼睛一瞪，终于不再用哄我的口吻，凶道：“我马上就得上班，没时间管你，你哭也得在这里，不哭也得在这里，不到放学我不会来接你！”

然后她转身就走，我脸上挂着泪花，被老师抱到教室里。

可我没再哭，因为我看见大门外的冬青后面，藏着一个熟悉的身影，正在偷偷往里看。

----3----

“你现在不知道好好学习，等找不到工作，我是不会养你的。”

这句话从小到大听了无数次，开家长会被老师点名批评时；迷上了隔壁班男班长寝食难安时；发小考得比我高出十分时；羡慕街上穿着很潮的姑娘时……

我的梦想一直是做个摄影师，没课时我要么背着单反到处跑，要么泡在图书馆里看摄影类的指导书。

大三时，终于有一家杂志看上了我在微博坚持更新的照片。于是，我开始收到一些微薄的外快。

但是，这严重影响了我的专业成绩。大三下学期，周围的人都在准备考研、考公务员，我失眠了几个夜，纠结了很多天，终于给家里打了电话。

我说我不想考研，想做个摄影师，如果这个决定让我以后穷困潦倒，我也不后悔。

我妈在电话那头哭了，边啜泣边说：“别压力太大，我跟你爸知道你很努力，毕了业如果你的工资不够你吃喝，没关系，爸妈养你，养你一辈子都成。”

我爸妈没什么文化，他们不会开导我，只会拿不好好学习就不养我这种话来要挟我。他们也不会鼓励我，只会拿赚不到钱爸妈养你这种话来安慰我。

----4----

是啊！我们的爸妈都没什么文化，但撒起谎来就像本科毕业。

而我们，看上去很有文化，但有时候连爸妈哪句是真话哪句是谎言都分不清。不过，他们不撒谎的时候也很多。

高考前，我压力特别大。我爸送我去考场，我坐在摩托车后面小声问他：“爸，你更喜欢重点大学还是更喜欢我？”

我爸没说话，摩托车骑得很快，风嗖嗖的，我以为他大概没听到。到了学校我下车时，我爸说：“更喜欢你。”父母的每一句谎言都是钻石，在爱的长河里熠熠生辉，此生光芒不减。

（田龙华摘自微信公众号“党员文摘”

图/小兔子妈妈）

柠檬和生蚝在战斗

□肖 遥

我弟小肖带全家去美国杰克逊维尔市小住，令他没想到的是：我爹与他发生的所有分歧，都是围绕食物的。

在租住的民宿里，小肖叮嘱我爹，残汤剩饭尽量别扔垃圾桶，直接倒在水槽里，下水道口有个粉碎机，会把鸡蛋壳、苹果核都粉碎冲走。

垃圾桶堆放了容易腐烂的食物垃圾，屋里会很难闻，清洁工人清理时也会抗议。

可每次我爹削果皮剥菜叶的时候，都要站在水池边纠结良久，下不了手。

估计当他下定决心硬着头皮往下水道里扔食物残余的时候，内心都会有罪恶感油然而生。

当我爹又一次环顾左右，准备趁人不备，找个垃圾袋把果核、果皮装起来的时候，剩菜被小肖一把夺过去，给他演示：哗啦一下把剩菜倒水池子里。

这个动作不难，可我爹无论如何也学不会，也不想学，他很质疑这个举动的正当性。

老家有个桶，专门放各种残汤剩肴，沤成有机肥浇菜园子。

此刻，他也想留着残渣给外面的草地和花园上肥……直到我们离开那天，我爹都遗憾，房东咋也不露个面呢？他有好多意见要给房东提呢：这么大院子，怎么可以不种菜只种花花草草？剩饭剩菜可以喂鸡喂鱼，也可以填埋院子，别扔下水道了，太浪费！

其实我爹不是那种囤积垃圾的人，扔东西也有手快的时候。小时候我一眼不见，仿珍珠耳环和贝壳项链就被他扔了。

以我爹“不爱红装爱武装”的审美观，见不得这些腐蚀人意志的玩意儿。

珍珠贝壳对他来说是垃圾，残汤剩饭对他来说是珍宝。

从小，小肖最受不了的就是我爹用锐利的铲子猛刮锅底的声音，从小爹就总要求我们刮锅刮到一粒米不留，谁不跟锅底有仇，就是跟爹作对。

爹妈出去散步，回来拾了一大堆柠檬，小肖警告他们说，这些看上去是在外面种的，但都是私人财产，掉地上也是有所有权的……

为了让爹听话，他不惜危言耸听：“这个州枪支合法，你拿别人东西，小心人家开枪！”

离开时，爹舍不得那堆柠檬，就把柠檬削了皮，把柠檬肉泡了水带上。

过安检时，小肖要帮爹把水倒了，爹劈手从他手里夺过杯子，把柠檬水一饮而尽。

小肖的表情可以解读为：还有这种神操作？

也不是所有的食物都能引发爹的珍爱之情。

有一次，全家在一家海边小店里吃饭，小肖发现一家店的生蚝才卖两美元，兴奋极了。

小肖平时应酬请人吃的生蚝，一只上百，还不怎么新鲜。

虽然又贵又难吃，但生蚝好比贵妇们穿的衣服，昂贵而不舒服，吃着吃着却也能吃出感情，因求之不得而变成镜花水月。

当小肖发现如花隔云端的美人忽然变得触手可及，还不抓紧过过瘾？

小肖边大快朵颐边算账：太便宜了！吃到就是赚到！再多吃些把机票钱都省出来了！

爹默默地看着小肖又点了6个生蚝，把自己捡回柠檬时小肖看他的那个饱含鄙夷和惊叹的表情，原版复制，加倍送还。一路上，两人的表情包你送我，我送你，频频使用，倒是一点儿也没浪费。

（梁衍军摘自《中国新闻周刊》2018年第32期 图/罗再武）

诗剧

我要把昨晚做的梦
放进我的冰箱里，
在未来某个遥远的日子里
当我头发斑白，垂垂老去，
我会将它取出、解冻，
将这个冰冻过的美梦
慢慢煮沸，然后坐下
放入我冰冷老迈的脚指头。

［美］谢尔·希尔弗斯坦
《冰冻的梦》

 我把我整个灵魂都给你，连同它的怪癖，耍小脾气，忽明忽暗，一千八百种坏毛病。它真讨厌，只有一点好，爱你。——王小波

如何和老妈愉快相处

□冯　唐

生而为人，每个阶段似乎都面临一些难题，小到明天穿什么，中到天理国法江湖道义，大到人生如果没有终极意义，明天为什么要醒来。面临的这些难题也随着四季、流水、年纪而变迁，少年时担心过早兴奋，中年时担心过度兴奋，年岁大了，或许会担心为什么一点儿不兴奋。

但是似乎生而为人的每个阶段、每一年、每一天，自己的老妈都是一个巨大的难题，如何真诚地、持续地、不自残地、愉快地和老妈相处，似乎永远无解。

自从我有记忆，每次见老妈，我都觉得她蒸腾着热气，每一刻都在沸腾，我爸和她愉快相处的方式是装聋，他大面积借鉴了“酒肉穿肠过，佛祖心中坐”的禅宗心法。

老哥和她愉快相处的方式是忍耐。老哥最早是不能和她睡在一个房间，后来是不能睡在一套住宅，再后来是不能睡在一个小区，再再后来是不能睡在一个城市。我亲眼见到老哥陪老妈吃了一顿中饭，饭后吃了两片止痛片，离开两个小时后，和我说他头痛欲裂。

尽管有老爸和老哥缓冲老妈的能量，从少年时代开始，我还是不得不塑造我和她愉快相处的方式，我的方式是逃亡。地理上的逃亡是住校；心灵上的逃亡是读书和做事，很早我就避免和老妈对骂，老妈古文水平一般，我高一就读二十四史，老妈英文一般，我大一就读原版的《尤利西斯》。

我老妈活到八十岁前后，肉身的衰老明显甚于灵魂的衰老。她还是蒸腾着热气，但是热气似乎不再四散，似乎都是在头顶飘扬，肉身仿佛一个不动的耀州梅瓶，灵魂在瓶口张牙舞爪。老爸去天堂了，老哥远避他乡，只留我和老妈在一个城市。

我不得不重新塑造我和她愉快相处的方式。我尝试的第一种方式是讲道理。我反复和她讲宇宙之辽阔而无常，人生之短促而无意义，为什么她每天还是那么多欲望和阶级斗争。老妈认真听了一次又一次，最后说：“你这都是放屁，如果我没了欲望，我那还是活着吗？”

我尝试的第二种方式是念咒语。拜佛消灾，所以要有念珠和咒语。老妈说：“每天睡前和醒后总有很多念头在脑袋里盘旋，可讨厌了，怎么办？”我说：“我借您一串念珠，您每次出现念头盘旋，就在心里默念一千遍：一切都是浮云，记住，一千遍。”我再去看老妈，老妈一直对着我笑个不停。看我一脸蒙样儿，老妈说：“我念到一百遍的时候，我忽然意识到，我又被你这个小兔崽子骗了。咒语，你收回，念珠，我留下了。”

想清楚这点之后，我是这么说的：“勤俭是中华民族的千古美德，您是典范，我们怎么就没学会呢？如果没有您的勤俭持家，我们怎么能到今天？爱您！”老妈蒙了四秒，问：“小兔崽子，你是在讽刺我吗？”我说：“怎么敢？”老妈释然，接着说：“就是啊，如果没有我存钱，怎么有钱供你们读书、出国、找媳妇？还是你最懂我啊！万事都如甘蔗，哪能两头都甜？”

我想，既然我老爸都能坚持六十年，我就替我老爸用顺势疗法再坚持治疗我老妈，和她再愉快地相处六十年。

（司志政摘自《时尚》　图/孙小片）

曾国藩吃牢饭

□王恩山

曾国藩曾遭诬陷入狱。第一次吃牢饭，尽管饥肠辘辘，曾国藩还是把饭推向一边。狱卒来取篮子的时候，曾国藩隐约听那狱卒念叨：“第一次没人吃，第二次没人剩。”果然，待第二次把饭篮子送进去以后，曾国藩不仅吃得很快，连那浑浑的汤水也全部灌进肚子里。第三次，他就吃得很香甜了。曾国藩在狱中悟出一个道理：“人没有吃不了的苦，没有享得够的福。苦也好福也好，跟生存比起来，全在其次。”

（林冬冬摘自《散落的历史》新星出版社）

北大学生拉黑父母：应该允许孩子“不孝”

□席　越

近日，北大留美学生拉黑父母六年，留下万字“控诉信”一事上了热搜。

四川某市高考理科状元，北大生物系毕业，正在美国读研究生的王猛（化名）已经连续12年没有回家过春节。

他称，自己在少年时代受到的来自父母的伤害一直难以愈合，长期压抑之下出现了严重心理问题。今年34岁的王猛苦于找不到自我调和之路，计划入读心理学系博士以自救，“搞清楚自己到底为什么会这样”。

在王猛的长信中，记述了从小到大的诸多“微末琐事”，包括：

学校举办活动要求穿短裤，家长逼迫他只能穿长裤。从小到大在穿衣上没有选择权。

父母对孩子遭到不公平待遇不以为意，毫无反应，甚至奚落讽刺。

无视儿子的尊严，以在亲朋面前数落孩子的糗事为乐。

在外宣扬孩子有多优秀，愁眉苦脸地诉说作为父母有多不容易。

当孩子遇到挑衅时非但不保护孩子，反而指责孩子情商低，“要学会与有问题的人交往”。

2012年，王猛在发出一封决裂信后，拉黑了与父母所有的联系方式。

Part 1

跟朋友讨论这件事时，对方不赞同地说：“一个34岁的人还用拉黑父母的方式控诉和自救，把所有责任都推到家庭教育上，不管怎么说都太幼稚、脆弱了。”

我说：张爱玲记恨了母亲一辈子，晚年还在小说中残酷记叙自己药物堕胎，因为怕生下孩子后会对他不好，“报她母亲的仇”。这又怎么解释？

少年时代受到的创伤是致命的，有人浑身血污地冲了出去，有人一辈子受困其中。

Part 2

知乎上有一道提问：父母有哪些令人难以接受且常见的逻辑或思维模式？

在回答中，“讲得过你的时候和你讲道理，讲不过你的时候和你讲伦理”，得到了一万三千个赞同。大家对王猛的经历感同身受，纷纷写下自己的孤独和绝望。

这一代家长可以给予孩子选择的自由，前提是：你的选择必须和他的选择一致。

这一代家长总是觉得孩子不知感恩，殊不知他们给孩子提供的一切都是分内的，正当的。

这一代家长穷怕了，总爱制造一种享受有罪的自虐感。

在豆瓣“父母皆祸害”小组中，许许多多的案例让人无比熟悉。

有人说，初中时放学回家被小流氓骚扰，告诉家长后，反被指责：怎么不惹别人专门惹你？

有人说，不管日记藏在哪里母亲都能翻出来，并且故意在饭桌上公布其中的内容，让她知道自己已经看过了。

Part3

王猛在信中提到，父母强迫自己穿女孩的衣服；在学校要求穿短裤的日子非给自己穿长裤；初中时被打耳光、抱摔、掐和羞辱是常态。但是父母就是不同意他换学校。

王猛指出小时候不会剥鸡蛋的事被亲戚（这亲戚嘴真欠）当段子一直讲到上大学，父母的反应是有什么大不了？

貌似是自以为是的关爱，实际是不闻不问的漠视。二十几年来，父母从没有让孩子感到，即便你不听话，即便你不出色，即便你不按照预期的长大，仍然值得被爱。

这对父母其实根本就不在意孩子过得好不好，只有他们觉得好才是真的好。这哪里是爱，明明就是自私与无知。

我的一位闺蜜告诉我，小时候母亲以影响学习为由强行把她的头发剪成马家军式，并且轻蔑地说：“女孩长大了就知道打扮，所以成绩才不如男生。”

闺蜜大学毕业后去了美国，有一天看到同事在好市多为读初中的女儿购买教授化妆的书籍。那位妈妈说：“青春期的孩子对外形最为敏感，因此需要帮助她建立自信。”

闺蜜说，那一刻自己多年的委屈奔涌而出，忍不住淌下泪来。

另一位男性朋友则告诉我，他父

钻石和风筝

□欧阳宇诺

超模凯特·莫斯曾说：“我的女儿丽拉是‘迷你版的我’。我爱穿皮草，于是丽拉也很喜欢皮草。就算去趟超市，丽拉也要用皮草将自己打扮起来。”

我也很想像凯特·莫斯那样，有一个“迷你版的我”，于是，我有了女儿Miumiu。她出生的那一刻，助产士说她是粉白粉白的小婴儿。当天晚上，因为病房门不能上锁，我脑补一些社会新闻，很怕她被人悄悄抱走，一晚上都不敢合眼。我看着她细长的四肢及稚嫩脸庞，一遍遍感叹生命的神奇。那时我暗暗发誓，为了她，我什么都可以付出。

隔天，我们出院。按照西方育儿理念，婴儿要和父母分房而睡，从小培养她的独立生活能力。隔了几日的某天中午，阳光灿烂，我想，别在乎那些育儿论调，不如和Miumiu一起享受一个甜蜜的午觉吧，于是将她从婴儿房抱进卧室。躺在一起几分钟后，我隐约进入了睡眠状态。突然，一只拳头准确无误地砸在了我的鼻子上。一股怒火从我心中升腾而起，我麻利地将她抱起，放回婴儿房。“为了她，我什么都可以付出”这样的誓言，抵不过一只拳头造成的怒气。过了一会儿，我听见Miumiu的奶奶不无戏谑地调侃她：“Miu小姐，为什么被人请出卧室了呢？”

Miumiu满月之后，我按照育儿书籍所述，给她看彩色图片，促进她的视觉神经发育。上百张图片中，她只会在看见其中两张的时候露出迷人微笑：钻石和风筝。我对此进行了一下联想和解读，她会带着财富远走高飞。于是，我隐隐对自己的老年生活有了一丝担忧。

Miumiu三岁多的时候，我开始和她讨论任何我想讨论的问题。记得有一天早晨，我们一起吃早餐，我问她，应该在A和B这两个人生方向中做出何种选择。

她突然停止吃面包，专注地盯着我的眼睛看了几分钟，然后严肃地说：“这是你自己的人生问题，你要想清楚，然后做出选择。每个人都要对自己的人生负责。”我忍住内心的狂笑，放下手中的咖啡杯，认真地回答她：“你说得非常对，我会认真考虑的。”

现在Miumiu五岁了，她很迷恋生日派对这件事情，隔一阵，她就会新设计一种邀请函，然后想象一下今年的生日派对她会邀请谁来参加。她喜欢生日派对的理由是：有礼物，而且派对上可以吃奶油兔子蛋糕，因为生日是特殊的一天。而平时，她非常抵制食用“垃圾食品”及高热量食品。“妈妈，薯片、奶油、凉的冰淇淋和饮料，还有太甜的巧克力，我都不吃，因为这些会影响我的身材，如果我的身材不像现在这样好，腿不像现在这样细长，我跳舞就不好看。你说对不对？”她认真地对我说。

纪伯伦的诗里说：“你的儿女，其实不是你的儿女。他们是生命对于自身渴望而诞生的孩子。他们借助你来到这世界，却非因你而来，他们在你身旁，却并不属于你……因为他们的灵魂属于明天，属于你做梦也无法到达的明天……”我只希望明天慢一点到来。

（洛奇狮摘自《三联生活周刊》 图/李坤）

亲总是暗示他消费是罪恶的。每当他想买衣服鞋子，或是参加夏令营时，父亲便会变得怒气冲冲：“这衣服难看死了。”“广告都是骗人的，什么治痘的药膏都没用。”

甚至在吃饭时，父亲也要一一报价，鱼多少钱一斤，肉多少钱一斤，让人食不下咽，觉得自己是可耻的，不配吃这顿饭。

更令人哭笑不得的是，这些父母至今不认为自己给孩子造成过什么了不得的创伤。他们不相信，也不屑于相信童年经验在人格形成中的重要性，甚至会将自己做过的恶归结于你成功的动力。

前些天看《无问西东》，米雪饰演的母亲对儿子王力宏的一番话令人动容，她说：

“你要追求功名利禄，没有一样是你的祖上未经历过的。那只是人生的幻光，你明不明白？

“我希望你读万卷书，行万里路，同自己喜欢的姑娘结婚生子，这不是要让你为我添子添孙，而是希望你能够体会人生的乐趣。”

一位民国妈妈都懂得的爱、自由、尊重的道理，100年后的家长们却不明白，这着实是件可悲的事。

批判完家长，我还是想对王猛们说一句：纵然很多人终其一生都难以逃脱原生家庭带来的负面影响，但我们必须不断修正，不断学习。

要知道，绝对完美的原生家庭是不存在的，童年决定了我们人生早期的形态，成长却是花一辈子要去完成的事情。

不管你的原生家庭有多么不堪回首，不要滞留在对父母的怨恨纠结中，向前跑，别回头！

（田宇轩摘自微信公众号 “麦子熟了” 图/陈明贵）

与大少爷的相爱相杀

□杜克拉草

这是自大少爷叛逆以来我和他和平相处的第一个假期。为此我不止一次感到郁闷和不安。

大少爷是我弟。在他还在娘胎里时，我妈去做B超，医生说是个女孩。然而大少爷来到这个世界时却出乎所有人的意料。

我是你的专属“陪睡”

大少爷小时候是和爸妈睡一起的。我家从我两岁起就以种菜为生，几乎每天凌晨两三点，爸妈都要起床去收菜，这也就意味着凌晨时没人睡在大少爷旁边照看他。

每天凌晨，爸妈起床的第一件事，就是打开我房间的灯，把我从床上叫起来，把眼睛都没睁开的我拎去大少爷的床上。还有一次冬天，好好睡在大少爷旁边的我，一翻身就从床上摔了下去。我那时也是坚强得很，居然没哭，直接爬回床上躲进被窝里。怕他着凉，还特意帮他扯了扯被子。

这一扯就是五六年，直到我上了初中开始住宿生活才停止。

大少爷都不知道这些事，也不会知道我每天睡觉稍微有点儿清醒就一定会帮他掖好被子。

小心眼的倒霉蛋找不着女朋友

大少爷在三个乖巧又内向姐姐的英明带领下，理所当然地活成了一个乖巧又内向的男孩。我妈为了锻炼他的胆量对他放养后，大少爷显露出自己的本性，经常和村里的同龄人一起玩，开始不着家。

有一次，他去网吧玩游戏，还去村里很脏的池塘游泳，被村里人告诉了我妈。于是那天晚上，大少爷被我妈打哭了，直接跑出了家门，许久未回。爸妈火急火燎地先是去了村里和他玩得比较好的朋友家，又去了隔壁村的同学家，都没找到他，后来才发现他就躲在我家门前一个不起眼的黑乎乎的角落里，静静地看爸妈着急。

大少爷真的是被宠坏了！我对他这种行为嗤之以鼻。这么小心眼儿以后是找不着女朋友的，我义正词严地告诉他，如果再有下次，我就把门牢牢锁上，让他在门口蹲一夜。

可是我知道我不会这么做，不然为什么总要听到晚归的他进门后才能安心入睡？

但是我和大少爷的不友好相处，也确确实实是从他叛逆的那个时候开始的。

最和平的时候，就是冷战的时候

我的脾气火暴得很，碰上大少爷的叛逆期，就像两座火山，只要两人一对话，必能引起火山大爆发。

两个极端的人相处是注定要鸡飞狗跳的。所有的小事都能成为火山爆发的导火线。

我妈对于我俩的大战一开始还难以饶恕，次数多了也习以为常。而每次我俩吵架时，我妈总会回忆往事，从容淡定地告诉我，小时候她给我和大少爷算过命，村里很有威望的算命先生说我俩不合，什么都不合，相处不来。

我觉得我和大少爷不合不是在他叛逆之后才开始的，应该是我俩能扯上血缘关系的那一刻起就不合了。我是四姐弟中出生时最黑的那一个，而大少爷偏偏是最白白嫩嫩的那一个，他后来觉得男生要黝黑才好看，愣是把自己晒黑了，可我即使各种遮阳不出门，还是一如既往地黑。

我一直怀疑，我妈怀我时吃的珍珠粉是不是全让大少爷给吸收了？我和大少爷投胎时，是不是性别反了？

与大少爷吵架的日子占据了我大部分的青春，敢情我青春什么也没干，就在家里心无旁骛地与他撕心裂肺地吵架了。一定是因为我们两个刀光剑影的相处，现在回忆起来才会觉得那段时光太耀眼。

比我高，比我白，比我漂亮

这是我读书以来和大少爷相处得最友好和平的寒假，绝对没有之一。当然我知道我们两个能够和平相处绝不是因为他长大懂事了，而是他有求于我：我手里揣着给他买衣服的大洋。

但这依旧让我感到很不安。而最让我不安的是：我成了第一个知道大少爷秘密的人，而且这个秘密是他欲言又止了好几回拉着我非要我听的。

他谈恋爱了，还是女生先表白的。

恍然间发现，我与大少爷再怎么不合都逃不过所有姐弟的命运，他已经长大了，曾经那个一剪完头发就被我不停地摸头、坐在我自行车后面环着我腰的小屁孩已经长大了。

我想那女生一定是被他那一头富有年代感的中分头发和一口不标准的普通话所带来的风趣幽默给吸引了。我对他早恋这件事睁一只眼闭一只眼，这么开明的我，一点儿也不想拿给他买衣服的大洋威胁他，真的。

大少爷光明正大地告诉我们三姐妹他恋爱的事，为的就是打击我们三个从来没有恋爱过的单身狗。

可是那又怎么样？当我说要把他恋爱的事告诉爸妈时，他不还是得拉着我的衣袖捂着我的嘴巴乖乖听我的。

返校的前几天，大少爷忽然笑着跟我说："过几天你就要回校了，我可能会想你。"

"可能"是什么鬼，想我就是想我啊！怎么还有"可能"这种说法？

他一脸笑嘻嘻不正经地告诉我时，我觉得"想我"也许只是一个玩笑。可是为什么我还会鼻子一酸？为什么还会觉得他的一句"我可能会想你"比喜欢的男生跟我说"我喜欢你"还要动听千百倍？

我一定是看太多小说了才那么矫情，泪腺才那么发达。

我问他有没有返校礼物送给我时，大少爷一脸嫌弃地说没有，说大不了在我去学校的那天给我发个8.88元的红包，寓意"拜拜"。

可是大少爷食言了，他到现在都没给我发红包。

还是别发了，未来的日子即使不是和平相处，也还会继续相爱相杀的。

不过，只要有他在，怎样都好。

（紫柠檬摘自《中学生》2017年第12期　图/麦小片）

黑人孟母

□梁凤仪

一件有关教育孩子的真人真事，是我们交易所董事黄宜弘博士告诉我的，也是他本人的亲身经历。

黄博士有三个活泼顽皮的儿子，前年开始去往美国求学。黄太太是个慈母，孩子全部长得比她高，仍然放心不下，要亲自陪在身边照应，因此决定移居加州罗省。

听黄宜弘说，黄太太是个非常独立能干的时代女性，在扮演贤妻良母之余，不忘自己的事业，她是专职护士，在外科手术室内是大国手们的天之骄女，因为开刀非同小可，从旁协助的护士鸡手鸭脚，费时失事，真正性命攸关，故此效率高的护士都成抢手货。黄太太因此而备受医生欢迎，固然不欲放弃，在罗省医院继续工作。

护士的上班时间并非朝九晚五，当黄太太做白衣天使时，家里三个小猴儿正好趁此良机，溜到街上去玩乐，直闹至半夜三更，才施施然回家去。

有一晚，合该有事，孩子们一踏进家门，就感到异样，墙角上穿了一个大洞，显然有人凿穿爬进来，他们立即对周围检视，果然发觉黄太太的睡房被洗劫，她放在家里的金银首饰全部不翼而飞，除了报案，便无他途。警察来了一大批，查根问底一轮，也是毫无头绪。

过了一段日子，竟有一天，大儿子的一个黑皮肤同学，被他母亲押着来向黄家负荆请罪。原来蟊贼正是小黑子，神探却是他亲生母亲。

事缘小黑子到过黄家做客几次，深知黄太宝藏所在，于是做了梁上君子。一大批赃物捧回家去，却被母亲在无意中搜了出来，追问来源，小黑子无法作答，母亲于是勃然大怒，认真地说："如果你不给我从实招来，我定报警。"

小黑子只得和盘托出，于是"神探"抓了"小偷"到事主家来，物归原主。

那位伟大而可怜的母亲恳切地对黄氏夫妇说："我儿子年纪尚小时，丈夫已离开我，一直以来，独力维持家计及教育小孩，我的全部寄望都放在这个独生子身上。十分惭愧，养大他，而没能好好管教他，比没有将他养下来更使我难过。"

黄家夫妇眼见孤儿寡妇，当然不忍再做追究。谁知那位凄凉慈母竟然决断地说："我今次专程拜访，并非求你们放过小儿。今日能遇上量大的人，并不代表他日也有这种运气。务必将小儿绳之以法，才能使他谨记教训，尚有痛改前非的希望！恳求你们将他带往警局办理手续。"

黄家只好如言照办。

世界上什么人种都有出类拔萃的人，黑人不也一样有孟母？敬佩至极。

（司志政摘自《重出江湖》中国文联出版公司　图/点点）

□爱玛胡

爱得恶颜恶色

外面电闪雷鸣，下着倾盆大雨，雨幕像白色的围墙将世界隔断。我站在空无一人的诊室里，享受难得的悠闲。

礼拜天的下午，只有心内科坚持开诊，但医生只有一位。平常天气，其他科的病人也会挂心内科的号看病，多是感冒发烧的呼吸道病人和吃坏了肚子的消化科病人，需要简单处理，一个医生单打独斗是很忙的。今天的大雨，把病人都留在了家里，我可以站起来看看风景。

听见脚步声，想是病人来了，这样的雨天，应该是病痛难忍才到医院来的。

一个年轻姑娘推着坐在轮椅上的男人进来，两人都淋得湿漉漉的，男人明显喘气难受，趴在桌上，我的问题都没力气答。姑娘代诉：两个月前父亲得了急性心肌梗死，在我们医院治疗，做了冠脉造影，没有放支架，这两天喘气了。我要出院小结和随访手册，丢了；我问吃的什么药，答：不知道，吃完了也没买；我问为什么没有放支架，答：因为放不了；要搭桥吗？答：有糖尿病，放了也没用。

姑娘说得随随便便，全不上心。我看一眼她，只20多岁，叹口气，耐心跟她说：“你父亲的病很重，你应该多关心他，他的药完了，你要惦记帮他买，药可断不得，他这样的身体怎么自己来买药呢？”姑娘打断我：“他都有力气去打麻将。”父亲小声反驳：“只打过一次嘛。”明显底气不足。姑娘气呼呼的：“那你又不听，还抽烟呢。”“我得了病不是就戒了吗？”“早听我劝把烟戒了，根本不会得病。还乱吃，什么忌口吃什么。”“医生没有说不能吃龙虾……”两人你来我往，父亲急切地辩解着，姑娘讲着气得眼角泛着泪光。

我趁这工夫打开病历系统，调出他的住院病历：原来是冠脉造影三支病变，要他放支架的，可他自己断交了医保，拿不出几万块钱的费用，只好药物治疗。如果坚持用药应该维持得住，可惜他把药也断了。

我打断他俩，给他做了体检，是心衰发作。他可怜兮兮地看着我：“医生，你再给我开点住院时吃的药，还蛮管用的。”

我叹口气，跟姑娘说：“他现在吃的药不贵，一个月最多两百块，你一定督促他坚持吃，才能避免病情加重，不然可要花大价钱的。”姑娘辩解：“我出差前问他，说药够吃，不用买，谁知道他吃完了。我今天回来他就这样了。”原来不是不管父亲的孩子，我心里一安慰。

姑娘接着问我：“医生你说，他能不能坚持半年？我才帮他把医保补交，要半年后启动，那时就可以做支架手术了。现在实在是经济困难。”我点点头，没有医保、农合，大部分人看病还是贵的，所以医生常劝病人，什么都可以不买，医疗保险一定要买。

看他喘得难受，我犹豫着劝他住院，安慰他只做最必需的检查，心内科用药是很便宜的，只三天左右，先控制住病情再回家吃药。他摆手说没钱，姑娘没好气地说：“你又来了，钱有命贵啊？医生你莫管他，谢谢你开住院证。”父亲还在努力拒绝：“我拖累你，二十好几还没嫁掉，算了。”姑娘恨恨道：“不让人照顾自己父母的，天打五雷轰，这种男的，不要也罢。”

父母子女之间的爱，最容易是恶颜恶色的。但恶颜恶色，也是爱呀！

（夕梦若林摘自《病人看病医生看人》当代中国出版社 图/小兔子妈妈）

施炙

□祁白水

魏晋时期，非常讲究出身，能做官的都是豪门士族，他们瞧不起寒门出身的人，就更不用说仆婢之人。虽然社会上风气如此，但也不是没有例外。

东晋大司马顾荣，有一次受邀赴宴，觉得做烤肉的那人很想吃烤肉，就把自己那份给了他。同席的人都嗤笑他，他说："哪有整天烤肉，却不知道烤肉滋味的呢？"孔子云："己所不欲，勿施于人。"其实，反之也一样。陶渊明送儿子去读书，并派了一名书童跟着，他叮嘱儿子道："彼亦人子也。"虽然是他伺候你，但他同你一样也是人生父母养的。

陶潜之伟大，并非只因诗。

（洛奇狮摘自《今晚报》2018年10月5日 图/吴敏）

二年级时冯静波因为做好事荣登光荣榜，大名挂在了黑板上。捣蛋鬼上了黑板，拿着板擦，一擦擦去了两点水，又擦了个争字，最后擦去了三个点。这一看不得了，黑板上留下了三个大字：马青皮。从此小美女变成了马青皮。

马青皮从小脾气太拧巴，一点儿亏都不吃，一气脸红脖子粗，吼吼直喘气，能喘两个小时。家里人说不淑静，学音乐能熏陶好，六岁就让她学了小提琴。所以马青皮爬完土山、打完架、回家洗脸之后，就关在屋里拉琴，居然一点儿也不冲突。长大之后这样矛盾的气质也在她身上并行不悖：外观古典高贵，冷若冰霜，其实市井泼辣，古道热肠。

十一二岁的一个早上，爸爸带着马青皮去南京的一个老师家学琴。路上看见一个卖鸭蛋的，刚从孵化厂出来，满扁担挑的青皮鸭蛋，其中一个特别苗壮的小鸭子蹦了出来。马青皮一看就不想走了，缠着爸爸给买了下来。是北京鸭，长得可俊，白毛黄嘴黄脚。上火车怕给发现了，垫着纸藏在包包里。马青皮一路捧在手里，不住地问："爸，鸭子一生下来就会游水吗？不教也会吗？"爸爸也说不出。一到家，奶奶崴着小脚迎上来，她把书包一扔，大喊大叫："奶奶，给我盆水！"赶紧把小鸭子丢里头。小鸭子不慌不忙地游了起来，她看着挺乐。

小鸭子是公的，特别淘气。一天中午马青皮发现鸭子没了，站在五楼阳台上一看，了不得，小鸭子掉下五楼去啦！乍一看还恍惚能动。她拿了块白毛巾飞快地跑下楼去，抱着小鸭子往家里跑，一边跑一边大哭。

奶奶看她哭觉得心疼，就对她说："你这孩子，一只鸭子哭成这样，有天奶奶死了，说不定哭不哭呢！"老人说话是有点儿撒娇，她当然不知道，她过世后马青皮整整高烧42℃烧了一个月，人都烧坏了。

马青皮养鸭子

□柏邦妮

小鸭子腿断了，还有气。马青皮每天给它涂八次红花油，六遍红药水，不多久，小鸭子能走了，再长大，它完全好了。

一只摔成烂泥的鸭子饼，生生被马青皮治好了，一只青皮鸭，给她喂成一只八斤重的大鸭子。

鸭子长大了，麻烦也大了。一大早，鸭子就"嘎嘎嘎"发出震耳欲聋的叫声，一家人全都睡不安生。阳台是容不下它了，爸爸把鸭子丢到了楼顶上，可这样也不是个法子，鸭子还是叫。

邻居提意见了。家里商量了下，趁一个周末带她去学琴，偷偷喊来隔壁的雷叔叔，把鸭子抱去给杀掉吃了。马青皮一点儿也不知道。回来鸭子不见了，这可了不得了！马青皮的青皮脾气发作了，她跳起来拍着大腿，大哭大闹，她一边哭，一边骂："谁不想活了偷了我的鸭子……"

马青皮很伤心。每个人生命里都有一只鸭子的故事。

马青皮和鸭子的故事还没有完。半年以后，马青皮已经是个初中生了，懂事多了，也不去打架了。

有一天，她在顶楼上突然发现脚下的浮土拱啊拱啊动起来了，定睛一看，是一片雪白的长羽毛。不是鸽子的，也不是鸡的。马青皮扒开浮土，捧出一把一把的白毛——当年杀了的鸭子毛，好好地埋在那里，是那只死不瞑目的鸭子，来认它的主人来了。

她没有闹。她捧着白毛，默默地掉起了眼泪。

马青皮长大了，她有一个毛病，老喜欢对着镜子唱："我是一只小小鸭，咿呀咿呀哦。"一个成熟妩媚的女人粉嫩得不得了，扮作可爱状，不认识的人还真会起一身鸡皮疙瘩。

马青皮现在住我的隔壁。这个故事，是她刚才亲口告诉我的。

（若子摘自《老女孩》中信出版社 图/麦小片）

给孩子讲几句没用的话

MEI YONG DE HUA

□马将军的钝刀

1

人，生下来就不一样，不平等。条条大路通罗马，可有些人就出生在罗马，抱歉没有让你出生在城堡里。

如果你能做一些让人与人变得平等一些的事，我会为你感到骄傲。

同时，我保证，在爸爸这里，你会得到与年龄相称的平等，直到18岁，平起平坐。

那时，你可以叫我老马。

2

你的相貌和身材，基本不是你能决定的。抱歉！但是你给人的感觉，是你决定的。

在这方面，我所能想到的最好的办法，就是运动。

学校不会安排你每天运动一小时，但如果你能做到，你就很可能会有一个快乐的童年。

如果你能在有生之年持之以恒，你就很可能会有一个幸福的人生，相信我。

3

学习成绩很重要。

如果你的成绩够好，人生的路会容易很多。如果不好，没有关系，我们一定会找到一条路。

在这条路上，你可以做自己喜欢并擅长的事，没有哪所学校是必须要上的。代价是，你要接受一个跟别人不一样的自己。

这不是一件容易的事。

4

在想笑的时候笑。

在想哭的时候哭。

在想生气的时候生气。爆粗口可以，摔筷子可以，能不能不要摔碗?

压抑是最不好的，它会像毒液一样留在体内，越积越多，让你的身体腐坏，脾气恶劣。迟早还得爆发。

尽量不要跟人大声说话——电梯、教室这些公共场合要完全避免。

5

少吃猪肉，猪肉吃多了不健壮。

吃牛肉、羊肉的人身体比较健壮。

吃鱼肉、海产品的人比较聪明。

爸爸在山里长大，腿脚灵便，就是鱼吃得太少了。

能吃面就吃面，米饭含糖量高，营养也差一些。

6

老师的话不都是正确的。

但一定要尊重他们。

我们国家的老师都很不容易，他们的压力远比你看到的多得多、大得多。

眼睛看见的，不一定是真的。

眼睛看不见的，近乎全部。

7

你的同学可能不喜欢你。

但如果你真的喜欢他/她，告诉他/她，那么他/她可能会改变想法。

不改变也没关系，没有谁能够被所有人喜欢。

就像没有任何一个同学只有缺点没有优点。

8

钱，是一个会困扰很多人一辈子的问题。但它不是魔鬼。

在往某个数字靠拢的时候，它甚至像个天使一样，然后，就越来越不像了。

从今年开始，把你的压岁钱拿来做定投，长大后，你就可以做一些真正想做的事了。

好多事，是要有钱才能做的。比如爬珠峰。

9

我不会刻意让你去吃苦头，比如在太阳下烧烤半小时，但生活一定会。

逃，是逃不掉的。

阴暗的诱引，危险的诱惑，像月亮一样必定出现。

真正的成长都是死里逃生，这个你记住就可以了，就这样。

爸爸爱你，没有条件。

（大浪淘沙摘自《羊城晚报》2018年7月10日　图/张翀）

暗恋好傻

AN LIAN

□柳翰雅

中学的时候，我曾经锁定过几个暗恋的目标（当然是一次一个，我还是比较专情的）。别的女生，都是有了偶像或暗恋对象之后，想办法打听出他们喜欢的女生类型，然后按照那个样子去打扮，希望变成偶像或暗恋对象的意中人。但不知道怎么回事，我总是打扮成偶像本身的样子——比如我崇拜刘德华，却没有像刘德华公开的择偶标准那样去留一头飘逸的长发，而是戴上他在电影中耍帅的墨镜，觉得自己酷呆了！我还曾经迷过郭富城，于是就剪了个当年郭富城最经典的“麦当劳头”！

所以我这样一个“假小子”，很容易跟男生成为哥们儿，其中当然包括我暗恋的男生。曾经有一个暗恋对象，他是篮球队的，对于爱打篮球的他，我会穿上和他一样宽大的球衣，还有就是加倍地对他好。他肚子饿了，我会不辞辛苦地去买他喜欢的食物；他要打篮球或者打街机却没有人陪时，我会自告奋勇地顶上；他想找人谈心，我当然义不容辞地陪伴……但打死我也不会告白，因为我胆小！所以只好想，如果他喜欢我，他一定会有所表示，我等着。

当时只要是什么“队”的男生，就特别容易受女生们注意，尤其是篮球队。女生们喜欢在篮球场外围成一圈，欣赏篮球队的男生们满头大汗的样子。

他很顽皮，常常喜欢捉弄我，给我取很多外号，那些外号包括小胖猪、肥肥、矮子怪……现在想想，他真的只是把我当哥们儿。但那时不懂，就在嬉笑打闹之间，自然而然地喜欢上了他。

有天，他跑过来叫住我：“我要跟你说一件事。”他说，“我们去篮球场聊好不好？”

走向篮球场的路上，我的心跳得像被进攻的球队快速带过中线的篮球一样。

我们在球场边坐下来，我含情脉脉地看着他。

终于，他开口了。

“我很喜欢你……”他说。

我拉长了耳朵。

“……的好朋友谢佳玲。”

我的耳朵一下子缩了回来。

“我觉得她很漂亮。我想追她，你可以帮我吗？”他说得非常直白。

原来如此。

我的心一下子变成像是正要进篮得分却被拍出场外的篮球，而且没有罚球的机会——因为他根本不知道我喜欢他。

你以为最酸的感觉莫过于吃醋？不是的，最酸的感觉是你无权吃醋。

现在回想起来，虽然我当时心里的确有点儿难过，不过还好，在第一次真正恋爱之前，所有这种“情窦初开”的经验，都造成不了很大打击。我既没有流泪，也没有捂着脸转身就跑，只是在心里默默说：“呃……可是我喜欢你耶。”

这个男生的意思，是要请我帮他向我的好朋友表白。好吧，没问题。但没想到我的好朋友听我说了之后，竟然哭得很伤心！因为她知道我已经暗恋那个男生一阵子了。为了应应景，我也陪着她流了一滴泪。

她哭的原因是，虽然她也蛮喜欢那男生，但她知道我也喜欢他，害得她不晓得该怎么办——这大概就是友情的可贵之处。其实，暗恋的“爱”是一种“体内化学激素热烈作用”的爱，这种来得快也去得快的爱和友情比起来，友情可是重要得太多了。

当时的我可能还不明白，但现在的我很清楚：只有在相处过、了解过一个人之后，真正的爱情才有可能发生。而这种真正的爱情和“化学作用”的爱，是不能画上等号的，那种一瞬间天雷勾动地火的化学作用之爱，力量虽强，但转瞬即逝。

更何况我当时连恋爱的边都没沾上，还只是在暗恋阶段。

所以我很爽朗地说没关系啦！体贴地安慰不晓得为什么哭得如此伤心的闺蜜，并且帮他俩约了表白的地点，让他们名正言顺地在一起。

（司志政摘自《所有流过的眼泪，都会变成钻石》中信出版集团 图/果酱的酱）

落日球场，少年汗滚烫

GUN TANG

□欧阳诗蕾

我坦白，我是去年6月叛变的。

旅行出发前，我是一个老老实实的詹姆斯球迷。尽管起因不纯，是因为当时喜欢的男生。少女心扑腾中，我认真写了几页詹老师的人物笔记，背熟，每天期待聊天时能云淡风轻地丢一句：“对，前年3月14日那场他第三节抢断很厉害。”

6月的季后赛总决赛，是NBA（美国职业篮球联赛）球迷一年中的高光时刻。决赛把朋友圈劈出了楚河汉界，一方是勒布朗·詹姆斯所在的克利夫兰骑士队，另一方是斯蒂芬·库里所在的金州勇士队。

我到乌鲁木齐那天，正好是决赛第三场。比分咬得很紧，勇士30号库里带球，离三分线还有些距离，我方全力防断怕他运球，拉锯中，观望的库里忽然手腕一翻，直接抛出一道弧线，球砸进筐。“太冷酷了！库里的三分太冷酷了！”解说情绪激昂，屏幕里的库里朝镜头一瞥，眼神冷峻，面无表情，咧嘴动了下牙套，接着走向篮下。

我一怔，霎时竟然心动了。

连着十天，乌鲁木齐、伊宁、喀什，哪里都能看到库里的大屏手机广告，他确实很好看，30号白球衣的他笑起来时，浅棕色眼睛里有星星在闪。而西装库里，酷起来的时候，望一眼都让人心惊肉跳。

爬到海拔四千多米的帕米尔高原，我想这下总能躲过了吧，结果路上遇到个湖，司机师傅说叫“卡拉库里”，我想大概这就是命了。

我笑盈盈地问师傅：“库里怎么写呀，是这个‘库’这个‘里’吗？”师傅看我笑得齁甜，八卦：“你男朋友叫这名啊？”

决赛最后一场那天，我坐车在戈壁、原野和城市间辗转。最后一节开场，我刚到南疆一个偏僻的火车站外。树荫下，我蹲着拿虎扑图文看完比赛，骑士输了。中午太阳辣，周围没人，我头一场直接哭了。

无时无刻不希望詹姆斯赢，詹姆斯像自己班上厉害又认真的班长兼年级第一，他也很好玩很逗，可有时你就是觉得他累。而库里太明亮了，他看起来那么愉悦、轻盈自在，像全校瞩目的隔壁班天才少年，那么灿烂，所有人都喜欢他，你也忍不住被吸引了。

年初有次采访，我状态特别绷，采访对象说起他重新开始看NBA是因为库里，瞬间我的心都化了。“我已经知道结果，但再看时还是被震蒙了，这就是英雄！这就是奇迹！”他说的“神一样的比赛”，是2016年2月那场勇士对雷霆。

110比110，倒计时5秒。30号库里摸到球，库里带球跑，倒计时4、3……三分线还很远，小跑中30号库里直接把球抛了出去。距离远得球的运动镜头像被特意放慢了。在全场的尖叫声和解说的嘶吼声中，篮球抛出一道漫长得有些不可思议的弧线——“哐！”进了！赢了！奇迹紧咬奇迹，英雄异常密集，篮球场是你能最快看到神迹的地方。不用铺陈伏笔，也不讲什么常理叙事逻辑，“哐”一下干脆利落，力挽狂澜。

今年3月14日，库里进入他球衣号码的年纪，生日会上他还是嬉闹的小学生库里。“为什么一些男孩子是那么快乐？是不是在空气中做一个投篮姿势可以解决人生中的大部分忧愁？”在微博上看到昵称为“real Enjolras”的博主的这句话时，我忽然想起少年时代一些模糊的影子。

完美爱人一定是《爱在日落黄昏时》里32岁的杰西，睿智、天真又成熟，有融化整个世界的温柔，可你还是忍不住为落日球场上的莽撞少年侧目，他那么灿烂明亮，场外的你期待又紧张，想那个三分投中后，他第一个望向的会不会是你。

（张天宇摘自微信公众号“南方人物周刊”

图/杨佳琦）

等你下课

□陈若鱼

傍晚，大片的火烧云堆在天边，映得整个天空呈现出淡淡的绯色。宋晓臣咬着一根狗尾巴草，靠在校门口的一棵梧桐树上，树上的知了一声声地嘶鸣着。他看着手表的指针，心里开始倒数，数到一的时候，学校里传来“叮铃铃”的下课铃声，宋晓臣从树干上直起身子，吐掉狗尾巴草，双手插进裤兜之前顺手理了理衬衣的领子，正当他发现鞋面上落了一片树叶，想拂去的时候，一抹熟悉的身影从人群里跑出来。

“宋晓臣！”林夏岚双手抓着书包的背带，飞快地朝他跑来，她额前的碎发飞扬起来，在身后逆光的黄昏里形成好看的剪影。

“上车。”宋晓臣拍了拍电动车的后座，林夏岚跳上去。她吃着糖说话，吐槽化学课又被点名，马上就要到期末，压力很大之类的话题，宋晓臣听林夏岚叽叽喳喳地说个不停，唇边勾着笑。电动车载着他们前行，耳边的风呼啦啦地吹。每天的这个时候都让宋晓臣最开心，他骑得很慢，这样就能和林夏岚多待一会儿。

宋晓臣自从休学之后，每天都去等林夏岚放学，别人都盼着时间过得慢一些，他却希望时间过得快一点儿，等过了期末，他就有一整个夏天和林夏岚待在一起，九月开学以后，他就可以和林夏岚一起重读高三了，将来考同一所大学，未来还很漫长。

期末考后，暑假过半。

宋晓臣和林夏岚一起在图书馆补课，他正给林夏岚小声地讲解化学题，林夏岚趴在桌子上，双手交叠垫在下巴下，不知道什么时候已经睡着了。

“喂，别睡了，这道题还没讲完。”宋晓臣用笔轻轻地戳了戳林夏岚的脑门，她毫无反应。见她困成这样，宋晓臣便也不再叫她，开始看书，目光却不时落在林夏岚的脸上，便也无心看书了。他剥开林夏岚给的橘子味的糖提神，酸甜的味道在舌尖化开，他继续埋头做题。都说喜欢一个人的时候，会潜移默化地成为她喜欢的样子，宋晓臣不知道现在的自己是不是林夏岚喜欢的样子，但他在努力地改变。

以前，他学习成绩永远倒数，甚至觉得上不上大学都无所谓。上了高三后，课程跟不上，加上打球导致左腿受伤住院，他便索性休学了。他和林夏岚从初一就认识，却是在休学之后才熟络的。有一次，他在校门口等几个同学一起去打游戏，遇见了林夏岚，她的自行车坏了，正无助地四处张望时，忽然看见他，便一路小跑过来，她的脸颊绯红，鼻尖沁出细密的汗，小声地问他能不能帮忙修一下自行车。他高出林夏岚半个头，垂眸四目相对时，心跳忽然加快了节奏。

“好……好啊！”伶牙俐齿的他居然大舌头起来。

林夏岚弯了弯嘴角，说了好多声谢谢，盛夏的晚风拂过他们的脸，轻柔又温暖。他心想：怎么以前没觉得林夏岚这么可爱？他帮林夏岚把自行车链条装上之后，林夏岚就像忽然闯进了自己的世界，他连续好几天都遇见她。年少的动心总是猝不及防，他也不知怎么就开始等林夏岚放学。每天来接林夏岚放学之前，他都在图书馆学习，补之前漏掉的课程，尤其是化学，因为林夏岚化学差，他可以教她。只可惜，他所有的别有用心，林夏岚都不明白。

开学之后，宋晓臣没能和林夏岚分在同一个班，但他们还是会一起放学。夏天还没完全过去，他们会去糖水店打包两份糖水，再一起去图书馆温习功课，一起用耳机听英文的时候，林夏岚忽然切换到音乐，是周杰伦的歌，她是周杰伦的歌迷，宋晓臣也渐渐地喜欢上了周杰伦。

那天，他们刚在图书馆坐下，林夏岚从书包里掏课本的时候，一封粉色的信忽然掉出来，不用想也知道那是什么。宋晓臣没多问，只见林夏岚飞快地捡起来，拍拍上面的灰尘，放进了书包。之后，宋晓臣一次又一次地看见那些信，他不知道这年头居然还有人写信，但林夏岚好像特别喜欢这件事，她说：“这是浪漫。”

那时，宋晓臣不懂，但很快就懂了。

感情不就是你情我愿，最好爱恨扯平两不相欠，感情说穿了，一人挣脱的一人去捡。——《阴天》

伊卡洛斯的坠落

□张佳玮

荷兰大画家勃鲁盖尔有一幅奇妙的画叫作《伊卡洛斯的坠落》。

伊卡洛斯的故事广为流传：希腊神话中的少年，和父亲用蜡在身上粘了一对自制翅膀，飞离克里特岛。因为离太阳过近，粘住翅膀的蜡熔化了，伊卡洛斯跌落海中死去。这是人类史上最初的飞翔悲剧之一。

然而，勃鲁盖尔的画里是另一回事。在这幅画里，最先引人注意的是低头犁地的农民、田野与马驹，暖色调的衣裳在整体碧蓝的画里尤其显眼。接着是山坡上放羊的牧人，双手抱怀，拄着一根木棍，望着左侧的天空。葱茏树木，一片海岸，仿佛田园牧歌。下面是大海，张帆的大船浩然航行，正出海湾向远方海平面驶去。视点选在高高的海岬上，仿佛是一幅完美的海岸风景人情画。

风景如此美丽清澈，但是，作为主角的伊卡洛斯呢？

你得非常细心，才能看到画面右下角，在一片碧蓝海浪里，阳光照着两条即将淹没的腿，以及海面散落的白色羽毛。那就是伊卡洛斯。他刚企图追求人类飞翔的极限，刚被太阳烤化了翅膀，刚坠落到大海里去。

然而农民低着头犁地，牧人悠闲地望着远方，没有人看见从天空落下的这个少年，没有人知道这一幕地道的希腊悲剧情景。船上的水手是否看见有人坠落？不知道，他们似乎无动于衷。整幅画太宁静了，碧蓝，澄澈，冷静，娴雅。马在耕地，羊在吃草，人在劳动或休息。

飞翔的伊卡洛斯独自死去。

这幅画更残忍的一点：人的悲欢岂止不相通，大多数时候是全然麻木无感的。勃鲁盖尔并不刻意抨击这一点。他画了一辈子农民，很了解普通农民或曰普通人的本性。他只是平静地描述了这一点，一幅风景画，一群各安其所的人，一个不起眼的海难者及他最后留下的两条腿与翅膀，一个题目，就描述了这一切。

大多数人有意无意地避开了他人的悲剧，一个个体的悲剧对他们而言并没有什么意义。

（林冬冬摘自《看天下》 图/小栗子）

周五放学的时候，宋晓臣依然在校门口等林夏岚，但等了很久都没等到。上去找她的时候，宋晓臣发现她和一个男生坐在教室里，两个人挨得很近，宋晓臣看见林夏岚笑得灿烂，他的心里犹如潮水过境，过去叫林夏岚，她却让他先走。说完便不再看他，继续和男生说笑。宋晓臣愣了愣，赌气地冲下了楼。他在之前等林夏岚的那棵树下等了很久，才看见她和那个男生出来，两个人骑着车一起走了。林夏岚没看见他。

没过多久，宋晓臣便听说林夏岚和那个男生在一起了。不久，他又听林夏岚亲口承认那个男生用99封情书俘获了她的心。林夏岚笑得眼睛弯弯，像发着光似的说她就喜欢这种老式的浪漫。宋晓臣很想问，如果他比那个男生写得多，她是不是就会喜欢自己了，却没有问出口。

许多年后，宋晓臣也曾想过，如果他更早地向林夏岚表明心意，而不是要什么帅，是不是就不会错过她了？如果直截了当地说“喂，我喜欢你”，结局是不是就会不一样？

可惜没有如果，林夏岚终是像一艘船，偏离了他的航线。

又是夏天，距离那次高考已经过了五年，他们已经大学毕业，各自有了工作，也已经许久不曾联络。那些等林夏岚放学的时光，在宋晓臣看来恍如昨日，历历在目。

那年高考之前，宋晓臣临时改了志愿，没有和林夏岚考同一所大学，大概是他终于意识到林夏岚不会喜欢自己了，他不想显得过于狼狈，也不想跟林夏岚身处同一所学校，却像隔着一个世界。为此，林夏岚还特地打电话问他，他支支吾吾了好久，才扬高声调说：“我喜欢上一个女生，所以……”林夏岚立即表示理解，还一副很八卦的口吻，问他关于那个女生的事，最后还说居然没带给她看看，宋晓臣笑笑没说话。

宋晓臣去了另一座城市上学，大学四年，他看王小波，看朱生豪，终于学会写情书，他给林夏岚写了足足101封信，却一封都没寄出去。

大四那年，他们在街上偶遇过一次，林夏岚换了男朋友，两个人一起喝了奶茶，就匆匆说了再见。

2018年1月18日，林夏岚喜欢的周杰伦发行了一首新单曲，宋晓臣在朋友圈看到歌名的时候，一下子就红了眼眶。他将这首歌分享到朋友圈，五分钟之后，林夏岚在底下点了一个赞，他盯着林夏岚的名字看了好久，说了一句：“再见。”

（sky摘自《课堂内外》 图/麦小片）

想成为合群的人，先去做不合群的事

□杨熹文

朋友问：“一起去健身？”我答：“不好意思，习惯了一个人。”几年了，这样的对白始终没有变。有些事就应该是一个人去做。

大学时开始体会到孤独的妙处，一个人到异地读书，终于不必日日拿成绩单和父母交代，又可以安排自己的起居，妙哉妙哉，人生第一次有了放飞的喜悦。故意给自己安排与人相异的日程，早上5点钟起床，抱紧底部发热的电脑独自看一部电影，然后再背上书包去教室。8点的校园里，和那么多打着哈欠的人擦肩，我思绪亢奋，心里装着独享的秘密。

那几年最喜欢窝藏于图书馆，我一个人占用8平方米领地，用厚厚的书垒起我的城堡，从阿加莎·克里斯蒂读到东野圭吾，再从渡边淳一读到村上春树。我在下午两点钟保持同一姿势，手指捏着书页，脸盛接窗外阳光，摘抄本恣意地敞开，这是孤独带给我的无法取代的舒畅。

再后来去恋爱，我开始贪恋陪伴。去上课、去食堂、去自习室，恨不得分秒跟在男朋友的身后。可无论是早起去操场跑步，还是准备一场资格证考试，我们总是以双方的热情开始，再以一方的妥协结束，后来的一些事情，结局也是一样，我这才认定孤独就是我的节奏。

出国后增值最多的时段，都是一个人度过的：在出租屋里设计自己的命运，打工并不容易却充满自由，到底把孤独发挥出最大的价值。一个人在夹缝间挤出时间读书，写字，看电影，书桌上的本子记满笔记，在电脑前写下天马行空的故事，有一天把这故事印成铅字，做无数人的枕边陪伴。

一个人下决心减肥，去健身房跑上5公里，跑步机上的陌生人让我不必计较姿势是否优美。夜晚汗涔涔地推开家门，在朋友圈发私密的记录，踏实而快乐，清点我减掉的负担。

孤独将一些人摧毁，却将我救赎，读书、上学、赚钱、跑步、做梦，一个人实现它们，我枕着这些成长的记录入眠，在无数次半梦半醒之间，仿若看到一条上升的路途，延伸到我的梦境来。5年，最感激的不是自己，而是这样好的孤独。

生命中越有关个人成长的事情，越应该一个人去做。不是一定要抗拒人群，热闹哪里都很多，可孤独却是稀罕的。有了孤独，灵魂才更自由，它不必迎合谁的喜好，不必等待谁的步伐，不必因为谁的妥协而觉得自己也失去了坚持的动力。

直到现在，每一天我仍留给自己“躲起来”的时间。在车库里搭建了简易的“图书馆”，打开书，以文字构筑我的世界，我一个人敲响键盘，像一个乐队的指挥，思考的痕迹替我开疆拓土，它不容任何人侵略。

刚入大学的读者很苦恼，向我求助“寝室中的其他人总是在一起活动，我如何做到合群”；刚做全职妈妈的朋友没了自己的圈子，很苦恼“要怎么样才能参与妈妈群逛街喝茶的活动”；刚刚失恋的女孩子很羡慕别人不眠不休的夜生活，“好害怕孤独，我也想像她们一样热闹呀”……

我想，在合群之前，不妨先去做些“不合群”的事，你会发现，有些事你就应该一个人去做。

（秋天摘自《哲思》2018年第4期　图/兜子）

咦，你最近也很丧吗

□戴帽子的鱼

最近比较丧，我一向不信水逆，总觉得一旦相信命运，就给了自己一种越来越“down（低落）”的心理暗示，那就真是掉进坑里爬不起来了。

也许每个人都会体验一段诸事不顺的时期。我正处于这个时期，冬季的坏天气仿佛能把心冻住，那些不好的事如利刃般一刀一刀扎进心窝。

有时候真觉得自己坚持不下去了。成长竟是这样辛苦的事，不知不觉你无人可依赖，反而要被人依靠；不知不觉你孤身前行，昔日的伙伴都有各自的征程；不知不觉你不再掉泪，因为哭完之后怕被看出来，反而要向人掩饰悲伤的痕迹。

自我怀疑，自我厌恶，自我放逐。每天都不想动；每天懒得搭配出门的衣物；每天躲着人走；每天胡吃海塞垃圾食品仍觉空虚；每天精神很疲倦却依然失眠。明明知道这样的状态不好，可是又像跳水一样跳出去就无法再回到原来。

要怎么办啊要怎么办啊要怎么办啊？我每天都在想对策。我努力看搞笑电影，搜索幽默段子，好像还是没用。当时会笑，可笑完又继续丧，就像太小的婴儿用尽全力也推不开一床太厚的棉被。

那天看到一张图片，一个彩票站的广告——来买彩票吧，毕竟你挣一千万比中一千万难多了。

看着好有吸引力，但我仔细想了想，中一千万的彩票更难吧。我没见过几个中千万彩票的，但身边总有几个隔壁的隔壁的励志故事，似乎离我还近一点儿。

这样比较一下距离，将人生寄托于虚无缥缈的运气，似乎还不如自己振作起来更有盼头呢。

很丧很丧的时候，我越发需要留心发现生命中的美好，重燃对这个世界的热情。

一天的事情多得要把人逼疯，然而窗口排队办事的队列那么长。大叔见我急得团团转，主动把他靠前的号码牌给我，说：“你先办，我不急。”这是别人对我的温柔。

路边的小朋友把球踢飞了，我想也没想把球踢回给他。这是我对别人的温柔。那个小朋友抱起球来笑得像个天使：“谢谢阿姨。”旁边一个大点儿的女孩敲了他的脑袋一下，凶巴巴地教训他：“笨蛋，不知道别人的年龄就叫姐姐。”这是别人对我的温柔回应。

一点点地积攒小小的开心，好像渐渐就没那么丧了。我会在人迹罕至的小路上蹦蹦跳跳地走，会突然停下来神色严肃地呐喊：“哼，我果然没那么容易被打倒。”打不死的小强也变成了一种可爱的生物。

坏心情需要熬过去，过去了就会特别有成就感。就算我走得很慢很慢，风大得让我走三步退两步，可是我迟早会走出这片雪原，越过这座高山，攀过这面峭壁。一旦走出了逆境，不就会感觉特别热血吗？原来我没那么“废柴”，本人经得起考验。当以后遇见更大的风浪时，心里也会充满底气。

丧，我不怕。我唯一怕的是，一直丧着不起来。

你听说过“破窗效应”吗？一个小区本来只有一扇破窗户，一直没人修理，后来大家对破窗户习以为常，于是打破越来越多的窗户。

在我看来，丧也会引起同样的效应。如果一直沉沦，不好的事情可能会越来越多，人生亦会越来越难受。

抱一下，我们不丧了。

（鲁刚摘自《爱格》 图/陈明贵）

诗剧

我想写一首关于世界的诗，其中
没有美妙之物。
这不大可能。
无论主题是什么，清晨的太阳
都照耀着它。
郁金香感受到热，绽开它的花瓣，
变成一颗星。
蚂蚁钻进牡丹的花苞，里面藏着
一个
针孔似的甜蜜暗井。
——玛丽·奥利弗《这个世界》

街道名也可以文艺到飞起

□字媒体

想要拍照发朋友圈花式分享生活，奈何假期余额已用尽，家门口的小花园出镜次数又严重超标，躁动的心到底该何处安放呢？别担心，在中国一块路牌就能满足你的文艺心！

先说北京，这里除了有凄艳的“百花深处”，还有自带仙侠风的“灵境胡同”。灵境？该不会是某个上仙清修的地方吧？嗯，这个名字还真是有来头的。

据《帝京景物略》记载，当年永乐皇帝朱棣患病，一天夜里忽然梦见两个道士为他授药，醒来后不久病就好了。朱棣心里那个感激啊，马上命人造了灵济宫祭祀真人，时不时都要派人去拜一拜。只可惜到了清代，灵济宫日渐衰落，连名称也在人们的口耳相传中，以

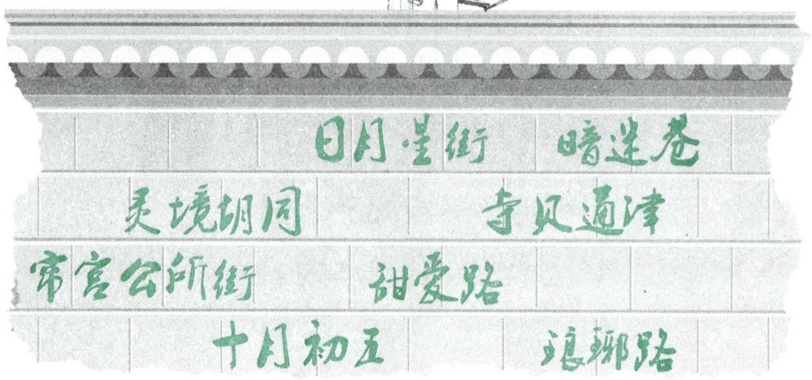

讹传讹变成了“灵境”。

再说厦门的“暗迷巷”，不仅名字神秘，本身也特别神秘。它有多窄？据说下雨天撑伞得把雨伞侧过来才能走！这么窄的巷子，总觉得一进巷就入了武林高手布下的迷魂阵。不过说出来有点儿幻灭，暗迷巷之所以叫“暗迷”，是因为这里在很久以前是卖稀饭的……而在闽南语里“稀饭”发音跟“暗迷”相似，于是本来接地气的小巷，摇身一变就成了武侠味浓重的打卡胜地。

广州有条路叫“寺贝通津”，乍一听确实不像路名，反而有点儿像小清新的网名，但人家实际上可有内涵了。“津”是码头的意思，“通津”顾名思义就是通往码头，广州很多江边小路都以“通津”为名，而“寺贝通津”里的“寺”指的是曾经的东山寺，“贝”则通“背”，所以连起来就是，“东山寺背后通往码头的那条路”。

游客照如何拍得让人不明觉厉？成都的“帘官公所街”绝对可以满足你，因为这是一条不恶补历史知识，连街名都看不懂的街道！“帘官”简单来说，就是古代的监考老师。以前科举考试时，监考老师的寓所必须门前垂帘与外隔绝，以防作弊，阅卷的叫“内帘官”，办公的地方就叫“帘官公所”。街名读起来充满读书人的味道，在那里留下个倩影都觉得特有文化啊！

上海适合小情侣去的地方，才不只有迪士尼乐园，还有单身狗绕道的“甜爱路”。是的，你没有猜错，“甜爱路”就是为虐狗建的路。这条街就和它的名字一样，无处不充溢着“甜甜的爱意”，连道路两旁的墙上都写着中外的爱情诗，想表白互撩完全不用担心没词！

前一阵《琅琊榜之风起长林》热播，而在江西南昌，还真有梅岭这个地方，妥妥的大IP（适合二次或多次改编开发的影视文学、游戏动漫等）同款啊！在南京还有一条路，直接就叫琅琊路！琅琊路上虽然没有神秘的琅琊阁，但人家地段不凡，民国时曾经使馆林立，如今则自带一种文艺气息，剧粉们快去打卡吧！

熙熙攘攘的香港也有个超级文艺的地方，那就是日月星街。《三字经》里说：“三光者，日月星。”意思是光明的来源有三，那就是太阳、月亮和星星，这也是日月星街名字的由来。但日月星街其实不是一条街，而是日街、月街和星街三条平行的街道，可以说是承包了光明啊！

还有澳门的“十月初五”马路，让人情不自禁想起爱情片《十月初五的月光》。其实，“十月初五”是为了纪念1910年10月5日，葡萄牙推翻君主制，建立共和制。一个中国风十足的街名，实际上是取自葡国色彩浓厚的节日，真是万万没想到啊！

（李宇堂摘自微信公众号“字媒体”
图/木木）

有时慢比快更考验人

□麦　家

我儿子今年18岁，在他8岁那年，有一天他跟我说："爸爸，我想学骑自行车。"我说："你才8岁，太早了。"我没同意，但是他妈妈悄悄地违抗了我的意思，等我知道的时候他已经学会了。

第一次看到儿子在操场上骑车，我很激动，但转眼之间这种激动变成了紧张。因为我发现儿子骑车骑得飞快，我非常着急，我怕他摔倒，我怕他出事。所以我一边追一边喊："儿子，骑慢一点儿，骑慢一点儿。"但儿子还是骑得飞快，自行车飞快地从我们面前穿过来穿过去，怎么都慢不下来，当它慢下来的时候就摔倒了。事实就是这样，很多事情慢比快更需要技术，更需要花工夫，更考验一个人整体的能力。

我至今还清晰地记得当初写《解密》的情景。那是1991年7月，我正在解放军艺术学院文学系读书。即将毕业前的一天晚上，我突然决定要写一个大东西。但是我怎么也想不到，最后居然要用十余年来完成，准确地说是11年，也就是我花了11年才写完这本书，真是受尽了折磨。

这部作品发表的时候总共20万字，但我删掉的字数至少有4个20万，我在不停地修改、推倒重来。因为受尽折磨，我多次决定要跟它"分手"，但是它已经和我的生命、血肉交融在一起。我要抛弃它，可能就要抛弃自己。

在这十多年里，我不停地在心里臭骂自己，你怎么会那么愚蠢、那么可怜，你全部的青春都可能要为它报废。但是当有一天，我终于把这部作品写完的时候，我流泪了。我觉得我的人生已经经历了无数次逆袭、无数次攀登、无数次照亮。

这个时代崇尚速度。每个人的愿望都像春天的花朵一样，争分夺秒、争先恐后地绽放。我用11年时间来写一部作品，就像坐船去伦敦一样，让人觉得有点儿傻。

但我们迷恋速度、放纵欲望时，却放弃了、丢失了非常多的可贵品质。比如说真善美，比如说安心、安静、耐心、坚守，这些非常好的品质，就在这种快速的、巨大的欲望面前丢失了。

当我有了名，有人抱着钱天天催着我交稿时，我就迷失了。我就忘掉了曾经对自己的告诫，失去了坐船去伦敦的那种耐心。当你可以顺流而下的时候，大部分人不会去逆流而上。人本身是有重力的，欲望就是最大的自重。你在这种自重的惯性下，很容易顺流而下。

你们可能无法想象，我曾经用3个月时间，写完了一部30万字的长篇小说，这本书是《刀尖》上下册，去年我用大半年的时间，对这部作品进行修订。那是我的一个伤疤，那里面真是破绽百出。有时候我觉得自己很奇怪，怎么会如此不爱惜自己的羽毛。现在一想，其实谜底就在我的心里。在巨大的欲望面前，我败下阵来，我成了自己的敌人并且被打败。

其实塑造自己是非常难的，但是毁掉自己是非常容易的。

人生有很多美好的东西，但是最美好和最伟大的东西肯定在你们的眼前，不是用物质打造而是在你们的心里，是用你们的心灵创造的。今后你们不管走到哪里，不管去做什么，都不要让自己的心空了。心空了黄金是填不满的；心空了陷阱无处不在。如果有一天你不小心掉落进陷阱，不妨向我学，爬出来，重新出发。

（檬男摘自中央电视台《开讲啦》 图/李倩莹）

诗剧

上学的路上
我怀里揣着一个月亮
它让我的胸口好烫
清晨的早餐店
豆浆真香
但我脑子里全是你的模样

——寒江钓月
《怀揣着情书的少年》

正午的阳光将我融化

□贾樟柯

小A坐在我的斜前方，她正低头收拾课桌上的书，然后直起身子等待老师下课的指令。我注视她的背影已经长达一年，用目光完成一次次爱抚。我低头，躲避自己的爱情。抬起头，又期待一次目光的相遇。

她离开教室，融入外面同学们的喧闹之中。我坐在教室里没有出去，我不想成为她的追随者，虽然没有人会知道。是的，我想保持我的骄傲。

小B，我的哥们儿，走过来挤在我的凳子上。有事相求地笑着说：“你觉得小A咋样？”我沉默，以为朋友看破了我的心思。小B接着说：“我喜欢她，写了封信，想今天中午放学就给她。”多年之后我才明白，这一刻我经历了此生的第一次心头重击。

即将表达爱情的小B想向我寻求些精神力量，那个年代中学里的爱情就是：你想往前一步，也可能满盘皆输。因而，会犹豫，要试探。

我应该是鼓励了小B，中午放学，他抱着书包尾随小A走了。那时候中午放学是要回家吃午饭的，我在正午的人流中回家。白花花的阳光下，在我眼里满街都是些没有爱情的人们。我是这人群中的一员。此刻，十七岁的我对生活再无所求。

爸爸妈妈在工厂里加班，我回到宿舍区的单元房，一个人在厨房里煮方便面。那时候县城里刚刚用上煤气罐，看蓝色的火苗闪动，不知为什么我想起了小说里开煤气自杀的故事。面煮好，我关了煤气。吃了两口，又返回厨房拧了拧煤气罐。

我吃着饭，有一种直觉，觉得她会来。

突然，楼下有人叫我的名字。我没有听错，是小A的声音。那样理直气壮，好像在叫我下去理论。毫不避讳，正大光明。

我和她站在楼下的空地上，小区里最显眼的所在。她换了白色的衬衫，这让我很奇怪。我开口：“找我干什么？”小A：“我看你在不在家。”我不知道接下来该说什么，她也是。两个人在正午沉默，让灼人的太阳成为主角。

她笑了笑，理了一下被汗水浸湿的鬓角，转身走了。我不知道她为什么要来找我，我没有多说一句话，也没有去追她。我站在原地，一个人接受阳光的拥抱。犹如一个雪人，我在正午融化，过去的我片甲不留，现在的我刀枪不入。

后来我离开汾阳，在深圳工作了二十三年。我很少回家，但每次在超市里看到汾酒的时候，心还是会颤动一下。偶尔回汾阳，我会在夜里出门，在黑暗中走过我走过的街道。我不想碰到熟人，也不想和正午的阳光正面相遇。在深圳，我习惯了周末去香港闲逛，我活动的半径是东南亚，去那里出差，去那里度假。我不知道自己想忘记什么，我甚至也没有想到要忘记。有一页被翻过去了，那就翻过去吧。

上次回汾阳，是在我们中学校庆的时候。我们班大聚会，我还是回去了。小B现在在安徽工作，随他回来的人喊他“首长”。

小A一直在县城里生活，已经是母亲。多年不见，我跟她的话反而多了。她一直笑着听，她的沉默还是那样丰富。

那天，不知道为什么，她后来一个人走到餐厅外面。不知道为什么，我跟了出去。正午的阳光下，我点了一支烟，望着她。她鬓角的乱发浸湿在汗水中，如同少女时代。我问她：“高二的时候，有天中午，你是不是来我家找过我？”她看着我，不避闪我的目光：“没有。”

之后，她笑笑说：“那天有人给了我一封信，我去你家，以为你也有这样的信会给我。”

我不知道该说什么，她转身回了餐厅。又是正午时分，刀枪不入的我如雪人般融化，露出十七岁时的原形。

（林冬冬摘自《贾想》台海出版社 图/蝈蕈猫）

以前落地找枪，现在落地找你

□姬 霄

最近沉迷一款网络游戏，已到了痴迷的阶段。

每天下班，我们就从四面八方聚集到里则林家，各自选一个舒服的角落窝着掏出手机，摆出一副废物的德行，赶也赶不走。

虽然是业余选手，我们也有相当成熟的队伍构成：陈谌负责指挥，小周负责狙击，里则林负责侦察和遭遇战，我，有车的时候负责开车，没车的时候负责送死。

如何形容我们小队的水准呢？就像某位知名企业家说的，“你只是勤奋工作，努力做好自己，结果很多你的同行就要倒闭了，生命真残酷啊！”

嗯，刺激战场的情况也大致如此。

一开始玩这个游戏，当然是为了吃鸡，也就是在游戏里活到最后。这需要相当多的耐心、精力、团队意识，以及……算了编不下去了，最重要的是大腿。

陈谌就是我们的大腿，在最初战斗的日子里，我、小周、则林就是三个移动的快递盒，是陈谌队长的三只野外眼。一般情况下，战斗的画面基本如下：

我：有人打我！

小周：我也中弹了！

里则林：哪里？我也……

然后陈谌就像一个护犊子的老母鸡，端着突击步枪跳出去开始疯狂屠杀。一阵密集的枪声过后，他面色从容地溜达回来，开始在我们的盒子里挑选战利品。

渐渐地，我们开始能挺到游戏的最后了，从前十到前三，直到看见大吉大利的祝贺语。记得第一次吃到鸡，我们激动得拥抱在一起，用里则林的手机点了一顿海底捞外卖。

可是鸡吃多了也会腻，日子再久点儿，我们便不再沉迷于这种虚拟的荣誉了。用里则林的话说，“枪在手，魂为何不烧？比起趴草丛苟活到最终决战，我们更要享受战斗的刺激”。

我不知道谁给里则林的勇气，但就是从那天起，我们再也没有吃到过鸡。

不过，当输赢变得不再重要时，我们反而更加体会到了玩游戏的本质。跳出比赛规则的限制，我们发现可以做的不仅仅是赢这一件事。

我们沿着海岸线飙车，穿着奇装异服死命追击一个女玩家，犹如四个尾行痴汉，追到又不开枪，只是沉默地看着她瑟瑟发抖；我们在狭窄的储物间里埋伏落单的敌人，气势汹汹地跳出来，然后慷慨送他一个四杀；我们还曾见义勇为帮助其他小队打赢敌人后，被恩将仇报集体团灭……

有一天晚上，我们杀到最后一刻弹尽粮绝，于是放弃抵抗，爬去附近的山顶看风景，静静等待毒圈逼近。

里则林问：“为什么我们玩游戏都可以做到如此佛系？”

陈谌说：“不被游戏规则束缚的人，才是真正在玩游戏。”

陈谌说：“就像我们一起玩耍，重要的不是玩耍，而是我们一起。”

里则林看了看桌上的海底捞说：“还是不了吧，一起太贵了。”

虽然我不知道他们哪来这么多的感慨，但那天回到家，我忽然觉得也许很多人都是这样，在游戏里寻找的不是枪林弹雨的刺激，不是一举夺魁的喜悦，而是一种随性所致的乐趣。

还有的人啊，隔几百米就能闻到他们身上恋爱的酸臭味，比如韩庚老师前几天发的这条吃鸡情话。

“我想要带你去浪漫的土耳其，然后一起，捡空投去吃鸡。”

很多条评论看完，其实最喜欢的是这一句：因为你，想把P城每一间房子都装上暖气。

（张恒摘自豆瓣网　图/小兔子妈妈）

我们对视的0.01秒

□眠

1

我喜欢晚餐后的15分钟时间。

每天的这段时间，我用饭后消食做借口，一个人绕大半个校园去另一栋教学楼看我喜欢的男生。

他大我一年，在这个时间段总是坐在教室里面。有时候在写题，有时候会和同学聊天。我从他教室的窗外走过，假装在看天、看云、看花，其实目光都悄悄落在他身上。

天气好的时候，天边有紫橙色的壮丽的夕阳，火烧云炽热浓烈。我的心情也和这火烧云一样，炽热而浓烈。

由于高二和高三上下课时间段不一样，基本上这是我每天能看到他的唯一时间。我总想着努力又不刻意地和他来个偶遇，可能他不会记住我，但只是这样我就已经很开心了。

每次从窗外走过，我一边偷偷地看他，一边设想了无数种能够让他认识我的方式，比如故意轻轻撞一下他，然后和他道歉；又比如在他面前故意掉落饭卡，让他叫住我；再比如……就像每个平凡但心怀暗恋的女生一样。

我内心演练了多种和他的对话，如何完美地展现出我最好的一面。只是心里面住了只胆小的小蜗牛，触角连伸都没有伸出去就缩回壳里了。

今天，我脑补的主题是“和他偶遇的第二十七种方式——论在小卖部遇到和他手搭在同一瓶饮料上的可能性”。他的手指会带着怎样的温度？他会惊讶吗？会绅士地把饮料让给我吗？那时候我会说：“好有缘分哦，你也喜欢这个啊，我是×××……”他应该会冲我笑笑……

从他教室外走过的时候，我的目光习惯性地向窗户里看去，这周他换组坐到了窗户边，和我仅仅一墙之隔，正浅笑着和同学说着什么。

忽然他抬头看向窗外，我们两个人的目光撞在一起，对视了0.01秒。然后他“呼啦”一下拉开窗户，红着脸，似乎有些难以开口地和我说：“同学，你……手上的东西可以分我吃一口吗？”

什么设想了无数遍的认识方式，什么内心演练了多次的完美对话，在他的目光和我对上的那一瞬间，我脑海中紧张得只剩下一片空白。

愣愣地“啊”了一声之后，我下意识把手里提着的洗发露往他面前举了举：“你要吃我的洗发露吗？一瓶要四十多块呢……”

他的脸一下红到耳根。身后一直注意着这边动静的同学爆出大笑声，有人大声嚷嚷：“太逗了吧！”“林哥，林哥好样的，一上去就管妹子要洗发水哈！”

反应过来我说了什么，我的脸一下子红透了。不知所措地和他相望，看见他抿着唇离开窗口。我尴尬地站在原地，正想着离开，他从教室里面跑出来，把我拉到一边。

“不好意思，和同学玩真心话大冒险输了。”他的眼睛清澈漂亮，里面有我喜欢的所有日月星河，山川湖海，熠熠生辉，总之是我能想到的所有美好的形容词。我矜持了一下，马上败于他的目光：“没关系，要是你能把你的QQ号给我就再好不过了。”

这才是我设想中最完美的搭讪方式，虽然开头很尴尬，但好歹最后这个结果是对的。

2

我特意去操场上溜达，走了12圈，感觉肚子里的午餐已经快要被消化光了，才看到他一个人坐在主席台右边的树荫下。

加了他的QQ之后，我很矜持地没有多讲话，却暗暗地翻了他空间里的所有日志。

有人讲过，恋爱中的女性都是嗅觉灵敏的福尔摩斯。这可真没说错，我翻着他的日志，总共才三十几篇，翻着翻着硬生生从里面挖出他平时的作息习惯、生活爱好。就像现在，午饭后半小时，他没有午睡的习惯，而是喜欢跑到操场的树荫下看书。

鼓起勇气上去和他打招呼，我尽量使自己看上去自然不做作，而不是蓄谋已久的样子：“嗨，好巧啊！”

一切像是水到渠成，顺理成章。有了第一次，我开始不停地第二次、第三次、第N次……和他“偶遇”。渐渐地，两个人开始熟起来。都是文科生，聊天也总是围绕着双方都感兴趣的几个话题。

我会和他分享新买的杂志里面的优美词句，他会在周末邀请我一起去图书馆。

那片主席台右边的树荫，不仅是他喜欢去的地方，也变成了我喜欢去的地方。

“你看过中岛敦的《山月记》吗？”我坐在他的左边，身子微微向他倾斜。

他正戴着耳机，为了听我讲话，把左边的耳机取了下来，放在肩头上。我隐约能听到里面有声音传来。于是我问他：“是在听英语听力吗？”

他笑了笑：“不是，是民谣歌手的新歌。”

“能分我听听吗？”我红着脸问道，只觉得自己脸皮真厚。

他似乎有些意外，但很爽快地分了一只给我。

我和他肩并肩坐着，共用同一副耳机，两个人被耳机线连着，只隔了不到十厘米的距离。

天边的云像棉花糖，一朵一朵浮过去。我没有看他，带着笑意轻轻开口，和他说以前我老是幻想着如何能给他留下深刻印象。

“例如，在货架上看上同一瓶饮料，想着两个人指尖相触是什么样的感觉。”我越说声音越小，这相当于变相的告白了，心跳一声一声加快，天边的云舒卷幻化出各种形态。

“是这样吗？”他轻轻笑了一声，然后我感觉他把手轻轻覆在了我搭在木椅上的手背上，慢慢握紧了我的手。

“什么感觉？和你想象中的一样吗？”他目光含笑地看我，耳尖泛红。

微风很缓啊，所以天空上的云移动得慢吞吞的，我的心跳奇迹般地一点点平和下来。

我轻轻回握他的手。

“嗯。”

3

高三学业紧促，特别是重点班的他晚自修十点半才下课，而作为高二生的我晚自修九点半就结束了。于是我在同学“天哪！说好一起当学渣你却默默向学霸前进”的控诉中，每天雷打不动地在教室多待一个小时，然后等到他回去之前来找我，两个人互道晚安。

有次回去晚了，差点儿被锁在门外面。大冬天的多冷，可看他向我走来，一切甘之如饴。

我趁他不注意，悄悄把冰冷的手贴在他脖子上。

他“噫”了一声，向后微仰，然后也伸手贴在我脖子上。

我心想完了躲不过这寒冰掌了，却惊讶地发现他的掌心炽热，是冬天里令人眷恋的温度。

“暖和吧？”他笑眯眯地看我，“我在手套里焐会儿就暖和了。”说着把他的手套套在我手上：“既然我已经这么暖和了，那么这手套就给你好了。”

“每天要记得戴哦。”

我看着他温和的眉眼，心里软化成一摊柔水。正想说些什么的时候，外面忽然吹来一股大风，他的眉上落了些许晶莹。

我踮脚替他拂去，指尖触及寒意，睁大眼睛望外面黑沉沉的夜幕：“下雪了。”

南方的冬天，连小雪都是件令人欢喜的事情。我们站在长廊，一起看天空中纷纷扬扬落下几乎细不可见的晶莹雪花，他哈出一口冷气，笑着说：“是啊！下雪了。”

然后他用一种很轻的声音说道：“栩栩，我下个星期要去国外读书了。”

时间回到那一秒。

听说他家里人要送他出国的消息，我呆愣在座位上，半晌从教室里跑出来去找他。

一路上我跑得气喘吁吁，可到了他的班级门口，却迟迟没有迈动脚步，直等到呼吸平缓才装作路过的模样从教室外走过。

此时他刚好写完卷子在和同学聊天，忽然抬头望向窗外，两个人目光对视了0.01秒，他很快又把目光收回去，低下头继续刷题。

天边的火烧云炽热浓烈，我的耳边又回响起陈粒的歌声：“我抓住散落的欲望，缱绻的馥郁让我紧张，我抓住时间的假想，没抓住你……”

我们对视的0.01秒，什么都没发生。

（木子摘自《中学生博览》
图/蛔蕈猫）

WO TAO YAN

我讨厌那个女孩

□归　苏

我不喜欢夏天，却年年回味那个在夏天发生的青涩故事，如果再给我一次机会，我一定不会对一个女孩的爱落荒而逃。

三年前的教室走廊外，蝉鸣声终于还是轰轰烈烈地掀起了这个带着香樟树味的盛夏，我刚要抬手抹去额上的汗水，却发现不知什么时候签字笔的墨水沾到了手指上。经过隔壁的文科班，下意识地监视着那个小小的身影，窃喜间还来不及撒腿就跑，身后就传来了熟悉的脚步声。

没错，我又被跟踪了。

那一个月内，我们上厕所的时间点总是那么巧合，巧合到我开始反省是不是自己的臭脾气曾经得罪过这位小姑娘。她真的是小姑娘，不到一米六的个子，胖嘟嘟的，擦肩而过的时候，扬起的清爽短发只能蹭到我的胸口，我在心里更喜欢叫她矮冬瓜。

她或许是仰慕我的。证据是每次眼神交汇时，她躲闪又雀跃的目光，还有那像是被人捏了一把的红耳垂。

我一点儿也不了解女生，更不能感同身受地去品味这个莽撞女孩的酸涩心事，我从来没有见过这样一个女孩，不害臊，将喜欢表达得如此炽烈奔放。我害怕这种勇往直前的冲劲，我只能忍气吞声般地见着她便绕道而行。

我向周围人打听她的来历。矮冬瓜是文科班中的佼佼者，作文总是被复印分发到各个班级作为参考。我从书桌里找出最近的那团作文纸，如果我不认识她，或许会觉得她是一位长发飘飘出尘脱俗的画中女子。

可是她是个矮冬瓜啊，想到厕所门口她塞进我手中的那张餐巾纸，即使她能细心到发现我手上的墨水，我还是抗拒她，或许是因为截然不同的属性，她率真勇敢，我别扭沉闷。

我从未接受过告白，也未曾知道一个女孩能为爱痴狂成这样。在一个月黑风高的夜晚，我被她堵在了厕所门口。在我转身要逃离的时候，她拉住我的袖口大声说出了那句话。

在她看不见的黑影中，我用力地拉住了书包的带子，深吸一口气，然后夺路而逃，我不想伤害一个女孩，即使我终于发现了她很可爱。

我知道逃跑是很不负责任的行为，但我确实没办法面对听到告白后居然勾起嘴角的自己。我什么时候变得不讨厌她了？我稍不留神，她就能将我拉下那条叫爱河的地域。

我喜欢的是长发飘飘的美人坯子，怎么会对一个矮冬瓜另眼相看呢？我狠狠摇了摇头，却在下一次的作文里找到了那句藏头的话。

孔壹，我恨你。

这个矮冬瓜，居然能在作文里悄无声息地骂我，我却没办法在我的数学卷子里回击她，偏科的后果就是即使我的数学能考满分而被当作范卷，我也不知怎么为她写一首诗，但我最起码还能写一个函数，我将那个心形的函数写在我的名字旁，希望她的数学能争气点儿。

可是毫无动静，她再也没有在走廊上堵过我，也没有在作文里藏话。

我的内心充满挫败感，竟然泛起她为何不多坚持一会儿这种责怪性的话语。才子多风流，她也不例外，我像是一个被心上人抛弃的多愁善感的少女，看着她小小的背影咬牙切齿。

当我们不再刻意相逢的时候，我终于找到了她身上的不寻常之处。比如在体育场上，别的姑娘总是轻轻柔柔地打着羽毛球，她却挽起袖子，用乒乓板与男生大战三百回合。更可怕的是，每次买饭的时候，她的餐盘总是堆得高高的，怪不得她脸上有着婴儿肥，捏一下手感一定很好。

我终于开始做她曾经做过的事情，就是像雷达一样，只要可能，便监视着她的一举一动，不由自主地想要了解关于她的更多，年轻的心跳包裹着炽热的情愫，把我烤得外焦里嫩。

你是不是喜欢上她了？在我喋喋不休向同桌讲着她的趣闻时，同桌突然不怀好意地抛出了这个定时炸弹。也对，平日里闷不作声的我一改常态，甚至有点儿手舞足蹈起来，这点儿小心思旁人一看便知。

我的脸上一热，将脑袋埋在书堆里，视线望着那个蹦蹦跳跳去洗水果的身影，不知道为什么，突然笑起来。

同样的地点，只是季节换成了冬天，在冷风里我瑟瑟发抖，将她堵住了。我哆哆嗦嗦地酝酿着措辞，问她夏天的那句话还算不算数，她冷笑着给出了否定答案，让我不必羞辱她，她有自知之明。正要鼓起勇气表达自己的心意时，她却被一个前来寻找她的男生拉走，那个高大的男生恶狠狠地盯着我，警告我不要欺负他的美美。

她叫苏美，我却从来没有开口叫过她美美。

从此井水不犯河水，阴差阳错间，我们还是走失了。

高三的日子总是很忙碌，我也渐渐说服自己不再关注她。她长高了，也瘦了，头发扎成高高的马尾，笑起来露出两个酒窝，眼睛像天上闪耀的星。同桌拍了拍我，说："你看，她真的长成了漂亮的姑娘啦。"我瓮声瓮气地给了个答案。或许这样也不错，没有我的干扰，她照样活得精彩，像是白杨，所有的美好与爱，她都值得，不值得的是我，没有珍惜的也是我。

毕业前夕，我偷偷摸摸打听到了她的高考志愿，虽然与我的志愿山南海北，可我还是愿意继续走在她的身后，跟随着她去天涯海角。

拍毕业照的时候，全校人流涌动，那日拉走她的男生摸了摸后脑勺和我道歉，说是为了保护自己的妹妹，所以情急之下，才对我恶语相向。

我发了疯似的到处找她，可惜人潮涌动，我感觉不到她。我在她教室的黑板上画出了那个函数，将她的名字写在里面，我想她会懂，可是她再也没有出现过。

高考后我孤零零地拎着箱子去她心仪的大学报到，心中的缺陷再也没有人能填满，只留下遗憾。只是有一天我在食堂吃饭时，面前突然出现了一个巨大的碗和一张熟悉的脸。她好像自来熟一般，平静地吃着饭，而我却在接过她给的餐巾纸后泪流满面。

她说高考后她摔断了脚，为了逃避军训，故意在家休养了半年。我不想知道前因后果，我将食指放在热乎乎的番茄蛋汤里，画出了那个心形。她"扑哧"一声笑出来，说她哥哥将黑板上的那个一模一样的图案拍给她了。我终于也对她说出了那句话，她将泼墨般的长发扎起，狼吞虎咽着专心吃饭，我像个小媳妇一样只敢小心翼翼地蹭蹭她，她一脸不耐烦，催促我吃完再说。我想她已经翻身做主人了，从我喜欢她的那一刻起。

年少的爱恋总是那么青涩而煽情，我不止一次地想，如果我能更加勇敢一点儿有多好，却又感谢着那些成长，让我们都长成更好的人。更成熟地去面对这个世界，面对错失与泪水，坚定不移。

我想我会一直讨厌她，再也不会孤单。

（刘名远摘自《中学生博览》 图/木木）

找个**体面**的方式发泄

□艾明雅

友人问我："伤心时你会做什么？"

洗头洗澡，梳妆打扮，穿自己最喜欢的衣服，擦自己最喜欢的口红，一言不发，出去散步或者回家写文章。为女子万般苦，唯有这点儿甜，从头到脚都有要收拾的，如果用心，描眉、修甲每一项都足够打发掉半日的伤心。比起男人只能灌闷酒，我们这种处理方式倒是好看很多。

她不死心："如果连做这些都不能忘却伤心呢？"若是最任性的时候，我会找个好点儿的酒店开房睡觉，把一切都蒙头睡过去。看《欲望都市》电影版，看比格逃婚，看卡丽流泪，我也跟着哭，然后看他们结婚了，我又笑。

还有比我更任性的人。我的一个朋友三十多岁，会飞到异乡的美景处，在酒店睡三天再回来。据说她的前男友就是因为她的这个行为与之分手的。其实她只是太爱惜羽毛，花点儿钱选个酒店做树洞，不会有人打扰，服务生会很体贴。那个树洞成全了一个人需要安静的小情绪。

我也羡慕另一个朋友。她伤心时会快走，有时狂跑十几千米。连伤心都这么励志，称得上是很了不起的女人了。

其实20岁时，我伤心时会饮酒；现在30岁，知道抽烟酗酒太难看，熬夜流泪毁皮肤，暴饮暴食会蠢笨，哪一项都伤不起。现在我觉得连发泄都要找个最体面的方式才对得起自己。

身为女性，悲也美，欢也美，不嫉恨，不自怜，这才是体面。你们有多少心事，都写给自己；有多少怨恨和伤痛，都吞下。往后你会知道，人世不过一句话：无心至此，非我本意。那就在心里安放树洞，把心事藏好。

（秋水长天摘自《特别敢，又特别美》江苏凤凰文艺出版社 图/蝈蕉猫）

不会长大的少年

SHAO NIAN

□张晓晗

高中时，我喜欢上了初恋男友。原因很简单，有一次，下了体育课我穿过操场时，他正好打完篮球，摘下眼镜，甩着手指上的汗珠，抬头皱起眉头，狠狠地瞪了我一眼。被各种霸气总裁形象洗脑的我瞬间被击中了——真霸气！

为什么不认识我，就瞪了我一眼？看样子一定是能帮我打死一个连的铁血真汉子！

我们交往后我才知道，那天他根本没看到我。所谓霸气一瞪，是因为他散光太严重了，他摘下眼镜就算看路过的"旺财"也会那么霸气。我自然十分失望，这种失望让我对他所有的行为都很不满，无论他做什么，我都觉得他软弱、幼稚、不堪一击。他连拉我的手都会出一手心的汗，不敢看我的眼睛。

小说里的男主角在其爸妈都被害死后还努力复仇，让仇人进监狱，自己夺回公司，重新成为霸气总裁，而你只不过是物理没考及格就"嗷嗷"哭，算什么啊？

我上高中时是"迟到大王"，他每天早上在上学路上都会帮我买一份早餐。现在想来这是很贴心的举动，当时我却很不领情。我经常说："你怎么就这么点儿出息啊？就会买早餐，不好好学习，不去做些大事，怎么成为霸气总裁啊？"

我过生日的时候，他叠了满满一玻璃瓶的"爱心"送给我，每个"爱心"里面都写了小字条。他营造了很久的悬念，当他把这个玻璃瓶递到我面前时，我的内心只有失望。

后来，我对他越发挑剔，感觉他无法掌控自己的生活，他总是有那么多难以解决的麻烦事，还常常因为吃醋而做出一些更幼稚的事。哪怕是一开始我喜欢的地方，在我眼里也开始变得不堪。他每天滑滑板上学，开始我和所有的女生一样，觉得这样很帅气。到了后来，我反复跟他说："你为什么这么爱出风头？一点儿也不沉稳，而且很危险。"他说："我不是为了出风头，而是真的很喜欢滑滑板啊！"我说："滑滑板能当饭吃吗？难道你准备滑一辈子吗？"他说："准备滑一辈子啊，还要去美国滑呢！"

说的时候他神采奕奕，我一盆冷水泼过去："你真的太幼稚了，你根本不懂什么是生活，我们分开吧。"

现在想想这些事情，反而感觉自己才是一个彻头彻尾的大白痴。当年我们16岁，都是学着和异性相处，他尽力做了所有希望让我感觉到被爱的事情，我却期待在他身上找到自己渴望的一切，而那些渴望都是不真实的。

我和初恋男友像过家家似的，时好时坏。后来他真的去了美国，继续滑滑板，我时不时会在各种社交网站上看到他的照片，全身伤痕无数，文了各种文身，却笑得很开心。忘了说，他爸爸真的是霸气总裁，对他的选择非常愤怒，觉得他是扶不起的阿斗，自己却也没什么好办法，只有不停地给老师送礼，希望老师对他严加管教。老师就真的严加管教。但他不是读书的料，性格又比较内向，所以在高中学习期间，他过得本来就很压抑，还在书包里放过遗书。那封遗书被我发现之后，我劈头盖脸地骂他："这都是些什么小破事儿，你就要死吗？而且你死了，你最舍不得的竟然是你的玩偶！"

作为他信任的人，我没有给他丝毫安慰，只有给他的憋屈火上浇油。好在命运对他很眷顾。他上个月结了婚，妻子比他大几岁，很会照顾人。有认识的朋友去参加了他的婚礼，我好奇地问："他还是老样子吗？"朋友说："对啊！他家里有一堆玩偶，他给每一个玩偶都起了名字。"

他其实是一个很好的初恋男友，很感谢他让我的初恋有那么多至今回忆起来尚觉温馨、美好的细节。而在这个故事中，我反倒是一个非常糟糕的恋人。

男人的天真是很可贵的。当然每个早熟的少女——像我一样，可以不欣赏他们的天真，但是也没必要去刻意伤害他们。毕竟他们是用自己笨拙的方式，很努力地爱着。

（sky摘自《女友》 图/鹿川）

"虚惊一场"这四个字是人世间最好的成语，比起什么兴高采烈，五彩缤纷，一帆风顺都要美好百倍。——韩寒

铅笔少女

□青果先森

文科重点班传出了一篇被称为惊世佳作的文章，名字叫《致我的铅笔少女》，只有她知道那个人是谁。

姐姐和乔杉在初中的时候就认识了。那应该是十一年前。

班级里人少，学生是单人单桌的。乔杉就坐在姐姐前面。姐姐对乔杉的第一印象就是，这人的形象和名字十分搭调——高大笔挺，简直像一棵杉树立在她前面。

乔杉太高，坐在姐姐的前面让她看不清黑板，姐姐经常用笔戳他的后背叫他弯腰，他都乖乖趴在桌子上。

后来两个人熟识了，乔杉就开始和所有青春期小男生一样故意惹女生生气，姐姐越是让他低头他就越挺直腰板，急得听课的姐姐只好揪着他头发让他把头低下去，他也只好低声哀号着告饶，事后一脸大男子气概地表示他根本不是怕疼，而是怕姐姐弄乱他的发型。

后来可能是班主任也觉得二人身高比例失调，便对换了姐姐和乔杉的座位。

姐姐说，上课时不见前面的那棵树，心里总觉得缺了点儿什么。

乔杉学习非常好，只是有点儿……手贱——这是姐姐的原话。

他经常有事没事地用笔轻轻点姐姐的后背，让姐姐以为他有事找她，等姐姐转头看他的时候他又一脸“我什么也不知道”的表情做自己手头的事情。

他是演技派，姐姐恨他恨得牙痒痒也不好说什么，只好愤愤地转回身生闷气。

姐姐实在想不出自己哪里开罪了这个万岁爷。

姐姐高而瘦，不少人私底下说姐姐是美女，可乔杉偏偏不这样觉得。

他说姐姐瘦得像铅笔，特别是一头长发绾成一髻的时候，让人感觉脑袋是红色的橡皮头。

姐姐半天说不出话，乔杉却大笑起来。

从那时起，姐姐就觉得乔杉心仪的女孩子应该是微胖的。她开始习惯在吃饭的时候多吃几片肉。

后来乔杉有了女朋友，是邻班的，只与姐姐打过几个照面。

同班女生总是有意无意地拉着姐姐八卦：“你有没有发现乔杉女朋友很像你？一样高高瘦瘦，一头黑发。”

姐姐就此奚落过乔杉，“你不是损我像铅笔吗？你自己女朋友不也是铅笔吗？”

除此之外，她并未多想。

再后来两个人都进了一中。一个文科重点，一个理科重点，从此之后再无联系。

再一次听到乔杉这个名字，就是他的文章横空出世的那一天了。那篇文章被印刷出来发到年级每个人手里，平日里对作文最不感兴趣的姐姐耐下性子仔细地看完了整篇文章。

他说，曾经有那么一个女孩，有一头柔顺的长发，她转过身来的时候，他可以闻到她发丝间涌动的馨香。

他说，曾经有那么一个女孩，单纯善良，容易相信别人，会被一个人的恶作剧欺骗很久很久。

他说，曾经有那么一个女孩，美得让所有人交口称赞，所有完美的句子都用光用尽，却没给喜欢她的少年留下可以送给她的哪怕单单一个词。

他说，机会只有一次，错过了就不必挽回。

他说，也许只有这样，她才会成为他记忆中最美丽的风景，才会做他一辈子的铅笔少女。

所有攥着乔杉范文复印件的女生都在八卦铅笔少女的原型可能是谁谁谁，只有姐姐把那张纸折好放到日记本里。

也只有姐姐，才知道谁是乔杉笔下梦里的铅笔少女。

也只有姐姐，才知道铅笔少女曾经趁着少年熟睡的时候，扯着他的校服袖子写下：“我喜欢你。”

（沈鱼摘自《中学生博览》 图/张翀）

那个和我一起吃了很多很多顿饭的人

□姓氏乔

HENDUO HENDUO

去年七夕的时候，我好像是在一家日料店。记得那天暖黄色的灯光特别温柔，和当时的男友点了一桌子的三文鱼。

那天我们靠在一起，挨个分配寿司，我偷偷跟他说：“店员一定很讨厌互相投喂的我们吧。”

他拍拍我的脑袋说：“快吃，这个蟹籽军舰，你的哦。”其实我没有很偏爱日料，反而喜欢一些烟火气重的东西，比如说夜市。

记得有年冬天，我俩一起挤在夜市的人群中。我跑去买牛奶鸡蛋醪糟。他很高，一直跟在我身后，那天真的好冷啊，气温都快零下了，人潮拥挤，有双手从背后揽住了我。

我顿了顿，那种感觉，像是冬天里忽然开了一树梨花。现在想起来，那天喝的牛奶鸡蛋醪糟，味道还是特别特别好的。

说起来我和前任的口味是真的特别不一样。

我喜欢西红柿炒鸡蛋，他喜欢苦瓜炒辣椒。我喜欢豉汁排骨，他喜欢麻辣香锅。我们唯一的共同特点是，都喜欢吮指原味鸡，讨厌苹果。

每次去快餐店，我们都去汉堡王。然后一起点两份肉酱薯条，两杯大可乐，两只天椒大皇堡，一大一小。当时他取笑我，每次吃薯条，都把土豆渣弄得到处都是。我辩解：“和别人出去吃饭，我可是很矜持很矜持的，在你面前才不小心撒了一桌子而已。”

他说：“才不是，第一次我们去吃烤串儿，你就这样。”我想，啊，原来他还记得我们第一次吃饭的模样啊！回想起来，那时候觉得谈恋爱最开心的事情之一，就是有人来分担我吃不完的东西。

记得有一次他来学校接我，我闹着要带他吃新开的重庆抄手。我们点了两大碗，最后我吃不了了，推给他，他一边嘲笑我，一边飞快地帮我吃光了。

还有一次，和朋友出去玩，她不远万里给我带了一份乐山的蒜香麻辣鸡爪。真的太好吃了，糯糯的，软软的，现在想起来还流口水。可我吃到那个鸡爪的第一个念头，竟然是赶快给他打了一个电话。我说：“真的好吃哭了，我会儿就去买给你啊！”那时他在看书，一听见我声音就笑了，他说：“你好像小孩啊！”

最丢脸的回忆是有一次出门，我们一路吃了五顿饭，吃到最后连路都走不动了，结果闹肚子。他一点儿也没有安慰我，笑到不行。

我说：“你别看我了，我现在很疼的，很丑。”他说：“好好好，不看你。”我低着头，捂着肚子，五官扭曲。一抬头，发现他在录像。他说：“好好笑哦，哈哈哈哈哈哈哈哈。”那一刻却忽然觉得，他好像挺像一个男朋友。

最后还是有几件遗憾的事情。

我其实很任性，很少陪他做过什么，他说喜欢吃火锅，在一起那么久，我却一次都没有同他吃过。每次约会，他都说，去这一家吧，或者那一家吧。我摇头，说不要不要，火锅好热啊！

我不喜欢太热的东西，比如四十摄氏度的天气，比如四十度的爱情。还有一件事是我其实蛮喜欢烘焙的，但每次碍于原因，说想带给他的蛋糕、曲奇、豆乳盒子通通没有带到。

再后来我们分开，原因很简单，不够爱了。但我从未怀疑过，无论是他，还是我，彼时的真心。毕竟一起吃了许许多多顿饭，每一口的味道都还是那么实在。

（沈鱼摘自片刻 图/木木）

诗剧

我想起一个年轻的骑士，
他带着武器走向了远方。
他的微笑如此纤柔
像古老象牙上面的光辉，
像怀乡病，像圣诞夜一场雪
落在幽暗的村落，像绿松石
周围有珍珠排列着，
像月光
在一本心爱的书上。
——赖纳·马利亚·里尔克
《少女的忧郁》

年纪越长越爱看《樱桃小丸子》，是怎么回事

□张佳玮

樱桃子前辈逝世了。敬致哀悼，以及感谢。

我开始爱看《樱桃小丸子》，是上大学开始独居时的事了。

夜幕下来时，自己做了饭，打开屏幕，看动画片。《机器猫》《蜡笔小新》，最后，集中看《樱桃小丸子》。

诸位大概多有类似心得：追某部作品，可能先是为了逗乐，喜欢看刺激的；后来看熟了，逗不逗便无所谓，只想看日常。

这是《樱桃小丸子》的迷人之处：整部作品，就是清淡温暖又童真的日常小剧场。

在此过程中，对手一般是装模作样、西化且富裕的伪善者。这个简直贯穿一切漫画。

比如大雄要追求静香，总要搞定炫富狂魔小夫；小新总是帮助美伢搞定各色炫富阿姨，帮助班主任搞定玫瑰班班主任；反过来，平民女主角，比如《交响情人梦》的野田妹，也需要搞定多贺谷彩子和孙蕊那些高高在上的隐藏情敌。

但这点儿敌我矛盾，在小丸子的故事里是被软化的。常见的是，花轮又炫富了，又矫情了；但面对小丸子的率真，花轮或爷爷的卖萌一笔带过。

纳博科夫说他不喜欢《堂·吉诃德》，因为作者塞万提斯对笔下的堂·吉诃德太残忍了。

从这个角度出发，我觉得，樱桃子前辈对小丸子，以及我们读者和观众，就很温柔。从画风到情节，到对每个人的优缺点的态度，对整个生活的态度。

换言之，小丸子与她的家庭，是在刻意保护着读者与观众的内心，烟火温润地告诉大家：这就是生活。

这就是为什么，年纪越长，越想回头看小丸子——许多道理，

小丸子没有哆啦A梦无穷无尽的发明，所以不玄幻；没有小新天马行空的行为逻辑，所以不出意外。

小丸子是个很普通的小姑娘，有点儿很童真的小姑娘心思，所以哪怕偶尔使点儿小坏，比如赖床、哭闹、小心机，也让人觉得情有可原。

小丸子的故事里没有真正意义上的反派，连重点挨讽对象花轮君，都是可爱的。

日本的动漫作品有个基本特点，即：质朴热血的男主角，娶到高贵冷艳的公主；或质朴呆萌的女主角，搞定高贵冷艳的王子。

摆了一半的造型忽然垮掉，开始“呃，不对呀，剧情不该是这样的呀”这类懵懂姿态。

我很喜欢这种处理法——毕竟，都还是孩子。

世上没有那么多针尖麦芒必须你死我活的事。

在日本诸多动漫作品里，小丸子的家庭成员大概是最齐的。一家人一个屋檐下，乐呵呵地过日子，过的是最家常的生活。

小丸子的故事，从来不深，但看多了就知道，樱桃子前辈在叙述时，是刻意不深的。许多时候，某些残忍生活的真相快要从妈妈或爷爷嘴里出来时，就会适可而止，然后用一个妈妈的微笑

我们自己已经明白了，不需要别人再告诉我们一遍。

我们需要的不是阐述，而是呈现，是一个类似于小丸子家庭、《老友记》咖啡馆、贾家客厅、同福客栈后院这样的地方；是樱桃子前辈这样，知道世上大多数道理，但选择向大家呈现这种生活的作者：“道理其实都明白，但不用来彼此戳刺；世上也可以有这样的生活，让人看得好开心，而且似曾相识，觉得自己也经历过；于是看着他们家吃饭，我也想多吃一碗呢！”

（心香一瓣摘自微信公众号“张佳玮写字的地方”

图/木木）

朽木成长记

□王春华

01

距离中考只有一个多月了，大家都在忙着复习，我却一点儿也不着急。摸底考试分数出来了，我的科学成绩只有52分。

52分，这刚刚过半的成绩严重打击了我的自尊心。我虽然不太重视分数，但底线也是有的，同桌好友一脸不可置信地看着我：“你怎么了？”

我被她看得心里发慌，干笑两声，侧过去不停抹眼，因为我感觉我的眼泪很快就要掉下来了。说实话，以前我的科学成绩基本在80分徘徊，这还是第一次不及格。好友不停地叹气，对于我家的情况，她早就了解得一清二楚：“你这个分数回去肯定又要挨骂了，要不我的试卷换给你好了。”

“没关系啊！”我豪迈地笑了，“再怎么骂我我也不会想不开的。”

“要是难过你就给我打电话。”她抱了抱我，表情有些沉重。

事实上，好友把我送到家门口以后，我在楼道里足足坐了一个小时才鼓起勇气敲开家门。对于我那神经敏感脾气暴躁的娘亲，我表示很害怕，怕她一个没忍住冲上来打我一顿。

令我感到意外的是，我在客厅里看见了表姐。

我讪讪地笑了一下，以自认为很快的速度闪进卧室，一转身，却发现表姐站在我身后：“你要吓死我吗？”

表姐给我的回答是：“呵，呵，呵！”

接着，她搂着我坐到床上：“看你一脸不开心的样子，怎么了？”

我勉强“嗯”了一声。

“你是考砸了还是怎么了……”

我默默翻了个白眼：“当然是考砸了，谁像你？”

表姐大笑了几声：“考砸而已，别那么颓废。”

“大姐，我一考砸就会有生命危险的呀！学生的忧伤你不懂。我不想读了，跟你一起打工吧？”

“不行。”她板了脸，“你以为打工很容易吗？别逗了，没文化没技术，能做的也就是流水线上的苦力。早出晚归的，每天站得腿都麻了，偷懒一下还会被人举报，要扣工钱。”

“我现在真的后悔当初没有继续读书。读书多好啊，天天坐在教室里，冬暖夏凉，什么都不用想。”她说。

“好好读书，别跟我一样。”她沉默了很久，最后在我的本子上留了这么一句话。

我看着她握笔的手，竟然发现她的手上满是老茧和伤痕，深深浅浅，触目惊心。

我突然有些无奈和惋惜，为她；却也有些庆幸，为自己。

但，只是在那一瞬间，转瞬即逝的时间里，感到庆幸而已。

02

不知道表姐是怎么跟我妈说的，她走后，我妈一反常态地跟我分析试卷，没有开口骂我。

不过，她越是不骂我，我心里越不舒服，没办法，习惯了。

夜里一点多，我推开窗，跳上二楼露台，然后跳到楼下的绿化带里。

外面下着小雨，我没打伞，新买的增高鞋被积水冲掉了一个鞋跟。我索性脱了鞋，赤脚走在人行道上。我恍恍惚惚地走，不觉到了好友家楼下，看见她房间的灯还亮着。

“这么勤奋，”我想，“真是自愧不如啊！”

我捡了几颗石子扔上去，却总是打偏弹到隔壁的窗户上。那家人估计被我吵醒了，推开窗指着我，嘴里不知在嚷嚷些什么。

我冲他做了个鬼脸，转身就跑。

跑回家才发现，我妈在找我。

“春华，”她到底生了气，虽是极平静的语气，我还是能听出她的怒气，“大半夜的跑出去干什么？”

“我饿了。”我面不改色地撒谎，要是我说是因为她没骂我而心里不爽，不知道会是什么后果。

她的眼神柔和下来：“回家吧。”

等我围着浴巾从浴室出来，她已经煮好了一碗面，放在我桌子上。是我小时候最喜欢的荞麦面，已经很久没有吃了，她的手艺还和以前一样。

猛地想起她的神经一直很敏感，睡觉的时候一点点轻微的声响都会把她弄醒。

基本功

□天行健

很多清宫戏中，大臣见皇帝跪拜后，便可以起身说话。其实，按当时规矩，那是皇亲贵胄、肱股之臣才能享有的殊荣。清代达到了中国封建专制的顶峰，等级森严从大臣见皇帝时的行礼便可见一斑。在清代，面见皇帝无论时间多长，大臣们自始至终都要跪着答话。

而且，这“跪”还有标准。跪时间长了，一不小心坐在地上，那可要按犯上治罪的。要说在清代，当大官也不容易——小官没有见皇帝的机会，大官经常见皇帝，必须练就跪的功夫。当年陶渊明不为五斗米折腰，清朝的官员们可没陶潜这么洒脱，想在那个时代做大官，也绝非弯弯腰这么简单。据说清代中后期的军机大臣们，因为要经常见皇帝，还特意在裤子的膝盖处缝上一块棉垫——起护膝的作用，以便长跪。就连位极人臣的李鸿章，在跪的问题上也不能例外。按照他的身份，若是在汉唐，是可以和皇帝对坐谈话的，但在清代是绝对不可能的。所以，即便到了晚年，中堂大人每天仍坚持练习三次下跪，生怕这门“技术”生疏了，有失对皇帝的尊重，从而影响官位。

今天听来，这就是笑话，其实可笑的远不止于此。官场上还有很多诸如此类的“基本功”，以及那些为了追求名利苦练各种“基本功”的人。

（大浪淘沙摘自《今晚报》2018年6月26日　图/小栗子）

今天我闹的这一出，她怕是好几天都睡不安稳了。

想到这里，我的手顿了一下，心里有点儿酸酸的。

真是矫情，我嘲笑自己。但我并未感到愧疚，这大概就是所谓的叛逆吧。

母亲的良苦用心，大概在很多年以后，我才能明白吧！

03

第二天早上，我醒来时已经九点半，第二节课都快上完了。想到班主任即将因为迟到对我的“谆谆教诲”，我本能地从床上跳下来，刷牙洗脸穿鞋，动作连贯，一气呵成。

我以人格担保，这绝对是我骑车去学校的最快纪录，虽然我的人格不值几个钱，但它对于我来说还是很重要的。

没错，我出门前还用手表计了下时，二十分钟的路程，我只用了八分二十七秒。

可惜我想太多了，班主任看我的眼神格外柔和，盯得我头皮发麻，赶紧溜到座位上。她竟然没有说我，还笑眯眯地冲我说了句：“How are you（你好吗）？”

班主任走后，好友跑过来告诉我，今天早上娘亲亲自来教室给我请了两节课的假，说是我肚子不舒服，胃痉挛。

她还拿出一个包装精美的盒子递给我：“喏，你娘给你带的营养早餐。”

我手里捧着我妈精心准备的营养早餐，心里却五味杂陈。

04

在离中考还有二十九天的时候，我一把火烧掉了所有课外书，添置了各种补缺补漏的练习册。

我惊奇地发现，我找到了属于我自己的节奏感。渐渐地，我的科学成绩又回到了原来的水平。我妈对此表示很欣慰，我感觉她鬓角的白头发变少了，还有就是她笑起来真好看。

中考前一天，我与好友把所有课本运到了郊外，挖了一个洞，把它们全部埋了起来。

初中三年马上就要结束了，她说：“真舍不得。”

“是啊！”我说着，踩踩脚下的小土堆，这里埋葬了我们所有的记忆。

她没说话，掉了几滴眼泪，那是我第一次见她哭。

我拥抱了她：“大家肯定会再见面的，更何况我会一直陪着你！别哭了，你哭起来不好看。”

她往我肚子上抡了一拳转身就跑，我跟在她身后追。小土堆在我们身后，静静地看着我们嬉闹。

这一天阳光明媚，青春正好。

（张秋伟摘自《东方少年》2018年第7期　图/鹿川）

那个闪亮亮的男孩子

□李春银桑

★----★1★----★

从小就没有男同学喜欢我，虽然没有被别人喜欢过，喜欢别人我可是丝毫不落人后。他们成绩有好的，有不好的，共同特点就是都蛮好看的。

再后来，初三复读的时候，喜欢上了一个初二的小男生，叫淦家辉。刚发觉自己喜欢上他的时候，心里很排斥，因为他是学弟啊，才十四岁，骨瘦如柴，矮我半个头，也不是很帅的类型，单眼皮，疏疏的眉毛，白白的一张脸上有些细细的斑，但是后来就觉得很好看。

淦家辉成绩很好，他姑姑是我们中学的老师，他从县里转校过来后，就一直寄住在姑姑家，他姑姑家就在学校足球场的另一端。

我总是伏在三楼走廊尽头的栏杆上，看他每天下课后抱着书慢慢地走过那条绿茵场上的羊肠小径，进入教职工楼后，就看不见了。有时，他也会绕远路，走球场外围的那条水泥路，经过我们中学杨柳依依的小池塘，不疾不徐地迈步，看上去若有所思。上楼梯的时候却蹦蹦的，整个身体都晃晃悠悠，感觉上楼梯也变成了好玩的事。

★----★2★----★

可能为了变强壮，他不是在篮球场上，就在乒乓台前。为了多和他玩，篮球我也开始摸了，站在筐下左右虚晃，就是碰不着球。可和大家在一起玩的几次，淦家辉拿到球总是自己不投，就传给我。打乒乓球也是，他连环杀掉了好几个对手，轮到我上，曾伟喊：“秒杀她！”他却淡淡地说：“我不想秒杀她。”好听的嗓音，温柔极了。

一开始我还以为他对我比较特别，所以“扑通”就陷进去了。每次和他玩耍说话，都觉得自己通体轻盈，周遭宛若仙境。后来才听说，他们整个初二（2）班，百分之九十的女生，都“扑通”陷进去了。

但他不觉得那有什么，天然的温声细语，让他在我们那个灰蒙蒙的梅棠中学闪亮亮，谁会不喜欢呢？我和秋平背后都喊淦家辉“香饽饽”。

当初认识淦家辉，是因为我的同桌陈洁。陈洁是我复读后的第一个好友，她和淦家辉情况一样，寄住在老师家。曾伟、欧阳几个也都类似，我家又离学校不远，顺理成章混成一团。

每周三不上晚自习的夜里，校园寂静，我们五六个人，集合到他们班“自习”。陈洁会在弟弟们的桌肚里翻来翻去，我就趁机跟着学，也跑去翻淦家辉的桌肚，为了防止被怀疑，还连着把欧阳和曾伟的桌肚也给翻了。

不过，喜欢一个人，可能真的是再怎么隐藏，都是烈焰。有次他们似乎在背后说我什么坏话，我揪着欧阳逼他说清楚，欧阳说：“曾伟说你喜欢淦家辉。”当时我心里就炸了，但我非常敏捷地装了一个“随你们小屁孩瞎扯去，老子无所谓”的酷酷表情。

★----★3★----★

说回淦家辉的桌肚，那真是让人每每感叹不虚此行啊！他的课本上，语文、政治、历史，凡是带那种少男少女上半身插画的，很多都被他添加了整个下半身，走路的、溜滑板的、骑车的，还有各种配字和对话，逗得我哈哈大笑。练习册、作文本，甚至是草稿纸，到处都是他随手画的小图案。有次，看到一张他画的四格漫画，是要放假了回家前收拾东西很开心之类的意思，看完给我的震撼非常大：把自己的生活画成小四格，天哪！要不是淦家辉这么干了，我可能永远不会想到，我一直以为，那是画家才做的“大事”啊！

有次我到得早了，大家还在各自吃晚饭，后来淦家辉来的时候，一落座就说：“你翻过我桌肚了。”我惊：“你怎么知道？”他嘿嘿一笑：“我设置了机关的，这里两块橡皮，之前是那样，现在变成了这样啊！”

他的日记本都随身带，所以被翻翻桌肚也不在乎，似乎从来没有生气过，有次陈洁实在欺负他欺负得过头了，他也不生气。后来我说：“怎么感觉你完全不会生气的啊？”他答：“不是啊！”然后说了句：“放心啦，我不会对你生气的。”我就又开心了好几天。

★----★4★----★

有次他把一个本子给我看，好像是分了四个章节分别叫风、花、雪、月的故事，我用铅笔在本子空白处时而吐槽，时而提出修改建议，还圈了几个错别字，最后写“你看完就擦掉”。过了很久，在他桌肚又翻到那个本子，打开一看，铅笔字全都还在，心生无限暖意。

有天中午，我穿了一件姐姐给的衣服去学校，还围了粉色的围巾，心里别扭死了，一直祈祷别被淦家辉看见，上楼梯时都是猫着腰的。偏偏抬头就看见陈洁和淦家辉，坐在窗边嘲笑我的粉色围巾……我腿脚僵直着走过去，还红着脸把围巾扯下来，淦家辉却说：“为什么拿掉啊？很好看。”

★----★5★----★

淦家辉这个人，其实就是把我当姐姐——会画画、挺有意思的高年级姐姐，在我看来些许暧昧的话，他都是不以为意的。那时我看上去的确非常像一位学姐，很少夸他，专门挑他的短板说，“画画的线条实在太毛糙了，文章真是写得不堪入目啦，掰腕子都掰不过我，真是小女生一样没力啦”，他每次想反驳又没有办法。

但我一直非常害怕和淦家辉独处，因为太紧张了，连他的眼睛都不敢看，幸好机会也不多，一般大伙都在。这也导致看上去我们玩在一起，其实彼此很生疏。总是分享快乐，没有说过伤心的事，各方面我都深深感到离他非常遥远。

有次，欧阳说他们男生在一起讨论了彼此喜欢的女生，那时我才惊讶地知道，淦家辉喜欢一个叫姜威的同班女生。姜威我见过，非常漂亮可爱。唉，心碎了一把。

慢慢地，我就奉劝自己离他远一点儿，不要喜欢他了，人家随口一句暧昧的话就养活你好几天，情不自禁地每天想他，真的好傻啊！

★----★6★----★

我上了高中，就与他失去了联系，对他的喜欢却不仅没有退去，反而安安静静地生长起来，接受了自己喜欢他，或者说完全喜欢自己喜欢他了。遇到的人越多，他在我心目中就越特别，越高尚，越有光芒，和别的人都不一样。虽说丝毫没有想过要让他知道我喜欢他，更不敢奢望在一起，但习惯了在日记中与他说话，考试失利的夜晚，蹲在漆黑的球场角落和他哭诉。还有次午夜梦回初中，一群熟悉的脸在我面前排着队，梦的主题好像是我在选亲，望来望去，望不到淦家辉，最后终于按捺不住，站起来拨开人群，着急地问：“淦家辉呢？淦家辉怎么没有来？”

他把喜欢他的女孩子们形容为“那些花儿”，我作为花儿的一朵，喜欢把他形容为太阳，他的一切都那么优秀，那之后的很多年，我都向阳生长，慢慢地，也变得越来越富有创造力，越来越幽默。

现在遇见十来岁的女孩子，我爱问一句：“你有没有喜欢的男生啊？”或问十来岁的男孩子：“你有没有喜欢的女生啊？”每当此时，心里都想着我们灰蒙蒙的小镇上，那个闪亮亮的男孩子，那时的他，也才十四岁啊！

胸中万千惊奇。

（鲁刚摘自《视野》　图/蛔菓猫）

考零分反得终身俸禄

□陆布衣

宋代朱彧的笔记《萍洲可谈》卷中有《七十老生特奏名试卷》：

元丰年间，宋朝举行一场特奏名考试。什么叫特奏名？就是那些考取举人后，省试、殿试多次考不上的老举人，年纪都已经很大很大了，朝廷将这些人集中起来，皇恩浩荡，再参加一次由皇帝主持的考试，分出等级。有个七十多岁的老生，在试卷上这样写：臣已经很老了，实在写不出文章了，只有一个心愿，祝我亲爱的敬爱的皇帝陛下，万岁万岁万万岁！皇帝看到这样的试卷，很感慨，这也算是个老实人啊，我不能让老实人吃亏。特给初品官，食俸禄终身！

这是无奈之下的急中生智，就比如现今那些作文考试中，剑走偏锋的一样，如果把握好尺寸，往往能得满分。这位老先生很容易让人想起那白卷考生，这样几个拍马屁的字，就能得到这么多的好处？是的，拍马屁永远存在，就看怎么拍。老先生拍到点子上的最主要原因——现场唯一，如果大家都这样写，那肯定完蛋。说实话，即便那些会考试的，把数张卷子都写满了，也不太会有好文章，要有才，老早就考上了，所以，在满场格式化的阅卷过程中，突然跳出这样一匹“马”来，这驽马，将马屁拍得让人兴奋，继而感叹终于开恩。皇帝还是精明，这七十多岁的人了，已经高寿，赐他个食俸禄终身，哈哈，还有几年呢？但是，这一特赐，就是皇恩浩荡，天下感动。

前几天，我去浙江绍兴市的上虞区档案馆参观，看到显眼处挂着一张长长的镜框表格，上面列了该地历朝历代的三百余位进士名单，再仔细看了看进士的名次，居然有二十位特奏名进士，呵，这些考生不仅顽强，也真是寿长啊！

所以，老先生作文零分，只是试卷表面上的，事实上他是满分考生！对考生，对皇帝，都是“双赢”。

（小志摘自《大公报》
2018年7月5日　图/小栗子）

从青涩到成熟，只能是你一个人

□顾鲸

~为什么你会喜欢我~

我枕着乔同学的手臂，一时兴起问他：“你们班有那么多美女暗恋你，为什么你会喜欢我？”乔同学目光没从电视上移开，边按遥控器边回答我：“我喜欢你道理很简单。就像小时候，你妈打你，不讲道理。”

我和乔同学的故事，还要从非常久远的以前说起。

我还没出生，乔二狗同学就住在我隔壁了。那时，我妈快要生我了。

作为过来人的乔妈，自然是要和我妈说一些注意事项。一来二去的，我妈和乔妈就成了一对嗑瓜子聊八卦、研究黑暗料理的广场舞姐妹。顺理成章地，我成了乔同学的祸害对象。

四岁那年，他和我玩丢石头，看谁丢得更远。砸中玻璃窗的那个是他，而挨骂的却是我。

五岁那年，他揪幼儿园里女孩的小辫子把人弄哭了，结果用我的小点心去安慰受害者，以至于我问我妈再要点心，我妈不给，还说我贪吃。而我也学会了人生中超重要的事——告状！

~在我压迫之下的二狗~

上小学以后我妈觉得我生活都不能自理了，还得照顾长发，不允许我留长头发。我妈骗我说，留长头发会长不出牙齿。

我当时正处于换牙的年龄。上了二年级，我的两颗门牙都掉了，说话总是漏风，吃饭总是掉米粒。因为这件事，我可没少被乔二狗笑话。一放学我就跑去他家，向乔妈告状，每次看到乔二狗被乔妈教训，我心里就莫名地愉悦。

不知是不是剪了头发的原因，我从一个软萌可欺的软妹子，迅速晋升成了彪悍的糙女汉子。

由于平时告状次数太多，乔妈对我的告状都敷衍了事，我也暴走了，揪住乔同学一上来就是一顿揍。我发现这方法挺奏效的，乔同学不服，也跑去向我妈告状。

一开始我妈还有空搭理他，对我一顿说教，骂完之后我继续去揍乔同学。如此往复，我妈也没了耐心，索性就叫我们私人恩怨私人解决。

三年级以后我比乔同学高了足足一截，这就成了我不停地使唤和欺负乔同学的助力。乔同学也憋屈，一来告状不管用，二来他又打不过我。

乔农民三年级以后，都在我这个地主的压迫之下度过。

~乔二狗其实不叫乔二狗~

乔二狗其实不叫乔二狗，他有个很好听的名字——乔京北，只

是我觉得乔二狗比较符合他独特的气质。

上了初中以后，我还是和乔京北一个班。初一过后，乔京北同学的身高像开了挂一样猛长，农民翻身把歌唱，把我这个地主拍死在沙滩上。

我不甘示弱，天天早上打篮球，喝纯牛奶。毕竟每次和他讲话都需要仰着头的感觉，实在令我非常不爽！而他特别享受我仰视他的样子。

~算不上默契的默契~

自从他长开以后变成小白脸，他桌子里的情书也多了起来。班里班外的女生知道我是他邻居，都有事没事和我套近乎，打听他的兴趣喜好，顺便找我帮忙递情书。

我偷梁换柱把我最喜欢吃的零食告诉她们，把情书故意塞到他家信箱里头，让拿到情书的乔妈教训他一番。

这招借刀杀人用得简直不要太厉害，他被乔妈罚在门外蹲马步的时候，对我说了一句："算你狠！"

我没啥感觉，就俩字儿——酸爽！后来学了物理和化学，乔京北的成绩冲到了年级前十，狠狠地把我甩在后面。我妈拿乔京北成绩来数落我的时候，我巴不得天天学习，为的就是超过他。

我确实也这么做了，不知疲倦地日复一日念书。

乔京北也不打球了，就坐在教室里和我一起念书。最后关灯的总是我俩，开灯的也是我俩，以至于都养成了他负责关后门、我负责关前门的算不上默契的默契。

后来，初三下学期我更是忙得连早饭都省了，乔京北好几次像是要对我说什么，但又始终没开口。就是发现每天书包里多了一些小餐包和小饼干。很久以后我才知道，这"作案人"是某个对我心怀不轨的人。

中考结束，我以一分的优势险胜乔京北，完美落幕。

~二狗给我妈当眼线~

我发现，乔京北和我又是同一所高中。那时不少人谈恋爱，我也想尝试一下恋爱的滋味，轰轰烈烈地来一场青葱校园之恋！没多久这个念头就被打消了。

我妈作为过来人，自然知道青春期荷尔蒙泛滥，所以她又开始放大招了。

也许是乔京北对我积怨太深，便和我妈强强联合，不！是同流合污。他主动给我妈当眼线，只要发现我有早恋的苗头和迹象，就立刻报备给我妈，我回家就得接受我妈的指导和思想教育。每个星期回家，我妈都指定要乔京北骑自行车把我携带回家，该死的乔京北竟然还嫌我重！

因为他，我高中以来连班上男生的脸都没认全，更别说桃花了，想要一颗红杏都没有。

我难过了，我妈倒是开心了，对乔京北这三年的业绩很满意。

~二狗是个"心机男孩"~

收到Z大录取通知书以后，乔京北一如既往载我回家，他带着我从南街吃到北巷，看着他钱包一圈一圈地瘦下来，我有点儿于心不忍，出言制止道："不要买了，我吃不下了。"

"没事，我养得起。"乔京北停下车来，一脸认真地看着我。

"谁要你养了？"他说的这话让我有点儿慌，似乎有什么东西要呼之欲出，却又被我强制按下。

"你现在已经花了我的'老婆本'，还免费乘坐了我三年的私家车，我还给你圈了三年重点外加课外辅导，并且你还吃了我小半年的小餐包和饼干。除了以身相许，我不答应其他还债方式。"乔京北一本正经地对我说。

我觉得，乔京北绝对是早有预谋的。为什么我总看见有男生对我暗送秋波，却没有一封情书？他说："你初中的情书其实是我拿走的。你拿走我的零食，所以我拿走你的情书也很正常嘛。"

我还能说什么？原来他一直知道我拿走他的零食，还一声不吭。乔同学还坦白说："给你妈当眼线，那是因为怕你被其他男生追走，那我怎么办？我从小是被你一路祸害长大的，你得负责！"他又来了一句："还有啊，你记得从学校怎么回家吗？"

我才迟钝地反应过来，其实我一直都在乔京北的照顾下。上学、放学乔京北专车接送，我完全不用担心，所以都已经三年了还是不知道家里到学校的路。不管被老师留堂多晚，乔京北都会耐心地坐在单车上，等着载我一起回家。

书包里莫名出现的小餐包和饼干，雨天备在书包里的伞，圈起来的数理化重点，无一不是乔京北的细心呵护。我一个女生都想不到要看天气预报，而这个理科男却可以为我记住一周所有的天气状况。

（鲁刚摘自《中学生博览》 图/蝴蕖猫）

诗剧

我知道：像一个夜的骑手
我的头盔上栽着风暴之鸟
燃烧的玫瑰缠绕在我的前额
我有时间进你的空间

我的呼吸散发出田野的气味
树木对我的肩头而低语
城市的电
在我的眼里噼啪作响。

你的梦就是爱。
那就是你在白昼永远不会看见我
穿着花呢衣物的原因
我的头发已经两鬓飞白。

——伊凡·哥尔
《你在白昼永远不会看见我》

DA JU

大橘为重

□阿　暮

----1----

十二月二日下午两点半，我捧着热乎乎的奶茶一路小跑着去看大橘。

其实大橘在半年前还是小橘，整日流浪在街头翻拾垃圾桶，一身几乎只有二两肉，肋骨从腹部露出整齐的排列。可惜在找到我这个固定饲主之后，她的肥胖基因就被迅速地激发了。所以俗话总是没错的，十只橘猫九只胖，还有一只压倒炕。

不过我没有炕，大橘也不住我宿舍，但是我有一个喜欢的小哥哥，所以大橘就以猛虎下山的气势和架势，代替我把他压倒了。

----2----

我是在新生入学那天遇到顾屿的。

那天是新生报到的第一天，乌漆麻黑的夜里只有蟋蟀窸窸窣窣地移动。我抱着一箱子新生入学用品，哆哆嗦嗦地迷了路，害怕得快要哭出声。

顾屿是突然出现在我身边的，人未到声先入耳，吓得我硬生生把在眼眶里打转的眼泪给逼了回去，他说："你怎么一个人站在这边啊？"

我眨了两下眼睛，黑暗里我看不见顾屿的脸，只能听到他温柔如水的声线，我怯怯地哽咽着出声："迷路了，我找不到B栋。"

然后我听到他在黑暗中轻笑一声，还没等我反应过来，就只觉得怀中一轻，他单手抱着足足有我半个人高的箱子，然后温柔地安慰我："我带你去。"

----3----

从第一次见面开始算起，到我们第二次见面，中间几乎相隔了三个月的时间，可当我在大橘身旁看到他的背影的时候，我还是一眼就认出了他。

见到他的那一眼就像玛丽苏小说里面的经典画面，阳光逆光从巷头打过，洒下一片明金色的碎光，顾屿弯着腰小心翼翼地向大橘靠近，大橘懒洋洋地打了个哈欠，看起来温煦又柔和——如果能忽略大橘揣在身下已经蠢蠢欲动的爪子，这幅画面完全可以列入我的有生之年系列。

可是，总是事与愿违。

大橘是一只非常有脾气的猫，不喜欢陌生人，也不喜欢别人随便摸她。

我眼睁睁看着大橘从石凳上凶恶暴起，扑向顾屿对着他亮出了闪着寒光的指甲，时间好像慢了下来，我的眼睛自动截帧，大橘就以定格漫画的形式挂上了顾屿的肩头，"刺啦"一声撕开了顾屿的棉服。

顾屿愣了两秒，后知后觉似的伸出手摸了摸自己被抓破的衣服，显然没想到大橘是一只如此有脾气的猫咪，又转过来看了一眼大橘，面上突然现了两分莫名其妙的笑意："这只猫真特别。"

……这位同学，你先看看自己的衣服再说话吧。

大橘趴在我怀里舔了舔自己的爪子，轻蔑地"喵"了一声，似乎在炫耀自己宝刀未老。于是我迅速将她的猫头往我怀中一揣，以一句"要不要去喝点儿东西"结束了这尴尬的第二次会面。

----4----

大橘很快用她聪明的小脑袋明白了我对顾屿的心意，勉强接受了我用两条小鱼干收买她去勾搭顾屿的小心思，窝在顾屿怀中软乎乎地睡眼蒙眬着。

我坐在顾屿对面，偷偷瞄着顾屿，看他修长如玉节的手搭在橘白相间的柔顺毛发上轻轻抚摸着。

我小小地啜饮了一口咖啡，一时之间竟然不知道是应该羡慕大橘，还是应该羡慕顾屿，只能捧着杯子发出一声不知是叹息还是满足的喟叹。

这一声喟叹把顾屿的注意力从大橘转移到了我身上，他抬头，对着我弯弯眉眼："苏月落，我记得你。"

我端着杯子的手抖了一抖。顾屿继续笑着道："能在距离目的地一百米的地方迷路的，你真的是我见到的第一个人。"

原来如此。

我心下了然，却有一种空落落的感觉，勉强抬起头笑着回答："没办法，第一次去宿舍，不认识路。"

他轻笑一声，唇边显现两个深深的梨涡："迷迷糊糊的，也不知道你是怎么长这么大的。"

这我可就不服气了，谁还不是个精明的小机灵鬼？我两手一拍桌，全力反驳："我是吃可爱多长大的！"

顾屿的怀中传来了一声大橘的嗤笑。

这猝不及防的一声嘲笑，我愣了，顾屿也愣了。没过两秒，顾屿的唇角开始疯狂上扬，眉眼都笑成了圆润的弧度，肩膀一耸一耸地拼命压抑着从唇齿间溢出的笑声。

我的内心毫无波动，冷着脸起身，面无表情地走到大橘面前，一把捞起她沉重的身躯，冷静地走到咖啡厅门前，一把把她丢了出去，并以迅雷不及掩耳之势关上了咖啡厅的门。

我供不起你了，你还是走吧。

----5----

有了大橘的存在，我很快就跟顾屿熟了起来，至于发现顾屿的秘密，那已经是在第二年的九月了。

又是一年一度的开学季，五湖四海的新生们拥入校门，戴着一顶军绿色的小帽子，我们给他们取了一个名字：小绿人。

可惜小绿人并不能很好地理解我们这些老人对他们的好意，迅速抢占了属于老学长老学姐的所有资源，包括食堂。

我绝望地跑去向大橘诉苦，却在熟悉的街角看到顾屿抱着大橘的身影，他好像在对大橘说些什么。

顾屿温柔的声音从不远处传来。

“去年也是这个时候，我遇到了月落，就是每天都来给你喂食的女孩子哦。”

“我喜欢她，可她还是傻乎乎的，都不明白我的心意。”说着，他赌气似的揉了揉大橘的脑袋，“跟你一样，就知道吃。”

大橘不满地“嗷”了一声。

我以迅雷不及掩耳之势从石凳后面蹿出，乘着晚夏的凉风扑入顾屿的怀中，抬头不满地反驳：“我除了吃还知道饿呢！”

大橘惨叫一声从顾屿怀中逃走。

顾屿的梨涡笑意满满，伸出双手搂紧了我：“既然你自己一头撞进我怀里，那我以后就不会放你走了。”

----6----

我不知道在猫的眼中这个世界是什么样子的，我也不知道猫是以什么样的态度聆听我们人类所谓的烦恼的。

但这总是不妨碍我们爱她。就像我和顾屿爱大橘一样。

哪怕她能吃又能睡，不让摸也不让抱；哪怕她生了小小橘之后就一直窝在房子里不愿意喂奶，把我和顾屿急得焦头烂额；哪怕她在早晨会一屁股坐到我身上，傲慢地命令我去给她做饭；哪怕下班回到家之后，家里一片狼藉不堪入目。

我和顾屿也只是无奈地收拾好房间，偷偷摸摸地趁大橘不注意摸她两下。

毕竟大橘为重呀！我们都得宠着她。

（榛男摘自微信公众号“storybook” 图/吴敏）

第三次才会听到真心话

□［日］新井直之　译/陈美瑛

对于初次见面的人，我们不太会直接说出真心话。以我的经验来看，一般人大概要到第三次见面才会说出真心话。

为什么是第三次呢？第一次见面时双方都处于紧张状态，光是要传达给对方的事情脑子就装满了，所以只说完自己该说的事情见面就结束了。

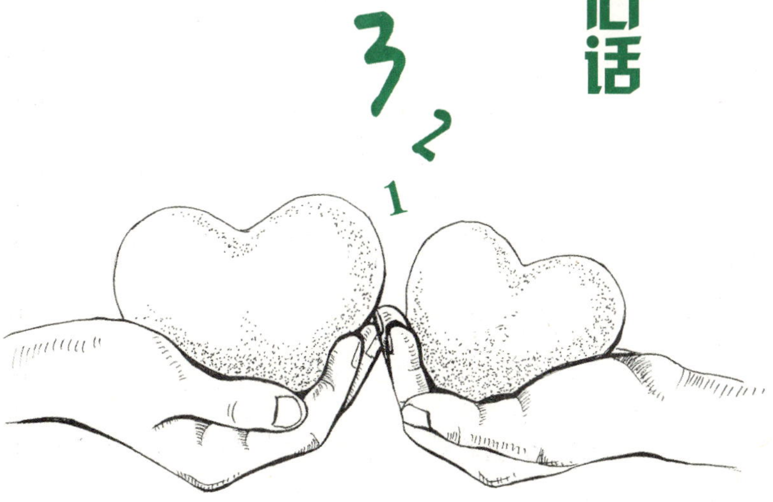

第二次见面还处于观望对方态度的状态。

然后到了第三次见面，双方的关系终于比较融洽，也就容易说出真心话了。通过前面两次的见面了解对方的态度，自己就能够判断“对这个人可以说这些”，知道如何说出真心话。

反过来说，若想听到对方的真心话，就必须见三次面以上。

举例来说，业务员拜访客户时，在第一次见面时会说明想销售的商品/服务。

第二次拜访时，会听取客户对于上次介绍的商品/服务的想法。

然后到了第三次才能够听到对方说“其实由于公司客户的关系，我们只能跟某某公司购买”“我是觉得不错，不过主管跟别家厂商有交情……”等内心真实的想法。

这个方法不仅限于业务场合，在公司内部或私人生活中也非常管用。

（张愚摘自《你看了，但你没看见》北京联合出版公司 图/木木）

一只流浪狗的哭泣：为什么你要抛弃我

□视觉志

在最新一期的《幻乐之城》中，李沁的表演让无数人落了泪。在10分钟的时间里，她全程跪地，没有一句台词，却带我们走进了一只流浪狗的世界，被收养又被抛弃，被喜爱又被嫌弃，一次次得到爱又一次次失去爱的一生。

她是一只狗。准确地说，是一只流浪狗。

不过幸运的是，她很快就不是流浪狗了，因为她遇见了一个女孩。女孩夸她可爱，还要带她回家。她就要有一个疼爱她的主人和温暖的家了。

然而没过多久女孩和男友闹分手，她陪着女孩，努力逗她开心，却不知道自己的存在已经被当作累赘。她被丢弃了。

她想告诉女孩："不要气馁，你会遇到更好的他。"但是再也没有机会了。

流浪了一段时间后，幸运再一次降临，她遇见了好心的一家三口。小主人很喜欢她，会温柔地摸她的头，会开心地对她笑，还会陪她一起玩游戏。

只是这份美好并没有持续下去。女主人怀孕了，"怀孕了怎么能养狗？"于是她的存在再一次成为多余。她又一次被丢弃了。

她想告诉小主人："不要哭，没有我，弟弟会陪着你。"但是同样没有机会了。

她被再一次丢在垃圾堆里，经常一天都找不到东西吃，身上也变得又脏又乱，见到她的人总是一脸嫌弃，匆匆离开，仿佛她身上携带了什么病毒一样。

这样的生活一直持续到遇见一位温柔的奶奶。奶奶不嫌弃她脏，反而对她很是心疼。原本害怕人类靠近的她，再一次选择了信任。

这一次奶奶没有丢弃她，一人一狗度过了很长一段温暖而美好的时光，直到奶奶不得不和她说再见。奶奶永远地走了，她却留在了原地，再也没有离开过。

她想告诉奶奶："无论你去哪儿，我会一直等你。"

每年总有很多人养狗，每年也总有很多人因为各种理由遗弃狗。我们现在看到的很多流浪狗，其实最开始也是有一个家的。

我要搬家了，没办法养它了；本来只是想养着玩玩，谁知道这么麻烦，不想要了；它生病了，看病太贵了，还不如重新买一只；我老婆怀孕了，肯定不能养了。每个遗弃狗狗的人，都能说出一堆的理由，然后就心安理得地将狗狗遗弃，从来不会考虑被他们丢弃的狗过着怎样的生活。

男人尾随一名女子，正欲抢劫时，一只流浪狗毫不犹豫地扑了上去，赶跑男人，救下了女子。它或许没被温柔以待过，却用温柔对待这个世界。

一只流浪狗被车子撞死，另一只始终守在它身边，不肯离开，即使流浪，即使是狗，也懂得不离不弃。

一位好心人经常给周边的流浪狗喂食物，其中一只每次过来吃东西时都会带着小礼物，有的时候是树叶，有的时候是小树枝。不是什么名贵的东西，却是这个小家伙的一片心意。

救援人员在山下发现一只受伤的流浪狗，被荆棘缠卷着满身伤痕，但它怀里却护着一只毫发无伤的小猫咪。被发现时，狗狗当时正在让小猫吸奶。

遭遇太多太多的伤害，这只狗狗对人类极度害怕，每天东躲西藏。救援人员出现的时候，它一开始依然是狂吠，各种惊慌失措。

然而当救援人员抱着它温柔地抚摸它时，它突然忍不住依偎在工作人员怀里哭起来。

（一米阳光摘自"益美传媒"微信公众号　图/点点）

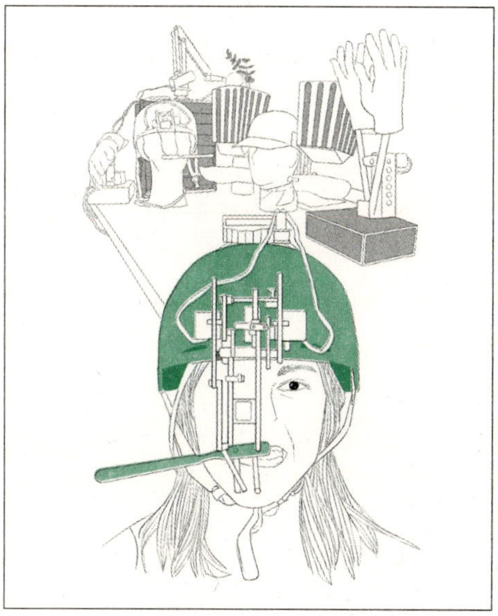

审美问题还是金钱问题

□罗振宇

你可能听说过，美国很多小区有一则公约，不允许晒被子。不仅大马路上不能晒，就是在自己家院子里也不许晒。这听起来很不讲理，为什么？

首先是因为美国中产阶级几乎家家都有烘干机，确实没必要晒。其次，大家不晒被子，整个小区看起来美观整洁。

但是最近我看到一则材料，才恍然大悟，原来这不是个审美问题，而是个经济利益问题。

你想，如果有人晒被子，在美国往往就会被理解为买不起烘干机，那就是穷人。

美国社会流动性很大，这个小区有一家让人怀疑是穷人，整个地方都有穷人区之嫌，那整个小区的房价就会跌。

一跌，穷人就真住进来了，恶性循环就来了，最后整个小区的人财产受损。

对，在很多情况下，整洁与否，看起来是个审美问题，但是一旦深究下去，你会发现，是个财富问题。

（孤山夜雨摘自微信公众号“罗辑思维” 图/李坤）

细细生活

□莫小米

饭桌黑黢黢的，木纹不太清晰，没有白色蕾丝的桌布。

饭菜已上桌，两条小鱼加个蛋加绿色蔬菜，白米饭，味噌汤。菜简单，盘子和碗亦普通，跟大多数人晒出来的红亮油汪山珍海味不能比，是没经过“修图”的日常生活。

日复一日，一个男人，用镜头记录下妻子做菜的过程，画面里见不到人脸与身材，手指是纤细修长的，却不白皙，还有些粗糙。锅铮亮，火幽蓝，热气袅袅，小葱青翠，米饭如珠。

有次他从妻子的左肩往下拍，她的手指正夹着木筷，翻弄着烤篮里的青椒，四周皆模糊，光聚焦于青椒和筷尖，就如妻子专注的眼神。

有一幅相片是这样的，一碗一筷两只手，背景是模糊了的花围裙。旁白深情：看到老婆给女儿喂饭，我抓拍下这张照片。两年前在一家叫“草星”的店里买的碗，十二年前结婚纪念日收到的筷子，以及，从十七年前一直陪伴着我的老婆。时光流转，有你真好。

女儿两岁，原来日本人给孩子喂饭是用筷子的。

感慨这男人的记性来自他对生活的细细品嚼。在他的镜头里，妻子的手削个苹果，撒点儿葱花，拣儿粒黄豆，都那么好看。

一家三口、一日三餐，感恩知足的小日子里，每一种食物、每一寸光阴都透着无限美好。

与之相比，那些潦草的、焦虑的、疲于奔命的日子，即使打拼出万贯家财又怎么样？

也是日本，也是味噌汤，我想起几年前风靡的书《小花的味噌汤》，真人真事，是小花和爸爸妈妈合写的。

一个爱笑、爱唱歌、爱美食的女人，冒着癌症复发的危险，生下了女儿小花。

癌细胞转移时，小花未满周岁。这在女人的预料之中，她为孩子的健康而停了药。之后她在药物控制下又生活了四年，这四年她做了一件了不起的事情。

小花两岁生日，妈妈教她洗自己的袜子；三岁生日，妈妈送给她一台手动榨汁机；四岁生日，妈妈送她一条碎花围裙……妈妈教小花做家务，做饭，做味噌汤……这是她留给丈夫和女儿的唯一礼物，也是最好的礼物。

小花妈妈没有前面那个做饭的女人幸运，但她们的生活理念是一样的，好好做饭，好好做人，并将这一理念传给了女儿。

为了庆祝自己的五岁生日，小花第一次做了一大坛子大酱。五岁生日后不久，妈妈离开了，小花知道，以后为爸爸做饭的事儿，就归自己了。

（兰之幽摘自《今晚报》 图/张翀）

诗剧

冬天，我的客人来到我的桌边，
坐在我的椅中，我的面前。
“是什么让你呼吸变沉，
回音变深”

此刻我是个空房间
双眼是他的镜面。
那些被荒废的，在镜中碎步
低头走着，自顾自结网

未竟的选择正在让我倏然凹陷
不多，仅仅一些。亲爱的，你瞧
这就像黄昏下徒劳的树影
或不安时轻轻啮吮的指尖

——伯竑桥《选择》

我望着她，望了又望，一生一世，全心全意，我最爱的就是她。我可以肯定，就像自己必死一样肯定。昔日如花的妖女，现在只剩下枯叶回乡。——《洛丽塔》

女老板的川藏线

□裘山山

在喜马拉雅山脉的山腰上，我们停车小憩。路边有几家小店，一个开店的女人热情地招呼我们进去坐，我说我们不吃饭。她说没关系，进来坐坐嘛，样子很诚恳。她男人也放下手上的活儿请我们进去坐，还给我们泡茶。

门口的招牌上写着：大河边雪鱼店。我奇怪为什么不叫大青山雪鱼店，更贴切啊！女店主指着房后说，那里有条河，河里有鱼。当地人叫雪鱼。我听她说四川话，就问她四川哪里人，她说绵阳的。我知道在西藏打工和开店的四川人很多，但还是奇怪她为什么选择这么个地方。海拔那么高，那么偏，连棵树都没有。前不着村后不着店的。她笑笑说：“我爸爸原来是这儿的养路工人，在这儿干了几十年，我从小就在这儿。”

我明白了，又想，凡在川藏线生存的，总归会有些与众不同的命运。怪不得她的肤色看上去比她丈夫还要黝黑，她有老底子。

女老板告诉我，她父亲早年在261道班工作，她因此在道班长大。8岁时父亲送她回家读书，但是“我读书不行，成绩不好”，于是辍学回家。一直也没找到合适的工作，结婚后她就和丈夫一起进藏了，因为从小熟悉这儿，就在这儿开起了饭店，一晃已经9年了。

我想她大概没意识到，她来这里，是命运在召唤，是川藏线在召唤。她父亲养路，以路为生，她开店，也是以路为生。川藏线养育了他们，他们也服务于川藏线，他们与川藏线唇齿相依。

我问她生意怎么样，她说还可以，主要是招揽过往的司机，也有从理塘专门跑来吃饭的，每天的营业额有几百元。

“就是没电，天一黑只能点蜡烛，所以我们关门很早。关门早也是为了安全，少赔就等于多赚嘛！”女老板颇有见地。

我问没有电你们烧什么，她说烧气，理塘有。雇一辆车30块钱，可以把气罐、肉菜，还有调料等一起拉过来。一个月拉个一两回就可以了，这里距理塘18公里。

我又问打电话怎么办，因为我注意到手机没信号。她说到理塘去打。开个摩托车跑到山顶上去打，山顶上有信号。

我一想觉得怪有意思，这大概是川藏线特有的景色了，开个摩托车到山顶，站在那儿冲着万重山跟万重山之外的人说话。四周冥无人声，连鸟叫声、风声都没有，世界独有。

“现在晓得读书重要了，所以我要让我的儿子上大学。”她说。

“你儿子多大了？”我问。

“上一年级了，在绵阳，和我父母在一起。”

“你多长时间回去看他一次？”

“两三年吧。”

“过春节都不回去？”

“不回去，太费钱了。”

“你们要在这里干一辈子吗？”

“不，钱挣得差不多了就回去。”

“挣多少算差不多啊？”

“10万吧，以后好供儿子上大学。”她答得很明确。

不知怎么的，她的这个理想让我感动，让我对她心生敬意。上车前我对女老板说：“我给你照张相吧。”她很大方地说好啊，马上理理衣服，站在自己的小店前，还面带微笑。照完了，她就和我们挥手告别，也没说把照片寄给我之类的话，似乎很明白这些家伙一离开这儿就不会再想起这儿了。

我跟她挥手告别，我可以想象，等她老了，回到故乡，她向人们诉说最多的，一定是川藏线，一定是关于这条路上发生的故事。这是进入她生命的路，是她的川藏线。

（司志政摘自《行走高原》
台海出版社 图/点点）

吃播博主：我决定关掉镜头，好好吃饭

□二·三

我生活中从未出现过“减肥”二字。

小时候，因为身形偏瘦，在家给我盛饭用的是最大号的碗，大人们也总是笑眯眯地把各种肉菜都夹进我的碗里，我来者不拒，统统吃得一干二净，虽然吃得多，但是体重秤上的数字却分毫不长。父母总会在茶几上摆满各种各样的零食饼干，时刻担心我没吃饱，在临睡前还贴心地给我加餐。朋友聚会时，我一个人能吃两个人的量，朋友常常羡慕地问我：“你怎么就吃不胖？”

一次偶然的机会，我在Youtube（视频网站）推荐上看到了吃饭直播（也称“吃播”）。镜头前的食物满满当当地摆放着，而主播的脸一样秀色可餐，还有食物烹饪时发出的“吱吱”声和博主津津有味的咀嚼声，我像着了魔一样一遍遍地播放着，戴上耳机感受整个人随着一声声的细嚼慢咽飘入空中，和烤肉、炸鸡、芝士蛋糕的云朵一起旋转翻腾。

我中毒似的播放一条条吃播影片，很快，它就占满了我的偏好列表。每天的睡前时光就像一场与吃播的秘密约会，开始变得宝贵而令人期待：我欢喜地抱着手机跳进被窝，把音量开到最大，选择了此时此刻最想吃的韩国拌饭，再点击播放，可爱的小姐姐和她的超大份拌饭用幸福感填满了我。和喜欢吃一样，我喜欢吃播，它让我感到治愈和幸福。

为什么我不试试做吃播博主呢？反正我有吃不胖的体质，又那么热爱美食，做吃播应该是一件将爱好和职业结合起来的美差。我当即新建了一个Instagram（照片墙）账号，还开了脸谱网主页和Youtube主页，花了一个小时设计了商标和名字，感觉信心满满——充分的准备是缔造事业的第一步！

接着，我上亚马逊买了一个迷你八爪鱼三脚架（只要两刀），它带着深圳工人的汗水被寄到加利福尼亚，让我感叹还是中国制造发达。

在一个寂静的夜晚，我关掉空调和风扇，打开了厨房的灯，把手机架在小八爪鱼上，调整到对准砧板的角度，对焦于圆乎乎的土豆，搓搓双手，颤抖地戳下了录制键，开始第一次拍摄：切土豆！

我选用的上好新鲜土豆与菜刀与砧板发生激烈碰撞，产生了干脆利落又略带着淀粉摩擦的曼妙音色，厨房天然的回声效果令一切更加悦耳动听，萦绕在耳旁就能勾起唾液的分泌……

除了切土豆，我还录制了吃薯片、搅拌土豆泥、吃雪糕、嗦粉、铁板烤肉、拌饭等视频，剪辑成一分钟的版本发在Instagram上。自己听得爽的同时还收获了许多赞和评论，真是一举两得！我仿佛看到了自己成为下一个吃播网红的曙光。

然而，一个突如其来的变化打乱了我的网红之路：我胖了。

为了追求拍摄效果，我不再随心所欲地决定今晚想吃什么，而是选择一些观众喜欢的、诱人的、吃起来好听的食物。不幸的是，蔬菜、水果从来不在这个阵列之中，吱吱流油的烤肉，脆香多汁的炸鸡，甜蜜的芝士蛋糕和冰激凌，成为我“于公于私”的偏好。

我发现更多人爱看烤肉的视频，于是增加了去烤肉店的次数，甚至连续吃了五天的自助烤肉。为了留下满意的素材，我每次去餐厅都会点更多的菜，在家时也烹饪更多的食材。

开始做吃播的一个月内，我的体重以肉眼可见的速度上升了二十斤，衣服裤子的尺码从M变成XXL。二十年来向世人扬扬得意炫耀自己吃不胖的资本，在我致力于拍摄美食照片的过程中瓦解。一向只会催我多吃点儿的妈妈都会在微信上看着我的近照发来一个意味深长的微笑表情：“脸怎么圆乎乎的啦？”

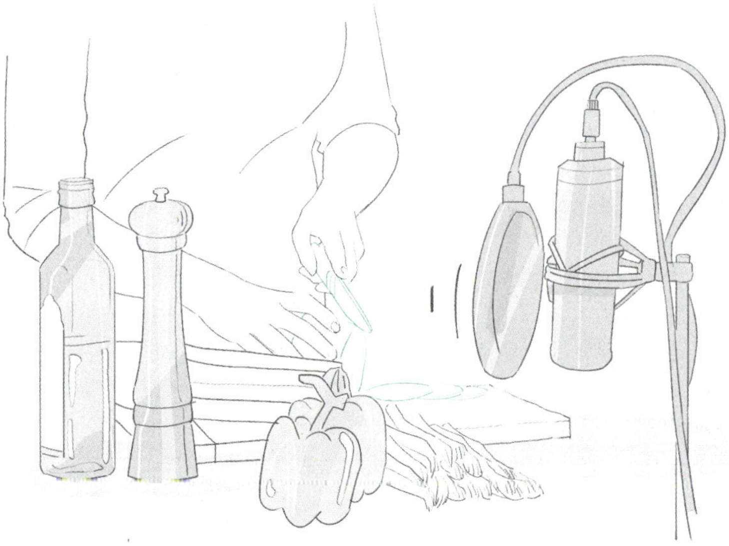

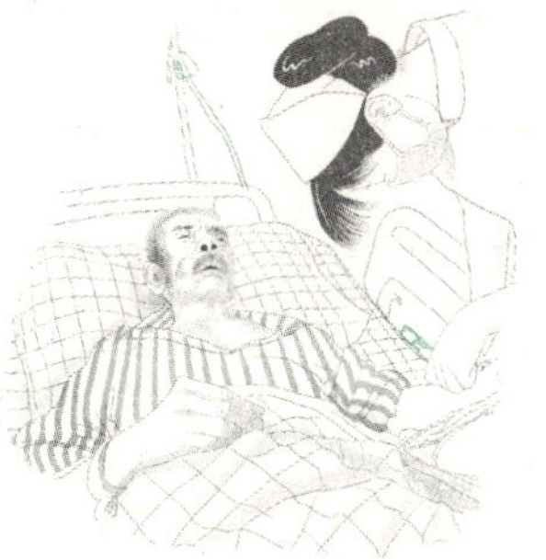

讨爱

□吴淡如

不知道是不是吃错了什么东西，我得了急性肠胃炎，还附带发高烧，一个早上两度被推进急诊室。

手上打着点滴，在迷迷糊糊的时候，我被十分洪亮的叫骂声吵醒了。一个老先生一被推进来就开始大声辱骂医护人员，嫌他们怠慢了他。

我有点儿纳闷，这所医院的医护人员以面带笑容、温和有礼而闻名，怎么会让老先生这么生气呢？

骂完医护人员，老先生无视急诊室不可以打手机的规定，开始对着亲人大声宣布他被送进急诊室了，当然也不忘骂几句。

打完电话后，老先生把所有的病人都当成听众，大声悲叹自己的不幸："养儿子一点儿都没用啦，我有六个儿子，但没一个来看我！"

乍听之下，老先生真是晚景凄凉，但再听下去就有玄机了："前几年我太太患有脑卒中了，每个儿子都无比孝顺，他们一共花了三百多万医药费。而现在我生病了，竟然没有人来看我，也不想想是谁赚钱养大他们的！"

同样的话以响彻云霄的声音抱怨了好多遍，连好脾气的社工人员都来劝他："你儿子忙，他们一会儿就来啦！"

我虽然同情病急生怒的老先生，但心里更替他着急。活到那么大岁数了，除了他自己，谁能教他领悟他的态度会影响下一代对他的态度？不一定是孩子们不孝，可能是他自己从来不懂反省。为什么孩子们对待母亲和父亲的态度差那么多？想必他一辈子都是个令人望而生畏、无法沟通的父亲。

骂了好久，老先生接了一通电话后，语气稍稍温和了："啊，我大儿子说等他下班后就来看我。"之后便沉沉睡去。

我想他只是个可怜的讨爱的老人而已，但以辱骂的方式来讨爱，怎能得到真正的敬爱呢？

（小志摘自《往阳光多处走》九州出版社 图/小栗子）

忽然间，我什么都不想吃了。

有天下午我一个人在长椅上坐了半天，加州阳光正好，明媚的草地里散发着夏天留下的暖意。我的身旁围坐着一群嬉笑着的白人姑娘，她们手捧着餐车上五块钱一杯且加足了冰和糖的珍珠奶茶，不远处卖奶茶的餐车排起了长龙，不同肤色的男孩女孩伸长脖子盼望着，只是为了尽快吸上一口来自亚洲的甜饮。

换作以前的我，大概会拉着朋友冲过去排队。但是此刻我却无动于衷地坐着，身体没有做出任何走向餐车的反应，我只是看着人群从四面八方聚拢，再带着奶茶散开。日落就要来临，我目送着奶茶餐车关上门，渐渐驶远。不知为何，我的心情甚是低落，宛如一个迷失方向的孩童。

因为一味地想要录出好听的声音，拍出好看的照片，吃给予我的幸福感在镜头和社交媒体的凝视下被一层层剥夺得一干二净，变成了一出迎合观众的独角戏。喝蜂蜜时的我本追求浅尝一口时沁人心脾的清甜，而吃播博主身份下的我和食物，却像是喝掉一整罐蜂蜜后的甜到发腻的愚蠢关系。于是我再也没更新过社交媒体主页，我的吃播之路，就这么凉了。

和我同样做吃播的室友R还在继续，她总是在小房间里化好美美的妆，穿上好看的裙子，一个人背上装有小相机、三脚架和自拍杆的书包出门觅食，不知道的人都以为她去约会。一切似乎进展顺利，视频观看人数逐渐增加，粉丝纷纷留言鼓励她继续拍摄。

有一天她很晚才一脸疲惫地回到宿舍，我听见她啜泣着和朋友说，因为录制时点了太甜的饮品不得已掺了很多冰，最后硬着头皮喝光了，录制结束后马上就捂着肚子跑去了厕所。然而两天过后，手机弹出了R的最新视频。我犹豫着点开，看到笑容灿烂的R搅动着一大杯冰拿铁，眯着眼一口口抿着，发出咕噜咕噜的声音，右手端着杯子笑着说道："嗯，我点的这杯抹茶拿铁有点儿甜，不过为了不浪费，我机智地向店员要了一大杯冰，这样搅拌着喝，正好中和了拿铁的甜度，冰冰凉凉的很适合在这个季节喝呢！"

我皱起眉头，关掉了视频。如果不是偶然得知幕后的故事，我怎么能想到这样快活的语气是她忍着疼痛演出来的呢？

结束短暂的吃播生涯后，我再也没看过吃播。我的饮食习惯渐渐规律，重新找回了吃饭带来的幸福感。然而，每次在网络上看到这些又瘦又好看的小哥哥小姐姐在镜头前吃着大量的烤肠、炸鸡和汉堡的笑容，都令我感到心疼。

也不知从什么时候开始，R再也不上传任何吃播视频了，但是在她的私人Instagram上，她还是会偶尔简单地拍照上传留念自己做的甜点。没有了花哨的文字，也没有了一丝不苟的微笑，我想，她在镜头看不到的地方，应该吃得很幸福。Shoogi（韩国知名吃播博主）说，她最大的希望是，每个看她吃播的观众，都能好好吃饭，而我在做过吃播以后也有同样的感受：关掉镜头，好好吃饭吧。

（步步清风摘自微信公众号"VICE" 图/李坤）

幸福的均衡器

□岑　嵘

当我们升职后，往往会感到很满足，但这些满足感没多久就会消失，这究竟是怎么回事呢？

美国社会心理学家菲利普·布里克曼曾提出一个匪夷所思的问题，买彩票中得100万美元巨奖的幸运儿，他们的幸福感一定比因事故致残的患者高很多吗？那当然了，对这个答案，几乎没有人会质疑。然而，布里克曼还是对此进行了细致研究。

布里克曼选取了一家康复机构里的29名因事故导致截瘫的患者或者四肢伤残者，另外他还从伊利诺伊州彩票中心的中奖名单中选取了22名中奖者，其中7位的中奖金额为100万美元，最少的也有5万美元。

布里克曼采用打分的方法，对这两组人的幸福感进行综合评分，总分为5分，在评估总体幸福感的时候，中大奖组平均为4分，事故受害组仅低了1分左右，为2.96分。其中，当预测未来的总体幸福感时，中奖组为4.20分，事故组为4.32分。在评估日常快乐时，中奖组为3.33分，事故组为3.48分。可见两组的差距并不如人们想象的那么大，甚至在对待日常快乐和未来生活时，事故组的受害人幸福感还超过中奖者。

之所以会产生这种现象，是两种关键机制在起作用。

一种被称为“对比机制”，即在短时间内，大的幸福事件发生，会导致一些小事件失去驱动幸福的作用，而重大不幸事件的发生，同样导致以往给自己带来苦恼的小事件失去对幸福感的消极影响。

那些因事故给自己带来巨大不幸的人，以往小的不幸事件便无足轻重，而以往不引人注意的小幸福事件却会给他们带来更大的幸福感，反过来降低了他们的总体不幸感。

中大奖的彩民因中奖给自己带来巨大的幸福感，但很快会觉得以往一些小的导致幸福的事件不再有特别意义，反过来降低了自己的总体快乐和幸福。

另一种我们称为“习惯化机制”，是针对长时间而言的，随着重大幸福事件或不幸事件的远去，中大奖后的激动心情或因事故致残的剧烈痛苦和不幸会逐渐消失。

随着时间的推移，中大奖者会把中奖给自己带来的快乐看得习以为常，这些快乐渐渐不再强烈，对他们的日常快乐水平不再有很大影响；因事故致残者也会渐渐把自己的不幸和痛苦看淡，这些不幸和痛苦不再强烈，对他们的日常不幸和痛苦水平不再有很大的影响。

当我们住进海滨别墅，每天对着大海看日出日落，这的确很幸福，但这些东西很快会让我们习以为常，接踵而来的是我们不能习惯海风的潮湿和侵蚀，抱怨地段偏僻带来购物和看病的不方便。

当我们在职场受到排挤跌落谷底，你会发现以前觉得害怕的事情也不过如此，并且有新的喜悦发生，你会看清谁是势利眼和谁真正对你好，同事的一声亲切问候，也会让你心中充满感激。

正是由于对比机制和习惯化机制的存在，它们像一个人生的幸福均衡器，使得这个世界更加公平，那些生活的宠儿，他们无法体会微小的幸福，而那些人们认为的不幸者，却对生活中每一个微小的幸福都能深深感受到。

“幸福是要自己去寻找的，无论你在空间的哪一个角落，在时间的哪一个时刻，你都可以享受幸福，哪怕你现在正在经历着大的浩劫，你也应该幸福。”坐在轮椅上说这话的作家史铁生，一定比普通人更深知什么是幸福。

（杨贺勤摘自《羊城晚报》2018年4月25日　图/陈明贵）

诗剧

爱情，亦三种境界耳
少年出乎好奇
青年在于审美
中年归向求知
老之将至，又无反顾
——木心《即兴判断》

 不要急于将自己的东西施舍出去，受施者的承受能力有强有弱，但要干净利落地赠予，立即倒空自己的银柜。——梭罗《梭罗日记》

传达感情，不只要会说

□蔡康永

古古和小戈，总算试着交往了。交往了两个月以后，遇上了情人节。

“会收到什么礼物呢？”像所有与交往对象迈向交往以来第一个情人节的女生一样，古古有一点儿期待，也有点儿忐忑。

到了情人节那天，古古拿出她要送给小戈的礼物，是一块表面上细致刻着小戈名字的手表，小戈显然没看过表面竟然可以刻上名字的定制表，露出又惊喜又感动的表情。

轮到小戈拿出礼物了，只见小戈拿出来的，竟然是一个薄薄的信封。

古古有点儿不安：“他送我一封信，还是一张支票？”不管是哪样，都可以算是很冒险的情人节礼物呀，如果是信，信的内容跟文笔会令人冒汗吧？如果是支票，支票的金额跟含意该怎么看？

古古打开信封，很古怪，是一沓电脑打印、小戈盖章的“古古专用礼券”，算一算，一共有五十二张。

“这是一年份、每个礼拜一张的礼券，只能给你用，只能用在我身上。”小戈说。“礼券的用途弹性很大，可以叫我帮你剪一次脚指甲，叫我帮你买一次夜宵，叫我一次不跟你回嘴，一次陪你看哭哭啼啼的韩剧……”

古古很感动，抱住了小戈。

这确实是个好的情人节礼物，因为里面有很多心意。你如果常常说话，你就会发现，如果你讲了“具体的事”而不是“抽象的道理”，听的人比较爱听，也比较听得懂、记得住。

“永远爱你”很抽象，因为“永远”是什么，大家都没见过。“爱你到海枯石烂”比较具体，但“海枯石烂”大家也没见过，听了还是没什么感觉。“白头偕老”就具体多了，上了年纪的伴侣，牵着手过街，很温暖的感觉。“五十二张礼券，一个礼拜用一张”，非常具体，一听就很甜蜜。

说话，无非是表达自己、打动别人。

为什么口才流利的人，有时候一点儿都不讨人喜欢？

可能是因为他们讲话很空洞，只在乎自己说得爽，从来不在乎听的人是什么感受。听的人，如果对你失去信心，你的山盟海誓、夸夸其谈，都只是空洞的声音而已。

想要“言言有物”的人，最好能想想那个“物”是什么，才会抓得准自己该说多少话，在什么时候说，说完以后要做什么。说得多，或者一直说，都比不上说得准，做得到。

人跟人沟通常有障碍，有时候对方就是跟你不同世界，怎样说都说不通，那就只能尽力而为，人生本来就是这样，尝试得越多，才越可能完整。

如果地球上只剩你一个人，那你就用不着语言了，你爱怎么学狗叫学猪叫都没差了。本来就是为了让你能和别人连接，语言才存在的。

可惜这么多人只顾自己使用语言，却不在乎别人。我觉得语言最美的时候，就是我们通过语言，感受到彼此相互需要的时候。

靠语言确认彼此的存在，此时的语言最美。

（张秋伟摘自《蔡康永的说话之道》聚石文华图书公司 图/果酱的酱）

诗剧

我想和你虚度时光，
比如低头看鱼
比如把茶杯留在桌子上，离开
浪费它们好看的阴影
我还想连落日一起浪费，
比如散步
一直消磨到星光满天
我还要浪费风起的时候
坐在走廊发呆，直到你眼中乌云
全部被吹到窗外

——程璧《我想和你虚度时光》

顶级的情商，是懂得他人说不出口的话

□韩大爷的杂货铺

大学毕业前，与几个室友吃“散伙饭”，聊得兴起，大家想到了一个话题：彼此说说对方这四年里，让你印象最深的一件事。

当时轮到老四说我，我美滋滋的，在心里猜他会表扬我什么：也许是我那次帮他打水？还是我在台上的哪一次高光时刻？

没承想，他脱口而出的却是一桩不痛不痒的小事：“大哥给我印象最深的，就是他特别安静，尤其是在咱们睡觉的时候，但凡看谁上了床铺，他所有的动作立马静音，跟做贼似的。”

我尴尬一笑，心说这有什么？这不就是个习惯问题吗，难不成我确实乏善可陈，给人印象最深的，就是这个？

同桌的室友也不以为然，纷纷说这个不算，这事太小了。

老四解释道：“这事一点儿都不小。我睡眠很浅，以前也住过宿舍，在集体环境里这个问题确实挺难把握。真有那种心里没数的，你休息的时候他们当你不存在，呼天喊地地干这个那个，要么就是正常分贝打电话，你这时制止吧，觉得不至于，毕竟人家都是同学，低头不见抬头见，说了显得自己挺矫情的；但不说吧，对方真的不罢休，比这更可气的是，有时你能明显感觉到对方心里是知道的，但算准了你不好意思说，便有恃无恐，只等你把那层纸戳破。

“大哥可能做过很多让人觉得他很强势、很优秀的事，但唯独这一件‘心软’的事，让我觉得他是真正的‘大哥’。”

有人问我，你眼中高情商的人，都是什么样的？

我想了想，说出四个字：行止有度。

《西游记》片尾曲里，唐僧就地打坐参禅，这时，一只蚂蚁过来了，它莽撞前行，就要爬到唐僧身上。

这时唐僧完全可以一屁股将其坐成标本，进而后补一句：“哎呀，罪过罪过，不过也不怨我，意外而已，谁让你四处乱爬呢？”但唐僧没有。

他左手掌摊开接过蚂蚁，传递到右手掌，轻轻地将它放下了。

蚂蚁不必学会说人语。

唐僧一念成佛。

（沈鱼摘自简书　图/罗再武）

一人一半

□张佳玮

人都是不知不觉间胖起来的。她——姑且叫作火龙果——一直没意识到男朋友——姑且叫番石榴——比以前胖了，直到那天整理旧照片时，才猝然发觉，简直已经判若两人。“因为每天朝夕相处，看习惯了，隔段时间才发现，比两年前胖了那么多！”火龙果说。

“胖了是因为幸福嘛。”我安慰道。

火龙果和番石榴确实很幸福。夫唱妇随，兴趣相投，在熟人面前，还愿意分享食物。不管吃什么，两个人都是一人一半。

按照他们的分享吃法，食量均等，本来不该有胖瘦之别。但各人体质不同，火龙果放开吃依然苗条，番石榴却忽忽悠悠胖起来——并没胖到显眼的地步，否则也不会过了两年才发现。

那段时间，我刚开始跑步，正乐意四处兜售自己的经验。于是番石榴开始每天跑五公里，因此相应地减少了与火龙果一起打游戏的时间。

更明显的是，出去聚餐时，

不欲人知之善，却不经意为人所知，乃是最大的喜悦。隐而未显的美感，非经发觉无法得到；有所保留的表现，却能透露出一切。——冈仓天心《茶之书》

他俩的“一人一半分享吃法”消失了。火龙果依然自得其乐地找自己爱吃的东西，番石榴则很谨慎：“这个是碳水化合物……这个淀粉多……”在那段不能吃淀粉的日子，番石榴有时看上去很抑郁。“很馋糖啊！”他跟我说，“看见土豆、米饭这些，平时无所谓，这会儿就特别想吃。”

所以，他只好睁大忧郁的眼睛，看着火龙果香甜地吃鳗鱼汁拌饭，自己继续吃煎鲑鱼。

毅力总能见到成效。番石榴很快瘦了些，但火龙果似乎没太高兴起来。当我们得知他们家附近新开了某菜馆可以吃夜宵，一心恭喜他们时，火龙果摇摇头。“我们都好久没吃夜宵了。”

番石榴续道：“我不能吃夜宵。她怕我看了馋不好受，所以自己也不吃了。”一切大概是一个多月后结束的。我们约到一家新开的越南粉馆子吃饭。火龙果要了牛丸炒粉，番石榴要了鸡肉汤粉。

店家另给一个碟子，横着罗勒、薄荷和肥饱的生绿豆芽菜，凭你自选；还有一小碟，放着切开的青柠檬和艳红夺目的辣椒。再好一些的店，会上来一碟子洋葱、一碟子鱼露，请你自己酌加。

大碗里铺着细白滑润的粉。火龙果给炒粉上拌了点儿鱼露，番石榴给汤里挤了点儿柠檬汁，下了一点绿豆芽；两人开始稀里呼噜地吃，吃到一半，停筷，交换过来，继续吃。“所以放开吃淀粉啦？”我问。“还是觉得，放开吃比较舒服。”

“心情不好，瘦了也没用。”番石榴说，“我发现人瘦了，脾气也会变急。”

“所以胖了是因为幸福嘛。”我总结说。

（张天天摘自《看天下》 图/张翀）

碗中有个缤纷的世界

□尤 今

第一回看老挝人吃牛肉米粉时，目瞪口呆而又惊心动魄。

牛肉米粉是老挝一道著名的小食，烟气氤氲的米粉，极白、极滑，像纤纤细细的赵飞燕慵慵懒懒地躺于飘飘忽忽的云雾中，别有一种瘦骨伶仃的性感。铺陈在上面的牛肉片呢，轻、薄、软、嫩（当然，也有些摊主用又老又韧又厚又硬的水牛肉来瞒天过海），整碗米粉，像是一幅淡雅隽永的画作。

浸在清晨那明亮而欢愉的阳光里，坐在擦拭得干干净净的矮桌边，看到这样一碗超尘出世的食物，连心情都变得纤尘不染。

同桌是个老挝人，年轻而黧黑的脸庞，在风吹雨打的粗糙里，透着一种泼懔的活力。米粉一端上来，他便开始“变戏法”，加入一大把薄荷叶和几根小辣椒，倒进鱼露、白醋、酱油、辣椒酱，掺入白糖、虾膏，挤入酸橘汁，撒上胡椒粉。他“心狠手辣”地干着这一切，丝毫没有怜香惜玉的温柔。原本清澈见底的汤被他任意蹂躏而又胡搅一气之后，五颜六色、百味齐集。他这才快快乐乐地拿起筷子，呼噜呼噜地吃个心满意足，泰山崩于前而色不变。

原本以为这仅仅是个不按常理出牌的特殊个案，没有想到，在老挝，人人如此。每每米粉一搁到面前，个个都专心致志地忙个昏天黑地，忙得不亦乐乎，男女老幼，莫不如是。

纵观老挝的历史，这是一个饱受战火摧残的地方，而长期的自我封闭又使满目疮痍的国家在恢复元气时，速度慢若蜗牛。尽管幅员广大而人口才四百余万，可是，大部分老挝人迄今仍然挣扎于贫困线上，平均月薪只有十余美元，物资极度匮乏，娱乐场所寥若晨星，物质生活与精神生活同样患着严重的“贫血症”。于是，那一碗纯洁的米粉，便成了他们寄托梦想的“乌托邦”。生活苍白无色吗？不要紧，他们“翻手为云，覆手为雨”地弄出一碗的缤纷多彩。生活淡然无味吗？没关系，他们“招募各路英雄好汉”，搞出一碗的酸甜苦辣，大汗淋漓地吃下去，仿佛便已尝尽人生的悲欢苦乐，而在咂嘴咂舌间，所有的不快、不满、不甘、不平，全都抛到了九霄云外。

（梨花若雪摘自《昙花的哲学》浙江文艺出版社 图/麦小片）

家产200亿富二代：『我没有幸福感』

□Angela（安吉拉）

1

家产200亿、坐拥明斯克航母的富二代戚帅来到最新一期的《奇葩大会》上吐槽，说自己目前最大的烦恼，是没有幸福感。

他说，自己作为身家百亿家族的唯一男性继承人，身居公司总经理的位置，但因为和父亲理念不一致，坦言自己最大的问题就是没有幸福感。

有人可能会质疑，这么有钱的富二代要什么有什么，还在纠结幸福感，是不是矫情？

一定是玩够了觉得无聊了吧？

但其实，戚帅是一个很拼命的富二代，父母对他要求严格，期望高，他自己也一直很努力。

在新西兰留学期间，戚帅一直在餐馆里端盘子洗碗勤工俭学，朴实低调到身边同学没有人相信他竟是一个家产买得起航母的富二代。

现在回国工作后，他是一个工作狂，常年四处出差公干；生活方面，也是一个高度自律的人，把健身房当成家。

有钱也有事做，但他还是觉得不幸福。其实这不只是富二代的问题，也是目前很多人都面临的问题。

作家晚情说过，人生最大的痛苦，是失去了让自己幸福的能力。

2

给你一千万，幸福感就能爆棚吗？

知乎上，有一位网友现身说法，讲述了自己中一千万彩票后的故事。

那时这位网友还在读中专，不到20岁，中了双色球一千万。他是普通人家的孩子，以前吃一顿肯德基都算奢侈，有钱后，他大手大脚了一阵子。但经历过一段到处请人吃饭、炫耀，和买买买的日子后，他越来越觉得无聊了。

幸亏，他很快意识到不能再这样混下去，后来，他花钱请了一对一的老师，辅导自己学英语，这也是他中专三年花的最大的一笔钱。之后，他去参加高考，考上名牌大学，顺理成章参加了留学项目，出国留学，读完了两个硕士。

毕业后，他回国投资了一家朋友的公司，同时开始找合适的工作。

这位大奖得主，并没有患上“乐透大奖综合征”，反而一直目标明确，寻找人生的意义，过得很充实。

他的体验是，无不无聊不是取决于你有没有钱，有多少钱，而是取决于你有没有长期目标，并且正在实现的路上。

钱给他带来了一定影响，他的最终幸福感，却与金钱无关。

但是，很多拥有财富与名利的人，却常常过得浑浑噩噩，生活在他们眼里，麻木无趣，甚至面目狰狞。

英国有研究人员追踪乐透大奖得主数年后发现，70%的巨奖得主，在得到千万甚至上亿的奖金后，并没有取得任何其他方面的成就，通常在几年内就把奖金挥霍一空。

并且，大多数人都走向了破产，日子过得还不如从前。

一个人的财富要和自己的能力相匹配。对于没有幸福力的人来说，超出你掌控能力的财富最终都不会是你的。

所以，对于有些人来说，彩票中了一百万，日子反而更不好过了。钱，可以带来短暂的满足感，却带不来持久的幸福感。

3

钱带不来幸福，那么成就呢？设定一个目标，实现它，是不是就到达了幸福的终点？哈佛著名的积极心理学博士本·沙哈尔教授，讲过自己的一个真实故事。

沙哈尔教授在以色列长大，他从小爱打壁球，觉得如果能得到一次全国冠军，那么自己就是全天下最幸福的人了。

他那时非常爱吃汉堡，因为打壁球要保持身材，不能常吃汉堡，他不得不尽量克制自己。

但他发誓等夺冠以后，要一次性吃下四个汉堡。后来他经过努力，18岁那年，终于摘得了全国冠军的桂冠。

然后他真的去点了四个汉堡。

当他看着眼前四个香喷喷的汉堡时，突然感觉自己对汉堡失去了兴趣，他甚至发现实现目标后，这种幸福感只带给了自己不到一天的快乐。

那天晚上，他觉得目标完成，人生也没意思了，变得索然寡味。

这一点让他觉得非常费解，后来他开始研究幸福的方法，一口气读到了哈佛大学博士，现在他在哈佛开设的幸福课，是排名第一最受学生欢迎的课程。

经过这么多年的研究和论证，沙哈尔教授认为，幸福不是一种状态，而是一种能力。

世界上真的有许多精彩的事物。有很多东西，比如能让你感到幸福的东西、能改变你世界观的东西等，都不需要花很多钱就能得到。——东野圭吾《秘密》

4

张爱玲说过，“生命是一袭华美的袍，爬满了虱子”。在缺乏幸福力和感受力的人眼里，生命是无力的，无趣的，更是没有意义的。但其实，我们的幸福力是可以培养的。

一、你现在不快乐，将来也很难快乐。

很多人的物质条件已经很丰富了，但还是觉得不幸福，是因为他们总是活在一种“等我……就好了”的虚无状态里。

“等我考上大学就好了，等我买一辆车就好了，等我住上大房子就好了，等我实现财务自由就好了……”

可是，当真的开上了奔驰宝马，搬到了大房子，人生真的就好了吗？我们很多人不幸福，是因为总是一边怀念过去，一边向往未来，却忘记了享受当下。

二、工作之外，用一些小爱好、小坚持来充实自己。

一个人之所以会感受不到幸福和快乐，具体原因可能有很多，但归纳起来无非两个主要方面。

一方面，这是一个物质至上的时代，社会的价值导向单一化，很多人认为只有追求物质上的成功才是真正的成功。

而实际上，精神世界的富足，才是使一个人真正快乐和幸福的根本原因，才是真正的幸福力。

另一方面则是自我的迷失，太在意别人的评论，太关注自己在别人眼中的形象，而忽视去培养自己精神世界的富足。

《奇葩大会》上，“死亡体验馆”创始人丁锐，从事了多年临终关怀服务，他发现，“没有充分活过的人，最怕死”。

充分活过的人，不一定都是取得了耀眼世俗成就的人，而是那些踏踏实实过好每一天的人。

余生的每一刻，我们要好好活着，尽量有效地活着。因为幸福是自找的，别人给不了。

（一米阳光摘自微信公众号“Angela在悉尼”图/张艺馨）

胃囊

WÈI NÁNG

□尤　今

曾经被胃痛折磨得死去活来，罪魁祸首是食不定时，加上食欲常常受情绪影响，紧张时、生气时、郁闷时，都不吃——不能吃、不想吃、不愿吃。然而，碰上得意时、顺心时、兴奋时，却又大吃特吃，吃得上气不接下气。

原本健康的胃囊，受不了我的“任意妄为”，以多种方式发出了无声的抗议。

起初，抗议的方式是挺温和的。胃好像灌了铅，沉甸甸的、胀鼓鼓的，即使一整天不进食，也依然没有饥饿的感觉；最糟的是，山珍海味摆在面前，也不想动筷。

接着，痛来了。

我似乎听到胃酸残酷地腐蚀胃壁的声音，勉强进食，就好像在伤口上撒盐，微痛变成巨痛，巨痛又化成剧痛，最后，整个胃囊皱缩成一小团。痛楚是针、是箭，针箭齐发，穿越胃壁，在体内乱窜。

这时，你坐也不是，走也不行，躺更不能，痛得眼前金星乱冒、不辨东南西北。

终于，进了医院。

医生将一条连接着柔软管子的内窥镜，通过喉咙，伸进去胃部检查。

医生叮嘱我努力“吞咽”那条长长的管子，然而，吞着时，胃里翻江倒海，老想呕吐。

医生刻意以幽默化解我的痛苦：“你不要正经八百地把它看作是医疗管子嘛，发挥一点儿想象力，把它当成美味的面条；面条上面，要放鸡丝或鸭丝，随你喜欢。”

我从善如流，闭上眼睛，让想象力长出翅膀。但是，这面条，实在是太粗、太长、太难吃了，一寸一寸地吞，经历了一番又一番痛苦的挣扎，才勉强把它“吞”进了胃囊里。

当不识趣的管子在胃里恣意“游行”时，我整个人都因不适而瑟瑟发抖。折腾了一段不算短的时间，方才摆脱了这个噩梦般的痛苦。

痊愈后出院，闻到食物的香气，我才又寻回了人生的乐趣。老实说吧，就算这时桌上只有简简单单的一碗白米饭，我也照样吃得津津有味。

可别小觑这看似微不足道的胃囊啊，当它“鞠躬尽瘁”地为你服务时，你千万不要把它当成是身体里的“垃圾桶”。它需要你的呵护与保护，倘若你轻视它、蹂躏它，它一旦造反，便会让你“吃不了兜着走”。那时，悔之已晚。友情、爱情、夫妻情、师生情，莫不如是。

（竹之语摘自《广州日报》 图/张翀）

嘴巴富贵的人都好命

□洞见 Alex

你说的话，就是别人眼中的你。嘴巴富贵的人，更易收获友谊。

《红楼梦》中，贾府最高权位者，非贾母莫属了，享尽一生的荣华富贵。

贾母一言一语无不体现出富贵之气，慈爱之心。

一次，清虚观一个小道士撞在王熙凤的身上，凤姐骂他，贾母忙道：

“快带了那孩子来，别唬着他。小门小户的孩子，都是娇生惯养的，哪里见的这个势派。倘或唬着他，倒怪可怜见的，他老子娘岂不疼得慌？”

初见刘姥姥时，她也不以高姿态示人，语言上不失尊重和谦逊，还调侃自己是“老废物”了。

我国语言学家王了一曾经说过：“说话时心里装着别人，是言之有物，实为心声，一声一咳，俱带感情。”

贾母总是带着感情说话，她真诚地关心别人，从爱的角度去表达，让人产生力量。她说话句句透着尊贵、慈悲。

也因此受到全家的尊重孝敬，满堂的儿女媳妇，孙子孙女，没有哪个不孝敬她，可谓享尽了人间天伦之乐，成为贾府中最有福气之人。

说话让人舒服才是顶级的修养。

现实生活中，我也遇到过这样一位说话高手。

他是我的大学同学，虽长相平平，但所有同学和老师一提起他都是满面春风，可谓人气爆棚。

每次分实验小组，大伙都抢着跟他一组，并不是因为他专业能力强，而是跟他相处总让人觉得身心愉悦，连完成任务也变成了一件乐事儿。

一次话剧表演，第一场有个地方我没演好，被同组的同学责怪，我也陷入自责。

只见他说：“我不觉得你没演好，从另外一个角度来看，这也算是一次创新呢！”

我瞬间觉得心里好受很多，其他人也认为言之有理。最后在他的鼓励下，我那场演出终于圆满完成。之后我就被他圈粉了。

《易经》上也说：“出其言善，则千里之外应之；出其言不善，则千里之外违之。”

意思是说，发出美好的言论之后，那么千里之外都能得到回应；如果不是美好的，那么千里之外也会背弃它。

在一次颁奖典礼中，演员胡歌获得最佳人气奖，一段获奖致辞，让他当场圈粉无数。

“说句心里话，我今天拿到这个奖，并不是因为我的演技有多么好，我觉得是因为，我很幸运，我可能比更多的人更早地知道，演员应该是怎么样的……”

接着他诚恳地感谢了剧组相关人员，演艺生涯中帮助过他的人，甚至是自己母校的老师。现场很多同行因这段致辞感动落泪。

分享荣誉的时候，提到别人。这种“记得”和真诚的感谢，更易打动别人。

尊重和感谢，就是要在盛大的场合说出来，才更有意义。还有什么比这更好的表示尊重的方式呢？

后来胡歌因这段获奖致辞而受到了各方的夸赞，连私下不认识他的同行都转发了他的获奖词。

上下两片唇，可以是利刃，伤人伤己；也可以是莲花，吐露芳香。

我们每个人每天都在说话，如果你说的每一句话都能做到积口福，懂慈悲，常感恩，便是将财气、贵气、福气收入你的口中。

你的人生也必将会步步莲花，绽放光华。

（潘光贤摘自“十点读书会”微信公众号 图/孙小片）

诗剧

如果给你寄一本书，
我不会寄给你诗歌，
我要给你一本关于植物，
关于庄稼的，
告诉你稻子和稗子的区别，
告诉你一棵稗子提心吊胆的春天。

——余秀华《我爱你》

下厨的男人

□张晓韧

孔夫子说过，食不厌精、脍不厌细。孔夫子还说过，君子远庖厨。他老人家这两句名言，翻译成现代话的意思大概就是：吃要吃好的，如果要我自己做，那还是算了。

不过，说起来，我还真是一个喜欢下厨的男人。

大学前三年，住八人一间的集体宿舍。老大是来自四川的胖子，此君最大的爱好是做菜，一到课余时间就往学校旁的菜市场跑。

每次从市场回来，总神秘兮兮地提个黑塑料袋，装着猪下水、猪心之类，便宜实惠味道好。他总是一溜小跑上到四楼，在楼道尽头探看，瞅准四下无人时，撒腿飞到宿舍门前，再左顾右盼一番，把宿舍门推一小缝，迅速溜进去，反手把门关上。这是他经过多次惨痛教训，为避免狼多肉少总结出来的经验，想来“打秋风”的人太多了。

待进到宿舍，关起门来，就是黑胖大厨的showtime（表演时间）了。两只凳子拼在一起当灶台，架上白铁皮酒精炉。衣柜里提出一个方便面箱子，一头摆放着油、盐、鸡精、生抽、老抽和豆瓣酱，另一头罐头瓶里满是桂皮、花椒、干红椒，里侧用胶带和纸板做了一个刀架，上面架着一把被磨得雪亮的菜刀，正应了那句俗语——螺蛳壳里做道场。

第一次见到这一整套装备，我们这些围观者齐齐倒吸了一口冷气，老二摆弄着几瓶调料：“哇，酱油都有两种啊？”大厨对此话嗤之以鼻：“你懂个什么哦，这地方太小，要不我酱油都能买十几种，我告诉你，常见的酱油有：老抽、生抽、面条鲜、香菇老抽、蒸鱼豉油、原酿酱油、凉拌汁、红烧汁、鱼露、寿司酱油……”以后每每回想他说起这段话时的语速、神态和熟练程度，都怀疑他小时候练过“报菜名”。

我们都以为他吹牛。结果一餐下来，让我们从此对他的各种关于厨艺神乎其神的吹牛深信不疑。

老大的拿手菜是熘肥肠，三天两头来一次，从此我们宿舍进门就一股肥肠味。后来我常常怀疑，宿舍八个人大学阶段谈成女朋友的概率十分之低，是否跟我们宿舍自带的这股气味有关？某次老八带他心仪已久的女生到宿舍参观，正逢熘肥肠准备开锅。老八殷勤地拿来碗筷：“快尝尝，可好吃了。”妹子花容失色：“这是猪肠子吧，哎呀我从不吃猪肠子的。”妹子皱眉做掩鼻状。

那天饭后，老大剔着牙，悠悠地给我们来了一句：“不吃肥肠的人，不足以聊人生！”结果没多久，老八和妹子果然分手了。

大四，我谈了恋爱，自己在外租房，置办了整套厨具。把前三年在老大手里学到的理论知识一股脑用上，虽只略得皮毛，但应付小女生还是不成问题。一学期下来，女朋友胖了7斤。

做学生时没有收入，做菜没那么多讲究，工具追求实用就行。工作以后，渐渐开始追求起餐具和厨具的品质来。技术可以马虎，行头绝不能含糊。于是，日本的电饭煲，德国的锅，世界各地有名的器具和食材，感谢今天发达的全球物流体系，让我足不出户就可以组建厨房里的多国部队。

进了厨房，劳累半日，为心爱的人做一桌好菜，制作食物的过程，专注而美好。忙活半天，或许自己吃不了多少，但看着自己在乎的人吃得开开心心，那也是一种非常满足的幸福感。

有生之年，一头扎进了“美食”这个大坑，苦海无边，回头也不见岸。家国大事自有“肉食者谋之”，我就一心一意，踏实地做一个爱好下厨的“中年油腻男”吧。

（三三摘自《三联生活周刊》图/麦小片）

诗剧

从童年起，我便独自
照顾着
历代的星辰
——白鹤林《孤独》

GAO BIE

无声的告别

□韦 跃

主业之余，阿屯还有另一份工作：代理处置网络游戏里的“遗产”。

帮客户登录游戏，对每句问候回复一声“不是本人”，然后将游戏遗产该变卖的变卖，该转赠的转赠，完事把报表寄给客户，删掉游戏账号，一切就圆满完成。干干净净，就像这个角色从没在世界上出现过一样。

当然会有客户需要他带一两句话给重要的朋友，那是这份工作中阿屯最喜欢的部分。朋友们收到转达的消息，总是感慨万千，整晚追忆逝去的时光。阿屯默默听他们讲完，穿插几句简单的安慰，最后贴过去自己的名片。

但这一次的客户有点儿特别。

“表白？”

阿屯在对话栏里键入一长串问号。他正要解释这不属于自己的工作范畴，对方先发话了。

“也，不算啦……

“有些礼物，打算送给她，又不知道怎么开口。

“现在，可能真的来不及交给她了，所以只能拜托你。”

本着保密原则，阿屯并没有多问。很多天后，当他着手处理这位客户的遗产时，才终于被震惊了。

需要处理游戏遗产的人，除了人际关系难以应付以外，游戏资产的去向也是重中之重。尤其是某些超资深的玩家，用经营“事业”来描述他们的游戏生涯都不为过。这些资产换算成人民币动辄以数十万、上百万计算，处理起来自然会相当麻烦，这也是他们需要阿屯这类专业人士的原因。

但这次的情况完全不一样。

这是一款世界观庞大的在线游戏，其中有一条公认设计得很差的剧情线。

剧情的主角是一位珠宝制作大师，他请求玩家将一枚宝石送到深爱的未婚妻手里，当然，这段路途会非常遥远。

为了表达感谢，大师会为玩家做一件特别的事：给一枚首饰刻上字迹。

由于大师平日云游世界，只有在每个月的14日能被玩家遇见，找起来非常困难，所以几乎没人乐意花那么大力气去完成它。

而现在，他看到的是满满整屏幕的绿松石发卡，数了数，超过60枚。每一枚发卡上都刻着同一个名字，同一个女孩的名字。箱底，还有几枚未刻字的发卡静静地躺在那里。

阿屯收拾了一下心情，开始在好友名单里寻找那个女孩的名字。这个名单比一般人的好友列表要长上好几倍，看得出来，这次的客户是真的很热爱游戏。

在列表末端，阿屯终于找到了那个名字。它是灰色的，后面还跟着一行系统提示：“最后登录时间——3年前”。

时间飞逝，阿屯在客户长长的好友名单中打探出不少消息。据老朋友们说，女孩之前也是个非常活跃的玩家，但3年前，她突然凭空消失，再也没上过线。就像阿屯所代理过的每一位客户一样。

有位老友比较热心，翻出多年前的聚会照片。照片上，女孩就坐在人群中间，一枚绿松石发卡将她黑色的长发束起，斜斜披在肩上，笑得像个六岁的孩子。

阿屯顺着线索找到一排白房子。那个女孩有很多照片，这面白墙经常出现在背景里。阿屯一眼就认出了她。

听阿屯说明来意，女人欢快地招呼他坐下。阿屯掏出那张聚会的照片给她看。

“哎呀，是这次呀！”女人脸上的微笑变得有点儿复杂。

“也是很巧，那天刚刚好就是我的生日，不过所有人都不知道，除了他。这个呢，是他寄给我的生日礼物……”她盯着照片里的那枚绿松石发卡，轻声叹气，“不知道为什么，他从来都不肯跟人见面……”

一阵婴儿哭声突如其来，戳破了平静。“真是不好意思啊！他平时不大会哭的，跟他爸爸很像，话不多。”

“对了，你之前说他想送我什么东西来着？”女人问。

“这个，我也不知道。我得去跟客户确认一下才能告诉你。”

阿屯撒了谎。毕竟中间隔了三年，也许客户并不知道自己喜欢的女孩现在过着怎样的生活，还是确认一下比较好。

“好呀，我很期待哦。”第一次，阿屯看到她的笑容恢复了照片上的那种快乐。

“阿屯？你是家明的朋友吗？我是他姐姐。你们是游戏里认识的吧？”

“算是吧……”

之前给客户打去三个电话，对方都是忙音，现在拨回来的是客户的姐姐。姐姐深深吸了一口气。

“阿屯，有件事情我必须告诉

没有了盒饭，我们的生活会怎样

□胡元骏

一直听说动车上的餐食比飞机餐（头等舱之外）靠谱些，前几天去上海，特意选择了动车。毫不犹豫地选择了45元的剁椒鱼头餐。至少在我看来，用来形容整个盒饭的品质是贴切的，可以吃饱，饭略少。

一直以来，写字楼里每天奔波的我对盒饭是心存芥蒂的，盒饭俨然成为上班族的必需。即便当下快餐链足够发达，外卖的选择越发多样化，但装在餐盒里的餐食，终究只是盒饭。再高级，一装进盒子里，您也就别奢望在味觉上会有惊艳了。在我看来，吃盒饭的感觉从某种意义上和恋爱也差不太多。刚开始如胶似漆，慢慢经过一段时间的接触，逐渐发现一些对方放松警惕后露出的坏毛病，心里开始出现小波动，如果此时拿不出什么令对方继续产生新鲜感的举动，此段感情或许会就此终结。像我们公司，开档第一天在某餐饮公司订的盒饭极受欢迎，众口夸赞，原来盒饭还能有如此美味。可还不到一个月情况就截然不同了，不是抱怨饭菜凉就是埋怨每天都是吃一样的东西，连一点儿花样都不知道翻新。这也是盒饭与恋爱的不同之处，恋爱到一定程度，双方都便步入婚姻的殿堂，而盒饭无论如何也不能是吃一辈子的。

话又说回来了，有的吃总比饿着强，很多人也在夸盒饭的好呢。像某位知名女艺人就曾在自己的微博上说某电视台的盒饭好吃，N多大腕拍片子时不也每天都是盒饭党吗？

前段时间，吃过午饭我经常会到公司对面的书店转转，离书店不远有个建筑工地，每当走到那都会看到一干民工手捧形状各异的饭盒蹲在路边狼吞虎咽。我特别留意了一下，发现他们的饭盒里往往是豆腐煮白菜之类没有丝毫油水的菜，可看他们将筷子上穿着的三四个馒头几乎一口就啃下半个的那个吃劲，觉得真是香啊！也就是我刚吃过饭，要不真的会流口水的。想想刚才还在和同事讨论公司盒饭怎能让人下咽的话题，真有点儿惭愧。人就是个贪婪的动物，永远没有知足的时候。其实，多大点儿事啊，不就一顿盒饭嘛，埋怨盒饭不好吃的人，我看别多了，饿他两顿就什么都吃了。

您看，怎么说好像都在理儿上。唉，公司有食堂的同学们，你们就知足吧。

（冬雨摘自《南方航空》　图/陈明贵）

你……家明在前天已经过世了。”

过世？阿屯的脑袋嗡嗡作响。

“这……这是怎么回事？”

“你不知道吗？也是。这孩子平时脾气就倔得很，连多被照顾一点儿都不乐意。瞒着朋友也挺正常的……他一直有一种奇怪的慢性病，已经很多年了，起不来床，也晒不了太阳，天天晚上痛得睡不着……最差的时候，就连打字都只能用一根手指头，我们谁看着都难受。”

姐姐的声音有些哽咽。

“我替他跟你说句再见吧，谢谢你！”

阿屯合上电脑，下楼叫了辆车，向那排白房子驶去。

车子在路口停住，阿屯远远看见一台白色的大众汽车驶入小巷，在咖啡馆门口熄了火。

老板娘笑着从店里走出来，将孩子交到下车的男人怀里。男人高高地抛起孩子，一家人发出欢笑声。

男人抱着孩子上楼去了，老板娘的表情像夜晚一样冷寂下来。她坐到店门口的藤椅上，面对无人的空巷点了根烟。

她轻轻摸了摸那枚发卡，阿屯的心仿佛被什么东西刺痛了一下。

他突然意识到，自己也许再也无法胜任这份工作了。

从一开始他就投入了太多，变成了和客户们一样的人。或许在从事这份工作之前他就是这种人，但直到今天他才真正明白，从来就没人能置身事外。

阿屯辞掉了这份工作，也没向任何人提起过这件事。但接下来的几个月，每到14日，他都会登录家明的游戏账号，满世界寻找那位珠宝大师。

他为剩下的每一枚绿松石发卡都刻上“家明”两个字，然后放入箱子里，让那些名字一起沉入互联网无尽的海底。

也许在现实世界，有无数人就像这些名字一样无助、一样孤独。但进入虚拟时空，那些被神奇魔法保护着的名字，却没有这么多烦恼和羁绊。它们单纯如初，可以就那样守护着彼此，直到世界末日。也许这才是人们所渴望的故事。

这也是阿屯为这份曾经很喜欢的工作所能做的最后一件事。

（路景摘自简书“大故事家”　图/果酱的酱）

魔术师与跛足驴

□迟子建

我想把脸涂上厚厚的泥巴，不让人看到我的哀伤。

我的丈夫是个魔术师，两个多月前的一个深夜，他从逍遥里夜总会表演归来，途经芳洲苑路口时，被一辆闯红灯的摩托车撞倒在灯火阑珊的大街上。肇事者是个郊县的农民，那天因为菜摊生意好，就约了一个修鞋的，一个卖豆腐的，到小酒馆喝酒划拳去了。吃喝完毕，已是月上中天时分了，这个菜农，骑上他那辆破烂不堪的摩托车，赶着夜路。

这些细节，都是肇事后进了看守所的农民对我讲的。他说那天不怪酒，而是一泡尿惹的祸。吃喝完毕，他想撒尿，可是那样寒酸的小酒馆是没有洗手间的，出来后他上了摩托车，想着白天时走四十分钟的路，晚上车少人稀，二十多分钟也就到了，就憋着尿上路了。尿的催促和夜色的掩护，使他骑得飞快，早已把路口的红灯当作被撇出自家园田的烂萝卜，想都不去想了，灾难就是在这时如七月飞雪一样，让他在瞬间由温暖坠入彻骨的寒冷。

街上要是不安红绿灯就好了，人就会瞅着路走，你男人会望到我，他就会等我过去了再过。菜农说这话的时候，嘴角带着苦笑。菜农没说，肇事之后，他尿湿了裤子，并且委屈地跪在地上拍着我丈夫的胸脯哭号着说，我这破摩托跟个瘸腿老驴一样，你难道是豆腐做的？老天啊！

我去看这个菜农，其实只是想知道我丈夫在最后一刻是怎样的情形。他是在瞬间就停止了呼吸，还是呻吟了一会儿？如果他不是立刻就死了，弥留之际他说了什么没有？

当我这样问那个菜农的时候，他喋喋不休地跟我讲的却是小酒馆的茶水、烧酒。他告诉我，自从出事后，他一看到红色，眼睛就疼，就跟一头被激怒的公牛一样，老想撞上去。

他告诉我，他奔向我丈夫时，他还能哼哼几声，等到急救车来了，他一声都不能哼了。

他其实没遭罪就上天享福去了，菜农说，哪像我，被圈在这样一个鬼地方！

“我看你还年轻，模样又不差，再找一个算了！”这是我离开看守所时，菜农对我说的最后一句话。他那口吻很像一个农民在牲口交易市场选母马，看中了一匹牙口好的，可这匹被人给预订了，他就奔向另一匹牙口也不错的马，叫着，它也行啊！

可我不是母马。

我从来不叫丈夫的名字，我就叫他“魔术师”，他可不就是魔术师吗。十几年前，我还在一所小学教语文，有一年六一儿童节，我带着孩子们去剧场看演出。第一个出场的就是魔术师，他又高又瘦，穿一套黑色燕尾服，戴着宽檐的上翘的黑礼帽，白手套，拄一根金色的拐杖，在大家的笑声中上场了。

我大约就是在那一刻爱上魔术师的，能让孩子们绽开笑容的身影，在我眼中就是奇迹。

我开始留意魔术师的演出，无论是在大剧院还是小剧场，我场场不落。我乐此不疲地看他从拳头中抽出一方手帕，而这手帕倏忽间就变为一只扑棱棱飞起的白鸽；看他如何把一根绳子剪断，在他双手抖动的瞬间，这绳子又神奇地连接到了一起。我像个孩子一样看得津津有味，发出笑声。魔术师那张瘦削的脸已经深深地雕刻在我心间，不可磨灭。

有一天演出结束，当观众渐渐散去，他终于向台下的我走来。他显然注意到了我常来看他的表演，而且总是买最贵的票坐在首排。他对我说的第一句话是，你想学魔术？

我没有学成魔术，我做了魔术师的妻子。

我们结婚的时候，他所在剧团的演出已经江河日下，进剧场的人越来越少了。魔术师开始频繁随剧团去农村演出。最近几年，他又迫不得已到一些夜总会去。那些唱腻了卡拉OK情歌的男人，喜欢在乏味时，看一段魔术。有时看到兴头上，他们就把钞票扬到他的脸上，吆喝他把钞票变成金砖。所以魔术师这几年的面容越来越清癯，神情越来越忧郁。他多次跟剧团的领导商量，他不想去夜总会了，领导总是带着乞求的口吻说：“你是个男人，他们看魔术，无非就是寻个乐子，你又不伤筋动骨的；唱歌的那

些女的，有时在接受献花时还得遭受客人异样的眼光呢，她们也得受着。为了剧团的生存，你就把清高给撇了吧！”

魔术师只得忍着。他在夜总会的演出，都是剧团联系的。演出报酬是四六开，他得的是“四”，剧团是“六”。他常用得来的“四”，为我买一束白百合花，一串炸豆腐干或者一瓶红酒。

月亮很好的夜晚，我和魔术师是不拉窗帘的，让月光温柔地在房间点起无数的小蜡烛。偶尔从梦中醒来，看着月光下他那张轮廓分明的脸庞，我会有一种特别的感动。我喜欢他凸起的眉骨，那时会情不自禁地抚摩他的眉骨，感觉就像触摸着家里的墙壁一样，亲切而踏实。

可这样的日子却像动人的风笛声飘散在山谷一样，当我追忆它时，听到的只是弥漫着的苍凉的风声。

魔术师被推进火化炉的那一瞬间，我让推着他尸体的人停一下，他们以为我要最后再看他一眼，就主动从那辆冰凉的跟担架一样的运尸车旁闪开。我用手抚摸了一下他的眉骨，对他说：“你走了，以后还会有谁陪我躺在床上看月亮呢？你不是魔术师吗？求求你别离开我，把自己变活了吧！”迎接我的，不是他复活的气息，而是送葬者像涨潮的海水一样涌起的哭声。我觉得分外委屈，感觉自己无意间偷了一件对我而言是人世间最珍贵的礼物，如今它又物归原主了。

我决定去三山湖旅行。三山湖有著名的火山喷发后形成的温泉，有一座温泉叫“红泥泉”，据说淤积在湖底的红泥可以治疗很多疾病，所以泡在红泥泉边的人，脸上身上都涂着泥巴，如一尊尊泥塑。当初我和魔术师在电视上看到有关三山湖的专题片时，就曾说要找一个空闲时光到那里度假。我还跟他开玩笑，说是湖畔坐满了涂了泥巴的人，他肯定会把老婆认错了。魔术师温情地说：“只要人的眼睛不涂上泥巴，我就会认出你来，你的眼睛实在太清澈了。”我曾为他的话感动得湿了眼睛。

如今独自去三山湖，我只想把脸涂上厚厚的泥巴，不让人看到我的哀伤。我还想在三山湖附近走一走，做一些民俗学的调查，收集民歌和鬼故事。如果能见到巫师就更好了。我希望自己能在民歌声中燃起生存的火焰，希望在鬼故事中找到已逝人灵魂的居所。当然，如果有一个巫师真的会施招魂术，我愿意与魔术师的灵魂相遇一刻——哪怕只是闪电的刹那间。

（田宇轩摘自微信公众号“易象读书”

图/麦小片）

餐器之美

□明前茶

这世间，晒幸福的人多遭羡慕嫉妒恨，但晒自家的晚餐却是那么温馨可人，就算你和我一样，晚上七点正端着一碗倒胃口的泡面埋首在数据中，也该点开东北男人的“一夫食堂”博客佐餐——东北男人一夫去日本谋生多年，娶妻生女，一家人在异国他乡过着紧密相守的小日子，单纯平易地感受着四季在晚餐桌上的轮回。现在是冬季，到了东北人最爱吃小鸡炖蘑菇的时候，亮晶晶滑韧韧的红油大拉皮，绿得发乌的油菜炒虾仁，还有各色饺子的好时节。一夫一家四口，简简单单的三五个菜盘，食材的烂漫素朴，就像放在东北人的热炕头上，那么招人眼馋。

但还是能看出一夫一家在日本生活多年的痕迹：所有的家常美食都盛装在讲究至极的餐器里，小鸡炖蘑菇在米茶色的瓦罐里炖成，瓦罐的下半截为深棕，好像有炭火的痕迹；菠菜馅的饺子盛装在黑色陶盒中，浓厚的釉色醇厚如顶级漆盒，更衬出荞麦面饺皮的筋道；油菜炒虾仁装在深红色的陶盘中，深红幽绿的冲撞，让最普通的家常菜也有了暗含的喜兴。说起为何要讲求餐器之美，东北人一夫说来日本之前，做过多年的菜都没啥长进，自从买了这些讲究的餐器后，忽然就像开了窍一样，对五色的食材，和食材背后的四季养生之道都有了心得，最终竟无师自通地学会用最少的油烟，烹饪出营养全面又绝对养眼的晚餐，让一家人都不再乐于去人声鼎沸的餐馆里等位了。

按大女儿的话说，她从每一个手工饺子里，吃出了“爸爸味儿”。

其实，在美的餐器映衬下，一饭一粥也有了自然的生机；更重要的是，那么美的摆盘，唤回了家人的好胃口；而团聚吃饭的好胃口，最终让家人间的情感结合得更紧密，所有的人，都不会在路边的快餐店里，胡乱地填饱肚子，然后回家在自己的房门上挂上“请勿打扰”的小牌子；所有的人，也不会对做饭人的勤恳付出视若无睹了。一夫说得对啊，就算是一碗山芋粥，或者一碗南瓜煨酒酿圆子，盛装在廉价塑料碗里，怎会和热腾腾盛装在土黄色的粗陶碗里一样有暖胃安神之效？好的餐器，让你静下心来，享受每一勺热粥对风雪夜归人的慰问，享受到每一片腌萝卜皮发出的脆响，享受到亲人暖融融的笑，让那些在奔波中焦躁起来的脏腑和精神，都归了位。

是的，你回家了。这里不是餐馆，不是食堂，不是快餐店，你用不着吃完了再和满街乱窜的寒风搏斗，放下所有的挣扎和飘零吧，每一只粥碗和菜盘都在说，欢迎回家。

（若子摘自《江海晚报》

2018年10月24日）

吃一碗碗仔翅，你会更爱香港

□蔡浩杰

芒种下雨了。我倒腾着跑到便利店找吃的，居然还有碗仔翅，可惜味道一如想象中的干瘪，只剩醋酸和谷氨酸钠，鸡丝虽多却柴得很。

这样的季节虽不是吃碗仔翅的最佳时令，却让人很是想念那碗香港的碗仔翅。

很难想象，在物资匮乏的年代，碗仔翅真的有鱼翅。虽然很多是酒楼的鱼翅边角料廉价收购来的，可真材实料熬出来的碗仔翅，据说十分解馋，仿佛能安慰一下自己的胃："你也配吃鱼翅了。"

现在的碗仔翅，除了一些老字号打着"真材实料"的招牌之外，大部分卖家都不敢说自己的碗仔翅有鱼翅，似乎从动物保护法的角度看，也多了一些"没有鱼翅"的底气。不过这于我而言恰是好事，毕竟对燕鲍翅一直没有好感，价格贵和食材来源太残忍不说，味道似乎没能让舌头尽兴。

很幸运的是，第一次吃碗仔翅是在香港。

香港的街道很有意思，路面上大厦林立，各大招牌的霓虹灯从一楼闪到云端，街道虽然不像澳门那样多斜坡，可街道拐弯的地方却是不少的。寸土寸金的香港，转角处也是一处食肆，人山人海里时不时飘来地道的港味，无论是对逛街还是扫货的人来说，都是一大惊喜。

第一次吃碗仔翅的那家店便藏在闹市街边一个小商铺里。店面很小，墙面挂满手写的餐牌，餐桌上也贴着发黄的菜单，繁体字密密麻麻，却很工整。

食肆虽小，内容却很是丰富，店内的厨房里老板和两个服务生在忙活着，烧味、牛腩粉、肉酱意面等应有尽有，此外还有奶茶、西多士、菠萝油等茶餐厅标配。昏黄的灯光，蓝白相间的小瓷砖，咚咚咚筷子插在塑胶杯里过热水，各种味道在小店里弥漫着，加上食客和老板时不时地打趣，正宗港腔在耳边绕出了整个香港的味道。

老板娘则坐在门口照顾着几个锅，黄黄的鱼蛋咕噜噜冒着热气，剥开壳会有棕褐色纹路的茶叶蛋，还有香气四溢的牛杂……正当我眼花缭乱时，一位食客端走了老板娘刚从锅里盛出来的黏稠状粉丝，他抹了抹淋在碗边的汤汁，放在嘴边刺溜吸了一口，吧唧吧唧嘴："加多点儿胡椒粉。"又一位食客打包了一份同款粉丝……我迫不及待地跟老板要了一碗，端着满满一碗找了个位置挤着坐下。

好一碗碗仔翅！同伴见我没吃过碗仔翅，煞是惊讶，但也只告诉我它的名字，便匆匆埋头吃自己那碗"翅"，"快趁热呀"。

我用勺子轻轻搅动，汤色晶莹剔透，鸡肉丝、木耳丝、香菇丝在碗里慵懒地扭着身子，对勾芡毫无抵抗力的我舀了一勺放入嘴中，各种食材已经在鸡汤的混合炖煮下混为一体，木耳丝和粉丝本是无味的，却占了鸡肉的鲜和香菇的香，口感醇厚而温暖，再舀一勺，舔了舔挂在唇边的汤汁，仿佛真有鲍翅的腥香，加了醋和胡椒粉的浓汤味道十分立体，酸辣适中，平日里一点儿醋都不敢碰的我，刺溜着吸完了一整碗碗仔翅，胃里满是暖意。

很难想象这样的美食只是街边小吃，不过也正是街边的味道才更接地气。冬天里吃上一碗，还有什么不痛快的事情能影响心情呢？

临走时老板娘看出我是陆客，边找着零钱边叮嘱着以后常来，"华仔有时候会在这里食哦！"我微微笑着点头走了，这样的港味小店确实要多光顾，吸引我的不是刘德华，而是那种渐渐消失的烟火气。

后来在南方剧院门口又吃到了碗仔翅，味道也很好，那时也是冬天，寒风猛吹，看完戏的人们哈着气兜着手蹲在马路牙子边上吸溜着碗仔翅啃着鱼蛋，这样的气氛，让我更怀念那碗老香港的碗仔翅。

（沉鱼摘自搜狐　图/熊LALA）

没有必要争论，没有必要抱怨。不管有没有凶恶的预兆，人生自有办法逼死我们。你可以站起来反抗，也可以什么事都不做。——《朝圣者中文版》

真正要走的人，是不会说再见的

□柒　叔

谈恋爱，不一定非要从对方身上学到什么，你享受了那段时光，就很好。就像多年以后，你离开高中校园，还记得高锰酸钾的分子式吗？还记得光合作用吗？还记得牛顿第二定律吗？

高锰酸钾加点儿催化剂就可以生成氧气，太阳有足够的光能把你难过呼出的二氧化碳和流下的眼泪，制造成有机物质并释放出氧气，物体加速度的大小跟作用力成正比。越是用力挽留的人，越是留不住。

过程有点儿难，但终会活过来。

年轻时，你把爱情当生命，后来，你没死，爱情替你抵了命。以为永远不会走的那个人，第一个打开了门，也许他只是下楼买一包盐；以为会挽留的那个人，直到门关上，也没有张口，也许她以为，他只是下楼买一包盐。

最后谁都没有见到那包盐，但是，心中的伤口却像是撒了盐。

你得丢开以往的事儿，就像丢掉隔夜的饭、烂掉的苹果，以及他送给你，你穿了三年舍不得扔的跑鞋。《后会无期》里唱着：在每个繁星抛弃银河的夜里，我会告别，告别我自己，因为我不知道，我也不会知道，和相聚之间的距离。

原来每一场告别都有仪式，我爱你的那种告别是：愿你再遇良人，从此各安天涯。

（林冬冬摘自微信公众号“柒先生”　图/木木）

只是忘了爱自己

□蔡要要

咪咪现在是恋爱的第三年，她清楚地知道他喜欢的颜色是藏青和米白，知道他上厕所的时候一定要抽一根烟，知道他喜欢被亲吻耳垂，知道他会有强迫症，会把袜子按照长短整理好。

当然，咪咪最清楚的是，他喜欢吃什么。

他喜欢吃鱼，咪咪会去买一条最肥的鲈鱼，轻轻地在两面鱼肚上划几刀，在鱼腹里塞上几块姜片，用一点儿细盐抹匀了，再片上几片上好的火腿嵌进鱼肉里，浇上几勺豉油，一勺生抽，再把葱白撕得细细的铺上去，大火隔水蒸上十分钟。另起油锅，等油滚热的时候，放上几颗拍碎的蒜头，趁热浇在刚蒸好的鱼上，发出“吱”的一声，这道蒸鱼是他爱吃的。

他还喜欢吃鸡翅膀，咪咪就去买来大小适中的鸡翅，一个个洗干净，用一点儿老酒和盐巴腌上一整天，再拿出来细细地冲干净，挤去肉里多余的水分，再拿一只平底锅，倒上一点点油，慢火把一个个已经腌制的盐味入骨的鸡翅煎得两面金黄。他喜欢吃这样的盐煎鸡翅，说只用一味盐做出的鸡翅才有鸡肉本身的味道。

咪咪和他出去吃饭，也总是看了很久的菜谱，才抬起头来，含着笑问：“点个牛肉锅好不好？是你喜欢吃的。”咪咪想自己是真的爱他，爱他对自己笑的时候眯起的双眼，爱他会轻轻搂着自己的肩膀过马路，爱他就是他，他爱吃的，自己也爱吃，更爱做给他吃。

咪咪也从未想过，有一天自己会失去他，也许想过吧，但是每次一想到即将没有了他，咪咪就无法呼吸，连手指、指甲、发梢都觉得难过起来。

咪咪一刻也不敢忘记自己对他的爱，也不敢忘记他爱什么，好像这样就会天长地久，一切都不会改变一样。

那天他上班前随口说了一句，想吃一点儿清淡的。咪咪下班回来，赶去市场买了鲜虾。回家急急地把虾子掐头去尾又剔了虾线，用胡椒拌好，切一块水豆腐，撕一点儿香菇，少油少盐地一起煮好，勾了个淡淡的芡，等着他回来吃饭。

可是那天左等右等，他也没回来。直到那碗三鲜豆腐凉透了，他才到家。咪咪轻声地说：“菜已经凉了，你吃饭没有？”他看了一眼饭桌，嘀咕了一句“是虾吗”，摆摆手说吃过了，就去洗澡睡觉了。

咪咪有些不安，她安慰自己道，不会有什么的，只不过是下班晚了一些而已。

能有什么呢？咪咪想，自己这么爱他，什么都替他想到了。她的心里，已经全部是他了，他的一切，把咪咪本来就不大的心装得满满的，已经没有空间再去想其他。咪咪觉得自己是破釜沉舟孤注一掷，这样的爱，大概是能得到一点儿回报的。他也是爱自己的，那晚咪咪握着他的手，这么不停地对自己说。

可是该来的还是会来，咪咪刚把一盘青椒鱼块端上来的时候，他好像下定了决心一般沉声说道：“咪咪，我们还是分开吧。”咪咪不知所措地望着他，慌乱地说：“有什么不对的吗？我哪里做得不好，让你不高兴了？”他摇摇头，就这么走了。

那盘鱼放在那里没有人吃，咪咪忽然想起自己是不爱吃鱼的。她有点儿想哭，可也哭不出来，她好像忘了什么东西，是忘了他喜欢什么吗？不会的，自己已经把他喜欢的所有事情都了解了，不会有什么遗忘。

哦，咪咪终于想起来了，她做了那么多他喜欢的事情，做了那么多他喜欢的吃的，唯独忘了自己喜欢什么，也忘了爱自己。

自己不爱自己，也就更没有人爱自己了。

（赵红星摘自《吃饱了才有力气谈恋爱》北京联合出版公司 图/木木）

郭靖与华筝的十年，与黄蓉的一天

□梁　萧

蒙古十八年，郭靖和华筝青梅竹马，还定了亲，却终究没好上。

张家口见面一天，郭靖和黄蓉成了知己。梅林雪舟见第二面，就此定终身。从此关山万里，塞北江南，高山大川，再难分开了。

话说，为什么呢？

蒙古十八年，华筝与郭靖的交流方式是：

一起骑马射箭，看他练武功，招呼他去看射雕，帮着养白雕。

她喜欢郭靖，但最多也就是问郭靖：

“你不要我嫁给都史，那我嫁给谁？”

郭靖答不知道，华筝就啐他。

且说黄蓉。

张家口，郭靖与黄蓉的交流方式是：

初见，郭靖请黄蓉吃饭。

黄蓉点菜点得花样百出五彩缤纷。郭靖服了。黄蓉聊天高谈阔论让郭靖大为倾倒。郭靖服了。

郭靖聊自己那些事，黄蓉听得津津有味。

不一会儿，果子蜜饯等物逐一送上桌来，件件都是从未吃过的美味。那少年说的都是南方的风物人情，郭靖听他见识渊博，不禁大为倾倒。郭靖受过师父嘱咐，不能泄露自己身份，只说些弹兔、射雕、驰马、捕狼等诸般趣事。那少年听得津津有味，听郭靖说到得意处不觉拍手大笑，神态甚是天真。他本来口齿笨拙，不善言辞，通常总是给别人问到，才不得不答上几句，可是这时竟说得滔滔不绝，把自己诸般蠢举傻事，除了学武及与铁木真有关的之外，竟一股脑儿说了出来。

那时，黄蓉与郭靖已成知己。到最后，一锤定音的，是黄蓉的出场：

“只见船尾一个女子持桨荡舟，长发披肩，全身白衣，头发上束了条金带，白雪一映，更是灿然生光。郭靖见这少女一身装束犹如仙女一般，不禁看得呆了。那船慢慢荡近，只见那女子方当韶龄，不过十五六岁年纪，肌肤胜雪，娇美无比，容色绝丽，不可逼视。”

从此，改朝换代、天翻地覆、万里风沙，都改不了了。

许多人觉得黄蓉搞定郭靖的，是美貌。

殊不知美貌并非关键——在见到黄蓉的美貌之前，郭靖已经放不下她了。

黄蓉所知所学，远在郭靖之上，但并不以此轻看郭靖。对郭靖的一切，她从头到尾接受。全书她对郭靖所有的“傻哥哥”，都是爱称。

都说黄蓉挑郭靖，是仙女配傻小子，却漏了另一件事：黄蓉，一个单亲家庭的孩子，又太聪明了，并不需要另一个不如她聪明的小聪明。

天下也再没人在机变聪慧上，胜过她爹了。

她接触的人们，或惧怕她是个小妖女，或垂涎她的美色。只有郭靖从一开始就大智若愚地判定“蓉儿是个好姑娘，很好很好的，很好很好的”。

她要的是踏实、真诚和善良，所以她跟了郭靖，是轻灵随厚重、风随树、水随土。白发如新，倾盖如故。这话在爱情上也适用，所以一天也许抵过十年。无他，彼此全心的欣赏与包容罢了。

（大浪淘沙摘自豆瓣网　图/李坤）

我能给你的不过是温柔

□蔡要要

阿南即将奔赴大不列颠求学一年，他无奈地摊开手，对着阿绿说："你看，我不会煮饭，去了那儿只能顿顿炸鱼、薯条、三明治了。"阿绿不怀好意似的拍拍阿南已经六块腹肌变成一块的肚子说："正好当减肥吧。"阿南仰天长啸："我爱我大中华美食之心永远不灭！"

就这样阿南去了英国，在连吃了一个星期的面包、土豆之后他终于崩溃，上网找阿绿抱怨，说自己的中国胃已经不堪重负，马上就要闹革命了。

第二天早上起来，阿南发现自己有新邮件，是阿绿寄来的，里面是一张菜谱："去超市买一个土豆，不要切丝了，你没有那刀工，去了土豆皮，再切成片，能切薄片就切薄片，切好了洗洗沥干了水放好。再买一点儿培根，也切成小片。然后开炉子点火，锅里倒油，油刚好能没过锅底就行了。数三十秒，把土豆倒进去，翻来覆去地炒，然后加一小勺盐，加一小勺酱油，一小勺老干妈，然后三分之一碗水，盖上锅盖，焖三分钟，再揭开锅盖，把培根放进去，再炒一分钟，就可以吃了！笨蛋，记得要严格按照我说的做！"阿南愣了一会儿，欢呼一声冲去超市买材料了。晚上他终于吃上了一顿像样的饭。

从那天开始，阿南每天早上都会收到阿绿发来的菜谱，先是土豆炒培根、番茄鸡蛋、青椒肉丝、可乐鸡翅这样的简单菜，慢慢地，阿南做得熟练了，阿绿也会发来一些什么水煮肉片、红烧排骨、萝卜炖牛腩这样的菜谱。阿南终于过上了自给自足的好日子，由一个十指不沾阳春水的大汉居然变成了一个厨艺了得的新好男人。

阿南看上了同来留学的江南女神，他紧急求助阿绿："快，教给我一些高端大气的菜，我要用美食赢得佳人心。"阿绿很久才回复："菜谱稍后奉上。"第二天，阿南打开邮箱，里面安静地躺着阿绿寄来的菜谱：陈皮排骨、腰果鸡丁、手撕包菜，还有一个番茄肉丸汤。阿南做了一桌菜给女神吃，女神吃得眉开眼笑，走的时候还在阿南脸上印下了一个吻。阿南兴奋地向阿绿汇报战绩，阿绿只是说："祝你成功。"

可是月有阴晴圆缺，女神吃了一个月阿南的菜后，还是投奔了一个高富帅的怀抱改去吃龙虾了。阿南痛不欲生，上网对阿绿说："不用发菜谱了，我不想做饭。一个人吃没意思。"阿南喝了一夜的酒，最后还是醉了。

第二天起来头痛欲裂，他习惯性地打开邮箱，里面却还是躺着一封邮件，是阿绿发来的。里面写着："一杯米，六杯水，切一点儿姜丝，一点儿肉丝，煮三十分钟，出锅后加半勺盐一点儿香油。你昨晚肯定会喝酒，喝点儿粥解酒。"阿南看了这封邮件很久，站起身去煮粥了。

阿南毕业回国，第一个去找阿绿。他去敲阿绿的门，阿绿不在家，和她同住的姑娘却向阿南抱怨："这个丫头自从你走后，每天晚上在厨房做菜，做了也不吃，还拿本子不知道记些什么，弄得吵死人。"阿南忽然明白，原来阿绿的菜谱，是她自己每天做一遍，然后记下来时间和做法，第二天再发给阿南的。

阿绿回来了，说了句："回来了，这下不用我给你发菜谱了。"阿南看着阿绿的脸，想到一年里阿绿发给自己的所有菜谱，他轻轻地走过去，抱紧阿绿，说："对，不用发了，我已经学会了，可以做给你吃。"

阿绿把头埋在阿南的肩膀上，很久才嘟哝着说："好。"

阿南终于明白，为什么只有按照阿绿的菜谱自己才能做出好吃的菜，因为那里面，是阿绿给自己的满满的温柔。

（林冬冬摘自《吃饱了才有力气谈恋爱》北京联合出版公司 图/鹿川）

年轻最大的好处就是当你一事无成时，还可以对自己说"慢慢来，我还年轻"。等到了中年就没有借口了。——中年危机的本质

慢慢谈场恋爱的滋味

□毛 利

这个冬天我做了件蛮风雅的事：很冷的天气里，在苏州看了一出昆曲。

台下有个中年男子拿着热水瓶给每人冲一碗茶，捧到手里刚喝一口，胡琴响了，披着牡丹刺绣袍子的小姐上台，咿咿呀呀唱了起来，一时台下全是举起来的手机相机。

丫鬟拉小姐去游园，小姐在园门口唱“好天气也”四个字，唱了大概半分钟。昆曲真是一门考验人耐心的艺术。十六岁的小姐，在园子里偷偷玩了一会儿，回去做了个春梦，梦里书生来相会，两人唱得非常热情。

未能谋过一面，感情已经如此热烈。古人把这叫作“天作之合”，其实是因为小姐自小没怎么见过男人，但凡偷偷见过哪个男人的脸，回去百般回味，便把这男人插上所有想象的翅膀，认定他就是那个命中注定的人。

这样的感情，大概就是现代女人迷恋超级巨星的心情吧，得不到，翻来覆去做梦，对方不用花一点儿工夫，就已经成了女人今生的挚爱。感情如果疯狂发酵起来，天长地久，终于长成一副可怕的模样。

旧时代的人，爱起来非山盟海誓不可。

夏目漱石写的《三四郎》里，三四郎在公园碰到一个女孩，大吃一惊。他花了很多天品味这个女孩，后来终于得见第二次，女孩跟他问路，就这样不超过三分钟的相识，让他魂不守舍了几十天，看不进书，吃不下饭，做什么都不起劲，好不容易淡化了这份想念，等他跟女孩正式认识了，几乎每一次和女孩的对话都怀抱着忐忑和不安。

脆弱，但又脆弱得很美。现代人没有这份感情了，很多人喜欢一见钟情，一次活动上看到，恨不得当晚就睡在一起。有个朋友说，这叫把握机会，不然很可能这辈子都碰不到了。

你的感情完全不能酝酿，直觉告诉自己这个人还不错，就会马上开口问：要不要一起去看电影？女孩当然也觉得，好吧，闲着也是闲着，为什么不呢？

进行完一系列活动后，两人不由自主产生一种感觉，还不错，没什么问题，可是，为什么非他不可呢？

世界上还有那么多优秀的男人和女人，谁能证明，眼前人就是最适合的一个？选择太多了。

小时候我妈给我买过一块巧克力，我当时觉得这一定是世界上最好的巧克力，我还记得她是怎么拿出六块钱，又是怎么在一个供销社一样的地方，买给我当新年礼物。长大后我吃的巧克力实在太多了，再也没有哪种非吃不可的巧克力。

但还是会记得，小孩拿到巧克力时，那种忐忑的感觉，那种每一口都如置天堂的感觉，吃到最后一小块，忽然有种害怕被责骂的心情。

三四郎沉浸在对女孩的渴望中，他仿佛看到了第三个世界，这个世界宛如春光乍泄，耀眼夺目，有欢声笑语，有发泡的香槟酒，有电灯银匙，更有美丽的女性，堪称万物之首。他决心投入第三个世界，娶一个美丽的妻子。

而身处第三世界的你，因为周围俊美的生物太多，完全忘记了向往是怎么一回事。

向往就是杜丽娘唱一句“原来姹紫嫣红开遍，似这般都付与断井颓垣”，里面字字是情。

而你说一句我爱你，就像跟某宝客服说谢谢一样轻易。

（秋天摘自《看天下》 图/蝈蝈猫）

诗剧

低语的草的脚步
偷偷穿越我们，
枞树的手指彼此轻触
在我们路径交会之时，
强韧、燃烧的树脂
将我们粘在一起，
渴望夏季的啄木鸟
啄着坚硬的
心之果皮。

——英格·克里斯滕森
《低语的草的脚步》

世间所有的相遇，都是久别重逢

□蔡要要不吃药

我清楚地记得，那时候每天晚上去吃的牛肉面。

在我家楼下五十米处，摆着一个小小的摊子，老板是一个四十多岁的中年人，只卖牛肉面，一碗五块钱。牛肉是拿砂锅煨出来的，带着筋和皮子，入口就化开来，软糯得不像话。煨的时候加了桂皮八角和干辣椒，味重而辛香，正适合做浇头。面条则用的是碱面，老板会过水煮两道，一道清水一道牛骨汤，筋道又入味。最后撒一把香菜末，浇一勺辣椒油，在夜里，几乎成了整条街晚睡的人的救命良药。

我当时失恋，每晚都彻夜地睡不着，看着天上的月亮翻滚过半个天空，眼泪流得整张脸都黏糊糊湿答答的时候，就抓一把零钱，趿拉着拖鞋下去吃牛肉面。吃完了我还会沿着马路溜达，数一颗星星，数两颗星星，数到第一千颗星星的时候，就可以回家睡觉了。这样过了一个月，有天下雨，牛肉面老板没有出摊，我举着伞站在街口怅然地等了很久，始终没有等到。第二天我就搬了家，再也没有回过那个地方，也没有能吃到那碗牛肉面。

岁月总是不经意地就流淌过了。以为不可忘记的事情和人，也还是忘记了。后来也还是恋爱了，我们谈着节制而理性的感情，不太愿意说很爱，也不太愿意说不爱。休息的时候就两个人窝在家里看电影，看到两个人一起打呵欠，就双双洗澡睡觉了。我没能有机会再盯着月亮看它走到了天空的哪个地方，男朋友在我身边发出轻轻的呼噜声，我也就跟着默默地睡着了。睡得早，也就不太吃夜宵了。醒来的时候，他的手总是抓住我的一只手，握得紧紧的，我不动声色地抽出来，不敢让他一直握着。

日子过得不紧不慢。一天晚上，他忽然说："你看月亮特别大，我们去散散步吧。"他轻轻地牵着我的手去轧马路，我抬头看见月亮的颜色，白而透亮，忽然想起那时候吃的牛肉面来。我嘻嘻地笑着说，和你在一起，我再也没吃过夜宵了，那时候我家楼下有个牛肉面摊子，非常好吃。

他忽然就愣住了，痴痴地说，牛肉面？我点点头，他忽然就更紧地握着我的手，温柔地吻了我。月亮还是在转着圈儿，轻轻巧巧的。

晚上躺在床上，我快睡着了，他却轻声地说着，我只有一次晚上忽然肚子饿，跑到楼下去找吃的，走了很远也没有店铺开门。后来看到一个小小的面摊，卖牛肉面。我吃了一碗，旁边的小桌上坐着一个披头散发的姑娘，一边哭一边吃。我也不敢看她，就听着她虽然哭得很惨，但是也吃得很香。我那时候工作很失败，可我想，那女孩子哭得那么伤心，一定是遭遇了很惨的事情，她还能这么香地吃完那碗面，还有什么过不去的呢？他说着说着也睡着了。我也似乎是睡着了，我不知道是梦里听见他的话还是现实，可那晚我没有放开他握着我的手。

所有以为普通的相遇，也许都是重逢，所有以为过不去的艰难，终究也会过去。

外面的月亮，还是一样的明，一样的亮。

（心香一瓣摘自《吃饱了才有力气谈恋爱》北京联合出版公司 图/木木）

痛定思辣

□曹小优

“二十代”的大半时光我都是在日本度过的——人一生中那些晶莹剔透、被众人称为最好的岁月。每当有人问我习惯这里的生活吗，我的答案在“不习惯”和“习惯”之间永远倾于右边。我适应了24小时说日语的环境，适应了线路复杂的地铁，适应了和人说话时点头微笑，然而唯一无法适应的，是饮食习惯。山城雾都出生的我，如果吃不到让舌根卷起的麻辣味，就会打不起精神。

还记得出发去日本的前一天，朋友们在火锅店为我送行。和曾经的聚会一模一样的光景，大家嘻嘻哈哈地开着玩笑，谁也没有想过这一别会是多久。

这样的感觉熟悉得像已经雕琢在我脑海里的一段固有记忆，仿佛我不去碰，它便会永远在那里。

吃完之后，我和小婧坐在回家的出租车上，谁也没有说话。我悄悄地把头靠过去，却被她一把推开：

“走开，一股火锅味。”我说：“你不也一样！”我们互相闻了闻彼此的衣服和头发，然后摇下车窗，在满江夜色里放声大笑。车奔驰在笔直又一望无际的道路上，很远的远方，有一些闪亮的光，像未来的希望。

去日本之后，我和小婧的联系越来越少。我在他乡奋斗学业、事业，而她开了自己的公司，很快结婚生子。回国的时候，她开车来接我去火锅店，餐桌旁放着儿子的婴儿车。我想和她说一些在日本的生活，比如吃不到酸辣粉太辛苦了，或是早餐还是小面好，然而她却无法像从前一样，隔着一口沸腾的锅，在烟雾缭绕的香气后，一边大口吃着，一边大声回答我。她哄完啼哭的儿子之后，转过头问：“你刚才说什么？”我摇了摇头，把夹起来的食物放到她空空的油碟里。

回来的第一餐是火锅，而离别前的最后一餐也是火锅。其实还有更多别的选择，再次回到家乡，购物广场和美食街里已经有了各种新出的餐饮店，然而底味仍然逃不过麻辣鲜香。一切看上去都变了啊，但一切在我心里也应该从未变过吧。

后来，我在东京找到了重庆人开的火锅店，池袋新开的海底捞，哪怕在重庆人眼里压根算不上正宗的火锅，我也耐着性子去排了两小时的长队。我过生日时身边的日本朋友送了我全国各地的辣椒粉，而家里的餐桌上，每餐必有一菜是辣的。小婧说想吃辣了，第一个想到的人就是我。

恍惚间，想起刚来日本的那个秋天，我缩在被窝里，拨通了小婧的电话。电话那头的她，声音和往常一样响亮：“你怎么啦？国际长途呢！”“你在干什么呀？”“和她们在吃火锅！你呢？日本好吃的多吧？”“特别多啊，有拉面、生鱼片、蛋包饭……”“是吗？那你要多吃点。”“嗯……”

我匆匆挂了电话，打开手机里的相册，一张一张翻看过去的照片。送别会那天，大家都把头埋在碗里，或者做着鬼脸。桌子真脏啊，可大家却吃得那么欢，没人在意微小的细节，没人注意大家红红的眼眶和脸上的水滴，是因为辣，还是因为泪。

一会儿收到小婧的信息：“你没事吧？”“没事。想吃火锅了。”我回复她，然后关掉了手机。

你是你所食之物，所食之物是你的人生。酸甜苦辣，辣在最后，我最喜欢，所以算是吃过苦后，上天赠予的奖励。唯有辣，牵动的并非人的味觉神经，而是痛觉神经。虽然不知道，让左心房隐隐作痛的，是辣椒，是小婧，还是那座城。

（小景摘自微信公众号“最小说” 图/曹黑黑）

那个人推门进来时，店里的人已经走了大半，京屿的烤架上只剩下最后一对鸡翅。撒着白芝麻和孜然粒的鸡翅泛着诱人的光泽，那个人停在小吧台前有点出神地看着这对鸡翅。京屿同他打了一声招呼。

“一个人来玩吗？”京屿把鸡翅递过去时微笑着问。

KAO CHI

蜜汁烤翅与守望的灯塔

□小熊洛拉

“嗯。”

“送你一杯柠檬水。”

“嗯……谢谢。”他接过水杯后愣怔了片刻，忽然醒神问道：“岛上是不是有座灯塔？”

“嗯，灯塔在小堡礁那边。你要去吗？”

他点点头又摇摇头，眉心蹙着，很是踌躇的样子。

第二天，他很早就来了，一直坐在靠窗的位子在一张画板上涂涂抹抹。一张纸涂抹了一天也没出现什么像样的画面，只隐约能看出上面有个灯塔的影子。

京屿端了一杯柠檬水走过去给他说：“灯塔不是长这个样子啦！”

他抬头望着京屿，京屿嘴角噙着笑，一双眼睛闪着光。他忽然想起她的眼睛，她眼睛里从没有闪过这样的光，就像一汪沉寂的夜湖，月亮也无法在里面投映出倒影。

那一瞬间他的心痛了起来。

“去看看啊，灯塔很美的。”

“我……大概没有勇气吧。”他的声音格外沙哑，“两年前岛上有一艘出海的游船在暴雨中翻了……”

数十人葬身大海，只剩下为数不多的幸存者。而这些幸存者日后都不得不依赖心理治疗才能走出那段噩梦般的记忆。

“当然也有人终其一生都不想走出来。”

那个不想走出来的人就是辛白。

身为心理医生的他第一次见到辛白时，她半张脸肿着，脸上的神情淡淡的，看不出一点儿情绪。他清楚那肿胀的半张脸是因为掌掴。辛白之所以会成为幸存者中的一个，是在大浪卷来的时刻被她刚刚订婚的恋人拼命甩出甲板，她的手才能抓到救生船的绳子。而那天辛白刚刚参加完恋人的葬礼，哭到几乎昏厥的恋人的母亲扑过来狠狠地掌掴了她：“他是为你死的，为了你啊！你怎么哭也不哭一声？”

辛白始终一滴眼泪也没掉。

她已经不会哭了，她的心沉甸甸的，像是被冰封在了那场暴雨中。

是辛白的爸爸把她带到他的诊所的。

她不主动跟他讲话，但只要他问，她多半都会认认真真地答，目光专注，态度诚恳。但他知道自己一直没有突破她，她整个人始终隐藏在一堵坚硬的围墙后。

治疗进行到第十个月时，有一天下了很大的雨，他们被困在诊所里。她有些倦了，裹着毯子睡在那里，醒来时天已经黑透了，雨也停了。

“去吃点儿东西吧。”他忍不住跟她提议，虽然明知道身为一个心理医生不该对自己的患者有这样越矩的行为。

他们走到楼下，在不远处的烧烤店前她停下了脚步。那天她点了好多蜜汁鸡翅，吃到一半忽然落下泪来，泪水渐渐汹涌，最后变成了号啕大哭。

后来他才知道那是她的恋人曾经最爱吃的东西。

这件事之后她就真的开始好转了，脸上渐渐有了微笑，甚至能如常地同家人谈笑。她爸爸打电话过来感谢他，他一口气哽着无法应声。他曾故意路过一次她工作的地方，看到她和几个同事一起吃午餐，其他人说说笑笑，她坐在一旁也跟着微笑。那一瞬他知道她只是努力假装好起来了。

几个月后，她找到机会重新回到了这座岛上。又过了几个月，她得到了在灯塔上工作的机会。

“有灯塔的光照亮，迷失在海上的他就不会那么孤单了。”这是哭过之后的那天夜里辛白唯一对他讲过的真心话。“所以……我想去那座岛上守着灯塔。”

“而我……想守着她。”心理医生一只手抚过自己画的灯塔，眼睫微垂，终于有勇气对自己承认，“不但没有治好自己的患者，反而爱上了她……我实在是太不专业了。”

（长江南摘自《爱格》2018年9月B 图/鹿川）

一个人如果如同一座岛，可以决定自己的流放，遭遇风雨，心路不开，愁思就会绵长，直到有一天，撞见阳光。——梭罗

我不想做『小猪佩奇女孩』

□小堂姐

最近，朋友圈被戴着小猪佩奇手表的女孩们刷屏了，大家都自诩是“小猪佩奇女孩”。

那到底什么样的女孩是小猪佩奇女孩呢？小猪佩奇女孩们大多微胖可爱，休息时间爱宅在家里。看到可爱的东西走不动，每天都想早起，但是每天都在熬夜。和再帅的男孩聊天也都是一连串的搞笑表情包。

小猪佩奇女孩们大都很爱吃，普通女孩们吃两口就饱，小猪佩奇女孩们饱了还能再添两口。平时的业余爱好就是坐着躺着靠着吃吃吃。每天叫醒她们的不是梦想，也不是闹钟，而是饥饿。

虽然胖胖的也很可爱，但是小猪佩奇女孩们总不能每年夏天都失去展现身材的机会吧。

所以，小猪佩奇女孩们，真的要试试看去调整自己的饮食习惯，坚持健身，追求更完美的自己。

最近《流星花园》重播，除了剧情，大家讨论最多的就是大S的颜值和身材，看她最近的时尚杂志封面，几乎十年不变的美貌和身材。之前她产后瘦身减肥20斤，老公汪小菲都发微博惊叹老婆的意志力和追求美的决心。

果然越美的人越追求美，也会越来越美。小猪佩奇女孩们已经拥有可爱，何不再拼一把性感和美丽呢？

小猪佩奇女孩们休息的时候就是宅在家里，能躺着绝不坐着，能在家绝不出门。

她们一面看各种美食推荐，各个品牌活动，她们甚至在心里想好了去现场穿的衣服和妆容，一面又抱着手机躺在床上，懒得收拾出门。

她们也有各种兴趣爱好，但懒惰，似乎能击败她们所有的兴趣爱好。

小猪佩奇女孩们也得谈恋爱呀，可是每天都待在家里，只忙着追剧粉CP（荧幕情侣），你们怎么认识新的男孩呀？

很多男生都喜欢陈意涵。

她热爱运动，热爱旅行，所以无论去哪座城市哪个国家，她都会坚持跑步，挑战倒立。

她希望自己的三十岁能去尝试一些以前不会做的事，于是她挑战了很多，她愿意去“疯狂”。

宅家也是一种生活方式，它简单，也舒适。但是它并不适用于所有人，所有阶段。女孩们的青春宝贵，越年轻的时候越有活力，也越值得去释放勇气、去尝试。

小猪佩奇女孩们的战场，是在深夜，看好看的小说，追热门的韩剧，各个流行APP（计算机应用程序）刷到停不下来，网购代购也不能落下。大半夜的，忙得不亦乐乎。

小猪佩奇女孩们，越是深夜越要清醒呀。半夜买的东西，半夜告的白，半夜做的决定，都太危险了。

小猪佩奇女孩们聊天，能用表情包聊天，就不会打字。女孩子所拥有的细腻情绪都在表情包里了。面对这样的表情包恋爱，男朋友们就真的遇到难题了。本来就猜不懂女孩的细腻心思，现在遇到更难猜的表情包，十有九伤，剩下那个纯靠运气。

小猪佩奇女孩们，为了帮助男朋友们更好地了解你，该生气的时候，就用中文“痛骂”男朋友吧；受到委屈的时候，就用语音对男朋友“撒娇”吧；真的难过的时候，直接打电话见面吧。

我们会学着保持可爱的同时，也学会成熟理性；在发扬乐观向上打不死小强精神的时候，也知道什么时候该放下什么。愿每个女孩在幻想成为“小猪佩奇”之前，先尝试着成为自己。

（田龙华摘自微信公众号“二更食堂”
图/麦小片）

卒子

□徐瑞恒

我和江潮是在象棋班认识的，那时候他别具一格，不爱车马炮，只中意那不起眼的卒子。我问他为什么，江潮昂起头，满脸风骚，说他就是喜欢这种一往无前的气势。那会儿正是黑帮电影大行其道的年代，江潮立志要当一个古惑仔。为此他呼朋唤友，可忙活半天，最后也只有我一人留了下来。

当古惑仔已成泡影，江潮的追求便只剩下吃了。短短两年里，他绷坏了五条裤子。江潮一脸哀愁地望着我，说他胖成这样，以后肯定再也泡不成女生了。但可惜的是，世界之大，总有瞎眼的姑娘，那个姑娘便是谨初。她是初二时从城里来的转学生，酒窝、短发、一脸雀斑，我们都叫她麻子姑娘，只有江潮流着口水，说她脸上好多星星闪闪发亮。谨初果断沦陷了。

江潮对我说，这是故事里才有的好姑娘。我见他眼里满是深情，看得出喜欢到了心底。江潮答应谨初，两人要一辈子好下去。可夏天还未过完，谨初就抛弃了江潮，跟着她父亲回到了城里。她走的那天，江潮正在和我下象棋，他落子时一直心神不宁。我不知道为什么江潮没去送行，只记得太阳快下山的时候，他才发了疯似的跑过去。回来以后他便把象棋给烧了，只留下个卒。谨初走后，江潮说他想好了，要进城去读书。所有人都不看好他，可我们都没想到的是，江潮这厮悬梁刺股大半年，居然真的考了进去。

再见谨初，是在高一开学那天。她进了城里的重点中学，而我和江潮就在对门的职业高中。一年不见，谨初的短发变成了马尾，雀斑也不见踪影，只剩下酒窝还在坚守阵地。这样的久别重逢让江潮很是兴奋，他告诉我，他和谨初是注定要在一起的。

开学后没过多久，江潮再次跟谨初表白了。结果这姑娘果断地拒绝了他，转身走了。江潮如释重负，嘿嘿一笑，说谨初刚才是跟他开玩笑呢。我好奇不已，问你怎么知道？江潮说这姑娘一说谎就要抖腿，没想到一年过去了，还是这傻样。我往手里哈了口热气，说那可不一定，这么冷的天，我冻得慌我也抖呢。

就这样，凭着这种莫名的自信，江潮追了谨初一年多，被谨初一一拒绝。直到高二下学期，这姑娘才终于有所触动，干净利落地找了个男朋友。江潮死也不信，谨初大手一挥，说你什么也别问，只管死了心就好。

为了和谨初两人一辈子好下去，他披荆斩棘。只可惜才短短一年过去，谨初就昧着良心说不再爱他。我问他怎么办，江潮只呵呵一笑，说那男的一看就不靠谱，他们肯定长不了。

一语成谶。我们俩见到谨初时，这姑娘正在面摊上吃面，她抬起头来对我们笑了笑，说今天老板娘盐放多了，真的好咸。江潮转身就走。谨初一抹眼泪，问他干什么去。我叹了口气，说应该是去找人家单挑了。女人就是容易因为感动而心生喜欢的物种，时隔多年，谨初再一次瞎了眼。

高考过后，谨初不负众望考到了北京，江潮揣着几千块钱便杀了过去。走的那天，我去校门口送他，蒙蒙细雨中，江潮对我说后会有期。我心生感慨，说为什么城里那么多学校，我们偏偏要来这里？江潮笑了笑说，因为只有这里才离她最近啊！

江潮在风中潇洒地远去。我看着他的背影，突然想起了初见谨初那天的光景。

那时的谨初落落大方，正在台上自我介绍，江潮从桌子底下给我扔来字条，说“我要娶她”。我当时很生气，以为他是要抢我的凌波丽，却没有想到，他说的，其实是站在台上的谨初。原来从那天起，他就认定了这个姑娘，于是一往无前，越过物是人非的沟壑，刺破千山万水的阻绝，也要前去见她。

就像颗卒子一样。

（鲁刚摘自微信公众号“最小说” 图/蜩蔂猫）

为什么男生喜欢和矮个子女生谈恋爱

□叫我九公子

*****1*****

认识的一个184cm的男生，在儿童节那天发了自己和155cm女朋友的合照，配文写：祝我的小朋友儿童节快乐啊！

照片中女生手里拿着一根粉色的棉花糖笑得很开心，男生低头看着她，脸上都是幸福的表情。

有人在底下留言调侃他：你们这样真的很像爸爸去学校接孩子回家，路上顺便给她买了个棉花糖。

那个男生回复：没错，我刚刚去学校开完她的家长会。

行行行，这狗粮我吃了。

*****2*****

常常看有一些女生对自己的身高很不自信，总觉得低于160cm就会在各方各面都矮人一截。

可事实上，有很多高个子女生很羡慕身高一米五几的，也听不少男生说过：和矮个子女生谈恋爱真的很甜。

所谓最萌身高差，不仅是外人看着很可爱很萌，情侣本身也相处得特别甜蜜。

被王菊刷屏了朋友圈之后，我忍不住去看了《创造101》，结果没被菊姐圈粉，反而被一个叫赖美云的女生可爱到了。

虽然个子不高，但她真的很有活力，看她笑会觉得很舒服，身高完全不是她的缺点，反而是加分项。

前段时间不是很流行小奶猫这个说法吗？我女朋友就是那一款的。

她刚好150cm，和我相差近30cm，她又很喜欢穿那种日系萝莉风的衣服，整个人看起来就更娇小了。

和她在一起，我的保护欲和占有欲完全爆棚。

挤公交的时候一定会把她圈到怀里；去人多的地方会紧紧把她牵住，就算热到手心冒汗也不会放开；走路怕她跟不上，我会故意放慢脚步，不让她跟得太辛苦。

但很好笑的是，就算我偷偷照顾她，我们走的步数还是不一样。

有一次她专门截图微信步数，在我面前气急败坏地说：凭什么大家走一样长的路，你是一万六千步，我快要两万步？

就算是这样耍小脾气的时刻，我也觉得她很可爱，然后会耐心地哄她——

“傻不傻，我是故意让你的微信步数得朋友圈第一名的啊！”

*****3*****

《小美好》里有一段台词，是江辰对陈小希说的：

“我很爱你，所以即使世界上有比你高、比你瘦、比你漂亮、比你温柔懂事的女孩，都不关我的事。”

因为是你，所以喜欢你的整个灵魂，包括它的坏脾气。

因为是你，所以就算你在一群人中个子最小，我也能第一眼找到你。

所以小个子的女生，不要因为自己的身高就丧气，在喜欢你的人眼中，你真的什么都好。

（Bingo摘自微信公众号“晚安少年” 图/木木）

诗剧

马嚼夜草的声音
和远处火车隐隐的轰鸣
使我的水缸和诗行微微颤抖
这正是我渴望已久的生活啊
葵花包围的庄园里夜夜都有
狗看星星的宁静
我还需要什么
假如我的爱人就在身旁
孩子们在梦里睡得正香
我只需要一个小小的邮局
隔三岔五送来一两个
手写的邮包

——北野《马嚼夜草的声音》

高个子男性会爱上个子矮的女生吗

□贝小戎

在人类社会，“劳心者治人，劳力者治于人”，个头大的还占优势吗？日本生物学家本川达雄在《大象的时间，老鼠的时间》一书中说：“体型大就意味着强大。在同一物种中，大型雄性动物更容易独占雌性动物，比如海豹，体型较大的海豹在争夺雌性的争斗中更容易获胜，可以留下更多后代。现代女性期望寻找个子高、收入高、学历高的配偶，这完全是按照动物学上的标准来的。高个子男性和喜欢高个子的女性结合，高个子基因就会遗传下去，身高就会越来越高。”

在自然界，动物体型差别很大，本川达雄说，体型大有很多优势：体型越大，越能耐干旱、耐饥饿，体型大的动物行走速度快，活动范围大，因此能不断寻找好的环境。体型大的动物细胞数量多，能把多余的部分用于新机能的开发。它们的细胞代谢率更低，能量有富余，因此大型动物有条件充分发展智能，比如人和海豚。

生物学家发现了关于动物体型的一些规律和比例关系，如哺乳动物的时间跟它们的体重的四分之一次方成正比。一个推论就是，无论哪种哺乳动物，一生的心跳大约都是20亿次，呼吸大约5亿次。

生物学家还发现，在岛屿上，大象在进化过程中体型会越来越小，而老鼠、兔子等小型动物的体型会变大，这被称为“岛屿法则”。在一些与大陆隔绝的岛，如地中海的各个岛屿，以及西印度群岛、加利福尼亚群岛，那里的大象、河马等动物都变小了。大象即使成年也只有一米左右，跟牛差不多。岛上的老鼠却慢慢变大，跟猫差不多。

为什么岛上的动物会如此变化呢？原因之一可能是，在与世隔绝的岛上，捕食者减少了。大象之所以体型庞大，是因为个子越大越难被捕食者捕食，老鼠变小，是因为在有捕食者的情况下，体型越小越容易隐藏起来。体型庞大也有代价，繁衍后代所需时间越长，变异产生新物种的可能性越小。体型小也有问题，需要不断进食，一旦找不到食物，就有可能饿死。在岛上，因为没有捕食者，大象变小了，老鼠变大了，拥有了哺乳动物最轻松的体型。

本川达雄提出，生物界的岛屿法则是否适用于人类社会？国家的大小对人会有怎样的影响呢？作者发现，美国有一些很厉害的学者，但“超市的收银员和汽车修理工，反应迟钝到令人瞠目结舌”。人和人之间的差别很大。而在岛国环境下，精英的规模会缩小，很难出现超级巨人，平民的规模会变大，知识水平总体变高。

人如果住在大陆上，即使有一些古怪的想法，一旦被别人讨厌，只要躲开就行了。在岛上就无处可逃。因此，大陆上的人会产生一些惊人的想法，这些想法就像大象，远远超过了人们日常思考的范围。

地球变成了一个村子，不一定就不能像城市那样利于创新。美国物理学家弗里曼·戴森在《纽约书评》上评论《比例》一书时说，进化的动力除了自然选择，还有遗传漂变：某个个体的基因发生变化而导致群体的构成发生变化。

发生过智力革命的地方包括，公元前800年的耶路撒冷（发明了一神论宗教），公元前500年的雅典（发明了戏剧、哲学和科学），1300年左右的威尼斯（发明了现代商业），1600年左右的佛罗伦萨（发明了现代科学），1750年左右的曼彻斯特（发明了现代工业）。

（慕春摘自微信公众号“三联生活周刊”　图/兜子）

诗剧

城市慷慨亮整夜光
如同少年不惧岁月长
她想要的不多
只是和别人的不一样
——陈南西《历历万乡》

 世间天才之所以为天才，固然由于具有伟大的创造力，而他的感受力也分外比一般人强烈。——《给青年的十二封信》

异地恋 16年，他们每年跨越1.3万公里相见

□滴答滴

人们常说，陪伴是最长情的告白，与此相对的结论是异地恋大多都不靠谱。

而这一对异地恋情侣却给我们好好地上了一课。

他们分隔两地16年，相距1.3万公里，每年跨越两大洲相见，十几年如一日地恩爱。

每年年底天气一冷，他就会离开，留她独守空闺直到第二年他们重逢的日子。这一天并非牛郎织女的七夕节，但全世界都翘首以盼，争相记录这历史性的一刻。

他们并非人类情侣，但他们的爱情故事却感动了世界。

这场浪漫的爱情故事发生在克罗地亚，一个叫斯拉沃尼亚布罗德的小镇。这里气候宜人，吸引了很多鸟类栖息。每年春天，有一种叫白鹳的候鸟会飞来这里与当地居民一起生活。

1993年，一只雌性白鹳从空中掉了下来，她被猎人射中了翅膀，奄奄一息。幸好一个叫斯捷潘·沃基的老师路过此处，好心将白鹳带回家疗伤。

雌性白鹳的翅膀痊愈了，她却再也不能长途飞行，这意味着她不能同其他候鸟一样在冬天迁徙回南方。

渐渐地，白鹳成了家里的一员，老人带着她开车兜风，出门钓鱼给她打牙祭，还为她取名玛莲娜，这是电影《西西里的美丽传说》中女主角的名字。

日子就这样一天天过去了，直到2001年的一天，沃基和往常一样去屋顶给玛莲娜喂鱼，却发现了不速之客，一只雄性白鹳。而且二鸟各种缠缠绵绵，雄白鹳也大有住下来不走的意思。

老人这才恍然大悟：我闺女这是恋爱了啊！

在这恋爱自由的年代，还能说什么呢？沃基很快认同了雄白鹳的存在，并给他取名大K（克雷佩坦），将他当成了“第四个儿子”。

大K和玛莲娜的感情迅速升温，大K是个“好男人”，经常出门捕鱼给玛莲娜吃，其他的时间都陪在玛莲娜身边，二鸟你侬我侬，山无棱天地合，很快便有了爱的结晶。

春去冬又来，孩子们很快长大离家了，大K和玛莲娜又过上了缠绵的“二人世界”。

但有一天，大K突然飞走了！

这可急死沃基了，玛莲娜每日苦等丈夫归来，令人心疼。可是凛冬将至，沃基不得不将玛莲娜带回温暖的屋里度过寒冬。

几个月后的早春，万物复苏，老人惊讶地发现，大K又回来了！

原来他没有忘记远方的妻子，但候鸟的动物本性驱使着他，如果不回南方过冬，他就无法生存下来，繁衍生息。

大K不但不是负心汉，还异常痴情且长情，为了维持这场“远距离恋爱”，他需要跨越两个半球，飞行1.3万公里！

而这样的旅途，他坚持了整整16年！

从南非到克罗地亚，大K需要纵穿整个非洲和地中海，没人知道他在途中都经历了什么。

而且大K是个守时的耿直男孩，每年几乎都是在三月的同一天回家，他们的爱情故事也被媒体争相报道。两只白鹳的爱情变成了全民的“爱情约定”。

每年有超过一百万人关注大K和玛莲娜的重逢，沃基也将大K留下的羽毛做成了纪念品羽毛笔。这些羽毛笔被称为“爱情之翼”。

除了羽毛笔，人们还将大K和玛莲娜的形象做成玩偶、海报、明信片等，两只白鹳俨然成了“国民情侣”。

白鹳的最高寿命可达39岁，而今年距离大K第一次“万里返家”已经过去了16年，这意味着他选择用生命中一半的时间飞向他的另一半。

春天就快来了，大K和玛莲娜能否如杨过和小龙女一般16年后再次相逢？让我们拭目以待！

（大浪淘沙摘自微信公众号“经济之声笑傲江湖”图/李倩莹）

请慢一点儿，再慢一点儿

□蔡要要

春喜认为，吃饭是一件痛苦的事情。她总是飞快地把食物填进嘴里，咀嚼几口，囫囵地吞下，都来不及尝出到底是什么味道，就咽了进去。

吃饭，只是维持生命而不得不进行的一项活动，春喜是这么下定义的。

朋友倒是很喜欢和她一起吃饭，因为春喜从不挑剔食物，对她而言，食物都是一样的，不好也不坏，唯一要做的，就是用最快的速度，把它们消灭。

要是问春喜喜欢吃什么，她总是张口结舌，答不出来，也不会评价什么食物特别好吃。食物，就是食物而已，根本就不特别。

看到身边的人总是兴高采烈地讨论哪里又开了一家新的餐厅，里面有什么特别好吃的，春喜就会在心里发出一声冷笑。

春喜吃饭的时候，总感到自己就好像有一个黑洞，食物并不是进了胃里，带给她的不是满足，而是一种更空荡荡的感觉。

她苦笑着吃下去，用自己能做到的最快的速度，想抵抗那种失落和委屈。

小的时候，春喜的父母总是对着满桌子的菜不动筷子，然后开始激烈地争吵，小小的春喜坐在桌子旁不知所措，她只想赶紧吃完，离开这些可怕的大人，吃得越快，就能越早地离桌。

她几乎想不起童年的自己有吃过些什么，每次回忆，唯一能想起来的，无非是父亲的勃然大怒和母亲的呜咽。

后来春喜离开家，去了远方工作，她交过一个当地的男朋友，她总是去他家吃晚饭，他们一家人坐在桌前，慢慢地吃着，用春喜听不懂的方言，说着家长里短。

春喜总是低着头，卖力地刨着自己的那一碗白饭，她觉得如坐针毡，只想赶紧吃完，好逃开自己根本插不上话的饭桌。

春喜吃完属于自己的那碗饭，就会挤出一个笑容，像终于完成一项艰难的任务一样，说一句“我吃饱了”。而桌上摆的，永远是男朋友爱吃的菜，从头到尾，也没有人问过一句春喜爱吃什么，虽然她也答不上来，可心里就更失落。

这份感情也没有维持太久，春喜和他分手那天，他皱着眉问为什么，春喜只好说大概我们是不合适的，男朋友撇着嘴说：“是啊，我妈总说你吃饭太快了，我们家吃饭是很慢的。”春喜转过身去，还是忍不住掉下了眼泪。

后来春喜就总是一个人吃饭，中午上班不回去，她就买一份快餐，坐在电脑前吃完，马上接着工作。

吃得太快了，就对肠胃不好。

春喜那天照例只花了五分钟就解决一份尖椒鸡蛋饭，她忽然觉得胃部像是被火烧一样，一股甜腥味涌上喉头，她张开嘴，吐出一口鲜红的血珠，就不省人事了。

等春喜醒来时，已经在医院了，身边坐着的，是一个不太熟悉的男同事。

他看见春喜醒过来，忙递过一杯温水。“慢点儿喝。”他温柔地说。春喜不自觉地听了他的话，小口地啜饮着那杯水。

“我加了一些蜂蜜，对胃好。医生说你饮食不规律，是胃溃疡。”

“谢谢你。”春喜有点儿不好意思，却叫不出他的名字。他却毫不在意地笑了笑：“我叫阿南。你好好休息，晚上我给你送饭。”

阿南晚上果然来了，他带了一盅鸡汤，细心地撇了油，里面漂着几朵香菇，清爽又温暖。

“你慢慢地喝，小口一点儿，

这样对胃好。”阿南把手插在裤袋里，笑吟吟地看着坐在病床上的春喜。

春喜看一眼阿南，欢喜地听了他的吩咐，慢慢地喝着那碗热热的鸡汤。

第一次，她觉得尝到嘴里的食物，是有滋味的，很鲜，还有一点儿香菇的清甜，鸡肉也很嫩，喝下去，胃里也暖暖的，好像有一只温柔的小手，在轻轻地抚摸着自己。

阿南说：“我每天都来给你送饭，你一个女孩子，家又不在本地，怪可怜的。”

阿南果然每天都来，有时带一碗笋丝面，有时带一保温壶的白粥配上几片火腿，有时带上一盅炖得嫩嫩的鸡蛋羹。

春喜想，这场病真让自己变馋了，每天都开始期待阿南会带什么好吃的。

奇怪的是，阿南带来的食物，春喜都喜欢吃，好像以前没有尝到的味道，现在都开始慢慢地涌上了舌尖。

阿南会陪着春喜吃饭，他们胡乱地说些话，有时说工作，有时说些生活的琐事，一顿饭有时能吃上一个钟头。

春喜出院那天，是一个阳光明媚的晴天。阿南请春喜去他家吃饭，软软的太阳照在餐桌上，把每一道菜都映得格外诱人，蒜薹肉丝、葱烧鸡翅、糖醋莲白，还有一道番茄丸子汤。

他们坐下来，春喜一口口地吃着，她慢慢地夹一筷子菜，吃一口饭，喝一口温热的汤，再抬起头看一眼阿南。

阿南说：“你慢慢吃，不着急。”他轻轻地伸出手握住春喜的手，像照进来的阳光一样，温柔地说：“我们也慢慢来，不着急。”

春喜咬了一口鸡翅，她满意地想，可以再慢一点儿，和吃饭一样，都不着急。

（赵红星摘自《吃饱了才有力气谈恋爱》北京联合出版公司 图/熊LALA）

家常菜和打包菜

□德琨若鱼

到饭店吃饭，点菜的那位是要精于交际的，非情商高的人不能为之。聚餐后若菜剩得多，要么是因为招待贵客必须豪气一下，要么就是喝得热闹，顾不了吃菜。结账时若不打包，说明这桌人之间关系还不够亲密。若大家比较熟络，就会有人建议打包吧，这时难免会相互推却一番：“我明天不在家吃。”“我家冰箱菜很多，吃不了。”像击鼓传花一样，最后传到那位不够坚定的手里，便承让一番：“也好，我家那只猫明天的口粮有了。”

如果没人打包，这些菜便进了潲水桶，可能会回收去喂猪。等效地看，谁拿走打包菜，就相当于得到了猪的待遇，实在有些掉价。但是，有些菜的确标价很高，未免有些可惜。但再高身价的菜，因为被众多筷子触碰过，难免沾染口水，加之缺乏精美碗碟盛放，只蜷缩在塑料盒中，还要在冰箱中受冷遇，等到主人想起它，色泽已大变，且剩菜极易产生致癌物亚硝酸钠，还是不吃为好。一倒了之，又深刻后悔不该带回来，让他人讥笑了。

“我是你的什么菜？”交往中的王小姐和张先生在餐厅吃饭，饱腹后有些发嗲地问张先生。前菜？那只是开开胃的，有前女友之嫌。主菜？难道还要花心流连其他副菜？张先生在酒精烧脑后，以为“打包”回家有迎娶王小姐的讨好之意，便气宇轩昂地说：“你是我的打包菜！”王小姐粉脸顿变，不等隔夜，拎包就走。她心想，从大学开始，跨校、跨系和男生寝室联谊，寝室闺密们都在联谊中牵手，一桌青春灿烂的菜肴，吃得七零八落，自己还在不断回锅，从清蒸到重酱红烧，再下八角花椒调味，味道越来越厚，原来只是要掩盖被日益氧化生成的雀斑。

“那么你希望你是我的什么菜？”张先生觉得此题绝无正解，但自觉“打包菜”极为不妥，平时自己在酒席后是绝不打包的，点菜时就宁缺毋滥。所以还看不起那些打包的人，包括自己老妈，便发信息向王小姐讨答案。是呀，还没问个“此解何意”就跑了的王小姐，也觉得自己作了些。平时口中那些“累得像狗”“你是我的菜”都是没有因果关联的感叹语。狗累吗？最悠哉过日子的宠物狗怎么会累？天热吐个舌头喘气散热，主人还会心疼地开空调，它眼中的主人才累呢！如果王小姐不把自己当菜看，就不会如此自怜。好在王小姐终于明白这些伪命题，便下台阶地回复张先生：“我希望是你的家常菜。”

（赵红星摘自微信公众号“三联生活周刊”图/木木）

爱情是一生中最『做作』的事情

□沈嘉柯

刘若英用电影来告别。原著是她写的，她自己拍成电影。她要告别的非人，非事，非岁月，而是一团情结，只有她自己知道。

我只是想起来，以前看侯佩岑的综艺节目，陈升说刘若英这个普普通通的弟子忽然红了，变成影后，唱歌流行在大街小巷。

她就是风筝，所以他给她写了《风筝》，陈升摇头摆手。刘若英就说你明明可以收回线的啊！哭得稀里哗啦。

见清和小晓在北京的蜗居分割房的生涯，我写过。其实很多同行作家也写过。这样的北漂青年太多太平常了。一万个这样的情侣里，修成正果的寥寥可数。回到家乡彻底投降，或者继续漂泊，大龄单身，或者终于有了首付，凑合过日子。或者各自分手，找个有房子的。

见清和小晓第一眼就相互喜欢上了，这就是真相，这也是答案。但他们没法在一起。那时候他们还太年轻，不知道命运早就在暗处写好的结局。

小晓一路恋爱，不断换男朋友，她的人生属于谈恋爱。她始于房子和归宿，她也以为自己在寻找饭票、归宿和房子。但实际上离了爱情，她过不下去。就像大多数人一样，努力扮演着世俗的角色，但是当爱情真正到来，洪水滔天，摧枯拉朽。爱情里面，有我们对自己真实的要求。

周冬雨选得好。她很像爱情小说的女主角，有个性，有脾气，绝不是按时上课下课写作业的好学生。巴掌脸，眼里都是喜怒哀乐在说话。井柏然的角色，演员也选得不错。从青涩，到中年，从备胎，到正牌男朋友，再到过客。见清的爸爸找了田壮壮来演，这个角色演得平实如常，自然深沉。

做菜，思念儿子，守着小地方的风雪和老房子，一个菜馆小人物，一个父亲。但到了念信的段落，就被电影的过度文艺腔白白给糟蹋了。

但是这个故事真的很平庸，发生在任何一个大城市都差不多。小镇青年，怀着梦幻，去大城市寻找爱情，寻找梦想。最大的优点，是前半部情节真实，那就是小镇青年多半都会梦幻破碎，走向分手，走向闷睡，走向平庸的生活。

结果他们多年后，又在飞机上重逢，重逢又能怎么样？男的结婚生子，女的江湖飘零。

如果回到杂志岁月，编辑把刘若英的小说稿子交上来，只会被我放在中间靠后的位置。一本杂志最好的版面会留给最精彩绝伦、最催人泪下、最荡气回肠的稿子。要么开篇开场，要么末尾压轴。那些过得去的故事，填塞中间的页面版面。

爱情需要房子，需要工作，需要每个月的薪水。收了脾气，多了眼泪。这是平凡的小爱情。遇到大城市的时候，爱情就变小了。可是再小的爱情，也是属于两个人的传奇。

放在千千万万的爱情电影里，这部电影太普通。不过所有创作都是重复，所有的观看都是重温，一再慰藉我们的平生。

（步步清风摘自作者微信公众号 图/李倩莹）

诗剧

雨点光着脚丫乱跑
这些从天国来的孩子
是村里尊贵的小客人
草试着绿裙子
花绽开了笑脸
村庄被五颜六色地包围
那匹橘黄的母马
被它春色很浓的蹄子
拐走了
——高咏志《四月，奔跑的雨点》

一样东西破碎了就是破碎了，我宁愿记住它最好时的模样，而不想把它修补好，然后终生看着那些碎了的地方。——《飘》

致我们单纯的小美好

□琦　惠

收到表白短信的时候，我有些犹豫，怕自己一辈子都遇不到最喜欢的人，却还拒绝这位“差不多男生”；又担心一颗少女心总是不死，它根本做不到将就，暂时接受这份感情。天使和恶魔在我的脑海里不断地打架，心烦意乱中，我将手机抛在床上，开始追电视剧《致我们单纯的小美好》。

“我喜欢你。”

“我不喜欢你。”

“好吧，那我再想想办法。”

男女主角一边大扫除，一边进行可爱的对话。女生在望向男生时，一脸崇拜，眼睛里仿佛冒着无数的小星星，她完美地诠释了一种心情，叫作喜欢一个人。是藏不住的，像漫天炸裂的烟花。我被她傻气又单纯的样子逗乐，情不自禁地笑起来，但随后，又因剧情的发展而皱起了眉。在盯着级部主任“张士亮”这个名字五秒钟之后，我去看了编剧列表，心里那扇通往回忆的大门轰然被打开，因为编剧列表里的其中一位编剧就是我的高中学弟，级部主任的原型就是当年我的德育主任张士亮，连电视剧里的校服，都是我的母校曾有过的标准配置。这些似曾相识的人物，一下子就将我带回了16岁的故事里。

年少时，谁都曾是陈小希，我也不例外，也曾喜欢过一个很像江辰的男生，做过许多匪夷所思的事情。印象最深刻的是，我和陈小希一样是个戏精少女，曾自导自演过许多偶像剧里的情节。有一次数学月考，我拿了有史以来最低分，心情低落，便给他写了一封信，说：“我再也不能陪你从诗词歌赋谈到人生哲学了，因为我不想读书了。”我流着泪躲进了体育器械室，却没想到他为了找我，连晚饭都没吃。当他找到我，小声地说“别走”时，我的心里划过一丝自责，但更多的是开心，就像剧里的陈小希突然听到江辰说“不要转学”时一样，那些对未来的惊慌，都在与他对视的笑容中化为乌有。

我为此激动得又蹦又跳，还和闺密在课堂上传字条讨论此事。结果，我被老师点名罚站、写检讨，继而错失了为他精心准备圣诞节礼物的宝贵时间，只得应付着折了99颗幸运星。还好，他没有嫌弃这份礼物，就像江辰也没嫌弃陈小希为他准备的长到可以用来上吊的手链一样。可惜，我不如陈小希幸运，只过了一个秋天，就和自己的“江辰”在各种压力下渐行渐远。甚至到后来，他在众人面前只是将我们的感情定义为友情。

我哭了很久，真正要转去美术班时，还在心里默念那句和剧里的台词一样的话——“一辈子那么长，我才不会只喜欢你一个人呢”！他的背影伴随着上课铃，慢慢地在我的视线里变成一个黑点。我转过身，红着眼睛准备离开，却突然听到了他再熟悉不过的声音：“报告老师，我想去卫生间！”他跑出教室，经过我身边时小声说：“白痴，这样我怎么能安心回去？”他故意从只有我才能看到的角度，绕到卫生间那边，又折回来，重新站在走廊的另一端望着我。

刺眼的阳光下，万物都在野蛮生长，他也如同一棵树遮天蔽日，却又隐藏着只有我们才懂的小秘密。如果一定要从剧中找一个对应的场景，那便是陈小希被怀疑得了禽流感而被关禁闭，江辰在广播站为她读《无人生还》，还偷偷添了一句“别怕”。毕竟，他们都同样口是心非，惹哭了喜欢的人，又绞尽脑汁地哄她笑。毕竟，时至今日，我还在做着这个有他突然出现的梦。是梦吧，清晨六点半的空气、单车丁零零的声音、小卖部里的香味、做不完的卷子以及喜欢的那个人，都是16岁之后，只存在于我梦里的美好。

可那又怎样呢？我的少女心就是不肯脱离自己的身体，它还是想等待“江辰”的到来。所以，那天，我像陈小希拒绝吴柏松那样，给“差不多男生”回复了一条信息：谢谢你的喜欢，却对不起你的喜欢。

白茶清欢无别事，我在等风，也在等那个像江辰的好少年。

（米粒摘自《青春美文》2018年第2期　图/木木）

既然爱你一场，我先喜欢为敬

LOVE

□柒先生

跟哥们儿一起喝酒，聊起他的故事，说起一个姑娘，特别萌，她平舌音和卷舌音分不清楚，说话特有意思。她总是爱敲哥们儿的头，哥们儿说："你干吗总敲我的头？"她笑着说："敲你可爱啊！"哥们儿说："会敲笨的。"她笑着说："笨一点儿好，万一喜欢上我呢？"然后哥们儿也敲了她的头。她愣了愣问："你干吗敲我的头？"哥们儿说："因为我喜欢敲你啊！"

分手的时候，姑娘哭着说："你再敲我一下。"哥们儿说："不敲了，万一敲笨了，以后嫁不出去怎么办？"姑娘说："那我就赖你一辈子。"

我问哥们儿："为什么分手？"他抿着小酒，苦笑着说："走不下去了。"感情的事儿，有时候特简单，就是两人一起走路，走着走着，一个看见马路对面有卖烤面筋的，嚷着要吃，就过了马路。你知道的，红绿灯是有时间的，另一个稍微一犹豫，红灯亮起，接下来就是车水马龙把你们冲散了。

很久以后，哥们儿坐公交车去办理公司业务，车开出去没几站，碰巧姑娘上了车，他们看见了彼此，谁都没有先张口说话。哥们儿为了多陪她一会儿，坐过了三站。姑娘给他发了一条信息："我就陪你坐到这里，你就送到这里吧，我要结婚了。"哥们儿透过公交车的玻璃看着姑娘一下子走进了拥挤的人群，其实很想跟着她一起下车，看看她爱上的那个人疼她吗？最后，他冲着玻璃笑了笑，算了。

姑娘说："我们分手后，我一直没有长大，我怕有一天，他突然反悔了。我还是从前他喜欢的样子，傻就傻点儿吧，谁让我先喜欢他呢？爱啊，总是折磨那个先动心的人。不过，我最多等他三年，30岁准时结婚。"那个失恋以后，在宁夏路和大尧三路岔路口的便利店门口喝酒至凌晨3点的姑娘，叫小荷。她不哭，不闹，只是一个劲儿喝酒。她还笑着问："你干吗不劝我放手？"我想了很久，问她："要不要再加一碗关东煮？"她笑着说："要。"

后来我问哥们儿："你现在不谈恋爱，是还想着她？"哥们儿摇摇头，说："跟一个陌生姑娘介绍自己，很麻烦的，九年感情，划掉，重新开始，太累了。就像九年义务教育，你学会了'ɑoeiuü'，学会了九九乘法表，学会了'good morning（早上好）'，突然有一天醒来，脑袋一片空白，你文盲了，让你重新开始学'我爱你'，怎么读，怎么写，怎么用，你说累不累？从头来过。"

我问哥们儿："分开的这一年，你什么感觉？"哥们儿笑着说："你知道的，我俩脾气都倔，上来那股劲，谁都不肯低头。我怕她真的跟别人恋爱了，节日啊，她生日啊，我都给她送花，就是想让她公司的男同事知道，这个姑娘有人追，别费心了。怕她认出来我写的字，我都是用左手写贺卡。千防万防，她还是要结婚了，我就纳闷了，她哪儿来的新郎啊？"

我叹了一口气说："你们啊，都是那种宁愿失去也不愿意低头的人。"哥们儿突然笑着说："咱们去抢婚，怎么样？"我说："你有病吧，在你身边你不宠着，人家走了，幸福了，你来劲了。"哥们儿猛灌了一口酒，苦笑着说："晚了，如果感情里有后悔药，我猜一定很畅销。"我对着桌子上开着免提的手机，说："你都听见了吧？"电话那头的姑娘说："不如，我们从头来过，这一次，我起个头，从结婚开始，你敢不敢？"

（二丫摘自微信公众号"柒先生"
图/张翀）

我爱你，可我更爱吃肉

□蔡要要

咪咪吃了半辈子的肉，可惜她偏偏爱上了一个素食主义的男人。当他终于成为自己的男朋友的时候，咪咪也做了一个痛苦的承诺——和他一起茹素。

咪咪想，红烧大排虽然好吃，但是不能说甜言蜜语给自己听；大闸蟹是够鲜美，可还是比不上一个热吻回味悠长；哪怕是自己最爱吃的涮羊肉，还是不及他的拥抱更暖。

咪咪在爱情的攻势下，全盘皆输，果断抛弃了肉食的诱惑，投奔了青菜、茄子、西红柿的大本营。

素食男也经常带咪咪去很多素菜馆子，咪咪一边挂着甜蜜的微笑，一边后槽牙暗暗使劲，恨不得咬碎那些装作肉的芋头、豆腐、面筋果，她在心里开始深深地思念她的猪肉、牛肉和羊肉。

咪咪想鱼和熊掌兼而得之，她试探性地问他，偶尔吃一点儿肉也不好吗？答案自然是否定的。咪咪颓丧地安慰自己，失去了红烧肉收获一个男朋友也是好的。她无精打采地看着素食男点给自己每一份绿油油的蔬菜，心里偷偷地怀念着曾经吃过的每一块油光闪闪的肉。

咪咪做了一个梦，梦见自己站在一个精美的厨房里，将几个鸡翅用黄酒老抽涂抹均匀，磨一些黑胡椒，拍几颗蒜头加进去。再用一只平底锅挨个儿煎得鸡翅两面金黄，倒进半罐啤酒，收了汁，最后撒几颗粗盐。咪咪在梦里顾不得形象，食指大动地啃完了所有的鸡翅膀。

等梦醒来，身边的男人已经笑吟吟地烫了一棵西蓝花给她做早餐，咪咪吞了一口梦里残存的口水，望着眼前的男人不知道是哭还是笑。

男朋友会告诉咪咪，素食是多么健康。咪咪第一次发现自己是如此虚伪，一边食不知味地嚼着田园沙拉，一边偷瞄着邻桌的烤三文鱼。

她痛苦地想，自己现在真的是五行缺肉了，哪怕是以前最最看不起的火腿肠能来一根也是好的，可惜素食男还在温柔地夹给自己一片胡萝卜，她也只有嚼烂了生菜和泪吞下。

咪咪还是破戒了，做完一个大活动，客户招待晚宴，一桌子豪华的生猛海鲜发出的诱人精光，刺得咪咪几乎睁不开眼。当热情的客户第三次把一只烤斑节虾夹到咪咪盘子里的时候，她终于在滂沱的口水里泄愤般地咬了下去。吃到肉的那一刻，咪咪仿佛感到漫天烟花在脑中炸开，空虚了几个月的肠胃终于发出一声满足的呻吟，她闭上眼睛，差点儿热泪盈眶。

带着如同出轨一般的负疚心理，咪咪一整夜无法入睡，她翻来覆去地思考，到底是爱他，还是爱吃肉。第二天早晨太阳出来的时候，咪咪终于有了答案。她挂着一夜未睡的黑眼圈敲开了素食男的门，如释重负地说："对不起，我还是更爱吃肉。"

咪咪离开的时候，她轻松地想，虽然爱他，但还是要更爱自己才对啊，无论怎么样，好不容易爬到食物链顶端的我，可不能一辈子只吃素！咪咪微笑着，决定要去吃一碗牛肉面做早餐，并找一个也爱吃肉的男朋友，这才是一件完美的事情。

在爱里，果然不能有委曲求全这回事。

（若子摘自《吃饱了才有力气谈恋爱》北京联合出版公司 图/杨佳琦）

诗剧

月下长河静静滑落
长河上，疲倦的月亮静静流淌
在月亮与河水之间，孤舟一片向大海流去
穿过高高的芦苇
沿着低矮的草甸
孤舟滑落进大海
伴随西斜的月亮，滑落进海中
月，船，人，相伴入海
为什么月亮和人一起，
向大海温顺地滑落
——保罗·凡·欧思太衍《颂歌》

别人都在世界杯分手，我却成了中国好女友

□别人的佩佩

前天饭桌上，一个姑娘诉苦。大意是，她和男朋友的感情一路披荆斩棘，度过了他创业寒冬期，越过了《王者荣耀》和吃鸡。然而这回，感觉要输给世界杯的遥遥无期。

“昨天他赌球又输了好多钱。我已经一天没理他了。”姑娘停顿片刻，又嘟囔，“他可能都没发现我在不理他。”

心疼。原来网上的段子是真的，世界杯正在击溃一个个少女的玻璃心。

我决定点醒这个姑娘和万千少女。

世界杯这一个月，与其去控诉男朋友的失职，不如把它当成一个好机会，来展示一下你的女友力。

这可是四年一次的难得机遇，你能见齐他最好的哥们儿，还能让他们一起对你男朋友说一句：“你何德何能啊，找这么好个姑娘！”

“你女朋友喜欢包？”

“我女朋友喜欢剥小龙虾。”

前两天，我看到新闻：别人家老婆！95后美女装扮客厅助老公看世界杯。

我们90后就不服了。

在“世界杯之中国好女友”的竞争中，我也有一个提名——我的90后好友桃纸。

桃纸在世界杯开始前，就邀请了男友的哥们儿来家里看球。在“6·18”促销前夕，不顾此后的折扣诱惑，阔气地买好啤酒，只为提前给男朋友和他哥们儿把啤酒冰起来。还准备了水果、小龙虾。

德国对墨西哥的比赛中，桃纸端出了小龙虾，开始熟练地剥虾。只见大家从盯着屏幕找穆勒，变成了围观她徒手10秒剥龙虾。这一次，女友战胜了世界杯。

到了巴西对瑞士的比赛，几个朋友就更加郁闷了。男友拿出一瓶珍藏的威士忌。桃纸一看，从冰箱里拿出了此前准备好的球冰。

这晚之后，她就成了男友哥们儿口中那个“徒手剥小龙虾的球冰女王”。

不过，桃纸只是个铺垫，最大的赢家其实是我。我不用叫一堆大汉来我家，不用买任何啤酒小零食，还不用会剥小龙虾，就赢得了男友十几个朋友的赞赏。

事情是这样的。我男友和朋友们有一个赌球群，预测比分，商讨赌术。

开始，他是不拉我进群的。“赌球的人才能进群，你又不赌。”他说。这我就很不爽了。我不懂球，还不能赌球了？

我悉心研究之后，翻墙到国外的一个网站。这里，你可以不赌输赢和比分，而赌一些更奇怪的项目：两支队伍会在球场的四个角都角球（22倍赔率），某队员吃到黄牌（18倍赔率）。

男朋友和他的朋友们一说，大家都很好奇，于是纷纷邀请我进群分享。

就这样，我获得了第一次让男友的朋友向他赞赏我的机会：你何德何能啊，找这么好个姑娘！

也是德国对墨西哥比赛的那天。我男朋友自信满满地以群中最大的手笔押了德国赢，还压了比分1：0，2：0，3：0，4：0。

下半场快结束时，大家纷纷开始@他。

“今天天台人多，要摇号，早点儿去。”

“哎，天台风景怎么样？”

还有@我的。“是时候开始一段新生活了。”

“帮他把行李收拾好了吗？”

我一笑，机会来了。我满意地打下两行字：

“@男朋友 赌这么多，是不是想趁机换个老婆？告诉你，没门儿。”

一把狗粮撒出去，群里都夸我男朋友好福气，遇到了一段连上天台都要一起的爱情。

至于在家里，我怎么骂他输钱，我是不会告诉你们的。你们只要知道，男人最在意的是面子。最最重要的是，要在朋友面前有面子。

当不了“别人家的孩子”，还当不了“别人家的女朋友”？

我在知乎上搜了搜“见男朋友的哥们儿应该怎么表现”这类问题，居然读到了一水儿的直男癌答案。

“长得好看就行了。”

“多吃菜少说话。吃饱了就坐那儿微笑。”

“给男朋友夹菜，倒酒。”

……

我真的很失望。“男友力”的概念已经越来越系统完善，而知乎上的“女友力”，居然停留在远古

心宽体胖，情深不瘦

□午 歌

我的同学陈凯文是个胖子，他有句著名的口头禅叫：“心胖体宽，情深不瘦。”这话言简意赅，直接告诉大家：“我是一个深情而豁达的胖子哟！”

凯文原本并不胖，大学毕业那会儿，180厘米，只有120斤，瘦得跟风筝架子似的，你跟他一起走路的时候，会怀疑抓住他的领带，就能把他迎风放飞起来。

陈凯文是怎么胖起来的——大约和他的好脾气和好人缘有关系。那会儿大学毕业，正值失恋高峰期，很多情侣纷纷劳燕分飞。凯文人好，做朋友又贴心，大家心里难受时，都想找他倾诉一下。

由于夜宵和大餐的轮番轰炸，负面情绪如同“填鸭”，凯文的体形迅速膨胀，很快从瘦猴跨到微胖界，等他意识到这个问题的时候，凯文已经完全变成了陈胖子，他会腆着肚子坐在烧烤摊上，一边给朋友递纸巾，一边说：“你别哭了啊，好不好啊？”

凯文瘦的那会儿，勉强算个85分的小帅哥，身材走样后，满打满算，也就值80分。

陈胖是在健身房遇到罗小姐的。当时他戴着耳麦，听着咆哮的重金属音乐在跟跑步机死磕。

恍然发现身旁跑步机上的罗小姐晃晃悠悠地滑倒在地，陈胖赶忙跑过去扶起了罗小姐。

罗小姐说：“不要紧，最近在疯狂节食减肥，刚刚有点儿恍惚而已。”

陈胖说：“你并不胖啊，为什么还要这么努力减肥呢？”

罗小姐笑笑说，最近在追一位95分的帅哥。帅哥眼光很高，就喜欢标枪式的美女，所以，为了爱情，其他什么都不重要了。

那天练完后，陈胖特意带罗小姐去夜宵摊吃鸡翅。罗小姐坐在陈胖身边，全程吞咽口水，但是为了“瘦身”的终极理想，终于忍住一串鸡翅也没有吃。

凯文这种有安全感的暖胖子，天生就有一种亲和力，在健身房，他很快与罗小姐成了好朋友。罗小姐的感情生活并不顺利，陈胖常听到她和95分帅哥之间，吵吵闹闹，分分合合。终于有一天，罗小姐下定决心，挥泪和帅哥诀别。

那晚罗小姐一连吃了7串鸡翅，彻底恶补那段惨淡岁月里错失的美味与营养。罗小姐说：“真担心自己这样会很快胖起来。”陈胖说：“不会啊，我以后陪你多运动啦！”

这样，陈胖带着罗小姐四处玩乐，一边享受美味，一边跑步健身，打网球，泡温泉，玩跳伞，看话剧，饕餮美食，环游世界，忙得不亦乐乎。

陈胖顺利从蓝颜知己升级为亲爱的蓝胖子，渐渐地，陈胖改掉了半夜陪朋友吃夜宵的习惯，身体慢慢地瘦下来；而在美食和爱情的双重滋润下，罗小姐却不胜娇羞地丰盈起来，虽然没实现标枪美人的理想，可身上总散发着由内而外的幸福光泽和韵味。

这事后来成了我们朋友圈里的佳话，两个微胖子，一对有情人，怎么看都是那么登对。

90分的美女，被95分的帅哥抛弃，认识了80分的男朋友，他陪她吃饭、逛街、看电影，她陪他健身、交友、周游世界，最后成为一对100分的恋人。

好的爱情从不是两个独立个体的平均分，而是在不断磨合中为对方加分。你说是吗？

（李想摘自《晚安，我亲爱的孤独》百花洲文艺出版社 图/蝈菓猫）

时期：教我们做一个笑不露齿、擅长洗衣做饭的小女人？

我定义的女友力，是真的实力——智商、情商、眼界、礼仪。

比如，我男朋友就深知，让我夹菜不如让我点菜，让我倒酒不如让我喝酒。

我爱吃，所以他的哥们儿常找我推荐餐厅。我也会记下他们几个人的忌口（有人不吃辣，有人不吃蔬菜）和地理位置偏好（有人开车需要车位，有人晚上要回家哄孩子所以不能离他家太远），给出几个最优选。

他们聚会有时人多，有时人少。人少没气氛的时候，我就举起酒杯和他们一起热闹热闹。人多的时候，我可以少喝，那我就多吃肉，正好减少碳水的摄入。

搁北京，这叫眼力见儿。

但谁要是灌我酒，我也绝不会输了气势。喝酒这事儿，除了十三妹，我还没怕过谁。

我不要做“完美女友”，我要做让他哥们儿都会脱口说出“牛”的那种女友。

你要和我分手？你问问你哥们儿同意吗？

我是一个很要强的人，如果有一天我的男友要离开，我绝不会张口挽留。但，我想，如果他的朋友们都喜欢我，会有人替我骂他。

我不会逼你留在我身边，但我就不信，你哥们儿不觉得你是个笨蛋。

比起“就算与世界为敌，我也要和你在一起”的爱情，我更想要的是，“世界都希望我们在一起”。

（朱权利摘自《ONE·一个》2018年6月29日 图/吴敏）

日本夫妻间的经济学

□沐 兰

前几天中午和旅居日本多年的前辈吃回转寿司。虽然只是写字楼旁普通的寿司店，但味道不错，价格实惠，我也毫不客气，不一会儿面前就堆着一堆盘子了。吃到八九分饱，我才有工夫注意到坐在我旁边的一位日本中年男人。

几乎从我坐下来以后，他就一直保持着同一个姿势：右手捏着筷子，似是要夹菜却又静止在空中，眼睛没有焦距地看着一盘盘寿司在传送带上转过。我忍不住跟朋友说："你看这位忧郁的大叔，不知有什么伤心事。"前辈瞟了一眼，说："没啥伤心事，就是没忍住，把几天的伙食费一顿吃完了！回去没法跟老婆要钱。"我数了数大叔面前寥寥无几的盘子，看看堆在自己面前的盘子，又紧张地看了看墙上的价目表："他才吃了一千多日元吧。"前辈说："日本工薪族老公的伙食费是每天500日元，他还点了酒，估计这一顿要把一周的伙食费都吃完了，哈哈哈！"

500日元一天伙食费预算？确定不是开玩笑？如果直接按汇率计算，接近30元人民币。如果以购买力来比较，实际相当于18.5元人民币。大家可以算一算，18.5元在北京上海可以买到什么样的午餐？

我的午餐一般是880日元、1080日元，这是大部分餐厅午间套餐的价格。相当于人民币30元出头的饮食标准，比如一份蒸功夫的排骨饭套餐，毫不奢华。500日元在东京可以买到的午餐，也就是便利店的便当了。

我非常较真地跟前辈继续讨论这个午餐标准的问题。前辈说，日本工薪族老公一个月的零花钱是3万日元，折合到20个工作日，一天1500日元。还要自己买烟，晚上还要和同事出去喝酒，唯一能苛刻的就是午餐了，绝对不能超过500日元！说完，他潇洒地请我吃了那顿寿司。我不怀好意地问："嫂子不限制你零花钱吗？"前辈得意地笑着说："咱可是中国老爷们儿。"但，我明明看到他找店家拿了发票。"一个月三万日元零花钱"的故事是个案还是普遍标准？这么私人的事情当然不能问同事。最近上EMBA（高级管理人员工商管理硕士课），我抓着日本男同学，不问不知道，日本夫妻间的经济学可真微妙！

我的第一个问题是："日本男人现在还把工资都交给老婆吗？"答案是："不一定，很多人不再上交工资了。"我问为什么，他们的解释直接回答了我接下来的问题："如果把工资交给老婆，一个月只有三万日元零花钱！"看来，三万日元果然是"日本标准"。"为什么刚好三万日元？这个数字是怎么算出来的？"日本同学答得很快："不知道，从父母那一辈就是这样。"这个回答让我再次感叹日本社会对传统的坚持。幸好日本通货膨胀不严重，不然三万日元零花钱怎么够？这时，我的日本同学告诉我，他现在的下属就还是把工资交给老婆，自己一个月只有三万日元，真是个傻瓜。听这口气，我的同学当然是不上交工资的。果然，两人都自豪地说："从结婚开始我就没上交过工资！""如果她当年提出想管我的工资，我肯定不跟她结婚了！""也许我潜意识里就是找一个听话的老婆，不能管我工资！"

所以，先提醒大家，打破对日本老婆的幻想吧。不管她们看上去多么温柔体贴，每个月只给三万日元零花钱啊！难怪我之前逛日本太太关于制作午餐便当的博客，都不约而同地以低于500日元为预算，原来是不肯提高老公零花钱之内的餐饮标准，真是太严谨了！我也终于明白，为什么日本老婆给老公做便当，老公如此感动了。这不是爱，这是钱啊！老婆做的便当是不占那三万日元零花钱预算的啊！换言之，当老公抱怨某个月零花钱不够的时候，老婆只会默默地做上几顿"不超过预算"的便当，变相地替老公省了零花钱开支，但是绝不给老公现金，以免挪作他用。日本老婆们在对老公进行经济管制时不忘"现金为王"的理念，太值得我们做投资管财务的人士学习了！

但，也有我同学这样不上交工资的老公。那么，决定是否上交工资的因素是什么呢？是国际化教育的男人不愿意把钱交给老婆？又或者，工资收入高、经济地位高的男人更强势地保住自己的工资？

我的猜想直接被日本同学否定了。他们俩不约而同地告诉我，理由只有一个：男方的爸爸妈妈是怎么过日子的。与教育水平、社会地位、经济收入、结婚年龄统统没有关系！"你的父母就是你最需要传承的传统啊！我爸爸就不上交工资，所以我也坚持不上交工资！"

有些人之所以不断成长，绝对是有一种坚持下去的力量。好读书，肯下功夫，不仅读，还做笔记。人要成长，必有原因，背后的努力与积累一定数倍于普通人。所以，关键还在于自己。——杨绛

可见，结婚时的“规矩”很重要，不仅影响到自己一辈子的生活，还影响到子子孙孙一辈子的生活呢！毕竟我没有在日本结婚，其中的微妙之处我也并不知道，但我实在好奇第一批敢于不上交工资的日本男人是怎样的一群勇士！

我们的法律教授刚教了我们，婚姻是一种契约关系。契约双方自然存在相应的权利责任和利益。而经济学第一原理就是：people face tradeoffs——人人都要在不可兼得的情况下做出取舍和交换。到底谁来管工资，就是日本夫妻之间对各自的权利责任利益最核心的取舍和交换。在这个遵循传统的社会里，选项只有两个。妻子控制工资的时候，她必须承担所有的家务和孩子的教育，自然也不会有自己的事业。但严苛地控制了经济，可以最大限度上避免老公出轨。因为离婚后女性基本找不到正式工作，只有靠打工维持生计。

而丈夫付出的代价不仅是零花钱被克扣，最大风险是很多妻子在丈夫退休时提出离婚，因为日本企业是把养老金一次性支付，这时候离婚妻子可以分到的财产是最多的，日语称为“熟年离婚”，就是做牛做马一辈子的老婆憋出的大招。退休后的老公没有社会地位，财产又被老婆卷走，最可怕的是被老婆伺候惯了，完全没有生活自理能力。或许是这样悲惨的案例看得太多了，所以才有了第一批不上交工资的日本勇士。

不过，据我同学说，他们身边还是有很多愿意上交工资的老公，图的就是“省心”，完全不用管家务和孩子。而像我同学这样，不上交工资的老公就要承担家务和照顾孩子。

日本传统理念里，家务是女人的责任。日本学校一直有家政课教授烹饪等家务技能，而这门课程只有女生学习，直到90年代中期才变成男女生都要学习。也就是说，日本社会出现“男人也可以做家务”这个观念提出了20年后，才终于看到女性在择偶时考虑到丈夫对家务的承担。所以，日本社会目前现存的婚姻情况，自然还是选择控制工资但承担家务的女性更多。

哪里有压迫，哪里就有反抗。有“三万日元”的零花钱制度，自然就有日本男人绞尽脑汁攒“私房钱”。工资必须上交，日本职场也没什么外快和红包，最大的私房钱来源就是补贴和加班费了，因为日本公司一般都是以现金方式发放报销、补贴和加班费。这个行为有多普遍呢？日本自卫队的内部杂志会公布自卫队员们发放补贴的时间，提醒老婆们去找老公们要钱，以表示自卫队对“军属”的在乎，免得没有姑娘愿意嫁给服役的自卫队员。但是只公布时间，不公布金额，终究还是给自卫队员们的私房钱留一条路。

想到这，我才恍然大悟，为什么日本上班族那么热爱加班？他们根本不是兢兢业业地在工作，而是在给自己攒私房钱啊！

（思雨摘自《财经天下周刊》2018年第4期 图/罗再武）

姑娘，生活中没那么多女士优先

□花绚水静

前几年，我跟一个朋友的妹妹F合租房子。F是个能言善辩，又略带负能量的女孩。她常说的一句话是：“我只是一个姑娘家，为啥要过得像男人那样艰辛？让我嫁个有钱人吧，我就不用过得这么狼狈了。”

对此我是不敢苟同的。有次，我实在没忍住，跟她分享了自己的想法：“你总觉得自己是个姑娘，所以不该为生活奔波，理应坐享其成。可是生活从来不会因为你是姑娘就会对你格外开恩。”说完，我看到她脸上的惊愕。我不是有意打击她，只是想让她明白这样一个道理：生活不会因为你是姑娘就对你笑脸相迎，即使作为一个女孩，也有努力的必要。

想起大学隔壁宿舍的一个女孩毛毛，上了大学之后，她就争分夺秒，学好专业，搞好社交，提升品位，哪项都没落下。有人问她：“你这么拼命，不累吗？一个女孩那么努力干吗？”

她笑笑说：“女孩更应该努力啊，于己，为了让自己有更多的选择权，于家，为了有更好的经济条件赡养父母。现在不累点儿，以后就是身心俱疲了。”

到了毕业季，当大家都在为论文、工作疲于奔命时，毛毛手里已经握着很多知名企业的录取信，在那里挑挑拣拣；而经济早已独立的她给自己和家人买各种贵重物品，还带着家人到处旅行。

毕业之后，出于对漫画的热爱，她选择走上创业之路，用大学积攒的资金开了一间工作室。经过两年的用心运营，工作室做得风生水起。后来，遇到了现任老公K，K对她体贴入微，婚后生活恩爱甜蜜，羡煞旁人。可以说，毛毛把“一个女孩子为什么要努力”用行动阐释得淋漓尽致。

亲爱的姑娘们，你可以有小女生的一面，但你也必须有爷们的气魄，有独自解决问题的能力；你可以有哭鼻子掉眼泪的习惯，但你也必须有足够的勇气，要把所有的困难都踩在脚下。因为在晋升时，在考试中，在评优时，没有一条规定是：女士优先。

生活不会因为你是姑娘就对你笑脸相迎，想要出类拔萃，自身必须努力，你要学会用自己热爱的方式生活，不堕落，不浮夸，活成岁月静好的理想模样。

（林冬冬摘自《37° 女人》）

失败的人，才有动人的爱情

□毛　利

三年没有恋爱过了。我和朋友在冬天的太湖边走着，朋友忽然提起这句话。她说明明现在工作比以前好多了，钱也比以前多多了，而且负责任地讲，她比三年前好看多了。

现在有的是约会的时间，情侣旅行的花费，为什么反而谈不成恋爱了？

“因为你太成功了。”我对她说。对成功人士来说，爱情真的是必要的吗？

成功得不需要男人养的女人，只有一个心思，我不需要你雪中送炭，那也太不体面了，我只希望你为我锦上添花，希望你让我的生活更加愉快，不然我要你干吗？

另一个朋友抱着这种心态，单身了差不多五年。她上一次跟人提分手，是受不了男友喝醉后很爱哭，她想了一下觉得这事实在难以忍受，凭什么要守护他脆弱的心灵？这个朋友曾对我说：“我觉得单身比恋爱强多了。”

她们都太成功了。这大概就是为什么成年人的生活里没有爱情吧。

偶然看了一部电影，叫《一些怪人》，里面有一个失去右眼的高中男生，每天被人欺负。看着看着我想起了自己高中时失败的人生：学习差，长得不漂亮，再有点儿缺陷，好了，你注定在高中生鄙视链的底端，接受所有人的恶意。

电影中的男孩看到了一个胖女孩，一个极胖极胖的怪人，染青色头发，戴着唇钉，他恶意嘲讽了一下她，只为了证明自己不是最差的。后来这两个怪人居然在一起了。

他们用对方来抵抗这个世界所有的嘲笑，男孩拼命存钱，女孩拼命减肥。两人都想用成功为这份爱情增光添彩。

毕业后，女孩去了远方上大学，二人就此分别。再相见时，胖女孩已经变成了人群中那个虽然还是不算瘦，但足够美丽的女孩，她胖到了一个正常范围，有着自己独特的、让人过目不忘的美。男人总是喜欢跟她搭讪，邀请她去吃饭聊天。

独眼男孩也装上了义眼，他从一个怪人变成了普通人。去酒吧会因为太过普通，让女孩觉得：“你有什么特别的？你只是一个看起来很穷，很瘦的年轻人。”男孩愤怒地掏出了他的义眼。

胖女孩在操场上狂奔，她要继续瘦下去，她想有正常人的感情。直到最后一刻，她忽然明白了独眼男孩说过的话：就算你再努力，你也不能变成他们的一分子，失败的人才会有爱情。

成功的人对爱情的看法是：你到底有什么用呢？我一个人过得很满足，我一直都有约会，我只是觉得这一切没什么意思。

朋友问：“我该怎么办呢？”我对她说，她可以重新变成一个极其需要别人的人，离开自己的舒适圈，一个人去创业，没准创业失败的时候会有英雄救美，或者一个人去做一部话剧，去搞一个项目，中间有那么多可以失败的地方。实在不行，一个人出去旅行，把钱包弄丢怎么样？

朋友用一种“你是不是神经病”的眼神看着我，她三十岁了，根本不想让人生有什么变故。

《一些怪人》里的独眼男孩和胖女孩又一次相聚是在医院急诊室外，一个共同的朋友被送进抢救室，这两个人坐在一起，根本不想要和解，可他们实在太害怕了，害怕这个朋友会死。

男生把头靠在女生肩膀上，就这样，生出了又一种互相依靠的爱情。

（福星高照摘自《看天下》　图/点点）

诗剧

其实我们
所求卑微，不过只是希望
孩子都能平安长大
在每个温暖的节庆里
我们都能紧紧地搂着他
其实我们
所求何其卑微
人生一世辗转天涯
想保有的不过就是
一小间点着灯的家

——席慕蓉《点着灯的家》

不管全世界所有人怎么说，我都认为自己的感受才是正确的。无论别人怎么看，我绝不打乱自己的节奏。喜欢的事自然可以坚持，不喜欢怎么也长久不了。——村上春树

穷气

□马　德

乡间有集。常老妪于零食摊上，借先尝后买之名行占便宜之实。一条街尝过去，不花一文却享口腹之福。有小儿随祖父赶集，也欲学着，手刚伸出被祖父打回，再伸出再被打回。小儿不悦归家后，愤而问祖父。祖父慨然曰：“学之日久，易生穷气。”

穷气是什么呢？

某生抄袭，监考老师发现后十分惊讶。因为这是全校顶尖高手集中的一个考场，太不应该了。于是委婉提醒了一下。然而该生依然不改，每答几分钟就扭头瞄向周围的同学。监考老师忍无可忍，把他交给年级主任。年级主任一看这名学生，就苦笑无奈地摇头。原来这个孩子经常有类似作弊行为。他不是不会，用他的话说就是忍不住想跟其他同学对答案。

某公司办公室总是丢钱，开始谁也没在意，毕竟三五十块钱的事不值得大惊小怪。后来总是丢，成了一个谜，大家都觉得奇怪。一个办公室十几个人，无论猜疑到谁头上，都觉得不应该。一来现在生活条件好了，谁还在乎几十块钱？二来虽然大家的零钱都随便扔在抽屉里，但拿走总得找一个合适的机会吧，会有谁为这个还要等到夜深人静、月黑风高？无论逻辑上多么讲不通，事实是大家的钱依然说丢就丢了。直到有一天下班，有人临时返回办公室取东西，发现一同事正神色慌张地翻别人抽屉。更令人想不到的是，这位“小偷”从小家境殷实，从来没缺过零花钱。她老公当下开着一家海鲜水产店，年入几百万。后来她道出的缘由令人啼笑皆非。她说看到别人的钱在那里放着，如果不拿走就会心里痒，难受。

穷气就是人性中的小毛病成了生活中的习惯。这样的人在精神天地里气象蜷曲，少一点儿高贵，少一种开阔，少一种大气。无论他们多么殷实和富有，给人的感觉总是缩里缩气，缺少畅快感和通透感。

其实文章开头那个小儿的祖父最后还厉声甩下这么一句话：

有穷气的人让人看不起！

（许亚军摘自《特别关注》2018年第11期　图/罗再武）

克罗地亚的忍者哲学家

□张苡弦

你永远不知道，下一个遇见的人，会如何改变你的一生。

她是来自克罗地亚的Mateja（马泰亚）。第一次见面的时候，可能是因为舟车劳顿，她摆着一副臭脸，即使我友善地打着招呼，她还是冷冷地回应。这让染着一头白发的她看起来更像不良少女了，如果你跟我说她的背上满满的都是刺青，我也会相信。

依照惯例，我会在当天晚上带着她去逛夜市，周末安排她去台南旅行。但是，那是我在学校的最后一个学期，她是我接待的最后一个外籍学生，当时的我已经是懒得带他们到处跑的老研究生了，对跟陌生人展示友善与热情非常倦怠，只想赶快把这个烫手山芋解决掉。

有别于以往的积极接待、精心规划，这次我用我的金头脑算出最短路径，帮她完成注册、采买、入住宿舍等例行公事后，我只希望，接下来她在台湾的一整个学期可以自立坚强、自生自灭。

“喏，这是我的电话号码，有需要再打。”我淡淡地说。但暗自希望她不要再打来，因为接待外籍学生，通常打来就是又有什么事要我帮忙了。

隔天傍晚，当我又陷在文献资料的云里雾里时，一个陌生的号码传来一条短信。

“嘿！我是Mateja，如果你有空的话，要不要一起吃晚餐？”

眼看当天的论文应该是没有进展了，肚子也咕咕叫了起来。

“好吧！十分钟之后我到你宿舍门口找你。”反正都是要吃饭。

见了面，我们单纯交换着彼此生活中的小细节。通过这样简单的相处，我发现我不再把她当成“克罗地亚人”，而是一个简单的“人”来看。

我的好奇，不再只是对“克罗地亚”这个国家的好奇，而是对眼前这个染着白色头发、眼神里透露着不容妥协的倔强女孩感到好奇。

“我念哲学。”她说。

“天哪！你是不是大学考得很差，选不到你要的科系才去念哲学的啊？”

“哇哈哈哈哈！”她笑得无法自拔，差点儿把面都喷出来，无法理解我的问句。等她收拾好自己的情绪之后，又换回一脸倔强的表情，跟我解释：“你知道吗？我除了主修哲学，还双主修民族与人类文化学。在克罗地亚的中学，哲学是必修课，我从高中开始就对这些东西非常感兴趣，也知道哲学就是我想要深入钻研的领域。”

我身边很少有在高中就把生命活得这么笃定的朋友。

“那家人对于你念哲学有什么看法？”我理所当然地这样问，因为在台湾选科系从来就不是自己的事……

“我跟我妈谈过，我们都知道念哲学毕业后很难找工作，不然就是薪水很低，但是，我妈只说：‘如果你知道选择之后的后果，还是想要去念，那就去做吧！你可以为你自己的人生负责，我会支持你的决定。’”

“可是，难道你真的不怕念哲学以后出来找不到工作吗？”

“我当然知道念哲学出来工作机会不多，所以我除了哲学与民族学双主修，还修了教育课程。我高中念的是语言专校，我会说八种语言，还包括那些已经没有人在用的古拉丁文，所以我也可以去当老师。”

八种语言，我遇到的是一个什么样的怪物啊……

“不过，克罗地亚现在的经济状况非常差，再加上我们的政府非常腐败，所以老师的薪水还比不上垃圾车司机的薪水。而且我也没有那么想当老师，所以，还是继续当个穷困的哲学家吧！”她又笑得跟花枝一样了。

一个愉快的夜晚，我们聊了很多彼此的小事，她问了很多我以前从没想过的问题，也跟我说了我以前从没想象过的生活方式。

之后，我们经常一起去吃饭，变成了彼此都很熟稔的朋友。

Mateja的学校是东欧历史最悠久也是规模最大的萨格勒布大学。在很多欧洲国家，大学并不是一个大社群的概念，只是一个上课的地方；而且很多大学根本没有校区可言，只有不同系所的建筑物分布在城市的不同地方。

“下课了就想要做自己的事，一点儿都不想再被绑在学校里面了！”Mateja这样说。

“那你都做些什么事？”

“我在一家礼品店打工卖咖啡、茶、香料还有巧克力，赚我的学费。我妈常说，我都念到硕士了，为什么要在一家小店里当店员，做其他工作不是比较轻松又可以赚较多的钱吗？但她不理解的是，我不是为了钱才做这份工作的。这份工作让我了解了世界各地的咖啡品种，了解了茶的知识，也

最好的爱情是两个人彼此做个伴。不要束缚，不要缠绕，不要占有，不要渴望从对方身上挖掘到意义，那是注定要落空的事情。而应该是，我们两个人，并排站在一起，看看这个落寞的人间。——庆山

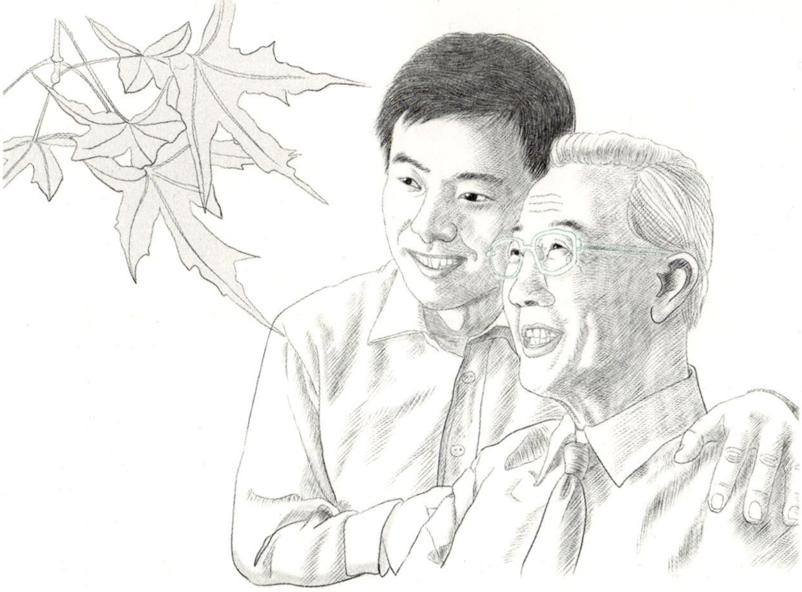

中国父母的必修课

□林宛央

这个月，我和老公非常无奈地去了三亚陪4位老人（我们各自的爸妈）度假。

其实，最初的打算，是让4位老人自己去，我和老公负责帮他们订好机票和酒店即可。可临近启程，因感受到他们不同程度的恐慌，我和老公不得不一同前往。

他们会有意无意地提及这些问题：平时很少坐飞机，我们会不会晕机？异地他乡，我们会不会迷路？大半个月都在外地，我们会不会对那里的环境不适应？以及一个更严重的问题：如果你们不在，我们应该做些什么？

结果，一同前往后，仍然出现了很多问题。集中表现为：他们4个一旦离开我和老公，就或多或少地会显得焦虑，不愿意去体验新的环境，也没兴趣尝试新的事物。于是，仍然和在家里时一样，4位老人围着我们两个团团转，复制他们一生的模式：为了儿女生活。

他们动不动就搬出这样一句话：爸妈这一生，都是为了你们，只要你们好，我们怎么样都无所谓。我突然意识到：在提倡女性独立的当下，比中国女性更需要独立的，其实是中国父母。

最重要的是很多父母都错误地认为，他们的牺牲能够培养出独立优秀的孩子。

我见过这样的父母：为了孩子的教育，节衣缩食，换了一套又一套房子，儿女在哪里，自己就住在哪里。为此失去了更好的工作机会，渐渐地和朋友之间的距离越来越大，然后开始整日怨天尤人。

所以，不是孩子离不开父母，而是父母离不开对孩子的那种关怀，或者说他们潜意识里享受那种被需要感。心理学上有个专业词汇叫“Co-dependency”，即“关怀强迫症”。说的就是依赖别人对自己的依赖，喜欢关怀别人时那种感觉。在我看来大部分中国父母都有这种“关怀强迫症”。他们总觉得孩子是离不开自己的，但事实可能恰恰相反。

电视节目《爸爸去哪儿》里，为什么那些明星孩子都会在离开家长独立执行任务时，显现出超乎寻常的潜力？是因为孩子本身的独立人格在父母的过度关怀下会渐渐退化，但一旦离开父母，那种独立性就会被激发出来。

所以，如果希望孩子独立，不如先做独立的父母。

只有父母与孩子都越来越独立，每一个人才能够越来越自由。在这样的自由下，才不会让亲子关系缺氧窒息，也才能够产生真正的亲密感。

（阿秀摘自《家人》2017年第12期 图/小栗子）

认识了很多人。你知道吗？很多客人是因为我才来的。他们说，自从我在那里打工之后，整个店的气氛变得很不一样，他们没事也会来找我聊天！这是我喜欢这份工作的原因！暑假的时候，我还会跟另一个朋友去户外水上运动旅行社打工，接团带游客去溯溪、划独木舟、开帆船到海上度假等，我从课外打工学到很多！打工不是只为了钱。”

正当我还在思考我的家教打工跟她的打工有何不同时，她又补充：“噢，我还练过两年忍术。”

这次换我喷饭！忍术？

“我的老师曾经到日本拜师于伊贺流的忍者门下，后来回到克罗地亚开了一所忍者学校。我当时在研究日本文化，觉得有兴趣，就去了。我们会学习使用忍者的各项武器和技能，但你也知道，忍者是一个不太正大光明的角色，所以我们有很多关于保持安静、偷袭、等待的课程。有时候，我们得在树上保持静止，待上好几个小时。有一天我在家里练习的时候，我奶奶还被我吓到呢！整个训练过程非常辛苦，折断的骨头数比训练的人数还多，但是学习忍术带给我最大的收获，不是体能的训练，也不是武器的使用，而是意志。我发现，我能将这些训练运用到我生活中的各个层面，应付许多挑战；我觉得我更坚强了，我永不放弃的坚韧个性，可能也是那时候训练出来的。”

那时候的我还不知道，这个念哲学、习忍术的“白发魔女”对我会有多么重要。

（月移花影摘自《你期待的美好在路上》北京联合出版公司 图/点点）

今天能读到唐诗，你知有多幸运吗

□六神磊磊

距今大约四百年前，大明朝天启年间，在浙江海盐县，有一位老人默默脱下官袍，整齐叠好，自言自语："再见了，官场！我要回到家乡，去编一部最全的唐诗集！"让我们记住这位老先生的名字——胡震亨。现在人可能很难理解，不就是编本唐诗的集子，用得着这么发狠吗？事实是，那个年代没有搜索引擎，你要查找一首诗，说不定要跋涉千山万水去抄。

你也许以为，只要诗人够棒，写得够好，作品就会留下来。呵呵，你当是你家的菜谱呢？先问一个不太严谨的问题：在所有唐诗里，最牛的是哪一首？可能不少人会回答：《春江花月夜》，"孤篇压全唐"嘛。那么作者张若虚有多少诗留了下来？答案令人震惊——只有两首。这种遭遇不是偶然的。李白写了一辈子诗，去世前把毕生稿件托付给族叔李阳冰，李阳冰没有辜负他的期望，用心整理出了《草堂集》十卷，然后……失传了。

再说杜甫，40岁之前的诗几乎全部失传，而他活了多少岁呢？只有58岁。从这个意义上来说，大半辈子的诗白写了……

那时候，唐诗正以今天物种灭绝般的速度在失传。于是1625年，老胡下定决心编一本唐诗集出来。秋去春来，终于有一天，胡震亨放下了笔，此时他已工作了整整十年。这部巨著被取名为《唐音统签》，收录了当时最完整的唐代和五代诗。那么，全唐诗的编纂伟业算是完成了？还早呢。

第二位牛人登场了，他的名字叫作钱谦益。一听到这个名字，估计立刻有人开骂："呸！大汉奸！"不过，今天你要是想研究杜甫，都没法不读他的注。老钱也想编一本全唐诗，怎奈天不假年，没编完就挂了。他的遗稿七零八落，幸亏另一个牛人出现了，发现了老钱的残稿，他的名字叫季振宜。季振宜家的藏品很多，仅举两件，你随便感受下：一件神龙本《兰亭序》，是王羲之《兰亭序》传世最精美的摹本，没有之一；另一件《富春山居图》，没错，就是林志玲女士在电影里玩命抢的宝贝。有机缘、有藏品、有斗志，季振宜挑灯夜战，又十年过去了，终于编出一部宏伟的唐诗集。

现在，三位牛人已经留下两部庞大的书稿，只差最后一项工作——把它们合并起来，修补完善。于是第四位牛人出场了，他就是康熙皇帝。他对过去那些唐诗集总觉得不够满意："唐人搞的唐诗集子，too simple（太简单）。宋人搞的唐诗集子，naive（幼稚）。"发完牢骚，他撂出狠话：朕，爱新觉罗·玄烨，要搞出一本《全唐诗》，这本书一定要牛，要猛，要全！究竟选谁去修书印书呢？他选定了江宁织造曹寅，也就是曹雪芹的爷爷。1705年，曹寅督率十位饱学的翰林官，在扬州开局修书，这是毕其功于一役的一战，可谓势如破竹。仅仅一年后，曹寅就把《全唐诗》放在了康熙面前。康熙给这部书写下骄傲的序言："唐三百年诗人之菁华，咸采撷荟萃于一编之内，亦可云大备矣！"

今天，每读到一首唐诗，我都觉得很庆幸。守护着我们的唐诗的，是一群手无缚鸡之力的柔弱书生。他们呵护着脆弱的卷册，他们的藏书楼建了烧、烧了建，编的书印了毁、毁了印，仍然让五万首唐诗穿越兵燹水火，度过重重浩劫，一直传到今天。

因为他们，我们今天才能看到唐朝诗人们朝辞白帝、夜泊牛渚、暮投石壕、梦游天姥；看诗人们记录下千里莺啼、万里云罗、百尺危楼、一行白鹭；看他们漫卷诗书、永忆江湖、哭呼昭王、笑问客来。这是何等的享受，又是何等的幸运！

（予夕摘自《六神磊磊读唐诗》北京十月文艺出版社 图/罗再武）

不要愁老之将至，你老了一定很可爱。而且，假如你老了十岁，我当然也同样老了十岁，世界也老了十岁，上帝也老了十岁，一切都是一样。——朱生豪《朱生豪情书》

美国天才学生班

□陈劲松

都说美国孩子数学差，去了才知道是怎么一回事。一年级上半年的课程是十以内的加减法，女儿在国内幼儿园已经学到了两位数，所以完全不在话下，但美国孩子就完全不同。女儿放学回来说她的同桌太笨了，笨到不想和他坐一起。老师上课讲解2减1等于1，同桌就在那里嘿嘿傻乐，对老师说“太有趣了”，反正作为中国人完全不知道减法这事有趣何在？

但女儿并不是班上数学最好的，我们让她背九九乘法口诀表，到现在都没背下来。同班的印度男孩乔纳森乘法口诀已经背得滚瓜烂熟，而且是印度式，19乘19的乘法口诀。这种乘法口诀是将两位数的乘法转化为加法和一位数的乘法，一个算式分成四步做出来。不过很难说就一定比九九口诀好，九九口诀之所以适合中国人，是因为在汉语中全部是单音节，背起来朗朗上口，换成其他语言就是另一回事了。

凭借这手绝技，乔纳森在班级里可谓艺压全场，数学测试永远是最高的99%（美国的考试是相对分，99%是指在州里的分数是前1%的位置），单词拼写有时候比老师还强，幸亏他的饮食被大家耻笑，否则就是个完人了。乔纳森全天下来除了饼干之外什么都不吃，这让零食不离嘴的美国孩子大为不解。

但如果因此就小瞧美国的教育，那就错了。美国的精英教育是自有一套体系的，私立学校不去说它，本身就是用钱筛选了一遍精英家庭的孩子，即使在公立学校，也有所谓的GT班（英才班）。

美国的学区会根据经费情况专门针对一些有天赋的儿童，使用不同的课程内容，不同的授课形式，不同的班级组织形式。有钱的学区，这种班会多一些，钱少一点儿的学区，规模就小一些，比例也小一些。

想进GT班要经过班主任写信推荐，然后进行测试，题目分三大类：语言认知、数字认知、非语言认知，全美的CogAT（认知能力测试）平均成绩是50分，确定天才儿童的标准是看综合分数是否在98或以上。一旦进入GT班后，学习氛围就完全不同，全都是学霸，再也没有对着2减1傻乐的娃，这对以后的升学有很大的好处。

这种方式有点儿像国内的重点班，不过重点班一般是在初中，根据小升初的成绩来划分。美国的GT班是跨学校的，有两种：一种叫作City Wide Gifted and Talent School，意思是不受学区限制的市重点天才学校；另一种叫作学区GT班（District G&T Program），就是受你的居住地址所在学区限制的普通公立小学开设的资优课程。两者最本质的区别就是后者是好，前者是更好。

有钱的家庭会首选私立学校，GT班是中产家庭能够不用自己花钱且能享受到与私立相媲美的优质教育资源的最好机会。因为不论你是贫是富，不论你是做何工作，也不论你居住在哪儿，只要孩子足够优秀就能进去。GT班考试相对来说还是以一种比较公平的竞争方式来争夺政府有限的优质公立教育资源。对于经济比较拮据的中产家庭，如果想爬藤的话，考GT班是必经之路。

在女儿的学校，大部分亚裔儿童都准备参加GT班考试，现在的GT班中，中印儿童占据了大半江山。当然，考上GT班并不意味着前途无忧，Reddit（美国知名论坛）上就有一个很热门的帖子，那位老兄一直就读于GT班，但长大后一无所成，“我浪费了自己的天赋，我现在在一个航空公司以搬行李为生”。

结果下面有一群上过GT班的Loser（失败者）在安慰他，最后成了比惨大会，做体力劳动的不在话下，还有很多失业吃救济的，对他的态度也是一半一半，有些人劝他有份工作就不错了。

（水云间摘自《看天下》 图/杨佳琦）

在龙虾学院当学生是什么感受

□梁周倩

又到一年龙虾季，不干点儿什么和小龙虾相关的事，都觉得对不起自己的胃。

5月28日晚，南京航空航天大学举办了毕业季龙虾节活动，并喊出“让母校留住你的胃”“没有飞天小龙虾的毕业季，不是完美的告别”等口号。物美价廉、口味丰富的小龙虾吸引了众多大学生前来大快朵颐。

听起来，南京航空航天大学的莘莘学子，真是有口福。但事实上，和潜江龙虾职业学院的学生们相比，就不算什么了。

注册成立于2015年9月的潜江龙虾职业学院，隶属于湖北江汉艺术职业学院，是目前中国唯一一所专门从事龙虾产业的专科学校。如今，第一批86名由省教育厅批准的学生已经上了大半年的课，这里的学生号称“吃小龙虾能一口气吃到博士后”。

学做虾，先学洗虾

湖北省潜江市，挂满小龙虾灯的六车道紫月路刚刚完成两年内的第二次翻修——每天，上百辆物流车满载着刚捕捞上岸的小龙虾从这里送往全国各地，在看不见的互联网上，小龙虾之战远比线下更为激烈。在刚刚过去的天猫“小龙虾超级囤货日”，天猫仅用5分钟就卖出100万只小龙虾。

“今年计划全年供应1亿只小龙虾，而去年我们的销量不到2000万只。但今年有足球世界杯，去年的供货数量只怕还不够卖，很多球场都在预订小龙虾。”每日优鲜水产采购总监王帅在接受采访时称。

作为“小龙虾之城”的湖北潜江市，共有虾稻电商企业、网店500多家，网络销售额达到9亿多元。“小龙虾经济带”直接造福了10万从事小龙虾行业的潜江人，也催生了潜江龙虾产业的新形态。

紫月东路的潜江龙虾城旁，潜江龙虾职业学院就坐落于此。“不爱吃小龙虾的学生不是好厨子”，这句话用来形容潜江龙虾学院的学生再贴切不过。除了养殖烹饪的短期技能培训班，潜江龙虾学院还开设有餐饮管理、烹调工艺与营养、市场营销三个普通大专学历专业。此外，学院分别针对有经验的厨师、零基础学员和应往届高中毕业生开设短期“大师班”课程。

新生的第一堂课，就是清洗处理小龙虾。每天早上8点半，身穿黑红色厨师服、头戴白色厨师帽的施小永准时来到教学楼三楼的烹饪间，开始一天的学习。施小永今年38岁，来自江苏宿迁，与班上其他同学不一样的是，他并非厨师科班出身，热爱做菜的他已经做了十余年的销售。

为期两个月的“大师班”已经过半，施小永几乎每天都和小龙虾打交道。每人分到两斤虾后，先按个头分等级，然后清洗处理。每一只小龙虾都需要用毛刷刷洗腹部，随后焯水，清洗好的小龙虾要剪7刀，分别剪去虾头虾线、触角、尾部，最后才是入锅烹饪。

“烹饪油焖虾要用到三种油，色拉油、香油和虾油，以增加它的亮度和香味，还要用十余种香料和作料，那样才有麻辣、咸鲜、回甜的味道。”潜江龙虾学院老师陈军在亲自示范前，写下了“油焖虾”的烹饪步骤和窍门，并进行讲解。学院的老师均来自国内知名酒店和烹饪专业学校，其中还有水产高级工程师和全国烹饪大赛获奖者。

“你烧的这虾，颜色不好看、不够红，这说明你虾子下锅早了，油还不够热。”每天下午，施小永都会和同学们制作小龙虾菜肴，并且互相品尝点评。“天天吃也受不了，快吃吐了。”施小永笑着说。

火候的把握、入味时间，每一步都大有讲究。施小永告诉记者，等6月毕业之后，就回江苏宿迁开一家五六百平方米的龙虾店，再和朋友合作做点儿外卖，“放网上卖，

读晋人手帖，会想起那个遥远时代，他们头上青巾幞头，脚下木制屐踏，手中拿的玉柄麈尾，喝茶或喝酒时候用的青瓷小缶。谈笑风生，走在山阴道上，不觉得他们是战乱中流离颠沛刚刚到了南方的人。——蒋勋《手帖：南朝岁月》

肯定行”。

班上的同学来自五湖四海，还有人从美国、新加坡、尼日利亚远道而来。

专业的小龙虾厨师以高薪就业著称，据潜江龙虾学校校长李加红介绍，短期技能培训班的学生大多以“月入过万+技术入股”的条件保障就业，还有不少私人定制课程，学员一毕业就创业，主营外卖、熟食、正餐等不同业态。

旺季实操，淡季学理论

“97、98、99、100！”每天晚上，龙虾学校的男生宿舍里，来自湖北黄冈的张进总是和室友一起练习俯卧撑。

张进出生于2000年，是个标准的00后。因为热爱做菜，他高中毕业便报考了潜江龙虾学院的烹调工艺与营养专业。龙虾学院也并非想上就能上，虽然是“单独招生”，也需经过考生资格审查、专业知识考试、专业技能考试、文化综合考试，学院162名报名者中，最后录取86人。

做厨师，颠锅、勺工、刀工，每一样基本功都需要练扎实，但是臂力不行就没法继续干活。张进偏瘦，也付出了比常人更多的努力。他每天都练习俯卧撑，只为了能稳稳掌控手中的锅、刀、勺。

小龙虾有淡旺季，龙虾学院也会在旺季安排实操课，在淡季时，则以理论教学为主。

一起毕业的高中同学听说张进念的是网红龙虾学校，都打趣他，羡慕他能天天吃到小龙虾。只有张进自己明白做一个厨师的辛酸与不易。虽然张进也头痛偶尔挂科的高数课，还要考永远记不熟的政治理论，但成为一名出色的小龙虾厨师，是张进心底最坚定的愿望。提到未来的目标，张进害羞地挠挠脑袋，“还没想好，看到同班同学有自己开店做卤味龙虾，感觉也不错”。

音乐行业年产值比不过小龙虾

每天晚上六点，潜江龙虾城便热闹起来，这里的龙虾一条街汇聚了潜江最有名的连锁餐饮品牌，如虾皇、味道工厂、虾味传奇等。明亮的霓虹灯下，一张张餐桌摆在路边，热腾腾的小龙虾，冒着冷气的啤酒泡，感染食客的不仅仅是吃，更是夜晚的状态、吃小龙虾的劲头。

歌手汪峰估计也是小龙虾的重度爱好者，去年的博鳌亚洲论坛上，他表示，音乐行业的年产值比不过吃货们喜爱的小龙虾。他还抛出一组数据：“中国电影行业去年收获400多亿元人民币，音乐行业仅有90亿，而小龙虾则是1500亿。”

从产业结构来看，小龙虾产业是典型的以餐饮服务等第三产业发展为主要驱动力的产业。

19岁的喻大双是龙虾学校烹调工艺与营养专业的大一学生，每个周末，他都会到学校旁边的龙虾店打工。“五一的时候，要从中午12点做到晚上12点，120元一天。”暑假只放一个月。因为暑假正值小龙虾的旺季，又恰逢潜江龙虾节，不少学生趁这些节假日就能把一年的学费赚回来，还能边学边实践。

李加红告诉记者：“通常情况下，在三月到八月是小龙虾烹饪专业的旺季，九月到十二月是小龙虾养殖专业的高峰。开学以来我们培养了立足于小龙虾一、二、三产业的养殖烹饪和食品加工的人才将近3560人次。”

两年后，第一批龙虾学校的学生将走出校园，不知道他们将在吃货界掀起怎样的“血雨腥风”。

（心香一瓣摘自《看天下》2018年第15期　图/蛐蛐猫）

怎么识别一个高手

□罗振宇

最近我看见这么一段话，说你判断一个人是不是某个方面的高手，就问他问题。

你问一个点，他回答一个面，你再顺着这个面追问，他如果能回答一张网，那基本就可以判定，他是这行的高手了。

比如说，你问一个学者，他这门学科里有哪些他佩服的大师。如果他只说得出一个，那就只是一个粉丝而已。

如果他能说出好几个人，而且是不同维度的标准，那就说明在他的认知地图上，这个学科被展开了。

你再追问，这几个人为什么是大师，他能说出这些大师出现的社会条件、学术背景、和其他学科的联系。

那就说明他对这门学科的认识，已经嵌入整个人类文明的网络里了。

说到这儿你就明白了，为什么应试教育培养不出对知识的真正兴趣？

因为应试教育正好是反过来的，它把一张网压缩成一个面，再把一个面简化成一个点。

（林冬冬摘自“罗辑思维”微信公众号　图/吴敏）

老男孩

□刘墨闻

老男孩：

见字如面。

说实话，即使你很生动地和我描述了你的体重，我也未承想到，你会胖到连衬衫的扣子都扣不上。你的脸还是和原来一样，我虽嫉妒，但你看起来着实好笑。

你穿着和你一点儿也不搭的西装，拎着一个破公文包，头发还很多，额头上全是汗，一边擦一边和我说：“你们大城市人就是多，要不是培训，我也未必来一次。”

我笑了，说：“挤得慌吧？我本想刷卡进站去接你，可惜走错了方向，还好路人给我重新指了路。”

有句话我咽回去了。其实我看见你了，看见你拿着一张单程地铁票，在地铁口边慌张的样子，我没叫你，那时候我很难过，我看见时间在你身上动了手脚。

我们认识十四年了，也四年没见了，我们都知道彼此的变化，却在相见的那一刻自动切换回曾经的模式，你又贱又坏，我比你也好不到哪儿去。

十几年前，我比赛受伤不能动，每晚需要你帮忙推拿，你边按边问我，感觉怎么样？我说：“你不够专业啊。”你听得一愣，然后换了个腔调问：“老板在哪里发财啊？”我回头，发现你是认真的，把疼都笑掉了。

我都记着呢，我们一起吃杜老仙、泡洗澡堂子，我逃课去隔壁高中玩，你和老师撒谎说我被车撞了，结果我回来真就被车刚了，你背着我跑，说这嘴算是开光了，高考就瞧好吧。

后来我继续学艺术，你考上了重本，远在山西，你还谈了一个山西的女朋友，从此开始了长达六年的恋爱长跑。

有一年春节我和你撸串儿，我问过你，那么难，还要坚持？你说，没她不行，没她，日子不像日子，一天都挨不过去。

说完你摆摆手，意思不像是不说这个了，好像是在说别人不懂。其实我懂，我也有过这样的时候，只是早就过去了。

有时候我为自己难过，自嘲说开化得早，已经过了非爱一个人不可的年纪。其实我们都一样，都经历过最遥远的爱和最执拗的恨，在惊鸿一瞥的年轻过后难以自愈，把最疼的伤装点成回忆，而后的人生中，每遇见一次，就回想一次，但再不敢以身犯险。

我第一次见你那么难，毕业的时候女孩回老家进了编制，那是一个我都没听过的四五线城市。本来你在太原风生水起，但女朋友接受不了异地恋，你直接裸辞，紧跟其后，拿着自己的简历，找了两个月工作，什么结果都没有。

我没想过你做这么冲动的事，但我不喜欢教训人、好为人师的感觉。只能和你寒暄说：“哎哟，你还挺朋克的。”十年过去了，摇滚变成了客套，我很不高兴，本来你和我都差点儿玩音乐的。

现在呢？你给女儿唱摇篮曲，我给校歌改词。像退休老大爷倒追年轻梦，听着能换取一片礼貌性鼓掌，其实观众内心想的都是“你们瞎折腾什么？去公园里练剑跳舞夕阳红得了”。他们真猜对了，在找工作未果后，白天你就坐在公园里看大爷大娘们练剑跳舞，晚上你想着怎么哄骗女朋友说白天面试顺不顺利。后来弹尽粮绝，你被逼去健身馆发传单，一天五百张，发完算下班，被女朋友抓住，拧着你去辞职。

大伙都开始聊微信了，你发短信给宿舍的几个哥们儿求助，说什么工作都行，只要能留在这个城市，只要能活下来。

一个师兄推荐你去富士康，那会儿富士康风评不太好，正好赶上“十连跳”。我说那儿有定期探望吧？别担心，我们会照顾好嫂子，大家好兄弟。

后来富士康因为你色弱把你淘汰了，我们没敢看热闹，你却自己笑了。晚上喝酒，你什么都露出来了，其实你一点儿也不喜欢那儿，你没办法，你太需要一份工作来稳住感情的阵脚，给你们的将来打一

我见过的许多美好的女孩子，几乎都是独立并被爱着。她们因为独立而有底气被爱，因为被爱而肆无忌惮地活。同时，她们没了谁都一样能大放异彩，自己就是最好的风景。——一只白

针麻药。

后来你终于有工作了，在老三的推荐下，去了一家保险公司干定损员。那是一个费力不讨好的活儿，客户出险了，你得跑到现场，看看赔不赔、赔多少。

有好说话的客户，素质好，聊一会儿，抽根烟就完事了。有的故意刚蹭碰瓷，想讹保险公司钱，你不赔，就要和你动手。

其实你根本不怵这事，你是跆拳道黑带，中学就能用脚后跟踢碎门梁子。但公司有规定，只要和客户动手，这单就必须得赔。

所以你只能跑，后面的人一边追着你打，一边骂。有一次，客户因为追你而摔骨折了，你们也照单赔偿了。

那段时间我太忙了，你最难的时候都过去了，我们才见面。你穿着保险从业人员都会穿的廉价西装出现在我面前，顶了一副墨镜。你问我，穿这身好看吗？

我说：“好看，你穿着最好看，谁穿都没有你好看，你就穿着，别脱，就好看。”

我和你讲过一个故事，希腊悲剧里，巨人不会在意攻击他脚后跟的臭虫，哪怕他会因此而倒下。这正是巨人伟大的地方，也是他的悲剧所在。臭虫在此时做的事应该是自惭形秽，而不是利用巨人的宽宏大量，来合理化自己卑劣的行为。当然，正是因为它永远不会这么做，所以臭虫永远是臭虫，巨人永远是巨人。

我试图用这个故事来抚慰你，但在你上了火车之后，我咬着牙让自己不对你说，其实我一点儿也不想你当巨人，我想你能轻松点儿，想你能活得简单些、容易些。

但我知道，那又不是你了。

你成家也不容易，但好在你和最爱的人终于在一起了。我说：“新婚快乐，百年好合。”

有时候我会怕，怕在此时受的伤会影响你一生的勇气，背后追赶你的客户、父母、孩子、朋友、妻子，所有人，这个伤口会持续多久，即使痊愈了，又有多少会跟着你一辈子，让你畏首畏尾、虚张声势，又或者一生沉默，变成我不认识的人。

当然，或许这都不重要。我爸至今还记着你从太原给他带的竹叶青，我爸说口感软，香醇可口，适合他那个年纪。我也和你对饮过，问你：“我知道你不甘心，你有想过，再回去吗？回到你最想去的城市，带着家庭，重新开始。”

你又是摆摆手，意思不像是不说这个了，也不像是说我不懂。你问了一个我没想到的问题。如果你爱一个人，那你愿意为她放弃你的城市吗？

我没想过你会这么问，所以我犹豫了一下。

你说：“没错，我知道，城市决定命运，我一开始就知道这个道理，你在哪儿，决定你以后是谁，我早就知道，这就是我的答案。”

那一刻，我好像终于明白你了，明白了你，也懂了什么是真正的选择。如果有一条明确的路是轻松和幸福的，而且那么明显，谁会去选择艰苦卓绝的悬崖呢？真正的选择，是在两种疼痛中，选择那个不会后悔的。

我花了许多年，才明白你的答案。你受过伤害，所以永远不这样对待别人，这是你化解苦难的方式。我释怀了，只是有些唏嘘，我们从十几岁的小伙子，变成了两个体重超标的胖子。但有一条我们坚守住了，我们彼此许诺：肝胆相照。现在我们一个脂肪肝，一个胆囊炎。

写到这儿我又笑了，抬起头，看见你走出地铁门，手里拿着个纸杯递给我。

我摆摆手说：“咖啡我不行，神经衰弱。”你笑着说：“是豆浆。”

像是接力棒，好，那这一次就轮到我做选择吧。

（林冬冬摘自微信公众号“刘墨闻”　图/熊LALA）

沉没成本不是成本

□薛兆丰

生活中，我们经常听到一些冠以成本名字的概念，例如沉没成本，但沉没成本不是成本。

我们说成本是放弃了的最大代价，而如果没什么可放弃的，也就不存在成本。沉没成本，就是指那些已经发生但不可收回的支出。当我们没办法再收回，没办法再放弃时，就不存在成本。凡是提到成本，我们一定是向前（未来）看，而不是向后（过去）看的。所以，沉没成本不是成本。

对于我们来说，真正难的，不仅在于理解这句话的意思，更在于生活中我们能否当机立断，真的去实践它。

例如我们看电影，坐在电影院里15分钟、20分钟后，就能知道这部电影好不好看。虽然电影票已经买了，但如果这部电影不好看的话，最合适的做法就是马上离开。因为买电影票的钱已经沉没了，不再是成本。但是有多少人会在电影播到20分钟的时候，就当机立断站起来离开呢？

在餐桌上，很多人觉得被动了筷子的食物，就应该吃完才不算浪费。但其实桌上饭菜的制作成本已经沉没了，真正值得掂量的，不是饭菜的制作成本，而是吃和不吃的后果。它们配被你当场吃完吗？

谈恋爱同样也是这个道理。大多数人谈恋爱，半年之后就过了恋爱的盲目期。这时已经能够理性判断，这段感情是不是真的适合。但又有多少人能够果断地提出分手呢？

（林冬冬摘自《薛兆丰经济学讲义》中信出版集团）

你不是爱情的终点，只是爱情的原动力。我将这爱情献给路旁的花朵，献给玻璃酒杯里摇晃着的晶亮阳光，献给教堂的红色圆顶。因为你，我爱上了这个世界。——黑塞

那一刻，我的叛逆期结束了

□妖孽的二狗子

高二的时候，年少无知，为了所谓的兄弟义气，做了一些错事，被送进了派出所。铐着录完口供后，警察打电话叫我爸来领人。

当时还在叛逆期，觉得自己倍儿有面子，义薄云天，为兄弟两肋插刀，爷们！就想好了主意，一会儿我爸来了啥都不说，他爱怎么办怎么办。

我爸呢，一出租车司机，车上拉着客人，就不管不顾地扔下客人来了。

来了后，见我一副无所谓的样子，老实巴交的他见我不搭理他，站也不是坐也不是，来回走着和办公室其他的警察套近乎。

有个警察看不下去了，说这种小孩就是不懂事，关他几天就老实了。

另外一名老警察拉着我爸去找审我的那个警察了。而我只是冷笑，一副什么都不在乎的样子。

见我爸出了门，就开始四处张望（手被铐在凳子上）。不经意瞥见院子监控器上我爸的身影。

他不停地对着那个审问我的警察鞠躬点头。低一点儿，再低一点儿，直到腰再也弯不下去。

警察说话，我爸继续点着头，本来就佝偻的身子显得越发矮小。

那个警察的纸掉在地上，我爸，一个四十多岁的男人，一点点地蹲下去，单膝跪地把那些纸一张一张捡回来，拿手掸了掸灰尘，又慢慢地走过去递给那个警察。

我这才注意到，原来我爸的头发已经白了大半了。

突然很难过。我想起来小时候对我说男人腰杆不能弯的那个他，如今却为了一个不争气的儿子把腰弯到快要折断。

原谅我当时没有哭，我只知道从那时起，我的叛逆期结束了。后来，交了一万块所谓的赔偿费，警察答应当天晚上下班前放人。

那天下午，我爸一直在四处奔走，取钱，打电话给亲戚朋友、老师，只要用得上的关系，都联系了。可毕竟，他只是一个普通的出租车司机罢了，能结识什么样的大人物？

他做的，不过是不想在我的档案上留下一笔污点。

一下午不见，到了傍晚，他来接我，带了一套新衣服，手里拿着一瓶营养快线和一包方便面。

跟他一起上了车，他没有骂我，只是让我先把东西吃了，一天没吃饭了。

他告诉我一切都搞定了，叫我不要担心，又像是随意地说：“人生的路还长，不要因为这件事想不开，你爸爸我很能的，这点儿事还摆不平？”

我低头咬着嘴唇，血丝一点点渗透到嘴里。

他开始絮絮叨叨：“这一天没去跑车耽误了，又是一笔损失，你过两天赶快回去上课，别耽误。”

我别过头不敢看他，一整天没和他说话的我，小声地说：“爸，这些年辛苦你了。”他仿佛没有听到，又仿佛听到了装作没听到，也别过头，摇下车窗，长长地舒了一口气。

（予夕摘自微信公众号“知乎日报”
图/蝈菓猫）

诗剧

有人谈起金钱
像谈论一位神秘爱人，
爱人出门买牛奶，再没
回来。这让我怀念起
曾经好多年，
我靠着咖啡和面包度日，
总是饿呀，
发工资那天走路去上班
就像一个妇人从没有水井的村子
长途跋涉去取水，然后有
一两个晚上，像其他所有人一样
吃上烤鸡，喝上红酒。
——特雷茜·K.史密斯《好日子》

有人说苦难会让人变得高风亮节，其实不然，有时幸福的生活才会让人的情操变得高尚，苦难在大多数情况下只会让人变得心胸狭窄，苦仇深大。——毛姆《月亮与六便士》

00后靠说『黑话』提高社交效率

□张　茜

“你连dbq都不知道，xswl！”和几个好朋友在微信群里聊天时，沙莎对一名不懂“dbq”的男生说。“dbq”是“对不起”的拼音首字母缩写，xswl表示“笑死我了”。这些被发明出来的固定用法，在部分00后中已经成为非常常用的语言，网称“黑话”。

“这些黑话可以成为一种辨别标准，不然我怎么一下子就判断出值不值得和你交朋友？”沙莎觉得，用黑话沟通有利于精准经营各种社交圈，提高社交的质量和效率。

黑话到底是如何流行起来的

在如今的移动互联网时代，“黑话”目前基本可以理解为某限定范围的社交圈内流行使用的具有特定含义的词和语句，比如zqsg(真情实感）是出自饭圈某位明星的人设崩塌事件，但“隔圈如隔山”，不了解这个典故的人能够理解zqsg的意思，可能也难以正确造句。通常网络流行语使用的语法在黑话的使用中并没有那么重要，大家在乎的是，某个说法能否恰到好处又“与时俱进”地传达出大家的真情实感。

黑话在何种语境下使用呢

这与黑话的起源密切相关。沙莎和她的闺蜜李可欣，试图用追星圈中的“圈地自萌”现象举例，来解释这个问题。

李可欣所在的粉丝团体支持的是某选秀节目中走出的一位年轻艺人，她们为了维护自己的偶像，经常需要和对立的粉丝阵营展开类似的网络斗争。这一现实问题催生了“圈地自萌”法则。

李可欣说：“饭圈的黑话一开始经常是做暗语使用，比如在我们的粉丝团里，像‘抄袭’这种容易激起对手粉丝激烈反应的词，我们在微博、豆瓣或者贴吧里就缩写成‘CX’。方便自己阵营的粉丝之间相互交流又不被对立阵营的人识破，避免骂战。但就像密码一样，用多了也就被破译了，变成了大众化的表达。”

一个男生在玩某款网络枪战游戏时，“如果最后我以一敌四灭了敌人，我的队友可能就会给我发一个‘666’（令人折服），我就会给他回一个‘基操勿6’，意为不要大惊小怪，这只是基本操作”。

无论是追星骂战，还是游戏竞技，总有时间紧迫的时候，这常常是移动互联网时代的原住民青睐黑话的直接原因之一。

但在一些黑话行家看来，黑话日渐盛行的原因还在于，其原始的排他性特点可以天然地作为划分社交群体的工具。

00后许杨特别强调使用黑话的好处是“老师和家长看不懂”，“比如同学出去玩发了一张逍遥的照片，我可能就会在下面怼他一句yqzh(有钱真好），其实只是逗他。但如果正儿八经地发汉字让老师和家长看见，可能会认为我在嘲讽他。”

同理，因为黑话的这一排他性“优势”，身在广州的漫画圈女生许慧也认为：“对于一群彼此间有共鸣的人，黑话是最好的沟通工具。有些话只有我们才能理解，这有时候会赋予我们与众不同的小得意。”

据了解，熟练使用黑话或者对黑话特别感兴趣的人不占主流。看到各种字母缩写、中英文结合符号的QQ、微博、微信，甚至是面对面的日常交流，有时还是会给00后口中的“普通人”带来不适。

（潘光贤摘自《中国青年报》2018年10月29日　图/豆薇）

为什么95后、00后们都在『养』偶像

□吴晓波

最近几年，中国流行文化的主导权已经从80后、90后的手上，传递到了95后、00后的手里。每一年，网络上都会有一些火爆的名词出现，今年热词是“养成”。

这来源于爱奇艺的一档偶像养成类真人秀节目——《偶像练习生》。为什么“养成”偶像会突然在亚洲流行起来呢？

偶像养成是一个独属于东亚地区的流行文化，它发源于日本，全球最早的案例是日本偶像团队——AKB48。

前几年，去东京旅行的时候，经常有日本的朋友和我说：“你到了秋叶原，除了去看马桶盖和电饭煲以外，还应该去看一看AKB48的演出。”

AKB48是一个由几十位18岁左右的少女组成的偶像演唱团体。她们在一个专用的演唱场地定期公演，通过握手会、总选举、猜拳大赛、运动会等形式，与数以百万计的粉丝互动，同时也形成了强大的吸金能力。

AKB48有一项总选举，从5月底开始经纪公司会贩卖总选投票的唱片，6月初开启投票通道。开始投票的十天后会发布“速报”，公布第一阶段的投票排名，7月初发布中报，到了7月的最后一个周末，就是总选结果的公布日。在这两个半月，日本的年轻粉丝们往往会陷入疯狂时刻。

所以，这就是一场关于偶像的真人养成游戏，哪位女偶像的粉丝砸的钱越多，获得的曝光度就越高，继而人气也就越高。最后，在百万粉丝的目睹之下，这些少女渐渐成了众所周知的偶像。

看似简单的养成偶像，究竟带来了多少收益呢？

从商业的角度来看，AKB48这群年轻的姑娘，每年带来的直接经济效益以人民币计算约25亿元，间接经济效益约50亿元，衍生经济效益约19亿元，总计经济效益近100亿元。如果放在今天中国资本市场中，她们就是一只如假包换的独角兽。

那么，这种偶像养成模式为什么在2018年进入了中国呢？

我们常说时势造文化，文化是经济的影子和镜子，所有文化都有经济背景，文化传播也需要经济的效应，它们两者之间从来就是交互的。所以，偶像养成模式在中国、日本、韩国等东亚国家的繁荣，都能够从经济层面做出解读。

第一个因素是，中国和日本的经济都经历了由超高速增长向中低速增长的转变。

《经济学人》杂志曾在报道中指出，东亚的粉丝经济赚的是经济衰退的钱。因为在经济景气的时候，人们会有强烈的消费欲望，钱都拿去购买房子、汽车等价格高昂的商品。但是，随着经济增长速度的下降，人们开始变得谨慎小心，不敢随意地投资与浪费，开始注重情感投资，而喜欢一个偶像，只需要花很少的钱。

第二个因素是，95后和00后需要获得现实的补偿感。

今年，95后初入职场，00后将步入大学，他们对现实世界已经形成了一定的价值观。但是，无论在职场中还是在生活中，他们仍然被认为是不成熟的一代，他们需要表达自己的立场和情绪。

偶像养成就成为一种具有强烈代入感的补偿方式。

这些偶像在成名之前都是邻家女孩和男孩，或是你的同学和朋友。他们在镁光灯下，在同龄人的拥趸下成了万人欢呼的偶像。这个过程既真实又刺激，让95后和00后感觉，现实生活中难以完成的跨越和逆袭，似乎一夜之间在他们的同龄人身上实现了。所以，他们通过对偶像疯狂打call的方式，从而产生“我不断努力以实现自己梦想”的想法。

所以，在这样的背景下，一档以养成为主题的真人秀节目就炸出了粉丝经济的商业潜力。

（梁衍军摘自微信公众号“吴晓波频道”
图/李倩莹）

夜里，搜索路边哪怕是仅有的一盏小饭馆的灯光，进去哪怕真的就喝一碗白粥，那种温暖都能渗透到骨髓里。尽管无人陪伴，这，也算是对抗无趣人生的一种积极态度吧。——陈晓卿《至味在人间》

中国大学生油腻起来，甩中年人十条街

□曹吉利

油腻，似乎从来都是和大学生不相关的一个词。他们两点入睡，十点起床，精力旺盛。有的大学生追赶爱豆的演唱会、尝试最新的穿搭潮流，有的大学生三句话之内必谈到未来和理想，恨不得给自己说出的每句话都标注上文献来源。他们之中，没有人会主动认领油腻的社会人标签。

在那个告别的六月，同窗们聚在母校门前，暗暗约定：以后一定要继续保持清爽不油腻。

但遗憾的是，年少的梦想在时光面前，往往就像沙滩上的城堡面对海浪一样，一触即溃。一个夏天还没过完，从那些刚刚毕业的大学生的朋友圈里，就能刮下厚厚一层油来。

就业党：

我终于明白传销是怎么一回事了

最先发难的是在国企和房企找到工作的同学。

他们在朋友圈一遍遍地轰炸着公司的信息：《好消息！恒太新项目火热开盘》《千科：一家公司的社会担当》。

正当你烦不胜烦，准备下决心屏蔽这个老同学的时候，对方会可怜巴巴地在班群里丢一个红包：“对不起大家，老板要求必须发，求别拉黑。”抢完红包，准备姑且再忍一段时间。

然而几天之后，同学经过了一种叫作“入职培训”的修炼，三观彻底被重塑，每一条血管里都被注入若干“企业文化”。这次，朋友圈广告轰炸继续理直气壮地进行，红包却再也没有出现过。

你一边毫不犹豫地把同学归入“朋友圈不可见”的行列，一边感慨：谁说高学历的人不会上传销的当？一旦走上被洗脑的路，拉都拉不回来。

升学党：

拍照是我研究生生涯的第一课

升学党大都爱展示新生活，展示方式主要分为两个流派：国内升学派和留学派。

国内升学派大都热爱把自己的暑假计划放在社交平台，包括但不限于英语学习、锻炼身体、每日时间表等。

出国派所展示的东西就多了，天文地理，山川景物，一草一木，城市角落，学校建筑，包罗万象。总之，原本三个月才发一条圈的高冷男神女神，出国后开始以一天三条的频率向国内的父老乡亲介绍这个国家。

旅行党：

你们不点赞，我还出门做什么

旅行党一直有，毕业季特别多。而且毕业之行是很多人憋了四年的一个大招，抱定了“不鸣则已，一鸣惊人”的决心。

去的地方当然也要小众一点儿：西藏新疆青海湖，台湾日本东南亚。不过在一届又一届毕业生的前赴后继之下，这些地方从小众走向了大众。

不信打开手机，你就会发现，七八两月，至少有三个同学去过茶卡盐湖，四个同学在青海湖前留影，五个同学在泰国吃过芒果，还有十多个同学发布了港台日本的代购信息。

销声匿迹党：

以后不联系，不如现在删了你

有一些人，刚刚拿到毕业证，就迫不及待地想删掉朋友圈里不常联系的老同学。

还有些戏更多的，会发一条朋友圈：“哎呀！有很多朋友好久不联系了，请快点儿私戳我姓名哦，明晚开始就要删除了，过期不候。”

于是，和小学同桌、中学隔壁班、大学同社团朋友的联系，很可能就这样残忍地消散在互联网世界里了。

其实，对毕业生来说，我们的社会更像一个大油瓶。只要往里稍微浸泡一下，分分钟变油腻。

不管这种浸泡是自愿的，还是被动的，不管这种变化在毕业前有没有端倪，有些时光、有些状态，真的就再也回不去了。

（心香一瓣摘自微信公众号“新周刊” 图/小兔子妈妈）

大学校园花事录

□杨雪梅

10号：上海交大·石楠花

生命之花，有最初的味道！你知道生命的味道吗？石楠花的花香中，孕育有传说中生命的味道！一经绽放，男默女泪。

石楠花作为上海交大的校花，被上海交大的护花团精心照顾守护。为了展现护花使者的风采及勇气，交大护花团专门设立了“石楠花合影大赛”。

谁能更近距离地拍下石楠花盛放的美颜，谁就是最勇敢的护花使者！这个活动已开展两届，大家都在用生命摄影。

同样为了接近生命，他们还在上海复旦大学光华楼那棵见证着复旦和交大珍贵的友谊之树前，开展了“了不起的挑战之细嗅石楠”活动，随机邀请路人近距离闻石楠花的幽香。

其实石楠花确实是很优秀的景观绿植，四季均具观赏性，能吸附空气中的有害气体，然后释放自身独特的清香。

9号：中山大学·杜鹃

春到南粤，在广州踏春怎能不去中大赏杜鹃？

位于广州市海珠区的中山大学校园内的杜鹃林绝对是众高校都羡慕的校园景观，大片的杜鹃林里有白色、宫粉、大红、深红和紫色等花色，全部盛开的杜鹃花丛，美不胜收。

有人说：“中大杜鹃的美，安静而不张扬，却别有意蕴。”走进中大，无论是在中大旧行政楼、廖承志纪念像的老杜鹃丛，从雕像边小径通向管理学院方向的路，还是管理学院附近成片的杜鹃林，都散落着许多慕名而来的观赏者。

花团锦簇中，有人成双成对，也有人回忆起朴树的《那些花儿》：“它们都老了吗/它们在哪里呀/我们就这样/各自奔天涯……”

8号：青岛农业大学·牡丹

古诗有言：“唯有牡丹真国色，花开时节动京城！”

青岛农业大学的牡丹园虽不在京城，但开起来也让青岛人着迷。每当花季到来，红、白牡丹竞相开放，簇拥成一片花的世界。满园的鲜花，配合着人工湖边随处可见的垂岸的绿柳，让农大的校园一下子春光四泄。

每年的4月中旬，位于校园中轴线上的青岛农业大学牡丹园，数百株牡丹花开满虹子湖边。青岛农大的牡丹开了，农大的学子也该回母校看看了。

7号：桂林电子科技大学·桃花

校园被粉红色的桃花染得粉嫩，桃花开遍了校园，也开红了学校。

越来越多的人知道，桂电其实在全国理工类大学排名Top100（前100），在电子科技大学中名列前茅，也是广西唯一可招收国防生的高校。当桂电官微发出“十里桃花三月天，冰清玉洁相思湖”的更新，同学们都想立刻伴着花香去上课。

6号：华南师范大学·木棉花

1985年，华南师范大学原校长潘炯华教授从东南亚鱼类交流会回国后，将日本专家赠送的几株美丽的异木棉小树苗种在校园，从此才有了华师校园里的木棉花开！后来异木棉逐渐适应了本地气候，就被推广种植，如今已成为华师校园一景。华师除了有红木棉花，还有来自日本品种的白木棉花。

早春，去华师校园里欣赏完广州市花，感受过岭南风情，还可以到素有“华南吃饭大学”美名的华师饭堂品尝南国佳肴，实乃春日美事。

5号：四川美术学院·油菜花

最美油菜花，不仅生长在“中国最美乡村”婺源，由于在建设时保留了部分原本的地形地貌和植物生态，四川美术学院虎溪校区的油菜花欣赏起来，也别有一番原生态气息。

如果在逸夫图书馆、绘画楼、东大门附近偶遇川美学子写生，更是诗情画意。

川美校园里，本就洋溢着浓郁的艺术氛围。新春的鹅黄，搭配美术学院的建筑物，美！

4号：武汉大学·樱花

“三月到武汉大学赏樱花”已经不是新鲜事了。武大樱花的美闻名遐迩。武大樱花年年花开，年年人不绝。

武汉大学校内樱花1000多株，以日本樱花、山樱花、垂枝大叶早樱和红花高盆樱4种为主。

关于赏樱，还是不要过度复杂化的好。在武大，漫山遍野盛开的樱花与珞珈山下的最美大学相得益彰。据说，“每一片日本樱花最大的梦想，就是在樱花盛开的季节，看一下武大的人海”。

3号：天津大学·海棠花

每到4月，开得像小山一样的海棠把天津大学的铭德道装点得粉嫩至极，在成片的海棠花下走过仿佛置身于花的海洋，如此美景总会被天人学子记录下来。

天津大学的海棠有700余株，主要为西府海棠、梨花海棠、贴梗海

简单有简单的好，尤其有了一些年纪，世界现实愈变愈繁复，但在我等眼里却是愈变愈单纯，反正有力气跑动的地方不多了，就只掌握住那几个站那几个城便够了。——马家辉《温柔的路途》

棠，大部分分布在学校主要道路两旁和教学楼周围。

这些海棠大多数都是40年前学校根据天津市的土壤特点专门选择的。由于花期集中、花型优美，一到花开季节便会招来许多赏花人。

海棠已是天大春天一道保留的风景线。欣赏自家校园盛开的海棠校花、回忆海棠也已经成为每一位天大人的传统。每当海棠盛放，天大便会开展一年一度的海棠节，同时这也是所有天大人的“校友季”。天大人的校花，是天大的校花。

2号：西南大学·玉兰

二乔玉兰花型优美、清香宜人，蕴含“优雅、高洁、报恩、进取”之意，2010年在西南大学校花评选中被师生选为校花，也被写入西南大学章程。

每年三月玉兰绽放，西南大学专门开展玉兰文化节，展现花美、景美、心美和人美，已成为西南大学美的名片。

除了开设玉兰文化节展现玉兰校花的魅力，西南大学还打造玉兰景观带，为师生和游客设置赏花点，策划举办以校花命名的校园艺术节。在玉兰文化节期间，学校还将面向全校师生，评选出校花的代言人——玉兰仙子。

1号：华南农业大学·紫荆花

身在花城广州中心的华南农业大学，有着“五湖四海一片林的紫荆校园”的美名。“红花紫荆”四季常绿，花期主要在冬到春季，颜色艳丽夺目。

华南农业大学校园内种植的紫荆花主要是“红花紫荆”和“宫粉羊蹄甲”两个品种，分布在紫荆路和凤阳路两侧、行政楼周围、北门、五号楼前以及启林南区，校园内紫荆花的总数已超过5000株。

一时间，人潮与花海，说不出来谁比谁汹涌。周末，10万人同时出现在华农校园，学校周边的五山地铁站都限流了。

（沈鱼摘自微信公众号“有间大学”
图/麦小片）

缺乏审美力的人，没有生活态度

□国 馆

韩国有一部电影，叫《偷钥匙的人》。

一个27岁的男生，混得很惨，住在出租屋里，昼伏夜出，作息丝毫没有规律。

脏衣服不洗，扔得满地都是；脏袜子到处乱扔，吃剩的外卖就放在桌子上，蟑螂爬来爬去。打开门，一股恶心味道扑面而来。

最后，这个男生被房东扫地出门。

在一个澡堂，他捡到一个杀手的钱包，杀手遭遇追杀，脑袋被重击，失忆。于是，很自然地，这个男生住到杀手的房间里去。

那是一处在高档小区的豪宅，装修精致，家具、红酒、衣物、鞋袜甚至连微小的开酒器都摆放妥当，精致到极致。

男生在这里住了不到一个星期，乱得一塌糊涂，衣物乱飞，喝了一半的红酒放在茶几上，空着，吃剩的比萨散落客厅，沙发靠枕被扔得到处都是，蟑螂又出来了。

为什么我讲这个故事？我想告诉大家：

缺乏审美力的人，没有生活态度。

你身边应该也有这样的人。无论住什么样的房间，都会把房间弄得很糟；无论穿什么样的衣物，最终衣物都会很脏。

给再多的钱，再富足的物质，他们也过不好自己的生活。

一个能允许自己住所混乱不堪的人，无论富有，贫穷，最终，都会混乱不堪。不是缺钱，是缺乏生活态度。

我想起麦肯锡合伙人李一诺女士演讲中讲的一个故事，她很小的时候，家里穷，父母从乡下调回城市，分到一套四十来平方米的小房间，很窄，很破，很脏，很乱。但母亲用了不到一个月时间，买了沙发，买了桌布，缝制了地毯铺在地上，重新刷了墙壁，让父亲做了一个合适的茶几，亲手设计了房间格局。

四十平方米的房子，变成两个小卧室和一个客厅的小家，麻雀虽小，五脏俱全。

“每一次回家，我都感觉到无比温馨、温暖。他们告诉我，无论在什么情况下，都要保持对生活的审美与热情。”

林清玄先生说：“工匠把一把椅子做到无懈可击，是生活品质。农夫把稻田种出最好的收成，是生活品质。穷人花最少的钱买到最好吃的豆腐，是生活品质。可见生活品质并不是某一阶层、某一地区，甚至某一时代的专利。”

这就是生活态度，不将就，不凑合，即使贫穷，也要活得有姿色，即使深埋烟火气，也要有味道。有美的欣赏，才会有美的生活。

（心香一瓣摘自微信公众号“精读” 图/李倩莹）

一生中，你会碰到许多浑蛋。他们伤害你，是因为他们愚蠢，你不必回应他们的恶意。世界上最糟的就是自卑和报复。永远要维持自尊与诚实。
——《我在伊朗长大》

衡中记忆

□张凌云

坐在北京金融街的办公室里，刘婧想了许久也难以说清，离开河北衡水中学近10年，她对这所学校究竟有着怎样的感情。

衡中记忆最近一次被唤回，是因为这些天校友群里同学纷纷转发的一则消息：张文茂校长退休了。在这位校长执掌衡中的20多年，学校从初露锋芒到一步步成长为闻名全国的神话级高中。前不久，衡水中学又以通过清华、北大自主招生初审的人数之多，引发热议。

放眼河北，近些年全省的教育都被“衡水模式”裹挟着前进。同时，这所超级中学也被贴上“高考工厂”等饱受争议的标签。

真如舆论所质疑的那样，学生们在衡中被扼杀了天性和创造力吗？

又是一年高考时，记者采访了数位已经毕业的衡中人。3年的求学时光究竟带来了什么，也许只有曾经生活在这座围墙里的学生才能回答。

一天学习十几个小时

“你是衡水中学毕业的？你们学习是不是特别苦？”上大学后，刘婧曾经不止一次被好奇的同学发问。这几乎成了每一位衡中毕业生的“必答题”。

2018年5月26日，衡水中学领导班子调整大会宣布了张文茂不再担任校长职务的消息。新任校长郗会锁在发言中称：“我于1998年来到衡中，至今整整20年……今后要继续大力弘扬衡中的好思路、好做法、好传统、好作风。”

何为“好思路、好做法、好传统、好作风”？

20世纪80年代，那时的衡中与所谓“名校”还搭不上边。1992年，身为中国恢复高考制度后第一届大学毕业生的李金池接手衡中，这成为衡中的转折点。自1993年起，衡中正式“关闭”校门，实施寄宿制，从此走上“半军事化管理”“量化考核”的超级中学“腾飞”之路。

学生的每一分钟都被利用到极致。虽然已过去多年，但是如今在北大读博士的何天白依然能清晰地回忆起当年的时间表，精确到分钟。

除非因为极个别的情况，否则没人能逃过每日清晨的跑操。很多时候来不及刷牙，何天白就得随着拥挤的人流跑去操场。为了不迟到，能跑就不走。在5点45分跑操开始前，所有在操场站定的学生纷纷拿出自己的复习材料大声朗读。何天白通常在前一晚整理好材料卡片，第二天揣在身上。“虽然没有特别规定，但没人会不执行。别人都在看书，你不看就会觉得怪怪的。”

800米的操场，学生们每天需要跑两圈。每当经过固定地点，各班都要扯着嗓子，用尽力气喊出自创口号，如此循环，日复一日。

高三时，在食堂吃饭，刘婧常常端起盘子边走边吃，一路走到食堂门口的收餐盘处，正好吃完，最快只需四分钟。以至于到现在，她仍旧不习惯细嚼慢咽。她打趣道：“衡中人吃饭通常都用勺，因为连菜带饭吃起来更快。如果你在食堂看到有人磨磨蹭蹭，那一定不是衡中人。”

曾有一张衡中毕业生整理的试卷照片在网上广为流传——3年的试卷堆叠起来，足足有2.41米高。

在刘婧眼里，衡中的试卷是这里独一无二的珍贵资源。衡中课题组通过精心挑选和整理，编出高效的试题，发放给学生。曾经有参观的外校老师，专门去教室的垃圾桶里翻出学生们丢掉的卷子。

不过，即便对于衡中最优秀的学生来说，发下来的卷子99%也都做不完。

临近毕业，刘婧已能在短短一节四五十分钟的自习课上，做完一整套英语或数学高考卷。她说：“衡中的学习和生活，给我带来的最大帮助可能就是激发了我的潜能。”

平静生活中溅起的水花

刘婧一度和班主任闹得有点儿僵。在没有手机的全封闭式校园里，这些每两周才能回一次家的衡中学生，了解外界的渠道大部分都来自每天傍晚班级里播的新闻。高三时，电视被调成静音，当大多数人选择低头自习时，刘婧依旧愿意抬起头。

所以当班主任一次次关掉电视时，刘婧忍不住发问：“为什么连最后一点儿了解时事的机会都要被剥夺？”她会趁班主任不在教室时，悄悄打开电视，享受这奋力争取的20分钟。

刘婧更愿意将自己在衡中的生活比作走在一条被设定好的狭窄道路上。“我心里清楚，顺着这条路

从分餐到共餐

□李开周

孟尝君养士，说他不端架子，平常跟门客们聚餐，他吃什么就让大家跟着吃什么。

某天晚上，一个武士去投奔他，孟尝君照例设宴款待并亲自作陪，在旁边布菜的服务员挡住了灯光，刚好把孟尝君挡在黑影里。那个武士误会了，以为服务员偷偷地给孟尝君端上好菜，心说：“把好菜留给自己，不让我吃，明显是瞧不起我！”于是拔腿要走。孟尝君多聪明啊，赶紧把自己的饭菜端到武士跟前。武士知道自己想错了，羞愧得无地自容，当场拔出剑来抹了脖子。

这个故事告诉我们三点：一是孟尝君确实尊重门客，二是战国的武士太血性，第三则能说明战国时期流行分餐制。

分餐制在中国源远流长，从史前时代持续到隋唐时代，不过它跟卫生基本上没关系，主要是为了在等级上显示出差别：就餐者的地位越高，面前食案上摆放的饭菜数量越多。假如共餐的话，就体现不出高低贵贱了。

从隋唐开始，为了节约，共餐制逐渐取代分餐制。到了北宋，绝大多数饭局跟现代中餐宴席一样，一群吃货围着同一张餐桌向那七碟子八碗展开进攻。但是分餐制在宋朝还有一点儿遗留，一是寺院里的和尚仍然坚持分餐（现在依然如此），二是皇帝在大宴群臣的时候，群臣虽然共餐，皇帝本人还是独自占据着一张餐桌。

群臣共餐，皇帝分餐，这种规矩给御厨房带来了“创收”的机会。每到举行大宴的时候，御厨只需要精心备办皇帝的饭菜就行了，底下文武百官的宴席可以肆无忌惮地虚报预算和偷工减料。百官既吃不好，又吃不饱，还不敢向皇帝打小报告。第一，皇帝请客，再难吃也是恩典，不能不识相。第二，皇帝是分餐，他吃的跟你吃的不一样，你说这顿饭菜难吃，他会翻脸——明明很好吃嘛！

（赵红星摘自《宋朝饭局》东方出版社 图/鹿川）

往下走总会得到一个好的结果。偶尔的抗争，只是想尽可能地把这条路拓宽一些。”

对于衡中学生来说，他们偶尔的饭后谈资，是公告栏上公布的违纪行为。那是他们平静生活中偶尔溅起的水花。

如今留在这些毕业生脑海中的，更多的是那些听起来匪夷所思的细节：某某寝室南下右二同学午休时吃东西，整理卷子时间过长，自习课玩头发、玩手……

作为衡中管理制度的核心，量化渗透于每一个细节，也因此多被外界诟病。作为局中人的刘婧却觉得，在集体生活中，量化的确可以最大限度地保障大多数同学的利益。“你如果在舍友睡觉时吃东西，在同学学习时聊天，的确会影响别人。更何况在衡中，正是因为这些制度的存在，哪怕是高三，所有人每天才能保证8小时睡眠。”衡中严苛的作息表规定，晚上10点10分寝室熄灯，即使有刻苦的同学想打着手电筒学习，也属于违纪。

有迷茫，更有梦想

刚刚走出衡中时，刘婧经历过一段迷茫期——“原来别人可以有那么多业余爱好；原来在学习之外，大家可以有这么大的差距”。

刘婧当年所在的班级，全班同学的高考成绩均在600分以上。刘婧在中国人民大学学的是金融专业，毕业后由国家公派赴美留学。她的高中同学现在也走向世界各地求学和工作。她在美国时常想，正是凭借之前在衡中的努力，她才能和大城市的孩子站在同一个平台上。“不得不承认，衡中的确有缺陷，但也不可否认，它给很多像我一样的同学带来了机会。”她告诉记者，同学里定居北京的几乎占了1/3，还有分散在全国各地各行业的同学，“大家都在踏实而幸福地生活，而且在可预见的未来，发展也都不会差。我毫不怀疑，我们之中一定有人会在未来的几十年里成为杰出的学者。”

眼下，在河北省东南部的衡水市，众多中学纷纷效仿衡中，甚至走上更为严苛的道路。这种模式至今影响着众多渴望通过高考改变命运的家庭。年复一年，在应试教育这条路上，衡中将许许多多怀揣梦想的毕业生送出围墙，也吸引着一批又一批全省甚至全国各地的家长和学生“投奔”于此。

记者问一位衡中的毕业生：“如何形容这3年的衡中时光？”

她斟酌许久，还是给出了肯定的答案——“值得”。

（卧龙摘自《解放日报》2018年6月9日 图/麦小片）

发现了，中国大学里最红的是『禽兽』

QIN SHOU

□秋裤

在大学校园里，谁会是集万千宠爱于一身的存在？

校草？校花？早就过气了！如今，玩猫、喂狗、养猪、赏鸟、摸鱼等课余活动，成了许多大学生的心头好。这些校园里的萌物或“神兽”，早已跃升为当代大学生的生活之光和心灵大保健。

每一所大学，都少不了一位有其独特魅力的“镇校宝”。

上海海事大学：大白鹅“咕咕”

最近，上海海事大学录取了一只名叫“咕咕”的鹅，官方认证了通知书的那种。

“你好，我是一只宠物鹅的主人，大鹅非常英俊，养一年半了。现在准备搬家没法继续养，想问下海事大学是不是有鹅棚，能不能帮忙收留……”

由于“咕咕”原主人的新居不具备养鹅条件，经网友介绍后，主人便向“养鹅大户”海事大学求助。对此，海事大学官方微博做出了回应，海事大学公开“录取”咕咕。

有目睹过该校鹅群的网友说，海事的鹅是真的肥，每次路过都会很心动，要不是捕食会被开除学籍早就想试试了。

好在“咕咕”已经获得官方认证，月底正式来上学，接下来只管专心做学术就行，不用担心鹅身安全了。

武汉大学：珞珈山野猪

曾经，有这么一头神武的野猪，从武大学子面前飞驰而过，给他们带去了与诗意樱花截然不同的速度与激情。

尽管有不少学生目睹了这一凶猛之物，但大家对它的好奇与宠爱多过惧怕。

网友“回忆里都是与时光相伴的日子”在微博上称：“武人惊现野猪，7：35从经管院跑入珞珈山。7：48从樱顶跑下来，又飞速跑入珞珈山……”

野猪毕竟还是不宜在校园中出没，据媒体报道：出于安全考虑，公安人员率捕猎队从一天的上午9点开始，搜索至中午1：50才发现它并被猎狗围住。

至此，武大野猪长达一年的表演落幕，但它在珞珈山下舞动过的神话，至今仍在延续……

中山大学：猫头鹰

常年位居“全国大学校园观鸟记录排行榜”榜首的中山大学，向来是高校中的观鸟胜地。

早在2012年，“中大校园里有猫头鹰”的消息传遍了观鸟界，一时间，这种小生物既成了团宠，又成了网红。可没想到，疯狂追捧猫头鹰的不是活力四射的小年轻，而是扛着“长枪短炮”的单反大叔大爷们。“好林，好鸟啊，拍！”有人打着手电筒来拍猫头鹰，还有人为了拍鸟而踢树。这样一来，可把不少鸟儿给吓坏了，也把中大学子给担心坏了。

对此，中大学子曾在网上呼吁，希望大家不要去打扰这些可爱的生灵。甚至还有多名学生自发到树下为猫头鹰“守夜”，可见学子们对猫头鹰的情之深意之切。

上海大学：孔雀

据说，上海大学有五大“神奇宝贝”，按名次排，依次为傲娇的孔雀、肥美的鲤鱼、七嘴八舌的鸽子、仙气天鹅以及传说中的鸳鸯。

既然位居第一，当然有当第一的非凡气质。早前，据《新闻晚报》报道，上海大学校内所养的这只孔雀曾偷偷跑出笼子，闲逛于校园内，气定神闲，悠然自得，对笼外的生活毫无畏惧。

毕竟，集万千上大学子的宠爱于一身，胆子自然大了嘛。

不过，小家伙的失踪，在校园里引起了一场寻找孔雀的风波。幸好孔雀最后被顺利找到，并送回了笼中，这才让同学们悬着的心放下来。虚惊一场，足见真情了！

北京师范大学：乌鸦

一到冬天傍晚，北师大的天空上不时会猝不及防地黑压压一阵。

不是北京变天了，是“师大天使”们集体飞来了。受热岛效应的影响，白天，乌鸦们爱飞到郊外农田或垃圾场觅食，晚上则飞回城里休息。由于位置好、植被佳，北师大一带成了北京乌鸦最集中区域之一。

乌鸦的青睐，一方面用行动点赞了北师大的生态环境，可天使一多，稍微没有绷住，难免会造成其他状况……

在不少北师大学子的回忆中，乌鸦成了四年中必不可少的一部分，“没在北师淋过乌鸦屎，都不好意思说自己是北师人”。

华南理工大学：鱼

“华工有鱼，其名为鲲，鲲之大，一锅炖不下。”别人家的校园宠物大多只可远观不可亵玩，而华南理工大学的鱼还要承担起改善伙食的重任。

由于环境佳、水质好，华工湖里有不少野生鱼，其中以罗非鱼居多，还有草鱼、鲫鱼和塘鲺鱼等，它们长势喜人、可爱活泼，为校园增添了不少生机。

2017年1月，据媒体报道，由于冬季天气转冷，湖水供氧能力不足，为了避免鱼类因缺氧而大量死亡，学校后勤处聘请捕捞队进行捕捞，把一部分鱼拿去饭堂煮了炖了免费请师生吃，另一部分则直接发放给师生员工。

2018年6月，广州暴雨，华南理工大学西湖被淹，湖里的鱼全跑到校道上，全校又开启了抓鱼模式。没被抓走的华工鱼瑟瑟发抖：来世，咱别做广东鱼了。

华工的学生大概没想到，上个大学还给分鱼。

浙江工商大学：鸽子

能与山大青岛校区校风“呼呼”媲美的，要数仅凭“咕咕”就走红的浙商大的鸽子。

虽然粉丝数和前边那位比不了，但在这一方小天地里，浙商大的鸽子们照样“咕咕”不停，自得其乐。

在浙江工商大学下沙校区，专门就有一个以鸽子命名的鸽子广场，那里便是“咕咕”们的根据地。

它们时而你侬我侬，尽情享乐；也时而为了生活而奔走忙碌，坚强励志。

除了诗意，它们也关注社会现实，为同类悲惨的命运担心焦急。有颜有正义，非常正能量了。

所有大学：单身狗

在各大高校，有这么一群数量庞大的生物：

他们独立自强，一个人吃火锅看电影上自习。

他们心思稳重，早已看淡了（宿舍楼下男女朋友的）生离死别。

他们目光长远，从不屑于“第二杯半价”的小便宜。

他们将全身心投入学业，对所有“不以学习为目的，反而去图书馆亲热的情侣”嗤之以鼻……

可是，他们也有脆弱的一面。

虽然常常高喊着“不将就、不凑合”，却会为“探探”短信里那个“暗恋”自己的人，慌张忐忑到心中老鹿起死回生；虽然嘴上“没关系”，心里仍抱有丝丝期许……

如今，单身税、催对象、催生娃等一大拨催脱手段来临，更在校园里加重了“单身歧视”。

所以，先不用关爱别人了，你自己就是“需要被宠爱”的第一名啊！

别东张西望，就是说你呢，单身狗。

（夏荷摘自微信公众号“有间大学”
图/鹿川）

三生有幸

□佚名

宋人苏东坡有《僧圆泽传》，讲的是唐朝的故事。

圆泽是位得道的禅师，住持惠林寺，有俗家朋友姓李名源。二人知心知音，知交至深。一日，二人相约去参拜青城山、峨眉山，却在路线问题上发生了分歧。圆泽希望走陆路，取道长安斜谷入川，李源却坚持从湖北沿江而上。或因早年李源捐家产改建惠林寺，二人有约定，意见一致，则唯圆泽是听，意见不一致，悉由李源定夺。所以最终决定买舟入川。圆泽自知后果，叹道：“行止固不由人。”

船到南浦。扁舟泊岸。河边有位身着花缎衣裤的妇人正在取水。圆泽当时落泪，道出了不想走水路的原因，就是怕遇见这位妇人。他对李源说：“那是我下一辈子的亲娘，她姓王。我得走了，给她做儿子去了。3天后你来王家看我，我会对你一笑作为证明。再过13年的中秋夜，请你到杭州天竺寺外，我一定来与你见面。”

李源将信将疑。到了黄昏，圆泽圆寂，王家的婴儿也呱呱落地。3天后李源去看婴儿，婴儿果然微笑。李源回到惠林寺，寺里的小和尚说圆泽早已写好了遗嘱。13年后，李源如约从洛阳到杭州西湖去赴圆泽的约会，刚到寺门口，就看到一个牧童坐在牛背上唱着：

“三生石上旧精魂，赏月吟风不要论。惭愧情人远相访，此身虽异性常存。”

虽然星移斗转，生死苍茫，李源也一世三生，参透典故，为后人留下了“三生有幸”的佳话。三生有幸，流传至今，成了中国老话儿。

（朱权利摘自《今日文摘》
2018年第16期）

去东北读大学，人生跟开了挂似的

□张一

冬天在东北读大学到底是一种什么样的体验？下面跟我一起来看看吧！

东北室友，你值得拥有

去东北读大学，厌学？不存在的。在东北，保证你能收获一帮原汁原味的东北室友，从此笑得合不拢嘴。

室友是东北人是怎样一种体验？首先，每天听东北室友说话就像看小品似的，大学四年足够让你在东北话里来去自如。

东北人大都性格开朗豪爽，比如九亿少女的梦——林更新。

都说东北籍明星是娱乐圈中的泥石流，而林更新作为泥石流里的一股清流，女生们，如果去东北上学，可能遍地都是林更新，或者还有雷佳音和沙溢这样的。

说到底，东北人有自己的生活态度，爱搞笑也是一种生活方式，快乐是具有极强的传染力的。

如果选择去东北念大学，那么恭喜你，即将掌握一项使别人快乐的特殊技能。

你在南方冻成狗，我在东北热成泥

在东北上学，大家在元旦或寒假都会去一趟哈尔滨，全副武装在-30℃的冰雪世界里看冰雕展，随手在路边买根东北大板，一边哆嗦一边吃冰棍，这样的人生体验不要太刺激。

东北的冬天再冷，却是暖气全覆盖的。在东北上学，每天早晨叫醒你的可能是梦想，但更可能是火力过猛的暖气。特别是住高楼层的同学，大冬天里朋友圈里经常出现的却是：热，卒。而南方的宝宝们出门处处是阴风，室内如果不开空调是比室外更冷的，可谓惨绝人寰。

在东北，冬天除了充满人性的暖气外，还有同样让人喜欢的铁锅炖，猪肉白菜炖粉条、小鸡炖蘑菇……忍不住还是要给大家安利一拨。

冬天铁锅炖，夏天啤酒配烤串

东北美食最显著的特点就是分量大，另一个就是：啥都可以一起炖。刚到东北时实在是无法理解为什么茄子、青椒、土豆可以在一起吃，同样无法理解的是铁锅炖里有各类素菜、羊肉、排骨、鱼和玉米饼，但神奇的是竟然都很好吃！

在东北，每逢大学毕业都少不了撸几顿串，几个同学朋友在烧烤摊坐着小马扎，烤串、毛豆、花生米还有啤酒，大家说说笑笑，快乐或遗憾，与大学时光告别。离开东北以后，再想吃上一口正宗的东北菜可真就没那么容易了。

“别人家的大学”了解一下

2017年9月国家公布的“双一流”建设高校及建设学科名单中，东北三省共有4所大学进入双一流建设高校名单，分别是大连理工大学、吉林大学、哈尔滨工业大学和东北大学。7所高校进入一流学科建设高校之列，包括辽宁大学、大连海事大学、东北师范大学、哈尔滨工程大学等。所以在选择大学时，东北三省的很多高校都是不错的选择。

东北高校众多，科目齐全，但相比其他省份，东北地区综合性大学不多，理工科、师范类、文科类大学数量较多，自然也就逃不开男女比例这个问题。

比如哈尔滨工业大学和大连理工大学这两所偏理工科院校，男生占大多数，而像大连外国语大学、东北财经等院校的女生比例也是相当感人，走在校园里到处都是好看的小姐姐。

最后，还有别人家的校门。被学生称为“最文艺的理工科大学”的大连理工大学，因其校名自带“连理”二字，于是成了全国唯一一所可以拍摄“连理照”的高校，每年都会迎来很多情侣在校门口合影。

在这片有着幽默、爱聊、性格豪爽东北人的土地上，大学生活也变得有趣起来。

（鲁刚摘自微信公众号“上流UpFlow”
图/木木）

硅谷精英的土味乡村生活

□邢逸帆

忍了很久，有一句话我必须要说——硅谷湾区，实在是太村儿了！

随着飞机降落旧金山机场，优步载着我向湾区行驶，只见树越变越高，路边的房子却越来越矮，仿佛来到了乡下，我才意识到，别说北京三里屯喝酒蹦迪的生活了，想过老家那种家门口逛街撸串的生活都难！帮我搬下行李后，司机热情地握住我的手，“欢迎来到硅谷，从今天起，你就是屯儿里人了！”

来到这里之后，我发现湾区人民最常做的业余活动之一就是排队。

在湾区生活三年的艾伦对此很有发言权。他的日常就是和朋友风尘仆仆开两小时车，从旧金山到新开的鲜芋仙排三小时队，再风尘仆仆地开回家。他总结道：“每周都有新网红店开张，每周都去排队，每周都觉得自己像个傻子！”更傻的是，下周末，他又排了另一家网红店……

在硅谷，不管是海鲜大排档还是回转寿司店，没两个小时根本吃不到！甚至当年85℃蛋糕店开张，硅谷也有大批“村民”冒雨排长龙……

除了排队，湾区人民还对赶集有着谜之热爱。

在这里，你能买到早上刚从地里摘的新鲜嫩玉米、多汁大樱桃、带着露水的脆莴笋，还能买到风味独特的自制果酱、风干小腊肠；在这里，农民们淳朴的笑容映着加州的阳光，挑肥拣瘦疯狂抢购的大爷大妈们一秒让你梦回老家菜市场。

除了和农民交易蔬菜，你还能看到床垫展销、磨剪子磨菜刀、站台推销神奇抹布万能拖把的热闹场面。

你以为这就“村儿”到头了吗？湾区人民甚至丧心病狂地把小猪带到了集市上，让小猪赛跑！参赛选手均由各大农场选送，每周都座无虚席。虽然半小时后，小猪们连跑道都没找到，但观众还是看得津津有味！

谁能想到，我一个精致都市女孩，竟然变成了猪猪女孩！

湾区有四大俗：摘水果，喝奶茶，远足，纳帕喝红酒。那么排名第一的摘水果有多俗呢？

俗到在去农场路上的拥挤车流中，能在周围的车里发现好几个隔壁工位的、谷歌或者脸谱网的同事。大家相视一笑，一种“原来你也在这里”的感觉油然而生。

农场除了樱桃、草莓、树莓等水果，有时还有蔬菜。尽管这些蔬果在超市都能买到，但淳朴如湾区人民，还是选择在太阳的暴晒下自食其力，以慰藉自己内心深处的农民之魂……

农家乐还提供摸小动物服务。各种小马、小猪、小羊、小兔，正着摸完，再把肚皮露出来反着摸。到了这一步，我已经彻底从都市丽人变村头小芳了！

那么问题来了，湾区到底有多无聊？对于这个问题，每个人都有自己的答案。

开春时我妈来看我，住了几天后，她已经无聊到开始疯狂包饺子烙饼，走时把冰箱都塞爆了；对隔壁青年小张来说，湾区的无聊是端午节发呆一上午后，突然决定自学包粽子；而我的同事安，实在无事可做，把家里买的十几头大蒜剥干净了。

那名人的生活是不是多彩一点儿呢？也不是。像扎克伯格这样的科技新贵，也就是下班后和老婆散散步，一起吃个“小肥羊”。

这么土味，这群精英怎么还不舍得走？虽然这里没有大都市的纸醉金迷，反倒充满一种从前慢的佛性气息。湾区人民选择把自己交给大自然，交给十几个环绕周边的国家公园，交给亲密的家人朋友和猫猫狗狗。所以身边的人往往是一边吐槽湾区土味，一边发现自己黑眼圈变小了，肤色健康了，小腿粗壮了，多才多艺了，家人朋友、邻里关系也和谐了……

所以如果你爱他，带他来湾区，因为这里是爱生活的人的天堂；如果你恨他，而且他是个离不开都市生活的时尚精，那也带他来湾区吧，反正湾区总会把他改造成功的！

（林冬冬摘自微信公众号“硅星人”
图/张翀）

冬天掉进北大未名湖是何种体验

□伯 骏

话说，那一年北京的冬天特别冷，几场大雪下来，未名湖的冰冻得很结实，冰场从大雪下被清理出来，清理冰场的工人堆起来一道高约一米的梯形雪墙。

看到多数同学还在认真练习跌倒起立等基础动作时，我心中一阵狂喜。自进入北大以来，我每天都在体验全方位的花式受虐。今天，在冰场上，我终将扳回一局。

于是，在一群穿着羽绒服，战战兢兢在冰面上练习走V字的同学当中，出现了一位头顶速滑头盔，身着速滑服，动作行云流水般潇洒的少年，那就是我！

正在我滑得酣畅淋漓之时，一个甜美的声音刺激了我的耳膜："伯骏，你滑得真好，能教教我吗？"我循声望去，是外语学院的一位学姐，大我一届，女神级人物，暑假学车的时候认识的。教女神滑冰，我自然求之不得。

大家都知道，初学滑冰的人都害怕跌倒，而教练的作用就是在即将跌倒时拉上一把，一来二去牵手的机会就有了。

那天情节的发展如我所愿，一个小时之后，我就开始拉着女神的手绕场地慢慢滑行了。初学滑冰的人，体能消耗很大，滑了一圈之后，女神表示太累了，要休息一会儿，让我自己去滑。在女神面前显示英勇神武的机会怎能放过？于是我对女神说："我给你表演一个绝活！"

于是我跑到了离雪墙大约三十米远的地方，助跑加速，在距离雪墙一米多远的地方纵身起跳，借助惯性飞过雪墙，在飞行了两三米后落地，本想来一个平稳落地，却由于落地点有积雪，冰刀陷入积雪无法继续前行而跌倒。不过这仍然迎来了女神的掌声，回头一望，一张迷妹脸。

过了一会儿，来了几位女神寝室的女生，女神向她们炫耀："我这个朋友特别厉害，能从雪堆上飞过去。"几位女生纷纷表示要再看一次。在女神朋友面前，更不能给女神丢人。于是我重新选择了一条路线，由于这个方向是风口，预测落点附近没有什么积雪，落地后能够继续滑行。

我同上次一样，助跑、加速滑行、起跳、飞行，平稳落地后，身后再次传来欢呼声。我继续自由向前滑行了一段，准备来一个帅气的T字刹车。

就在这时，我突然感觉脚下一沉，紧接着身体迅速下坠。身后几位女生的欢呼声已经变成了"啊"的一声尖叫。

好在东北长大的我，小时候就学过如何冰窟自救，跌落的一瞬间我就张开了手脚，将自己卡在冰窟窿上，然后上身仰卧于冰面上，手脚并用，很快就爬了出来。

这时我才发现，我掉进去的地方是一个直径约1米的冰窟窿，我实在想不清楚为什么好好的冰面非要凿出一个窟窿。这时我抬头望去，趴在雪墙后的女神和几个女同学，已经泪眼婆娑，对于初学的她们来说雪墙是难以逾越的障碍。

我装作淡定地向她们挥手致意。耳畔却响起了看冰场老大爷气急败坏的声音："我早上刚凿了个窟窿取水浇冰，你没事往里头跳什么呀！"

事后，女神主动提出送我回寝室，并邀请我吃重庆火锅，我也收获了一段和女神的恋情，持续了一年多。直到我们俩因为去了不同的国家留学而分手。

后来我才知道，她的前任男友，是我们学校哲学系的辅导员。于是就有了读大学撬辅导员女友一说！

这也是我大学时代最特别的操作！

体验就是——别担心掉进冰窟窿这事儿，万一有人就喜欢你这股缺心眼儿的劲头呢？

（心香一瓣摘自微信公众号"知乎日报"
图/熊LALA）

真正的友谊无论从正反看都应一样，不可能从前面看是蔷薇而从后面看是刺。——吕克特

阅读的标准动作

□彭 涛

我一直想买一把适合看书的椅子或单人沙发，不能太硬，得有靠背，坐上一整天，既不会发痔疮，也不会腰疼。当然，也不能太舒服，坐上去5分钟就会睡着的椅子不是阅读椅。我在宜家的网站上比较了很久，PELLO和POANG两种带扶手的椅子，基本上差不多，区别是后者可以摇，前者不行。我选了PELLO，因为便宜得多。椅子寄到以后，我花了二十分钟把它装好，放在了窗子和墙的夹角，我早就在那儿构想了一个叫阅读角的空间。客厅有一个落地灯，没人用，征得了同屋的许可，拿了进来，放在椅子旁边。然后把两个纸箱子摞起来，盖上一块花花的旧床单，把书整齐地码放在上面，做了一个方便、简洁的书架。

阅读角看起来是完美的，你如果看过我朋友圈里的照片，就会有这种强烈的感觉，这是一个适合安静读书的空间，橘色的墙，让米黄色的椅子看起来像白色的，修长的落地灯撑着一个白色的灯罩，白天透过百叶窗可以看到远处的山和窗外的棕榈树，晚上在温暖的黄色灯光下看书，每逢半点就会听到草地上喷水系统有节奏的喷水声，在这个久不下雨的地方，这声音并不讨厌，反而很亲切。到了深夜，偶尔还有远处的火车汽笛声，这时候得把窗户关小一些，外头的空气已经很冷了。放下手中的书，把百叶窗撩起一条缝，看看楼下整齐停放的车，也有一种说不出的静意。长久以来，我头脑中的阅读角就是这样的。现在，我花了几十美元，让构思变成了现实。

不过，阅读角的缺点是致命的，离床太近了。严肃艰涩的阅读很难发生在这个地方。我现在处在人生的一个极其艰难的阅读阶段，二十来岁反复看的那些书、那些人，已经渐渐失去了往日的光辉，合我心意、容易读的东西读完总是空空荡荡，觉得长进不大，那些读完能启发思考，滋润文笔，弥补知识缺陷的都是一些不好读的东西，一边读必须一边做笔记，否则一个字也看不进去。做笔记就得去书桌上，像九年义务教育阶段的孩子那样，一字一句地读。读到崩溃，伏案少许，抬头继续读，要克制自己去床上躺一躺，放松放松的冲动。一旦躺下，无论再宽松的裤子都觉得多余，双腿扭动，踢掉裤子，又觉得丝丝凉意，一不小心钻进了被窝，就会稀里糊涂地睡得踏踏实实。然后，在尴尬的三四点醒来，天没亮，不能去学校，继续睡，又睡不着，起来看书，又觉得难以重新启动，于是，就睁着眼看着天花板，胡思乱想。思而不学则殆。

一个星期后，我彻底放弃了在家看书，精心设计的读书角终于还是成了摆设。正正经经地看书还是得去图书馆，带一壶热水，两个饭团或百吉饼，当午饭，百吉饼这个词我是昨天才学会的，英文名字叫bagel，听起来是不是很洋气？其实就是又干又紧实的馒头，没味儿，但扛饿。早上8点去，晚上6点回，周末中午12点去，看到图书馆关门才回。这样，才能勉勉强强完成教授布置的阅读任务。其实也不只是为了完成任务。苦行式的阅读真是有快感。跑马拉松和在跑步机上散步的区别，你们应该懂的。

没有人天生喜欢阅读，但现在我们越来越喜欢摆出一种阅读的姿态。摆姿态的阅读也没什么不对，那也是可以学到东西，让自己高兴的。只是，如果你是个博士，这样毕不了业，你是知识分子，这样练不出真功夫。除非有些家学渊源、变态人格或看破红尘，否则一点点的干扰都让人难以持久、系统、严肃地阅读。忘了书房、阅读角、情调，带着水和干粮，去一个有人监督你的地方，读到地老天荒。这是我想时刻提醒自己的，也顺便告诉像我一样活泼可爱的你。

（阿秀摘自豆瓣 图/木木）

有些时候，我真感到整个世界都快变成石头了。一种缓慢的石化，视乎不同的人和不同的地方，进度有所不同，但在生活的方方面面都无一幸免。

——卡尔维诺